Best Time

白马时光

Sweet
Candy Fairy

春刀寒 著

草莓糖和小仙女他都要 上

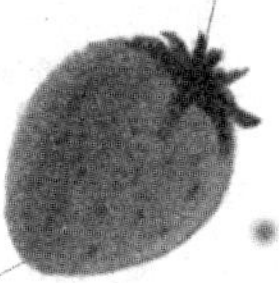

百花洲文艺出版社
BAIHUAZHOU LITERATURE AND ART PRESS

图书在版编目（CIP）数据

草莓糖和小仙女他都要 / 春刀寒著 . — 南昌：百花洲文艺出版社，2021.4
ISBN 978-7-5500-4210-0

Ⅰ . ①草… Ⅱ . ①春… Ⅲ . ①长篇小说－中国－当代 Ⅳ . ① I247.5

中国版本图书馆 CIP 数据核字（2021）第 049974 号

草莓糖和小仙女他都要

CAOMEI TANG HE XIAO XIANNÜ TA DOU YAO

春刀寒　著

出 版 人	章华荣
出 品 人	李国靖
特约监制	何亚娟　夏　童
责任编辑	刘　云　陈　愉
特约策划	夏　童　鹿玖之
特约编辑	崔馨予
封面设计	樱　瑄
版式设计	彭　娟
封面绘图	珍妮吴 JW
出版发行	百花洲文艺出版社
社　　址	南昌市红谷滩世贸路 898 号博能中心Ⅰ期 A 座 20 楼
邮　　编	330038
经　　销	全国新华书店
印　　刷	三河市金元印装有限公司
开　　本	880mm × 1230mm　1/32
印　　张	19.5
字　　数	579 千字
版　　次	2021 年 4 月第 1 版第 1 次印刷
书　　号	ISBN 978-7-5500-4210-0
定　　价	69.80 元（全二册）

赣版权登字：05-2021-138

发行电话　0791-86895108　　　网　址　http://www.bhzwy.com

目　录
contents

目 录
contents

第一章

“特殊”转校生

八月末，海城迎来了最后一场暴风雨，黑云压顶，天色都比往日暗得早。

次卧的房门被推开，舅妈吴英华一边拿着毛巾擦水一边大声抱怨：“下这么大的雨也不知道去楼顶把被子收了！一天到晚把自己关在房里，也不怕发霉！”

戚映一动不动地坐在窗前，连姿势都没变。

半躺在沙发上的俞濯懒洋洋地开口：“她又听不见，你吼她有什么用？”

吴英华走过去在他脑袋上拍了一巴掌：“她聋了你也聋了吗？就知道打游戏，你马上高一了，还跟初中一样可劲儿玩呢？”

俞濯被拍得一脸不高兴，“噌”的一下起身跑回自己房间后重重摔上门。

吴英华气结，回头看到戚映还保持原姿势坐在窗前，纤弱的背影衬着窗外的大雨，生出一种冷清清的落寞。想到这外甥女的遭遇，她心里那股子气顿时散了大半。

吴英华走过去敲了敲桌面，戚映这才回头，看见是舅妈，清澈柔软的眼睛眨了一下，薄唇微微抿住，露出来一个小心翼翼的笑。

吴英华被她这个笑刺得心脏一阵发麻，内心默默叹了声气，拿出手机打字，打完了又递给她看。

戚映的目光落在发光的屏幕上：下暴雨，你舅舅今晚不回来了，早点睡。

戚映朝舅妈乖巧地点了点头，吴英华这才掩门离开。

戚映继续将目光投向窗外。风雨渐大，街边的大树被吹得东倒西歪，冒雨行驶的车辆频繁闪烁着车灯，行驶缓慢。

外面一定很吵，可她什么也听不见，除了偶尔的嗡鸣。

戚映在苏醒以前做了一个很长很长的梦。梦中的自己身在古代，有一个为国征战的将军丈夫。由于梦境过于真实，醒来后的戚映甚至无法区分到底哪一个才是真实的自己。

在梦中，戚映陪着另一个自己走完了一生。她还记得在得知将军战死沙场的那日，梦中的自己用一条白绫悬于房梁，追随将军而去了。死前的窒息和痛苦，甚至夕阳洒在院中那棵合欢树上时，照映出金色的光她都记得。

醒来后，她成了一个十七岁的聋哑少女，新的记忆与梦中的记忆像潮水一般将她席卷。戚映甚至有点庆幸自己不能说话，不然以她现在的状态，真的无法面对全新的一切。

耳聋和失声是因为一场意外，而这起意外，就是导致父母身亡的罪魁祸首。

戚映的父亲是一名缉毒警察，在破获一起贩毒案件后被犯罪团伙报复，他们绑架了戚映和她母亲。解救过程中，丧心病狂的罪犯引爆了炸弹，犯罪团伙虽然全部伏诛，但戚映的父母也重伤而亡，只有她一个人活了下来。

处理完身后事，戚映被舅舅俞程接来了海城，可无法接受父母死亡的少女，想选择离开这个世界。

戚映刚醒来的那段时间，舅舅和舅妈几乎二十四小时守着她，生怕她又做傻事。直到最近心理医生给她做的测试都显示状况良好，戚映才被舅舅从疗养院接回家。

舅舅对她很好，舅妈虽然脾气火暴，但也是刀子嘴豆腐心，就连那个叛逆的弟弟俞濯，都会每隔一小时敲门进来看看她的情况。

这是戚映在梦中从未感受过的亲情。

梦中的她是乱世中的孤儿，在兵荒马乱中胆战心惊地长大。十四岁那年逃难时，被山中强盗劫上山寨，本想一头撞死以保清白，将军却如天上神祇降临，将她救了出来。

戚映清晰地记得那些梦中的画面，将军穿一身玄色盔甲，端坐于黑鬃马背，淡声问她：“可有去处？”

她含泪摇头，将军便俯身伸手，揽过她腰侧，将她打横抱上了马。从此，将军府成了她的家。

将军尚未娶妻，收她为妾，虽常年征战鲜少回来，却交代府中上下要好生待她。

梦中的戚映将整颗心、整个人都给了那个叱咤风云的威武将军，她听到天下百姓是如何称颂、敬仰她心中的战神，却不想战神也有战死沙场的那一天。

将军有没有爱过她？戚映不知道，可她爱将军。

她这条命是将军给的，将军死了，她在那世上再无挂念。

梦中所经历的一切都深深刻在戚映的心上，虽然时间在一天天流逝，但记忆却丝毫没有消失的征兆，以至于戚映觉得：醒来之后什么都好，只是没有将军。

暴风雨持续了好几天，天气彻底晴朗下来时，距离开学只有两天了。

前段时间，舅舅俞程已经给戚映办好了转学手续，将这学期就要上高二的她转来了海城一中，也就是俞濯刚刚升上来的高中。

戚映并不知道接下来要如何生活。面对这个全新又陌生的环境，她迟疑且彷徨。但她不想辜负这一份亲情，她愿意听舅舅的话，去做令他们安心的事。

按常规讲，现在的戚映并不适合去正常的高中上课。

她既听不见又不能说话，聋哑学校更适合她。但心理医生建议，正常的环境更适合戚映的恢复和治愈。她需要接触人群，更需要跟同龄人建立友谊。

戚映的耳聋是由爆炸造成的外伤，再治疗几次就会痊愈。但失语是受到惊吓导致的心理创伤，医疗手段帮助不大，只能慢慢疏导恢复。

意外发生后，戚映的爸爸被评为烈士，戚映也就成了烈士子女。有警方的介入，戚映的入学手续走得很容易，校长还收到了市局领导的特意叮嘱，希望校方能让烈士子女在这里能感受到尊重与友爱，欺凌、冷暴力这种事情绝对不能发生。

校长也知道事情的严重性，将高二的班主任筛选了好几轮，最后选择了高二 2 班。

这个班成绩好、氛围好、刺头学生少，连续两年被评为优秀班集体，班主任刘庆华也连续两年被评为先进班主任。选 2 班准没错！

班主任刘庆华被校长叫到办公室促膝长谈了一小时，最后握拳保证：一定让戚映同学在这里感受到家人一般的温暖！

开学当天，俞程开车将俞濯和戚映送到校门口。

俞程已经喋喋不休地交代了俞濯好几天，在学校一定要保护好姐姐，下课就是不上厕所也要去 2 班看看姐姐有没有受欺负。

父子俩知道戚映听不见，说起话来也不顾忌。

俞程说："你姐长得好看，又不会说话，性子也内向，那些男生就喜欢欺负这种乖乖女，你不能㞞，不然干吗让你学几年的跆拳道？"

俞濯反问："合着我学跆拳道就是为了打架呗？那我上次因为打架被叫家长，你还当着老师的面揍我？"

俞程道："为了你姐打架，可以。其他的，不行。"

看时间差不多了，俞程拉开车门，示意戚映下车。

戚映背着书包，穿着蓝白相间的校服，黑发扎在脑后，脸颊巴掌大，一双眸子清澈明丽，薄唇抿出浅浅的弧度，下颌俏丽，美得像含苞待放的蔷薇。

俞程拿出手机打字：如果有人欺负你，先找老师，然后让老师给我打电话。记得我的电话号码吗？

戚映点点头。

俞程又打字：小濯在高一7班，就在一楼拐角的那间教室，有什么事都可以找他。

戚映继续点头。

俞程还要打字，俞濯不耐烦地拽住戚映的书包带：“走了走了，要迟到了。爸你回去吧，跟个老母鸡似的。”

戚映被俞濯拽着走了几步，回头朝俞程乖巧地挥了挥手。

俞程一脸担忧地站在原地，看着外甥女那张漂亮的面孔，又想到自己的姐姐，连叹了好几口气，直到戚映走得没影了，才终于回到车上。

刚关上车门，一阵刺耳的轰鸣声由远及近，随之一个急刹车停在了校门前。

由于刹车声太激烈，路人还以为出了什么事，纷纷看过来，连学校保安都被惊动了，匆匆跑来。

黑红色的山地摩托车上跳下来一个少年，穿着黑T恤，个子很高，头发被风吹得乱糟糟的。他把校服搭在肩上，嘴里嚼着口香糖，偏头朝保安吹了个口哨。

满脸不羁，一身痞气。

保安像是认识他，没敢拦，又退回去了。

少年拎着校服若无其事地走进校门。

俞程皱了皱眉，一中怎么会有这种不良少年？

几个女生从车边经过，叽叽喳喳地尖叫。

“大佬和大佬的摩托车都好帅啊！嘤，想摸。”

“摸人还是摸车？”

“……都想。”

“闭嘴吧你，让薛蔓青听见打不死你。”

“嘁，季让又不喜欢她。我看年级匿名群里说，暑假的时候薛蔓青给季让办了个声势浩大的生日Party，结果季让都没到场。”

“匿名群还说季让跟一群摩托赛车手飙车被抓了呢，他现在不也好好的？还敢把车骑到学校来，证明匿名群不可靠！”

“那可不一定，季让家有钱，只要不出大问题，什么事解决不了？”

…………

几个女生渐行渐远，俞程的眉头皱得都快能夹住铅笔了。这都什么跟什么啊？现在的孩子是来搞学习的还是搞对象的啊？

得让俞濯多注意一下，别让戚映被这些坏同学盯上！

戚映他倒是不担心，她那么乖，肯定会离这些不良少年远远的！

高二2班的同学早在暑假期间就得知，新学期开学后，班上会转来一个“特殊同学”。

班主任刘庆华没具体说明戚映的情况，只是在班级群里告诉学生，新同学的爸爸是一名为人民牺牲的警察，光荣伟大。新同学是烈士的女儿、英雄的后人，大家一定要互帮互爱。

这群青春期的少男少女，平日生活中最大的烦恼不过是考试成绩不理想，最多再加上个暗恋的苦恼，什么时候见识过“烈士、英雄”这种词？他们震撼过后，纷纷刷屏保证，一定爱护新同学！

新学期，校园充满了蓬勃的朝气。

戚映虽然已经做了很久的心理建设，但乍一见到这么多人，多少还是有些不适应。

每当这时候，她又不自觉地想起梦中的自己。那个戚映自出生起便颠沛流离，所经之处满目疮痍，哀鸿遍野。后来深居将军府，身边也不过只有两三个丫鬟伺候她。

记忆中府里的氛围大多死气沉沉，孤寂冷清。唯一能想起的热闹，是那年的上元灯节，将军恰好归京，他换了便服领她上街，在熙熙攘攘的人群中牵着她的手，买给她一串糖葫芦。

那串糖葫芦又甜又黏，把她牙齿都粘住了，将军问她：“好吃吗？”

她张不开嘴，暗自羞恼，只得点点头，又迟疑着把手中的糖葫芦伸过去。将军却只是笑着摇头道：“买给你的。”

后肩被人猛地一撞，戚映脚下一个踉跄，回忆被打断。

走廊一阵风似的跑过去一群男生，骂骂咧咧，你追我赶，俞濯一把扶住戚映，冲着已经跑远、连句道歉都没有的人骂了句：“没长眼啊？”

没想到跑在最后的那个男生听见了，一个急刹车转过身来，看样子是想过来跟俞濯说道说道，刚往回走了两步，就听见自家兄弟喊：“屈大壮你磨蹭什么呢？让哥还等着我们呢！”

被叫作屈大壮的男生朝俞濯竖了个中指，转身跑了。

俞濯不甘示弱地回了一个中指。

旁边靠着阳台的眼镜男好心开口道：“同学，我劝你不要惹那群人。”

俞濯上初中时就是个刺头，最不怕惹事，听到告诫也只是冷笑一声：“怎么就惹不得了？”

眼镜男把手放在嘴边悄声说：“那群人都是跟着季让混的。”

俞濯初生牛犊不怕虎道：“季让？哪个傻瓜？没听过。”

闹腾的四周顿时静了两秒。

眼镜男没想到俞濯会如此口出狂言，目瞪口呆了一会儿，留给他一个自求多福的眼神，麻溜地跑了。

俞濯还不知道自己惹了什么事，替拘谨地站在原地的戚映拍了拍衣服，又牵起她的手腕，将她带到了班主任办公室。

刘庆华正在整理花名册，刚好翻到戚映的那一页。寸照上的女生扎着马尾，露出光洁饱满的额头，嘴角弯起浅浅的弧度，看上去又乖巧又安静。

听到有人喊报告，刘庆华抬头一看，比照片上还要漂亮的小姑娘此刻正怯生生地站在门口。

俞濯把戚映交给刘庆华就回自己的教室了。

刘庆华在办公室试着跟戚映交流了一下，连说带比画的，戚映背在身后的手微微发抖，努力去理解对面这个陌生人想要传递的意思。

隔壁班的老师在旁边说：“老刘，这就是你班上的那个特殊学生啊？这又听不见，又说不了，你瞎比画她也看不懂啊。”

最后刘庆华放弃了，在本子上写字给她：我姓刘，是你的班主任，我现在带你去教室，新同学都很友好，别担心。

戚映终于松了口气，乖乖点了点头。

高二 2 班就在走廊尽头，新学期的第一堂上课铃已经拉响了，刘庆华推门而入，闹腾的班级瞬间安静下来，几十双眼睛齐刷刷地看向她身边那个清瘦的身影。

戚映下意识往刘庆华身后躲。

刘庆华察觉到她的害怕，握住她的手轻轻拍了拍，把她带到讲台上："这就是我跟你们提过的戚映同学，今后她就是我们 2 班的一分子。戚映的情况特殊，大家要多帮助她，多和她交朋友，来，鼓掌欢迎一下。"

班上响起哗啦啦的掌声。

戚映看着这整齐划一的鼓掌动作，虽然听不见，但也知道这是在欢迎她的举动，她因紧张而泛白的脸上展露出一个笑容。

2 班的同学鼓掌鼓得更带劲了。

戚映的新同桌是一个有婴儿肥和小梨涡的女生，叫岳梨。她瞪着圆溜溜的眼睛看着戚映，等她一坐下，立刻伸出手以示友好。

戚映跟她握了握手，岳梨趁着刘庆华讲开学事宜的时候，掏出自己早就写好的自我介绍，一脸兴奋地递给戚映看。

这介绍要是字迹工整些，再加上工作经历，简直可以拿来当简历。

戚映连岳梨家里有几口人，养了几条狗，喜欢吃甜粽子还是咸粽子都知道了。

岳梨前后左右的同学有样学样，接下来的班会课，戚映基本都在看"简历"中度过了。

下课后，班上的女同学叫戚映一起去上厕所。

学生时期，一起上厕所就是友谊开始的征兆。

虽然戚映并不需要解决膀胱问题，但同学们笑容洋溢，热情友好，她不好拒绝这份善意，只得跟上。

2 班的女生们把她当个易碎品似的围在中间。

呼啦啦地去，呼啦啦地回，其间还会跟隔壁班的同学聊上两句。

"这就是你们班的特殊学生啊？"

"你们班的班花是不是要换人啦？"

“她真的什么都听不到吗？”

…………

一上午的时间，高二年级就传遍了，2 班转来了一个非常漂亮的聋哑少女，她爸爸是为人民牺牲的警察。

吊车尾的 9 班男生们虽然刚跟外校的刺头学生打了一架，其中两个人脸上还带了伤，但这丝毫不影响他们参与八卦。

一拨又一拨的同学前去 2 班打探，没多会儿屈大壮就骂骂咧咧地回来了：“我去，什么都没看到。2 班那群书呆子用书把窗户都挡住了，至于吗？”

屈大壮原名屈鹏，体育生身强体壮，因此得名。

“咋不至于？”刘海洋踢了他一脚，“那可是烈士子女！能让你随便看吗？”

屈大壮悻悻道：“看两眼又不掉块肉。”

走廊外传来闹哄哄的声音：“我这儿有特殊同学的照片！谁要看？”

教室里顿时喊声起此彼伏：“我要看！给我看看！”

最后一排靠窗的角落里，伏在课桌上的少年像是被吵到了，头也没抬，只是脚下猛的朝前一踢，前排的凳子“哐当”两声砸在地上，教室顿时安静了。

屈大壮朝刘海洋做了个“噤声”的手势，身后的这群少年都噤若寒蝉，其他学生更是大气也不敢出。

半晌，空气里传来冷淡的声音：“很光荣吗？”

屈大壮一脸茫然道：“什么？让哥你说啥？”

伏在课桌上的少年终于抬头，乱糟糟的碎发下一双黑眸如刀，看人时犹如刀锋划过，他唇角却挑了个痞痞的笑道：“我说，为人民牺牲，很光荣吗？”

大家跟在季让身边混了这么久，再没察觉到他现在的情绪，就白混了。

没人敢接话。

季让无声笑了下，又重新趴回课桌上。

一直到放学，向来闹腾的教室后排都安安静静，连老师都奇怪这群坏学生今天怎么这么听话？

放学铃刚响，8 班的骆冰横冲直撞地跑进来说："让哥！刚姓李那小子跟我打报告，说高一有个新生骂你傻瓜！"

季让还趴着没什么反应，身边几个人已经坐不住了。

"我去，哪个小子这么狂？"

"弄他！"

"一天不打上房揭瓦，这一届的新生很猖狂啊！"

季让懒洋洋地站起身来，拎起校服搭在肩上说："把人带到西塔巷。"

骆冰得令，掉头飞奔。

开学第一天其实没上几节课，基本都在收作业、发新书、调座位中度过，临近下午才上了一节语文课和一节数学课。

戚映的成绩不错，以前排名在年级前十，现在看着数学课本上的公式图形，竟觉得有些神奇，大概是因为梦中的自己是个不识字的小丫头吧，现在回归现实，多少有点陌生。

戚映虽然听不见老师讲课，但还是认真地誊抄了黑板上的笔记。

她知道任何时代大家都喜欢有学问的人，如今好不容易得来上学的机会，可以跟男生一样享受平等自由，更要万般珍惜。

密密麻麻记了整篇笔记的岳梨一看戚映的本子，顿时觉得自己被秒杀了。

她自惭形秽地给戚映传小字条：映映，你的笔记好有条理啊，能借我抄抄吗？

戚映看了看笔记本，自认为还算清晰，便很大方地借给她了。

放学后俞濯来接她。

戚映跟周围的同学挨个挥手告别，才终于背着书包踏出教室。

刚走到校门口，俞濯的哥们儿杨心远飞奔着追上来，气喘吁吁地说："我刚听说，季让带人来堵你了，你赶紧走！"

俞濯问：“哪个季让？”

杨心远道：“你骂傻瓜的那个！海城一中的校霸！”

俞濯脸色一变。他倒不是害怕这个传说中的校霸，而是戚映现在跟着他呢，要是戚映少一根头发丝，他怕是要被他爹扒皮。

不远处，骆冰已经带人气势汹汹地走了过来。

俞濯一把把戚映推到杨心远身边：“你先带我姐去七里香奶茶店，我一会儿过来找你们。”

七里香奶茶店的老板是周杰伦的粉丝，不管什么时候去店里，都能听到周杰伦的歌。

杨心远帮戚映买了杯奶茶，忐忑不安地等着。他一直等到戚映喝完整杯奶茶，连珍珠都没剩一颗，俞濯还没回来。

杨心远想起季让上学期把高年级的学长打进医院的事，再也坐不住了，给戚映打字让她在这里待着不要乱跑，然后就跑出去找俞濯了。

戚映虽不知道发生了什么事，但察言观色，也知道情况不妙。她想到刚才俞濯的反应，应该是遇到了什么麻烦，不由得担心起来。

她想了想，也起身去找他。

西塔巷就在学校后门。

俞濯一个人面对对面一群人，丝毫不慌。他初中时就是一霸，又打小练跆拳道，打过的架没有一百也有八十，还真没把这个海城一中校霸放在眼里。

他吊儿郎当地往那儿一站，非常欠揍地问：“一起上还是一个一个来？”

众怒！

屈大壮撸起袖子就骂：“你小子别猖狂，一会儿哭爹喊娘都来不及！”

一群人就要拥上去揍他，空气里传来一声冷淡的嗓音：“让开。”

俞濯看向比他高出一个头的少年从人群中慵懒地走上前来。少年眼皮半掀，要笑不笑，问他：“俞濯是吧？”

俞濯冷笑道：“是你爷爷我。”

季让朝他勾了下手指说：“来。”

俞濯提拳就扑过去了，他单挑还从没吃过亏。

结果一拳挥空，几乎是瞬间，俞濯的小腹一痛，整个人被季让的膝盖差点蹬翻。

俞濯心想：遇到高手了。

两个人还要再打，寂静的巷子突然传来一阵哄闹声，紧接着十几个人从拐角跑出来，拎棒的、拿砖的都有。

屈大壮大骂道：“我去，你还埋伏兵！”

俞濯大喊：“不是我的人！”

屈大壮定睛一看，居然是今天早上被他们收拾过的隔壁三中的刺头们，看到他们在这里正交战，想趁火打劫搞偷袭。

单挑变群殴，俞濯站在中间，真是好生无辜。打谁都不对，索性开始观战。

季让下手是真狠，看得出来他身手不凡，干脆利落，一拳下去能见血。但季让这次来堵他，本来就没带几个人，也没拿工具，对方仗着人多势众，又有武器，很是猖狂。

俞濯思索：好歹是一个学校的，要不要搭把手呢？

正想着，一个手拿钢棍的小个子趁着季让背身对付另外两个人的时候，猛地扑过去，抡起钢棍就往下砸，俞濯大喝一声：“小心！”

话音刚落，眼角瞥见一个人影闪过，他尚未反应过来，来人已扑到季让身后，硬生生替他挨下了那一棍。

待看清来人是谁，俞濯的冷汗瞬间就冒出来了。

“姐！”他目眦欲裂，冲上去，一脚把偷袭的小个子踢飞，“我废了你！”

季让猛地回身，一把抱住身后瘫软的身体，鼻尖闻到浅浅的甜香。他低头，对上一双蒙眬的泪眼，像缀满了月色星光。

她无声地喊他：“将军。”

戚映的出现让这场混战被迫中断。

不良少年一向把“不打女生”挂在嘴边，眼见误伤了一个小姑娘，都有点蒙地停手了。

杨心远这时候才找过来，他不知道发生了什么，还以为都是季让的人，大喊：“警察来了！”

三中的人一听，掉头就跑。

俞濯顾不上那么多，冲到季让跟前去扶戚映：“姐！姐，伤到哪儿了？哪儿疼？”

他吓疯了，问了半天才想起戚映听不到，又手忙脚乱地掏出手机打120。救护人员询问地点，俞濯知道这里是小巷子，车开不进来，索性报了学校门口的位置。

他挂了电话，伸手就要把戚映从季让怀里抱过来，但却抱不动。

俞濯怒道：“你松手！”

季让看了他一眼，无辜地举起双手。

俞濯这才看见，是戚映紧紧攥着季让腰间的校服不撒手。

这什么情况？

俞濯耐着性子打字给她看：姐，我带你去医院。

没想到，戚映看了眼手机屏幕，却冲他摇摇头，双手仍是紧抓着季让，像是生怕他消失一样。

喜欢季让的女生能从校门口排到对街，追他的手段也是五花八门，不过像这样替他挨棍子的，还真是头一个。

屈大壮几个人在旁边看得目瞪口呆。

俞濯气得不行，又没法交流，脑子里一团乱，只想快点把戚映带去医院，干脆揽过她肩头往后一拽。

刚才那一棍其实就打在她肩上，俞濯碰到伤处，戚映疼得眼泪都快出来了。

季让突然一掌推开俞濯。

俞濯刚骂了一句，就看见季让俯身将戚映打横抱起，大步朝校门口的方向走去。他没办法，只能跟上。

戚映感觉肩头火烧一样疼，可闻到少年身上的皂角香，听到他胸口沉稳的心跳，大脑越来越沉，记忆一下被拉回梦中的场景。

那是梦中的自己初入将军府的日子。

那一天，将军将她从土匪窝里救出来，回到将军府时，他先下马，也是这样将她抱在怀里，一路抱进府中。她微微抬眼，就能看见他坚挺的下颌，还有久经风霜的刀削般的侧脸。

而此刻的少年皮肤要白嫩许多，身上也没有那种杀伐果决的铁血气质，就连那张嵌入她记忆的脸都略显青涩。

可她能感受到熟悉的气息，这是她梦中的将军。

季让察觉到怀里的目光，他低头去看。

怀里的女生还是紧紧攥着他的衣角，微微仰头，眼睛一眨不眨地盯着他，见他低头，唇角蓦地弯起一个甜甜的笑，眼眶却湿湿的，她又喊了一遍“将军”。

季让只看见口型没听见声音，完全不知道她在说什么，问她：“你不会说话啊？”

怀里的女生不点头也不摇头，只是用那双要命的眼睛看着他。

季让笑了下说：“不会连听也听不到吧？”

话落，他脸色一沉，突然想起今早年级盛传的那个特殊学生：烈士子女，聋哑少女，非常漂亮。

他手臂紧了紧，倏而笑开说：“真有意思。”

救护车很快开到校门口。

正是放学高峰期，校门口人来人往，救护车呜啦啦地开过来，吸引了不少目光。保安三步并两步跑过去问跳下车的医生：“什么情况？”

医生说：“你们学校的学生叫了救护车，人呢？”

季让抱着戚映走近：“这儿。”

保安一副“怎么你又惹事”的神情盯着季让。

季让面不改色，众目睽睽之下将戚映抱进救护车，俞濯跟着爬上来，火急火燎地喊：“医生，你快帮我姐看看！她是不是伤到脑袋了？”

不然怎么会突然看上季让这个傻瓜?

医生简单检查了一遍说:“头部无明显外伤,等到了医院再做进一步检查吧。”

俞濯狠狠瞪了季让一眼。

季让垂着眼角,勾唇笑时尤显狠戾道:“真当我脾气好是不是?”

俞濯看了看乖巧地坐在季让身边,还紧攥着他衣角不放的戚映,内心真是愤愤不平。

这时口袋里的手机突然响了。他拿起来一看,是他爹打来的,俞濯顿时惊恐。

他哆哆嗦嗦地接起来,俞程在那头问:“你们放学了没?我刚下班,现在过来接你和映映。”

俞濯真是有苦说不出,推托道:“我们坐公交车回去就可以了,你又不顺路。”

俞程说:“哪能让映映挤公交,你们在学校等会儿,我很快就到。”

俞濯都快哭了,正打算认命交代,戚映将手机屏幕递到他眼前,上面写着:跟舅舅说,我和新同学去逛书店买文具和辅导书,要再多玩一会儿。

俞濯如蒙大赦,赶紧转达,俞程得知戚映跟同学相处得这么愉快,这才算了。

挂了电话,俞濯看了眼旁边面色倦怠的季让,埋头打字,跟戚映微信交流。

——姐,你认识他?

——嗯。

——怎么认识的?你知道他是谁吗?

——季让。

——姐我跟你说,你不要被他的外表迷惑了,这人不是什么好东西。

——不是的,他很好,我知道的。

俞濯气得翻白眼,差点飙脏话。你知道什么!

这2班是不是有毒，才开学第一天，就把他又乖又安静的姐姐给洗脑了？

季让下手真狠，他的小腹现在还疼，一会儿得让医生也给他看看。

救护车一路开到医院，季让全程一言不发，等戚映看完医生，他拿着治疗单去把医药费结了，回来的时候一股脑扔给俞濯，转身就走。

戚映刚进治疗室，见他要走，一下子跑出来，拽住他搭在肩上的校服衣袖。

季让没回头，只偏头看了眼旁边的俞濯，也不知道在威胁谁："我没那么多耐心。"

俞濯赶紧去掰戚映的手。

她其实不想放，但看季让的脸色，也知道他刚才说的不是什么好话，她眼眶还红着，手指却松开了。

季让抖了下肩膀，拍拍衣角，抬步往电梯口走。

他走了两步，鬼使神差回头看了一眼。

戚映还站在原地，眼巴巴看着他的背影。见他回头，小脸立即露出一个笑来。

那笑带着小心翼翼讨好的意味。

季让心里莫名涌起一阵烦躁，骂了一声，加快步伐走了。

快出医院时，屈大壮的电话就打来了，问他："让哥，替你挨棍的那女的怎么样啊？"

"没什么大问题。"

屈大壮叹气说："厉害啊让哥，你的光荣史又要添上一笔——有女生为你挡棍子。"

季让笑道："滚蛋。"

屈大壮又说："让哥，三中那群小子怎么弄？"

季让抬头笑了下，加快步伐走出大门，语气淡淡地朝着电话开口："怎么弄？狠狠收拾！"

第二章

心动日记本

戚映没有伤到骨头。

大概是那偷袭的小个子见突然有人冲上来，下手迟疑了。

俞濯松了口气，将医生开的药藏在书包里，回家半道上又欲盖弥彰地去文具店买了点新文具让戚映拎着。

这件事说大不大，说小不小，但以俞程护短的性格，他要是知道了，肯定会去学校闹得不可开交。

俞濯深沉地想：同龄人之间的事，还是不要让大人掺和进来了。他跟戚映统一好了口径，要是被发现她受伤，就说是不小心撞的。

回到家，晚饭已经做好了。

自从戚映住进来，舅妈基本上每天都会做一道她爱吃的菜，这让戚映感动不已。

俞程问了几句关于学校的事，例如：有没有坏学生欺负映映，有没有小团队排挤映映，有没有同学嘲笑映映听不见、说不出……

俞濯翻着白眼说："大家都很忙的好不好？你以为现在的高中生作业很少吗？"

俞程想起今早在校门口看见的那个骑摩托车的不良少年，对俞濯的话持怀疑态度。

吃完饭戚映就回自己的房间了，坐在书桌前埋头写写画画。俞程站在门口瞅了两眼，又回头看了看躺在沙发上打游戏的俞濯，走过去踢了他一脚。

“去看看你姐在写什么。”

俞濯怪不情愿道：“你管人家写什么？她说不定写作业呢。”

俞程瞪他道：“她课都听不了写什么作业！去看看！”

俞濯正厮杀到激烈关头，烦得不行：“那万一在写日记呢？知不知道尊重孩子的隐私？”

俞程拧他耳朵骂：“医生怎么说的你都忘了是吧？不能因为她表现平静而放松警惕！她最近太正常了，我这心老提着，万一她真在写日记更好，特殊时期，隐不隐私的不重要！”

俞濯在被干扰中送了个人头，手机一摔，在俞程的怒目下，不情不愿地走进戚映房间。

她听不见，他也不用故意放轻脚步。他个头高，才十六岁已经蹿到一米八，走到她背后时刚好能越过她的头顶看到摊在书桌上的笔记本。

戚映没察觉到背后有人，还专心写着。

俞濯看了两眼，转身出来。

俞程问：“怎么样？看到了吗？”

他挠了挠脑袋说：“看到了，她好像在……写小说。”

俞程不解道：“写小说？”

俞濯迟疑着说：“什么将军、战场，还是个古代小说。”

俞程沉思片刻说：“写小说也挺好的，转移注意力，发展个人兴趣嘛。”

屋内，第一次写日记的戚映合上笔记本，看着窗外降下来的夜色，无声地弯起了嘴角。

真好啊，她遇到了将军，那个梦中的将军竟然真的存在。

虽然将军不认识她，但是没关系，这一次，换她去认识他，也算替梦中的自己勇敢一次。

第二天早上吃完早饭，俞程照例开车把俞濯和戚映送到学校。原本有些抗拒学校的戚映这一次高高兴兴地走进了校门。

一进教室，她就发现班上同学都目含关切地看着她，她不明所以，刚坐下，岳梨提着早餐风风火火地跑进来，看见戚映，眼睛一瞪，飞快跑到她身边，噼里啪啦地说着什么。

岳梨说了半天才想起戚映听不到，一拍脑门，扯出作业本在上面写：映映，你没事吧？你怎么会惹到季让？

戚映一脸迷茫，回她：我没事，怎么了？

岳梨嫌写字慢，左右看了一圈，没发现老师，偷偷摸摸掏出手机打字：昨天放学救护车都开到校门口来了！好多同学都看到你被季让打了！

戚映：“……”

她正准备打字回复，刘庆华脚步匆匆走进教室，岳梨“唰”的一下把手机藏起来，刘庆华径直走到戚映跟前，也是一脸担忧地看了她半天，然后比画着让她跟自己去一趟办公室。

等戚映一走，班上几个男生立刻七嘴八舌地说开：“新同学才来一天！9班的人真不是东西！”

“就是！欺负聋哑人算什么！”

“季让平时作威作福就算了，怎么能对特殊同学动手啊！”

“事情已经闹到校长那儿去了，看这次他还有什么话说！”

“上学期他把高三的学长打进医院，我还以为他会被开除，结果什么事都没有。这次他肯定跑不脱，那可是烈士子女！”

暗恋季让的女生不少，2班也有，顿时反驳道：“事情到底是怎么回事还不知道呢，季让从来不打女生的。”

“一群长舌男，只敢在班上骂，有本事去季让面前说啊。”

班上吵得不可开交，办公室里，戚映已经从刘庆华那里了解到到底发生了什么事。很快，教导主任和校长都匆匆赶来了。

说好了要给烈士子女一个温馨友爱的环境，结果开学第一天就发生这种事，教导主任快气死了，大喊：“我就说留着那个季让是个祸害！上学期就该把他开除，他简直是我们一中的害群之马！”

戚映握着笔在本子上写：季让没有打我，是误传。

教导主任一手字写得龙飞凤舞，戚映看了半天才看懂：戚映同学，你不要怕，把真相说出来！我们学校绝对不会包庇！

戚映正要将整件事写下来解释，9 班的班主任刘尧领着季让过来了。

刘尧平时是不大管季让的，不是没管过，而是管了没用，季让永远都是那副漫不经心的表情，让人怀疑自己说的话他一个字都没听进去。

后来刘尧慢慢地也就懒得理他了，只要他不搞事，刘尧都睁一只眼闭一只眼。结果这次他居然欺负到特殊同学身上去了！

刘尧已经骂了他一路，季让还是那副若无其事的样子，眼皮都懒得抬一下。

季让一进办公室，看见乖乖坐在那里的戚映，要笑不笑地勾了下唇角，懒洋洋地往椅子上一靠。

教导主任气得差点跳脚道：“你给我站起来！”

季让不仅没站起来，还跷了个二郎腿，看那模样，他好像还想点根烟。

几个老师面色难看，校长眼神复杂地看了他一眼，沉声道：“季让，这次的事情到底是怎么回事？几位老师都在，你解释一下。”

季让眼皮都懒得抬，态度散漫地说：“有什么好解释的？你们不是已经认定我打人了吗？什么处分？快点给。”

教导主任又要骂，校长伸手止住他，继续道：“我知道你不是那样的孩子，你虽然冲动了些，但也不是是非不分……”

话没说完，衣服被人扯了一下。

校长回头，戚映站在他身后，伸手递过来一个作业本，上面写了一段话。

几个老师都低头去看。

待看完，他们方才还怒气冲冲的神色突然变得复杂。

校长脸上露出一丝笑意，转头看季让：“我就说，你不是那种是非不分的孩子。这种见义勇为的好事你为什么不愿意跟老师解释呢？”

季让："……"

他做什么了？怎么还跟见义勇为扯上关系了？

校长说："外校的不良学生欺负戚映同学，你看到了帮忙是正确的，但是最好不要使用暴力的方式解决，以免自己受伤。你知道叫救护车，那也该知道叫警察。不过这次你保护了戚映同学，学校奖罚分明，会给你加学分的。"

季让："……"谁要加学分！他不耐烦地抬头看戚映，对上少女甜甜的笑，神情一滞，暗骂了一句，又垂下眸去。

事情解决，戚映和季让各自回班上。2 班和 9 班，一个在头，一个在尾，上了楼梯后就要分别向左、向右拐。

上楼梯的时候，戚映一直乖乖地走在他身后。

正是早自习时间，楼道里一个人都没有，季让上楼梯的脚步一顿，回过身来。

戚映就站在距他两阶台阶的位置，仰着头，清澈的眸子里都是柔软的笑意。

他居高临下，要笑不笑道："我什么时候救你了？"

戚映听不到，只抿着唇角，乖乖地笑着。

又是那种眼神。

季让心跳慢了半拍，收起笑意，又凶又冷地威胁她说："不准再对老子笑！不准再跟着老子！听到没？"

戚映眨了眨眼睛。他转身飞快地走了。

戚映朝他的背影乖乖地挥了挥手。

回到班上，她一进教室，早读声都小了很多。戚映很不喜欢被人关注的感觉，但想起那个谣言，鼓起勇气走到讲台上，拿起粉笔。

早读声直接没了，大家都惊讶地看着她。

戚映一笔一画地写：季让没有打我。昨天遇到外校的同学，他帮了我。

她转身看了看班上的同学，抿着唇角笑了笑，才又拿起黑板刷将字迹擦了。她走到座位坐下，岳梨激动得耳郭都红了，写字问她：映映你以前认识季让吗？

戚映想了想，摇摇头。

岳梨不可思议：那他居然会帮你！季让从来不多管闲事的，而且超凶！难道是因为你长得好看？

戚映认真地写：不是，他很好的。

梦中的将军是天底下最好的人。

他会冒着危险深入边疆敌营，只为救出被敌国扣留的流民。

他会将自己的营帐让出来给受伤的将士住，会拿自己的军饷给部下改善伙食。

他征战一生，渊渟岳峙，死后尸身归京，百姓百里相迎。

他是英雄，她相信他，不论是现实还是梦境，他都不会湮灭那颗赤子之心。

正式上课后，学校的食堂也开始营业，学生一般都在食堂或者学校周边的小饭店吃午饭。因为海城一中的食堂向来以干净、丰盛闻名，所以大部分学生都会选择食堂。

下课铃刚响，班上几个调皮的男生就风一样冲出教室，数学老师已经习惯了这种场面，一边收教案一边打趣道："祝他们抢到这学期的第一份糖醋排骨。"

海城一中食堂的招牌菜是糖醋排骨，上过当地的美食节目。

岳梨已经流着口水跟戚映安利了一节课，见状也拉着戚映不甘落后地朝食堂狂奔而去。

结果她小看了这群如狼似虎的少年对糖醋排骨的热爱。等她们去的时候盆子已经空了，只好退而求其次选择了糖醋鱼丸。

午饭高峰期，到处都是人，等岳梨领着戚映打完饭菜，周围已经没有空桌子了。一般这种情况都是班级扎堆拼桌，岳梨也不例外，看到自己班上的同学，端着餐盘就往那边走。

其他饭桌几乎都满座了，只有靠玻璃门的那张桌子，只坐了一个人。

人来人往，别说坐了，看都不敢往那儿看一眼。

岳梨还在跟不远处的同学说话："你们怎么又坐这儿啊？这儿靠近泔水区，味道好大！"

话音刚落，吵闹的食堂突然安静了一瞬。

岳梨吓得捂嘴，还以为是自己的声音太洪亮，却发现周围人的目光都齐刷刷地投向门口。她也回头去看，这一看不要紧，餐盘差点没端住。

本来跟在她身后的戚映不知道什么时候坐在了季让对面。

海城一中谁不知道，季让从来不跟人同桌吃饭，连跟着他混的那群少年都不敢僭越。

季让刚进海城一中的时候，没有谁把这位据说"不好惹"的新生放在眼里。当时体校出身的高三扛把子很是挑衅地往季让对面一坐，被季让当着全校师生的面用装满热菜的餐盘砸了一脸。扛把子暴起，又被季让打掉了两颗牙。

自那之后，所有人见他都绕道走。

岳梨差点吓疯了，想喊，戚映听不见，想过去，她又不敢。

整个食堂的气氛呈现出一种诡异的安静。

而戚映居然还朝对面的少年笑。

她心底其实有些不开心。为什么所有人都热热闹闹地有说有笑，他却一个人孤孤单单地坐在这边？

这些人误解他、说他闲话也就罢了，居然还排挤他！简直太过分了！

季让夹菜的手顿在半空，有那么一会儿，他没反应过来。

戚映眨眨眼，像是不解，甜甜地朝他笑了下，然后低头开始小口吃饭。

她吃饭的姿势也很乖，长睫毛随着嘴巴的咀嚼一上一下地翘，明明吃得很香，却一点声音也没有。

屈大壮和刘海洋那几个人就坐在旁边的桌子，大气不敢出，生怕让哥操起餐盘砸晕这个连头发丝都不能碰的特殊同学。

季让看了她半天，终于动了。

所有人倒提一口气，然后大家就看见季让拿起勺子，舀了一勺汤，塞进自己嘴里，继续埋头吃饭。

屈大壮用勺子重重地敲了敲桌面说：“看什么呢？不吃就滚！”

周围视线忙不迭地收了回去，食堂再次恢复嘈杂的局面。岳梨艰难地迈着步子走到空位坐下，跟班上同学大眼瞪小眼。

学委黄博通问：“什么情况？”

岳梨也蒙道：“不知道啊。”

班长陈梦洁沉思着说：“可能……季让对特殊同学的包容心比较强吧。”

也对，毕竟他昨天还帮了戚映呢，这样看来，季同学还是很友爱很懂事的。

那头，很友爱很懂事的季同学喝了几口汤，拿勺子的手渐渐握紧。像戚映能听见似的，低斥道：“不是警告过你，离老子远一点吗？”

屈大壮探着脑袋问：“啊？让哥你说啥？”

季让说：“滚。”

屈大壮说：“哦。”

低头吃饭的戚映余光扫到对面的动静，下意识地抬头，对上少年冷戾的目光。他看上去好凶。是饭不好吃吗？

她将视线投向他的餐盘，里面明明有岳梨说的最好吃的糖醋排骨啊，这就奇怪了。

戚映想了想，拿起没有用过的勺子，将自己餐盘里的鱼丸舀了一个，伸手放到季让的盘子里。

戚映无声说：“这个好吃。”

季让：“……”他看懂口型了。

那目光纯澈得要命，像是在说：你快尝一口呀。

季让愣了一会儿，嗤笑了一声。他用筷子将那颗鱼丸撇到一边，自语似的说：“还得寸进尺。”

他没吃那颗鱼丸，连饭都没吃完，起身走了。屈大壮几个人抹了嘴巴赶紧跟上。

戚映望着他的背影，心里有点难过。

现实中的将军，好像很难接触，像全身都是刺。

她低下头，味同嚼蜡般将饭菜塞进嘴里。

等季让走了，岳梨才敢过来。嘴角油都没擦干净，她掏出手机打字给戚映看：映映，你知道季让从来不跟人同桌吃饭吗？上一个坐他对面的人被他打掉了两颗牙！

她后怕地捂住了自己的嘴。她错怪将军了！将军一点都没有不好接触！甚至还对她手下留情了呢！

下午上课的时候，整个学校的学生都知道了今天校霸大佬跟特殊同学同桌吃饭的事。毕竟风云级人物的一举一动都是枯燥学业中的八卦素材。

女厕所里，几个女生激烈八卦着：

“大佬昨天英雄救美，今天共进午餐，这是要恋爱的节奏吗？”

“不会吧？季让连薛蔓青都看不上，能看上那个聋哑人？”

“可是特殊同学比薛蔓青好看？”

“季让不是 ××× 吗？”

“哈？？？”

“喂喂喂，你们别瞪我啊，又不是我说的！大家私底下都这么传啊，说他对女生不冷不热的，告白通通不接受，听说薛蔓青都被他拒绝三四次了！”

…………

里间的厕所门“吱呀”一声打开，薛蔓青面无表情地从里面走出来。

几个八卦的女生对视一眼，匆匆离开。

一下午时间匆匆而过。

快放学的时候俞濯给戚映发消息：姐，今天我值日，你在教室等我会儿。

戚映回他：好的。

俞濯又说：听说你今天跟季让同桌吃饭了？你能不能别接近他啊？他真不是什么好人。

戚映这次没理他。

岳梨抄完戚映的笔记，跟她打招呼：映映我不等你啦，明天要听写第一单元的单词，我得早点回家复习！

戚映点点头，虽然明天听写单词她参与不了，但还是把英语书拿出来开始复习，快一小时后才收到俞濯的微信，让她下楼在教学楼外的绿植花坛那儿等他。

戚映收拾好书包，跟还在班上做卫生的同学挥挥手，离开教室。

下楼梯的时候，拐角处钻出来七八个学生，有男生也有女生，笑嘻嘻地堵在楼道口，问她："喂，小哑巴，放学了啊？"

戚映听不见，直觉感觉他们的笑意不友善，皱着眉往后退。

旁边的人围上来，将她堵在中间。

为首的女生推了她一下说："话都不会说就这么会勾引人，要是能说话，是不是得把全校男生哄得团团转啊？"

几个男生哄然大笑说："别胡说，谁要喜欢又聋又哑的残疾人。"

打扫走廊的学生朝这边看了几眼，为首的高大男生恶声道："别管闲事啊！"

那几抹视线匆匆收回。这一层是高二年级的教室，在这个时间段几乎空下来，戚映不知道他们想做什么，又走不掉，急得快哭了。

她正不知所措，视线扫到楼梯上有一个熟悉的身影走下来，眼睛一下就亮了。

是季让。

围堵她的人也看见了，面上顿时浮现一抹惊惧，正惶然，季让跟没看见这儿有人似的，目不斜视地走了过去。

几个人松了口气，戚映眼里的光芒瞬间黯淡了。

其中一个男生嗤笑，伸手去掐她的脸说："别说，就这张脸，做出这副楚楚可怜的表情，还真挺勾人的。"

戚映突然狠狠地推了他一把。

她一直安安静静地站着，任由他们欺负，突然发力，那男生也没预料到，他站在台阶上，重心不稳朝后一仰，脚跟绊到台阶，摔了个结实。

几个人都愣住了，摔倒的男生大骂一句，气恼至极，飞快爬起来，抬手就朝戚映脸上打去。

他的手臂扬到半空，突然被捏住。

男生回头正准备怒骂一通，待看见身后的人，见鬼一样将话憋了回去。

季让神情冰冷地站在后面，修长的手指几乎将男生的胳膊捏断了，在男生痛苦的注视中将他朝后一甩，只说了一个字："滚。"

这群坏学生一哄而散。

戚映本来憋回去的眼泪一下子就掉了出来。

季让低头看她，脸上露出不耐烦的神情说："哭什么？不是回来了吗？"

她哭得更凶。

他左摸右摸，口袋里什么都没有，最后从书包里掏出数学书，撕下一页，揉成团，翻来覆去揉了几次，把纸张揉软了，才递给戚映说："别哭了，被人看见还以为是老子欺负了你。"

她接过皱巴巴的纸张，擦了擦眼角的泪。

季让又问："你那个天不怕地不怕的弟弟呢？怎么不来接你？"

戚映抿着唇角，眼眶通红地看着他。

季让受不了这眼神。

他收回视线，伸出两根手指将她的书包拎过来，朝下走。戚映赶紧跟上来，走了两步，季让低头看。

她果然又拽住了他的衣角。

那指尖莹润白皙，小心翼翼捻着小块衣角，像是生怕他不开心，力道轻得几乎难以察觉。

注意到他的视线，戚映手指一松，迟疑着放开了。

季让脚步顿了顿，将自己搭在肩上的校服的袖子找出来，朝后递过去。

他不耐烦道："拿去牵。"

太阳落到一半，云层还嵌着金色的边。被稀释过的夕光，轻薄又透亮，全部落进她眼里。

那袖子上还有蓝色的墨水点，洗过之后留下淡淡的蓝。戚映小心翼翼将它攥在掌心。不敢用力，怕校服被自己从他肩上拽下来。

季让一手拎着她的书包，一手插在裤兜里，慵懒地走在前面。

他们走到教学楼外面，不远处，俞濯站在绿植花坛边玩手机，时不时抬头看一眼。前几眼都正常，最后那一眼先是扫到季让，又扫到跟在季让身后的戚映，他眼珠子差点瞪出来了。

他把手机往兜里一塞，飞快冲上去。

季让也看到他，停在原地，等俞濯冲到跟前时，毫无预兆地把书包往他怀里一砸。

俞濯看在是自己姐姐的书包的分儿上，忍了。他恨铁不成钢地看向后面的戚映，也不管她听不见了，喝道："姐，还不过来！"

季让没回头，伸手拽住肩上的校服抖了抖，示意戚映放手。

她听话地松开。

那若有若无的力道终于彻底消失。

季让抬步要走，俞濯忍不住没好气道："你能不能离我姐远点？她跟你以前碰过的那些女生不一样。"

季让像听到什么天大的笑话，嗤笑出声来。

他偏头看俞濯，狭长的眼角下垂显得冷，上挑便显得邪，漆黑的瞳孔像凛冬的夜空，连光都透着化不开的寒意。

俞濯被他看得心尖一抖。到这个时候，他才终于对这位传说中狠戾阴鸷的海城一中校霸有了一丝清醒的认知。

季让挑着嘴角，保持着一贯满不在乎的笑，语气却让人发凉道："一不一样，要试过才知道。"

俞濯勃然大怒，看样子马上就要跟他动手。

季让嗤了一声说："怎么？想在你姐面前挨打吗？"

俞濯瞬间想起昨天下午被小腹剧痛支配的恐惧。

打不过……能屈能伸才是真男人！

他咬牙切齿地瞪了季让一眼，一把拽过戚映的手腕，抬步就走。戚映被他拽得晃了一下，匆匆跟上他的脚步后，还特乖地回头朝季让挥了挥手。

俞濯感觉自己要被气死了。

他们走到校门口，收到俞程的电话，说他还有十分钟到。俞濯站在树下，使着戳破屏幕的劲儿给戚映打字：你哪天被季让卖了还要帮他数钱！

戚映回：他不会的。

俞濯：贩卖人口是犯法的。

戚映：他不会做犯法的事。

他正要奓毛，戚映的消息又过来了。她把刚才在楼道口发生的事说了，俞濯脸色一变，立即打字问她：那些人你认识吗？

戚映摇摇头。

他骂了一句，没想到自己就这么一点小疏忽也能被人寻到空隙生事，戚映一个特殊新生能因为什么惹到那些杂碎？

难不成真应了他爸那句话，坏学生就喜欢欺负乖乖女？还是太大意了！

他正自责懊恼，余光看见季让从校门口走出来，他拍拍戚映的肩示意她站在这儿，然后拔腿冲上去。

季让一看见他，脸上顿时露出不耐烦的神色，看样子是要发火，俞濯抢先道："我姐都跟我说了！刚才谢谢你帮她解围！"

季让话都懒得跟他说，侧身要走。

俞濯下意识去拽他胳膊问："欸等等，欺负我姐的那些人你知道都是谁吗？"

季让觉得自己这辈子脾气都没这么好过，转头说："你手不想要了是吗？"

俞濯讪讪，特别不好意思地收回手道："对不起啊……"

话音刚落，一辆一直停在校门口、低调不起眼但价格昂贵的黑色辉腾的车窗缓缓降了下来，戴墨镜的短发女生将墨镜往鼻梁下一压，露出一双细长的眼睛。

她的红唇勾着笑道：“哟，看不出来，男女通吃啊。”

季让：“……”

他上辈子死之前是不是欠了这对姐弟什么东西没还？

俞濯感觉大佬可能要打人了，非常迅速地后退两步道：“拜拜，再见，我走了。”

季让：“……”他只能把气撒到车内的女人身上，“你来做什么？”

季芊慢悠悠摘下墨镜。五官深邃的一张脸，凤眼红唇，眉梢细长，单看这张脸，只会让人觉得冷艳不好接触，但一说话却会打破这种错觉：“我想来就来，这地儿你修的？”

季让掉头就走。

季芊深觉半年不见，自己这个堂弟越发乖戾了，一点玩笑都开不得。她扒着车门喊：“别走别走，我错了还不行吗！”

她见季让没有停下来的迹象，急道：“再不回来开车撞你啊！”

季让被气笑了，他回过身来，一副“只给你十秒钟时间，有话快说有屁快放”的模样问：“到底什么事？”

季芊愤怒道：“没事就不能来找你吃饭吗？”

季让愣了一下，表情总算没有那么冷淡了，说：“公司的项目又出问题了？”

每次公司的项目出问题，季芊都会被董事会的那群人折腾，然后就会来找他吃饭。

季芊是他大伯的女儿，从商学院毕业后就接手了大伯的酒店，这些年在行业内做得风生水起，是青年才俊这一辈里有名的冷艳女总裁。

当然，“冷艳”这个形容词是对外，真实面目是什么样，只有自家人知道。

这两年也不知道季芊抽什么风，开始疯狂投资游戏、动漫行业，亏损了不少，董事会的人本来就因为她年纪轻，一直不服领导，现在抓到话柄，三天两头地搞事。

季让对成人世界的利益关系不感兴趣，但至今还能让他心平气和地说上几句话的季家人，只有一个季芊了。

季芊撇嘴，不置可否。他没再说什么，绕过车头拉开车门，坐上副驾驶的座位。

车子缓缓开离，掉头时正好经过戚映和俞濯旁边。俞濯微微靠前，高个子，替姐姐挡着细碎的阳光，嘴里好像在说什么。

戚映明明听不到，但还是一脸认真地看着他，唇角总有浅浅的笑。

她对谁都这样笑？季让"嘁"了一声。

季芊偏头看了眼道："你喜欢那小孩儿？"

季让像被踩到尾巴似的说："谁喜欢她？"

季芊伸出一只手拍拍他胳膊道："没事儿，姐支持你，挺配你的。"

五分钟后，俞程开着他那辆红色朗逸到了。

他们一上车，俞程就问俞濯："今天学校怎么样？"

俞濯想了想说："还行吧，其实跟初中也差不多，就是作业多了点。我们班主任不是个刚毕业的年轻人吗，本来以为挺好糊弄的，结果今早有人迟到，一上午都被罚站。新官上任三把火啊。"

俞程无奈道："谁问你，我问映映。"

俞濯心想：自己真是亲生的吗？

戚映大概是猜到了俞程会问什么，给俞濯发消息：别跟舅舅说那些，他工作忙。

俞濯想想也是，自己这个程序员爹一天到晚忙得都快秃顶了，还是不要给他增添烦恼了。他简单说了几句，让俞程安心便罢。

回到家，吴英华还没回来。冰锅冷灶，俞濯和戚映先去写作业，俞程给媳妇打电话。

吴英华那大嗓门隔着电话都能听到："我在市场买菜呢。今天下午遇到一个老同学，聊太久耽搁了，你问濯儿想吃什么。"

俞程走过去问："你妈问你有没有什么想吃的。"

俞濯本来想说随便，话要出口，突然想起季让。他的拳头怎么能那么硬呢?

俞濯回头坚定道:“牛肉!”

吃牛肉,长块头,打季让!

吴英华很快就拎着菜回来了。等戚映和俞濯写完作业,饭菜也端上桌了。俞濯刚坐下,夹了一筷子泡椒牛肉还没吃,他妈拿着一个文件袋神神秘秘地走过来。

吴英华献宝似的说:“儿子,你看妈给你买了什么!”

这语气,俞濯当真以为他妈背着他给他买了套房。

他低头一看:××保险。

俞濯:“……”

俞程也接过来看了几眼:“怎么突然想起买保险了?这啥,意外险?濯儿才多大你就给他买这个?”

吴英华剜了他一眼:“你懂什么?人生无常,世事难料,意外都是无法避免的。只有在它来之前,做好每一份保障!”

俞濯觉得,凭他妈妈的文化水平,应该说不出这话。

果然,吴英华继续说:“下午不是遇到老同学了吗?人家做保险行业已经十年了,很专业的。濯儿现在年纪小,越早买越好。桂枝说了,等买到他四十岁,不仅会把钱退回来,还有分红呢!”

俞程说:“听起来像那么回事,多少钱啊?”

吴英华说:“便宜,每年才三千。”

俞濯掰着指头算了算,三十年,每年三千,一共九万,说多也不多,买个保障,不出事还能拿回本金,的确不错。

一家三口乐呵呵,刚才拿过合同翻看的戚映把文件递过来,食指点了点条款栏的某一项,一脸疑惑地示意俞濯。

俞濯低头一看,那一栏写的是:全残或身故才能赔付。

他虎躯一震问:“妈,这是什么意思?”

吴英华看了看,迟疑道:“我也不太懂,不过桂枝说,你要是出事了保险公司会赔一百万。”

俞濯反应过来了:“全残或者死了才赔一百万。那我要是只断了一条腿，是不是还得自己打断另一条？”

吴英华气得饭都吃不下了，当即搁了筷子去给老同学打电话。没多久，她气势汹汹地回来了：“跟她约了明天见面聊！这合同有犹豫期，可以退。明天我就把那三千块退回来，给濯儿买电脑！”

一直心心念念想要一台笔记本电脑的俞濯同仇敌忾道：“退！必须退！”

他妈怎么就没买个六七千的保险呢？这钱要是退回来，游戏本就稳了。

俞濯心花怒放，觉得这都是他姐的功劳，下楼倒垃圾的时候还给戚映买了个冰激凌回来，送到她房间时，看到戚映又在写她那部古代小说。

俞濯心想，说不定再过几年他姐就会成为某网站的大大了。

到时候他一定去给他姐“扔地雷”。

第三章

轰鸣巷子口

写完日记的戚映合上笔记本，想起明天的英语单词听写，又继续把英语书拿出来复习。她看到一半，手机收到岳梨发来的微信：映映！我刚才看见季让了！

戚映还没来得及回复，她的消息又跳出来：他跟一个特别漂亮的女的在吵架！表情好凶啊！我这是见证了分手现场吗？可是那个女的得有二十五六了吧？年龄好大啊。

戚映把打好的文字删掉，重新打：二十五六也不大。

岳梨：原来季让喜欢这种御姐类型吗？难怪薛蔓青没戏呢。

戚映不想再跟她继续讨论这个话题，问她：你不是在家背单词吗？怎么这么晚还在外面？

岳梨发了个奋斗的表情：我上补习班呢，刚下课，现在回家继续背。

戚映瞬间被同桌勤奋好学的精神给打动了。

她回：加油！

戚映第二天早上到教室的时候，岳梨已经在座位上了。

岳梨一向来得迟，因为她每天早上都要绕路去集市买牛肉面。用岳梨自己的话说——“老陈牛肉面”是她早起的动力，是她一整天学习力量的源泉。

但今天她比戚映还早到，一边抱着个肉松面包啃，一边背单词。

看到戚映进来，她顿时神色激动，但想到早自习结束后的第一节英语课就要听写，又按捺住八卦热情，继续投身词海中。

早自习结束，十分钟课间休息后，英语老师踩着上课铃声走进教室，站在讲台上说："课本都收起来，听写单词。"

戚映听不见，但看见大家整齐划一的动作，也乖乖地把书放进课桌的抽屉里，拿出听写本开始自己默写单词。

旁边岳梨蓄势待发的姿势看上去非常认真。

戚映心想：班主任对自己真好，安排了一个这么刻苦认真的学霸给自己当同桌，自己一定要更努力一点，才能追上大家的脚步！

五分钟后，听写结束，英语老师示意同桌互相交换，检查答案。

戚映接过岳梨的单词本一看——

欸，怎么回事？二十个单词只写对了五个？不是少一个"r"就是多一个"e"……

面对戚映投来的疑惑的眼神，岳梨："……"

这样的结果，人家也不想的啊！

我刻苦，我用功，我上补习班，可我还是个学渣，我能怎么办？我也很绝望啊！

错了十五个单词的岳梨被罚把每个错误单词抄写二十遍，放学之前完成。习以为常的她根本没有受到打击，一下课就跟戚映兴致勃勃地八卦昨晚遇到季让的事。

她把手机夹在双腿之间，微信打字发给戚映：季让从车上下来，摔车门的动作好凶啊。那个短头发御姐把车停在路边追上去，我隔着一条马路听不见他们在说什么，就听见季让骂了一句"关老子屁事，谁爱去谁去"。然后他就打车走了！

戚映回了她一串省略号。

岳梨：你说他们到底是什么关系啊？

戚映：不知道。

岳梨奇怪地看了她一眼：映映，你怎么一点都不好奇啊？你可是跟大佬有纠葛的人！

戚映打字速度慢，好半天才打完一句话：那是他自己的私事，我们不应该窥探。

不管是梦境还是现实，将军都有很多她不知道的事。

在梦中，将军如何在不触怒龙颜的情况下婉拒陛下的赐婚，又如何将那些想邀请她出席京中贵妇宴会的帖子全部拒之门外……

梦中的她不需要知道太多，只要在将军需要她的时候，陪在他的身边，盼他平安康健，就是她全部的心愿。

岳梨看了看她那双温柔的眼睛，心里默默地想：可能这就是映映哪怕听不到单词也能全部默写正确的原因吧？人家专心啊！两耳不闻八卦事，一心只背政史地！

岳梨一脸坚决地回她：你说得对！我以后再也不八卦了，要把八卦的精力都用到学习上！

戚映捏住小拳头做了个加油的动作。

岳梨将手机关机塞进书包，拿出下节课要用的数学书开始认真预习。

数学课上到一半，正认真记笔记的戚映收到岳梨偷偷摸摸传来的小字条：映映，我再问最后一个问题啊，你今天中午吃饭还跟季让坐一起吗？

戚映摇了摇头。他不喜欢的事，她不会再做。

岳梨笑出两个小梨涡：那我们一会儿放学跑快一点，今天一定要抢到糖醋排骨！

戚映笑着点点头。

结果还没等到放学，第二节课下课后，班主任刘庆华就把戚映叫走了。她进办公室，俞濯也在那儿，把已经写好的备忘录拿给她看。

原来刚才舅舅给刘庆华打了个电话。

戚映一直在市医院治疗失聪，主治医生今早联系俞程，说一个业内非常有名的耳鼻喉医生今早临时来市医院参加一个交流会，开完会就要回北京了，如果方便的话，希望俞程能带戚映去一趟，让这位医生给戚映检查一下，可能会有助于她的康复。

事不宜迟，俞程立即给刘庆华打电话请假，让她给戚映批个假条。他不放心戚映一个人，还给俞濯的班主任打了个电话，也给俞濯请了个假，让他陪戚映一起在校门口等着，他很快就过来。

刘庆华把假条交给俞濯，又嘱咐他几句，就让他带着戚映走了。

上课铃已经拉响，校园里空荡荡的，俞濯领着戚映一路直奔校门口，出示请假条后保卫科给他们放了行。

阳光愈来愈烈，俞濯左看右看，牵着戚映的袖子带她躲到围墙外的树荫下，然后给俞程打电话："你还有多久到啊？太阳太大了，好热。"

俞程说："七八分钟，这儿堵住了。"

戚映乖乖地站着，好奇地看着一只歇在墙垣上的麻雀。

一只手掌突然由下而上扒住墙垣。麻雀受惊飞起，戚映眼睛瞪大，下一秒，一个消瘦的身影从墙头一跃而下，手掌撑住地面，稳稳落地。

他一抬头，对上一双近在咫尺的眼睛，本来冷漠的神情瞬间绷不住了。

戚映眼里的好奇化作了欢喜。她上前两步，看样子想去扶他。

季让如临大敌，猛地朝后一退，手掌往前一伸："别过来！就站那儿！"

戚映听不见，但能看明白他的手势，停住了脚步。

俞濯刚挂电话，转身一看，一脸不可思议。三人大眼瞪小眼，半晌，俞濯说："你逃课啊。"

季让："……"

俞濯难得见校霸吃瘪的神情，明知戚映听不见，还故意奚落季让："姐，你看，这就是坏学生。"

季让："……"

他缓缓站起身，看样子要过来打人了。

俞濯大声道："保卫科就在那边！我喊人了啊！"

季让皮笑肉不笑："老子好怕哦。"

俞濯：“……”

他急中生智。言语上服服软没关系，反正他姐也听不见，影响不了他伟岸的形象，行动上可千万不能吃亏！要是真当着他姐的面被季让打一顿，他今后还怎么做人啊？

俞濯立即道：“大佬，你刚才跳墙的动作好帅啊，能教教我吗？”语气特别真挚。

季让看了他一会儿，拍了下衣角的灰：“下次别撞在老子手里。”他转身就走，不远处就是他那辆黑红色的山地摩托。

戚映突然追上去。

俞濯着急喊了声“姐”，戚映已经追上他，指尖扯住他的衣角。

季让脚步一顿。

戚映很快放开手，将一张纸巾递过去。

昨晚下过雨，地面还没干，他的裤脚和手掌都是泥。

白皙细嫩的手腕伸在半空，因他久久不接，微微颤抖。

季让看了一会儿，伸手接过。纸巾质地很柔软，边角还印着蓝色的小碎花，有淡淡的香味。

戚映弯着眼睛朝他乖乖地笑了下，挥挥手，转身走回俞濯身边。

季让低着头，脸上没有多余的表情，拿纸巾把手上的泥擦干净了，才抬步走到自己的山地摩托旁边，长腿一跨坐了上去。

刺耳的轰鸣声响彻长街。

俞程开着车过来的时候，刚好跟飞驰的山地摩托擦肩而过。

他皱了皱眉，等俞程和戚映上车，一边掉头一边说：“刚刚那个骑摩托车的是你们学校的学生吧？老师怎么也不管管啊？太影响其他人了！”

俞濯趁机释放刚才被大佬的气场镇压的委屈：“就是！也不说管管！太影响我学习了！爸你不知道，这人可坏了，抽烟，打架，早恋，无恶不作，听说上学期还把一个高年级的学长打进了ICU！唉，真是世风日下啊。”

俞程道：“你也不是什么好东西。”

俞濯顿时满脸不解，但也说不出什么。

车子开到半路，俞程接到市医院的主治医生打来的电话，说那位医生提前结束了交流会，现在去了一家私立医院会诊，已经帮他们联系好了，那边答应留给他们一小时的时间。

俞程只得掉转车头，加速赶往私立医院。

到达的时候，那位医生刚好结束私人会诊，剩下的时间留给戚映。

距离爆炸发生那天已经半年之久，她的耳伤在治疗中已经开始恢复，起先总是有耳鸣，现在耳鸣渐渐消失，这是好转的现象。

医生给她做了检查，又结合之前的治疗记录做了一些药物上的调整。离开时医生告诉俞程，再过四五个月，戚映就能恢复听力了。

俞程高兴坏了，兴冲冲跟俞濯说："一会儿带你俩去吃刚才路过的那家意大利菜！"

私立医院建在郊区，附近算是富人区，高消费，一看那家意大利餐厅的装修风格，就知道价格不便宜，俞濯心里默默酸了一下，自己走狗屎运考上海城一中的时候都没这待遇呢。

离开前，戚映去上厕所。

私立医院的厕所修得也很精致，一点异味和脏污都没有。她掸掸手指的水往外走，一出门，男女共用的卫生休息间里，季让就站在角落。

四目相对，季让想死的心都有了，今天他不宜出行吗?

季让走过来，在她面前站定，只隔着三个指头的距离，少年衣服上的皂香将她笼罩。

他凶巴巴地问她："你跟踪老子啊？"

戚映微微仰头，睫毛眨啊眨，突然伸手在他左脸颊揩了一下。

那里有他刚才翻窗进来时蹭上的灰。

季让身子一僵，想也没想，一挥手把她的手打开了。

"啪"的一声，打在她的手背上，白皙的肌肤立刻红了。

戚映没预料到这个变故，连手都忘了放下，愣愣地看着他。

季让："……"他凶巴巴的表情闪过一丝慌乱。

她不会哭吧?

戚映还没反应过来，季让突然抓住她的手，往自己的手背上狠狠地打了一下。

又是“啪”的一声。

刚才他打她的那一下其实不疼，但这一下真是太疼了，她的掌心火辣辣的。

戚映的眼眶都红了。

季让盯着她，恶狠狠地说：“不是让你打回来了吗！”

外面的走廊传来脚步声。

季让听见有个中年男声说：“映映怎么去了这么久还没回来？你进去看看。”

俞濯气到变音：“那是女厕所！要去你去！”

季让后退两步拉开距离，食指竖在唇边比了一个“嘘”的动作。他比画完才觉得自己傻，她又不会说话！

脚步声渐渐逼近，季让扯了下领口，转身朝着通风处的窗口一跃而上，翻了出去。

戚映无声地惊呼，奔到窗口往下一看。一层楼的高度，季让稳稳地落在地面，起身拍了拍手，大步跨上停在楼下的山地摩托。

轰鸣声乍起，黑红的影子在空中拉出一道残影，消失在她的视线中。

身后的俞濯鬼鬼祟祟地探身进来，看到戚映就站在休息间，他松了一口气，心有余悸地看了眼女厕所的门，朝外汇报：“我姐没事儿，在窗边看风景呢！”

他也凑到窗边看了两眼，心想这有什么可看的，一脸郁闷地拉着戚映走了。

下了楼，俞程开车把他们带到意大利餐厅吃饭。

俞濯一看菜单，价格果然贵，戚映也看见了，翻了一圈，只要了一份蔬菜沙拉。俞程发现了她的心思，捧着菜单看的时候，眼眶突然有点酸。

他低声道：“你姑姑以前跟我说，映映最喜欢吃意大利面了。”

俞濯一愣，偏头看他爸。

俞程眼角有点红，借揉眼睛一掩而过：“你姑姑走了，我不能让她女儿连一顿意面都吃不到。”

他招呼服务员过来，点了菜单上那份招牌意面。

上菜的时候，戚映明显愣了愣，抬头看了俞程一眼。

俞程做出夸张的口型：“快吃。”

她笑了下，点点头，握住叉子，卷起一圈面放进嘴里。这味道仿若熟悉的老朋友，在她的舌尖一路蹦蹦跳跳地打招呼。

脑子里突然闪过母亲的脸庞，她坐在对面，温柔地对自己说：“映映，快吃呀，吃完了我们去接爸爸下班。”

戚映只觉得心脏狠狠一缩，像被针戳了个对穿，疼得她差点流出眼泪来。有关父母的回忆，每次触碰都会让她疼得发颤。

戚映咬牙忍住，强行中断脑子里熟悉的画面。俞濯把自己的牛排切好，叉了几块放到她的盘子里：“姐，这个好吃。”

她理解他的意思，笑着点点头。

吃完午饭，俞程把他们送回学校继续上课。

2 班下午第一节课是体育课。

这是本学期的第一节体育课，听说体育老师换了人，班上的学生都还挺期待的。

上课铃还没响，大家都在自由活动，岳梨不喜欢运动，去小卖部买了两根奶油冰棍儿，拉着戚映坐在篮球场边的台阶上，一边啃冰棍儿一边聊，打开微信吐槽：我最讨厌体育课了，又热又累，希望这学期所有的体育课都被数学老师占了！

啃到一半，一个篮球朝她们的方向飞过来，不过力道不大，在半道上就落地了，一路滚到她们脚下。

不远处，穿黑色背心的男生笑着朝她们喊道：“小同学，帮忙把球扔过来。”

岳梨一眼瞅到他胳膊上的肌肉，居然有点脸红。她把冰棍儿咬在嘴里，抱起篮球啪嗒啪嗒地跑过去。

男生一看她过来，顿时笑道："踢过来就可以了，快回去吧。"

不知道是不是太阳太大，这笑居然让她觉得很耀眼。

岳梨脸更红了，也不敢看他，埋头跑了回去。

十几分钟后，上课铃拉响，岳梨拉着戚映去集合。体育委员指挥着大家排好队，刚才在场边打篮球的年轻男生穿上扔在地上的白色运动服，抱着篮球朝他们走过来。

他从口袋里摸出一个红色的口哨戴上，在一片窃窃私语的声音中朗声道："同学们好，我是你们这学期的体育老师，我叫沈约。"

她爱体育课!

戚映就眼睁睁地看着嘴上说不喜欢上体育课的同桌犹如打了鸡血一样上完了整节体育课，下课时还意犹未尽，频频回头。

班上的女生也都在兴奋地讨论帅气的新老师，岳梨在心里默默祈祷：老天爷，信女愿一学期不喝奶茶，以求这学期的体育课不被数学老师霸占!

下午放学，戚映还在收拾书包，俞濯已经等在教室门口了。

岳梨见过他几次，自来熟似的打招呼："弟弟又来接映映放学啦。"

俞濯："……"

谁要被小矮子叫弟弟?

他一脸高冷地拎着戚映的书包往外走，岳梨挽着戚映走在后面，偷偷给戚映发消息：你弟弟好可爱啊！我也想有一个这样的弟弟!

刚发完，手机还没揣回去，就看见她口中可爱的弟弟一脸暴躁地冲那几个朝戚映吹口哨的男生骂："吹什么吹！想死啊？"

岳梨："……"

还是算了吧。

俞程今天加班，俞濯领着戚映去坐公交车。车上人多，全是刚放学的学生，早就没了座位，俞濯让戚映站在里面，靠着广告牌，自己拉着扶手，单手玩手机。

车子刚动，就听见叽叽喳喳的聊天声中有人大声说："戚映同学，坐这里吧。"

俞濯偏头一看，后边第一排的女生从座位上站起来，一脸笑意地给戚映让座。

戚映听不到，安静地看着窗外，俞濯向来不知道谦让为何物，有人给他姐让座，当然不会拒绝，扯着戚映就往后走。

走到跟前，他跟让座的女生道了声谢，正扶着戚映要坐，那女生说："不用谢，礼让残疾人是应该的。"

她还是笑盈盈的，嗓音又清又脆，全车人都看过来。

俞濯动作一顿。他把戚映推到身后，指着那女生的鼻头："你是吃屎了吗，嘴这么臭？"

女生脸都僵了，笑意维持不住。旁边有人帮腔："你这人怎么回事，给你让座还骂人？"

俞濯用指头在空中狠狠地点了点："再让老子听见你说'残疾人'这三个字，老子就把你变成残疾人，信不信？"

女生变了脸色，想说什么又不敢，最后在全车的注视下又坐回位置上。

俞濯冷笑一声，拿出手机对着她拍了张照。

那女生大怒："你做什么？"

俞濯冷冷看了她一眼："如果以后我姐被欺负了，我就把这张照片发给校长，告诉他是你唆使的。"

女生："……"

你是小学生吗？小学生找老师告状，你找校长？但女生到底是被镇住了，没敢再说什么。

俞濯收起手机，朝四周吼："看够了没？"

车内的学生都很疑惑：这人谁啊，这么嚣张？

前面有男生朝旁边的同学悄悄说："这就是前两天骂季让的那个新生，当天就被季让带人堵了，结果毫发无伤，全身而退。"

惹不起，惹不起！

俞濯和戚映的四周被直接空出来十厘米，空气都流通了不少。

到站下车，俞濯拿出手机，把刚才拍的照片发给他从小玩到大的好哥们儿杨心远，询问：认识这女的吗？

杨心远的消息很快发过来：不认识。谁啊？你看上的？兄弟马上帮你去打听！

俞濯：滚，老子又不瞎。去问问这是谁，哪个班的。

杨心远发了个“坏笑”的表情，没多久消息就发过来了。

高二1班的，叫贺静。

俞濯皱眉，还在思考，杨心远的消息又过来了：我朋友说，这女的跟校花薛蔓青玩得好，是她们那个白富美小团体的。但是她家里好像挺一般的，也不知道怎么跟那群富二代玩到一起的。

饶是俞濯刚进海城一中，也听说过校花薛蔓青追求季让不得的八卦。绕了半天，结果还是跟季让有关。

他就知道，沾上季让准没什么好事。

不行，他必须让他姐明白，那个人不是什么好东西，让他姐以后都离季让远远的！耳听为虚，眼见为实，得找个机会让她见见季让的真面目！

俞濯小同志一脸沉重地回到家，一进门，就闻到厨房传来的饭香。

他脸上一喜，顿时把刚才的烦恼抛诸脑后，飞快地冲到厨房：“妈！钱退回来了吗？我们什么时候去买电脑？”

吴英华说：“没有。”

还有没有王法了？

他愤怒道：“你把你那同学叫出来，我来谈！合同上写得清清楚楚，明明白白，犹豫期可以全款退钱，她赖不掉！”

吴英华在围裙上擦了擦手：“哎呀，你别急，妈给你看个东西。”她走进卧室，拿了份文件出来，又是一脸神秘的笑意，“你看看这个。”

俞濯一看：××保险，重疾险。

吴英华说：“今天我跟桂枝聊了很久，是我们误会她啦。残疾其实是属于重疾的范畴，不在意外险的保障范围内，她给我推荐了这个重疾险，大病小病全部包含在内，非常全面！这下就没有任何疏漏了，上至癌症残疾，下至猫抓狗咬，它全面保障了你的人身健康！”

俞濯：“……”

俞濯说：“所以，你不仅没有把钱退回来，还又买了一份？”

俞濯声泪俱下地给还在加班的俞程打电话。

俞程听完儿子的控诉，沉默了半天，叹气说：“买都买了，算了。等爸爸今年发了年终奖再给你买电脑。”

俞濯愤怒不已：“这只是一个电脑的事儿吗？这是原则性问题！照她这样下去，今天见一个老同学，明天见一个老朋友，还不知道会上当受骗多少次！”

俞程那头传来噼里啪啦的打字声，只听他缓声道：“就当让你妈买个安心吧。自从你姑姑家出事，她一直都提心吊胆的，担心我和她要是出个什么意外，你孤苦无依，没办法独自生活长大。买份保险也挺好的，要是真有什么事儿，你起码还有份保障。”

俞濯没说话了。

他年龄还小，孩子心性，虽然姑姑一家出事也带给他极大的震撼，但他除了难过和照顾好姐姐的信心，并没有其他的想法。

但俞程夫妇不同，经历这样一场打击，不得不重新审视看上去平凡的生活。

意外未曾降临到自己头上时，你永远不知道它有多可怕，直到亲眼看见它摧毁了一个原本温馨美好的家庭，亲眼看着原本有着锦绣未来的戚映从云端坠入深渊，从一个阳光爱笑的少女成了一个不会说、听不到的孤儿。

没有人知道，她到底是真的挺过来了，还是变为一座压抑的火山，终有一日会爆发。

俞濯挂了电话，吴英华已经把饭菜端上桌，大着嗓门喊他洗手吃饭，戚映在旁边乖乖地摆碗筷。俞濯喜欢一边喝汤一边吃饭，她还专门给他拿了一个喝汤的碗。

俞濯回想他爸的话，再看看戚映，暗自握拳。

他姐这么乖的女生，可千万不能让季让那个傻瓜给祸害了！

吃完饭回到房间，俞濯给杨心远发消息，让他留意一下季让的动向。杨心远外号“杨万里”，号称可以足不出户就掌握万里之外的一手资料，毕竟人家 QQ 群都加了两百个。

杨心远发了个“扶额”的表情：你怎么老跟他过不去啊？这人真的不好惹，上次你能全身而退，是你运气好，你真想被他揍进 ICU 啊？

俞濯：让你留意就留意，哪那么多废话！

杨心远：兄弟，你再这样我要怀疑你对季让有意思了。

俞濯：我看你是想被我揍进 ICU。

杨心远：……

明天是星期五，学校规定可以不用穿校服，吴英华临睡前还去给俞濯和戚映分别配好了要穿的衣服。

她把前不久逛商场买的一条半袖连衣裙找出来熨烫好了，让戚映试穿看看。

裙边绣着碎花的白色的小裙子，戚映穿上果然跟她想象的一样好看。

吴英华还在那儿满意自己的眼光，俞濯刷完牙出来，一眼就看到戚映那双又白又长的腿和纤细的腰肢，顿时道：“这条裙子一点都不好看！”

吴英华瞪了他一眼：“你懂什么，睡觉去！”

俞濯不依不饶：“你给她换成裤子吧，这真的不好看！现在的高中生谁这么穿啊，太土了！”

吴英华半信半疑，开始对自己的审美产生怀疑：“真的啊？”

俞濯坚定地点头：“真的！现在的女生都喜欢穿 T 恤搭牛仔裤，简单大方有气质！”

吴英华又回头看了戚映几眼，被儿子这么一说，倒真觉得裙子没之前那么好看了。

第二天早上起床，俞濯看见穿着 T 恤和牛仔裤的戚映从卧室走出来，默默松了口气。

到学校，果然是百花争艳。

一周就这么一天，在校规允许的范围内，女生都铆足了劲地打扮自己，戚映的穿着中规中矩，毫无吸睛点，落在她身上的视线自然也少了很多。

俞濯对此非常满意，并在心里为自己的机智点了个赞。

身后有人叫着“弟弟”一路追上来。俞濯的肩膀被人拍了下，穿着一条背带裙的岳梨气喘吁吁地站在他身后：“叫你怎么不答应啊？”

俞濯眼角抽搐，不说话。

好在岳梨很快就转移了注意力，瞪着圆溜溜的眼睛看着戚映：“映映，你怎么穿的是裤子啊！我们昨天不是说好了今天一起穿裙子，放学去银象城逛街吗？”

戚映虽然听不到，但看岳梨的神色也知道她在说什么。戚映有点不好意思，抱歉地看了她一眼，拿出手机打字道：对不起呀，是舅妈给我选的衣服，下周我一定陪你穿裙子。

俞濯瞟到屏幕上的内容，凉凉地看了岳梨一眼：“腿那么粗，还穿裙子。”

岳梨瞬间爆炸：“你说谁腿粗？”

俞濯：“……”

不愿面对现实的女生好可怕，溜了溜了。

岳梨气呼呼地挽着戚映往教室走，进教学楼的时候，沈约迎面走来。岳梨表情一收，有点紧张又有点害羞。

沈约看见她，笑了一下，明显是认出了自己的学生，岳梨小声打招呼：“沈老师好。”

沈约笑着点头：“早上好。”他笑容明朗，像晨起的阳光，“背带裙很可爱。”

岳梨耳根都红了，挽着还在跟沈老师挥手的戚映忙不迭跑上了楼。

教室里，班上的女生都围在文艺委员赵都南身边，语含羡慕地讨论她身上那条据说是她姑姑从美国买回来的裙子。

岳梨不喜欢赵都南，总觉得她“装”，而且去年她是班花，这学期戚映一来，大家都说班花要换人，好几次赵都南都在戚映面前摆脸色，气得岳梨想咬她。

见她俩走进来，赵都南的视线在戚映身上上下扫了一遍，脸上果然又是那副“赢家”的姿态。

岳梨把书包放下来，一边往外拿作业，一边故意大声跟后桌的学习委员黄博通聊天：“我刚才在校门口看见薛蔓青，她穿的可是 ×× 的限量版呢。还有她身边那群小姐妹，奢侈品的 logo 在太阳下闪闪发光，特别好看。”

黄博通从试卷里抬起头，推了推挂在鼻梁上的黑框眼镜：“啊？”

赵都南也听见了，阴阳怪气地损她：“现在有些高中生学习不怎么样，攀比心倒是很厉害，看见奢侈品就走不动路，也要自己买得起啊。”

岳梨回头一笑，露出两个深深的梨涡：“买不起，毕竟我没有一个在美国当代购的姑姑。”

赵都南：“你！”

班主任刘庆华从门口走进来，手里抱着一叠试卷：“都坐好，早自习随堂测验。”

教室终于安静下来。

岳梨把课本收好，又提醒还在乖乖看书的戚映要随堂考试了。

她突然觉得，有时候听不见其实也挺好的，起码受到的恶意会少一半。

上午的最后一节课是生物课。

生物老师是个二十多岁的男生，刚毕业，人特别好，只要是他上最后一节课，每次都会提前两分钟放学，让大家能抢夺先机，奔向食堂抢菜。

这次也一样，他看了看表，收起教案，低声说：“同学们，还是跟以前一样，不要吵不要叫，悄悄跑，别影响其他班级，最重要的是——不要被年级主任发现了！不然扣了老师的工资，你们给老师补上。”

2 班同学坚定地点点头。

他一挥手，大家都弓着身子放轻脚步地往外走，到了教学楼外，下课铃才响，2 班学生在狂奔中露出胜利者的笑容。

结果，今天有五个班在上体育课。

心心念念要吃到糖醋排骨的岳梨眼睁睁听着食堂大妈用她中气十足的声音喊："最后一份糖醋排骨！"

而此刻她前面还排着七八个人。

食堂每天就不能多做点糖醋排骨吗？搞什么饥饿营销！

几个高壮的男生从侧门嬉闹着跑进来，屈大壮远远地就喊："糖醋排骨我来了！"

排第一个的男生刚把自己的餐盘递出去，一听这声音，吓得手一抖，忙不迭地收回餐盘，跟食堂大妈说："我不要了我不要了。"

大妈看向排在后一位的学生。

第二位学生："我也不要了，我也不要了！"

一时之间，岳梨和戚映前面的七八个学生全都跑了，岳梨和食堂大妈来了一个"深情对视"。

大妈问："你要不要啊？"

岳梨说："不敢要……"

她还记得上一次屈大壮那群人为了一份糖醋排骨跟人打得头破血流的事，此刻拉着戚映想走。

戚映不明所以：明明还剩一份，为什么大家都走了啊？她来学校的这几天，被安利了好多次，结果一次都没吃上过，很好奇味道呀。

戚映指了指前面，用口型跟岳梨说："我想要那个。"

岳梨说："下次下次，我们下次再来吃。"

说话间，屈大壮一群人已经冲过来，一看只剩一份了，顿时哀号，他大着嗓门道："让哥呢？快叫让哥来，只有一份了。"

他们应该是刚打完球，浑身汗臭，季让走在最后，黑 T 恤被汗水浸湿，他把短袖卷在肩头，手臂线条劲瘦。

戚映没看到季让，她正眼巴巴地盯着那份糖醋排骨。

岳梨欲哭无泪："映映乖啊，我们下次再来吃啊。"

屈大壮已经准备刷卡，季让在他脑袋上拍了一下："今天不想吃这个。"

屈大壮说："那我吃。"

季让没说话，只偏头看了他一眼。

屈大壮说："不吃了不吃了，走走走。"

于是岳梨莫名其妙地得到了最后一份糖醋排骨，这让她不禁疑惑，自己难道就是传说中的……天选之子？

戚映这才看见已经走过去的季让。

她动了动唇，看着季让高瘦的背影，到底是把"将军"两个字吞了回去，也止住了想要上前的脚步。她不能总是沉浸在梦中，虽然看到他就忍不住想要靠近，虽然梦中的感受过于真实，可那终归是梦。面前的他对自己一无所知。

食堂里的学生渐渐多了起来，又到了一天中最热火朝天的时候。

岳梨领着戚映打完菜，往自己班级扎堆的地方走。

季让已经坐在他的专属位置，面前摆着饭菜丰富的餐盘，筷子却搁在一边，他没吃，靠着椅背在玩手机，余光瞟见戚映朝他走来。

他不由自主地动了动身子，稍微坐直了一些。

然后他就看见戚映朝他笑了下，端着餐盘从他身边经过，坐到了另一桌。

季让："……"

他心烦意乱地拿起筷子，一张餐盘搁在了他的对面。

人却没坐下来，有点拘束又面含笑意地站在旁边，柔声问他："季让，我可以坐在这里吗？昨天晚上见到季叔叔，他让我……"

季让头都没抬："滚啊。"

四周视线射过来，薛蔓青身子有点发抖，笑也快维持不住："季让，我……"

他把筷子往下一砸，溅起的油渍飞在了薛蔓青限量版的白色连衣裙上。

大概有一分钟的时间，两人谁都没说话。薛蔓青几乎哭出来，咬着牙转身要走。

季让说："东西拿走。"

她全身绷得僵硬，不得不回身，顶着各色的视线，端起自己的餐盘，然后径直走到泔水区，连盘带饭，“哐当”一声全部扔了进去。

她其实很少来食堂吃饭，要么是靠家里的保姆送饭，要么去高档餐厅吃。直到前两天，她听说从来不跟人同桌吃饭的季让让那个特殊学生坐在了他对面。

昨晚她跟着爸爸去参加一个饭局，遇到了季伟彦，季让的父亲。

季伟彦知道她跟季让在一个学校，有时候遇到了，会和她聊几句，打听打听有关季让的情况，一来二去就熟了。

而薛蔓青叫了几次“季叔叔”，总以为自己就不一样了。

她把特殊学生这件事跟季伟彦说了，季伟彦果然很开心，说：“阿让一直都是个好孩子，跟他妈妈一样，心软。”

薛蔓青愤愤想：心软个屁。

食堂的闹剧接下来很长一段时间成为八卦的谈资。

杨心远秉承着要对兄弟交代的事情上心的原则，把这件事添油加醋地跟不喜欢在食堂吃饭的俞濯说了。

俞濯大惊失色：“他用餐盘砸了薛蔓青？”

杨心远：“那可不！啧啧，限量版的裙子啊，全身都是菜汤，薛蔓青扔下一句‘季让你给我等着，我不会让你好过’，捂着脸边哭边跑！”

俞濯说：“你说的这个剧情，我好像在哪部电视剧里看到过。”

杨心远：“所以你和你姐真的走运，两次犯在他手里都没出什么事。对了，还有个事，我在‘狂龙过江群’里看到，三中的人放学后要带人去堵季让。”

俞濯说：“又是三中的人？他们是狗皮膏药吗？都堵季让多少回了？每次都被季让打得屁滚尿流，还没挨够呢？”

“夺妻之仇！岂是说算了就算了的？而且这次不一样，听说张大清找了混社会的过来，发誓要给季让一个永世难忘的教训！”

俞濯略一沉思，眼睛一亮：让他姐看清季让真面目的机会来了！

第四章

高甜补习班

俞濯打听好了季让被围堵的时间和地点。

一放学他就去高二 2 班接戚映，结果岳梨挽着戚映说："我们要去银象城逛街。"

银象城是早些年很繁华的批发市场，东西便宜，种类多，现在演变成琳琅满目的小商品街，附近还有 KTV、游戏厅、台球店等一系列中低档娱乐场所，是初高中生逛街玩乐之必选之地。

行吧行吧，逛吧逛吧，反正距离开打还有一个多小时。

俞濯拎着书包跟在她俩后面，一开始还只单肩背着自己的书包，到后面不知道怎么回事他就变成了一个衣架，身上挂了三个书包，周末作业又多，三个书包装满课本，重得要死。

这样逛街跟凌迟似的，还不如让他去负重跑。

岳梨看他累成这样，大发善心道："要不你去奶茶店坐着等我们吧？从前面那个巷子穿过去就是 CoCo 奶茶，我们再在那附近逛一会儿也就结束了。"

俞濯如蒙大赦："走！"

三个人穿巷子抄近路。

这附近还有不少老房子，电缆线拉得错综复杂，停满了遍地拉屎的麻雀。窗户外伸着长长的竹竿，随风飘荡的都是颜色鲜艳的内衣内裤。交叉的巷子也多，稍不注意就要走错方向。

岳梨在前面带路，边走边说："一会儿姐姐请你喝奶茶。"

俞濯爹毛："矮子没资格自称姐姐！"

岳梨转过身来倒着往前走，朝他竖起两根手指："你已经得罪我两次了。一次骂我腿粗，一次骂我矮。"

俞濯："……"

这么记仇的吗？

转过拐角，幽深的巷子里，电线杆下站着六七个人。

其中一个人，面朝下扑在地上，由于后脑勺的头发被蹲着的少年拽住，不得不微微仰头，额头的血一路往下，流了满脸，狰狞可怖。

少年还勾着唇角，脸上漫不经心，但语气却阴戾："最后一次警告你，再纠缠老子不放，就不止流血这么简单了。"

他掸掸手站起身来，一只脚踩住地上那个人的脸，阴声问："记住了吗？"

那人哭着点头。

他满意地笑了下，随之抬头，看见愣愣地站在巷口的三个人，脸色顿时就变了。

岳梨双腿有点抖，说话都哆嗦："他……他不会过来把我们灭口吧？"

俞濯："……"

杨心远这个不靠谱的玩意儿！说好的张大清带人围堵季让呢？他看到的怎么是季让把张大清按在地上摩擦？

不过……他偏头看了戚映一眼。误打误撞，让戚映看到季让的这一面，也算是计划完成？

别说，刚才季让那模样……他都怕。

岳梨哆哆嗦嗦地扯住俞濯的袖子，几乎要哭出来："过来了……他过来了……我动不了了，呜呜呜……我的腿好软，妈妈对不起，女儿要比你先走一步了呜呜呜……"

俞濯鼓足勇气，往前一站。

季让走到他面前，视线却越过他，落在身后安静站着的戚映身上。

她看见了吧？她都看见了，他那么凶、那么坏的样子。

她也会害怕他了。

俞濯努力挺直腰杆，却悲哀地发现自己比季让矮那么几厘米，他伸手把两个女生护在身后，戒备又警惕：“你做什么？我们就是路过。”

岳梨在旁边小鸡啄米似的点头：“对对对，我们什么都没看到。”

这两人一副把他当杀人犯的样子。

戚映却看着他笑——是每次看见他时，那样欢喜又温柔的目光。那双像月牙儿似的眼睛里，没有他想象中的害怕或者厌恶，一丝一毫都没有。

季让一时愣在原地，连身上那股阴戾的气息都散去不少。

俞濯一手拉着戚映，一手拽着岳梨，身上还挂着三个书包，想跑。

季让突然开口：“以后不要走这种地方。”他看了俞濯一眼，脸上没什么表情，“不安全。”

话落，他转身往回走，手指勾了勾，电线杆旁边那群凶神恶煞的少年都乖乖地跟了上去，只剩下地上还在呻吟的张大清。

岳梨双腿一软，差点坐下去，她问俞濯：“要不要报警啊？”

俞濯盯着季让走远的背影，缓缓摇了摇头：“那个人自找的，走吧。”

穿过巷子就是 CoCo 奶茶店。

岳梨一到店就瘫着了，双腿软得没力气，戚映陪着她，俞濯去买奶茶，回来的时候正听见岳梨哭唧唧地哀号：“映映怎么看上去这么淡定啊？刚才真的吓死我了呜呜呜……”

俞濯也觉得奇怪，坐下来后拿出手机给戚映发微信：姐，你不怕吗？

戚映咬着吸管：怕什么？

俞濯：你没看到季让刚才是怎么打那个人的吗？下手也太狠了。

戚映：惩恶扬善的事总要有人做的。

俞濯：？？？

等等，姐，您的成语是不是用错地方了？

戚映喝着奶茶，心想：你们害怕才奇怪吧？

梦中也是这样。

将军不过是回京之后整治了风气颓丧、公事废弛的练兵营，那段时间京中的世家公子们见他都绕道走，谈之变色，见之发抖。直到他再次领兵出征，许多闭门不出的纨绔才终于敢上街，听说还有人待将军离京后在家门口放鞭炮庆祝，真是气死她了。

想到这儿，戚映抬头看向弟弟，忍不住瞪了他一眼。

正在用吸管戳珍珠的俞濯满脸的莫名其妙。

经历了这一幕“血腥”的小插曲，岳梨也无心逛街了，在路口跟姐弟俩告别后上了出租车。俞濯本来打算领着戚映去坐公交，经过台球厅时，手痒了。

今天周五，各个学校都放假，台球厅热闹无比，很多技术好的人都会趁这个时候在里面秀一把，俞濯的台球就是这样学的。

但里面大多数人都是男生，乌烟瘴气。他看了看四周，楼下有个装修精致的冷饮店，他把戚映带了过去，要了一份她爱吃的草莓冰激凌，发微信：姐，我去打一把球，你在这儿等我一会儿。

戚映点点头。

俞濯把书包扔在这儿，跑了。

戚映乖乖坐着吃冰激凌。冷饮店没什么人，店员也只当她是普通的消费者，坐在吧台百无聊赖地玩手机，等待下一个消费者进店。

没多久就有两个女生说说笑笑地进来了。

其中一个看见戚映，拿手肘碰了碰同伴。贺静循着方向看过去，脸上笑意一收。

两人对视一眼，贺静拿出手机给薛蔓青发了条消息，很快就收到回复：把她带过来。

贺静走到戚映面前，脸上挂着三分笑意，将屏幕递给她看：戚映同学，我是你隔壁班的，我们有几个同学在旁边的KTV里玩，邀请你一起过去。

戚映看完内容，目光落在对方脸上，警惕地摇了摇头。

原来不像看上去那么好骗啊……贺静看了她半天，收了笑意，突然伸手把搁在沙发上的两个书包拎起来，掉头就往外走。

戚映一惊，无声地喊了出来，眼见着她走出门，只能追上去。

贺静和同伴一人拎着一个书包走得飞快，戚映追了半天都没追上，干脆不追了，停在原地拿出手机给俞濯发消息：我们的书包被人抢走了！

贺静见她停下，笑逐颜开地晃了晃书包，意思是：不想要了吗？

戚映往前走两步，贺静就又跑两步，她要被气哭了。

贺静笑得前俯后仰，跟同伴说："像不像遛狗啊？"

话音刚落，手臂猛的往后一沉，胳膊几乎被拉得脱臼，书包转瞬被人抢了过去。贺静和同伴尖叫着回头，待看见身后的季让，叫声全部卡在喉咙里。

他穿了件白T恤，衣角有刚才打架时沾上的污迹，一手拎着一个书包站在那里，唇角还勾着，非常"和颜悦色"地问她们："做什么呢？"

贺静吓得话都说不出来，过了好半天，结结巴巴地解释："我们……闹着玩的……"

季让不说话，只是冷冷地看着她。

贺静快被吓哭了："我们帮新同学拎书包……书包太重了，我们帮她……"

季让终于开口："书包里装的都是作业，你们既然这么喜欢，不如把抢过来的作业都写了。"

他把两个书包往旁边的白瓷砖花坛上一搁，冷声命令："打开。"

贺静和同伴不敢犹豫，忙不迭地走过去，蹲下身把书包打开。

海城一中要求学生们用专门的笔记本做家庭作业，戚映和俞濯的笔记本就在最外面，翻开就能看到。

贺静哆哆嗦嗦地拿出戚映这个周末要做的试卷，听见季让说："蹲在这儿，写完。"

两人不敢不听，掏出笔和本了，蹲在花坛边，边哭边写。

季让说："一道题都不准错。"

两人哭得更厉害了。

季让转过身，戚映就在身后乖乖地站着，眼眶的红还没褪去，看得人怪心疼的。他左右看了一下，没有袖子，于是把自己的衣角递过去，微抬着下巴说："带你去吃东西。"

戚映乖乖牵住，跟着他往前走。

转角就是一家甜品店，他给她买了一盒草莓布丁，在她对面坐下。

戚映好久没吃布丁了，尝了一口，又甜又糯，入口即化，她惊喜地看了季让一眼，又吃了一口。

季让单手支着下巴，淡声问："你弟弟怎么又把你扔下了？"

她把布丁朝他推过来一点点，漂亮的大眼睛眨啊眨。

他笑："老子不爱吃甜的。"

可盛情难却，他拿起旁边的勺子挖了一勺放进嘴里。

戚映一脸期待地看着他。

季让心说：什么垃圾玩意儿，甜得腻人。但还是朝戚映点了点头，表示味道不错。

戚映笑得比布丁还甜。

吃完甜品，两人回到刚才抢书包的地方，贺静和她朋友还蹲在那儿写，腿都蹲麻了，也不敢起来，看见季让回来，贺静声音里带着哭腔，小声请求："我们可以走了吗？"

季让冷声："写完了才准走。"

贺静本来止住的眼泪顿时又流了下来："我数学成绩不好，这张数学卷子我真的不会做啊……"

戚映把手机备忘录递给季让看。上面写着：我想自己写作业。

季让这才松口："书包收拾好。"

贺静如蒙大赦，忙不迭地将试卷收好装起来，拉好书包后还不忘拍干净底部的灰，毕恭毕敬地还给戚映。

戚映正要伸手接，却被季让先一步拎了过去。

贺静双腿发麻，和同伴互相搀扶着，小声问："我们现在可以走了吗？"

季让伸出一根手指，阴声说："最后一次。"

贺静明白了他的意思，脸色更白，急忙点了点头，拉着朋友飞快走了。

季让把戚映的书包搭在肩上，看都没看那个地上的俞濯的书包，抬步就走。走了两步，戚映没跟上来，回头一看，她正把俞濯的书包捡起来，拍干净抱在怀里。

季让一忍再忍，眼底的嫌弃之色几乎溢出来，最后到底没忍住，伸手一把抓过另一个书包，低骂道："别让老子撞见他。"

街对面，屈大壮目瞪口呆地问刘海洋："所以刚才让哥翻栏杆横穿马路，把我们晾在这头也不回，就是为了帮人……拎书包？"

刘海洋沉默了一会儿："有没有觉得让哥对那个特殊学生不一样？"

骆冰一副百思不得其解的样子："又聋又哑的，他图啥？长得是还不错，但也不至于吧？要是我选，还是薛蔓青好。"

骆冰被屈大壮拍了一后脑勺："选什么，薛蔓青看得上你个锤子！"他掏出手机给季让打电话，"喂，让哥，你去哪儿啊？我们还去不去游戏厅？"

季让淡声："你们先去。"

挂了电话，他顿住脚步，埋头打字。戚映两根手指拈着他的衣角，他停她也停，仰着小脑袋乖乖地看他。

季让把手机屏幕转向她，上面写着：你弟呢？

戚映纤细的手指往前指，季让领着她过去，走到台球厅楼下，戚映扯扯他的衣角，无声说："在这里。"

季让骂了一声，只想把那个臭小子揪下来就地打死。什么虚假亲情，根本靠不住，姐姐还不如台球重要？

台球厅乌烟瘴气的，他不想领着戚映上去，但把她一个人留在下面，自己上去找人又不放心，季让沉默几秒，舌尖扫过牙根，一副不情愿的语气："老子今天做个好人，送你回家。"

他的山地摩托就大摇大摆地停在街边。

银象城人多且杂，也没有交通管制，黑红色的摩托在一众横七竖八的共享单车和电动车中犹如鹤立鸡群，十分显眼。

就这么一会儿，他的车已经被堵在中间出不来了。

以前碰到这种情况，他通常是一脚踹过去，周围车子噼里啪啦倒一片，一脚蹬开就好。

季让看了一眼身后的戚映，控制住不安分的右腿，黑着脸去搬车。

把附近的车子都移开了，露出可供掉头的空地，他想了想，又从后座箱里拿出一个不常戴的黑色头盔，朝戚映勾了下食指，她乖乖地走过来，季让把头盔递给她，嫌麻烦似的："戴上。"

戚映没戴过头盔，抱在怀里左右打量，然后往头上一戴。

头盔又重又大，像块空心石头似的，砸在她脖颈边，弄得她身子一晃。她一低头，头盔也往前掉，连带子都扣不上。

她急得不行，一只手扶着头盔，去扯季让的衣角。

刚跨上摩托的季让只得下来，站在她面前，俯身帮她扣带子。

他个子太高了，做这样的动作，得低着头弯着腰才行。离得近了，他闻到少女身上浅淡的甜味儿，有点像今天吃过的草莓布丁，又甜又软，一口咬下去，舌尖都被融化了。

扣好带子，他面无表情在头盔上敲了一下："什么都不会。"

头盔还是大，戚映双手扶着，玻璃罩里的眼睛好奇地眨呀眨，等季让把车头掉转好，才手脚并用爬上后座。

季让刚发动车子，就感觉腰间搂上来一双手。十指纤弱，隔着一层薄薄的衣料，几乎能感觉到柔软的指尖的触感。

季让差点从车上栽下去，他微微侧头，咬牙切齿道："你这个女生，怎么一点都不矜持！"

戚映当然听不到，她乖乖地搂着那劲瘦的腰，心里默默想，他的腰竟然跟梦中将军的腰一样，搂着好有安全感呀。

季让愤愤地开动车子。

路况限制，再加上后座有人，他没有像往常一样横冲直撞，开得可谓是非常符合交规了，何况腰间那一抹柔软的力度总让他分神。

戚映住的地方距离学校不算远，坐公交车要半个多小时，季让只花了十几分钟就到了。

这附近的小区半新不旧，俞濯升初中后全家搬到了这里，绿化做得不错，小区外面还有几条交错的海棠道。这个季节的海棠花早就谢了，但枝叶还算葳蕤，遮住了大部分倾斜的日光，只留下遍地斑驳的光点。

季让在巷子口停车。

戚映的马尾被头盔搞得有些乱，那些翘起来的柔软发丝被树叶罅隙间的风撩得飘扬，季让总觉得空气中飘着若有若无的草莓香。

他盯着她的唇看了好几眼。唇形弯起漂亮的弧度，是戚映在无声地说着："谢谢。"

她乖乖地背好自己的书包，又去拿俞濯的。

季让心说：算了，好事做到底。他一把拎过俞濯的书包，抬下巴示意她带路。

戚映愣了一下，随后开心从眼睛里透出来，发着光似的漂亮。

季让匆忙收回视线，低骂："都说了！不准对老子笑。"

她住的单元楼在靠内的位置，季让拎着书包跟在她身后一路左拐右拐，脑袋都要拐晕了，心里骂，什么无脑开发商修的路？

他正胡乱走神，前面的戚映脚步一顿，受惊似的转身，一把拽住他的手腕将他拉到墙角，一只手将他按在墙壁上，另一只手竖在唇上比了个"嘘"的姿势。

她气喘吁吁，像只受惊的兔子，脸颊都染上红。过了好半天，她小心翼翼探出半个脑袋朝外张望，穿着拖鞋的俞程已经扔完垃圾，转身回去了。

戚映后怕地拍了拍心口。天啦，舅舅今天下班怎么这么早？

她回身看季让，抱歉地眨了眨眼睛。

季让背靠墙壁，垂眸看她，看了半天，嗤笑一声："你壁咚老子啊？"

戚映不知道他说了什么，歪着脑袋好奇地看着他。

季让手臂紧了紧，最后还是松懈下来，神色又恢复了漠然，朝她家的方位点了点下巴："算了，回去吧。"

他把俞濯的书包递上来，戚映接过抱在怀里，朝他挥挥手。

他站直身子，拍了下肩膀，双手插回裤兜里，步伐懒散地往外走去。走得远了，回头看，戚映还站在那里，乖乖地看着他。

他忍不住骂："能看出花儿来？"骂完，他加快脚步走出她的视线。

戚映到家之后，俞程给她开门，见她一个人拎着两个书包，朝后张望没看到俞濯，惊讶问："映映，你怎么一个人回来了？你弟呢？臭小子，居然还让你给他拎书包！"

戚映进屋放好东西，拿出手机一看，俞濯还没回她消息。

她又发了一条：书包抢回来了，我到家了。

十几分钟后她才收到俞濯的回复：姐你怎么跑了啊？我到处找你！抢什么书包？光天化日的谁这么狂妄连书包都敢抢？我马上回来！

直到天黑了俞濯才到家，免不了又被俞程臭骂一顿。

俞濯蔫蔫儿地回房间写作业，他打开一看，卷子自己会做题啦？

试卷试卷，你是个成熟的学习工具了，你学会自己做题了？

联想到他姐说的抢书包这件事，俞濯觉得，可能对方的目的并不是抢书包，而是出于对学习的热爱吧？

就算用抢的方式也要帮他把试卷写完，可见对学习的热爱已经达到了狂热的地步。

俞濯不禁肃然起敬。

不用写作业的俞濯度过了一个非常愉快的周末。

周一开学的时候，他一进校门就听人盛传——大佬现在折磨人的方式换了，不打你不骂你，只是逼你当街写作业，写就算了，还一道题都不准错。

全校学渣瑟瑟发抖，你还不如打我们一顿呢！

听说教导主任听闻此事，欣慰了很久。

周一早上的升旗仪式，薛蔓青是升旗手。

她穿一身白色的军装，踢着正步，随着国歌鸣奏，用力地将国旗一扬，军礼端正，浑身都透出飒爽的青春气息——很难将她和那一天在食堂被季让砸了一身油汤的狼狈少女联系起来。

海城一中的校长是军人出身，学校的每一次升旗仪式都搞得特别正式，国旗班选的也都是这样成绩样貌双优的学生。

随着国歌奏响，底下有学生窃窃私语。

“不行，我现在一看见薛蔓青，就想到她被季让泼了一身菜汤的画面。”

“哪有一身菜汤啊，不就是几滴油吗？”

“那也很打脸啊，多少人看着呢！这比告白当面被拒还惨吧！”

“女神到底中了什么毒啊，她旁边那个年级第一比季让好多了吧！干吗非得吊死在季让这棵树上！季让除了长得帅一点，成绩又差，脾气又坏，凶得要死，以后在一起肯定会被家暴的！”

“你个无知少年，你知道季让家多有钱吗？他爸几乎垄断了整个海城的电子信息行业，十个年级第一都比不上！”

“他爸去年不是因为跟苹果合作还上了财经新闻吗？就连市中心正在修的那个游乐园，也是他爸和薛蔓青家的富咏集团联手搞的。啧啧，手都伸到房地产行业去了。”

“哇哦，那他俩以后岂不是要联姻？”

“联啥姻啊，家庭伦理剧看多了？”

在旁边边唱国歌边竖着耳朵听的岳梨：“……”

你们到底是高中生还是八卦周刊的小狗仔？

升旗仪式结束就是早会，等教导主任讲完话，又开始例行通报上一周打架斗殴、夜不归寝、违反校规的学生名单，基本每周都能听到季让的名字。

懒懒站在班级末尾，连校服都不好好穿的大佬，往 2 班的位置扫了两眼，突然有点庆幸，还好她听不到。

结果不仅违规名单里没有他，教导主任还话锋一转：“在这里，我要特别表扬高二 9 班的季让同学，在本校同学遇到困难时挺身而出，还身体力行地监督本校同学完成作业。季让同学这种助人为乐、改邪为善的精神值得所有同学学习！”

底下哗啦啦响起雷鸣般的掌声。

屈大壮几个人笑得前俯后仰。还是让哥厉害，大家都只有被批斗的份，大佬不仅被表扬，还加学分。

季让一脚踹过去。

屈大壮疼得龇牙，赶忙捂嘴，见大佬发火，周围各色视线也匆匆收回。就算被表扬，大佬也还是那个随时随地会暴力揍人的大佬。惹不起！

散了早会，学生们赶回教室上课。

趁着老师还没来，岳梨赶紧摸出手机，给戚映分享在升旗仪式上听来的八卦。

戚映无奈地看了她一眼，在草稿本上写：梨梨，你不是说要把八卦的精力都用到学习上吗？

岳梨吐了吐舌头，把手机塞回去，也在本子上写：八卦是学习的调剂品！科学研究表明，适当放松更有助于注意力集中。

戚映：“……”

她自顾自写：你说，大佬真的会和薛蔓青联姻吗？我突然感觉有钱也不好，太不自由了。

语文老师走进来，中断了这场纸上的八卦。

岳梨虽然成绩不怎么样，但每节课都很认真，拿出课本开始听课。

戚映看着书上的文言文，默默说：“他不会的。”

一上午就这么浑浑噩噩地过去了，戚映连课堂笔记都没怎么做。岳梨发现她状态不对，也不知道是什么原因，唯一能想到的办法就是带戚映去吃美食。

最后一节课数学老师拖堂，糖醋排骨是不用想了，两个人干脆去校外的饭店吃。

岳梨大方请客：随便点！想吃什么吃什么！

戚映蔫蔫儿的，随手指了一家面店。

店面装修一般，但进进出出的人挺多的，味道应该不错。岳梨领着戚映高高兴兴进去了，点了单之后还站了几分钟，才终于等到两个空位。

先上了两份开胃的咸菜，岳梨刚尝了两口，对面空下来的位置坐下来一个人。

岳梨差点咬到舌头。

沈约笑眯眯地跟她们打招呼：“两位小同学好呀。”

“沈……沈老师好。”她结结巴巴，感觉脸颊又开始发烫，赶紧低下头去。

沈约问：“怎么没在食堂吃啊？”

“太……太挤了……”

她觉得自己的窘相肯定被沈约看见了，真是又紧张又害羞，低着头狂夹咸菜来掩饰。

沈约突然一把拽住她的手腕。

岳梨吓得一抖，直接红到耳根子，听见沈约说：“小同学，你别吃这个。”

岳梨不敢抬头：“不！老师我就喜欢吃这个！”

沈约一脸愕然，迟疑着说：“这……这也不知道是谁剩下的，万一对方有什么传染疾病，你还在长身体，容易感染，最好还是改掉这个习惯吧……”

什么跟什么啊？

岳梨抬头一看，发现自己夹的是别人吃剩下还没收走的碗底子。

岳梨：“……”

出校门的时候只有一个人蔫儿，回去的时候两个人都蔫儿了。岳梨越走越想哭，觉得自己自从上幼儿园在暗恋的小男生面前尿了裤子之后，再也没有这么丢过人了。

岳梨越想越难过，拉着戚映走到图书馆后面的小花坛边开始哭。

戚映刚才一直沉浸在自己茫然的小世界里，还不知道发生了什么，见岳梨突然哭起来，才赶紧收回心神，手忙脚乱地安慰她。

可她越哭越厉害，眼泪鼻涕糊了一脸，戚映又没带纸巾，比了个动作，朝小卖部的方向跑了过去。

还好刚才吃面找的零钱都放在她这里，她买了两包纸巾往回赶的时候，在三岔路口看到了两个熟悉的身影：薛蔓青和季让。

她听不见，不知道两人在说什么，却能清楚看到薛蔓青脸上的眼泪。

戚映迟疑着要不要换条路，一脸不耐烦的季让抬头就看见了她，脸色一变。戚映想也不想，掉头就跑。

季让一把推开面前的薛蔓青，追了两步，大喊："戚映！"

戚映越跑越快，很快就没了影。

身后的薛蔓青终于忍无可忍："你真的喜欢她？你喜欢那个残疾人？"

季让猛地转身，眼神像冰刀，看人时能剐掉一层皮："别让老子再听到那三个字。"

说完抬腿就走。

薛蔓青在后边儿不甘心地哭喊："就算你喜欢，季叔叔也不会接受她！季家不可能接受她！"

季让像听到什么天大的笑话，连火都不想发了，只讥讽似的看了她一眼："季伟彦算什么东西？"他挑着唇笑，"季家又算什么？"

薛蔓青被少年眼睛里那股阴森的戾气吓得咬住了牙，她突然有点后悔招惹了季让。

这个人除了表面一层皮，内里都是森森獠牙。他自甘堕落，无可救药，还会把身边的人都撕扯着拉入深渊。

喜欢他是没有好下场的。

被他喜欢，也一样。

下午最后一节课，一直趴在座位上睡觉的季让蹬了一脚前面屈大壮的椅子，冷声问："俞濯在哪个班？"

屈大壮一脸茫然："俞濯是谁？"

季让脸色沉得像要杀人，刘海洋赶紧说："特殊同学的表弟，高一7班。"他小心翼翼地问，"让哥，那小子是不是又惹事了？放学搞他？"

季让冷冷说："放学后你们找个理由拦他半小时，别让他出教室。"

几人丈二和尚摸不着头脑，但大佬心情暴躁，他们也不敢多问，连声应了。

还没下课，后排的几个差生就大大咧咧往外走，老师见惯了这种情况，想发火也没用，气的只有自己，干脆视而不见。

屈大壮带人兵分两路，分别堵住了高一7班的前后门。

下课铃一响，等老师离开教室，屈大壮带着人直接走了进去。

俞濯还在收拾书包，跟同桌随口聊天。

前面班委大声问："你们哪个班的？干什么？"

俞濯闻声，抬头一看，立刻认出这几张熟面孔来。

来者不善！

他肌肉紧了紧，把书包往地上一扔，站起身来，沉声对周围的同学说："你们都出去。"

屈大壮笑呵呵道："小朋友，我们不是来找你打架的。"

俞濯不惹事就算好了，还指望他怕事吗？他非常嚣张地拎起一把椅子："那来找你爹做什么？喝茶谈心吗？"

屈大壮瞬间冒火："你小子别嚣张啊，真当我们不敢揍你？"

"来啊，谁怕谁啊？"俞濯大喊道，"老子可是有保险的人！"

这是什么智障？

下课铃响后，物理老师拖了一会儿堂才离开。老师一走，2班教室就传出欢呼声，有人约着去游戏厅打街机，有人约着去奶茶店写作业，学生开始陆陆续续离开教室。

季让脸色阴沉地站在楼道拐角的位置，其他同学看到他在，都选择绕路从另一边楼梯下楼。

戚映一直没出来，估计乖乖地在教室里等俞濯。

他盯着教室前门，几次抬脚，又收回来。

自己到底在做什么？兴师问罪？问她为什么一见我就跑？

解释误会？我跟薛蔓青什么也没有？

他吃饱了撑的吗？跟一个听不到的小哑巴说这些？他跟她又没什么关

系！甚至他连她的联系方式都没有！

绝对是今天中午食堂的包子吃多了！他在心底骂了自己几句，沉着脸转身打算走。

半掩的教室后门被拉开，戚映背着书包从里面走出来，边走还在边理肩带。

季让猝不及防跟她打了个照面，一脸的不爽来不及收回去，僵住了。

戚映看见他，先是眼睛亮了一下，唇角的笑都裹着甜意，但下一刻不知想到了什么，那双想要奔向他身边的脚又顿住了。

她还是笑着，但敛起了心意，透出初见时那种怯怯的小心翼翼来。

季让顿时一阵冒火，心烦，他咬牙切齿道："你给老子过来。"

戚映察言观色，觉得季让现在应该很生气。是因为自己总是莫名其妙地打扰他吗？她有些难过地垂下了眸，想了想，觉得自己还是尽快离开他的视线不惹他生气比较好。

然后季让就看见总是甜甜笑着的小姑娘抿着嘴角，眼泪汪汪地转身往下走。

季让愣在原地，脸上的表情又僵又硬，一直等戚映走到楼梯口了，才终于反应过来，长腿往前跨了几步，冲过去一把拽住她的手腕。

戚映回过头来，微微抿着唇角，一副委屈得不行又只能强忍住的模样。

他手指紧得发凉，喉咙像被堵住了一样："老子……我不是在凶你……"季让觉得自己的太阳穴突突地疼，发狠咬了下舌头，疼痛感让他心绪没那么乱，他闷声问："我带你去吃草莓布丁行吗？"

戚映茫然地看着他。

他重复四个字："草莓，布丁。"

她终于听懂了，一下子笑了起来，乖乖点了点头。

这次换了家甜品店，就在学校后门，挨着七里香奶茶店。

他要了一份草莓布丁，正付钱，戚映站在旁边低头看玻璃展示柜里颜色各异、模样可爱的甜品。

都没吃过，都想要。

她觉得自己上次已经吃过草莓布丁了，这次想要换个口味尝尝。她扯了扯季让的衣角，指了指看中的芒果慕斯，示意自己想换成这个。

结果季让不同意，凶巴巴地看她："不准三心二意，喜欢哪个就是哪个！"他把草莓布丁塞到她手里，"吃！"

戚映倒是不生气，毕竟草莓布丁也很好吃。

她两三口吃完了，从自己书包里拿出零花钱，"嗒嗒嗒"跑过去，指着那块芒果慕斯，示意店员帮她拿一下。

店员正要过去，坐在座位上的季让阴沉沉地说："不准卖给她。"

谁不认识季让？

店员不敢忤逆他的话，骗戚映："这个是别的顾客预订了的，不卖。"

她有点失望，手里攥着一张二十元钱，左看右看，然后开心地指着一块抹茶蛋糕，朝店员眨眼示意。

店员还没说话，又听见大佬没有温度的声音："跟她说这店里除了草莓布丁，其他的都不卖。"

店员："……"

大佬你这样欺负一个聋哑人良心不会痛吗？

尽管内心腹诽，但面上只能照办，店员一脸抱歉加愧疚地转达了季让的话。

戚映有点惊讶竟然会遇上这样的情况，但心里默默认为这家甜品店生意很好，捏着钱走回去了。

季让玩着手机，看她坐过来，眼底隐隐藏着笑意，又转瞬掩去。

戚映双手支着下巴看了他一会儿，见他不说话，只靠着椅背玩手机，有点疑惑，拿出手机打字问：你找我做什么呀？

季让瞟了眼屏幕，不自在地动了动身子，换了个姿势。

总不能说老子是来找你算账的吧？

他沉默了一会儿，在戚映好奇的眼神中面无表情地回复：找你一起写作业。

戚映弯起眼睛，开心地从书包里掏出今天要做的卷子摊在桌子上，然后一脸期待地看着他。

班上总有同学约着一起去奶茶店或咖啡厅写作业，她还没跟谁一起去过，没想到第一个约她的人居然是季让！

季让："……"

他慢腾腾拽过书包，拉开看了一眼，里面只有一个充电器、一瓶喝了一半的可乐，外加一本不知道哪年哪月塞进去的高一数学书。

他只能把那本数学书掏出来，翻开一看，还撕过几页。

正弦函数、余弦函数是什么玩意儿？cos/sin/tan/f(x)又是什么东西？这是数学书还是英语书？

想装模作样写几道题的大佬无从下笔，关键是他也没有笔。

对面的戚映拿出文具盒，粉色的布袋文具盒，上面绣着一只白色的长耳兔子。她连用的笔都乖得不行，像蓝色的鲸鱼。

戚映写了几道选择题，看见季让还保持着同一个姿势盯着那本书，好奇地歪了歪脑袋。

季让察觉到她的目光，硬着头皮打字：借支笔。

戚映恍然大悟，赶紧把文具盒推过去。

他两根手指撑开笔袋，看了一圈，挑了支粉色的鲸鱼帽子的中性笔，开始在崭新的数学书上写写画画。

他画了一个扎马尾的小女孩儿，又画了一颗草莓，想画一个小女孩儿吃草莓，可惜画功不行，只能放弃。

写到填空题的时候，戚映搁在桌上的手机振了一下，俞濯发消息过来：姐，你去哪儿了？不是让你在教室里等我不要乱跑吗！

戚映知道他不喜欢季让，没说实话：我想喝奶茶，在七里香。

俞濯说：哦，那你在那儿等我，我马上过来。给我买杯奶绿，七分糖，多放点波霸。

季让的电话也响了起来，他接通一听，屈大壮嚷嚷道："让哥，刚才7班班主任突然过来，俞濯那小子跑了。不过我看时间，也有半小时了，就没去追他。"

季让看了正在回消息的戚映一眼，冷声说："知道了。"

他挂了电话，看见戚映在草稿本上写字，然后把本子递给他看。

娟秀的字迹，跟她一样乖：我弟来接我了，我要走了。

季让淡淡地点了下头。

她又写：下次还可以和你一起写作业吗？

自己挖坑给自己跳的季让抿着唇继续点头。

戚映朝他甜甜地笑了下，开始收拾书包。他捏着那支粉色的鲸鱼笔，没有主动还给她，随着数学书一道塞进自己的包里。

出了甜品店，戚映又去隔壁的七里香给俞濯买奶茶。

等她给店员看了要求点好单，回头一看，季让已经离开了，斜搭着书包，步伐懒散，校服也不好好穿，可背影很直。

戚映抱着热奶茶，朝着他的背影挥挥手。

正是放学高峰期，校门口车来车往，堵得不行，都是接孩子的家长。俞濯拎着书包在人群中飞蹿，往七里香跑。

前方路口，私家车的喇叭按得震天响。

有一辆白色大众停在主干道堵住了路口，车主是个中年男人，从驾驶座探出脑袋朝着不远处的小商店大吼："搞快点！买个饮料是要多久？"

商店门口胖胖的小男生拿着一瓶汽水在付钱："马上马上。"

被他堵住的黑色车子持续鸣笛，见他不动，车头直接朝右一甩，从有电子眼监控的违章区开了过去。开到前面，跟他并头了，车窗缓缓降下来，里面传出冷厉的女声："不会停车就不要开出来祸害道路交通！"

中年男人被她骂得讪讪，没说话，直到车子往前开走，才朝窗外吐了一口口水，骂道："就你会停！都是大众，嘚瑟什么啊？"

旁边被他挡住、也很不满的车主忍不住奚落："别逗了哥们儿，人家那是辉腾，可以买你这车十辆了。"

中年男人："……"

俞濯正在翻人行道旁边的栏杆，打算抄近路过去，突然听到马路边上有人喊："喂，小孩儿。"

他置若罔闻，刚跨过一只腿，那声音又喊："穿红色阿迪那小孩儿。"

穿红色阿迪？这不就是自己吗？

俞濯偏头一看，一辆黑色轿车停在路边，短头发的漂亮女生坐在驾驶座朝他招手。俞濯迟疑地指了指自己，她点点头。

他看了眼自己跨栏的腿，默默收回来，干咳一声："我们认识吗？"

短发女生笑了笑，细眉长眼，透出一股冷艳味道："我们见过。你认识季让吧？"

俞濯越发奇怪了，看着她不说话。

她又笑了下，回身从副驾驶的位置拿了个信封，从车窗递出来："能麻烦你帮我把这个转交给季让吗？"

俞濯皱了皱眉："我跟他不熟，你为什么不自己交给他？"

季芊耸了下肩："他把我拉黑了。"

俞濯有些吃惊，又看了那信封一眼，心想：不会吧，情书？

这么……这么漂亮冷艳的小姐姐竟然也喜欢季让吗？这什么世道？

季芊还笑着，朝他扬扬手中的信："小孩儿，帮姐姐个忙。"

那笑容漂亮得只要是个男生就无法拒绝。

俞濯伸手接过，又重复一句："先声明，我跟他不熟，不一定能交到他手上，就算给到他面前，他也不一定会接。"

季芊露出"我都懂"的笑容，朝他道了谢，开动车子缓缓驶离。

俞濯低头看看没有密封的信封，撇了下嘴，塞进自己的书包里。走到七里香时，戚映就捧着奶茶站在门口，看见他后招了招手。

俞濯接过奶茶喝了一口，自顾自地抱怨："怎么是热的啊？我想喝冰的。"不过买都买了，他也没打算再换一杯，就领着戚映去坐公交车。

上车之后他跟戚映发微信说：姐我跟你说，那个季让绝对不简单。

戚映：……

俞濯把有个漂亮女生托他转交情书的事说了，又说：简直就是个玩弄别人情感的渣男！

戚映有点生气：说不定是什么重要的事情，你不要自己胡乱猜测。

俞濯：那他为什么还把人家拉黑？不就是不敢面对嘛！

戚映：你再说，我就告诉舅舅你今天又去跟人打架了。

俞濯：？？？

戚映指了下他的胳膊肘，那里有他刚才在教室里跟屈大壮他们起冲突时撞上的墙壁灰，还蹭破了点皮。俞濯惊叹于自己姐姐的洞察力，默默闭嘴了。

到家之后，吴英华已经做好了饭，把俩小孩儿的书包接过来，又让他们去洗手。

俞濯的书包拉链只拉了一半，扔在沙发上时，一个信封从里面掉出来。

吴英华好奇地捡起来，信封没封口，她打开看了一下。

是一张照片。一个样貌温婉的女人，抱着一个一两岁的男孩儿，手里拿着一只米老鼠气球，冲着镜头笑。

照片下角印着一行字：摄于千禧年。

第五章

灰色旧照片

这张照片已经有些年头了，虽然过过胶，但依旧免不了泛黄。照片上的女人留着那个年代流行的长卷发，穿着一条白色的连衣裙，眉眼清丽，五官柔和，像早些年电影里的明星。

她怀里的小男孩儿也很可爱，但似乎照相之前刚哭过，眼睛水汪汪地泛着红，紧紧搂着女人的脖子。

吴英华看了半天也没认出来这两人是谁，又看了看信封里面，除了这张照片别的什么都没有，正好奇，俞濯洗完手出来，待看见她手上的东西，顿时大吼："妈你做什么啊！别乱翻我东西！"

吴英华对儿子的暴躁早就习以为常，问："这照片是谁的啊？"

俞濯两三步冲过去一把把照片和信封抢过来，没好气道："别人的！"他把照片塞回信封，冒火得不行，"以后别翻我书包！"

吴英华也冒火："谁翻你书包了？你自己没装好它掉出来的！就算我翻了又怎么了？我是你妈！你都是从我肚子里掉出来的，你身上哪一样东西不是我给你的？"

俞濯大吼："那你把我塞回去啊！你经过我允许了吗，你生我？"

俞程下班回来，开门进屋中断了这场争吵："在外面就听见你俩的声音，干什么？比谁的嗓门大啊？"

他走过去在俞濯后脑勺上拍了一巴掌："没大没小的，老气你妈。"又说吴英华，"多大的人了，还跟儿子吵架。"

吴英华冷笑："他现在是长大了，翅膀硬了，要不要我这个妈也无所谓了。"

俞濯越听越来气，觉得临近更年期的中年妇女简直不可理喻，明明是她有错在先，一句"我是你妈"就可以占领高地，孩子就没人权了吗？

俞濯冲进卧室，"砰"的一声甩上门，反锁了。

吴英华彻底怒了："你还敢给我发脾气？俞濯！你给我出来！今儿我不收拾你？钥匙呢？门钥匙呢，把门给我打开！"

俞程又拉又劝，一时之间屋内鸡飞狗跳，拿着碗筷从厨房出来的戚映后知后觉发现舅妈好像在发火。

俞程好言细语地劝了半天，吴英华终于不骂了，开始坐在沙发上抹泪。

"儿子长大了，不听妈的话了……当初生他差点死了，一把屎一把尿把他拉扯大，还没开始享他的福，就已经被他嫌弃了……不过是翻了翻书包就这样对妈妈，以后结了婚岂不是要被他扫地出门……"

何况她根本就没翻那个书包！委屈大了。

俞濯虽然锁上了门，但还是能听到吴英华哭哭啼啼的哭诉，气得直捶床。他看了眼被他扔在床面上的信封，简直恨不得两下撕了。

他恨恨地想：都怪季让！

但受人之托，忠人之事，他到底是没动那信封，又一把塞回了书包里。

到八点多的时候，房门轻轻被敲响，听那力道也知道是戚映。俞濯拉开一条门缝，戚映端着热好的饭菜站在外面，递给他。

俞濯用口型问："我妈呢？"

戚映无声说："睡啦。"

其实没睡，饭菜都是吴英华热的，只是让她送过来。

俞濯的肚子早就唱空城计了，他接过碗埋头狂吃。俞程打探了几眼，回屋跟吴英华说："你看把儿子饿成啥样了，他正长身体，作业又多。"

吴英华躺在床上刷短视频，几小时过去，气已经消了不少，只哼了一声，没再说什么。

第二天早上，吴英华照常去喊总喜欢赖床的俞濯。

早饭已经做好了。

俞濯稍微有点别扭，吃了他妈大早上起来煮的番茄鸡蛋面，临走前打招呼："妈我走了啊。"

"公交卡拿没？钥匙装了吗？等一下，校服后领子翻进去了。"

她照常絮絮叨叨，一点都没变。母子哪有隔夜仇？

上了公交，俞濯已经把昨晚的闹剧抛诸云外了，他开始思考怎么把信封转交到季让手上。

最容易的办法当然是让戚映去给，但他怎么能让他姐主动去接触季让！

危险的事还得自己来。

唉，早知道这么麻烦，昨天就不该接这封信。真是色令智昏啊。

想了一路，俞濯觉得最稳妥的办法就是偷偷塞，避免跟季让正面接触，毕竟他昨天刚跟屈大壮那群人起了冲突。

俞濯马上给杨心远发消息，让他打听高二 9 班今天有没有体育课，并且威胁，如果消息再出错，就趁他睡觉的时候黑他 QQ，解散掉他所有 QQ 群。

杨心远吓得直接发了张 9 班课表过来。

还真有体育课，上午第三节。

俞濯信心满满。

到学校后，戚映就跟他分开走了。进了教室，大部分同学都到了，聊天的，看书的，赶作业的，做什么的都有。她把书包取下来，正往课桌里放书，却被什么东西挡住。

戚映伸手进去摸，摸到两个带凉度的盒子。

她好奇地拿出来一看，是一块芒果慕斯和一块抹茶蛋糕。不知道是什么时候放进去的，盒子表面微微凝出水，有丝丝凉意。

她捧着盒子眨眨眼，抿着唇，甜甜地笑起来。

第二节课下课，俞濯假装上厕所，跑到高二那层楼去，经过 9 班教室时，看到班上几乎都空了，还有几个学生在收拾东西，看样子马上就要走。

他知道季让坐在靠窗的最后一排。

等最后几个学生一走，俞濯猫着腰从后门溜进去，直奔季让的座位。

课桌上光光的，什么都没有，课桌内也一样，胡乱塞了几本书。

他把信封从裤兜里掏出来，小心翼翼地塞进课桌。

大功告成，他脸上露出释然的笑容，转身要走，抬头一看，两个女生手挽手站在教室后门，目瞪口呆地看着他。

俞濯拔腿就跑。

一上午的时间，海城一中就传遍：有个男生给季让塞情书。

俞濯：“……”

9 班教室内，季让坐在座位上，跷着二郎腿，目光复杂地看着课桌上的信封。

周围几个人眼睛瞪得如铜铃般大，屈大壮膜拜：“让哥，快拆开看看！我还没收到过男生写的情书呢，什么样儿的啊？”

他被刘海洋踹了一脚：“你连女生的情书都没收到过好吗！”

季让嗤笑了一声，把信封拿起来，本来想直接撕了，但触摸的手感又觉得奇怪，不像是信。

他随意打开，往里面瞟了一眼。看清是什么东西后，他本来漫不经心的表情顿时变了。

周围人齐刷刷地打了个寒战。

季让脸色阴沉，薄唇绷成一条线，捏着那信封一言不发离开了教室。

戚映刚走到走廊这头，就看见季让从教室后门走出来，往楼上走去。大长腿步子跨得大，一步能上两个台阶，戚映就不行了，要一路小跑才能跟上。

她爬了三层楼梯，累得气喘吁吁。

季让不是不知道后面有人，一开始以为是去楼上的，懒得回头看。一路上到天台，那微微喘气的声音还跟着，他才不耐烦地转身，看到身后几步之遥、扶着栏杆快累死的戚映。

他瞳孔张了一下，捏着信封的手指微微颤抖，冷声问：“你跟着老子做什么？”

戚映眼巴巴地看着他，真是委屈死了。她也不想跟着他爬这么多层楼啊，可是她死活追不上，喊又喊不出声。

上课铃刺耳地响起来，季让皱眉道：“回去上课。”

戚映缓了小会儿，终于不那么喘了，松开栏杆继续往上走。

季让咬牙：“让你回去上课，听到没？”

戚映走到他前面那阶台阶，微微仰头，还喘着气，嘴唇是透润的红。不知道是不是因为跑动出汗的原因，季让总觉得她身上那股浅淡的草莓香更浓郁了，搅得他心浮气躁。

戚映朝他伸出手，掌心里躺着一颗草莓味的软糖。

他的心脏咚咚两声，像撞在鼓面，余声在体内回荡。

好半天，他才找回自己的声音：“你跟着我，就是想给我这个？”

她歪着脑袋冲他甜甜地笑，星子般的眼睛好像在说：是呀。

季让盯着那颗草莓糖，因为掌心的温度太高，糖分熔化，甜甜的草莓味蒸发在空气里。

他低声说：“老子不爱吃糖。”

白皙的掌心透出浅浅的粉色，手指又白又细，还能看见指头柔软的小旋儿。

他伸出手，拿过那颗糖，撕开包装纸，放进嘴里。

甜得要命，可莫名其妙让他暴戾的情绪平静了下来。

戚映见他吃了糖，眼睛开心地弯起来，又看看手表，发现已经上课了，嘴巴一张，飞快地朝他挥挥手，掉头就跑。

季让喊：“跑慢点！”

“嗒嗒”的脚步声很快消失在楼道里，周围安静得只有他吃糖的声音。

通往天台的门上了锁，不过他早就搞到了钥匙模，自己配了一把。他打开锁，清凉的风迎面扑来。

季让吃完草莓糖，舌头在嘴巴里卷了一圈，然后拿出手机，心平气和地给季芊打电话。

电话很快就接通了，季芊还没说话，他淡声问："你什么意思？"

季芊沉默了小会儿才说："那张照片，一直放在二叔的钱包里。"

季让嗤地笑出来，讥讽道："所以？你想证明什么？他念旧？还是他愧疚？"

季芊叹了声气："你别冲我发火，你以为我想接这个差事跟你说这些啊？全家只有我能联系上你，这不没办法吗？你不想回来就算了，我跟他们说你把我拉黑了。"

季让语气淡淡："我挂了。"

季芊顿了顿，还是没忍住，趁着挂线的最后一秒喊："阿让，爷爷昨天又昏迷了一次，抢救的时候一直在喊你的名字。"

电话里有长时间的沉默，久到季芊以为他不在了。她试探着喊："阿让？"

好半天，她听到电话那头讥笑的声音："你忘了吗？是他不认我。"他低低地笑，"是你们季家，不认我这个杀人犯啊。"

电话里的呼吸声变得粗重起来。季芊深吸几口气，沉声说："没有谁认为你是……"

话没说完，被季让不耐烦的冷声打断："行了，别再用这些事来烦老子。"

他挂了电话。

嘴里的草莓味已经淡了很多，本来压下去的暴戾情绪又浮了上来，像带刺的钩子，从下而上，撕烂他的五脏六腑。

他扶着栏杆缓缓蹲下去，天台的风将他宽松的校服吹得呼呼作响，他的声音低低的，像在跟自己说："我缓一缓，缓一缓就好了。"

楼下的教室传来混杂的朗读声。

良久，他站起来，掩去眼底的痛苦和戾气，又只剩下漠然的冷淡。

教学楼空荡荡的，已经上课二十分钟了，他没喊报告，直接从教室后门进。老师站在讲台上大怒："季让！不想上课就不要进来！不要影响其他同学听课！”

他置若罔闻，一言不发走回自己座位上，从书包里拿出那本高一的数学书，把一直捏在手中的照片的边角捋平了，夹进书页里。

那一页，画着扎马尾的女孩儿和小草莓。

之后这一周，季让没有再来过学校。

他逃课是家常便饭，老师管不了，早就习以为常，除了记过、通报外，还会给开学时他留的家长号码打电话，但永远没人接。

9 班班主任刘尧在从教生涯中总是会遇到这样自暴自弃的学生，想拉一把都无从下手。他看了一眼教室后排那几个闹腾的差生，暗自摇头叹气，收起了教案。

周五放学，屈大壮几个人约着去网吧开黑。

骆冰从隔壁教室蹿过来，问：“我们什么时候去找让哥啊？”

屈大壮骂他：“找什么找，让哥最讨厌休息的时候被人打扰，你上赶着挨揍呢？”

骆冰讪讪：“他一周没来学校，我担心嘛。”

屈大壮不甚在意：“又不是头一回。你话怎么这么多，开黑不带你啊！”

几个人打打闹闹往外走，一出教室后门，看到扎马尾的少女背着书包安静地站在那里，一看见他们，湿漉漉的眼睛立刻弯出一个笑来。

屈大壮吓了一跳，用手肘捅刘海洋：“她要干啥？”

刘海洋迟疑着说：“是来找让哥的吧？”

果然，就看见少女递上来一张笔记本纸，上面写着：我想找一下季让。

屈大壮神情复杂：“我不会手语啊。”转念一想，“让哥应该也不会啊，平时咋跟她交流的？”

刘海洋：“让哥全靠吼吧。”

他拿出手机，打字给戚映看：我们也不知道他在哪儿。

笑话，学校里想找季让的女生多了去了，难道一个个来问，一个个都说吗？怕不是要被让哥打死。

几个少年推搡着快步往楼道口走，戚映愣了愣，小跑两步跟了上去，一路跟在他们身后，跟出了校门。

屈大壮时不时回头看一眼："她还跟着，她要干吗啊！"

一直跟到网吧门口，骆冰捅捅刘海洋："你不是说让哥对她不一样吗？要是让哥知道我们把她带进了网吧，会不会生气啊？"

几个人一听，是这个道理，也不敢往里走了。

戚映终于追上了他们，小跑了一路有些喘，脸颊红扑扑的。她乖乖地抿着唇角，一脸期待地看着他们。

这眼神谁顶得住？

屈大壮第一个投降："算了算了，让她去看看也没什么，让哥给不给她开门还不一定呢。"

他把季让家的地址打在备忘录里给戚映看。

戚映拿手机拍了张照，朝几个人无声地说："谢谢。"

季让住在靠近郊区的一个新楼盘，是前两年刚交房的大户型，适合三世同堂居住。海城近几年房价跟坐了火箭一样狂飙，买这套完全不适合他的大房子时，季让眼睛都没眨一下。

当时季伟彦也没有阻止他，只是说："喜欢就买。"还派人帮他置办了家具。

这里距离学校有点远，要转两趟公交车才能到。

戚映下车的时候，天色已经暗了下来，飘着小雨。

季让住在八栋二单元，距离小区大门还有一段距离，戚映填了拜访登记，手指搭在眉骨上，一路小跑进去了。

她按照门牌号找到季让的家，厚重的防盗门在走廊的白炽灯下泛出冰冷的光，她把头发和衣服上的雨水掸了掸，按响了门铃。

她按了三次，等了五分钟，没有人来开门。

戚映搓搓手臂上因为冷而泛起的细小的鸡皮疙瘩，想了想，在门口坐了下来。

这一等就是一小时，这期间她还抽空写完了一张数学卷子。

正拿出一张英语卷子做完形填空的时候，楼道口的电梯“叮”的一声打开了。季让拿着一把黑色的伞，一边甩水一边走进来。

他看见坐在门口写作业的少女，瞳孔骤然放大，愣在了原地。

戚映听不见，不知道有人过来了，还独自埋着头在写，遇到一个不会的题，歪着脑袋咬了咬笔头，小脸上都是苦恼。

楼外大风大雨，时不时吹进来一阵冷风，她冷得搓手臂，想了想，把写完的数学卷子搭在胳膊上。大概是觉得自己这个办法挺有用，她还歪头笑了一下。

季让捏着那把雨伞，手指紧得指骨都泛白。

他往前走了几步，影子投射在地面，戚映余光瞟见，抬头一看，眼睛顿时弯起来。她把卷子收好，抱着书包站起身，乖乖地朝他笑。

季让感觉自己的心脏像被一只手拽住，呼吸都不由他。

他其实很想骂人——她到底知不知道自己在做什么？

这地方又黑又远，万一他今天不回来，她打算等多久？外面下着大雨，车都打不到，她怎么回去？地处郊区，人影稀少，她遇到坏人怎么办？

林林总总的想法，一时间全部叫嚣着涌上大脑，冲得他脑仁儿疼。

他大步跨过去，掏出钥匙开门，几近粗暴地把戚映给推进屋，黑伞随手一扔，冲进了浴室。

戚映被他推得一个踉跄，还有些发蒙，不知道季让为什么一见她就生气，呆呆地站在玄关。季让很快又出来了，手里拿着一张很大的白色浴巾，往戚映身上一裹，从头到脚把她给包了起来。

他神情阴郁，动作粗暴，戚映小心翼翼地观察他的脸色，觉得自己这趟可能又来错了。

她蔫蔫儿地垂下头，独自懊恼。她只是……很担心他而已。

季让已经拉开冰箱，前后看了一圈，什么也没拿出来，去厨房烧了壶热水。烧开之后，他拿了两个水杯，来回倒，等水温降下去，不再滚烫，他才塞进戚映手里，冷声命令：“喝！”

戚映听话地接过来，垂着头小口喝水，怕惹他生气，也不敢再跟他对视。

季让独自生了会儿气，看她蔫答答的样子，又开始自我反省——自己刚才是不是太凶了？也不能怪他啊，搁谁谁不生气啊！

戚映喝完了热水，慢腾腾拿出手机打字。季让站在旁边斜眼看，那细嫩的食指在九宫格上像蜗牛一样慢慢移动，一个字一个字地写：你下周回学校上学吗？

季让说：“你学习委员啊？还监督我上不上学。”

他的语速一旦放快，戚映就看不懂了。在那道茫然又清澈的目光下，季让绷着嘴唇点了点头。

戚映有点开心，但想起他还在生气，不敢得意忘形，又低头慢慢打字：那我回去了。

季让面无表情地打字问：你知道外面在下大雨吗？

戚映说：不知道呀。

还“呀”？季让都要气笑了：那你打算怎么回去？

戚映有种预感，这道题不好好答，她可能会挨打。她指尖都抖了，磨磨蹭蹭，半天不敢按下去。

季让勾着一边嘴角，眼角微微下垂，笑得凉飕飕的，用唇语说：“你倒是写啊？”

他这个笑，又勾起了戚映梦中的记忆。

有一次，梦中的自己趁着将军上朝的时候偷溜出府，却遇上京中有名的纨绔，差点被纨绔绑走。后来将军策马而来，一马蹄子下去，差点把那纨绔踩死，把她带回将军府后，让她站在书桌前面窗思过，那时将军看她的表情就和现在一模一样。

那个时候，她是怎么做来着？

嗯……她好像是，踮脚亲了一下将军的唇角，将军果然就消气了。

戚映小心翼翼地抬头看了季让一眼。呜，不行，她可不敢。

季让看她委屈巴巴抿着唇角的样子，故作的冷意有点维持不住，而且离得近了，他又闻到她身上淡淡的甜香。

她是草莓糖变的吗？怎么闻起来这么甜？

季让猛地直起身子，冲到卧室找了件黑色的外套带出来扔给她："穿上，送你回家！"

戚映乖乖地脱下浴巾，穿好外套。

他的尺码对于她来说实在太大，衣角几乎坠到了膝盖，马尾从后领口塞进去，他看了一眼，伸手给她拨出来。

柔软的发丝像羽毛划过掌心，一触即放。

他用手机叫了辆专车，等车子到达指定位置时，捡起地上那把黑色的雨伞，打开门往外走。戚映就乖乖地跟在他身后，她不知道季让打算送她，一直进了电梯发现季让还不回去，好奇地眨了眨眼睛。

季让目不斜视地说："看什么看？老子今天也想做个好人不行啊？"

楼外风雨交加。戚映有点冷，揽紧了身上的外套。

季让撑开伞，跟她并排往外走。

她怕他生气，不敢靠他太近。季让往右靠一点，她就躲一点，最后又把季让给惹毛了。

他骂："你躲什么啊！"然后伸出手臂一把把她搂到了自己怀里。

手掌触到她右半边的胳膊，都已经被雨水打湿了。他沉着脸，在她冰凉的手臂上来回搓了搓，又把雨伞往她的方向偏了偏，加快步伐。

戚映闻到他身上淡淡的，像是医院消毒水的味道，但很快就被雨水冲刷洗去。

大门外，专车在雨中亮着双闪灯。季让拉开后座的车门，等她先坐上去了，才收伞上车。

他大半边身子都湿透了，头发也在滴水。

他随手掸了掸，冷声吩咐司机："开暖气。"

丝丝缕缕的暖风开始在小空间内回荡，戚映总算没那么冷了。季让也不说话，沉着脸看雨水浇打在车窗上，经过灯红酒绿的闹市时，突然想到了什么。

他又转头瞪了戚映一眼。

抱着书包乖乖坐在旁边的戚映："……"

季让让司机靠边停了车，伞也没拿，冒雨跑了下去。

戚映还以为他是突然生气不要自己了，眼角都红了，抿紧唇坐在座位上，心里委屈得要命。

结果没多久他又回来了，手里提着一杯热奶茶，一个汉堡，一份薯条，上车之后，一股脑塞给她，没好气地说：“吃！”

戚映揉揉眼睛，吸吸鼻子，接过汉堡咬了一口，又喝了口奶茶。

很香，很甜。

车子开到戚映小区外的时候，已经是晚上八点多了。

下午放学的时候戚映就给俞程和俞濯分别发了消息，说自己要跟同学去逛商场，晚点回家。

只是没想到会突然下暴雨，俞程在家不由得担心，又给戚映发消息，问她什么时候回来，带没带伞。

她回道：**到小区门口了，有伞。**

俞程收到消息，立刻喊躺在沙发上打游戏的俞濯：“去楼下接接你姐。”

俞濯正杀到紧要关头，怪不情愿：“她又不是不认路。爸你能不能别老把她当小孩儿啊？她只是不会说话、听不到，又不是傻了！”

话是这么说，他还是爬起来往下走。

当然游戏是不能退出的，他边走边打，刚冲上对方中路高地，拿下了一个 Triple kill（三连杀），就看见路灯昏暗的小区道路的尽头，有人撑着伞渐行渐近。

俞濯看了一眼，觉得应该是他姐回来了，也没再看，配合着队友非常迅速地拿下了敌方水晶，嘴角刚挑起一个属于胜利者的笑容，抬头一看，笑僵在唇角。

他看见了季让。

还有季让怀里的，他姐……

怀里？他姐？

两人已经走近，季让几乎全身都湿透，倒是戚映，干干净净的，手里还捧着一杯奶茶。看见他，戚映的脚步顿了一下，脸上露出犹疑的神情。

谎话被弟弟当场拆穿，有点难为情。

季让看见俞濯，倒是笑了下，只是那笑怎么看怎么讨厌，俞濯总觉得有股挑衅的意味。

他浑身一颤，突然想起之前季让说过的话。

“一不一样，要试过才知道。”

俞濯冷汗顿时就冒出来了，他崩溃地朝季让咆哮：“你把我姐怎么了？”

季让：“……”

如果他现在把这个傻瓜打一顿，戚映应该不会怪他吧？

雨越下越大。

俞濯悲愤地抹了一把飞溅到脸上的雨水，大喊：“老子跟你拼了！”

季让看智障一样看着他，然后抬手把戚映的书包砸过去。刚好砸在俞濯下巴上，把他砸蒙了。

他撑着伞转身要走，戚映急急拉住他湿透的衣角，把自己身上的外套脱下来，一脸担心地递过去，好像在说：别着凉了呀。

季让接过来，搭在肩上。

就这么一小会儿，衣服上都是她的甜香。他肩膀有些僵，加快步伐走了。走远了，才一把把衣服扯下来，拎在了手里。

戚映看着他的背影消失在雨幕中，怅然地叹了口气，转身一看，自己弟弟一脸幽怨地瞪着她。

她有点不好意思，拿出手机打字：别跟舅舅说啊。

俞濯：你还记得你上次拿我打架的事威胁我吗？

戚映：……我把零花钱分你一半。

俞濯：谁要你的零花钱？？？我是那种人吗！

顿了顿，俞濯又问：有多少？

一场下雨天的秘密，就掩埋在了一次金钱交易里。

周一开学，广大师生发现，逃课一周的大佬终于回学校上课了。升旗仪式上当然免不了被通报批评，教导主任站在上面气歪了鼻子：“有些同学就是经不起表扬！”

通报完了，最后宣布了一件正事："从今天开始，学校将组织'关爱学生心理健康'活动，希望各位同学在学习之余能拥有良好的心理状态，凡是压力过重、烦恼过多的同学，都可以找班主任报名，学校将依次安排心理辅导，海城一中将关爱每一位同学，让大家拥有一个充实且愉快的高中生活！"

下面响起稀稀拉拉的掌声。

屈大壮兴奋地说："又可以光明正大地去医务室睡觉了！"

升旗仪式结束，各班班主任就开始组织班委对需要辅导的同学进行登记。真正有学习压力烦恼的学生压根儿就不会参加，有那时间，还不如用来背几个单词，反倒是那些平时从不学习的差生跳得欢。

9班，班主任刘尧看着班委交上来的名单，头疼无比。

该辅导的一个都没有。

他把名单拍在讲桌上，怒道："屈鹏！你有什么学习压力需要开导？你从开学到现在学习过吗？你还把你名字填在重点辅导对象里？"

班上哄然大笑。

屈大壮站起来，非常难过地说："刘老师，我就是因为成绩不好，所以每天都遭受着鄙视和排挤，我感觉我现在的心理创伤很大，真的。"

9班同学："……"

谁敢排挤你？这口锅我们不背！

刘尧也知道他在胡说，毫不留情面地把他的名字从重点辅导对象里划掉，目光复杂地看了眼最后一排趴在课桌上睡觉的少年，喊他："季让，你跟我出来一下。"

季让懒洋洋地站起来。

刘尧站在走廊尽头，拿着那张心理辅导名单，等他出来了，指着重点辅导那一栏说："我把你的名字加在这里，你记得按时去医务室。"

季让说："我不去。"

刘尧瞪着他："必须去！这是校长亲自交代下来的！"

季让眼神沉了一下，好半天，咧嘴笑了："行啊。"

屈大壮得知后，非常不服气："凭什么让哥可以我不可以？他难道就有学习压力吗？他领了新书翻都没翻过，我好歹还翻开写了个名字！”

刘海洋一针见血：“让哥无所不能。”

海城一中的执行能力很强，第二天就按照各班交上来的名单依次安排了辅导时间。第一节课下课，季让就被通知：下节课不用上，去医务室接受心理辅导。

他在一众小弟羡慕的眼神中懒洋洋地离开教室。

到了医务室，他也不搭理笑容亲和的心理医生，往靠内的那张床一躺，开始睡觉。

躺着睡比趴着睡舒服多了，不得不感谢刘尧。

心理医生把椅子搬到床边，耐心地问了他好几个问题，可惜没有收到任何回应。

他叹叹气，看着季让陷入熟睡的模样，摇了摇头，把帘子拉上，回到办公桌，在诊疗书那一页写上“拒绝配合”四个字。

上午的最后一节课，戚映来到了医务室。

她是学校的重点关注对象，心理辅导活动一开始，刘庆华就直接把她的名字填在了重点辅导那一栏。

如果戚映能早日开口说话，于谁而言都是好事。

心理医生也早就拿到了戚映的资料，知道她患有 PTSD（创伤后应激障碍），面对她时更加耐心。两人全程没有说话，只靠写字来交流。

季让睡醒的时候，看到的就是这个场景。

少女坐在椅子上，握着笔在写字，尽管是舒适的靠背皮椅，她的坐姿依旧很端正，无端让人想起幼儿园排排坐等着领小红花的小朋友。

不知道心理医生在纸上写了什么，她被逗笑了，眼睛里都是光。

那笑容甜得都可以治愈这个糟糕的世界了，需要什么心理辅导啊。

下课铃拉响，心理医生结束了这节辅导课，把戚映送出门。趁着他们出门的空隙，季让从床上跳下来往外走，经过办公桌时，下意识地瞟了眼桌上写满字的本子。

扫到几个刺眼的字词：

牺牲，光荣，伟大。

——会为爸爸感到骄傲吗？

——会，他是英雄。

季让双腿像突然被灌了铅，重重沉下去，想快点离开这个地方，可他挪不动脚，连呼吸都开始困难。

纸上那几句轻描淡写的对话，像一根根针，刺进他眼里。

凭什么？凭什么为他感到骄傲？

别人无关痛痒地赞扬她父亲的伟大，是因为从未感同身受。

她呢？她遭受的这一切，都是来自那个本该保护好她的男人，她却也觉得他伟大吗？

真是……可笑至极。

心理医生从门口走进来，一眼看到季让，被他眼里狂风暴雨般的情绪惊了一下。他快步走近，将桌上的诊疗本收起来，尽量让自己的声音温和："同学，睡好了吗？"

季让没理他，甚至都没看他一眼。

他姿态僵硬，像背上背了几百斤的重物，一步一步艰难地挪出了医务室。

季让没去食堂吃饭，打电话也不接。屈大壮他们找到他的时候，他正在北边的操场上打篮球。像跟篮筐有仇似的，每一次灌篮都恨不得把篮筐砸烂。

趁着他运球的时候，屈大壮喊："让哥，给你带了饭。"

季让朝上一跃，手中篮球狠狠砸进球筐，篮球架晃晃荡荡，发出即将倒塌的吱呀声。晃了半天，还是战战兢兢地稳住了。

刘海洋低声说："让哥好像心情不好。"

屈大壮说："要你说！我们又不瞎！"

等季让走近，几个人赶紧闭嘴。他接过饭盒，也不看里面有些什么菜，两三口塞到嘴里，淡声问："下午开黑不？"

几个人齐刷刷地点头："开啊，开啊！"

然后，9 班教室后几排的座位就都空了。

刘尧气得不行，第二天一早就把逃课的几个人拎到走廊罚站。他指着为首的季让说："你不是喜欢逃课吗？你干脆别来学校岂不是皆大欢喜？"

季让扯着嘴角笑："谁让我交了学费呢，不来不是亏大了。"

刘尧差点被他气死。

上课铃拉响，下节是他的课，也懒得再跟这群坏学生计较，吼道："在这儿给我站好了！"

然后气冲冲地走进教室开始上课。

这群人对于罚站早就习以为常，嘻嘻哈哈地靠在墙壁上，屈大壮还美滋滋地回忆起昨天下午那场排位赛："让哥操作是真的牛！现实里一打五就算了，游戏里也敢这么干！"

正说着，就看到走廊那头，戚映和两个同学抱着一叠作业本往这边走过来。

屈大壮戳戳低头玩手机的季让："让哥，你的小仙女。"

季让正想骂他，抬头看到戚映，脸色顿时一变，还没等屈大壮反应过来，他已经"噌"地一下从教室后门蹿了进去。

讲台上，刘尧看着突然出现的季让，气得吐血："你进来做什么！给我出去！"

季让往后门墙壁那儿一站："罚站也不能影响听课，我爱学习。"

你爱什么？你再说一遍？

好不容易挨到下课，刘尧明知道这群差生根本就不会把他的话放在心上，还是秉承着老师的职责，挨个耳提面命一番，警告他们不准再逃课，哪怕是睡，也要睡在自己的座位上！

几个人心不在焉地应了。

刘尧又跟季让说："一会儿记得按时去医务室。"

季让勾着唇角："行。"

刘尧知道他打的什么主意："不准去了就睡觉！学校安排医生是为了你们的健康成长，要配合医生！"

季让嗤笑，配合？他没打他一顿已经是手下留情了。

第三节课下课，季让懒洋洋地往医务室走，刚走到拐角处，就看见戚映从医务室出来。四目相对，她果然又露出甜甜的笑容，朝他跑过来。

季让掉头就走，越走越快，任凭她怎么追都追不上。

戚映气喘吁吁地停下来，有点委屈地看着他走远的背影。

今天早上也是。

她其实看到他了，在走廊一排学生中，他个头最高，最显眼，可一看到自己，他就像见鬼似的躲进了教室里。

他开始讨厌她了吗？已经讨厌到不想看见她的程度了吗？

戚映觉得心里好难过，可她毫无办法，只能揉揉眼睛，一路低着头走回教室。

接下来两天，她都没看见过季让。不知道是他故意躲她，还是学校太大。

戚映闷闷不乐地默写单词，喝着牛奶的岳梨从门口冲进来，拉过她单词本就开始写：映映，你知道大佬最近怎么了吗？

戚映茫然地摇摇头。

岳梨兴奋地写：连你都不知道啊？大佬最近好可怕啊，到处挑衅打架，听说今天放学还跟校外混社会的约了架！我刚才在楼梯口遇到他，他眼角都贴着创可贴呢！

戚映瞪大了眼睛。

一放学，她不等岳梨，抱着书包就急匆匆地往9班跑。

教室里早已没了人影，她又下楼，刚下到二楼，就看见季让在往上走。

他好像是掉了什么东西，一脸焦急加暴躁，屈大壮几人跟在后面，边找边问：“粉色的吗？笔盖子像只鲸鱼？”

他不耐烦地“嗯”了一声。抬头，看见愣愣站在台阶上的戚映。

她抱着书包，眼角有点红，抿着唇，固执地看着他。

季让喉咙一阵发紧。他摸了摸眼角的创可贴，转头进了男厕所，十多分钟都没出来。

屈大壮运气好，在教室后门找到了那支粉色的鲸鱼笔，兴奋地跑到厕所去邀功："让哥！我找到了！"

他沉默接过，塞进书包里。

屈大壮觉得大功告成，喊他："让哥，走啊。"

季让沉默了一会儿："再等会儿。"

刘海洋他们也进来，被一地的烟头吓了一跳，骆冰问："让哥你在这儿干啥啊，待这么久还不走？"

季让被问得冒了火："老子喜欢在厕所待着，怎么样！"他踢了骆冰一脚，语气发狠，"都跟我一起待着，不准走！"

众人："……"

还好已经放学了，这头的厕所因为水管破裂没法冲水，也没什么人过来用。

几个人你看我我看你，谁都没说话。

一群人在厕所傻站着着实醒目，其间进来个尿急的男同学，直接给吓出去了。

也不知道过去多久，屈大壮一脸眼泪哆哆嗦嗦地拉住季让："让哥，不行了，我眼睛要被熏瞎了……"

第六章

“吧主”交接式

季让不知道在吩咐谁：“去看看外面有人没。”

屈大壮立刻冲出去，很快又冲回来：“没有！一个人都没有！”

季让这才挥挥手：“那走吧。”

一群人泪眼蒙眬地走出厕所。

季让走在最后，出去一看，楼道果然已经空了。他沉默着走出校门，长腿一跨坐上自己的山地摩托，屈大壮急忙喊：“让哥你去哪儿啊？约架的地方不在那边啊！”

季让语气淡淡：“不想打了，散了吧。”

这还能散？

季让发动摩托车，“轰”一声飙没影了。

后来周围几个学校的人都听说，海城一中校霸季让，放了一群社会混混的鸽子。许多同学都看到一群赤橙红绿青蓝紫毛少年拎着棍子在瑟瑟冷风中，从白天等到了黑夜，后来被围观的热心群众报警抓走了。

厉害啊大佬，假他人之手，不费一兵一卒，谈笑间樯橹灰飞烟灭！

暴戾的海城一中校霸又多了一个新的标签：阴险。

此刻，阴险的大佬端坐在教室里，任凭众人如何催促，不为所动。

屈大壮急得要哭了：“快走啊让哥！还有三分钟就上课了，老刘来了我们肯定走不了！到时候六中那群人肯定会说我们认㞞！”

他们跟六中的人约了竞技赛，誓要在游戏里一争输赢。说好了一起逃课去网吧，结果季让走到门口又蹿回来，死活不动了。

季让拿出他书包里唯一一本数学书：“我不想逃课，我要学习。”

屈大壮崩溃了：“下节是英语课啊大哥！”

季让面不改色：“英语课怎么了？英语课就不能学数学吗？数学书上也有英语单词啊！”

他翻开 cos/sin/tan 那一页，指给屈大壮看。

众人：“……”

上课铃拉响，徘徊在走廊外的那抹清瘦身影不得不回教室上课，季让余光瞟到她离开，心里松了一口气。

刘尧出现在教室后门，拍了拍门板：“上课铃响了听不到吗？都给我坐好！屈鹏！说的就是你！”

屈大壮第一次生出篡位的想法，真的太可恨了！

刚才还说要好好学习的大佬已经恹恹趴在课桌上开始睡觉。接下来几天，戚映没有再来找过他。

学校这么大，只要不故意，基本很难偶遇。他得到了他想要的结果，却并不怎么开心，反而很暴躁，看谁都不顺眼。

自己都觉得自己有病。人家追着你你不开心，人家不追着你了你也不开心。

季让烦躁地蹬了一脚桌子。

屈大壮吓得一抖，立刻大声说：“让哥，我们不是那个意思！”

一直在走神并没有听到他们在说什么的季让面无表情：“那你们什么意思？”

屈大壮义正词严：“我们也觉得戚映应该拿第一！在为她打抱不平！”

都什玩意儿？

他一把抢过屈大壮的手机，低头翻了两下，终于明白了。

海城一中贴吧搞了个校花评比投票，戚映上榜了。第一是薛蔓青，第二是2班的文艺委员赵都南，第三就是戚映。

不知道是谁偷拍的她的照片，她坐在教室里，穿着平淡无奇的校服，支着下巴认真地听旁边的同学说话，从侧面看显得睫毛尤为长，一缕头发垂落下来，衬得下颌格外俏丽。

是所有男生幻想的初恋模样。

楼下回复的帖子里有人发帖：说个笑话，聋哑人也能当校花。

就是这个回复引发了全楼大战。

其中撕得最为活跃的是一个叫“出淤泥而不染”的ID，大概是戚映的忠实颜粉，跳着脚跟全楼嘲讽戚映的人对骂。

季让问屈大壮：“你也投了？”

屈大壮说：“我……我没有……”

刘海洋说：“他投给了赵都南。”

兄弟没的做了！！！

季让语气阴沉道：“你们几个，多去注册点账号。”

屈大壮立刻将功补过道：“明白！我们一定把戚映投到第一去！”

刚说完就被季让踹了一脚。

“投什么第一，把第三后面的人全部投上去，把她挤下来。”他阴森的声音从齿缝中挤出来，“明天别让老子看见她的照片出现在首页榜上。”

众人颤巍巍地应了，当天晚上连夜注册账号，疯狂投票。

熬夜打游戏是常有的事，熬夜投票还真新奇，搞得跟追星似的。

但关键人家追星，都是投给自己喜欢的爱豆，他们这一晚上都在干吗啊？

接近凌晨，戚映的名字才终于降到末尾，那张清丽的侧颜照也终于从榜单上消失，众人齐刷刷地松了口气，总算能安心睡觉了。

结果第二天早上起来一看，戚映变成了第一！

屈大壮仰天长啸：“这谁干的！！！”

另一边，一整夜没睡觉的俞濯双眼通红地盯着电脑，发出了不屑的冷笑：“刷票谁不会啊，跟我斗。”

清晨的太阳渐渐露头，上学路上的海城一中学子们都惊叹地看着飘在首页第一的帖子。

一晚上时间，票数居然增加了这么多？名次的变化居然这么大？

看来大家做完作业都很闲啊。

这么大的阵仗，不仅是海城一中，连隔壁二三四五六中的人都来围观。

观着观着，发现帖子突然消失了，再一刷新，显示已删除。

不仅这个帖子，所有讨论校花的帖子一时之间也全部消失。众吃瓜路人纷纷呼喊吧主，质问他为何删帖。

学校天台，吧主被高高瘦瘦的少年拎着领口按在栏杆上，只听见少年阴冷的声音：“都删干净了吗？”

吧主哆哆嗦嗦地点点头。

季让掸掸手，一脚把他蹬开，吧主连滚带爬地跑了。

他低骂：“非要老子动手。”

看了眼旁边瑟瑟发抖的屈大壮几个人，淡声问：“刚才他说的那些，你们都记住了吗？”

生怕因办事不力而挨打的屈大壮连连点头：“记住了记住了！放学回去我们就和他进行吧主交接仪式，今后一定把海城一中贴吧牢牢掌握在自己人手中！掌握了网络，就掌握了话语权！”

校花评选帖子的消失让俞濯极为火大。

通宵刷票全白干了！双眼布满红血丝的俞濯捧着语文书恨恨想：一定是薛蔓青干的！投不过就背后使手段删帖，垃圾！！！

不过帖子虽然没了，但因为被删的时候位列第一的是戚映，所以校花这个头衔最终还是落在了戚映头上。

这可把岳梨给激动坏了。

不枉她昨天晚上跟爸爸妈妈表哥表姐叔叔阿姨借了一圈手机号注册账号给映映投票！

再看看一早上都脸色不佳的赵都南，简直扬眉吐气。穿名牌裙子戴漂亮手表又怎么样，还不是比不上一身校服的映映！

等映映的病治好了，恢复正常，看那些“红眼病”患者还有什么话说！

下节课戚映又要去医务室，岳梨把物理书竖起来，偷偷给她传小字条：我听他们说，那个心理医生是市医院的专家，很厉害的，映映你是不是很快就可以说话啦？

戚映淡色的眸子闪了一下。

这几天，心理医生一直在尝试引导她说话，可是她做不到。

她努力地想发出声音，可身体一点都不配合。就像当心理医生问起她的父母时，问起为人民牺牲的爸爸，她的心脏就开始刺疼。

可在拉锯的疼痛中，她想到了梦中的将军。

他一生戎马，驰骋沙场，守家国江山，护四方百姓。将军是英雄，那为人民牺牲的爸爸，也是。

她忍住身体的不适和抗拒，认真地用口型回答医生：是的，我为爸爸感到骄傲。

或许，等哪天她的内心不再排斥有关父母的记忆时，就真的克服了障碍，能够开口说话了吧。

下课之后，戚映跟岳梨一起上了个厕所，就往医务室的方向走去。远远地，看见校长站在医务室门口，神情严肃地在跟心理医生说些什么。

戚映不想打扰老师们谈正事，在原地站定，打算等他们聊完再过去。

那头，心理医生叹气道：“态度很冷硬，完全不配合，来了就是睡觉，到现在为止没跟我说过一句话。”

既在意料之中，又让人倍感无奈。

校长问：“就没别的办法了吗？”

医生沉思道：“这孩子心理防线太重了，对外界十分警惕戒备。通俗点说，就是他不信任任何人；再严重点，可能还觉得周围所有人都想害他。现在学校组织的这个心理健康活动，毕竟只是针对普通学生的压力焦虑……”

他话没说完，校长已然明白他的意思，叹了声气：“这孩子是我看着长大的，本来想趁着学校这次活动，开导开导他的心结。哎，既然这样，他以后不想来就算了吧。”

心理医生点点头，又说：“周校长，我不知道这孩子的心结是什么，但解铃还须系铃人，主要问题可能还是需要家长方面多开导配合。”

校长苦笑了一下，没再说什么，摆摆手走了。

远处的戚映见这边聊完正事，才终于走近。心理医生其实一早就看见她了，还在心里赞叹小姑娘教养好、懂礼貌。

作为 PTSD 患者，除了失语外，其他方面都与常人无异，温暖又乖巧，也算是少见的奇迹了。

而那个满眼戾气浑身是刺的少年，到底经历过什么，才会比 PTSD 患者更加棘手呢？

心理医生摇头叹息。

大概是校长有过交代，刘尧没有再去监督季让按时去医务室，他也无所谓，反正只是换个地方睡觉而已，区别不大。

他正把额头抵在课桌上埋头玩手机，骆冰从教室后门一阵风地冲进来。

“大新闻！校花转学了！”

季让不为所动，手指按得飞快，在玩单机游戏。

倒是一向热衷八卦的屈大壮兴奋道：“真的？薛蔓青为啥突然转学啊？转去哪儿？私高吗？”

骆冰夸张道：“你真的跟我们活在同一个时空吗？校花早就换人了，是特殊同学！”

屈大壮嘴巴张得老大：“啊？”

旁边一直没动静的季让像被针扎了一般，“噌”的一下站起来，一把拽住骆冰的领子：“你说谁转学了？”

骆冰差点被勒死，一边翻白眼一边说：“特特特……特殊同学，戚映，刚才上厕所听 2 班的人说的……”

季让把他往旁边猛的一推，拔腿冲了出去。

冲到 2 班教室的时候，上课铃响了。

走廊里的学生说说笑笑回教室坐好，2 班也闹哄哄的，前门突然“砰”的一声被撞开。

整个 2 班被突然闯入的大佬吓得噤声。

季让脸色难看地站在门口，手背青筋暴起，短发之下眉眼又冷又野。

扫了一圈，没有找到戚映，有两个座位空着。他几乎控制不住眼底的戾气，一脚踹在了就近的课桌上。

第一排坐了两个女生，当即被吓哭了。

就在这时，身后衣角突然被扯了一下。轻轻的力道，像夏夜的风，裹着花香。

季让身子一僵，紧握成拳的双手却蓦地松开，缓缓回过身去。

戚映就站在后边儿，怀里抱着一叠练习册，有点好奇，又有点怕他的样子，比月色还柔软的眸子像在问他：你在这里做什么呀?

季让发堵的胸口终于能喘气了。他一把握住她手腕，扯着她往楼道口走。

戚映被他拉得一个踉跄，怀里的练习册都差点撒了。他拽她的力气好大，手腕都发疼，戚映挣扎了两下没甩掉，委屈得眼角都红了。

下到转角的位置，季让终于停了下来。

戚映一下把手从他掌心里缩回来，抱着练习册后退两步，抿紧了唇，湿漉漉的眼睛柔软又脆弱。

季让紧绷的脸色突然就维持不住了。

他低下头，黑眸里都是狂风暴雨散去后的凌乱狼藉，声音却放得又低又轻，带着少年懊恼的服软：“我错了好不好？”

戚映不知道他在说什么，她只是觉得委屈。一直躲着她的人是他，现在突然生气的人也是他。

她偏过头，不看他。

季让从校服裤兜里掏出一颗糖，放在她怀里那叠历史练习册上。

粉红色的草莓软糖，是她给过他的那个牌子。他找了很多家商店才买到一模一样的，放在书包里，每天吃一颗。

戚映低头看着那颗糖，又抬头看看少年。

他有点别扭，干巴巴地说：“给你糖。”

她嗅嗅那糖的甜味，忍不住弯起眼睛来。

季让说：“不转学好不好？”

他说得慢，已经习惯看唇语的戚映读懂了他的意思。她有点奇怪为什么他会这样问她，她明明才刚转学来到海城一中，还能去哪里？

不过还是乖乖地点了点头。

季让像罪犯得到了赦免，阴郁的黑眸里又有了光。

楼上传来急促的脚步声，还有刘庆华的声音：“戚映呢？人呢？你说谁把她带走了？9 班的季让？”

季让挑了下唇角，突然伸手在她脑袋上摸了一下，然后三步并作两步，从楼梯跳了下去。

戚映呆呆地望着他消失的背影。

刘庆华和班长陈梦洁还有岳梨急匆匆地跑过来，看见她安然无恙地站在楼道口，总算松了口气。

岳梨大呼小叫地冲下来。她收回视线，赶在她们过来之前，偷偷地将那颗草莓糖藏了起来。

下课的时候，骆冰再次从后门飞奔进来。

“让哥！听错了！不是特殊学生转学，是 2 班的历史课代表转学了，然后他们历史老师就让戚映当了新的历史课代表……”

话没说完，就对上季让阴森森的目光。

季让说：“过来挨打。”

骆冰说：“呜，让哥我为你流过血、立过功，你不能这样。”

让戚映当历史课代表，是心理医生提出的建议。戚映性格安静，因为无法正常交流，和班上同学其实并不怎么接触。

但她又耐心又认真，每次课后作业都完成得很好，如果给她一份责任，她也一定能鼓起勇气担好。这对于加深她和同学之间的交流，早日开口说话会有很大帮助。

2 班原来的历史课代表因为父母工作的原因要转学去外地，正好让戚映顶上。

2 班几个同学上厕所时聊到这件事，东拉西扯的，不知道怎么就被误传成戚映要转学。知道真相的季让回想起自己的表现，真是恨不得两脚踹死骆冰。

整整一天，大佬面无表情地坐在座位上，浑身散发着想杀人的冰冷气息，周围一众小弟都瑟瑟发抖，不敢前去打扰。

快放学的时候，“飞毛腿”骆冰又来了。

他一路横冲直撞：“让哥！让哥！我将功补过来了！新消息！”

季让扯了下嘴角：“最好是。”

骆冰打了个寒战，立刻说：“真的！我亲眼所见！我们最后一节课不是体育课吗，我回来得早，经过 2 班的时候看到戚映在收历史作业。2 班那谁，就是体校升上来的那个，不交作业，把戚映气哭了！”

周围空气顿时下降了几摄氏度。

屈大壮说：“是龙海！以前体校跟我一个班的，这小子可不要脸了，靠着作弊考进 2 班，当了个体育委员就跟当上学生会主席似的，一天到晚耀武扬威。”

季让拎着书包起身，脸上没什么表情：“人呢？”

一群人浩浩荡荡地将 2 班人高马大的体育委员龙海围在了学校后门。

龙海虽然作威作福，但从来不敢在季让面前嘚瑟，每次见到他都伏低做小绕路走。眼见面前神情阴戾的少年一脚蹬过来，顿时就跪下了。

他手忙脚乱地把口袋里的钱全部掏出来，痛哭流涕道：“都在这儿了让哥，都在这儿了。”

季让没接，踢了一脚他的书包，冷声：“打开。”

龙海忙不迭地拉开书包，把课本全部倒出来，扒着底给季让看：“真的没了。”

季让说：“把历史作业找出来。”

龙海老老实实地照办。

季让蹲下身，捡起一支笔，用笔头在他脸上打了打，阴声道：“给老子好好写，全部写完，明天老老实实交作业。少一天不交历史作业，老子就废你一根手指。”

那天之后，海城一中盛传：校霸又开始逼人写作业了。

全校学渣听闻此事，失声痛哭。

第二天早上收历史作业的时候，岳梨陪着戚映一起去。

其实她也怕龙海，但一想到映映昨天都被气哭了，愤怒立刻打败畏惧占据上风。她知道为什么龙海跟映映过不去。

龙海暗恋赵都南。

也不叫暗恋，反正全班除了班主任，基本都知道，赵都南本人更是一清二楚。但她看不上龙海，平时都不怎么跟他说话，只有值日的时候，会笑着喊一句：“体育委员，能帮忙提下水桶吗？好重呀。”

看不上，但不影响她享受暗恋者的追捧。不过是青春期少女的虚荣心而已。

岳梨觉得龙海为了给赵都南出头为难戚映的行为，简直又低级又丢人。她拉着戚映往后排的过道口一站，鼓起勇气大声说：“龙海，交历史作业了！”

本以为是一场恶战，没想到一身腱子肉的大块头忙不迭地把搁在最上面的作业本递了过来：“这里这里。”

他动作太配合，岳梨都觉得他是不是在作业本里藏了暗器。

小心翼翼地接过来翻开一看，字虽然写得丑，但真的一题不落地写完了。

她狐疑地看了畏首畏尾的龙海一眼，拉着戚映回去了。一直到上早自习，才从前排同学那里听说，昨天下午季让带人堵龙海，逼他写作业的事。

岳梨对于八卦的嗅觉多灵敏啊，把今早的事一联系，兴奋得眼睛都发光了，一把抱住无声朗读文言文的戚映，压着嗓子尖叫：“映映！你好厉害啊！大佬居然亲自为你出头！就为了交作业这么一丢丢小事！啊啊啊！我什么时候也能遇到这样的大佬！”

完全不知道她在说什么的戚映：“……”

后排的学习委员黄博通的同桌于禾跟她俩关系不错，看岳梨在那儿自嗨，用笔头戳了她一下："你花痴病犯了吗？季让他们那种人多可怕啊，又凶又野，还是不要跟他们扯上关系的好。"

岳梨说："不啊，不可怕啊！我从小的梦想就是当大佬的女人！"

于禾："……"

沉浸在爱情幻想里的岳梨一早上都美滋滋的，直到数学课下课后，数学老师没有收走教案，而是站在讲台上说："下节体育课我们继续上课，下周就要月考了，还有几个知识点没讲到。"

岳梨顿时就蔫儿了。

于禾还在跟周围同学抱怨，就听见岳梨"哇"的一声哭了出来，边哭边说："都怪我……"

戚映在旁边手足无措地递纸巾，于禾赶紧跑过去安慰："怎么了啊，梨梨？"

岳梨抽泣着："都怪我前两天忍不住喝了杯奶茶，老天爷就刚正不阿地拿走了体育课，都怪我，呜呜呜……"

这都什么跟什么啊，于禾哭笑不得，同仇敌忾说："这怎么能怪你啊！都怪学校安排的课表！把体育课安排在数学课的后一节，不就是明摆着让数学老师占嘛！"

真是太阴险了！

开学后的第一次月考，就这么无声无息地逼近了。

戚映应该比年级第一还紧张，这是她来到海城一中之后第一次考试。

周五最后一节是班主任刘庆华的课，下课铃响后就开始说月考的事："星期一考试，周末回去了要好好复习，已会的知识点要巩固，不会的地方提前搞懂，各科老师都在群里，打电话发消息都可以问，不要等到上考场了才抓瞎！本学期第一次月考，都给我拿出点精神来！"

说完后，又安排班委搬桌子贴考号，戚映作为历史课代表也在其中，岳梨不放心，自告奋勇要留下来帮忙。

男生搬桌子，女生贴考号。

但男班委只有三个，其他都是女生，搬桌子明显人手不够，班长陈梦洁就安排了女生去帮忙，最后留下来贴考号的只有戚映和赵都南，以及岳梨。

贴考号不光是把纸片贴在左上角就完事，还要把桌子与桌子间的距离拉开。教室后排的桌子都被搬出去，空了一大片出来。

赵都南贴完纸片就不动了，站在后排拿了个小镜子在那儿擦擦抹抹。岳梨帮着戚映拖了两列的课桌，气不过，吼她：“你怎么偷懒呢？”

赵都南阴阳怪气的：“能者多劳嘛。”

岳梨凶起来的时候句句戳心窝：“照照照，有什么好照的，再怎么照也不够校花的格！”

赵都南当即就被她气变了脸，盯着她们看了几眼，又冷笑：“我就是想争也是跟正常人争，跟残疾人争校花，我疯了吗？”

岳梨差点把手里的胶水瓶砸过去，还要骂，袖子被戚映扯了扯。她嘴角弯弯的，眼眸柔和，朝她摇了摇头。

岳梨又气又心疼：“你知道她怎么说你吗？”

戚映还是笑，好像在说：没关系呀。

赵都南还在后面“咯咯”笑，火上浇油：“她怎么会知道呢，她又听不见。真可怜。”

岳梨简直被气疯了，指着她大喊：“你信不信我叫季让打你？”

季让这个名字搬出来，往哪儿扔都是炸弹。赵都南脸上的笑收了收，但到底没被她吓住，季让多野啊，这丫头片子有什么资格认识大佬？

她往墙上一靠，摆明看她笑话：“你叫啊。”

岳梨咬着牙，愤怒地掏出手机，看似在找季让，其实在给戚映发消息。

岳梨：啊啊啊映映，你有大佬的联系方式吗？快叫他过来救场啊！

戚映：没有啊。

岳梨：……

她不禁开始怀疑自己早上的推断。大佬真的对映映不同吗？都已经到了为她逼人写作业的程度，竟然连联系方式都没有吗？

赵都南看出她的窘迫，笑得更欢了，讽刺地问：“季让呢？你叫他来啊。”

话刚落，虚掩的教室后门“砰”的一声被踹开，两人都吓了一跳，整齐地转过头。

季让拎着书包站在门口，校服松松垮垮的，他面无表情地看着赵都南，问：“你找我？”

赵都南：“……”

大佬难道是神龙吗？一召唤就出现？

他走进来，扯了下嘴角，拎过一把椅子往前一坐：“刚才在外面，好像听到你说了‘残疾人’三个字？”

他语气阴沉，吓得赵都南矢口否认：“没有！我没说！”

岳梨在旁边：“她说了！我作证！”

季让感叹似的笑了下，明明在笑，语气却让人发寒：“你们都以为老子不打女人是吧？”

赵都南脸色发白，小镜子都拿不住。

她真的怕季让打她。她看到过季让打人，在校外的一条巷子里，他拿脚往那人脸上踩，满地的血，要不是身后的人拉着，她觉得季让能把那人的脑子踩扁。

后来那人进了ICU，听说是高三的学长，可最终季让只是受到了警告的处分。她以前还暗恋过季让，那次之后，只剩下畏惧。

赵都南快哭出来了。她余光瞟见门口有人，求救似的看过去，看到高壮的龙海蹑手蹑脚地站在那儿，对上她的视线，心虚地转身走了。

男生都是大猪蹄子！

岳梨虽然叫得凶，也怕季让真的打人，正想说点什么，戚映把手中的工具放下来，开心地跑到季让面前。

他坐着，她总算不用仰头看他，小手背在后面，歪着脑袋甜甜地冲他笑。

季让嚣张的坐姿顿时收敛起来，有些不自在地把蹬在椅子上的腿收回来，还不够，又站起来，左右看了一圈，问岳梨：“要帮忙吗？”

岳梨说：“要！”

然后季让就开始拉桌子。他力气大动作快，两张两张地拉，很快就把座位排好了。

龙海急匆匆地把老师喊到教室的时候，看到的就是9班的坏学生季让在帮三个女生搬桌子。

老师非常不满地瞪了一眼目瞪口呆的龙海：“虽然季让同学平时有些行为确实过激，但你也不能污蔑他啊！栽赃陷害的行为最要不得！周末回家写一千字的检讨来！”

龙海：“……”

龙龙委屈，龙龙心里苦。

布置完教室，季让拎过戚映的书包往外走，岳梨挽着戚映内心激动地跟在后面，近距离接触大佬，觉得大佬好高好帅啊！

走到门口，季让想起什么，回头看了一眼还站在后面发呆的赵都南。

那视线带着明显的警告意味，赵都南身子一抖，埋下头去。

最近心理医生建议适当放松对戚映的照顾和监管，让她更快地独立起来，所以俞濯放学后就没等她，脱缰野马似的跑去跟同学打台球了。

季让的山地摩托依旧停在校门口。

他拎着书包往摩托车跟前走，戚映迟疑了一下，扯着他衣角，伸手指了一下那边的公交车站。

季让脸色沉下来，她不想坐他的车。

戚映想起上一次他送自己回家差点被舅舅撞见，下雨那次又被弟弟遇到，真是每次都很惊险，再不敢冒险了。

季让盯着她看，领口斜垮垮的，露出一边锁骨，低头恶声问：“怎么，嫌弃老子的车啊？”

她眨眨眼，长睫毛扑扇扑扇的。

好半天，还是他投降。

没好气地转身，大步往公交站的方向走。戚映小跑着跟上来，她知道他不坐公交，过去之后伸手拿自己的书包。

季让气得腮帮子疼：“就这么嫌弃老子！”他松手，发脾气似的转身就走。

戚映急急扯住他的衣角。

季让咬着牙，一脸的不耐烦："又做什么？"

她伸出手，掌心向上，有浅浅纹路。

她找他要糖。

季让今天穿了条黑色的运动裤。这条裤子，没有裤兜。

气氛一时很尴尬。刚才还凶巴巴的少年顿时有些手足无措，在戚映期待的目光中迟疑着说："明天补给你行不？"

她也看出他今天没带糖，乖乖地点了下头。

公交车靠站，周围学生一窝蜂地往上挤，戚映朝他挥挥手，也转身上车。季让闻不惯车上那味儿，捂着鼻子后退了两步。

看戚映刷了卡，用力踮脚去够扶手。

公交车门关闭的前一秒，他长腿一跨，跃了上去。

本来拥挤的车厢更挤了，因为大家都齐刷刷地往后退，车门那一块儿瞬间宽松下来。戚映也被人流挤到了中间。

他眉头皱得更紧，就要往后走，司机说："刷卡啊。"

季让步子一顿，视线越过人群落在戚映脸上，要笑不笑地说："谁来帮我刷个卡啊？"

车内学生面面相觑，大佬开口，不敢无视，前排几个学生默默地把公交卡伸出来。

季让没接，只是看着戚映。

她终于透过缝隙看见了他，本来因为拥挤而皱巴巴的小脸顿时明艳起来。她艰难地从人群中挤出来，捏着公交卡摇摇晃晃地跑到他面前。

"嘀，学生卡。"

车子转弯，车身倾斜，她慌忙去拉扶手，季让手臂从她背后环过握住扶栏，几乎将她圈在怀里。

她摇晃的身子撞在他手臂上，终于站稳。想了想，把他袖子当扶手，两只手紧紧拽住。

季让身上的T恤都被她扯歪了。他却望着窗外，勾起了嘴角。

车内默默看着这一幕的一众学生：“……”所以为什么要假惺惺地找我们要公交卡?

戚映要坐半小时的公交车，每停靠一站，季让的脸色就白一分。

从来没坐过公交车的大佬……晕车了。

旁边的同学不知道真相，只看到大佬脸色越来越难看，眉头越皱越紧，还以为是他不满没有座位，抓着书包站起来，结结巴巴地说：“季……季同学，给给给给，给你坐……”

季让咬着牙，努力压下胃部翻涌的酸意，把在他怀里摇摇晃晃的戚映按在了座位上。

他感觉自己快吐出来了，又不想让戚映看见。

下一站刚停，直接从前门冲了下去。

戚映没反应过来，无声“欸”了一下，小手扒着车窗往外看。季让绷着身子站在下面，面无表情地冲她挥手。

戚映也挥了下。

公交车渐渐驶离，直到确定戚映看不见他，他才转身冲到不远处的垃圾桶，扶着树干吐了起来。

差点把胆汁吐出来。

两个经过的女生穿着四中的红色校服，窃窃私语看了他半天，等他吐完，其中一个长相清秀的女生立刻走上前去，递上一张纸巾和一瓶水，柔声问：“同学，你没事吧？”

季让俯着身，碎发扫在眼睑，抬手用手背刮了下嘴角：“滚。”

那女生一愣，羞恼得脸都红了，愤愤地转身跑回同伴身边。

季让直起身子，面无表情地走向一旁的便利店。走得远了，还能听到那女生跟同伴哭诉：“什么人嘛！凶死了！”

周末两天，戚映没有出门，把新学的知识都复习了一遍。虽然听不到老师讲课，但后排坐的是学习委员，同桌岳梨也是个勤奋刻苦的，每次下课都会结合他们的笔记整理自己的知识点，课程基本没有落下。

戚映严阵以待。俞濯倒是没把一个小小的月考放在眼里，写完周末作业就敞开了玩儿。吴英华一看到就骂，俞濯烦得不行，躲到戚映的房间，躺在他姐床上打游戏。

拿枕头垫脑袋时，看到枕头下面放了一颗草莓糖。

他顺手抓起来剥了吃了。

一直到吃晚饭，看完书的戚映才在垃圾桶里看到了粉色的糖纸。

她赶紧跑到床边，抱起枕头一看——空空如也。她差点气哭了。

第二天俞濯再想往她房间钻，戚映就不开门了。

周一开学，大概是因为早自习结束就要开始考试，学生比往常每一个周一都要蔫儿。戚映也紧张得手心冒汗，到教室的时候，看见自己课桌上放了一颗糖。

周围同学都神情如常。

他一定是在所有人到教室之前，放在了她座位上。

紧张感也因为这颗糖消失了不少，戚映认认真真地把草莓糖放在自己的文具盒里，早自习一结束，就抱着文具盒去她的考场。

海城一中的考号是按照年级成绩来排的，越靠后的考场就证明成绩越差。戚映因为是转学生，之前没有她的分数，她排在全校最后一个考号。

考场在最北边那栋旧教学楼，上周五岳梨已经陪她看过考场，此时就顺顺当当地找了过去。进去的时候，考场里稀稀拉拉坐了四五个人，趴着的仰着的，完全没有考试的样子。

戚映的位置在最后一排靠近垃圾桶的地方。

她找到座位坐好，放好准考证和笔袋，又把带过来的语文书翻开看。

陆陆续续有人进来。

年级倒数都集中在这个教室了，打打跳跳闹闹嚷嚷，完全不像来考试的。

跟戚映隔着一条过道的男生抬起他穿 AJ 的脚踢了踢她的椅子，笑嘻嘻地问：“喂，转学生，一会儿把卷子竖起来，借我抄抄选择题啊。”

戚映的椅子被他踢歪了，只得站起来摆正。

刚坐下，男生又踢了一脚：“喂，别不理人啊。”

他前边那女生看不下去：“那是2班的特殊同学，她又听不到，你吼什么吼！”

男生恍然大悟：“哦哦，那个聋哑人啊。”他从课桌里翻出一张废弃的草稿纸，给戚映传字条：同学，一会儿卷子借我抄抄呗。

戚映看了眼字条，抿着唇角，对着他认真地摇头。

男生被她严肃拒绝的神色气笑了，又踢了她椅子一脚：“还挺清高啊。”

戚映的椅子第三次被他踢歪，再好的脾气也忍不了。可是她说不了话又不能骂他，只能气呼呼地站起来，也抬脚踢了他的椅子一下。

男生倒是没生气，被她的动作逗笑了：“你踢老子？”他拍了拍自己大腿，“来来来，朝这儿踢。”

话音刚落，过道闪过来一个人影，飞起一脚踹在他大腿上，当即就把男生给踢翻了。

踢完还不算，一脚踩在他膝盖上。

男生杀猪似的惨叫起来，惊恐地看着季让面无表情地站在他面前，脚上还在使力。

他感觉自己膝盖都要碎了，连连求饶：“让哥，我错了让哥，让哥……”

监考老师走进来，大喊：“干什么呢！都坐好！马上考试了！”

戚映也被突然出现的季让吓了一跳，她觉得他的眼神好凶，怯怯地伸手去扯他衣角。

季让看了她一眼，这才收回脚，走过去帮她把椅子摆好，又走回自己的座位上。他其实就坐在她面前那个位置。

刚才懒散地走到门口，一眼看见她，没敢进去。

继打架、罚站被她看见后，考全校倒数第一这么丢脸的事也要被她知道了。

季让站在门口想，干脆不考了吧，不能被她看见自己出现在这个垃圾考场。

结果就看见那人欺负她，她生气的样子也好乖。傻乎乎的，还去踢人家的椅子。

考试铃拉响，广播里开始播放考前规则，监考老师在台上拆了密封的试卷袋，一列列发下来，往后传。

季让接过前面传来的最后两张试卷，转身递给戚映。

看到她的准考证上放了一颗糖。是他早上很早很早溜进2班教室放在她课桌上的那颗。

傻子，怎么不吃呢？还供着？

他有点想笑。

戚映接了卷子，甜甜地朝他笑了下，然后埋头开始做题，用的是蓝色的鲸鱼笔。

他回过身，从裤兜里掏出那支粉色的鲸鱼笔，拧开笔帽，第一次认真规范地在试卷上写上自己的名字。

高二9班，季让。

写完班级和名字，就没有能写的地方了。

全不会。

"看万山红遍，层林尽染"后边儿是什么？他知道有篇《沁园春·雪》，怎么还有叫《沁园春·长沙》的？那是不是还有《沁园春·上海》《沁园春·北京》？

"渔舟唱晚，响穷彭蠡之滨"是什么玩意儿？后面那个字读啥？

算了还是看选择题吧。

阅读下面课内文言文片段，完成选项。

季让：……

算了，都选C吧。

以往觉得漫长无聊的考试，认真做起题来，竟然过得这么快。他还没开始写作文，监考老师就已经宣布：距离考试结束还有二十分钟。

全校倒数的考场，再怎么抄也就那样，监考老师老早就在台上看起了报纸。

屈大壮给刘海洋扔了个小纸团，刘海洋还以为是答案，兴奋地打开一看，上面画了个惊恐的小表情，写着：你看到让哥了吗？他竟然认真地做了两小时的题！他是不是背着我们搞学习了？

刘海洋：应该没有，我估计他在写小作文骂老师。

二十分钟后，铃声拉响，考试结束。季让看着自己写满整个格子的作文，露出了满意的微笑。

屈大壮跑过来，兴致勃勃地问：“让哥，你作文都写啥了？”

季让说：“我的梦想。”

骆冰茫然地转过身来：“什么你的梦想？这次的作文主题不是《中国梦，航天梦》吗？”

跑题跑到外婆桥的大佬面无表情地离开了教室。

第七章

《沁园春·上海》

之后的每一场考试，季让都早早过来了，还装模作样地拿着一本书看。只不过，下一堂考数学，他看英语书；下一堂考英语，他看化学书。

屈大壮算是明白了，他在卷子发下来之前压根儿就不知道这堂考什么。

他叹着气给刘海洋传字条：让哥这次真的栽了，而他自己还不知道。

刘海洋：除了答案，禁止你在考试期间给我传字条。

等所有科目考试结束，季让总算明白那些好学生为什么经常都是一副疲惫不堪的样子。认真考试真的太伤神耗力了，虽然他基本什么题都不会，选择题全选的C，但……

反正非常伤神就对了。

最后一堂他提前交了卷，戚映做题做得认真，没发现他走了，直到考试结束，她停笔抬头，才发现前座空了。

交了卷子，收拾好笔袋，拿着自己的东西往外走，刚出教室门，就看见季让靠在走廊的墙壁上，见她出来，伸手递给她一瓶饮料。

戚映低头一看：六个核桃。

得补补脑，大佬严肃地想。

两人各自嘬着一瓶六个核桃走回教室。

屈大壮百思不得其解："好学生耗费了精神需要补脑，让哥耗费什么了他也补？”

他不就是全选了 C 吗？

回到教室，周围同学都在对答案，岳梨苦着一张小脸问学习委员黄博通：“数学第一道大题最后算出来真的等于 1 啊？”

黄博通点点头。

他成绩好，年级前三，他的答案基本等同标准答案了。

岳梨哀号一声趴在了课桌上。

黄博通安慰她：“就一道题，没事，丢不了多少分。”

岳梨说：“我就会这一道！还做错了，呜……”她看到戚映抱着一瓶六个核桃走回来，赶紧在草稿本上把自己刚才对来的标准答案写下来，交给她看。

戚映一边喝奶一边看，完了冲她点点头，意思是：嗯！没错！就是这个答案！

岳梨：呜呜呜呜……全世界只有我做错了。

月考之后，各班又紧锣密鼓地恢复了上课。周五的时候，各科成绩就出来了。

早自习一结束，高二公示栏的位置就挤满了看成绩的学生。年级前十的名字基本没怎么变，该是哪些人还是哪些人，岳梨一个人挤到前面去，帮后面挤不进来的同学看：“哇，黄博通你第二，比上学期期末涨了一名！于禾你一百零三，你怎么掉出前一百了啊？我找找映映，映映……我的天！映映二十七！”

因为听不见，戚映的英语听力题全是蒙的，这三十分基本全丢了，没想到在损失这么多分数的情况下还能考到全校二十七的位置，那要是加上这三十分，岂不是要进年级前十？

排在三百多名的岳梨深深地感受到了来自学霸智商的碾压。

上课铃拉响，看成绩的同学都往教室跑，公示栏终于空下来了。

9 班教室，季让面无表情地问屈大壮：“在哪儿看成绩？”

屈大壮差点从椅子上摔下来。

从入学到现在从来没学习过的大佬竟然开始关心起自己的成绩了吗？

可关不关心都是倒数第一啊。

刘海洋用眼神示意他不要乱说话。好歹大佬这次还写了个《我的梦想》呢，就算偏题了，也得给点书面分安慰安慰吧？

于是一群人领着大佬去看成绩。

屈大壮非常驾轻就熟地从最后一排开始看。

倒数第一：屈鹏。

倒数第二：刘海洋。

倒数第三：季让。

让哥果然背着他们搞学习了！从倒数第一搞到了倒数第三！

季让看见自己名字的时候，眉梢不露痕迹地抖了抖，他顺着最后一排往前看，心里默默想：小傻子的名字别太靠后才好。

她考试的时候那么认真，要是太靠后，指不定多伤心呢。

找啊找，找啊找，怎么这么多名字。她到底在哪儿？

往前找了好久，终于在第一列找到了戚映。

全校第二十七名。

她听不见怎么还能考这么好！

怎么办？她来看过成绩吗？她有看见自己的名字吗？

大佬有一种把成绩单撕了的冲动。

不会察言观色的屈大壮说："哇，让哥你的小仙女考得好好啊，没想到她成绩这么好，早知道抄抄她选择题啊！"

被季让狠狠瞪了一眼，闭嘴了。

回到教室的时候，已经上课五分钟了。

语文老师正在让课代表把这次的语文卷子发下来，看到季让他们从教室后门溜进来，往常都会教训几句，今天倒是笑眯眯的，站在讲台上说："这次考试，我要着重表扬一下季让同学。"

全校倒数第三到底有什么值得表扬的？

语文老师："同学们，我一直在跟你们重申，学习最重要的是什么？是态度！成绩再好，态度不端正，那也是不行的！相反，成绩差一点，但只要学习态度端正，一定会有收获的那一天！就比如这一次考试，季让同学非常认真地完成了语文试卷，连作文都写够了八百字！咳，虽然全部跑题了，但这种认真的态度，值得所有同学学习！"

季让："……"你到底在表扬我还是在损我？

语文老师："拿到试卷后都先看一下自己丢分丢在什么地方。"

拿到卷子的季让：全卷丢分。

OK,fine（很好）。

季让第一次尝试着听了听课。

语文老师从第一道题开始讲。

原来前面的诗词填空是必得分题，只要背过书就都能写出来。《沁园春·长沙》是真的有，《沁园春·上海》是真没有。

之前一句话都看不懂的文言文，原来只要认真看过语文书上的注释，那几道选择题就都有了答案。

很简单啊。认真听完一节语文课的大佬突然觉得，自己其实还是很有学习天分的。

他重拾了一点信心。

第二节是数学课。

照常是先发卷子。9 班这次数学整体考得都很差，数学老师脸色不好看，一句多余的话都没有，拿到卷子就开始讲题。

季让努力听。

五分钟后，阵亡。

这讲的都是什么玩意儿，一个字都听不懂。

好不容易升起来的那么一丁点学习信念，就这么被冷酷的数学无情地扼杀在摇篮里。

大佬一整天都郁郁寡欢。

放学之后都不想跟屈大壮他们一起去游戏厅玩，拎着书包无精打采地往外走。刚走出教室，就看到戚映背着书包朝他跑过来。

她是不是来问他月考成绩的?

很怕，非常怕。季让掉头就走，几乎是用跑的，两三步从楼梯上跳下去，一溜烟跑没了影。

呜呜呜，为什么季让又开始躲着她。

他这次再用一颗糖来哄她，她也不会原谅他了！必须要两颗才行!

戚映闷闷不乐地回到家。俞程知道他们今天出分数，她一回来就找她要成绩看，戚映把班级成绩单递给他，她年级排二十七，班上排第七，俞程一看这成绩顿时眉开眼笑。

他们家映映就算听不到也比其他人厉害!

吴英华忧心忡忡：“不知道那臭小子考得怎么样，刚才还打电话说不回来吃饭了，多半是考得不好，没脸回来！”

俞濯快九点才回家。

吴英华坐在沙发上看电视，就等他进屋，开口问：“考得怎么样？成绩单我看看。”

俞濯非常大方地把成绩单交出来。

年级三百名开外，班上三十名开外。

吴英华气得拧他耳朵：“还有脸跟我笑呢？知道你姐考得多好吗？”

俞濯跳着脚打掉她的手，跑去冰箱翻零食吃。

吴英华拿着成绩单看了一圈，又从他书包里翻出试卷看。她没怎么上过学，其他科目看不懂，唯一能看的也只有语文。

俞濯的语文成绩并不理想。

吴英华看了半天，简直要被他的答案气笑。

“老俞，你快来看看你儿子都怎么考试的。人家老师要他用‘我像大树拥抱太阳，我像清风拥抱花香’仿写句子，你猜他写的啥？”

俞程正刷牙，一嘴泡沫探出头来。

“写的啥？”

“他像蛾子拥抱灯泡。”

“噗……”

吴英华把喝可乐的俞濯扯到沙发坐下，指着电视里正在播的一档叫《星光少年》的选秀节目："你学学，你跟这女明星学学。人家才初中毕业，你听听人家是怎么遣词造句的！什么星光月色白雪阳光，夸人都不带重复的！"

俞濯说："人设！都是提前搜索的！考试要是能搜索，我也可以！"

周末，俞程带戚映去市医院做例行治疗。俞濯不想在家听吴英华唠叨，也跟着一起去了。

医院无论什么时候都人满为患，去的时候前面还有两个患者，主治医生让他们先在外面稍坐一会儿。

俞程早上想让两个孩子多睡会儿懒觉，起得迟，早饭也没吃，本来打算等看完病再吃，现下也不知道要等多久，于是就让俞濯陪着戚映，自己下楼去买早饭。

走廊外的排椅上还剩一个位置，俞濯让戚映去坐，自己站在旁边靠着墙打游戏。

正厮杀到紧要关头，走廊里闹哄哄地冲进来一群人，前面医生护士推着担架，担架上躺了个满头是血的中年男人，后面跟着几个老弱妇幼和高壮男子，一路哭天抢地。

这阵仗太大，连俞濯都从游戏中分心，好奇地打量着。

然后就看见有个熟悉的身影跟在人群最末。

穿一身黑白色的小西装，短发红唇，细高跟，又冷又艳，跟医院格格不入。

她身边有个助理模样的女人，边走边在跟她汇报什么，季芊神情严肃，只偶尔点下头，高跟鞋踩在地面上，嗒，嗒，嗒，冰冷又迅速。

一行人很快从他身边经过，消失在拐角。

戚映乖乖地坐在排椅上，也偏着头在看，俞濯惊讶地说："咦，这不是那个，那个……"转而想起自己因为她一封信背上暗恋季让塞情书的锅，又把话咽回去了。

没多会儿俞程就回来了，手上提着豆浆油条和一袋小笼包，嫌走廊上人多味儿大，把俞濯和戚映带到天台上去吃。

天气已经入秋，早上的风带着凉意，三个人在长椅上坐下，俞程催促他俩快点吃，别一会儿冷了。

俞濯咬着包子喝了口豆浆，无聊地东看西看，瞟见天台边角处，有个高挑的背影站在边缘打电话。

一开始其实并没有听见她说什么，后来大概是吵了起来，声音渐大，随着晨风断断续续地飘进他耳朵。

“公司的事……轮不到你们指手画脚……”

“我没碰他！就算打了他又怎么样，城北那个项目他吃了多少……”

“别拿我妈说事，我妈都死了多少年了！”

最后一句话几乎是吼出来的。

吼完就挂了电话，气势汹汹地转身就往回走。

走了一半才看到这边长椅上坐了三个吃早饭的人。俞程自觉偷听别人打电话不是什么光彩事，低头跟俞濯说：“吃快点！”

季芊脸上冷冰冰的愤怒就像太阳升起后挥发的薄雾，一瞬间就消失了。

她挑眼笑起来，眉梢细长，漂亮又不失风度，踩着高跟鞋走过来，打招呼说：“是你啊，小孩儿。”

俞濯差点被包子噎死，赶紧喝了两口豆浆，不自在地点了点头。

俞程好奇地看了他两眼：“你们认识啊？”

季芊点头：“我弟弟和他们一个学校的。”

俞程恍然大悟：“哦哦，你好你好。”

季芊笑着应了，又看向俞濯说：“上次谢谢你帮忙。”

俞濯眼神有点飘浮：“不客气，举……举手之劳。”

季芊“噗”地笑出来了，她在商场打磨这么多年，待人接物都有自己的方式方法，哪怕此刻一身西装气质高冷，面对俞程他们还是能展现亲切温和的一面来。

她看了看一直安静喝豆浆的戚映，笑着问俞濯：“这是你妹妹吗？”

俞濯说：“我姐。”他怕季芊误会戚映没礼貌，又解释一句：“我姐不会说话，听不到。”

季芊眼中飞快闪过一抹惊讶，很快恢复如常，看向俞程："您是带她来这里做治疗的吧？"

俞程点点头。

季芊笑容恳切："祝小妹妹早日康复。我还有事，先走了。"

她挥了挥手，戚映有些羞怯地朝她笑了下。

季芊心说，小姑娘笑起来可真好看，软软的，想戳。

等季芊下楼了，俞程才跟俞濯说："这个学生家长还挺好的，虽然一看就很有钱，但是有礼貌有素质，不像有些有钱人跩得上天。她那个弟弟，应该也很不错吧。"

俞濯："……"

还是不要让他爸知道季让这个人比较好。

三人吃完早饭回到走廊，刚好碰到病人出来，主治医生姓冯，笑着跟戚映招手："映映，到你啦，来，进来。"

自从上次进行专家医生面诊后，冯医生跟专家那边聊过两次，针对戚映的治疗改善了药方。例行诊治时，发现她现在对一些高分贝的声音已经有感觉了。

冯医生开好新的药方交给俞程，笑着说："情况比我们预计的要好，之前还以为至少要四五个月，但根据现在的情况看，说不准一两个月就能开始听到正常分贝的声音了。"

俞程高兴得不行，拉着医生的手连连道谢，俞濯在旁边把医生的话用微信发给戚映，问她：姐，你马上就可以听见了，高兴不？

戚映点点头，打字回复：听课会方便很多。

现在每节课下课，都要靠同学帮忙在本子上梳理知识难点、答疑解难，戚映一直觉得挺麻烦他们的。

能听到的话，就会方便很多了。跟同学交流也不用全靠写，还能……

还能听见季让的声音。

会像梦中那样吗？带着常年练兵吼出来的沙哑低沉的声音？喊她名字的时候，"映映"两个字像裹着沙砾，半分都不懂得柔软。

可还是很好听，喊进了她心窝。

…………

俞程拿着诊疗卡先去缴费拿药，让俞濯领着戚映慢慢下来。两人不想去挤电梯，就顺着楼梯往下走。

戚映正拿手机给岳梨发微信，把自己很快就可以听到声音的好消息分享给她，谁知身后突然呼啦啦地冲下来一群人，俞濯赶忙把戚映往边上一扯。

那群人边跑边喊：“快点！她坐电梯下去中间要停，先去停车场入口拦她！”

俞濯皱了皱眉。

他认出这几个人，是刚才走廊里走在季芊前边的那群哭天抢地的病患家属。

那他们要拦的人，会不会就是季芊？

一直下到一楼，在西药领取处找到俞程，俞濯还皱着眉。

拿了药，俞程就带着他们去停车场准备开车回家了。他们的车子停在靠进出口的位置，上车的时候，俞濯往后边儿瞟了几眼。

隐隐约约看见几个身影，还有似有若无的争吵。

俞程已经坐上驾驶位，喊他：“上车啊。”

俞濯把手机塞进裤兜里：“爸，我突然想起我跟同学约在这儿附近，刚好过去找他，不跟你回去了。”

说完不等俞程反应，掉头就跑。

俞程喊了两声，但也早就习惯他周末爱在外面浪，骂了几句小兔崽子，就发动车子离开了医院。

那头，俞濯已经跑到了争吵源的位置。

他也搞不懂自己为什么要来管这个闲事，他跟季芊满打满算只见过三次，没什么交情就算了，说不定人家根本不需要他帮忙。

但总觉得明知道可能会发生点什么，他视若无睹不太好。

毕竟季让还帮过他姐呢。那他帮一次季让的姐姐，也算把人情还回去了吧。

跑近了，看见那群人围堵的果然是季芊。

她今天开了辆红色的法拉利，车钥匙拿在手上，但开不了车门。因为有个中年男人挡在车门的位置不准她上车。

另外几个男男女女围在她身边，大吼大叫的。

这样的情况，季芊看上去居然还很冷静，红唇挑着浅浅的弧度，冷笑着说："是不是想让我报警？"

为首的年轻男人指着她鼻子骂："你打了人你还报警？你报啊，看警察来了抓谁！"

季芊"啪"的一巴掌抡在他手上，把手给他打回去了："你给我放尊重点！不知道哪条阴沟里浮上来的臭虫，也敢在我面前指指点点？"

年轻男人大怒，觉得当着几个伯伯婶婶的面被这个比他小的丫头片子拂了面子，他可是在几位长辈面前打了包票，一定会帮他们讨要赔偿金的。

何况按辈分来讲，这丫头该尊尊敬敬地叫他一声表叔！

他抬手就去推季芊，嘴上也开始国骂。

季芊今天穿的是一双足有七厘米的黑色细高跟，被他这么一推当即没站稳，脚一崴朝旁边倒过去。

她凭空一抓，想要抓住些什么稳住身子，但料想也是徒劳，已经做好摔倒的准备，结果摔进一个说不上宽阔的怀里。

俞濯几乎是一个纵步冲上来才把她接住。

好在他虽然不结实，但胜在个头高，抱住季芊的时候不至于因为惯性导致两个人都摔下去。

季芊看清是他，倒是愣住了。

俞濯把她扶好站稳，转身冲着动手的那男人就是一脚："你推谁呢！"

这一脚差点把那男人给踹跪下去。周围几个人虽然看上去闹得凶，但也没真的想过动手，眼见这不知道哪里冒出来的少年搅场子，顿时不甘示弱地围上来。

其中一个人怒道："你是谁？"

俞濯说："老子是你爹！"

现场一时很混乱。但一群上了年龄的叔叔阿姨，外加一个直接被俞濯踹没了战斗力的小青年，哪能是在群殴中长大的俞濯的对手？

三两下就把这群人全部给打趴下了。

其实他还真的没怎么动手，这群人打架不在行，撒泼那绝对是一流的，都还没摸到他，直接往地上一躺，就开始捶胸跺足地哭。

很快就只有俞濯和季芊还站着，周围噼里啪啦躺了一片。

医院保安匆匆赶来，看这情况，想也不想就报了警。

警车很快赶到现场，医生也赶了过来，发现这群躺在地上的人就是号得凶，实际上也没受什么伤。于是警察把他们全部押上警车，带回了派出所。

车内，俞濯跟季芊面对面坐着。

季芊脸上说不出是什么表情，有点想笑，又有点感动，还有点刮目相看的惊讶。

那眼神似乎在说：看不出来啊小孩儿，打架还挺厉害。

俞濯："……"

到了派出所，一群人全部被拎到审讯室，一个个站好，交代事情的始末。

那群叔叔阿姨又开始号。

警察被号得头疼，拍桌子道："都住嘴！一个二个，比谁的声音大是不是！"他转头看了一圈，觉得还是角落的那个清秀帅气的少年看上去靠谱一点，伸手一点，"你过来。"

俞濯老老实实地走到警察面前。

警察问："你叫什么名字？说说为什么打架。"

俞濯抬头，抿了抿唇，眼神非常恳切且认真："警察叔叔，我叫俞濯。'出淤泥而不染，濯清涟而不妖'的那个濯。朋友们都叫我俞白莲，因为我的品质像莲花一样高洁。我是个好孩子，从来不打架的。"

俞濯认真的表情就像天桥底下贴膜的。

他长相俊秀，跟季让那种一看就很野的眉目不一样，不说脏话不打架的时候，像个乖孩子。

再加上又是未成年，兜里还揣着早上出门忘了拿出来的学生证。

海城一中，喏，重点高中。

再看看角落里哭闹撒泼的那群男女老少，警察不由得就更偏向相信俞濯的话。但信归信，凡事要讲证据，先给俞濯和季芊做了笔录，让他们去旁边坐着休息，才又提审另外的人。

那头儿又开始哭闹，一会儿说俞濯打人，一会儿说季芊打人，七嘴八舌，简直要命。

季芊坐在椅子上支着额头，看着看着"扑哧"一声笑出来了。

俞濯本来一直绷着，维持自己的白莲花人设，听她笑出声，也没忍住，低笑着骂了句脏话："这群傻瓜。"

季芊靠他近一些，压低声音说："小孩儿，戏不错啊。"

俞濯有点不好意思："形势所迫。"

季芊笑得不行，好整以暇打量了他半天，才意有所指地问："你为什么帮我啊？因为季让是不是？"

俞濯觉得这句话没毛病，点了点头。

季芊笑容更深，一副"我都懂"的样子，拍了拍他的头："好孩子。"

不是，怎么好像哪里不太对？

做完所有人的笔录，被俞濯踹的那青年男子还委屈地掀起自己的衣服给警察看："警察同志，我们真的没骗你，你看这儿，就这儿，都给我踹乌青了。"

俞濯在旁边大声说："你先动的手！你摸我姐胸！"

青年男子尖声道："谁摸她胸？你污蔑人！"

眼见又要吵起来，警察狠狠拍了拍桌子："都闭嘴！当这是菜市场吗，吵吵吵？停车场有监控，事实到底是什么，我们讲证据！"

那群人一下就变了脸色，你看看我，我看看你，心虚地低下头去，总算是消停了。

没多会儿，就有警察同志把从医院那边调来的停车场监控录像送了过来。

监控录像把这群男女老少从入口一路直奔季芊停车的位置，把她围住后又推推搡搡的画面三百六十度无死角全部拍了下来，视频里果然是青年男子先动的手，俞濯飞扑上去后踹了他一脚。

警察在旁边厉声说："还睁着眼睛说瞎话吗？到底是谁先动的手，啊？"

俞濯附和："就是！"

警察瞪了他一眼："你小子也闭嘴！"他指了指视频里俞濯飞起踹人的画面，"就这身手，群架打过不少吧？还出淤泥而不染呢，《爱莲说》是你这么用的吗？"

俞濯："……"

有了视频，孰是孰非当下立断。两方都没怎么受伤，再加上季芊不想再跟这群人纠缠，他们动手在先也怕担责，在警察的调解说教下，两方最终私了。

离开派出所，季芊和俞濯走在前面，后面那群人在门口还老老实实的，一走出警察的视线范围，立刻冲上来把正在路边打车的两人围住。

其中一个中年妇女一脸尖酸刻薄地指着季芊："你这丫头良心被狗吃了！你这么对我们，对得起你妈吗？"

季芊伸手招出租车，转头甩她一个非常高冷的笑："那你去下面跟我妈告个状呗。"

直到季芊和俞濯上了车，她才反应过来季芊在咒她，气得又骂又跺脚。

车内，司机问："去哪儿啊？"

季芊笑着问俞濯："小孩儿，你住哪儿？先送你。"

车内空间小，他闻到季芊身上某种馥郁的香水气味，有些不自在地往窗边坐了坐，指了指前面："我就在前面那个广场下，我去找我同学。"

季芊点头吩咐司机，又报了医院的地址。她还要回去开车。做完这一切，往后一靠，有些疲惫地闭上眼，揉了揉眼角。

闭眼还不到一分钟，季芊的电话就响了。车内安静，俞濯听到电话里焦急的声音："季总，您还好吗？我刚回公司把您要的东西拿来了，他们说您被警察带走了，我已经联系了律师，您在哪个派出所？"

季芊又恢复冷艳的气质："没事，已经出来了。把东西收好，通知董事会明天一早开会。”顿了顿，又厉声道，“告诉他们，一个也不准缺席！谁不来，就永远也别想来了！”

挂了电话，还没来得及收起手机，又有电话进来。

“季总，你为什么把城北那块地叫停了？现在工人们全部在闹，甚至谣传公司破产，工头跑了，小林一个人镇不住，我和老杨已经在往那边赶了！”

季芊冷冰冰道：“王振阳手伸得很长啊，我这头刚叫停，他那头就安排人造谣闹事。”

电话那头一顿，她继续道：“我安排饶墨去了，他应该已经到了，你们不用过去了。先回公司，我一会儿就到。”

结束通话，她有些烦躁地把手机往旁边座位上一扔，手指揉按太阳穴的力道明显加大。

俞濯抿了抿唇，迟疑着说：“要不先关会儿机，休息一下吧。”

季芊动作顿了顿，朝他笑了下：“小孩儿，成人世界是没有关机这个词的。”

说着话，车子开过红绿灯，在街边停下，司机说：“商业广场到了。”

俞濯抓了下脑袋：“我走了。”

季芊笑着挥了挥手。

他推门下车，要关车门的时候，像想到什么，又回头，认真地说：“成年人也需要休息啊，又不是机器人。”

季芊愣了愣，他已经关上门，朝她招招手，转身走了。

广场上有几个玩滑板的少年，他飞奔着跑过去，跟其中一个带板跃起的男生来了个空中击掌，那少年落地时没站稳，滑板摔出老远。

听见俞濯大笑：“练了这么久还这么垃圾，滚啦！”

说不出的青春飞扬。

季芊不自觉地笑了下，包里的手机又呜呜振动起来。

唉，回不去了。

…………

俞濯玩到傍晚才回家，没敢跟家里说他还光荣地去派出所走了一圈，吃了饭就跟在戚映身后往她房里钻。

戚映甩不掉他，只能放他进来，然后直冲床边，从枕头下摸出一颗草莓糖，藏起来。

俞濯倒在她床上，抱着手机给她发消息：姐，今天我们在医院碰到的那个女生是季让的姐姐，上次就是她让我帮忙转交的信。

戚映还在做卷子，看到信息，回了一个“哦”。

俞濯换了个姿势，又说：我觉得季让跟他家里的关系好像不太好，他姐人挺好的，他都能把她拉黑，连转交东西都要我帮忙，肯定有什么内情。

戚映：你跟梨梨一样八卦，所以都考得差。

俞濯：？？？

八卦跟成绩有什么必要联系吗？咋还搞起人身攻击了？

俞濯愤愤地从戚映房间跑了出来。

周一开学，戚映起得比往常都早，也没在家吃早饭，拿了一片面包和一瓶牛奶就往外跑。

吴英华去拍俞濯的门：“你姐都出门了你还没起！你们今天是不是有什么活动啊，她走得这么早？”

学校当然没什么活动。

戚映是要去逮季让。

上周五放学的时候季让又开始躲她，戚映是领教过他躲人的手段的，这么下去她估计这一周又见不到他影子了。

她想，如果他今天还给她送草莓糖的话，一定会很早去学校。

她要藏在教室，等着他！问清楚他到底为什么又开始躲自己！

到学校的时候，天还没亮，住校区那边的寝室亮了灯，在播起床音乐。她背着书包一路小跑，到教室的时候，门还没开。

2 班的教室门钥匙由学习委员黄博通保管，他平时来得最早。

戚映在门口等了一会儿，黄博通就抱着书来了，看见她时有点惊讶，推了下眼镜，跟她挥手打招呼。

开了门，进了教室，黄博通找出自己的英语书，比手势跟戚映说：他要去英语角朗诵英文课文了。这是他每天的习惯。

料想季让就是趁着这个时间段偷溜进来的。

戚映点点头。

黄博通一走，教室里就只剩她一个人。她收拾好课本，想了想，把凳子移开一些，蹲了下去，还顺手拿了本历史书下去看。

刚默背完文艺复兴的意义，透过杂乱的桌脚，就看见有人走了过来。

他穿一双白色的运动鞋，运动裤腿有些紧，露出半截骨感的脚踝。那步子迈得大而快，很快就走到她附近，正要俯身把手中的糖放在她课桌上。

戚映“噌”的一下从桌子底下冒了出来。

季让一瞬间魂都被吓飞了。

寂静清晨，天色朦胧，空荡荡的教室，突然出现的人头。

这是什么校园惊悚恐怖片？他差点拎起旁边的椅子砸过去。

吓得太厉害，大脑竟然一时之间没把戚映认出来。

大概有一秒，还是两秒？他不知道，那一瞬间的惊悚让脑子产生了空白，反应过来的时候，差点崩溃了。

季让简直恨不得把她拎过来揍一顿：“你藏在这里做什么？”

戚映大眼睛眨啊眨，脸上笑意欣喜，目光灼灼，仿佛在兴奋地对他说：逮到你了！

第八章

进击的季让

天不怕地不怕的校霸，觉得自己有史以来的脸都在这一刻丢尽了。可又能怎么办呢？你能打她一顿吗？

季让崩溃地想，他至少要半年内都不出现在她眼前，看有没有可能让她忘记这一幕。

他把糖塞在她手里，转头就想跑。

戚映急急拉住他的手腕。

她手指细，柔柔软软的，像棉花绕上来，轻轻一挣就能断。

季让顿住了脚步。他后背绷得有点紧，微微侧头，抿着唇，没说话，像在问：又做什么？

戚映把早就准备好的笔记本递到他面前，季让低头看，上面写着：为什么又躲着我？

几乎可以从那娟秀的字迹里看出委屈巴巴的感觉。

他抿住唇，还没答，戚映又翻了一页，写着：我以后会乖的，不惹你生气了。

季让的心脏蜷缩着疼了一下。

戚映又翻了一页：我请你吃草莓布丁好不好？

他又心疼又好笑。老子是小孩子吗？

他松开唇角，缓缓吐出几个字："是我不好，不躲了。"

她眨眨眼，睫毛扑扇，像振翅的蝶，嘴角却弯起来。

他也笑了，看了眼她紧紧攥在掌心的草莓糖，伸出一根手指轻轻戳了下她额头："要吃啊，知道不？"

别又供着。

…………

周一清晨，新的开始。

屈大壮斜搭着书包无精打采地踏进教室时，随意抬眼一看，差点一个平地摔。

幸亏刘海洋眼疾手快地拽住他，骂："你软骨病啊，平地都能摔。"

屈大壮手指哆嗦地指向最后一排靠窗的位置："海洋同志，我没做梦吧？那是让哥吗？他居然在看英语书？"

刘海洋虎躯一震，定睛一看，像见了鬼一样。

没错，不仅在看英语书，手边还放了个草稿本，在一边看一边记单词。

两人互相搀扶着冲了过去。

季让不知道从哪里找来的单词本上，已经密密麻麻地写满了第一单元的英语单词。仔细看他的嘴，好像还在默背。

屈大壮眼睛瞪得铜铃大："让哥！你干吗呢！"

季让面色淡淡："没长眼睛吗？"

说完就再不理他，手中粉色的鲸鱼笔动得飞快，边记边写。

屈大壮觉得自己的人生观受到了冲击，呆呆地在座位坐下来，时不时回头看一眼。往常早自习要么睡觉要么打游戏的大佬，真的一直都在记单词！

下课后，季让去上厕所。

屈大壮偷偷摸摸地跑到他的座位上看了眼单词本。

是的，真的是正经的单词，不是脏话之类的？

屈大壮一副要哭的样子握住刘海洋的手："完了完了，让哥肯定是被人魂穿了。”

刘海洋一巴掌拍在他脑袋上：“你一天到晚少看点小说！”

接下来的一整天，季让都在认真听课。

继数学让他怀疑人生之后，物理、地理、化学接连让大佬崩溃。

这是人学的吗？是不是他不搞学习太久脱离了时代，现在学习已经这么难搞了吗？

大佬很暴躁。

大佬的众小弟们默默发抖。啥也不知道，啥也不敢问。

别问，问就是学习。

放学，季让面无表情地收拾好书包，其实也没什么可收拾的，开学他根本就没领新书，屈大壮帮他领了之后转眼就不知道扔哪儿去了。就连今天听课用的书都是刘海洋的。

昨天他们约好了今天放学去隔壁二中打篮球。

屈大壮他们已经开始兴奋地讨论一会儿如何把二中那群人按在篮球场上摩擦了，结果季让拎着书包说：“我不去了。”

屈大壮哭丧着脸：“别啊让哥！你不在，被摩擦的就是我们了！”

季让径直往外走：“我有事。”

一群人赶紧跟上去，苦口婆心：“什么事啊？我们陪你去，弄完了再去二中也来得及啊！”

季让一脚踹在最近的人身上：“别跟着老子！”

他一发火，大家就不敢再跟了。

屈大壮看着他走远的背影，咬牙切齿道：“忍不了了！篡位！我要篡位！”

骆冰说：“录音了。”

季让走出校门，跨上自己的山地摩托，一路飙到距离学校最近的一家商场。

停好车之后，直奔眼镜店。

他看不清黑板。

以往不听课，近视没影响，得过且过，今天才发现，黑板距离他那么遥远，他连老师的脸都看不清。

进店之后，立刻有店员迎上来，热情地问他：“同学，是要配眼镜吗？”

他点点头，店员又问：“是配隐形的还是镜框的？”

季让说：“都要。”

店员领着他去做视力测试。

测试结果是左眼 300 度，右眼 350 度，还带散光。

店员领着他出来挑选镜片和框架：“这个是防蓝光镜片，看电脑也不会有影响，就是价格要稍微贵一点点。这种是普通镜片……”

季让不耐烦地打断她：“拿最好的。”

店员顿时笑逐颜开：“好嘞！”

选完镜片又挑镜框，店员忍不住说：“同学你模样长得好，戴什么都好看。你看这款，黑框就很适合你的气质。这款细金边的也很不错，你要不要试试看？”

季让心想，配个眼镜还这么多规矩，他懒得试，随手指了一副：“就这个。”

挑完之后就填单子付款，季让百无聊赖等在一旁，看到隔壁柜台穿一中校服背着硕大一个书包的男生也在挑镜框。

那一排十几个镜框都被他试了一次。

他好像还是不太满意，又转身往季让这边的柜台走，走了没两步，看见斜斜靠在柜台上的季让，有些呆愣的脸上顿时浮现出一抹惊慌，随之掉头就走。

都快走到门口了，季让终于想起来他是谁。

高二 1 班的吴睿，那个每周周一都会在升旗仪式上露脸的年级第一。

季让盯着他背影看，突然想到什么，往前追了两步，喊他：“站住。”

吴睿身子一绷，不得不立住，他吞了吞口水，转过身小心翼翼地问：“季……季同学，有什么事吗？”

季让走到他面前，上下打量他一番，看他一副瑟瑟发抖的样子，皱眉说：“老子又不打你，就是问你个事。”

吴睿松了一口气，正了正书包带，试探着问：“什么事啊？”

季让说：“你想不想赚点零花钱？”

吴睿惊恐地连连摇头：“季……季同学！我不做犯法的事啊！毒……毒品碰不得啊！”

季让差点没忍住当场揍人。

学校这些人都传了他多少谣言？

季让深吸两口气，尽量让自己的语气听起来不那么可怕：“我是问你，要不要赚点补课费？每节课多少钱你随便开。”

吴睿总算明白过来他什么意思，眼里透出欣喜：“补课啊！那可以！”

他是每年都拿奖学金的特困生，虽说现下最重要的任务是学习，但如果能在力所能及的范围内赚一点钱补贴家用，对他的家庭也是莫大的帮助。

想到这，他突然就对这个传说中凶神恶煞的校霸有了一丝好感。

多友好啊！还给自己介绍兼职！

吴睿推了推自己快要断的眼镜框，欣喜地说：“钱不用太多，照着辅导班的老师一半给就可以了。请问是给谁补啊？”

季让说：“我。”

吴睿：“……”

现在说不还来得及吗？

来不及了，季让扯着他书包带直接把他拎到了负一楼的咖啡厅。

这种商场内的高档咖啡厅，吴睿一次也没进来过。他有点拘束地坐在座位上，小声问：“季同学，你没开玩笑吧？”

季让拿着单子在点咖啡，斜了他一眼：“你看老子像是在开玩笑的样子吗？喝什么？”

吴睿小声说：“都……都可以。”

季让对服务员说：“两杯美式。”

点完单，他把自己书包里的笔记本拿出来，扔到吴睿怀里：“这是我今天听课做的笔记，你看看哪里不对，给我讲一下。”

吴睿恍恍惚惚地翻开他的笔记本，看了一圈：“这……这全都不对啊。”

季让脸色一变，猛地站起身往他那边走。他眉眼野，绷着脸的时候看上去格外凶，吴睿简直要被吓哭了。

然后就看见校霸一屁股在他旁边坐下来，皱着眉掏出一支跟他气质完全不符合的粉色鲸鱼笔。

“你讲，我改。”

吴睿这时候才有点醒过神来。校霸好像不是说着玩的，他好像真的在搞学习。但低头看了一圈季让做的笔记……岂止是惨不忍睹。

吴睿心中突然升起一股莫大的责任感，他一把合上笔记本，第一次鼓起勇气直视以前连看个背影都觉得怕的少年。

“季同学，你没有基础，这样学是不行的。我们加个微信，你把你从高一到现在的试卷以及成绩单都发给我，我今晚回去根据你的情况给你做一个学习计划，从明天开始正式补习，你看怎么样？”

季让突然觉得，人不该只被表面现象蒙蔽双眼。

这个书呆子，还挺让人敬佩的。

只是……

季让面无表情地说：“没有卷子，从高一到现在，每次考试我都交白卷。”

半小时的深度交流之后，年级第一总算知道自己面对的是怎样一个难题了。

他恳求大佬：“你明天能先把最基本的课本搞定吗？”

大佬严肃地点了点头。

离开咖啡厅的时候，对季让印象极速好转的吴睿忍不住问：“季同学，你为什么突然想好好学习啊？”

他想听听原因，看大佬是不是一时兴起。

季让看了他一眼：“想就想了，还要什么原因。”

话落，低头看着手中的粉色鲸鱼笔，挑唇笑了下。

他只是想成绩榜上，他的名字，能离她近一点。

第二天到学校，季让破天荒地收拾起他的课桌。

这课桌一直被他当垃圾箱用。除了课本，什么都有。季让忍住烦躁，耐心往外掏，空的可乐瓶子、揉成一团的草稿纸、两本汽车杂志、坏掉的耳机，还有一个魔方。

他翘着椅子往后靠，刚好能抵到墙，拿着魔方拧了几下，复原了。

想了想，魔方塞回课桌，其他东西都扔了。

屈大壮一进教室就被季让叫过去，见他一副眉头紧皱的样子，顿时严肃道："让哥，是不是又有兔崽子皮痒了？你说，揍谁！"

季让用笔记本拍他脑袋："揍个屁！"屈大壮委屈地抱住脑袋，听季让冷声说，"去给我搞一套课本来。从高一到高二，每一科都要。"

屈大壮不可置信地瞪着他。

季让等了半天没反应，踢了他一脚："你听到没？"

屈大壮顶住来自大佬的威严，一把握住季让的手，哭丧着脸道："让哥，你是不是遇到什么麻烦了？你跟兄弟们说，就是上刀山下火海，兄弟们也一定把你救出来！"

"刘海洋！"季让一嗓子吼得整个9班都噤声，"把这个傻瓜拖出去打死！一周之内不准出现在我视线内！"

…………

上午放学的时候，季让要的书就全部搞来了。

新旧都有，十几本，刘海洋气喘吁吁，"哐当"一声扔下来，砸得漫空都是灰。

季让看着脚下堆成山高的书，眼角狠狠抽了抽。

这全部学完得学到猴年马月啊？

大佬一上午都在自我怀疑和自我打气中度过，放学铃一响，他就给吴睿发消息，让他到9班教室来。

吴睿平时不去食堂吃饭，都是自己带饭。教师休息室有微波炉，他这个年级第一可以任意使用。

没多会儿，热好饭的吴睿就抱着自己的饭盒跑过来了。

9班是好学生谈之色变的禁地，他以往连路过都不敢，现在从后门走进教室，内心居然还觉得有点小刺激。

教室里只有季让在，面色不善地坐在最后一个位置，看着地上那堆书跟看杀父仇人似的。看到他探头探脑地进来，伸脚钩了把椅子让他坐。

吴睿觉得自己应该夸一下他："季同学，你的行动力真强！"

季让踢了一下书堆，绝望地问："这些，我全部都要学完？"

他其实已经不抱希望了。

没想到吴睿说："不用啊，学六科就可以了。"

那一瞬间，季让觉得自己就像濒死之人注入了氧气，整个人立马活过来了："真的？"

"当然，高考只考六科。除去大三门外，你在剩下的六门中选择你最喜欢最擅长的三门科目就可以了。"

季让压抑住内心的激动："那我不选数学！"

吴睿推了推眼镜："哦，那不行，数学是大三门，属于必修科目。"

吴睿觉得从高一开始就交白卷的校霸应该并不知道这一次月考之后学校已经开始实行走班制了。

他跟他简略地解释了一下："大三门就是语文，数学，英语。这三门是必修必考，在你们本班，也就是 9 班上课就可以了。"

"小三门是指在物理、生物、化学、政治、历史、地理六科中选择你擅长的三科，根据排课去不同的班级上课。"

季让这才知道，原来他们这里早就不分文理科了。

刘尧应该是早早说过这件事，可他之前从来不听课，对周围的学习情况一无所知。

脑子里有什么念头，像一丝火花，"啪"的一下，一闪而过。

季让低头看了看搁在课桌上的粉色鲸鱼笔，喉咙开始发紧："你说的小三门，是全年级各班学生任意选择，然后聚在一个教室上课吗？"

吴睿点头："对啊。"

脑子里的火花像焰火炸开。

他是不是可以跟戚映同班上课了？

刚才还觉得学涯无望的大佬连看数学都觉得亲切起来："走班制已经

开始了？现在还可以报名吗？”

吴睿笑道：“这次月考成绩出来之后就开始走班上课了，随时都可以报名的。如果你一开始选择了物理，学了一段时间之后发现自己实在学不了，还可以中途换成其他科目。”

吴睿认真地问他：“季同学，你打算选哪三门啊？我个人建议，你先把六门的教材看一遍，了解一下各科具体的内容和难易程度，再根据你的情况做出选择。”

季让一早上沉痛的心情像开花一样美丽起来。

他转了圈笔，将鲸鱼帽子那头握在掌心：“不用，我选好了。”

…………

吃完午饭，岳梨挽着戚映走回教室，刚揉着鼓鼓的小肚子坐下，门口就有个女生喊：“岳梨，有人找。”

她边起身边问：“谁啊？”

“不认识，外班的。”

走出去，教室门外果然站了个高高瘦瘦的女生，看见她出来，大方地笑了一下：“岳梨同学，我有点事想跟你说，你能跟我过来一下吗？”

她指了指楼道口的位置。

光天化日，又是在学校，岳梨不疑有他，点点头跟着她过去了。

然后就看见季让靠着墙等在那儿。

高个子女生把她带到，转头就溜了。

岳梨顿时紧张起来。大佬留给她的印象还是暴力凶狠居多，虽然上次在教室帮她们搬桌子对他有所改观，但就这么孤身站在大佬跟前，还是有点怕。

她结结巴巴地说：“季……同学，你找我什么事啊？”

季让脸上是一贯的冷淡，把拎在手中的奶茶递过去。

岳梨瞪大眼睛：“给……给我的？”

他点点头。

岳梨有苦难言。

她向老天爷发过誓，一学期不喝奶茶换体育课不被霸占。上次没忍住喝了一杯，没几天体育课果然就被数学课占了。吓得她最近严于律己，碰都不敢碰奶制品了。

大佬没事送什么奶茶啊！

季让伸了半天，见她不接，眉眼渐渐不耐烦起来，岳梨吓得一缩，一把抢过来。

季让这才开口："问你个事。"

岳梨心想：大佬什么时候变得这么客气了，打听事情之前还先送礼？

就听季让有些不自在地问："戚映选了哪三门小班课？"

岳梨不明白他为什么要问这个，毕竟大佬怎么看都不像是跟学习有牵连的人，随口道："她选了历史、地理、化学。"

季让唇角微微勾了下，又转瞬恢复冷漠："行了，回去吧。"顿了顿，又故意放冷声调吓她，"我问你这件事，不准跟她说，不然……"

岳梨头摇得像拨浪鼓一样："不说不说不说，天知地知你知我知！"

他挥了下手指，岳梨拔腿跑了。

跑回教室，看看坐在座位上看书的戚映，又看看手中的奶茶，在心里默默说："老天爷，你看到了，不是我故意要喝的，是大佬逼我的。不喝要挨打，你一定不会怪我的，对吧？"

然后开心地喝了一口。

啊，真好喝。

下午上课前，刘尧的办公室迎来了不速之客。

他正拿着水杯在泡茶，听到身后少年的话，差点把水杯打翻了，震惊地回过头去："你说你要干啥？"

季让说："我要报名小三门。"

刘尧见鬼一样看着他。

也难怪，一年多了，季让在不爱学习上从来没让他失望过。突然说自己要学习，任谁都接受不了。

刘尧走回办公桌坐下，打量了他半天，像要把他看穿似的，猜测他是不是又想搞什么花样。

季让继续说："我要报历史、地理、化学。"

刘尧越发不可思议。

他居然连科目都选好了？？？

季让皱眉："不行吗？"

坏学生愿意从良，哪有不行的。刘尧赶紧说："行啊，当然可以！历史、地理、化学是吧，我一会儿就帮你排课。不过你小子，走班课不像我们班，其他班的学生也在，你要是在课堂上胡作非为，看我怎么收拾你！"

季让不耐烦地冲他一点头。

现在排课都是用电脑自动排，刘尧把季让的姓名、学号、选修科目输进去就可以了。下午第二节课，在德育楼四楼上历史。

第一节课下课后，季让找出历史书，往外走。

开黑的几个人哈欠连天地抬头，一脸迷茫地问："让哥你去哪儿啊？"

季让说："去上课。"

屈大壮兴奋地说："去哪儿上？我也去！"

季让白了他一眼："你去个屁。你选修了吗？报名了吗？排课了吗？"

话落，头也不回地走了。

屈大壮愣愣地站在原地，好半天才回头问刘海洋："让哥为什么看上去一副他很厉害的表情？"

刘海洋："……我也不知道。"

走班课从周一开始，已经上过几节课了。一开始各班混插，还挺有新鲜劲儿，人员固定下来后也就习惯了。

季让走进去的时候，上课铃还没响。

闹哄哄的教室突然安静下来。

正拿着手机跟戚映聊天的岳梨还以为是老师来了，猛地把手机往课桌里一塞，抬头一看，季让神情淡漠地站在门口。

看见她和戚映后，黑眸闪了一下，然后径直走了过来。

岳梨终于反应过来，季让早上找她打听戚映的小三门是要做什么。她表情顿时生动起来，甚至生出要给大佬让座的想法。

戚映也看见他，有些惊喜，季让朝她笑了下，然后走到倒数第二排的空位坐下。

和她隔着三排的距离，但是足够了。

同一个教室，同一堂课，抬头的时候，就能看见她端坐的背影，还有垂在颈后柔软的发尾。

戚映趁着老师还没来，偷偷回头看他。

她心里高兴，脸上笑意也就明艳，额前刘海儿被窗外的风吹得微动，眼睛闪着星光似的，漂亮极了。

他心里有块儿地方，化作了汪洋。

坐他前排的两个男生兴奋地窃窃私语："校花在朝我们笑！"

话刚落，屁股下的凳子被狠狠踹了一脚。他们一脸惊恐地回头，大佬靠在椅子上抄着手，目光泛冷："闭嘴，打扰我听课了。"

男生："……"

老师都还没来你听个屁的课啊！

敢怒不敢言，默默转过身去了。没多会儿老师就踩着上课铃走进了教室。历史老师是个头发花白的老教师，拿着粉笔在黑板上写下标题："同学们，今天我们学习工业革命和资本主义经济的发展，有没有同学预习过这一节啊？"

岳梨在旁边写字传达老师的话，戚映看了看，然后乖乖地把手举起来。

这一传递的过程有点延迟，讲台上老教师已经开始在讲工业革命的开端，抬了抬眼镜问："戚映同学有什么问题吗？"

岳梨硬着头皮站起来帮她回答："没有，老师，她就是告诉你她预习了。"

老教师大概是觉得这孩子反射弧有够长的，连连点头："哦哦，老师知道了，把手放下吧。"

季让在后边儿差点笑死了。

这小傻子，真乖。

历史比起数学、物理来说简直太友好了。起码每个字他能听懂，连在一起也知道是什么意思。

下午两节历史课连上，一下课，戚映就跑到他座位旁边，季让赶紧合上他唯一一个课堂笔记本。

没有条理的课堂笔记绝不能被历史课代表看到！

她手上拿着作业本，在背后的空白处写着：你以后都要和我一起上历史课吗？

季让心说，岂止是历史课，老子还要上地理课和化学课呢。

他绷着唇角，一副漫不经心的表情，点了点头。

戚映高兴坏了，眼里流动的光芒比夏夜的星星还亮，她拿过他搁在一旁的粉色鲸鱼笔，俯下身子写：放学后要不要一起去写作业呀？

夏日的校服，T 恤小 V 领，领口两颗扣子，她靠上的那颗纽扣没扣，脖颈雪白又细长，俯身的时候，露出微微一寸锁骨。

季让之前那种故作的散漫没绷住，几乎有些慌张地点了下头。

戚映冲他甜甜笑了下，转身要回自己的座位，季让一把拽住她手腕。他眉眼皱起来，显得凶巴巴的，拽着她走到楼道口没人的拐角。

戚映不解地眨眼。

季让瞪她："一个女孩子，衣服也不好好穿！"

他吼得凶，动作却温柔，两只手覆上她衣领，目不斜视地替她把最上面的那颗纽扣系了起来。

系好后，他满意地挑了下眉。

戚映被勒得喘不上气。

她是转学生，拿校服的时候缺尺码，只有加小号和加大号了，好在她瘦，加小号也能穿上，但领口的位置就有点紧，得松开一颗纽扣才行。

季让还自顾开心，唇角上扬："行了，回去上课吧。"

委屈的戚映小同学不得不用手拽着领口，让脖子不被勒得那么紧。上课上到一半，实在不行了，偷偷摸摸地回头看了眼季让。

他正埋着头记笔记。

赶紧把扣子解了，长长呼出一口气。

下课之后，历史老师布置作业，让他们把今天这一节的单元滚动复习卷做了。

季让：单元滚动复习卷？什么玩意儿？

现在老师布置的作业要么是自己出的试卷，要么是课后辅导材料。季同学八百年没听过课了，该有的课后辅导材料一本都没有。

戚映还等着他一起写作业呢！

季让赶紧给吴睿发消息：单元滚动复习卷在哪里买？还有别的什么玩意儿没有？

只可惜年级第一除了午饭期间和放学回家，手机基本关机，根本没有收到他的求助。

季让只能眼睁睁地看着戚映步子欢快地跑到他跟前，一脸期待地等着他。

季大佬等了半天，认命了，拿手机打字骗戚映：复习卷搞丢了。

她倒是没怀疑，回复他：我陪你去买新的呀。

于是两人出发去书店。

学校附近有好几家大型书店，门口也有小型的专卖辅导材料的小书店。戚映早前就跟岳梨逛过，对这一块儿很熟悉，带着季让去了她最喜欢的那家店。

这店里不仅卖书，还有各种学习工具，漂亮的笔记本，可爱的写字笔，文具盒挂饰、贴纸之类一应俱全。

逛这个店的大多是女生，季让一进来，顿时吸引了全店的目光。

戚映还自顾开开心心地帮他找辅导书，季让硬着头皮跟上，脸上摆出一副冷冰冰的神色，把那些打量的视线都吓了回去。

常用的辅导材料都摆在醒目的位置，很容易就找到了。季让扫了一圈，发现其他科目的也有，斟酌着是不是要选几本。

戚映看出他的意思，也不知道是真信了他辅导书搞丢了的话，还是知道他从没学习过的真相，帮他把其他科目必用的辅导材料也都一并挑了。

季让抱着一大堆纸墨味儿重的材料试卷去付钱。

付完之后又一本本往自己书包里装。这么多本，书包有点小了，他寻思着哪天有空去买个大点的。

店外，屈大壮一行人经过。

骆冰眼尖地看到他，眼珠子差点瞪出来了："那不是让哥吗？他在那儿干吗？"

季让还在装书。

一行人见鬼一样看着他。

屈大壮惊声尖叫："让哥真的开始搞学习了？"

季让装了满满一包书，提在手上拎了拎重量。

刘海洋目光深沉道："你们懂什么！这肯定是新型的打架工具。我就问你，那一书包抡过来，你受得住吗？而且一旦老师或者警察过来，别人手上拿的是刀枪棍棒，让哥手上拿的是辅导书，谁占理？"

一行人顿时肃然起敬。

大佬不愧是大佬！

季让没发现店外马路边上那一圈崇拜的目光，装好了回头找戚映，看到她站在学习工具那一块儿，正在挑笔和笔记本。

他只有一个笔记本，还是去年买汽车杂志时顺带送的，这几天拿来当课堂笔记本用，上面写的什么都有。

他以为他藏得好没被戚映看到上面的内容，但戚映几次见他都是这个本子，稍动脑子就知道是怎么回事了。

季让拎着书包走过去。

戚映已经替他选好了一盒黑色的 0.5 笔芯和两只粉色的笔壳，大概是上课时那支粉色的鲸鱼笔给了她误会，她左挑右选，拿了个粉色封面飘着气球的笔记本递给他。

大眼睛眨了眨，像在说：这个好看。

季让默不作声接了。

她又选了个一只粉小熊和一只白小熊排排坐的封面，递过来。

季让又接了。

两次试探让戚映更加确信了他的审美。

于是大佬得到了一沓粉色封面的笔记本。

…………

写作业的地方还是上次那家甜品店。

戚映知道这家店生意好，进去之后直奔柜台，先指了指草莓布丁，又指了指她没吃过的巧克力黑森林，拿眼神询问店员：这个还有吗？

店员看了旁边的季让一眼。

季让假装不知道店员在看他，垂着头说："都卖给她。"

店员可算松了一口气，笑着冲戚映点头。

两人一边吃甜品一边写作业。

季让翻开崭新的辅导试卷看了看，扫了两眼，开始头大。

还以为只要记住书上的内容就行了，怎么还需要结合历史事件解析呢？今天学的不是工业革命和资本主义吗，题目里为什么在问同一时期的中国正在经历哪些大事件？

他上哪儿知道去？

非常暴躁。

抬头看了戚映一眼，她正拿着叉子在戳黑森林上面的小蓝莓。

蓝莓又滑又硬，稍微一用力就嵌入蛋糕表面柔软的奶油里，戳了半天，不仅没戳出来，反而全部陷到蛋糕里面去了。

戚映皱着一张小脸。

季让没忍住，手指撑着眉心偏头，挡着脸笑出来。

怎么这么乖。

好在戚映听不到，季让笑完又绷住，伸手越过桌面，拿过她手中的叉子，对准蛋糕从上往下，也不知道怎么就那么容易，叉住了蓝莓。

他把叉着蓝莓的叉子递过去。

戚映开心地看着他，一低头，张嘴吃了。

季让的手愣在半空，瞳孔微微放大。他只是想把叉子递给她。

没有喂你的意思啊！

这个小姑娘到底怎么回事，说撩就撩，不给人反应的吗？

撩完人还不自知的小姑娘已经继续投身到作业中。不像他，小姑娘看了一遍题目后，歪着脑袋沉思几秒，就能选出正确答案。

季让愤愤收回手。

自己还是脸皮太薄了！

卷子写到一半的时候，季让收到了年级第一的回信：季同学，我刚放学，你在哪里？我现在带你去买辅导书。

季让回他：不用，已经买好了。

他把手上正在做的题拍了张照发过去：这道题到底什么意思？

吴睿的消息隔了五分钟才回过来：这道题你可以从两方面进行思考，第一个方面是这句诗句本身传达的意思。“请把我枯死的思想向世界吹落，让它像枯叶一样促成新的生命。”诗人在诗中表达了希望孕育新生命的意愿，说明当下的世界是凋敝且没有希望的。第二个方面是题目中十九世纪这个信号，你联想一下十九世纪的西方世界是什么样的情况，这道题的答案就出来了。

长长的一段文字看得季让头晕脑涨，看到最后，他居然连答案都没说，让他自己思考！

季让咬牙切齿，只能把吴睿发来的文字内容再看一遍，结合几个选项，迟疑着问：选 C？

吴睿：对，以后做题就这样来解析，你会发现每一道题的答案都显而易见。

季让没好意思跟他说选 C 其实是连蒙带猜的。

毕竟只上过一节历史课的大佬并不知道十九世纪的西方世界到底是个什么样子。

不过吴睿的解析倒是给了他启发，再做题的时候就知道该怎么揣摩了。

这样蒙起来的正确率都上涨了一些。

绞尽脑汁的大佬刚把选择题做完，戚映已经写完了整张卷子。她看了看对面还在冥思苦想的少年，端起自己还没吃完的黑森林蛋糕一边吃一边等他。

少年皱眉沉思的样子，和梦中将军坐在书房批阅兵卷时一模一样。

戚映想到这儿，使劲儿晃了晃头，她已经决定不要总是把梦境和现实混为一谈了，季让是季让，将军是将军。可认识季让的时间短，毕竟在梦中已然和将军走完了一生，即便这一生很短暂……

戚映的思绪还是不由自主地进入到梦境中的情节。

当年，有些世家纨绔被丢到练兵营培养心性，那些娇生惯养的少爷哪受得了苦，惹将军生了不少气。他常叹息：如何敢将这千里沃土交到那些不学无术之徒手中？

在梦中，戚映不明白，眨着眼说："有将军在。"有将军在，定能守好这万里河山。

他好笑似的摸了摸她的头："小傻子，我又不是神仙。"

他又不是神仙，总有一天会死的。只是谁都没想到，那一天来得那么快，那么突然。

那是她进将军府的第五个年头，照顾她的贴身嬷嬷从府中管家那里得了信，欢欢喜喜地跑来告诉她，将军又打了胜仗，不日后就要班师回朝了。

将军自去年桂月离京，足有一年未归。

她开心得不行，和府中上下一道清扫了将军府。又临近年关，各样窗花灯笼买了不少回来挂，连花圃都翻了新，栽上了冬季开花的山茶蜡梅。

嬷嬷还专门替她去锦绣坊做了崭新的衣裙斗篷。那斗篷是大红色，艳得招摇，和她平日里的穿衣风格完全不同，嬷嬷却说，如今京中正流行这颜色，她皮肤白，穿红色好看不说，迎接将军回家，定要喜气洋洋的才好。

将军早年丧母，少年丧父，往年征战时，京中宅邸不过两三个老仆人守着。后来戚映住进来，才陆陆续续添了些丫鬟婆子，多了些人气热闹来。

想来他回京时看到这番喜庆明艳的景象，该是高兴的，她便应了。

没过几日，便又有急信传至宫中，那一日，皇帝闭朝。想来那时候，将军阵亡的消息便传入京中了。

可没有人来告诉她。

大抵是觉得她不过区区一个无名妾侍，不足挂齿。她就这么掰着指头等啊等啊，终于等到了大军回朝那一日。

那一天，新年伊始，她穿着那身大红的斗篷，等来了将军的灵柩。

那些她亲手贴上的窗花，亲自挂上的灯笼，又由她亲手揭下来，换上了白色的丧幡。她将那件大红的斗篷脱下来，叠好，放在床头，换上一身白裙，悬于房梁。

那个时辰，阳光还很晴朗。

闭眼之时，仍能看见金色的光。

…………

戚映揉了揉眼睛，努力克制着自己的情绪。梦中有太多遗憾，那些来不及说出口的承诺，没有陪他度过的新年，现在都可以一点一点，全部实现。

季让并不知道对面的小姑娘已经悄悄埋头哭了一回，他还在跟试卷作斗争。

选择题可以蒙，后面的大题就得翻书才能做。正要伸手去拿课本，又恍然想起，刚才戚映做题的时候没有碰过书。

那他还需要翻书岂不是显得很垃圾？

不愿正视自己学渣身份的大佬只能绷住看下一道。

很好，下一道也不会。

书山有路他不走，学海无涯他没舟。

横批：偶像包袱过重。

季让看了眼门外，天色已经渐渐暗下来，他借故收好试卷，拿手机打字给她看：天快黑了，回家吧。

她不要他送，担心会耽搁他的时间，毕竟他住的地方和她家是两个方向。季让已经接受了她嫌弃他的摩托车这个“事实”，心里不高兴但面上不做表露地把她送到了公交站。

这个时间段已经不挤了，车到的时候还有很多位置。他把书包递给她，绷着脸说：“去吧。”

戚映微微仰着脑袋看他。

不知道是不是风吹的原因，她眼睛有点红，看他的目光温柔又缱绻。

季让被这眼神看得心脏莫名发麻，打岔笑道："怎么？舍不得老子啊。"

身后公交车靠站，车门被打开了。

戚映突然踮脚抱了他一下。

季让只感觉怀里撞进来一个又香又软的小东西，还没来得及反应，戚映已经一把拿过自己的书包，转身跑上了公交车。

夜风打着旋儿从他身侧卷过，卷走了怀里残留的甜香。

公交车已经开动，戚映趴在窗边，挥着手朝他笑。

这才反应过来的大佬气成了木头人。

撩完就跑到底是跟谁学的？

不行，已经被她占了两次便宜，下次自己一定要主动一点，把便宜占回来！

…………

第二天到学校，吴睿趁着早自习还没开始跑来 9 班找季让。年级第一出现在这里，顿时引起了围观，几个浑小子嬉笑着挡住他："哟，这不是年级第一吗，怎么屈尊降贵跑到我们这边来了？"

吴睿说："我来找季让。"

一群人哄堂大笑："我去，这书呆子居然还想找让哥？怕不是皮痒找揍？"

身后传来季让冷冰冰的声音："老子看你是皮痒找揍。"

几个人看见是他，吓得脖子一缩，赶紧跑了。吴睿突然生出一种被年级大佬罩着的感觉，想想还有点小激动。

他忍着激动把手中的笔记本递过去："季同学，这是我昨晚根据你的情况为你量身定制的学习计划，你先看一看，中午吃完饭我再来找你，给你仔细讲一下。"

季让伸手接过："谢了。"

吴睿羞涩地摆摆手："应该的，你又不是没给钱。"

季让觉得这小子还挺好玩的，也笑道："行，你回去吧，快上课了。"

吴睿点点头，转身走了。季让拿着笔记本回到自己的座位，在周围一圈好奇视线的注视下翻开了笔记本的第一页。

只见上面铿锵有力地写了五个大字：

【进击的季让】

下面接一行小字——四周学习计划。

年级第一是个什么中二少年?

第九章

吊车尾逆袭

海城一中学生们发现，年级第一和年级倒数第一最近走得很近。哦不，现在已经是年级倒数第三了。

1 班班主任听闻后，忧心忡忡，下课后还专门把吴睿叫到了办公室："他是不是欺凌你了？找你要生活费了？逼你帮他写作业了？"

吴睿连连摆手："没有没有，夏老师，季同学人挺好的，我们是朋友。"

季让跟他打过招呼，不许告诉任何人他在帮他补习。

1 班班主任一言难尽地看了他几眼："吴睿啊，你现在已经高二了，学习为重，可千万别被那些不三不四的坏学生影响了。"

9 班班主任刘尧刚好从外边儿走进来，听闻此话顿时冷笑："哟，夏老师，你说谁不三不四呢？"

夏老师作为重点实验班的班主任，对 9 班向来没什么好印象，没好气道："还能是谁，不就是你们班的那个季让！我跟你说老刘，吴睿的成绩要是被影响了，没他好果子吃！"

刘尧虽然头疼班上那几个皮猴，但一向护短："别总往坏处想，照你这么说，成绩要是这么容易被影响，怎么不能是季让的成绩被吴睿同学影响影响，转而变好呢？"

眼见两位老师要吵起来，吴睿赶紧说：“夏老师你放心吧，我不会让任何事情影响到学习。季同学也很友好，我们是学习上的好伙伴。”

刘尧心说，亏这小子说得出来，还学习上的伙伴。

夏老师一脸无奈，挥挥手让他走了。

上午有两节化学课。

吴睿最近在给季让补初中化学，四周学习计划基本都是初中各科知识的梳理巩固。好在季让初一初二那两年都有认真学习，不至于两眼抓瞎。

到教室之后，选了个靠窗的位置，没人敢往他附近坐，他乐得清静，低头做吴睿给他布置的初中练习册。

教室里的其他学生面面相觑，目含惊恐，不敢口头讨论，小字条传得飞快。

——大佬最近到底怎么了？不仅按时上小班课，居然还在做题！

——上课也没见他在认真听课啊，确定他做的是题不是其他什么玩意儿？

——比如填字游戏？

——他听课也听不懂吧，化学这种魔法学科，学渣到底来凑什么热闹啊！

——有大佬在，我下课都不敢调戏女同学了呜呜呜。

…………

戚映来得有点迟，几乎就赶在铃声响起的前一秒冲进了教室。

她抱着书气喘吁吁，左右看了一圈。其实前排中间还有几个位置，那附近坐的也有 2 班的学生。

她却没过去，从讲台绕到靠窗那一边，走到靠后的位置，拉开椅子坐了下去。

全班噤声。

季让“唰”的一下把自己正在做的初中练习册藏在了高中课本下面。他瞪着戚映，好像在说：你坐这里干什么？坐前边儿去！

戚映只是歪着头朝他笑。

她把课本放好，笔袋拿出来，端正地摆好。

季让第一次和她同桌。不知道为什么，心跳如擂鼓。

他偷偷地把练习册扯出来塞回课桌，不想被她看到自己居然在做初中的题。看了眼她的书，翻到她那一页，又把自己粉色的笔记本拿出来，拧开笔帽，一副正襟危坐的模样。

化学老师走进来，笑吟吟道：“同学们好。”

教室齐声：“老师好。”

她也喊了，只是没有声音，嘴巴无声张开的时候，能隐隐约约看见粉红的舌尖。季让又闻到了草莓香。

她上课前是不是偷吃草莓糖了？

大佬被甜香味儿搅得心猿意马，本来就听不懂，现在更听不进去了。戚映倒是认认真真地在记笔记，她很聪明，虽然听不见老师讲课，但结合黑板上的题和书上的内容，也能很快掌握知识点。

有些搞不懂的地方，用红笔标注，回班上后再请教学习委员黄博通。

高二的化学对于季让来说还是太难了，他连笔记都不知道该怎么做。他翻开那个粉红的本子，翻到最后一页，单手撑着头，写戚映的名字。

这两个字，不生僻不特别，可连在一起，笔画都透着乖。

写一个“戚映”，画一颗草莓。画草莓的时候，还借了她红色的笔。戚映不知道他在做什么，下课之后乖乖把自己的笔记本递过来，想和他交换看知识点。

季让捂着自己的笔记本跟护心肝似的，不给她看。

戚映两根手指扯着他衣角，晃啊晃，目光巴巴地看着他，像在说：给我看看嘛，就看一眼嘛，给我看一下嘛。

大佬受不了了，绝望地把自己的笔记本前面几页摊开：“看啊！什么都没有！”

戚映疑惑了。怎么回事？明明看见他上课的时候写得很认真啊。

季让趁着她发愣，赶紧把笔记本收起来，第二节就老老实实地记笔记了。

听不懂也记，万一下课她又要看他笔记怎么办？万一看见后边儿满满一页她的名字，他作为男人的尊严面子还要不要了？

这种搞得像偷偷写暗恋对象名字的事儿，他不能认。

下课后，季让回到 9 班，下节是他最害怕的数学，一想到就窒息。

大佬愁云惨淡，大佬的众小弟倒是眉飞眼笑，毕竟今天周五，明天又是一个美好的周末。屈大壮看不懂脸色似的凑过来，兴奋地问："让哥，周末去哪儿玩啊？我听说城东有场比赛，你是不是好久没参加过了？要不要去？"

季让心烦道："不去。"

刘海洋在后边拍他脑袋："你忘了让哥上次因为这破比赛被抓进局子吗？遵纪守法晓得不？"

屈大壮连连点头："对对对，那破比赛还是别参加了，那我们去蓝爵开黑吧？蓝爵换了一批配置超高的机子，打起来肯定特别爽！"

季让还是懒洋洋的："我不去，你们去吧。"

"那游戏厅呢？对了我们可以去爬安山啊！这周末上面不是有那什么 CS 真人竞技吗？我们几个刚好可以组队！"

季让把数学书往下一砸："老子周末没空，自己滚蛋！"

一嗓子吼大了，教室都安静下来。

大佬比老师还管用。

屈大壮咬着牙看了他半天，不顾刘海洋在后边儿偷偷拽他，突然就怒了："让哥！你是不是对兄弟们有什么意见？你看不起我们就直说！不用藏着捏着！"

季让简直要被气笑了："屈鹏你什么意思？"

往常直接喊他大名，就证明大佬真怒了，但这次屈大壮脑子一根筋似的，非要把话说开："我什么意思？你什么意思啊？你都多久没跟我们一起出去了？听说你最近跟年级第一走得很近啊，怎么，看不起我们成绩差啊？想摆脱我们这群不良少年啊？那你直说啊！只要你说一句不需要我们了，谁再跟你谁是孙子！"

屈大壮吼得凶，可眼眶却渐渐红了。

这群青春期的少年，谁不是心甘情愿地服他。外人都说他多么的阴狠暴力，说他坏，厌恶他又怕他，只有他们这些一直跟在他身边的人才知道，那个被全校师生忌惮的少年，他其实真的很好。

屈大壮妈妈做心脏手术，他瞒着他们交了手术费，被屈大壮知道后，还记得顾忌兄弟的面子，轻描淡写地说：多大点事儿，打个欠条呗。

骆冰的亲妹妹暗恋那个高三的学长，却被那个禽兽不如的东西以爱之名占了便宜。他知道后二话不说，不想牵连他们，一个人去把那畜生揍了个半死，逼他保证三天内在学校消失。

他们平时在外边儿惹是生非，全是季让替他们善后，最后的锅也都由他一个人背。但他总不在意地说：多大点事儿。

他们都知道季让跟家里关系不好，他有用不完的零花钱，可生病住院都是一个人。寒暑假大家有家回，过年还能拿到长辈的红包，可季让永远住在他那个又大又空的房子里，年三十的时候，一个人吃泡面看春晚。

他们把他当大哥，更想把他当家人，可现在，他好像渐渐不需要他们了。

任谁心理上都接受不了。

屈大壮这几嗓子要是放在平时，早就被季让揍趴下了。可现下季让却没动作，又生气又好笑。

他不知道自己最近这段时间来的行为会给他们造成这么大的误会。

屈大壮眼眶通红，看样子是要哭了，但紧咬着唇，坚持男儿有泪不轻弹的原则。

季让喉咙有点发紧，朝他伸手。

屈大壮下意识一躲，以为要挨打了。没想到季让只是拍了拍他的肩，沉声说：“不是你们想的这样，我只是……”

他顿了顿，在一众少年委屈又期待的目光中，神情凝重地说：“我只是爱上了学习。”

你爱上了啥玩意儿？

季让看了一圈神色各异的几个人，不知道想到什么，皱了皱眉，下定决心似的说：“这样吧，以后放学和周末你们也别出去玩了，都跟着我一起去补习。”

屈大壮你干的好事！！！

大佬以前只是逼人写作业，现在又要开始逼人补习了！

屈大壮："……"

对不起，是我多嘴了我不该问！

季让说到做到。

周六吃过午饭，这群昨晚打了通宵游戏本该还在床上补觉的少年就被他一通电话全部叫到了商业广场集合。

屈大壮肿着一双眼睛，打个哈欠流了满脸的泪，一到场就被众人群殴了。

叫你多嘴。

屈大壮委委屈屈，还想补救："让哥，我们都不是学习的那块料，就不打扰你修行了……"

这话一出就被季让踹了一脚："少废话，都给老子跟上。"

一行人到达跟吴睿约好的地方，书呆子已经抱着书包等在那儿了。看见季让身后那一群精神不济愁眉苦脸的拖油瓶，也有点惊讶，等他走近了才小声问："季同学，他们来做什么啊？"

季让说："一起补习。"

吴睿目瞪口呆。

咋的，大佬进击就算了，大佬的小弟也要进击？

是最近祖国的改革春风吹得太深入了吗？把这群从高一到现在除了玩就是睡的不良少年都给吹醒了？

浪子回头金不换！

吴睿心中顿时升起莫大的社会责任感！既然他们有心改正，那自己就一定要完成好领路的任务。引人向善，是每一个社会主义接班人的职责所在！

季让不知道这个中二的年级第一为什么突然开始双眼发光，他看了眼他们本来约好的咖啡厅，人爆满，早就没了位置。

他皱眉："你来这么早怎么不去里面占位置？"

吴睿怪不好意思地推了下他新换的黑框眼镜："我没单独进过咖啡厅……"

季让明了，倒也没说什么："那换一家吧。"

一群人浩浩荡荡地沿着商业广场出发，接连走了一公里，所过之处的咖啡馆几乎全部满员。

今天是周六，而且又临近下午，正是喝咖啡休闲的时候，哪还有那么多的空位留给他们。

眼见大佬脸色越来越沉，刘海洋赶紧提议："要不去肯德基看看吧。"

于是一行人又转道肯德基，然后发现里面全是尖叫打闹的小朋友。

吴睿指着老爷爷老奶奶打太极的公园："其实那里也可以，草坪上挺宽敞的。"

季让冷声："是你想上新闻还是老子想上电视？"他走到街边叫车，跟屈大壮说："去满江庭。"

那是市中心的高档娱乐会所，消费随随便便上万的那种。

一行人分坐几辆车，半个多小时才到满江庭。

吴睿连咖啡馆都没去过，这种高档会所就更别说了。装修和招牌都透着奢侈，镶银边的宽大玻璃门内，还有两个穿制服正装的迎宾。

吴睿看看自己身上十几块钱的 T 恤，有点不敢迈脚。

季让从身后过来，手臂在他肩膀上揽了一下，把他往前一带："走啊，愣着干吗？"

感应玻璃门自动打开，两个迎宾躬身喊他："季少。"

也不用去前台，直接有侍者将他们带到了一个大包间。软皮沙发，娱乐设施一应俱全，这群人轻车熟路的，唱 K 的唱 K，打台游的打台游。

吴睿愣愣的不知所措，季让用手掌拍砸了砸桌面，冷声道："都给我过来！"

闹腾声顿时没了，都蔫蔫儿地站过来。

季让把包间里的灯全部打开，安排他们依次坐好，然后才跟吴睿说："开始吧。"

吴睿：“啊？”

季让：“补习啊！”

吴睿：“哦哦。”

在这种地方补习，真的好魔幻啊。他赶紧从书包里掏出准备好的初中辅导教材，拿着笔和本子蹲下来：“今天我们补习数学。”

一听是数学，几个人都闹开了：“数学不行啊！让哥，这打死都不行的。而且又没有黑板，他就在纸上写，谁看得到啊。”

季让说：“是吗？”面无表情地起身，按了服务铃，很快就有人过来，“给我找块小白板和黑笔来。”

服务员：“好的，季少。”

没多会儿小白板和写字笔就送进来了，季让在一众痛苦委屈的目光中交给吴睿：“来吧。”

吴睿兴奋得额头都开始冒汗了，接过那支笔，像接过了祖国花朵的未来，声音颤抖道：“同学们，今天我们学习初中数学中的二次根式。那什么是二次根式呢？看这里！”

一段始于数学的补习，在昂贵的会所包间中拉开了序幕。

…………

薛蔓青和她的几个朋友到达满江庭的时候，已经是下午时分了。她们逛了几小时的街，刚才老天突然变脸，下起瓢泼大雨，又累又打不到车，索性到附近的满江庭来玩一玩，打算晚点再叫车来接。

服务员领着她们去四楼。薛蔓青往常都喜欢在二楼，因为二楼厕所的镜子照起来要好看一些。她跟服务员说：“我要坐二楼的包间。”

服务员抱歉道：“不好意思薛小姐，二楼没有空房了。”

薛蔓青皱眉：“今天生意这么好？”

服务员知道她的身份，不敢瞒她，实话实说：“季少包了整层楼。”

“季让？”薛蔓青惊讶得声音都变大了，她几个朋友听到，都围过来：“季让也在？”

“青青你们不是一个学校的吗？叫他一起来玩啊。”

“对啊，我们人少，玩起来都没劲儿，去问问他能不能拼房嘛。”

薛蔓青没敢说季让对她一直都爱搭不理，皱眉问服务员：“他们人很多吗？整个二楼都坐满了？”

服务员硬着头皮回答：“没有，他们就坐了一个房间。季少说周围有声音会吵到他，所以把整层楼都包下来，不让用。”

怕吵到他？来娱乐会所玩还怕吵？

真的是无法理解的霸道。

季让在这个圈子很有名，他的“叛逆恶行”是这群生活在金字塔尖的少男少女想也不敢想的事。

谁不是家族按照接班人的标准来培养的，品行稍有出格，必然会损失既得利益，都不敢胡来。像季让那样，坏得无可救药，放他们身上早就被家族放弃了。

可季让的爸爸季伟彦也是个人才，儿子都堕落成这样了，还当个宝一样，要什么给什么，外头跟人说起，也从来都是一副“我儿子是乖孩子”的语气。

你那儿子，谁不知道啊？昧着良心都夸不出来。

季家满门精英，三代参军，饶是季伟彦如今从商，当年也是从特警部队退下来的。说不上名门望族，但也是清白门庭。

季让是季家唯一的污点。

薛蔓青这几个朋友是外校的，没见过季让。从别人口中听到的他那些恶行，到底是减了几分凶气，惧怕没多少，好奇倒是真的。

缠着薛蔓青非要见一见。

她以往经常说起季让，还一口一个季叔叔地称呼季伟彦，造成一种他们关系不错的假象。如今骑虎难下，简直有苦难言。

最后实在被缠得没办法，不想在好姐妹面前丢了面子，硬着头皮说：“我去问一问，你们在下面等我。”

服务员知道她和季让认识，也没拦她：“在207。”

薛蔓青点点头，径直往上。到了二楼却发现走廊清静得过分，走到207门口，一丝娱乐声响都听不到。

不会是走了吧？

薛蔓青好奇地将门推开一条缝，朝里看。

看见以季让为首的那群不良少年坐成一排，人手一个笔记本，看着前面正在小白板上奋笔疾书的眼镜少年。

只听他口若悬河：“那么，当 $b - 4ac \geqslant 0$ 时，a、b、c 代入哪一个公式就可以得到方程根呢？请屈鹏同学回答这个问题！”

屈鹏：“……嗯，x 等于 2a 分之，之……”

吴睿：“对！就是那个答案！说出来！”

屈鹏：“$-b \pm \sqrt{b-4ac}$！”

吴睿：“正确！让我们给勇于开口的屈鹏同学鼓鼓掌！”

包间响起稀稀拉拉的掌声。

她是看见了什么魔幻景象？？？

几乎有些仓皇地跑下了楼梯。那几个好姐妹顿时围上来：“怎么样？他同意了吗？”

薛蔓青还没缓过神，吞吞吐吐地说：“他……他们有正事，没有在玩……”

小姐妹不满地嘟嘴：“在这里能有什么正事啊？这是办正事的地方吗？”

薛蔓青：我也搞不懂啊！！！

他们在 KTV 认真搞学习的样子真像魔教中人啊！

薛蔓青不愿面对这玄幻现实：“我们换个地方吧。”话落，不等小姐妹们反应过来，已经匆匆往门口走去。

二楼的补习一直进行到晚饭时候，季让领着众人去隔壁的西餐厅吃饭，吴睿还要赶回家陪他妈妈，拒绝了。

从这里回他家有些远，季让帮他打了辆车才走。

吴睿背着书包，正站在街边等车，不知道什么时候又转回来的薛蔓青走过去拍了下他的肩。

他俩都是国旗班的，每周一都一起升旗，吴睿看见她有点害羞，推了推眼镜跟她打招呼：“薛同学，好巧啊。”

薛蔓青神情有些复杂，问他："你在这儿做什么？"

吴睿说："就随便逛了逛，散散步。"

这书呆子，居然还不跟她说实话。

薛蔓青挑了下唇角，压低声音："我都知道了。"

吴睿吓了一跳："你知道什么了？"

薛蔓青撩撩头发，若无其事："你在给季让他们补习。"

真相被说破，吴睿一时有点尴尬："谁跟你说的啊？"

薛蔓青说："季让啊。"

吴睿顿时道："他不是不让我说吗！怎么还自己跟你说呢！"

薛蔓青笑了笑："怎么回事啊？你还想当拯救失足少年的英雄啊？给他们补习？他们能听你的吗？"

吴睿严肃道："话不能这么说，季同学迷途知返想要学习找到我，我肯定要帮忙的。"他不好意思地笑了下，"而且他也付了补习费。"

一辆白色的轿车在街边停下来，吴睿看了看车牌，是季让给他叫的车没错，冲薛蔓青挥挥手："薛同学我走了哈，再见。"

他抱着书包钻进车里。

薛蔓青神色复杂，看着车子汇入车流，在原地站了许久。

从那会儿的不可思议到后面觉得不对劲又绕道回来，到现在终于了解事情真相，心情真是跌宕起伏。

季让居然主动找吴睿给他补习？

他居然开始学习了？

回头想想，最近这段时间，有关季让惹是生非打架斗殴的消息好像确实少了很多。

他这是在……改变吗？

她前段时间才骂他无可救药自甘堕落，结果人家转头就开始给她表演什么叫浪子回头。

他会变成什么样呢？变成那种成绩好、家世好、样貌好的高冷男神吗？

薛蔓青一时之间竟不知该用何种心情去接受这个改变。正失魂落魄，接到她爸爸的电话："青青，你在哪儿啊？你不是说要跟爸爸一起去参加今晚的宴会吗？爸爸过来接你。”

薛蔓青报了地址。

没多会儿，一辆黑色卡宴就开了过来。

到宴会厅的时候，薛蔓青看到了季让的爸爸季伟彦。

男人身材笔挺，样貌端正，哪怕浸淫商场多年，身上始终有属于军人的凛然。看见薛蔓青，很和蔼地跟她打招呼：“青青来啦。”

薛蔓青抿唇笑了笑，季伟彦问了她几句学习情况，最终还是绕回那个不变的话题：“我家那小子最近在学校又惹什么事没？”

薛蔓青沉默了一下，甜甜笑起来：“没有。季叔叔，季让最近很听话，不仅没惹事，还找了我们学校的年级第一给他补习，看样子是要改过自新了，我真为他高兴。”

季伟彦脸色一变，大约是太过震惊，手中端着的酒杯都洒出几滴酒来。

半晌，欣喜夹杂着某种复杂的感慨，布满了他的双眼：“阿让这孩子……这孩子……”

他最终什么也没说，宴会一结束就匆匆走了。

屈大壮一群人从来没像这次这样期待过开学。

周末整整两天！整整两天啊！就被大佬关在房间里，逼着听课做题刷试卷！他们多少年没感受过来自学习的恐惧了，还不敢反抗，简直怀疑人生。

放假是折磨，开学反而成了解脱。

但怎么说，太美的幻想因为太年轻。周一到校，早自习还没开始，一群人就被季让拎到了刘尧的办公室，报名小三门。

刘尧快被这群突然改过自新奋发向上的差生感动哭了。他伸出颤巍巍的手，挨个摸头以示欣慰：“都是好孩子，好孩子。”

下一次期中考试，9 班一定不会再是平均分倒数第一的班级了！

屈大壮流下了悔不该当初的泪水。

铁门啊铁窗啊铁锁链……

呜……

早自习结束，全校到操场集合进行升旗仪式。这一周的升旗手是吴睿，昂首挺胸踢着正步走在最前面，别说，取下眼镜穿着军装的样子，还挺上道。

屈大壮现在一看到他就生理性哆嗦："我现在看年级第一有种以前看数学老师的感觉。"

刘海洋："谁说不是呢……"

两人愤愤转头，偷偷瞪始作俑者。

始作俑者侧着身，双手插在裤兜里，一副漫不经心的懒散样，看着 2 班的方向。不知道看到了什么，还勾了下唇角。

屈大壮说："好想篡位哦。"

刘海洋说："我支持你。"

升旗仪式结束，教导主任拿着话筒上台进行例行讲话。季让上一周没惹事，海城一中风平浪静，通报批评这一步骤都略了。

教导主任很欣慰，把接下来的时间都拿来宣布一件大事："从这周一开始，我们学校会和燕城七中进行'学校交流会'。上一周，我们已经从高二年级各班级中挑选了十名同学前往燕城。那本周呢，燕城七中的十名学生将来到我们学校，和大家一起上课学习生活。希望我校的同学们能和燕城七中的学子相处愉快，取长补短，共同进步！"

蔫蔫儿的屈大壮这才来了劲："燕城？好远啊！坐飞机都得三小时吧？来的是男同学还是女同学啊，漂不漂亮，都在哪个班啊？我们班有吗？"

下面大多数学生都跟他的反应一样，操场上顿时一片哄闹，教导主任吼了几次安静才终于止住了学生们八卦的热情。

岳梨恨自己没有把手机揣在身上，不能第一时间跟戚映分享这件事。

她很快就从班长陈梦洁那里听来了消息："1 班去了三个，我们班一个，3 班两个，4 班两个，5 班两个。"

岳梨不顾还在集合，蹿到前边去："男生还是女生啊？"

陈梦洁说："男生，听刘老师说，那个男生好像是燕城七中的年级第一。"

周围一片惊叹。

消息在其他班也迅速蔓延开。

“哇，又是一个年级第一。”

“不知道跟我们的年级第一比怎么样。”

“年级第一不都一个书呆子样吗，哈哈哈。这下来了两个书呆子，不知道谁更呆一点。”

季让把视线从 2 班那头收回来，踢了旁边的屈大壮一脚：“让他们闭嘴。”

屈大壮迅速拿出凶神恶煞的表情：“都给我闭嘴！书呆子怎么了？书呆子有考第一的本事你们有吗？一天到晚正事不干嘴叭叭的，信不信老子拿针给你们缝起来？”

周围的人莫名其妙地被骂了一顿，又不敢反驳，只好默默闭嘴了。

早会结束，学生都沉浸在交换生的热情里，岳梨拖着戚映飞快往教室跑，想立刻把这个消息告诉她。

上楼梯的时候，学生太多，速度只能慢下来，顺着人流往上挤。季让不知道什么时候走到她们身边，戚映转头看见他，抿着唇笑了起来。

他也笑了下，拐角时，在拥挤的人群中，轻轻拉过她的手，将握在掌心的糖递给她。

人群分作两边，他顺着人流往左，双手插在裤兜里，背影懒散，好像刚才并没有在拥挤的人流中偷偷去拉小姑娘的衣袖，递糖给人家。

回到教室，2 班果然一片激动。

今早还疑惑学习委员黄博通怎么缺席了，现在才知道他上周就被刘庆华挑中，去燕城七中进行交换了。

岳梨一坐下来就迫不及待地把这件事写下来递给戚映看。

原本还捧着那颗草莓糖在笑的戚映，看见本子上的内容后，神情突然顿住了。

岳梨还在自顾自写：听说那个男生是燕城七中的年级第一呢！他应该就坐在黄博通的位置吧，那岂不是就在我们后座？

戚映盯着“燕城七中”那几个字。

心脏又开始疼，像针刺。

突如其来的难受疾风骤雨似的席卷了全身，好多画面像幻灯片在大脑自动播放，怎么关都关不上。

戚映疼得喘不上气，脸色发白。

岳梨发现她不对劲，吓得赶紧去拉她的手：“映映，你怎么了啊？”

那纤细的手指一片冰凉，掌心在冒冷汗。

戚映紧咬着唇，剥开那颗草莓糖，放进嘴里。

甜味从舌尖一路蔓延到胃，不知道是不是她的错觉，糖里似乎还残留着他握在掌心时的温度，又甜又暖。

难受感被甜味冲淡，她终于能呼吸了。拉住正要去叫老师的岳梨，在本子上写：没事，低血糖，吃颗糖就好了。

岳梨仔细观察她的脸色，似乎是缓过来了，终于松了口气。

上课铃拉响，刘庆华领着一个高高帅帅的男生走进教室：“同学们，这是这次燕城七中的交换生，傅南浔同学，大家欢迎。”

教室里响起激烈的掌声。

不是说年级第一都是像吴睿那样的书呆子吗？这个年级第一怎么又高又帅，笑起来还那么温柔？

连声音都好好听，干净又温和，像清晨第一缕光：“大家好，我是傅南浔，南方的南，江浔的浔，接下来的一周，希望和大家相处愉快。”

刘庆华指了下黄博通的位置：“这是你的座位。”

傅南浔点了点头，往座位走来，原来温和的笑容在看见戚映时，变作了震惊。

戚映朝他笑着点了下头。

傅南浔眼底涌上久别重逢的喜意。

他在黄博通的位置坐下，周围人都在看他，他却只看着前面清瘦端直的背影。来到海城一中的第一节课，完全没有听进去。直到下课，他才在后面低声喊她：“映映……”

戚映还在收拾课本，没有反应，傅南浔又喊了一声：“戚映。”

岳梨侧过身来，惊讶道：“你怎么知道她的名字？你们认识啊？”

傅南浔点点头："我们以前是同桌。"

岳梨长大了嘴："同桌？映映以前是燕城七中的啊。"

收拾完课桌的戚映终于转过身来，她手上拿着笔和纸，在纸上写：好久不见呀。

傅南浔变了脸色。好半天，僵硬着问岳梨："她怎么了？"

岳梨奇怪道："你们是同桌你不知道吗？映映受了伤，耳朵听不到了，也不能说话。"

傅南浔搁在课桌下的手指差点掐进肉里："我……我不知道……她转学转得很突然……"

岂止是突然——

周五放学时还有说有笑，约好明天一起去逛书店，可第二天就打不通电话了。周一的时候没见她来上学，去问老师，老师说戚映有事请假了。

从那之后，她就再也没有来过学校，手机打不通，各种方式都联系不上，没多久，就有人来学校给她办了转学手续。

戚映这个人，像从他们的生活中消失了一样。

怎么也没想到，她居然转到了海城一中，而且还……

傅南浔急切地问岳梨："到底发生了什么事？她为什么会受伤？"

戚映是烈士子女的事全年级都知道，岳梨也没瞒他，把自己知道的都说了。但她知道的也不多，戚爸爸是做什么的，为什么会牺牲，戚映又是为何受到了牵连一概不知。

傅南浔只觉生活像电视剧一样，她所经历的，是他之前完全没有想过的。

眼前女孩儿的笑容和以前一样，又软又甜，他不知道该怎么安慰，最后只是朝她笑了笑，在本子上写：放学一起去书店吧，你之前说要推荐给我的那本书，我还不知道是什么。

戚映回忆了半天，是了，父母出事之前，他们约好要去书店买书的。

这也是戚映少有的失约，戚映没有拒绝，点了点头。

一整天时间，傅南浔已经了解到戚映现在的全部情况。得知她住在舅舅家，有一个很维护她的弟弟，班上同学也很照顾她，她的失聪和失语正在逐步恢复。知道这些他心里总算没那么难受了。

放学之后，戚映带傅南浔去买书。

刚出校门，在等红绿灯，傅南浔感觉后边儿有人在看自己，芒刺在背的感觉。

他回头去看，十步之远的距离，站着一个高高瘦瘦的少年。眉眼很野，眼神冰冷，浑身毫不掩盖的戾气和冷意，盯着他和戚映。

他的直觉告诉他：这人很危险。

随之，傅南浔往戚映身边靠了靠，护着她。

少年神情愈冷，有压抑的疯狂。

一辆林肯从旁边开过来，挡住了他的视线。

轿车门打开，车内的男人笑容温和地喊：“阿让。”

季让歪头笑了下，满眼邪气。

第十章

久违入耳声

林肯车吸引了周围全部的视线。

季伟彦看着许久不见的儿子，温声问：“你要上车吗？还是我下去陪你走走？”

季让满眼讥讽地盯着他，没说话，也没拒绝。

季伟彦太熟悉这种眼神了。这几年来，他就是用这样的眼神看待他，看待季家，然后越走越远。

他心头苦笑，低声说：“我就是来看看你，和你说几句话。昨天我去你住的地方找你，你不在。”

绿灯亮，继续通行。季让越过车身，看见戚映背着书包，跟那个别校的年级第一并肩走过了马路。

他一俯身，钻进了车里。

季伟彦默默松了口气，吩咐司机：“开车吧。”

车外学生暗自讨论：

“大佬不愧是大佬，这车太牛了。”

“所以这就是大佬打架斗殴无恶不作还能继续待在海城一中的原因吗？”

“啊，这拼爹的时代啊。”

车内，淡淡的松香伴随流动的空气四下溢开，季让靠着靠垫望着窗外，周身冷冰冰的气息好像令温度都下降了几摄氏度。

季伟彦神情复杂地看着他，想说什么，又无从开口。

他从来不是一个擅长交流的父亲。好半天，只能从衣食住行问起："住的地方还缺什么吗？"

季让不理他。

他也不在意："你现在学习越来越忙，我找个保姆去帮你做做饭，收拾收拾房间可以吗？"

季让还是没反应。

季伟彦微微叹了声气："我听芊芊说，你偷偷去医院看过爷爷是吗？爷爷已经出院了，现在在家里调养，你有时间的话，可以回去看看。"

季让终于有了动作，回头讥讽地看了他一眼，语气漠然："我的事不用你管。"

季伟彦皱起了眉，他想错了。

听到薛蔓青的话，他以为季让意识到了过去的荒谬，已经开始改变，会慢慢长大、成熟，并逐渐理解很多事。可如今见到，却发现他比之前更冷戾，浑身的刺扎人更疼。他低声下气的关心，并没有换来一丝一毫的理解。

季伟彦也开始沉默。

车内没人说话，仿佛连过重的呼吸都是干扰。司机不知道该去哪儿，也不敢随意开口询问，只能绕着路开。

绕着绕着，不知道怎么的就绕到了季让住的附近。

他冷声道："停车。"

司机透过后视镜看了老板一眼，见他没什么反应，算是默许，就将车靠边停了。

季让拎过自己的书包就要下车。季伟彦开口表露最后的关心："零花钱够用吗？补习费贵不贵？我回头再给你转点。"

季让猛地回身，冷冰冰的声音伴着怒意："谁跟你说的我在补习？"

季伟彦察觉他情绪不对，愣了下才说："你同学。"

季让盯着他看，眼底有翻涌的暴躁，半晌，他突然笑了，那笑容讽刺得刺眼："所以，这才是你今天来找我的原因？你觉得我改变了是不是？你又看见了希望是不是？"

季伟彦绷着唇。

季让无可抑制地笑起来："你想跟我上演父慈子孝，想让我跟你们其乐融融和睦共处？"最后那句话几乎从牙齿缝中挤出来，"你永远也别想有那么一天。"

他一脚踹开车门，季伟彦被他几句话气得忍不住怒声："季让！"

他身形顿了下，却没有回头，好半天，低低笑了一下："我不会原谅你们，这辈子都不会。"说完，拎着书包跳下了车。

季伟彦想喊，可最终什么也没说出来。

他看着那高高瘦瘦的背影，眼里尽是苦涩。

那是他的儿子，他已经长得这么大，这么高了。可这么多年，父子相见的次数屈指可数。他以前总以为只要季让再长大一点，再成熟一点，总有一天会理解他，父子俩会畅谈一番各自释怀，他总有一天会再叫自己一声"爸爸"。

可此刻却恍然惊觉，他好像，已经快要失去这个儿子了。

…………

季让没有回家。

今天放学，他本来想带戚映去吃草莓布丁。走到 2 班教室的时候，却看见她和一个高高瘦瘦的男生走了出来。

他听见经过的学生议论："那就是燕城七中的年级第一啊，看上去好帅好温柔啊。"

戚映应该是认识他的，她笑得好甜。

她也会对别人，露出那样甜甜的笑容。

年级第一啊，真厉害。

他低头看自己的书包，里面装满了初中的练习册，像在无声地嘲笑他。

街边的这条路修得很直很长，他漫无目的地走在上面，有那么几个瞬间，突然希望这条路没有尽头。

他就可以一直走，一直走，永远也不用停下来思考，他该去哪里。

他早已无处可去。

…………

戚映要推荐给傅南浔的那本书叫《在黑暗中等待》，是日本一个悬疑作家的作品。明明是一个悬疑甚至带点惊悚的故事，她却从中看出了治愈温暖的味道。

直至最后结局，像天光大开，阳光都透进来。

她被作者的创作功底打动，迫不及待地想把这种仿佛被治愈的心情安利给同学。

他们在新华书店找到了这本书。

傅南浔接过小小的一本看了看封面，低笑了声："是小说啊，我一直以为你推荐的会是辅导书或者名著。"

戚映不知道他在说什么，抿唇笑了笑，视线扫过辅导教材那一排书架，看到有一本《高中基础知识讲解》。

她走过去翻了翻，发现里面知识归类讲解得很详细，例题也很有代表性，对于基础一般的学生来说很有用。

她买了下来。

傅南浔笑着打字问她：你的成绩不需要这种基础性的辅导书吧？

戚映回他：买给别人的。

他想，她应该是买给她那个高一的表弟。

买完书，傅南浔本来还想再跟她一起吃个晚饭，戚映摇头拒绝了，连让他送她回家都不答应，傅南浔只能把她送到公交站。

一直等到她上车找到位置坐下，傅南浔隔着车窗站在下面笑容温柔地朝她挥了挥手。

戚映觉得，傅南浔的关切太体贴，有点让她无所适从。但她也很清楚，对于傅南浔只有同窗友情，毫无男女之意。

第二天到学校，她先去教室把书包放下，然后就抱着新买的辅导书往

9 班跑。在后门张望的时候，季让却不在。

她乖乖站到一边不挡路，等了一会儿，直到早自习铃拉响，季让还是没出现。

他又迟到了。

戚映只能返回教室上课。

第二节是小班历史课，本来以为会在这里遇到季让，可他还是没来。

每节课下课，她都跑去 9 班看一看。直到上午放学，一直没看到季让。最后一排靠窗那个位置是空的，周围几个不良少年没了大佬看着，东倒西歪没个正形。

岳梨和傅南浔站在走廊等戚映去食堂吃饭。

傅南浔皱眉问："她在找谁？"

岳梨这个八卦分子早就从傅南浔的眼神语气中察觉出他对戚映不一般，她可是坚定的大佬党，这种时候万万不能让外来者心生妒忌破坏感情，一本正经道："一个普通朋友。"

戚映一上午都没找到季让，失落地跟着他们去食堂。

打饭的时候，遇到了屈大壮一行人。

他们说说笑笑的，还是那副一看就是不好惹的不良少年形象。周围学生都有意识地离他们远远儿的，戚映却不怕，端着餐盘跑过去，挡住他们的路。

几个人面面相觑，看着眼前拿眼神询问的女生，都知道她是什么意思。

屈大壮叹气："让哥再这么玩下去，指不定哪天把他的小仙女玩丢了。"他指了下北体操场的方向，用口型跟戚映说："在那边打篮球。"

戚映笑了下，转身把餐盘递给岳梨，往外跑。

岳梨急得不行："映映，你吃了饭再去啊！"

她听不见，很快跑没了影。

傅南浔站在一旁，神情复杂地问："普通朋友？"

岳梨："……"

戚映先回教室拿了辅导书，然后才一路跑到了北体。

偌大空旷的球场上，穿黑 T 恤的少年运着球奔跑跃起，一次又一次砸进篮筐，像不知疲惫似的。

某一个转身，看到操场边上，小姑娘站得笔直，抱着一本书在看他。

篮球脱了手，一路跳跃着滚远，他绷着身子站定，不过去，也不离开。隔着秋日凉薄的日光，看到她朝自己甜甜的笑。

他心里莫名的烦躁。

谁稀罕你的笑。

戚映抱着书，一步步走近。

闻到少年身上运动后的汗味，混杂着衣服上的皂角清香。

季让神情冰冷，绷着嘴角，垂眸冷冷看她。

戚映把怀里的辅导书递过去，他低头看见上面的字，垂在裤缝的手指不由得紧缩，扯着嘴角笑了下："送这个给老子，什么意思？"

老子是只配看基础知识，比不上年级第一。

戚映见他不接，又往前递了一点。

他有种把书打掉的暴躁，可看着她柔软的目光，又做不出这样的举动。

季让伸手，僵硬地接过辅导书。

戚映开心地笑起来，她伸手翻开第一页，指给他看。

那上面写着：

一起考大学呀。

"考大学"三个字，从未在季让的人生规划中出现。

不，他连人生规划都没有。过一天算一天，没有梦想，也没有将来。

可是突然有一天，小姑娘出现在他的生命中，追在他身后跑，无论什么时候都会朝他露出甜甜的笑。

她让他荒废的人生第一次有了目标，想在成绩榜上离她的名字近一点。但仅此而已，他没有想过更多。

可如今，小姑娘却跟他说，一起考大学呀。

她好像，认认真真地规划了更久更长的将来，而这个将来，与他有关。

那像是，被人放在心上认真对待的感觉。

季让低头看着那一行字，眼睛有些发胀。半晌，低笑了一声：“谁要跟你一起考大学，真是看得起老子。”

拿书的手却微微颤抖。

搁在篮球架下的手机振动起来，他趁势弯腰，掩去颤动的情绪，拿起来一看，是屈大壮发消息过来：让哥，你的小仙女找你去了。

紧接着又是一条：她还没吃饭。

他把手机塞回兜里，捡起地上的校服外套拍了拍，然后把校服袖子朝她递过去。被汗水打湿的黑发扫在眼角，有薄薄一层柔软的笑意：“小傻子，吃饭去。”

她牵住他袖子。

季让拎着衣服走在前面，步子迈得小而慢，她乖乖跟在后面，牵袖子那只手，微微地晃。

他在前头无声笑出来。

下午上课，季让回到了教室。

屈大壮一群人的美好时光得以终止，他愤愤地给刘海洋传字条：我就不该让小仙女去找他！

刘海洋：你已经不是第一次多嘴了。

屈大壮：“……”

呜，都怪自己心太软。

放学的时候，季让收起他看了一下午的辅导书，去2班接戚映。

他没有堂而皇之地去找过她，都是站在离教室门有一段距离的楼道拐角等。戚映每次出来得也比较晚，总能第一时间看到他。

这次却不一样，走出教室的时候，身边又跟着那个燕城七中的年级第一。

季让的脸色沉下来。

戚映走了两步才看见他，眼里露出欣喜，背着书包“嗒嗒嗒”跑过来，仰着小脸冲他笑。

她一笑他就心软。

沉着的脸色也回暖，低声问：“饿没有？”

她看懂了他嘴型，其实并不饿，但想跟他多待一会儿，便点点头。

季让笑：“走吧。”

他伸手接过她的书包。抬头的时候，看见站在后面的傅南浔。

他神色震惊且复杂，怎么也没想到，戚映今天上午一直在找的人，会是昨天放学时在校门口看到的那个极度危险的少年。

戚映为什么会跟这种人走这么近？

好学生 VS 不良少年？？？

傅南浔的心狠狠沉了一下。

戚映回头朝他挥挥手，跟着季让往下走。他脸色发沉，手指紧了又紧，最终还是抬步跟上去。

跟到一楼的时候，那个眉眼又冷又野的少年回过身来，嘴角还挑着笑，声音却阴恻恻的：“还不滚？想挨打啊？”

傅南浔看了他几眼，讥讽道：“你就是用这种办法赶走了所有想靠近她的男生？”

他以为季让会暴怒。没想到少年只是漫不经心地笑了下，满眼的不羁：“对啊，你不服？不服也给老子憋着。”

傅南浔简直没见过这么不要脸的人。

戚映也回过头来，好奇地瞅着他们。傅南浔深吸一口气，让自己冷静下来：“她今天数学课上有几道题没弄懂，2 班的学习委员不在，没人给她讲，我要给她辅导。”

季让嘴角的笑意散去，冷冰冰地看着他。

傅南浔无视他的目光，拿出手机打字，跟戚映说了同样的话。

她小脸果然皱起来，纠结要不要当天解决当天的问题。

季让简直想把对面这个仗“学”欺人的家伙拖到角落打一顿。

都是好学生，怎么差别这么大呢？一个那么可爱，一个这么可恶。

可戚映听课本来就不容易，他不想她累积的问题越来越多，咬了咬牙，收起眼底的冷厉，冷声道：“行啊，一起。”

于是三个人一起去了甜品店。

季让给戚映买好草莓布丁过来的时候，这头已经开始讲题了。

给戚映讲题不能用说的，只能用写的，两人并排坐在沙发上，傅南浔拿着笔在草稿本上详细地写下步骤，戚映低着头看，神情认真又乖。

从他的角度看过去，两人离得好近。

简直想把草莓布丁砸在傅南浔脸上。

季让重重拉过椅子，“哐当”一声，引来了全店的注意。他在他们对面坐下，拿出自己的辅导书。

傅南浔瞟了一眼，立刻认出那是戚映昨天买的那本基础知识讲解，内心顿时五味陈杂。

原来是买给他的。

她知道他成绩不好，还细心地替他挑选了适合他的辅导书。不良少年何德何能？

讲完一道大题，戚映捧着草稿本研究，自己再从头解一次，加深印象。

傅南浔转了转笔，身子前倾，对着季让淡声说：“有不会的可以问我。”

季让：“……”

太气了，好想打人哦。

年级第一了不起啊？这世上就你一个年级第一啊？

季让往后一靠，掏出手机面无表情地给吴睿发消息：山海甜品店，速来。

吴睿的消息也回得快：我已经上公交车了，你把我下午给你布置的卷子写完就行，今天暂时不用补习，短时间吸收太多也不是好事，先掌握。

季让：燕城年级第一在这儿，他还鄙视我。

吴睿：交流生怎么能这么不要脸呢？等我！

没多会儿，戴着黑框眼镜背着一个大书包的海城一中年级第一就“吭哧吭哧”跑过来了，跟对面大方帅气的傅南浔一对比，季让扶额……失算了，气场上完败。

吴睿取下书包，拉开椅子，在季让身边坐下来，目光严肃地看着对面的傅南浔。

傅南浔愣了愣，迟疑着问：“这位同学是……”

吴睿冷冷道：“同学，听说你学习很厉害，我来会会你。”

少年你以为你是来比武的吗？？？

傅南浔：“啊？”

吴睿：“出题吧！”

季让：“……”

没眼看。

傅南浔反应过来，看了眼季让，笑着说：“你还叫帮手啊。”

季让也笑，懒得再跟他装模作样，抄着手往后一靠：“是啊，不服你也叫。”

气氛顿时紧张。

戚映终于看完那道大题的解析，步骤太复杂，她还是有几个地方看不懂，用红笔标出来，指给傅南浔看，让他再讲一次。

傅南浔收回和季让对视的目光，投到草稿本上，拿起笔正要给她讲，对面吴睿推了推黑框眼镜，沉声说：“不对吧傅同学，这道题应该有更简单的解法，你这样解，反倒给它搞复杂了。”

傅南浔顿了一下，吴睿已经拿过草稿本，在空白处“唰唰唰”写下了更为简略的解答步骤，然后递给戚映。

戚映一看，果然比傅南浔之前讲的方法简单很多，也更容易明白，开心地冲吴睿点了点头。

季让心想：干得漂亮！！！

不过傅南浔倒也没有恼羞成怒，看了看吴睿的解题方法，恍然大悟道：“这么解是要简单很多，是我搞复杂了。”

他温和地朝吴睿笑了下：“你很厉害。”

端着架子的吴睿顿时羞涩起来：“你……你也很厉害。你用的那几个公式，我们现在都还没学呢。”

季让：“……”

怎么还惺惺相惜起来了？？？

在两个年级第一的帮助下，戚映今天没听懂的那几道题迅速弄懂了不说，还掌握了几种不同的解题方法。

离开甜品店时，吴睿不再像来时那么气势汹汹，还很有礼貌地跟傅南浔打了招呼才走。

燕城七中的交换生都住在学校宿舍，傅南浔看了眼乖乖跟在季让身后的戚映，垂了垂眸，淡笑道："你送她吧。"

话落，朝戚映挥挥手，转身走了。

走出很远，他回头看。

高高瘦瘦的少年领着少女在过马路。她牵着少年的衣服袖子，他停她也停，他走她也走，亦步亦趋，乖得不行。

傅南浔一直都知道，戚映性格很好，她跟谁都是笑着的。初相识的时候，他一度以为这个小姑娘对他有意思。

后来发现不是的，她只是，太好，太柔软了。

直到今天，他看见在季让面前的戚映。她依旧是在笑，可那笑又有不同。那双湿漉漉的眼睛，看季让时，含着独一无二的光。

在遭受家庭变故失去父母后，她仍可以找到能让她露出这样笑容的人。

他为她高兴。

…………

把戚映送上公交车后，季让返回校门口骑自己的摩托车。

刚发动引擎，就收到屈大壮的电话："让哥，来台球厅玩两把？学了这么久也该放松放松吧，劳逸结合啊！"

季让其实不太想去，但他确实有一段时间没跟屈大壮他们玩过了，当然逼着他们跟自己一起补习不算。没拒绝，淡声应了。

到台球厅的时候，屈大壮他们已经打上了。

密闭又昏暗的厅内烟雾缭绕，乌烟瘴气。里面的人多多少少都认识他，讨好地跟他打招呼："让哥好。"

季让皱了皱眉，意外地发现，自己已经受不了烟味儿了。接过骆冰递来的球杆，弯腰俯身，一杆进球，淡声说："打一局就走。"

屈大壮哀叹：“学习这个小妖精抢走了让哥对我们的全部宠爱。”

季让笑：“滚蛋。”

这头正闹，那头突然传来一阵嘈杂的骂声，不知是谁在掀台子，台球滚了一地，球杆也“噼里啪啦”地砸在饮料柜上，断断续续的骂声也顺势传来。

屈大壮撑着手肘往台球桌上一坐，站上去张望，看热闹不嫌事大道：“呀，打起来了！”

季让拿球杆打他小腿：“滚下来，你再爬高点。”

屈大壮最后张望了两眼，正要跳下来，突然惊声：“哎哟喂，熟人啊，那不是咱学校不怕死的牛犊子吗？”

季让一愣，问：“谁？”

屈大壮从台上跳下来：“俞濯啊。”

季让沉了沉眼眸，最终还是没办法袖手旁观，拎着球杆往那边走：“过去看看。”

交战的地方在靠近厕所的走廊。

走近一看，好家伙，一对十没在虚的，一张凳子抡得虎虎生风，嘴里还不停：“来啊！谁躺下谁是孙子！”

季让：“……”

几日不见，这小子越发猖狂啊？

俞濯吼得凶，打得也凶，但到底双拳难敌二十手，脸上已经带了伤。身后一高个子不知道从哪儿找了个酒瓶子过来，凶神恶煞地朝他后脑勺砸过去。

季让一脚踹翻跟前的人，抬手扬起球杆，一杆子打过去，把那人手上的酒瓶子打掉了。

大佬加入战局，大佬的小弟们当然也不能置身事外，屈大壮几个人就近抄起手边的工具，骂骂嚷嚷地加入进来。

战局顿时被扭转。

这边带头围殴俞濯的人看清来人是谁，顿时大骂：“季让你掺和什么？有你什么事？”

季让一杆子抽在前面那人小腿上，当即就把人抽跪下去了。

他咧嘴笑："路见不平，拔刀相助。"

那人眼见落了下风，赶紧收手："停停停，别打了！算你小子走运！"

屈大壮在后边拐了拐俞濯说："这不六中的扛把子吗？你怎么惹他了？"

俞濯没好气道："我怎么知道？非说老子绿了他，老子连那女的叫什么都不知道好吗？"

他声音说得大，六中的扛把子指了指他："你小子，敢做不敢认是吧？有胆子泡别人马子，你现在别尿啊！"

季让回头看了俞濯一眼，冷声问："你干没干这事儿？"

俞濯崩溃道："干个屁啊！我就是泡妹也要泡颜值跟我姐平齐的吧？我跟我姐朝夕相处，眼光早就被养刁了好吗？他说的那女的比不上我姐一半好看，老子才看不上呢！"

季让想了想："这倒是。"

季让转身，盯着对方人马，冷戾的一双眼，嘴角却勾着："没听清吗？还不滚？"

六中扛把子伸出一根手指，指了指俞濯，还想放狠话，季让猛的一杆子抽过去，"唰"的一声，空中留下一串残影。

扛把子魂差点吓飞了，好在眼疾手快缩了回来。

季让冷笑："再指啊？"

他恶名在外，这群人惹不起，只能夹着尾巴退了。

俞濯在后面骂："一群傻 ×。"

话音刚落，季让转身对着他就是一顿抽。

俞濯尖声跳脚："你干什么？你有病啊！"

身上挨了几杆子，疼得他龇牙咧嘴，季让冷声说："一天到晚在外边儿惹事，替你姐教训你。"

俞濯大吼："你有什么资格替我姐教训我！雨女无瓜（与你无关）！"

季让又抽了他一杆子："你把舌头给老子捋直了说话！"

俞濯："……"

呜呜呜姐，这个人欺负人。

自从心理医生建议减少照应戚映的时间，让她尽早独立起来，俞濯就不用每天上下学都陪着戚映了。

放学后天天在外边儿浪，他又是个不怕惹事的，向来不会服一句软，一言不合就是干，都不知道打了多少次架了。

别人都不怕，唯独在季让面前有点虚。

台球也打不成了，被季让拎下楼，叫了辆车，塞进车里，趴在车窗上冷声威胁："多放点心思在学习上，别一天到晚喊打喊杀，你以为你古惑仔啊。"

俞濯眼珠子差点瞪出来了："校霸大佬，你说这种话良心不会痛吗？"

季让一巴掌拍在他脑袋上，懒得跟他废话，吩咐司机："开车，不到地儿中途不准停。"

俞濯抱着脑袋吼："红灯还是要停的啊！"

…………

这一次被季让教训之后，俞濯倒还真的消停了不少，破天荒地开始认真听课学习。

不学不行，马上就是期中考了。

他可以保持原地踏步，但绝对不能再退步，否则迎接他的必定是父母双人花式混打。

他姐就不一样了，考得好不好都不重要。

期中考当天一早，俞程开车送他们去学校时甚至对戚映表示，要是太累的话，就跟老师申请弃考，身体重要。

俞濯真是好生羡慕。

当然戚映是不可能弃考的。

她上一次月考的成绩是年级二十七，考场自然就安排在靠前的位置。跟老楼里那间全校倒数的教室隔着一个操场的距离。

季让的位置基本没变。只是这一次，后面坐的不再是小仙女，他反而松了口气。

往日这个倒数的考场都是闹闹嚷嚷没个正形，监考老师也睁一只眼闭一只眼，得过且过。这次却不一样，一进来，教室里安静得过分，定睛一看，后排那一群少年居然在神情紧张地翻书。

考前最后的突袭。

屈大壮还在默背昨天吴睿给他们勾出来的重点必考诗词。

季让端坐在座位上，握着那支粉色的鲸鱼笔，面上一派淡然，实则手心早就在冒汗。真的是紧张死他了。

刘海洋在后边儿戳了戳他的后背，压低声音说："让哥，这次作文可千万别再跑题了啊！"

考试铃拉响，监考老师说："书收起来，都给我老实点啊。"

试卷开始往后传。

季让神情严肃地接过了检验他学习成果的卷子。

他闭了闭眼，深吸一口气，开始奋笔疾书。

期中考进行了两天。

考完就是周末，学生放假，老师批改试卷，会抽调一部分好学生帮忙改题打分，争取在周一的时候出成绩。

季让度过了一个前所未有、极度煎熬的周末。

吴睿倒是很平常心地安慰他："哪怕只进步一个名次呢，也是一种进步！"

倒数第三跟倒数第四有区别吗？

季让说："要是只进步一个名次，你就等着被我打死吧。"

吴睿："……"

呜，给校霸补习有人身风险啊。

周一一早到校，成绩榜还没出来，屈大壮就跑去打听，回来告诉他，第一节下课就会公布成绩单了。

季让面无表情地说："一会儿先别去看，等上课再去。"

他当着那么多学生的面跑去看成绩，万一真的只进步了一个名次，丢不丢人？

第一节下课，公示栏前就围满了看成绩的学生。

岳梨和戚映也挤在里面。

戚映其实并不太想来，她从今早开始耳朵就有些不舒服，总是听见莫名的杂音，时有时无，刺得她头疼，前一节课都蔫蔫儿地趴在桌子上睡觉。

但架不住岳梨的热情，一下课就被拖过来了。

挤在人群中，杂音更重，嗡嗡地响。

岳梨不知道看到了什么，转过身来兴奋地朝她大叫。戚映看见她嘴巴一张一合，有声音断断续续传进耳朵："……映……牛……十四名！"

戚映用手掌捂住耳朵，拍了两下。

嗡嗡两声，顿时爆炸。

嘈杂的哄闹像潮水挤进耳道。

"帮我看看帮我看看，我在第几个？"

"吴睿又是年级第一，这个没有感情的学习机器！"

"啊啊啊我考进前一百名了！我的游戏机稳了！"

"我完蛋了，怎么这次掉得这么厉害啊呜呜呜。"

…………

她听到声音了。

静谧无声的世界，终于被打破。

第十一章

光荣榜稀客

岳梨察觉出她的不对劲，从人群中挤出来，抓着她的手问：“映映你怎么了？是不是低血糖又犯了？”

戚映看着她，眼眶有点红。原来梨梨声音是这样的，清脆得像春日莺啼。

她冲她摇摇头，示意自己没事。

岳梨兀自抱怨：“啊怎么办，我又掉了两名，回家要被我妈打死了呜呜。映映你这脑袋到底怎么长得啊，听不到居然还能考到年级十四，呜呜呜分我一半多好。”

原来平时自己听不到时，她就是这样自言自语的。

戚映有点想笑，拉着岳梨往回走。

公示栏四周突然爆发出惊声：“我看到了什么？季让的名字为什么在中间？三百二十三？”

戚映脚步一顿，往回走，从人群中挤进去。

从来待在成绩榜倒数位置的那个名字，一跃到了中段，夹在密密麻麻的名字中，仍被她一眼看见。

她开心得弯起唇角。就知道季让不会让人失望。

周围几个人议论纷纷：

“他作弊吧？怎么可能？”

“绝对是作弊，校霸除了打架一无是处好吗！”

“可是他不是在倒数的那个教室吗？就算作弊，抄谁啊？”

“难道是提前搞到了试卷？他们这些人手段可多了，不知道是用钱买的还是偷的。”

“哇，那也太过分了吧，老师都不管吗……”

话没说完，戚映突然转身狠狠推了他们一把。

推完还不算，还踩他们的脚。

这几个人都是踮着脚在看，本来站得就不稳，被她这么一推一踩，尖叫着摔了一圈。

戚映恶狠狠地看着他们。

几个人摔得又疼又气，爬起来就去攘她：“你有病啊！发什么疯！”

戚映像头发怒的小豹子，毫不示弱地跟他们推攘。

岳梨在旁边简直要怀疑人生了。

映映居然在……跟人打架？？？

她尖叫着冲进来：“你们住手！我要叫老师了！”

动静闹得太大，已经有学生把老师喊了过来：“怎么回事？你们在干什么？看个成绩怎么还打架？”

一群人被拎到办公室。

几个学生互相指证，都说是戚映无缘无故动手，连岳梨都看得一清二楚，没办法为她辩驳。

但戚映到底身份特殊，而且成绩好，平时性格又温和，现在就算教训她，这听不到又说不了的，也麻烦。

老师板着脸把一群人都教训了一遍，才放他们回去上课。

走出办公室，岳梨小心偷看戚映的脸色。见她还是沉着一张小脸，默默说：“映映怎么奶凶奶凶的。”

戚映：“……”

人家明明超凶！

第二节上课铃拉响时，季让才慢腾腾起身，往公示栏走。

屈大壮他们几个蹿在他前面，一路兴奋地嘻嘻哈哈，跑到成绩单跟前的时候，照常是先从最后一名看起。

倒数十名内没有他们的名字。

屈大壮激动坏了："我的天啦，我不会考进年级前十了吧？"

刘海洋踹他："做你的春秋大梦，这儿呢！"

高二年级一共六百多人，几个人排在五百五十多名的地方。虽然还是吊车尾，但对于这群从来都是倒数的少年来说，这个进步可谓是很大了。

几个人兴奋得不行，屈大壮连连喊："让哥呢？怎么没看到让哥？"

一路往前找。

季让走到公示栏的时候，他们还没找到。因为看到前三百五十名的时候，屈大壮毅然决然道："不可能，肯定是看掉了，重新再往后找一遍！"

季让在他后脑勺拍了一巴掌："让开！"

他走进去，先从头看，看见了戚映的名字，排在十四名。

她又进步了。

再从三百五十名的位置继续往前，没几行，就看见了自己的名字。

三百二十三，季让。

季让盯着那名字看了一会儿，伸出手，两根手指量了量两个名字之间的距离。比上一次，近了好多。

他无声地笑起来。

身后一群人看着那个排名沉默了。

好半天，屈大壮激动的颤音从喉咙间飘出来："让哥，我给你跪下了。我服气，太服了。"

什么叫大佬？这就叫大佬。

只要他想，他连学习都可以搞定！

季让觉得自己才刚刚取得了一点好成绩，不能在众小弟面前骄傲，故意绷着脸，若无其事道："三百多名，还行吧。"

刘海洋感叹："我就知道让哥肯定可以的！一般人能单手玩魔方吗？不能！但让哥可以！让哥厉害！"

季让终于没忍住笑出来，踢了他们一脚："滚蛋，回去上课了。"

一行人说说笑笑地往教室走，刚从后门进去，班主任刘尧站在讲台上骂他们：“上课铃响了这么久还在外边儿晃，干脆别进来了！”

屈大壮成绩提高了，心里也有底气了，笑嘻嘻地说：“刘老师，我们看成绩去了。”

刘尧瞪了他们几眼，没再说什么：“快点坐好！上课了！”

一整节课，几个人都沉浸在名次提升的兴奋中。突然觉得，学习进步真的很有成就感啊，看着自己的分数一点点提高，排名一点点上升，骄傲又满足。

那是打游戏通关都给不了的满满自豪感！

以后不能再被让哥逼着才学习了，要自觉一点才行！

下课后，刘尧收起教案，没有立刻离开。他走到后排，看了看在翻辅导书的季让，敲了敲他的桌面，沉声说：“你跟我到办公室来一趟。”

季让合上书，懒洋洋地站起来跟着他走了。

屈大壮兴奋地问刘海洋：“刘老师要给让哥单独颁奖吗？”

刘海洋回想刚才刘尧的神情，皱着眉摇了摇头。

办公室内，好几个老师都在。看见季让进来，不约而同地投来打量的视线。刘尧在办公桌前坐下，翻开新出的年级排名。

季让看到自己的六科试卷都在这里。

他漫不经心的表情冷了下来。

刘尧翻了翻他的试卷，顿了顿才说：“你这一次的进步很大，我看了你各科的卷子，完成度也很高。无论是成绩还是态度，都让我很高兴。”

季让盯着他，冷冰冰地问：“你怀疑我作弊？”

刘尧笑了下：“我教了你快两年，你是什么样的学生我很清楚。”他顿了顿，抬头看着季让，“只不过，其他班的老师确实有这个怀疑，昨天我们已经针对这个问题讨论过了。”

他没跟季让说，他昨天跟其他老师大吵了一架。

吊车尾的那个考场，就是混着抄也抄不出季让这个分数。从作弊到漏题，那几个老师给了无数种原因，刘尧等他们说完了才冷声问：“就不能是他自己努力得来的吗？”

他把季让最近这段时间以来的出勤记录找给他们看。

自从他报名小三门后，缺课迟到的次数不超过三次，根据那三科老师的课堂记录看，季让的课堂表现也是良。

不只是他，连跟着他厮混的那群不良少年都有所收敛，逃课次数直线递减不说，这一次的成绩也都相应有了提升。

这群差生的转变令他高兴且骄傲，面对其他不明真相的老师的质疑，刘尧拿出了全部的信任去维护。

但最终令这些老师消停下来的，还是年级第一。

这次批改试卷，各班都抽调了前几名来帮忙，吴睿也在其中。出成绩后，这些帮忙改试卷的学生也是最先知道全校学生的排名情况的。

吴睿第一时间就先找了季让的名次，以确保自己的人身安全。看到他排在三百多名，总算不用担心自己挨揍了。

几位老师就季让作没作弊争吵时，吴睿刚好到办公室来放东西，听到他们争论的内容，顿时急道：“我可以证明季同学没有作弊！”

他把季让找他补习的事说了，认真道：“季同学很努力地在改变，补习时也很认真！身为人民教师，不应该因一个人的过去而随意质疑他的现在，他是一名很优秀的同学！”

办公室沉默了。

刘尧热泪盈眶。

教出一个好学生容易，让一个差生改邪归正可太难了。

他看着眼前的少年，内心感慨万分，沉声说：“叫你过来，是想问你，你到底怎么打算的？”

是心血来潮的玩劲儿，还是一往无前的坚持？

好半天，听见季让说：“我想考大学。”

刘尧一把握住他的手，连叹三声：“好！好！好！只要你有这个决心，老师一定把你送进大学！”

他从抽屉里拿出一个笔记本递给他：“虽然有吴睿同学给你补习，但他毕竟也有自己的学业，而且升入高三后各方面压力都会递增，你不能再去麻烦人家。各科补习老师我都挑好了，你看看，手底下都是出过Q大B大学子的。”

季让接过那个笔记本，抿了抿唇，低声说：“谢谢刘老师。”

刘尧眼含笑意。从教二十多年，没有什么比学生改过自新更让人高兴的了。他站起身，拍了拍他的肩：“好好学，老师相信你。”

回到教室，刘海洋迅速围过来，压低声音问：“让哥，老刘是不是怀疑你作弊了？”

季让扬了扬手中的笔记本：“没，他奖励了我个本子。”

屈大壮在旁边喊：“我就说嘛！肯定是单独发奖了！不过这奖品也太随便了吧，老刘真抠！”

一群人说说笑笑，“飞毛腿”骆冰从教室后门蹿进来，远远的就开始嚷嚷：“让哥！大新闻！大新闻！”

屈大壮骂他：“你以后不当狗仔都对不起你高中三年的努力。”

骆冰瞪了他一眼，冲到季让跟前，跟个机枪似的：“让哥！你的小仙女跟人打架了！”

季让有一瞬间以为自己听错了，茫然道：“什么？”

“戚映跟人打架了！就第一节下课的时候，在看成绩那儿，她一个人跟一群人打起来了，她好猛啊，还被老师拎到了办公室教育了一顿！”

季让脸上的笑意全部褪下来，只剩下冷冰冰的暴躁：“把人找出来。”

他转身往外走，径直去了2班。

第二节课后的课间休息有二十分钟，戚映不在教室，跟岳梨去小卖部买饮料了。

季让站在门口扫了一圈，没看见人，转身下楼。

走到教学楼外的时候，看见不远处的花坛边上，戚映和岳梨坐在那儿咬冰棍儿。

天气已经入秋，这个季节吃冰棍儿其实有些冷了。两人冻得直哆嗦，但还是吃得很高兴。看样子，没受伤。

他终于松了口气，抬步走过去。

岳梨一看到他，眼里顿时溢出八卦热情，“噌”的一下站起来：“你找映映啊？”

季让点点头。

岳梨拍拍屁股：“那我先走了哈！”

她朝戚映挥挥手，转身跑了。

戚映坐在花坛的白色瓷砖上，手里握着咬了一半还在冒冷气的冰棍儿，歪着头朝他笑。

季让方才情绪里涌上的暴戾瞬间消失得无影无踪。心里某个地方，突然就柔软得要命。

他在她旁边坐下来。

头顶风过云散，朦胧秋日透下薄薄一层日光。

她嘴唇被冰棍冻出几分红，像熟透的樱桃。

他看了她半天，忍不住笑出来，伸手去揉她脑袋，低声问：“小傻子，还学会打架了，跟谁学的啊？”

她终于听见了他的声音。

跟梦境中，那因常年练兵而沙哑低沉的声线不一样，多了一丝少年的清朗和温柔。

可又一样，还是同样的声调，连说话的语气都相同。

戚映抿着唇笑起来，梦没白做。

季让用手指戳了下她软乎乎的脸：“还笑。你怎么跟老子学打架啊？怎么不学学好的地方？”

话落，自己都笑了。

他哪有好的地方可以让小姑娘学，浑身都是毛病，别把人带坏了。

他低低地笑了一声，庆幸似的叹气：“幸好你还不会说话，要不然跟老子学说脏话，像什么样子。”

上课铃响起来。

季让起身：“走了，小傻子，回去上课了。”

戚映听话地跟在他身后往教室走。

季让偏头看了眼，笑：“还不跑快点，一会儿老师比你先进教室，让你罚站哦。”

戚映一听，顿时紧张起来，朝他挥挥手，一路小跑进了教学楼。季让盯着她飞奔的背影，觉得好像哪里不对，又想不起来。

回到教室，老师还没来，戚映赶紧在座位坐下。

她上节课已经跟岳梨说了自己听力恢复的事，但是交代她暂时不要告诉别人，等这个周末去医院做了检查确定无碍再说。

岳梨一张小脸布满了激动的潮红，趴在她耳边偷偷问：“映映，大佬找你做什么啊？你跟他说了你能听到的事了吗？”

戚映摇摇头，在本子上写：打架被他知道了，好丢人。

岳梨双眼发光说：“怎么会丢人啊！大佬的女人文武双全，超酷的！”

戚映：“……”

期中考的试卷发了下来，每节课都是在讲卷子。

戚映终于能好好听课了。

虽然耳朵还是时有杂音，偶尔嗡鸣，她想大概是久闭的耳朵需要一个适应期，毕竟刚才突然能听见，她还觉得吵呢。

不过影响不大，应该很快就能彻底恢复了。

一上午的课都在讲试卷，枯燥又无聊，等到下午上课时，才终于等来一节体育课。

2班的同学就像出笼的鸟，撒着欢儿地往操场跑。

岳梨更激动，毕竟又可以见到帅气的沈老师，她每天来学校的动力已经从老陈牛肉面变成偶遇沈约了。

跑到操场的时候，看见沈约正在跟几个学生打篮球。

他球技好，身材好，一般学生根本不是他的对手，每次打完球学生们都嚷嚷沈老师欺负人。这次却不一样，只见沈约花式运球时，有一道瘦削的身影一直拦在他前面。

等他跃起灌篮，对方一个盖帽把球给抢了过来，然后迅速回身运球飞奔，一个干脆的三分投篮，球进了。

终于看到沈老师吃亏，旁边一阵激动的欢呼。

沈约停下来，笑着说："你小子，不错。"

季让笑了下，撩起球衣擦了擦脸上的汗。隐约可见的腹肌让周围的女生顿时一阵脸红，随之窃窃私语。

戚映和岳梨也在旁边看，岳梨起先看见沈约输了还有点不开心，待看见对方是季让瞬间就释然了。

毕竟是大佬嘛，厉害一点也是应该的。

沈约把外套捡起来穿上："我去准备上课了，下次再打。"

季让点点头，走到球架下拎起矿泉水瓶灌了两口，很快空了。他不笑的时候看上去又冷又凶，那些想上前递纸送水的女生都迟疑着不敢上前。

然后就看见一个乖巧的小姑娘非常艺高人胆大地跑到他面前，把一瓶可乐递了过去。

众所周知，季让不爱吃甜的，当然也不喜欢喝饮料。大家都等着看那女生出糗。

没想到季让不仅接过来拧开喝了一口，还手掌撑着膝盖俯下身来，笑着朝那女生说了句什么。

戚映眨巴眨巴眼睛，她听见季让吊儿郎当地问："老子打球的样子是不是超帅？"

她歪着脑袋看他，心说：是呀，超帅。

季让俯着身，视线和她齐平，离得这么近，闻到她身上甜甜的淡香。那目光笼着秋日薄阳，柔软得要命。

他喉结一阵滚动。

一滴汗水从下颌滴落，沿着喉结一路滑向衣领深处，周围几个女生捂着嘴尖叫，他并不知道自己现在的样子有多帅，只是盯着眼前小姑娘红润的唇，嗓音三分笑意，七分沙哑："再这么盯着老子看，亲你一口信不信！"

戚映耳根瞬间绯红，渐渐蔓延到脸颊。

她伸手推了他一把，手掌挨到他湿透的心口，温度滚烫。

季让被她逗笑了，他以为她是嫌弃他身上的汗味，忍住在众目睽睽下揉她小脑袋的冲动，笑着说：“下次再帅给你看，回去吧。”

他站直身子，挥了下手。

戚映转身跑回去。

2班已经开始集合。

那些捏着矿泉水没送出去的女生看着戚映真是羡慕又后悔。早知道这么容易，自己也去送了啊！

岳梨就不一样了，她站在集合的队伍中偷偷看沈约，默默想：自己什么时候也能像映映这么勇敢，去给沈约送次水啊。

体育课结束，又恢复到没完没了的试卷讲解中。最后一节课是班主任刘庆华的课，她也是先讲自己的语文卷子，快要放学的时候才宣布：“学校准备下周开秋季运动会，可以开始报名了，班长和体育委员组织一下。”

教室里一阵兴奋。

之前他们就在讨论，这学期还有没有运动会，毕竟马上就要入冬。没想到学校还是很人道，抓住秋天的尾巴，让刚经历了期中考的学生们来一场释放压力的运动会。

大家对于参加比赛没啥兴趣，主要是运动会那两天不上课，可以尽情地玩。

岳梨往年都是对比赛项目避之不及，她不爱运动是出了名的。这次却比谁都积极，一放学就跑去问班长陈梦洁：“我可以报哪些项目啊？”

陈梦洁说：“你想报哪个项目都可以，都还缺人。”

岳梨以前没参加过，她不喜欢运动，连比赛都懒得看，挠了挠脑袋说：“那你给我推荐个吧。”

陈梦洁：“女生一千米长跑怎么样？在跑道上绽放你的青春，展露你的英姿。”

岳·傻乎乎·梨说：“行吧。”

班长内心：哇，今年最大的比赛难题就这么轻易解决了吗？岳梨是什么小天使啊？真想抱着亲她一口！

各个班级都被运动会的消息惊喜到了，这一整天来自期中考的压力顿时消散了不少。

季让对这些不感兴趣，往年运动会都是逃课去网吧打游戏，收拾好自己的书包就要走，骆冰从后门跑进来，嚷嚷道：“让哥，跟戚映打架的那几个人找出来了！不过他们好像已经放学走了。”

季让拎着书包，语气冷淡：“明天早自习之前把人带到天台来。”

骆冰说：“得嘞！”

第二天一早，几个学生就被拦在了楼道口。屈大壮非常亲切地说：“同学，去天台聊聊呗。”

几个人脸色惨白，但又不敢反抗，教室都还没进，就被屈大壮一群人拎到了天台。

早晨的风带着凉意，卷着落叶吹过时，肌肤生寒。

上到天台时，看见季让等在那儿。

校服搭在肩上，斜靠着墙，看他们走近，勾起唇角，笑容三分讥，七分冷。

几个学生双腿发软，差点给他跪下。

屈大壮几人见状，笑嘻嘻地拽住他们：“别啊，让哥不认儿子。”

季让也笑了下，弯腰从地上捡起一截旁边花坛掉出来的小树枝，走到几人面前，用树枝拍了拍他们的脸，声音“温和”地问：“听说你们昨天欺负小朋友了？”

几个人瑟瑟发抖，哆哆嗦嗦地说：“真的不关我们的事，是她先动的手……”

季让一脚踹过去，脸色冰得吓死人：“她疯了吗，无缘无故动手？”

中间那个矮个子男生经不住吓，“哇”的一声哭出来了，边哭边说：“让哥，我们错了，我们再也不敢乱说了。”

季让顿了顿，看过去，淡声问：“都说什么了啊？”

矮个子男生以为他在讽刺，不敢开口，季让一脚把他踹跪下了，冷声道：“让你给老子重复一次，听不懂吗？”

那男生哀号一声，跪在地上一把鼻涕一把泪：“说你作弊，说你拿钱买试卷，说你不学无术。我错了，我就是嘴贱，我再也不敢了呜呜呜……"

季让冷冰冰地看着哭成一团的人。

脑子里有什么念头，一闪而过。

他脸色变了变，急于去求证，懒得再跟这些人计较，转身走了。

早自习还没开始，走到2班教室的时候，戚映正背着书包在上楼，手里还捧着一盒牛奶在喝。

看见他，眼睛顿时亮了，小跑着上完楼梯，跑到他面前来。

季让绷着嘴角，喉咙有些发紧，若无其事地笑了下："牛奶好喝吗？"

戚映下意识地点了下头。

然后就看见季让的脸色变得古怪起来。

半晌，他咬着牙问："小傻子，听得到了啊？"

季让一副要揍人的样子，吓得戚映连连摇头。

季让差点被气笑了："还摇头，听不到你摇什么头？"

戚映抿着唇不敢动了。

季让按了按眉心，一副生无可恋的语气："什么时候开始听到的？昨天看成绩的时候吗？"

她不敢再骗他，小心翼翼地点了点头。

季让开始回想，自己昨天都说了些什么。

"老子打球的样子是不是超帅？"

"再盯着老子看，亲你一口信不信。"

"下次再帅给你看。"

…………

他不想活了。

戚映察言观色，觉得自己可能要挨打了。

她拔腿就想跑。

刚转身，书包带就被季让从后面拽住，直接把她整个人抡了个圈儿拎了回来，一把按在了墙上。

季让又气又想笑，在她软乎乎的脸上掐了一把说："胆儿肥了，还敢跑？”

戚映眨眨眼，委屈巴巴又楚楚可怜地看着他。

美人计瞬间生效。

季让凶巴巴的表情绷不住，伸手把她的刘海儿揉得乱糟糟地问道：“你说，怎么补偿老子？”

戚映想了想，迟疑着把手中喝了一半的牛奶递到他嘴边，湿漉漉的眼睛好像在说：牛奶给你喝好不好？

季让感觉自己心脏“咚咚”两声，喉结一阵滚动。他低头看，吸管头有两道浅浅的牙印。

又撩老子。

楼梯有学生陆陆续续上来，季让从她手中一把抢过牛奶盒，转身就走。

戚映看着他有些慌乱的背影，捂嘴偷偷笑。

逃回9班教室，季让神情严肃地把牛奶放在了桌角，一动不动地盯着看。

她到底是什么意思？她难道是在暗示他什么吗？这小傻子，故意的吧？

大佬咬牙切齿。

屈大壮流里流气地从后门蹿进来，教室后排顿时又闹腾起来，屈大壮嚷嚷：“还有几分钟上课？我没吃早饭，还来得及去小卖部买个面包不？”

刘海洋看看手机：“一分钟，来不及了。”

屈大壮哀号两声，余光瞟到季让桌上的牛奶，伸手就去拿：“让哥，你牛奶还喝不？不喝给我。”

季让抄起英语书“啪”的一声打在他手背上，屈大壮惨叫一声，愤愤收回手：“不给就不给，怎么还打人啊！”

季让瞪了他一眼，然后把牛奶移到靠墙的位置，用一堆辅导书挡住。

屈大壮目瞪口呆：“至于吗让哥？不就一盒牛奶吗？要不是今早为了你家小仙女去拦那帮孙子，我能连早饭都吃不上吗？”

季让目光一动。

他的小仙女昨天打架，原来是为了他啊。傻乎乎的，听说还踩人家的脚。居然是为了他。

她在用自己的办法维护他啊。

被人保护的感觉，原来是这样的吗？怎么办，有点感动就算了，居然还有点骄傲？

大佬看着那盒牛奶，看着看着，旁若无人地笑了出来。

屈大壮见鬼了一样，转头冲刘海洋崩溃地大喊："让哥到底是着了什么魔啊！"

…………

早自习结束，做了一整节课的心理建设的季让终于拿起那盒牛奶，咬着吸管喝了一口。好纯，好香，什么牌子，他要去买十箱！

正在研究牌子，体育委员跑上讲台喊："要参加运动会的可以来报名了哈。"

下面一片睡觉的玩手机的打闹的，就是没有理他的。

体育委员继续说："每个项目都必须有人参加啊，大家踊跃一点，为班争光啊！可以加学分的！"

还是没人理他。

体育委员哭唧唧地去找班主任了。

第二节课刘尧就过来了，拿着空无一人的报名单问："都不想参加是不是？"

大家默不作声，刘尧冷笑着说："那行，我跟学校申请，我们班不参加运动会了，在教室上自习课。"

下面顿时一阵哀号。

几个班委以身作则站起来，分别报了几个项目。

刘尧看了一圈，突然问最后一排默默喝牛奶的少年："季让，运动会要不要报个项目？"

季让抬头看了他一眼："没兴趣。"

刘尧说："你不是喜欢打篮球吗？"

季让奇怪了："运动会还有篮球赛？"

刘尧说："没有，不过有乒乓球。都是球，差不多嘛，要不要来一个？"

季让："……"

这能一样吗？

但平心而论，自从进入海城一中以来，自己虽然一直为非作歹，但刘尧从来没有因为他是差生而嘲讽冷落，对他还是不错的。

9 班每年运动会都跟平均成绩一样吊车尾，刘尧多多少少还是因此遭受了其他老师的轻视。季让现在没之前那么浑了，良心上也开始有点过意不去。

他觉得是时候回报一下老刘了。

于是点了下头："行，报一个吧。"

报完还不算，又踢了一脚屈大壮的椅子："你们也报。"

众小弟："……"

你逼我们学习就算了，现在还逼我们参加运动会？？？

刘尧喜上眉梢，心头一动，干脆把报名单交给季让说："今天放学之前报满，你们都去找季让报名。"

9 班学生："……"

你什么意思？

季让拿着报名单看了一圈，在男子五十米短跑栏写上自己的名字，然后懒洋洋地往后一靠，要笑不笑地说："都自觉点来找我报名啊，别让我来找你。"

9 班学生："……"

呜呜呜。

一上午时间不到，运动会所有项目就都报满了。

刘尧看着体育委员交上来的报名单，不禁开始沉思：要不要给季让安排一个班干部职位当当呢？

9班的比赛项目在大佬的威压下迅速搞定，其他班可就没那么容易了。

有的项目报名者过多，有的项目无人问津。好在 2 班有个头铁的岳梨认领了千米长跑，等她意识到自己这个项目有多可怕的时候，想反悔已经来不及了。

大吼一声“班长坑我”，哭唧唧地拉着戚映陪她去操场练习。

放学后的操场有散步的、打篮球的、玩闹的，岳梨一眼就看见在篮球场上训练学生拍球的沈约。

最近听说沈约在组建篮球队，岳梨简直恨自己不是男生。站在跑道边上眼巴巴地看了会儿，生无可恋地开始绕着操场跑步。

一千米是两圈半。

岳梨只跑了半圈就不行了。

一屁股坐在塑胶跑道上，哭丧着脸问戚映：“运动会那天我可以请病假不来吗？”

戚映爱莫能助地看着她。

正哭唧唧，身后有个声音提醒道：“小同学，别坐在跑道上，快起来。”

岳梨惊得回头，看见了身后笑吟吟的沈约，“噌”的一下爬起来，结结巴巴地打招呼：“沈……沈老师。”

沈约点点头，笑着问：“放学怎么还不回家？来散步？”

岳梨小声说：“运动会我报了千米长跑，提前来练习一下。”

沈约有点意外地看了她一眼，夸奖：“很有勇气啊。”夸完又说，“刚巧，我是女子千米长跑的裁判，小同学要加油啊。”

岳梨本来蔫蔫儿的神情瞬间一亮。

沈约觉得这小同学的表情还挺丰富、挺好玩的：“这几天可以先练习慢跑，锻炼一下心肺。比赛的时候起步不用太快，保持匀速，用鼻吸气，用嘴吐气，到最后半圈的时候再加速。”

岳梨连连点头。

沈约看了眼绕圈跑步的篮球队，笑着挥挥手：“有什么问题都可以来问老师，注意别让自己受伤。”

他拿着教案转身要走，岳梨突然鼓起勇气喊：“沈老师！我拿第一给你看啊！”

沈约回过头来，帅气的眉眼被夕光染上几分暖：“好啊，加油。”

岳梨的小心脏“扑通扑通”跳个不停。

她像做贼怕被人发现一样，趴在戚映耳边小声问：“映映，这就是恋爱的感觉吗？”

戚映用眼神告诉她：你这是单恋的感觉。

…………

周末，俞程带着戚映去医院做全面检查，检查结果显示她的听力已经完全恢复，耳道损伤也已经愈合，留下后遗症的可能性基本为零。

俞程心里一块大石头总算落地，这种大喜事当然要庆祝，给吴英华打电话让她不用买菜做饭，一家人高高兴兴地去吃火锅。

火锅店内。

俞濯烫了一根鸭肠，边吃边问：“姐，运动会你报项目了吗？”

戚映摇摇头。

俞濯兴奋地说：“我报了跳高和四百米接力，你到时候来给我加油哈！”

她笑着点点头。

周一一到校，秋季运动会就如火如荼地开始了。

先是走方阵，然后是教导主任讲话，仪式搞完之后，该比赛的比赛，该加油的加油，该逃课的翻墙。

戚映没什么任务，大家都很照顾她，但她也不好意思一直闲着什么都不干，就跑回教室用纸做了一面小旗子，粗体加红写着“2 班加油”四个字。然后跑到有 2 班学生比赛的场地去挥小旗子。

这一场是男子五十米短跑。

季让穿着一件黑色的 T 恤，灰色运动裤，正站在场边压腿。

跑道边站满了人，比其他场地都要挤，不少女生都是来看他的。

屈大壮感叹道：“人气旺啊。”又交代，“让哥，这么多人看着，不能输啊。”

季让懒洋洋地瞥了他一眼：“重在参与，输赢不重要。”

屈大壮撇嘴，转头看见挤在人群中挥旗子的戚映，顿时兴奋道：“让哥！你的小仙女给你加油来了！”

季让懒散的目光一收，凝神看过去，果然看见挤在最前排的小姑娘。

手里握着一面小旗子，在那儿挥啊挥啊，可爱得要命。

离得有点远，他没戴隐形眼镜，看不见上面的字，嘴角却不可抑制地扬起来。

肯定是来给他加油的！想到这儿，季让顿时觉得充满力量。

裁判老师吹响哨子，各位选手纷纷就位。

季让在第二跑道。做好起跑的姿势，只待哨声令下，就要让小仙女看看他勇夺第一的英姿。

跑之前，他往戚映的位置看了两眼。

离得近了，终于看清她手中的旗子和旗子上写的字：2 班加油。

季让：“……”

戚映也才看见他，微张着嘴，显出几分愕然。

对上季让的视线，眼底闪过几抹慌乱。

然后一脸若无其事，偷偷地，偷偷地，把手里那面小旗子藏到了身后。

第十二章

莫西干之战

季让来不及对此事做出任何反应，哨声已经响了。

他只能开始埋头狂奔。

四周瞬间响起混乱又热闹的加油声，戚映默默想：还好自己不会说话，不然都不知道该喊谁的名字。

五十米的距离很短，选手们转眼就冲到了终点。

季让拿了第一。

这样的距离和速度对他来说似乎是小菜一碟，除了微微喘气外，并不见狼狈。屈大壮几个欢呼着冲上来，但见季让眼神凉飕飕的，都奇怪："让哥咋赢了还不高兴呢？"

看了一圈，了然。

原来是因为他的小仙女走了，都没留下来给个赛后奖励什么的。

屈大壮安慰："比赛这么多，她可能要赶去给她朋友加油，没事儿让哥，她这不也赶来给你加了油吗。男人嘛，胸怀要宽广一点。"

季让一脚把他踹开。

有苦说不出。

她压根儿就不是来给他加油的！好气哦。

赛完第一组，又开始赛第二组，等所有小组全部比赛完，再根据各小组第一的成绩排出男子五十米短跑的第一名。

季让回休息室换了套衣服，坐在看台上等结果。

赛到第三组的时候，戚映又来了。

手里又拿了个小旗子，在那儿东张西望。

季让简直要被气死了。

这个小傻子，欠收拾。

他猛地站起身，气势汹汹地向跑道那边走，戚映正在人群中四处打量，找到季让之后，小脸露出一个笑，朝他跑过来。

跑近了，献宝似的把手里那面小旗子递到他面前。

红体加粗的四个字：季让加油。后边儿还画了颗爱心。

大佬一脸咬牙切齿的愤怒突然不知道该往哪儿放。

好半天，伸手在她脑袋上胡乱揉了两把，又好气又好笑："还加油，老子比赛都结束了你知道不？"

她把斜挂在身上的小黄鸭包包扯到前面来，拉开拉链，从里面拿出一瓶酸酸甜甜的汽水，歪着脑袋递给他。

季让盯着她看，嗤笑："老子赢了第一，你就给我这个？"

戚映眨眨眼，好像在问：那你要什么？

季让默默深吸几口气，提醒自己，她现在能听到了，不要乱说话，保持形象。

他伸手接过那瓶汽水，拧瓶盖的时候发现是没开过的，不知道为什么，心里竟然生出一丢丢小失落。

戚映看他喝了一口才弯着眼睛笑起来，拿出手机打字给他看：我弟弟马上要比赛跳高了，要不要一起去给他加油呀？

季让"嗤"了一声。谁要给那个牛犊子加油？

他把瓶盖拧上："走吧。"

跳高比赛的场地已经围了一群学生。季让护着戚映挤在前排，低头一看，她正从她的小黄鸭包包里，掏出一面小旗子。

俞濯加油。

季让内心无语：你搞批发呢！

戚映感受到头顶的灼灼视线，小心翼翼地抬头看了一眼，对上季让凉飕飕的目光，有点委屈巴巴地抿了下唇，然后伸手指了下他小旗子上的那颗爱心，又指了指俞濯的。

意思是：你有爱心，他没有呀。

季让：“……”

谁稀罕你一颗爱心啊！

大佬绷着唇角将目光投向比赛场地。

俞濯已经在压腿拉伸做准备了。他一拉伸，T 恤往上，露出半截腰腹来，身边几个女生跺着脚地尖叫：“啊啊啊我看到腹肌了！”

“不愧是级草！脸帅身材好！”

他听到了什么？级草？就这小屁孩儿？

只见级草小同学做完热身运动，只待哨声响起，助跑之后一个帅气的跃身，轻轻松松从竿子上跨了过去。

尖叫的、鼓掌的、打口哨的都有，看上去人气还挺旺。

戚映也兴奋地挥着小旗子，季让看了几眼，内心非常嫉妒。

一轮赛完，老师抬高竿子增加高度，继续第二轮比赛。

周围给俞濯加油的声音最多最大，他倒是不骄不躁，一直绷着严肃的神情，认认真真地跑，认认真真地跳，看来是想拿个好成绩。

结果运气不好遇到了体育生。

能看出他已经达到自己的巅峰了，再高一厘米都跳不过去了。但那体育生还游刃有余的，背身跃过之后，老师又把竿子抬高了一厘米。

俞濯紧绷的神情终于有些泄气。

不过不到最后一刻不放弃，他打起精神，深吸两口气正要助跑起跳，那体育生站在一旁笑嘻嘻地说：“同学，不行就算了吧，别伤了腰。”

这话听得刺耳，明显是在嘲讽他。

看来是因为俞濯人气太旺引来了妒忌。

按照俞濯的脾气，当场打起来都有可能。但这么关键的时刻，他得把所有的精力都放在竿子上，不能因为几句话受影响，就算此时气得眼睛冒火也没办法，只能咬牙忍了，专心准备比赛。

那体育生见他不受影响，还想说什么，后面突然飞过来一瓶矿泉水，“哐”的一声砸在他后脑勺上，顿时就把他给砸蒙了。

体育生捂着脑袋猛地转身，大怒：“谁砸的？”

季让抄着手站在最前边，神情冰冷：“老子砸的。你再说一句垃圾话试试看？”

体育生见是季让，顿时蔫儿了，有些慌张地跑到靠近裁判的地方去了，看样子是怕季让冲过去打他。

俞濯那头已经助跑起步，咬着牙一跃而起，从竿子上跃了过去。

大概是心里憋着一股气，居然又过了。

他落地之后猛地翻身爬起来，见竿子还在，自己都一脸的不可思议。

紧接着就是那体育生。

不知道是不是被季让影响了，跳的时候失误，身体砸在了竿子上。

俞濯拿到了第一。

他兴奋得不行，一直严肃的神情终于换作了少年飞扬的喜悦，跟个小孩子似的冲到戚映面前，抱着她连连跳：“姐！我赢了！我拿第一了！”

戚映笑眯眯地摸他的头。

蹦完了，又看了眼旁边冷着脸瞟他的季让，干咳一声，顿了顿，不自在地说：“那啥，谢谢啊。”季让帮他出头他当然看到了。

然后就听见季让淡声说：“一家人，应该的。”

谁跟你一家人？

说完之后的大佬突然想起戚映现在能听到了。面对俞濯暴躁的神情和戚映好奇的视线，心里有些紧张，但面上一派泰然，又若无其事地补上一句：“都是中国人。”

俞濯：“……”

都是中国人，同住地球村，学校是我们共同的家，祖国是我们共同的妈。

大佬的思想层次突然拔高，俞濯觉得自己有点跟不上。

播放着《运动进行曲》的广播里传出慷慨激昂的声音：“恭喜高一7班的俞濯同学在男子跳高中勇夺第一，你是春日的暖风，你是夏日的花香，你是秋日的蓝天，你是冬日的艳阳，你是 7 班永远的骄傲！”

俞濯：“……”

这谁写的稿子？

戚映也听到了，捂着肚子笑个不停，连冷冰冰的大佬眼底都忍不住溢出笑意。俞濯尴尬得要命，丢下一句“明早我接力赛再来看哈”，转身跑了。

运动会继续如火如荼地进行着。

季让只报了一个五十米短跑，再想让戚映给他加油是不可能了，只能等明年。这导致大佬一整天都闷闷不乐，连领奖的时候都沉着一张脸。

颁奖老师打趣说：“怎么，嫌弃奖品太少了啊？”

季让看了眼手中的牛皮笔记本和钢笔，想不通自己到底都为了什么在拼命。

加油都没赚到一个，真的亏。连小旗子都是后面补的！

而且她还搞批发！

下午女子千米长跑比赛的时候，戚映又从包里掏出一面旗来，写的是“岳梨加油”。

大佬内心波澜起伏，甚至有点想揍人。

戚映毫无察觉，她甚至又从包里拿出一面一模一样的小旗子递给他，让他帮着一起挥，给岳梨造势。

瞧瞧，给别人准备的还更多呢。

好酸。

正在场边深呼吸调整状态的岳梨也看见他们了，有点紧张又有点兴奋地朝他们挥挥手，戚映手里的小旗子挥得更欢了。

身为裁判的沈约拿着名单走过来，看了一圈，先一一点名确认选手人数，喊到岳梨的时候，她一声“到”声音都在发颤。

沈约也听出来了，笑了下，点完名走到她面前安慰：“别紧张，按我教你的方法跑就行了。输赢不重要，重在参与。”

岳梨连连摇头：“不行！我说过要拿第一的！”

沈约心想，看不出来，这小姑娘好胜心还挺强，便也不再多说，嘱咐："多拉伸一下，跑的时候注意安全。"

岳梨坚定地点点头。

等各跑道选手就位，沈约拿着哨子站在一边，沉声道："预备！"

顿了顿，哨声骤然响起。

几条跑道的人影同时飞奔而出。岳梨谨记沈约的话，并不急于一开始就加速，保持匀速的同时调整呼吸，以免心肺功能跟不上。

她不急不缓，其他选手可不这样，冲到前面之后很快就跟她拉开了距离。

岳梨看在眼里顿时着急，刚想加速去追，隔着几十米听到沈约大喊的声音："保持匀速！不要急！"

他一直在关注着她啊。岳梨握紧拳头，稳住了。

就这么保持着，一圈之后，本来跑在最后的她超过前两名，跑到了第三的位置。又一圈之后，到了第二。

只剩下最后半圈，周围加油的声音也越发激烈。岳梨开始加速，朝着第一奋起直追。

她从小到大都不爱运动，身体素质差，心肺功能也弱，此时这两圈跑下来已经感觉自己快要窒息了。一加速心跳更快，好像全身每一个细胞都叫嚣着酸疼。

脑子嗡嗡地响，全凭着对沈约的承诺在坚持。

离终点越来越近，越来越近，可跑在第一的女生也深谙最后冲刺的重要性，始终跑在她前面几米，死活追不上。

岳梨紧紧咬住牙，快到终点时，猛的朝前一跃，几乎是和那女生同时跃过了终点线。

但她跃得太猛没收住，"砰"的一声跪在地面，膝盖当场就出血了。又疼又累，整个身子都抬不起来，直直倒了下去。

周围一阵尖叫，同学们纷纷冲上去扶她，沈约把名单塞给旁边的学生，赶紧跑了过去。

膝盖的血流了下来，沈约神情焦急，半跪着把她抱起来，冲身边学生喊："有干净矿泉水没？"

“老师我有！”

不知是谁递了过来，沈约拧开瓶盖，先用水把她伤口上的灰尘冲洗了，然后抱着她站起身，往医务室跑。

戚映握着那面小旗子，急得眼泪都快出来了，混乱中季让握住她的手腕，牵着她跟了上去。

到医务室的时候，岳梨才缓过来。

膝盖的痛感直蹿大脑，直接把她疼哭了。沈约把她放在床上，着急地问医生：“快帮她看看伤到骨头没？严重的话我马上叫救护车。”

医生托住岳梨的小腿上下左右转了一圈，问她：“怎么样？能动吗？”

岳梨哭着点头，医生确认了伤情，只是皮外伤，把医药箱搬过来给她消毒上药。沈约帮着一起上药，低声安慰：“没事没伤到骨头，敷上药就不疼了，坚持一下。”

岳梨一边抽泣一边问：“沈老师，我是第一吗？”

沈约手上动作一顿。

他是裁判，刚才看得一清二楚，虽然岳梨最后一下跃过了终点，同第一名几乎是并排，但的确比那个女生慢了一个肩膀的距离。

可小姑娘哭成这样，都伤得这么严重了，还惦记着自己拿没拿第一，他实在不忍心开口。

岳梨见他不说话，也明白是什么意思，“哇”的一声哭得更厉害了。

沈约手忙脚乱，把包扎的事交给医生，起身去桌上拿了几张抽纸过来给她擦眼泪，低声宽慰道：“体育竞技的精神不在于赢，只要你超越了以前的自己，也是一种胜利呀。上一周你连半圈都跑不了，进步已经很大了。”

岳梨哭得一抽一抽的：“可是我说过要拿第一给你看……”

沈约笑起来，拍拍她被汗水打湿得乱糟糟的头发：“我更喜欢第二。第一有什么好的，高处不胜寒。”

那手掌宽大又暖，掌心有浅浅温度。岳梨肿着一双眼睛，看着近在咫尺的笑容，种在心上那颗名为暗恋的种子，biu 的一下开出一朵花儿来。

岳梨破涕而笑。

然后笑出一个鼻涕泡。

沈约："……"

岳梨："……"

苍天啊！大地啊！带我走吧！！！

没可能了，这辈子都没可能了。

他今后每次看到自己，都会想起这个晶莹剔透的鼻涕泡。不，不止，他还会想起上一次在小面馆，自己争吃别人碗底子的样子。

神啊，天啊，她到底是得罪了哪路神仙，才一次又一次地在暗恋的人面前出丑啊？

岳梨一脸生无可恋地问："老师，能给我拿点纸吗？"

沈约终于没忍住，"噗"的一声笑出来了，边笑边回身把抽纸给她拿过来。岳梨放弃抢救，用纸捂住鼻子很大声地擤鼻涕。

戚映和季让一直在旁边等着，看她还有精神偷偷朝戚映噘嘴挤眼，知道问题不大，总算放下心来。

医生替岳梨包扎完，又给她开了换洗的药水和纱布，交代她这两天最好不要走动，保持平躺，尽早让伤口恢复。

沈约给 2 班班主任刘庆华打电话说明情况，帮岳梨请了两天假，然后俯身去抱她："我先送你回家吧。"

岳梨顿时有点害羞，眼睛不敢跟他对视，结结巴巴地说："谢……谢谢沈老师。"

男子的体温和气味将她包裹。

是公主抱呢。

刚刚死于鼻涕泡的暗恋小花花，又暗戳戳地开始发芽。

沈约把她抱在怀里，转头跟戚映说："戚映同学有时间吗？跟老师一起送她回家可以吗？"

戚映点点头。

季让一路把他们送到停车场，没再跟，戚映扒着车窗跟他挥挥手。

岳梨看着自己缠满纱布的膝盖，忧伤地叹气：“以后是不是都不能穿裙子了？”

沈约一边开车一边安慰她：“别担心，现在医学这么发达，祛疤很容易的。再不济，等你长大了可以去做医美，肯定不会留疤的。”

岳梨想了想：“其实留疤也没什么，就当是荣耀的徽章了。”

沈约觉得这小姑娘真乐观。

到岳梨家的时候，岳妈妈也在，一看女儿居然是被抱回来的，还以为发生了什么，吓得魂飞魄散，沈约赶紧解释了一遍。

岳妈妈这才回魂，拍着心口跟沈约道谢，领着他们往岳梨的卧室走。

还在沈约怀里独自娇羞的岳梨突然想到什么，大喊：“等下！我……我……把我放在沙发上就可以了！我想看电视！”

袜子满屋飞的狗窝不能见人！

沈约大概也觉得进小女生的房间不太好，把她放在了沙发上。交代了几句换药的事，就转身离开了。

回学校也是运动会的旁观者，戚映干脆留下来陪她。

岳梨早就跟她妈妈说过自己的新同桌，温柔乖巧成绩好，还是英雄的女儿。岳妈妈一见到戚映就喜欢得不得了，切了水果盘出来，还专门下楼去买了些薯片可乐之类的零食上来给她吃。

两个小姑娘在家里吃着零食看了一下午偶像剧。

戚映在岳梨家吃了晚饭才走，岳妈妈不放心她一个人，硬要送她回家。下楼走到小区外面的时候，看见门口有个高高瘦瘦的少年坐在模样霸道的摩托车上，单腿踩着地，在玩手机。

季让是典型的不良少年的长相。眉眼太野，棱角分明，好看又冷漠。

岳妈妈心头发怵，以前没在这附近见到过这人啊。

季让随意抬头，看见戚映走出来，手机一收，从摩托车上跳下来，往她面前走。

岳妈妈伸手把戚映往自己身边护了护，目含警惕地看着他。

季让已经习惯被人用这种目光打量，走近之后，尽量让自己语气温和：“阿姨好，我来接映映。”

岳妈妈有点惊讶，偏头看了戚映一眼，看到她正抿着唇朝少年乖乖地笑。

什么情况？现在的小孩子……现在的学生……哎，真是太让人失望了！

季让一看岳妈妈那表情和眼神，就知道她在想什么。他自己如何被别人误解都无所谓，但戚映不行。

他咳了一声，若无其事道："我是她哥哥。"

岳妈妈问："亲生的吗？"

季让说："……表的。"他决定冒充一下俞濯，"我是她舅舅的儿子。"

岳妈妈又说："她舅舅的儿子不是比她小吗？"

岳梨怎么什么都跟她妈说！

季让挤出一个笑道："她有两个舅舅，我是她另一个舅舅的儿子。"

岳妈妈恍然大悟，不疑有他，眼神瞬间柔和下来："今天麻烦你妹妹了，我还说送她回家呢，既然你来接妹妹那我就不跑一趟了，路上小心点哈。"

她看了眼季让的摩托车，又不放心道："这种车不安全，以后最好还是少骑。"

季让说："今天赶时间，以后不会了，我之前都一直骑共享单车的。"

岳妈妈满意地点点头，朝俩小孩儿挥挥手。

季让领着戚映走到摩托车旁边，从后座拿出一个粉色的头盔，往她头上戴。戚映想起上一次那个又大又沉的黑色头盔，不知道他是什么时候偷偷给她准备了这个。

她眯着眼睛笑。

季让余光瞟见岳妈妈已经转身回去了，立刻暴露本性，故意凶巴巴地说："小傻子，笑什么笑。"

戚映笑得更欢。

冒充人家哥哥什么的，就是很好笑嘛。

季让也绷不住，唇角弯了下，俯身替她系好头盔的扣子："我找沈老师问了地址才找过来的，你同桌住的这地方还挺不好找。"

没跟她说，他其实很早就过来了。担心她走得早，已经在楼下等了好几个小时。

系好扣子，在她头盔上敲了一下："好了，上车吧，哥哥送你回家。"

这是她第二次坐季让的摩托车，比上一次开得更稳。她乖乖搂着他的腰，不乱动也不乱摸，季让低头看着环在腰腹上的纤细手指，虽然隔着一层衣料，却好像依旧能感受到她指尖的温度。

熟门熟路地骑到戚映家，季让在小区外面的那条海棠道停了车。

他不想再发生岳妈妈的那种误会，跳下摩托车把戚映头上的粉色头盔取下来，伸手替她捋了捋翘起的碎发："回家吧。"

戚映扯了下他的衣角，示意他等一下，然后拉开自己的小黄鸭包翻找。

季让笑："要给我什么？不会又是小旗子吧？"

她从装满糖果的小包包里掏出一张折起来的纸，笑眯眯地递给他。

季让好奇地接过来，打开一看。

是一张 A4 纸，纸面用水彩笔画成了奖状的形状，中间是一行黑色的娟秀字迹：给季让的奖状。

——鉴于季让同学在秋季运动会中表现出色，夺得第一，特颁发此奖状一张。可凭借此奖状找戚映兑换一个小小的心愿。

后边写上了年月日，以及颁奖人，签名上还戳了个红红的小手印。

这是今天下午在岳梨家做的。

她想，季让大概是不喜欢那些奖品，领奖时才一脸不开心。那自己就给他做一个可以随他心意挑选的奖状吧！

季让低着头看了好一会儿那奖状。

那些手写的字，涂画的颜色，好像长了腿一样全部跑进他心里，然后扒着心脏化作了丝，一圈一圈缠上来，融进了血肉里。

好半天，他抬头朝她笑："什么心愿都可以吗？"

戚映认真地想了想，觉得自己不能随便承诺，万一他找自己要栋别墅怎么办？于是伸出一只手，拇指和食指捏在一起，比了比，意思是：小小的。

季让被她的动作逗笑了，伸手摸摸她的脑袋：“好，小小的心愿，我知道了。”他把奖状折起来，珍而重之地放进了书包最里面，低声说：“小傻子，回家吧。”

戚映跟他挥挥手，转身往家里走。

季让站在原地看着她的背影。

她走在漫空飘飞的秋叶中，是这凉薄季节里唯一一抹温暖。

…………

秋季运动会结束后，学校又恢复了正常上课。接下来最近的一次考试就是本学期的期末考了，这关系到过年能不能拿到红包，能不能度过一个愉快的寒假。连贪玩的学生都不得不收心，严阵以待。

岳梨膝盖的伤没好，没法走路，请了将近一周的假。她本来就是努力用功都跟不上学习进度的人，戚映担心她功课落下，每天放学都去她家给她补习。

但她家距离岳梨家又是两个方向，一个城东一个城西，来回跑不方便，又不能麻烦岳妈妈每天送，于是岳梨提议，这一周就暂时住在她家。

她也想戚映在这儿陪她，毕竟每天又不能下床又不能出门，都快无聊死了。

岳妈妈跟舅舅俞程通了电话，俞程觉得让戚映多跟同学接触接触有助于她的恢复，交代她注意安全后就答应了。

两个小女生每天睡一张床，半夜关了灯蒙在被子里讲悄悄话，戚映是很好的倾听者，而岳梨是话痨，刚好互补。

日子很悠闲，唯一的问题是……

岳妈妈不准她俩洗头。

岳妈妈是那种经常看养生频道的中年妇女，也不知道从哪里看来的，说经常洗头不仅对头皮不好还容易得癌症，从岳梨上初中起就在这方面严格控制。

一周只准洗一次头。

岳梨被这个家规折磨得差点疯了。

一周洗一次是不可能的，她不要面子的吗？只能把零花钱省下来，偷偷在外面洗。毕竟外边儿洗头可贵了，要二十块呢！

戚映还奇怪，自己来岳梨家住的第一晚，洗完澡吹头发的时候岳妈妈为什么要问她上一次洗头是什么时候。

得知是两天前后，为什么眼神那么古怪。

从那天之后，戚映每晚洗澡前，岳妈妈都会专门过来嘱咐："映映，你别洗头啊，对身体不好，小小年纪要学会养生，不然老了就迟了。"

戚映是个尊重长辈的好孩子，只能答应。

于是两个人足有四天没洗过头。

半夜，两人躺在被窝聊天，岳梨抓了抓自己的脑袋，实在忍不住了："映映，你想洗头吗？"

戚映双眼放光，重重点了点头。

岳梨的膝盖已经恢复了不少，可以开始走动了。她从床上爬起来，轻声轻脚地穿衣服："我脑袋快痒死了！我妈养生睡得早，走走走，我们小声点她应该不知道。"

两个人穿好衣服，也不敢开灯穿鞋，光着脚拎着鞋，偷偷摸摸溜出门。

在床上躺了好几天的岳梨终于呼吸到了新鲜空气，两人直奔美发店。

但这个时间，好多店都关门了，两人顺着马路一直走一直走，终于在闹市区找到还开着门的一家店。

正要过马路，街边飞驰的摩托车一个急刹停下来。

季让目瞪口呆地看着半夜在街上溜达的两个女生。

从这儿经过，实属偶然。他刚跟初中的好哥们儿在这附近开完黑，准备回家。

周围闹闹嚷嚷，不少下夜班的人在这附近吃夜宵，还有流里流气的混混儿打转，季让简直要被她俩气死了。

他气势汹汹地下车走过来吼道："大半夜你俩在这儿做什么？"

岳梨被大佬吼得瑟瑟发抖，颤巍巍地说："说出来你可能不信，我们只是想出来洗个头。"

十分钟后，季让领着两个女生走进一家叫金剪刀的美发店。理发师本来还想聊几句，推销推销卡什么的，见凶巴巴的少年一副“你最好给我麻利点”的样子，只能默默吹头发。

洗完头一身清爽，岳梨这才感觉自己重新活过来了，但是季让一直沉着脸，岳梨真害怕他找自己算账，偷偷给戚映发消息：映映，你跟大佬撒撒娇，让他别气了啊，他这样我好怕啊！

戚映透过镜子偷偷看了一眼坐在后边沙发上玩手机的少年，坚定地点点头，一吹完头发就乖乖跑过去在他身边坐下。

季让还在气她不注意安全，大半夜乱跑，这附近有多乱他再清楚不过。万一他今天没在这边开黑，万一发生了什么意外，怎么办？

越想越气，浑身都是冷冰冰的气息。

戚映扯了扯他衣角，见他不理自己，想了想，又伸出手指戳了下他紧绷的唇角。

季让终于有了反应，偏头瞪了她一眼。

她倒是不怕他，抿着嘴角一副委屈巴巴的表情，抱着他的胳膊摇啊摇晃啊晃。刚洗过的长发柔软地散下来，空气里都是花香味。

这是季让第一次见她散着长发的样子。

以往扎着马尾的小姑娘可爱乖巧，像甜甜的草莓糖。头发披下来后，本来就小的五官被修饰得更加精致，眉眼漂亮得像含苞的蔷薇，只待怒放。

季让一阵心浮气躁，猛地起身去柜台前的盒子里找了根皮筋过来，跪坐在她身后，凶巴巴地说：“头发要绑起来！”

戚映听话不乱动，任由他折腾自己的头发。

本来以为是一件很简单的事，但上手之后才知道有多难，他又怕把她扯疼了，绑了半天都绑不上。理发师在旁边简直没眼看，忍不住说：“刚吹了头发，披着好看。”

就是好看才不给你们这些人看！

搞了半天，才松松垮垮绑了个马尾出来，头顶乱糟糟的，像狗窝。季让视而不见，抬手摸了两把：“这样就很好。”

戚映偏头看了眼镜子里的自己，默默应了。

送两人回家的时候，季让看了眼岳梨的腿，凉飕飕地问：“伤好了？明天可以回学校上课吗？”

岳梨说：“……可以。”

于是，第二天开始戚映就不用再去她家过夜了。

岳梨：为什么感觉自己像是带坏同桌的坏学生被对方家长嫌弃了？

时间已经悄然入冬。

海城很少下雪，一到冬天，空气湿漉漉地冷，只穿毛衣和校服是御不了寒的，必须要穿羽绒服。但校服又不能不穿，就只能在羽绒服外面再套一件校服。

于是整个海城一中的学生都成了臃肿的企鹅。

有的女生为了苗条咬牙不穿羽绒服，校服里只穿一件高领毛衣，然后被天气教做人。

初入冬的时候，总会因为这个原因病倒一大片。

戚映倒是穿得很多，她怕冷，不用吴英华提醒自己就会加衣服。每天抱着她那个嫩黄色的水杯接热水喝，手掌都是暖烘烘的。

下课去开水房接热水的时候，旁边两个像是高一的学生愁眉苦脸，正交头接耳。

戚映意外听到了季让的名字。

她故意放慢动作，假装用热水烫杯子，听他俩在那儿说：

“这种事只能找让哥出马，才有可能摆平了。”

“让哥不行了，退了。你有多久没听过他打架了？人家现在从良，是好学生了。”

“那怎么办？”

“我看这事儿得找濯哥。”

“濯哥？ 7 班那个？”

“对啊，让哥的继承人，新一届的校霸，很有让哥当年的风采。”

“可他一个高一的……”

“高一怎么了？让哥当年还不是高一就稳坐校霸王座了？走走走，趁还没上课，咱们找濯哥去。”

戚映：欸？？？

自己弟弟现在已经这么厉害了吗？

濯哥？

今早这位濯哥还因为不愿意穿羽绒服被按在沙发上揍呢。

听那两个男生的说法，好像是有什么很难摆平的事，俞濯不会脑子一热又去打架了吧？他这学期都请了两次家长了，把舅舅气得高血压差点犯了，再来一次家里怕是又要鸡飞狗跳。

戚映捧着水杯忧心忡忡地走回教室，思来想去还是觉得不放心，一放学就抱着书包往 9 班跑。

季让还在座位上低着头抄笔记，屈大壮在后排跟几个人打打闹闹的，扭头看见戚映，眉飞色舞地喊：“让哥，你的小仙女接你放学来啦！”

季让抄起桌角的空水瓶砸过去：“你喇叭成精啊，嚷嚷嚷。”砸完了，把课本塞进书包，拎着书包走到门口，揉揉戚映的脑袋，“不是让你在教室等我吗？”

屈大壮：“……”

让哥变了，他真的变了，他以前不是这样的，他以前对自己很好的。

呜。

戚映皱着小脸，眼底有隐隐的焦急，拿手机打字给他看：俞濯好像去打架了。

季让嗤笑：“他不是三天两头地打架吗？”

戚映：这次不一样，我有点担心。

季让皱了皱眉，将书包搭在肩上，拎过她怀里的包：“那去看看吧。”他转头喊屈大壮，“去打听一下俞濯又跟谁在哪儿打架。”

屈大壮说：“我不！需要的时候才想起人家，把人家当什么！”

季让扭头找东西。

看样子是要砸人，他手边最近的就是一把椅子。

屈大壮嘴巴一闭，赶紧溜了。

季让领着戚映往楼下走，一出教学楼，冷风呼啸而过，戚映被吹得睁不开眼，又长又黑的睫毛在眼睑微微地颤。

季让伸手把她羽绒服上的帽子盖到她脑袋上，那帽子还有两个兔耳朵，软绵绵地垂下来，可爱得不行。

他忍不住笑出声："小兔子乖。"

戚映这还着急呢，见他还笑，气呼呼地瞪了他一眼。

季让表情一敛，收回手，拿手机给屈大壮打电话："你打听到没？问个事情是要问到天荒地老吗？"

"打听到了，在西塔巷。让哥，不得了，这次好像是跟技校的人啊。那群人多凶啊，我们顶多拎个棍，那群人可是拎刀的主。俞濯这是不想活了？"

季让皱起眉，看了眼身边的戚映："知道了，我先过去。"

挂了电话，他摸摸她脑袋，语气轻松地说："你先回家，我现在就去找他。放心吧，不会有事的。"

戚映看了他半天，抿着唇点点头。

季让笑了笑，把书包递给她，大步走了。她在原地站了一会儿，等他走远一些，才一脸严肃地跟了上去。

西塔巷向来是约架的首选地点。

巷子四通八达，人少路宽，位置也偏僻，打架很容易施展不说，逃跑也很方便。

此时的巷子里站满了人，都是一看就不好惹的不良少年。技校的校霸剃了个莫西干头，还染成了红色，蹲在靠墙的木箱子上，嘴里叼着一根烟，眯眼打量对面一群穿校服的少年。

看了半天，"嗤"的一声笑出来了："你们一中，现在都沦落到这个地步了？连个打群架的人都找不出来？"

他把烟头插在木箱的缝隙中，吐出最后一口烟圈："季让呢？怎么校霸不敢露面，让一群小崽子来送死了？"说着又朝地上吐了口口水，"我当是什么了不起的人物，原来只是个孬种。"

今早在开水房嘀咕的那两个男生鼓起勇气喊："收拾你还用不着让哥

出面！”转头愤愤地对旁边穿着黑色卫衣背着书包的少年说，“濯哥！就是他！最近在后门收我们学校学生的保护费！”

那莫西干头笑了一下：“哟，这就是你们老大啊？这么嫩？作业写完了吗？”

俞濯也笑了，冲他一勾手指：“孙子，别只会放嘴炮，来让你爷爷看看你经得起几顿揍。”

莫西干头脸色一变，从木箱子上跳下来：“你很狂啊！”

俞濯说：“爷爷教训你这个不肖子孙，天经地义，算不上狂。”

一中学生：“……”

技校学生：“……”

你才是嘴炮王吧？

莫西干头被他气得想杀人，恶声道：“兄弟们，抄家伙，今儿让这群不知天高地厚的小崽子见见血。”

他身后那群技校的学生纷纷从宽大的衣服里拿出武器，有棍子，也有刀。

杨心远开始犯怵，扯了扯俞濯的衣角，低声说：“感觉打不过啊！要不还是跑吧？他们有刀啊！”

俞濯把书包往地上一扔，从里面掏出一块砖头，狠声说：“跑个屁！老子今天教他做人！”

杨心远吞了口口水：“那……那我先报个警，一会儿让警察叔叔来救我们。”

俞濯沉默了一下道：“那你快点。”

杨心远拿着手机往后退，退到最后面正打算偷偷打110，突然看见转角走过来一个人。

他步子迈得大，手上拎着一根木棍，脸上没什么表情，但浑身戾气逼人。看到杨心远，顿了一下，冷声问：“做什么呢？”

杨心远哆哆嗦嗦道：“让……让哥，报警呢……”

季让摇头道：“别丢人，挂了！”

话落，拎着棍子径直往前，围在一起的一中学生看见他来了，顿时激动起来："让哥！"

"让哥来了！"

"怕锤子！有让哥在，跟他们拼了！"

人群顿时骚动，拿着砖头的俞濯回头一看，对着走近的季让不满道："你来做什么？"

季让简直恨不得先用棍子把他揍一顿，一脚把他踹回去："你给老子滚回去！"俞濯正要愤怒，季让又说，"知道你姐有多担心你吗？"

搬出他姐他就输了。

俞濯蔫儿了一下，没说话。

季让也穿着校服，肩上还挂着书包，衣领松垮垮的，跟后面这群小崽子没什么不同。可往那儿一站，就是莫名让人害怕，浑身的戾气挡都挡不住，眼底冰冷一片，阴恻恻地朝他们笑了下："打架是吧？"

技校的不良少年瞬间想起海城一中校霸身上的标签：暴戾，阴险，凶残，还有钱。

莫西干头不禁从他那个阴恻恻的笑里开始怀疑，他不会在这附近埋了伏兵吧？

正想着，转角处果然又闹闹嚷嚷冲过来一群少年，以屈大壮为首，很快跑到了季让身边。

屈大壮身高体壮，手上拿了把泛着冷光的水果刀，看上去非常有亡命徒的气质，骂骂咧咧地问："谁跟我们学校学生收的保护费？给老子滚出来！"

刚才还放话说要让他们见点血的莫西干头，㞞了。

早就听闻海城一中的季让不好惹，听说他就是犯了法，他那个有钱有权的爹也能把他从监狱里捞出来。

以前不敢惹，最近听说季让弃恶从良，不仅不打架，还搞起了学习。莫西干头这才敢对海城一中的学生下手，收了两天保护费。

这叫弃恶从良啊？谣言真是害死人！

莫西干头朝季让友好地笑了笑："兄弟，都是误会。"

季让拿木棍点了点他："别跟老子称兄道弟，你还没资格。"又转头问那两男生，“他跟你们收了多少保护费？”

“三千八！”

季让笑了下，回头看着莫西干头：“可以啊，欺负到我头上来了。”

莫西干头也知道现在的情形他不好狡辩，冷声问：“你想怎么样？别以为老子真的怕你。”

季让拿着棍子在掌心拍了拍，偏着头认真思考：“十倍，赔个三万八怎么样？”

莫西干头大怒道：“你抢啊！”

季让说：“对啊，老子就是在抢，不明显吗？”他还笑着，语气却阴森森的，“你敲诈这三千八，老子可以让你在监狱里待十年信不信？”

他身上围绕的那些传说，令人不得不信。

都还是学生，虽然平日里喊打喊杀，谁又能真的不怕进监狱。

这话一出，莫西干头顿时就㞞了。

简直悔不该当初。

好半天，咬着牙说：“行！这次的事一笔勾销，从此以后井水不犯河水！”

季让非常温和地笑起来：“可以，支付宝还是微信啊？”

第十三章

初雪电影院

科技进步如此神速，让人想赖账都不行。

莫西干头脸色几经变换，最后肉疼地吐出一句："微信……"

季让朝后勾了下手指，屈大壮不愧是跟着他混的，非常机灵地掏出自己的手机点开收款码，一手拿着水果刀，一手拿着手机走到莫西干头面前。

"扫吧。"

莫西干头恨得手臂都是青筋，扫完之后正要付款，季让说："等一下。"

大佬回心转意了？

莫西干头心中一喜，就听见季让接着说："备注那一栏写上：委托屈鹏同学捐赠给希望小学的慈善金。"

众人：牛啊！

这样一来，就算到时候莫西干头贼喊捉贼倒打一耙，说他们敲诈勒索也没证据。这写得明明白白呢，是慈善金！

技校一众不良少年面面相觑，眼神中都闪烁着同一个信息：海城一中校霸果然很阴险！

三万八慈善金即时到账。

莫西干头一脸悲愤地领着手下小弟离开了，剩下一中这群小嫩鸡独自狂欢。

俞濯蔫蔫儿地看着季让散漫的背影，有点失落地想，自己果然还是不够格。真正的大佬不仅兵不血刃地解决了他需要报警才敢上的大麻烦，还反敲了一笔回来。

他什么时候才能有这威信啊！

看来想继承海城一中校霸这个身份，还有很长一段路要走啊。

屈大壮收了钱，颠颠儿地跑回来："那狗东西真有钱。"

杨心远说："他经常在各个学校收保护费，肯定有钱啊！早该有人像让哥这么收拾他！"

"对！这人这么坏，放走了以后肯定还要做坏事！让哥，你真能把他搞进监狱待十年吗？为民除害啊这是！"

季让踢了一脚说话那男生："搞个屁，老子骗他的。"他扫了一圈这群平日打架逃课的坏学生，冷声说，"这就是不好好学习的下场，基本法都不懂。随便两句话就被吓住了，你们也一样蠢。"

一群人被他骂了也高兴，纷纷大骂莫西干头。屈大壮看着余额美滋滋的，兴奋地问："让哥，这钱我们分了吗？"

季让没理他，他转头看那两个神情激动的高一男生，招手："你们过来。"

两人小跑着过来，一脸崇拜。

季让把屈大壮的手机拿过来，淡声交代："钱转给你们，先去把被敲诈的那些学生的钱还了，剩下的买课外书，捐到学校那个贫困山区集资箱里。"

两个人感动得快哭了："呜呜呜，让哥你真好。"

季让一脸不耐烦："都滚吧。"

本以为今天要干一场大架，没想到最后居然如此和平地解决了。一群人神情兴奋又崇拜，不知是谁带头喊了句："让哥帅爆了！"

"让哥厉害！"

"让哥永远是我大哥！"

"海城一中有让哥，灭霸都不敢惹！"

等等，这位小同学，吹过了吧？

一群人嘻嘻哈哈地散开，季让把手中的木棍往墙角一扔，拍拍手，看了眼屈大壮手中的水果刀，抬脚踹他：“你跟他们学啊？还拿刀？老子是不是说过打架不准用刀？”

屈大壮委屈巴巴把水果刀塞回书包：“来的路上在水果店借的，一会儿还要还呢。我就是吓吓他们嘛。”

季让教训完他，余光瞟见俞濯正偷偷摸摸地混在人群里要走，厉声喊：“俞濯！”

俞濯脖子一缩，不情不愿地站住了。

季让拎着书包走过去，一巴掌拍在他脑袋上：“你天天能不能学点好？能不能不让你姐担心？”

俞濯抱着脑袋不可置信地吼：“你打我头？”

季让又拍了他一巴掌：“打你头怎么了？”

俞濯一脸憋屈想反抗，又打不过，顿了顿，突然对着他身后喊：“姐！他欺负我！”

季让冷笑，抬手还要揍：“你再装。”

俞濯脸也不要了：“姐，救命啊！他要打死我了！”

季让身后的衣角被扯了扯。他一愣，抬到半空的手顿住了。

？？？

回头一看，戚映果然站在他后边儿。

季让：“……”

她什么时候来的？她都看到了？

大佬不禁开始回想，自己刚才其实也没做什么吧？一直都很心平气和在跟莫西干头交流来着呢。

就……反敲诈这件事吧……虽然不地道，但他不是把钱都捐了吗？

大佬眼神有点飘，努力绷住不露怯，凶巴巴地问她：“不是让你先回家吗？”

她眼眸晶亮，乖乖笑了下。

他凶不起来了。手掌在她脑袋上胡乱揉了一把：“下次要听话啊，知道不？”

戚映笑弯了眼，点点头。

俞濯在旁边恶狠狠地瞪着那只猪蹄，内心悲愤地想：这什么世道啊，对他姐这么温柔，也没见爱屋及乌啊！

他愤愤喊：“姐！走了，回家了！”

季让瞥了他一眼，问戚映：“我跟年级第一约了写作业，要不要一起去？”

上次年级第一给戚映留下了深刻的印象，她也乐于跟学霸多交流一下解题思路，于是开心地跟着季让走了。

被抛弃的俞濯：“……”

君子报仇十年不晚，季让你给我等着！

…………

季让和戚映到甜品店的时候，吴睿已经写完了一张物理卷子。他并不知道大佬打了一场架才过来，先礼貌地跟戚映打了个招呼，才问季让：“昨天给你布置的英语卷子写完了吗？拿来我检查一下。”

季让打开书包把卷子递过去。他自己做完之后已经对照答案批改了题目，吴睿看完之后，严肃地说：“你完形填空太弱了，错得最多，一会儿我带你去买一本专门练习完形填空的辅导书，提升一下。”

季让当着戚映的面被年级第一这么“批评”有点不好意思，偏头用手背挡着脸，用嘴型对吴睿说：“少说点。”

吴·刚正不阿·睿：“季同学！你要勇于面对自己的错误才能进步！我少说一点，你只会越错越多！要勇于直面失败！而不是逃避它！”

季让：“……”

看来是老子最近给你的偏爱过多，才让你这么有恃无恐地在老虎头上蹦迪。

一说到学习就秒变严肃的吴睿小同学骤然察觉大佬眼底冷冰冰的光。

他一个激灵，醒神了。

他刚才在干吗？他在教训大佬？？？完了完了完了，要死了要死了要死了。

他有点慌乱地推了下黑框眼镜，偏头看见在一旁抿嘴笑的戚映，计上心来：“戚映同学，你说我说得对吗？”

你还敢寻求认同？

就见戚映笑着点点头，拿过那张英语卷子，在分数旁边坚定地写了三个字：征服它。

大佬眼中的怒火就这么被浇息了。

吴睿心道：免死金牌拿到！

写完作业，吴睿说要带他去书店买完形填空题集，季让不掩嫌弃：“你回家吧，她陪我去买。”

吴睿想了想：“哦哦，那也可以，戚映同学成绩也很好，全年级十四名呢。”他看了季让几眼，语重心长地拍了拍他的肩，“要努力啊。”

拍完之后，不等挨揍，非常有自知之明地溜了。

转头一看，戚映也在笑，手里拿着还没吃完的草莓小蛋糕，嘴角沾着一点粉色的奶油。

季让差点给气笑了，不算温柔地揉她脑袋：“欠收拾是不是？真当老子脾气好随便欺负啊？”

戚映噘嘴，泛着水光的眼睛明晃晃地在说：谁敢欺负你啊。

她无意撒娇的样子好乖。

季让搁在她头顶的那只手有点发紧。

有风拂过，他闻到带着奶油味儿的甜香。

没忍住，手掌往后滑，扣住她后脑勺，把她往前一带。戚映没准备，身子一晃，直接撞进他怀里。

戚映手里还紧紧攥着那块小蛋糕。

季让低下头，和她离得好近，甜味直往他鼻腔里钻，微微俯身就能吻她。

戚映有点蒙，眼眸湿漉漉的，像蒙了一层薄雾，慌乱又紧张。

半晌，他伸手，大拇指在她唇角刮了一下，然后放开她，挑唇笑了笑：“沾上奶油了，小傻子。”

她眨眨眼，才反应过来，抿了下唇，伸出舌尖，舔了舔嘴角。

季让：……

他拎着书包径直往前，脚步有些慌乱："走了，去买辅导书。"

戚映看看手中被自己捏成一团的小蛋糕，乖乖跟了上去。

第二天到学校，学生们之间都在讨论季让昨天带着人跟技校那群不良少年打架的事。谣言在传播的过程中总是容易被添油加醋地歪曲，等岳梨听到的时候，版本已经变成了这样：

"听说季让拿着一把水果刀架在技校老大的大动脉处，狠声说：'老子就算一刀杀了你，顶多也就在监狱待十年'，最后技校老大花了三万八才买下了自己的狗命！"

戚映昨天离得太远，前头又隔着人群，她其实并不知道当时发生了什么，被岳梨的转述惊得一愣一愣的。

岳梨长吁短叹："大佬这次也太过激了吧，他这是敲诈啊！大佬亦正亦邪，可敲诈的事不能干啊，我对他好失望。"

戚映一脸严肃地朝她摇摇头，在本子上一笔一画地写：**他是在劫富济贫，他超棒的！**

你这粉丝滤镜也太厚了吧？

海城一中校霸身上的传闻太多，真真假假，最终成就了他无人敢惹的恶名。要是一条条去澄清，不知道要到哪年哪月了。

季让不甚在意，倒是拿回保护费的十几个学生到处帮他正名。

听说季让还让他们把剩下的钱捐给希望小学，众人简直惊掉下巴，震惊之后纷纷表示不信：你们说的是校霸还是感动中国好少年？

季让没空理会这些无聊的传言，毕竟期末考试已经逼近了。

吴睿给他定的目标是进入年级前三百，他对比了下成绩榜上 299 名的分数，自己差了五十多分。再多背几个英语单词，多搞懂几个数学公式，应该就能追上了吧？

所以大佬最近安静如鸡，一心只想搞学习。

除了吴睿继续给他稳固基础外，他还偷偷去刘尧之前给他介绍的老师那里补习。吴睿说了，他不可能像其他学生那样慢慢学，别人都是三年积累，而他只有一年半的时间。他得更努力才行。

于是以前混乱放纵的生活就变成了认真上课，放学补习，熬夜做题。

好在脑子聪明，该背的该记的看两三遍就不会再忘，相同的题型做过一次就不会再错。

夜没有白熬。

屈大壮看着自家大佬泛青的黑眼圈，不由得担心："让哥，你的肾还好吗？"

刘海洋："让哥你去上课！我帮你打死这个混蛋！"

季让拿起自己的地理书和笔记本："好好揍，老子有奖。"

出教室的时候，后面传来屈大壮杀猪般的号叫声。

阴沉了半个月的天气，今天终于放晴，虽然还是冷飕飕的，但阳光从窗户照进来时，金色的光依旧能让身体产生暖和的错觉。

照得人想睡觉。

地理老师是个古板严肃的中年男人，低沉的讲课声音简直就是催眠神器。

季让昨晚写数学卷子写到凌晨两点，架不住昏昏欲睡，但戚映就坐在他旁边，上课睡觉这种坏学生才会干的事他绝对不能做！

只能强撑着，用笔尖戳自己大腿。

没想到都这个年代了，头悬梁锥刺股的事还会发生。

两节地理课连上，下课铃一响，季让一头砸在课桌上，几乎是几秒之内就进入了熟睡，手里还握着那支粉色的笔。

戚映本来还想跟他交换笔记的，转头看到少年疲惫的睡颜，轻轻把本子放下了。

几缕阳光透进来，刚好落在他长长的眼睫毛上，照得皮肤好白，眼底的青黑更明显。这样子的季让，褪去醒时常常故作的冷漠，温柔得要命。

她微微倾身，靠他近一些，跟他面对面趴下来。

抬起纤细的手指，挡在他眉眼处，挡住那刺眼的光。

他呼吸好重，可能是睡姿不舒服，她垂下的一缕发丝被他的呼吸搅得晃动。少年身上有好闻的皂角香。她觉得好好闻。

只有在梦中她才能和他挨得这么近。

记得梦中边疆骚乱，将军总是睡不安稳，她也很容易惊醒，于是就悄悄爬起来，手肘撑着枕头，借着窗外的一缕清月看他紧皱的眉眼。

她好想替他分担那些让他烦心的事，可她什么也不会，只能在这样的深夜，轻轻低下头，吻他的眼睛。

将军总是第一时间醒来，他是习武之人，其实比她更容易醒。结实的手臂揽过她的腰，把她按进自己怀里，亲亲她额头，哑声说："乖，快睡吧。"

后来边疆被敌国大规模入侵，将军披上战甲出征，一走就是一年。

再相见时，便隔着生死了。

戚映低低叹了声气，不去想这些，虽然梦中有太多遗憾，但好在现在季让就在身边。

上课铃在耳边乍响。

季让跟上了发条一样，一下睁开眼睛。看见跟自己仅隔着三寸，面对着面的戚映。

她弯着眼睛在朝他笑，可眼眸雾蒙蒙的，泛着水光，像哭过。

好近好近，能闻到她嘴上唇膏的甜香。

一股躁动从下腹直冲大脑。

他好想亲她。

按在怀里狠狠亲的那种。

但理智告诉他，不行。

季让闭了闭眼睛，喉结一阵滚动，声音带着刚睡醒的沙哑："下次再这么盯着老子，让你知道后果。"

他猛地坐直了身子，拿起桌角的矿泉水灌了几口。

地理老师走进教室，戚映慢腾腾地爬起来，揉了揉自己有些酸疼的手臂，乖乖笑了下。

下午放学的时候，各班班主任就在班上宣布：从今天开始，高一和高二年级开放晚自习教室，让想在学校复习的同学们可以更好更方便地迎接期末考。

海城一中在高二下学期开始才有晚自习，在这之前都不开放自习教室，每天放学按时锁门。现在开放晚自习教室，也没有硬性规定，没有老师监督，除了方便好学生复习外，也方便了坏学生玩闹。

就比如屈大壮，直接用手机连上多媒体的蓝牙，在教室里放起了电影。

谢天谢地他没有放什么不该放的。但惊险程度也差不多，他放的惊悚片。

教室里本来还有几个复习的好学生，被他这么一搞，全跑了。

屈大壮美滋滋的，把兄弟们全部叫来 9 班教室看恐怖片，美其名曰：包场。

季让简直想打死他，拿卷子抽他的时候，屈大壮抱着脑袋乱窜：“我这是在帮你劳逸结合放松身心懂不懂！你再这么学下去，当心变成吴睿那呆头样！”

被叫来看电影的小弟们都兴致勃勃，又拉又劝：“让哥来啊，放纵啊，就这一次嘛！明天我们保证跟你一起好好学习！”

骆冰非常机灵道：“让哥，你是不是没跟你的小仙女一起看过电影？叫过来一起啊！”

大佬默了一下，心动了。

他给戚映发微信，问她要不要来 9 班看电影。

戚映消息回得很快：要！

没几分钟，戚映和岳梨就从前门探头探脑地进来了。

岳梨看了眼幕布上暂停的画面，惊叹道：“你们不怕教导主任过来啊？”

屈大壮扬扬得意：“我小弟跟我说主任半小时前就开着车走了，放心，前哨都盯着呢。”

季让坐在中间的位置，朝戚映招招手。她乖乖跑过去，挨在他身边坐下，然后从校服口袋里掏出一把大白兔奶糖放在面前的桌子上。

小傻子居然还准备了零嘴。

笑死他了。

屈大壮兴奋道："都坐好，我关灯啦，准备放映！"

话刚落，前门又走进来一个人。吴睿抱着书包站在门口，好奇地打量他们："季同学，你不是说有道题不会做让我过来给你讲吗？你们这是在干什么？"

季让说："骗你的，叫你来看电影。"

屈大壮一脸嫌弃地瞥了吴睿几眼："书呆子才不可能跟我们鬼混呢。"

结果吴睿推了推眼镜，非常兴奋地跑进来："看电影啊？好啊！是什么电影啊？刚上映的吗？"

于是一群人关了灯，在教室里看起了恐怖片。

岳梨不知道是恐怖片，开场背景音乐一放吓得唧哇乱叫，屈大壮从后边儿一把捂住她的嘴："别叫！一会儿把老师引来了！"

岳梨又怕又想看，一只手捂着自己的嘴，一只手挡住眼睛，从指缝里看。

季让看了眼旁边的戚映。

她好淡定，眼睛睁得大大的，一边吃糖一边看得目不转睛。

大佬好失望。她为什么不怕？为什么没有吓得往自己怀里钻？

屈大壮选的什么垃圾恐怖片，一点都不恐怖！

教室里时而传出几声尖叫，外面经过的学生好奇地朝里面打量，看到他们居然在放电影，简直惊呆了。

年级匿名群里很快就传开了。

厉害还是9班厉害。

没多会儿，潜伏在群里的学生会就把消息告诉了教导主任。屈大壮看到前哨发来的短信时，已经是十分钟后了。

屈大壮一蹦三尺高："我的天，金轮法王杀回来了！赶紧开灯！快把多媒体关了！"

教室里顿时一阵兵荒马乱。

外头，教导主任已经气势汹汹地走上楼，直奔9班而来。

现在这些学生，简直胆大妄为不学无术！学校开放教室是为了让他们更好地学习，却被他们拿来搞这些乌烟瘴气的玩意儿！

必须全部抓出来！通报处分扣学分！！！

享有“金轮法王”称号的教导主任冲到9班教室门口，一掌推开了门。

然后就看见年级第一拿着粉笔，站在讲台上边写边大声道：“我们把天体的运动看成是匀速圆周运动，它所需的向心力就由万有引力提供。也就是F引等于F向，得出……”他仿佛这才发现站在门口的教导主任，推了推眼镜，非常惊讶地问：“周老师，你怎么来了？”

教导主任：“……”

再看看坐在下面的这群学生，脸上认真专注的表情仿佛个个都是学霸。

教导主任缓了缓，艰难地问：“你干吗呢？”

吴睿微微一笑：“我给他们补习呢。拉高我们年级的平均分，提升我们学校的升学率，是每一个海城一中学子的责任。”

教导主任：“……”

这理由真是让人毫无反驳之力。

教导主任又严肃地教育了几句才离开。

教室里一群人面面相觑，都压着声音笑出来。其实只要教导主任再严谨一点，进教室检查一番，就会发现多媒体机器还是热的，下面看似认真听课的人桌面上摆的书也都五花八门，哪个学科都有。

吴睿一屁股坐在讲台上，劫后余生地拍心口：“吓死我了吓死我了……”

屈大壮尤其兴奋：“刺激。”他赞许地跑过去把吴睿扶起来，“小同学，戏不错啊。我正式宣布，从今天开始你就是我兄弟了！”

季让忍不住笑骂：“谁要跟你当兄弟，别带坏人家。”他挥挥手，“行了，今天就到这里，都回去吧。”

大家意犹未尽，纷纷散了。

戚映大概是第一次做坏事，刚才教导主任进来的时候，季让看到她耳朵尖都红透了。因为太紧张，手上攥着的几颗大白兔奶糖都没找到地方藏，一直握在手心里，被掌心的温度熔化。打开时，空气里都是软绵绵的甜。

化了的牛奶糖不能再往口袋里放了，糖纸上都黏黏的，可她今晚已经吃了好多，想了想，把掌心的软塌塌的糖递过去。

季让还在收拾书包，看了眼，问："给我吃啊？"

戚映点点头。

季让故意逗她："坏了就给我吃？"

戚映有点急，摇摇头，为了证明这糖没坏，拿起其中一颗，剥了糖衣放进自己嘴里，吃给他看。

小脸鼓鼓的，看上去比牛奶糖还香。

他从小就不爱吃甜的，可戚映总是让他一再打破这个原则。大佬觉得自己有点划不来。

于是他说："那你喂我啊。"

戚映一丝迟疑都没有，也没觉得不好意思，拿起牛奶糖剥开糖纸，递到他嘴边。

身体力行地告诉他：我敢喂你敢吃吗？

季让："……"

差点忘了，他脸皮比她薄来着！

但糖在嘴边，不得不吃，季让略一低头，几乎是有些慌忙地把她手里的糖咬了过来。有那么一瞬，唇碰到她的指尖。

好柔软。

戚映还要继续喂，季让一把把剩下的糖全部抢过来："好了好了，我自己来！"

旁边的同学们简直要被大佬的表情惊呆了。

这是什么纯情小男生？大佬你还记得你是个无恶不作的校霸吗？你这人设都崩到马里亚纳海沟去了好吗！

天色已经很暗。

出教学楼的时候，发现居然下雪了。

这是今年的第一场雪呢。

虽然是落地即化的小雪，但也足够让这群很少见过雪的南方学生们惊喜了。

路灯透出的光线中，雪花细细密密地飞舞。周围的人尖叫着冲进雪里，伸出手和舌头接雪。

季让拎着书包站在台阶上，嘲笑道：“傻子一样。”又转头问戚映，“去跟他们一起玩吗？”

朦胧夜色中，对上一双湿润的眼睛。那眼神柔软得要命。

是初雪啊。

在梦中，她和将军相遇的那一天，就是那一年的初雪日。

逐渐烧到眼前的火光，映着漫天苍凉的雪，一杆长枪破风而来，刺穿她身边拿刀的强盗。她看到风雪都落在他玄色的铠甲上，满山银树白雪，不及他眼底半寸寒光。

那之后，每一年的初雪日，将军都会送她一样礼物。

第一年是一棵合欢花的树苗，栽在她窗前的庭院中。

第二年是一根青玉簪，簪子上刻了她的名字，那字迹跟将军的很像。

第三年是一只小马驹，将军那时候总外出征战，说让小马驹代替自己陪她。

第四年是一枚结环玉佩，她和将军一人一半，用红线穿绳，妥帖地挂在心口前。

第五年……

她没能等到第五年。

梦中的戚映离开的时候，院中那棵合欢树已经长得好高好高，开出绒球似的花，漂亮极了。她曾写信给将军，说院子里的合欢树开花啦，早日归家赏花吧。

可他最终也没能看到那花有多漂亮。

这是她从绵长的梦境中苏醒后的第一场雪，也是时候告别梦境的牵绊了。

她什么也不想要，什么也不奢求，只要在他身边就好。

寒风人声全部远去，戚映眼中只有他。

季让觉得自己的心跳慢了半拍，连呼吸都慢下来。

好半天，他低低笑了一下，哑声问她："老子是不是警告过你，再这么看着老子，让你知道后果？"

戚映没有反应过来。

少年上前一步，手掌扣住她的后脑勺，轻轻拍了拍，随后立马松开手，转身就走。因为再不走他可能就控制不住自己了！

戚映乖乖地朝季让笑。

季让觉得自己要完。

第十四章

草莓味私奔

雪越下越密，还飘起了小雨。

屈大壮回头想喊“让哥走了”，一眼望过去，惊出一声“我去”，他用手捅了捅刘海洋：“你看让哥干吗呢？他俩也太不把学校放在眼里了吧？”

刘海洋不明所以地看过去时，季让已经放手了。

两个人站在灯光昏暗的台阶上，只能看见侧脸剪影，刘海洋说：“不就是深情对望吗？”

屈大壮激动得话都说不清楚：“不是……他俩抱在一起了！”

刘海洋明显不信：“怎么可能，我没看到。”

屈大壮跟他据理力争：“我真看到了！”

那头，季让从少女柔软的目光中抽离出来，看了眼渐渐下大的雨，嗓音紧巴巴地问：“带伞了吗？”

戚映摇摇头。

他不敢跟她对视，两三下把校服脱了，不算温柔地搭在了她头上。宽大的外套从头顶罩下，清爽的皂角香夹着少年的体温，丝丝密密将她包裹。

少年宽大的手掌牵住她手腕，低声说：“跑快点，雨下大了。”

藏在校服下的小脑袋点了点头。

少年腿长，步子却迈得小，一路迁就着她，拉着她往校门口跑。鞋子踩过积水的地面，水花溅起来，“啪嗒啪嗒”甩了一身。

戚映偷偷地想：好像私奔啊。

跑到校门口，一群人站在门檐下躲雨叫车，戚映正把校服脱下来，拍干净上面的水还给季让，屈大壮就贼头贼脑地凑过来，压低声音问：“让哥，你刚才是不是抱你的小仙女了？”

戚映耳尖一红，垂着眸不敢抬头。

就听见季让面不红心不跳地说：“没有，你看错了。”

屈大壮急了：“怎么没有？我都看到了！你俩在台阶那……”

季让恼羞成怒一脚踢在他屁股上：“看什么看！给老子滚远点！”

他这反应更让屈大壮确定，他俩肯定抱了！

车子陆陆续续开过来，季让跟戚映上了一辆车，送她回家。车内暖气十足，他觉得热，让司机把暖气关了。

司机笑了声照做，又说：“年轻人就是血气方刚，我们开着暖气都嫌冷呢。”

回完舅舅消息的戚映收起手机，靠他近一些，偏着头好奇地打量他，好像在问：你怎么了呀？

季让闻到熟悉的甜香，搅得他全身都热，他慌忙把车窗降下来。自己刚刚只是拍了拍她的头，虽然样子差不多，但根本不算拥抱。冷空气吹进来，呼呼地响，少年在呼呼风声中咬牙切齿：“不准再看老子！”

戚映冷得哆嗦，委屈极了。

她明明什么都没做啊。

之后几天，季让又开始对她避而不见。她稍微靠近他一些，他就像被烫到一样，一蹦几尺远。

戚映简直要被气死了。

抱着历史卷子从办公室出来经过 9 班教室时，她看到季让站在门口跟屈大壮几个说笑，气势汹汹地冲过去，趁季让还没反应过来，狠狠踩了他一脚。

踩完就走，留给他一个奶凶奶凶的背影。

季让还发愣，屈大壮几个快笑死了：“哎哟，让哥你怎么被小仙女家暴了啊。”

大佬神情复杂。

上课也听得不认真，上到一半，忍不住踢屈大壮的椅子。

屈大壮正在偷偷打游戏，还以为老师来了，吓得手忙脚乱把手机往课桌里塞。抬头一看，季让一脸烦躁地看着他，低声问：“你说我这样……是不是她们常说的那种渣男？”

什么跟什么啊？

季让烦得不行，可感情经验为零，不得不拉下大佬的面子，向小弟取经：“我没抱她！但是……我喜欢她，所以……”

屈大壮一拍大腿：“所以你就躲着她？渣！太渣了！喜欢人家还躲着人家！”

季让眼底冒火，咬了咬牙，又忍下来，闷声问：“那怎么办？”

屈大壮一副过来人的样子：“这多简单，告白啊！不是我说你让哥，你早该告白了，赶紧把人追到手才是正经啊！盖章定论懂不懂？”

季让手指紧了紧，咬着牙说：“不行。”

屈大壮奇了怪了：“怎么就不行了？”

季让憋了半天，憋出一句：“我不能早恋。”

大佬有点垂头丧气，沉默了好半天，才说：“你还记得判断坏学生的标配套餐吗？”

提到这个屈大壮就很兴奋，毕竟这是他们一开始在道上立足的根本呢！

就像三好学生必须要成绩好、人品好、性格好，他们坏学生也是有标准的呀！想当年，大家都以集齐坏学生标准套餐为荣呢！

他兴奋地说：“记得啊！抽烟打架，逃课早恋，再考个倒数第一，齐全！”

季让面无表情地说：“我几乎都干过了。”

屈大壮问：“所以？”

季让说："所以我不能早恋，要守住最后一条底线。"

这是什么歪理？你不早恋你就不是坏学生了？

你打架逃课，但你还是个好男孩儿？

季让有些烦躁地坐回去，拿着笔在语文书上胡乱画了几笔，闷声说："反正不行，老子不能带坏她。"

她那么乖，比月色还要纯粹，一路干干净净地长大，身上没有一丝被人诟病的地方。不能在他这里沾上污点。

他不能让别人谈论起她时，用八卦又失望的语气说：就是那个跟不良少年早恋的女生啊。

他舍不得。

屈大壮用看神奇宝贝一样的眼神看他，忍不住问："那你现在要人家怎么想？"

季让镇定地说："那大不了，我去承认错误。"

下午放学，戚映和岳梨手挽手从教室走出来，准备去小吃街吃点东西，再回来上晚自习。刚出教室，就看见季让靠在走廊对面，书包搭在肩上，手里拿着一盒草莓布丁。

经过的学生都在偷偷看他，长得好看的人就算恶名在外，也免不了吸引目光。

岳梨开心地跟他打招呼："大佬你来接映映啊？要不要跟我们一起去吃饭？"

季让还没回答，就看见戚映拽着岳梨气呼呼地往下走，不理他。

大佬为自己之前的幼稚行为追悔莫及，绷着唇角追上去。

岳梨察言观色，小声问戚映："映映，你们吵架了啊？"

戚映小脸气鼓鼓的，重重点了点头。她也是有脾气的！这次绝对不会那么轻易原谅他！

季让一路跟着她们走出学校，走进一家盖浇饭店，坐在她们旁边那张桌子。戚映绷着小脸，都不转头看他。

岳梨的视线在两人身上来回打转，真害怕大佬的耐心被磨没，突然暴走揍她们一顿。毕竟他对女生向来没什么耐心。

结果一顿饭吃得很平静，季让一个人坐在另一张桌子，沉默着吃完了饭，又去把三个人的饭钱都付了。

然后又一路跟着她们回学校。

走到 2 班教室的时候，季让拉了下岳梨，把手中的草莓布丁给了她。

岳梨朝大佬做了个保证完成任务的手势。

到座位坐下，岳梨把草莓布丁放到课桌上，打开盖子闻了闻，夸张地说：“哇，好香啊！映映，要不要吃？”

戚映把小脑袋往旁边一扭，不理她这个叛徒。

岳梨叹了叹气说：“那你不吃我就扔了哦，我不喜欢吃草莓。”

拿着布丁作势就要起身，戚映一下转过身，飞快地把布丁从她手中抢了过去。然后一脸严肃地把袋子系好，塞进了课桌最里面。

岳梨笑得肚子疼：“得早点吃啊，放久了会坏的。”

戚映耳尖泛红，不理她的打趣。

天色黑得早，留在学校复习的学生们安静地上着自习。戚映写完两张化学卷子，伸了个懒腰，余光瞟到岳梨趴在桌上好像睡着了，手指伸进课桌，悄悄把那盒草莓布丁拿了出来。

左看右看，没人注意到她，赶紧偷偷摸摸吃了。

晚自习结束，回家的回家，回宿舍的回宿舍，戚映背着书包跟岳梨一起走到公交车站。两人不坐同一路车，岳梨的车子先到，跟她挥挥手就上车走了。

戚映独自一人站在站牌下等车，冬夜风寒，她把围巾扯上来一些包住半张脸，头上还戴着羽绒服后的那个兔耳朵帽子，只露出一双水灵灵的眼睛。

旁边高三的几个男生也刚下晚自习，其中一个高高帅帅的学长注意她好久了，趁着公交车还没来，走到她旁边去搭讪：“学妹，高一就开始上晚自习啊？太努力了吧。”

她看上去好乖好小，要不是穿着海城一中的校服，说她是初中生都有人信。

男生理所当然以为她是高一的。

戚映看到男生们也穿的同款校服，礼貌地笑了笑，伸出两根手指，比了一个二。

意思是：我高二了。

那男生愣了一下，觉得这小学妹傻乎乎的，好可爱："你为什么跟我比'耶'啊？"边说边拿出自己的手机，"学妹，我们加个微信吧。我是高三1班的，成绩还不错，你有什么学习上的问题，随时可以问我。"

戚映迟疑了一下。

她想拒绝，但觉得直接摇头不礼貌，于是也拿出自己的手机，准备打字拒绝。

男生见她掏出手机，还以为她同意了，高兴地靠近了一些。

刚凑近，黑漆漆的公交站牌后突然蹿出来一个人影，带着一股凛冽的寒意，一把把戚映给拽了过去。

几个男生都吓了一跳，反应过来后还以为有坏人，冲过来大喊："你干什么？放手！"

高高瘦瘦的少年从阴影中走出来。

冷冰冰的一张脸，眉眼又戾又野，一言不发地盯着他们。

戚映被他的手臂圈在怀里，挣扎了两下没挣开，抬脚踩他。

其中有个男生认出他，低声说："是季让。"

他冷声道："趁老子还有耐心，滚！"

找戚映要微信的那男生忍不住说："你这人怎么回事？你认识她吗？再不放手我报警了！"

季让不理他，低头看着怀里挣扎的小姑娘，手臂稍微松了松，但还是没放开她，任由她踩自己脚。

戚映不知道是气的还是委屈的，眼眶都红了。

那男生还想说什么，后边的同伴扯了下他："别管了，你看不出来他俩关系不一般啊？车来了，走吧。"

公交车门打开，扑出一股热气，等人上车后，合上门开走，尾气卷起街边散落的枯叶。

季让松开手。

戚映从他怀里挣出来，转过身瞪他。

他低着头，好半天，闷声说："我来兑奖。"

戚映愣了一下，没理解他的意思。

季让从校服口袋里掏出一张 A4 纸，打开，递到她眼前。

那上面的颜色和字迹已经褪色了一些，连折痕都很明显，但纸张还是很新，像是被认真保存起来了。

季让牵起她的手，把奖状放到她手里，嗓音低低的："我的心愿是，映映不要再生我的气了。"

戚映低头看那张自己画的奖状。

怎么也没想到，最后这个小小的心愿，是换她不生气。

这个人真是……好不讲道理啊。

明明是他先躲着自己。

可是没办法，谁让自己是个信守承诺的人呢。不生气就不生气吧，其实今晚吃了那盒草莓布丁，她已经不怎么生气了。

于是接过奖状，抿着唇朝他点了点头。

头上的兔子耳朵也跟着晃，好乖好乖。季让忍不住笑起来，伸手摸了摸。

戚映一脸严肃地拿开他的手。虽然她不生气了，但不代表这件事就能这么过了。她拿着手机打字问他：为什么要躲着我？

季让盯着泛光的手机屏幕，不知道该怎么回答。

为什么？因为你甜得引人犯罪，而老子自制力又不好。因为一靠近你就想把你按在怀里狠狠地亲。可是又好想保护好你，谁都不能碰，自己也不行。

好半天，季让吊儿郎当捏了下她的脸："因为老子脸皮薄，行不行？"

戚映惊讶得眼睛都瞪大了，反应过来后，有点不好意思地垂了垂眸，打字说：因为脸皮薄，所以躲着我？

季让凶她："你别问了，总之我不会再躲着你了！"

戚映没多想，乖巧地点了点头。

公交车缓缓驶来，他伸手接过她的书包，心情很好：“走，哥哥送你回家。”

自从上次在岳梨妈妈面前冒充了一次她哥哥，他就像上瘾了一样，每次逗她都一口一个哥哥。

戚映有点好笑，乖乖跟着他上了车。

季让对上次晕车的事心有余悸，好在这个时间车上空位还很多，两人走到后排坐下，他把车窗打开，有新鲜流通的冷空气，气味会没那么难闻。

车子驶过冬夜长街。每一站停靠的时候，都有人上下，有的是上班族，有的是夫妻，还有年迈的老人。世间百态，突然让他对不可预知的将来有了一丝期待。

他忍不住想，很多年很多年以后，他还会这样陪她一起坐公交车，接她下班，送她回家吗？

应该不可能，他要是混得连车子都买不起，有什么脸去接她下班？

他又晕车了。

一路憋到戚映家附近的站台，车一停他就冲下去，好在旁边有台饮料自动贩卖机，买了瓶水灌下去才缓过来了一些。

戚映一脸担心地看着他，回想起上一次他突然半路下车，这才意识到，他可能是晕车了。

她看了一圈，街边的水果店已经快要关门了，赶紧跑过去，买了一个橘子回来。

季让还在靠着公交站牌缓神，鼻尖突然闻到淡淡的橘香。偏头一看，戚映正在剥橘子，橘子汁迸射在空气中，她指头都染着黄。

季让等着吃橘子。

看她剥好之后，把橘子皮递过来让他闻，然后自己把橘子吃了。

季让：“……”

她吃着橘子给他发消息：胃里难受不能吃凉的，你一会儿还要坐车回去，橘子皮可以缓解晕车的感觉，多闻一闻就好了。

这就是你吃橘子我闻橘子皮的理由？？？

季让快气死了。

一路把她送到小区门口，手里的橘子皮都被他蹂躏得不成样子了。

不过好像真的有用。

他们停下来的时候，戚映从他手里接过自己的书包背好，跟他挥挥手，用口型说："早点回家呀。"

他"嗯"了一声，见她转身，想到什么，又扯住她书包带子。戚映回过头来，见他表情有点不自然，吞吞吐吐半天，才低声说："如果这次期末考试我考好了，你会再送我一张奖状吗？"

他跟她讨奖状的样子好像小孩儿讨糖吃。

戚映笑着点点头。

几场小雪之后，伴随着天寒地冻，期末考试终于来临了。

各班的班主任免不了又是一顿耳提面命："要认真审题！你们好多分都是丢在审题不认真上！不会做的题先跳过，不要浪费时间，先把自己会的题全部做了。做完之后必须检查！这是我一再重申的事！别都缩手缩脚的，拿出点精神来！都想过个好年回家不挨揍吧？那就好好考！"

考试就这样紧锣密鼓地开始了。

季让有史以来，第一次没在最后一个考场考试。

三百多名在中间部分，说不上成绩多好，但大多都是老实本分的学生，季让一进去就吸引了全部目光。

他们不敢明目张胆地打量，但又忍不住好奇。毕竟校霸同学从倒数第一一跃到跟他们齐名，有关作弊的传言一直没断过。

连老师都管不了他，这个人真是好厉害。

季让把手里的语文书砸在桌面上，"哐当"一声，吓得周围人一抖。

他眼皮半掀，散漫又冷道："老子很好看吗？"

周围视线忙不迭地收了回去。

老师拿着卷子走进教室时还觉得奇怪，这个班怎么这么安静。她当着学生的面拆封试卷，铃声响起时，一排排传了下去。

考试一共进行了两天。

考完之后还要再补一周的课才放假，这一周内基本就是成绩出来之后讲卷子。一回到教室，屈大壮就问他："让哥，要不要对答案？"

季让瞥了他一眼："跟你对答案，老子疯了吗？"

屈大壮不服气地说："你别看不起人啊！我刚才听到学习委员他们在讨论，我好几道题的答案都跟他一样呢！数学第一道大题等于０！"

季让眼角一抽问："真的？"

屈大壮说："真的啊！你算的多少啊？"

季让："……1。"

屈大壮可怜地看着他说："那你错了。"

大佬自闭了："滚，不准再跟老子说话！"

季让觉得自己可能是患了考后焦虑症，要不然怎么每次考试后等成绩的日子都这么难熬呢？特别是知道那道题等于 0 后，这种焦虑简直要把人逼疯。

一整天都闷闷不乐，放学的时候正在慢腾腾地收拾课本，戚映已经抱着书包跑过来等他了。

见他好像有点不开心的样子，写字问他：怎么了呀？考试太累吗？

季让摇摇头，打起精神冲她笑："有点累，没事。"

屈大壮在旁边嘴欠地说："让哥那是心累，当他知道数学第一道大题答案是 0 而不是 1 的时候，就注定了悲剧的结尾。"

季让抄起书砸他。

戚映好奇地歪着脑袋，低头写：不是呀，第一道题答案是 1 呀。

不信抬头看，苍天饶过谁！

三天时间一晃而过，成绩榜在周四的早上贴了出来。

季让没有让自己失望，他达到了吴睿的要求，考进前三百，排在了二百八十名。而戚映考进了年级前十，排在第九名。

成绩榜上，两个名字之间的距离又近了好多。

他一下课就去 2 班找戚映。

她还在跟岳梨一起吃零食，小嘴鼓鼓的就跑出来了。他眼睛里都是笑，伸出手问："我的奖状呢？"

戚映像才想起来似的，愣然了一下，她赶紧把嘴里的零食咽了，指了下教室的位置，示意他自己要回去拿。

季让难得这么开心："去吧。"

她转身"嗒嗒嗒"跑回教室，没多会儿就出来了。

手里还捏着一张折起来的纸。

跑到他面前，不知道为什么有点心虚，不敢看他眼睛，低着头把东西递给他。

季让接过来，打开看了看。

还是同一张奖状，连褪色的程度和折痕都跟之前那张一模一样。

只不过纸上"鉴于季让同学在秋季运动会中表现出色，勇夺第一"这句话中，"秋季运动会"和"勇夺第一"这几个字被黑笔涂了。

改成了"鉴于季让同学在高二上学期期末考试中表现出色，取得第二百八十名的好成绩"。

上面居然还画了一个改正符号！

季让简直想把眼前这个小东西揍一顿。

"你废物利用啊？"

戚映："……"

呜，人家忙着期末考试，没顾得上嘛。

谁知道你这么快就来要奖状啊，成绩才刚出来不到一小时，她根本就没有时间准备好吗！

上课铃响起来。

戚映借势想跑，季让伸手一挡，她整个人都撞上他结实的手臂，季让圈着她往后一带，一把把她按在了墙上。

他一只手撑着墙，一只手掐她软乎乎的脸："还想跑？"

楼梯还有学生在往教室赶，简直被这一幕惊掉了眼珠子。戚映还听到有人在走廊上喊："快来看，这里有人在壁咚！"

她羞得不行，推季让推不动，脸都涨红了。

季让凶她："说！怎么补偿老子？"

上课铃第二次响起来，催命符一样。

戚映急得不行，想也不想，踮起脚在他左脸颊飞快"嘬"了一下。

然后大佬就愣住了，戚映趁机推开他的手，转眼就跑没了影。

好半天，他才回过神来似的，抬手摸了摸脸。被她嘬的地方还留着浅浅的湿润。心脏跳得好快，在安静的楼道里，仿佛要跳出喉咙。

他低声骂了一句，连自己都没发现唇角翘起来了。

回到教室的时候，语文老师正在发试卷，闹哄哄的，屈大壮拿着自己的卷子和他的卷子对比，嚷嚷："让哥到底是怎么写够八百字的？难道他还有隐藏的话痨属性？"

抬头看见季让一脸神秘笑意地走进来，好奇问："让哥，什么事这么开心啊？"

季让伸手拿过自己的卷子坐下："没什么。"

屈大壮问："没什么那你笑什么？"

季让莫名道："我笑了吗？"

各科的卷子接连发了下来，季让丢分都丢在较为复杂的难题上，一般的基础题他已经完全没问题了。

就连屈大壮一群人分数都或多或少有所提升，9 班的平均分终于不是全年级倒数第一了。

这可把刘尧高兴坏了，还专门把季让叫到办公室，又是夸又是赞的，最后一脸欣慰地问他："有没有兴趣当一当学习委员监督同学们学习啊？"

季让眼皮都没抬："没兴趣。"

刘尧继续说："那班长呢？"

刘尧见他一脸拒绝，也没再强求，把他的资料拿出来，指着家长电话那一栏问："这号码是不是你小子随便填的？从高一到现在我就没打通过。你现在成绩进步这么大，我想跟你父母聊一下，学校和家长配合更有利于你的学习。"

季让漫不经心的神情沉了沉，淡声说："不用。"

刘尧皱眉看了看他，像是也猜到什么，叹气说："孩子能跟父母有多大仇？都是盼着你好的，多跟他们交流沟通一下，再大的矛盾……”

季让一脸不耐烦地打断他：“没什么事我就回去了。”

话落，不等刘尧反应，转身离开了办公室。

刘尧看着少年冷冰冰的背影，无奈地叹了叹气，想到什么，拿出手机拨通了一个电话：“喂，周校长，我是刘尧。对，我就是想问一下，您是不是认识我们班季让的父母啊？我这边想联系他们，聊一下他成绩的事，一直联系不上。”

那头不知道说了什么，刘尧神情有点惊讶：“这样啊。”顿了顿，又说，“那行，那就麻烦您把他爸爸的电话发给我，我联系一下。”

电话号码发来，刘尧拨了过去。

因是私人号，电话直接是本人接的，对方沉声问：“你好？”

刘尧说：“请问是季先生吗？我是您儿子季让的班主任，我姓刘。”

那头一顿，连呼吸都沉重起来：“我是，季让出什么事了吗？”

刘尧赶紧说：“没有没有，他很好。我联系您就是想跟您聊一下这孩子的学习情况。虽然大部分的学习任务是由学校和老师来监管，但家长那一部分对学生的成长也有很重要的影响。季让现在的状态很稳定，进步也很快，就希望你们家长那边能多多配合我们，共同督促他的进步。”

电话里好半天没人说话。

刘尧奇怪地“喂”了两声，那边像刚回过神来，低沉的嗓音有些微微的颤抖：“抱歉刘老师，你的意思是，季让进步很大？”

刘尧高兴地说：“是啊，他这学期期末考进了年级前三百呢。开学的时候他还是年级倒数第一，这个进步连我们老师都觉得不可思议。但这孩子脑子聪明，现在也肯用功，还有一年半的时间，如果能继续保持，我相信他能在高考中取得非常优异的成绩。”

电话那头的呼吸一声重过一声，良久，沉声说：“我知道了，谢谢刘老师。有什么需要我配合的你随时联系我，这是我的私人号。”

刘尧觉得季让的父亲还挺好沟通的，不知道那孩子为什么连提都不愿意提。聊了十多分钟，快结束的时候，刘尧把那份资料翻出来：“对了季先生，我想问一下，180×××× 这个号码是你们哪位家长的吗？这是季让入学时留的家长联系号码，每次打过去都没人接。”

那头顿了顿，低声说：“那是他妈妈的号码。”

“那怎么没人接呢？”

“他妈妈很多年前过世了。”

刘尧默了一下：“抱歉季先生。”

他笑了笑：“没事，季让这孩子就辛苦刘老师了。”

“应该的。”

…………

剩下的补课时间基本都在讲卷子中度过了。

堆成小山的作业也无法阻挡学生们对于寒假到来的兴奋。最后一节课下课铃响起的时候，好多班级都传出兴奋的号叫：“放假啦！”

背着书包的学生们就像脱缰的野马冲出学校，开始了他们的假期。

因为放假作业多书包重，不少家长都开车来接孩子。俞程也早就跟俞濯和戚映打了招呼，让他俩别坐公交，等自己来接。

校门口堵得要命，到处都是车和人，还有交警在指挥交通。俞濯正到处看，他爸的车没找到，倒是意外地找到了季芊。

毕竟她开的是红色的法拉利，在一众普通轿车中格外显眼。

俞濯先看到她，迟疑着要不要过去打个招呼。但是季芊在外部环境中习惯保持冷艳形象，穿着一身高定戴着墨镜，看上去有一丝不近人情的冷漠。

万一她不理自己，那可太伤自尊了。

于是他也假装没看到她，拎着书包往前走，季芊恰好偏头，愣了一下，取下墨镜笑盈盈地喊他：“喂，小孩儿，好巧啊。”

俞濯这才站住，有点不自觉地绷着：“你来接季让吗？”

季芊笑着点头：“对。”她看了眼他身上鼓鼓的书包，问他，“书包重不重啊？要不先上车吧，等季让出来，姐姐开车送你回去。”

俞濯摇头：“不用了，我爸来接我了。”

季芊了然。她笑起来就没有那种冷漠感了，季家基因好，一个季让一个季芊，长得都是“祸国殃民”的主。

俞濯视线有点不敢往她脸上放，结结巴巴地说：“那……那我走了。”

季芊点点头，又想到什么，问他：“小孩儿，季让最近在学校是不是表现很好啊？”

俞濯思考了一下，的确是没怎么见他打架了，点了下头。

季芊眼睛里都是笑，语气不由得骄傲：“我听他班主任说，他这学期成绩进步也很大，期末考还考了年级二百八十名。”

俞濯不知道哪里来的攀比心：“我考了一百九十名。”

季芊一愣，“噗”地笑出来：“嗯，你也很厉害。”她一脸意味深长的笑，“你俩互相鼓励共同进步，特别棒。”

俞濯：“……”

怎么好像哪里不对？

交警拿着交通棒走过来：“来，往这边开一点。”

季芊朝俞濯挥挥手：“小孩儿，寒假有空可以和季让一起来我们家玩儿啊，我爷爷二叔他们一定会很喜欢你的。”

季芊开着车走了，留下俞濯在风中独自凌乱。

谁要季让的爷爷爸爸喜欢？小姐姐你是不是误会什么了？？？

学生陆陆续续地走出来，季芊停好车给季让打电话，刚响了两声，车窗被人敲了敲，季让拿着手机站在外面，一脸漠然地看着她。

季芊按下车窗：“上来啊，这儿不让停久了。”

季让不耐烦：“你怎么又来了？”

季芊瞪他：“什么叫又来了？我这学期不就来了两次？”她看了眼他手里看上去又沉又重的书包，故意惊讶，“你包里装的什么这么重？不会是打架的砖头吧？”

季让懒得理她：“有事说事。”

季芊抿嘴笑了笑：“听说你这学期考得不错？”

季让沉下脸：“谁跟你说的？”

季芊撇嘴：“你姐我手下八千员工，想打听这点儿事能打听不到？可以啊你小子，我还以为你要浪到高中毕业呢。”

季让白了她一眼。

季芊扒着车窗挤眉弄眼问：“怎么突然这么努力了？是不是因为某个人啊？”

季让愣了一下，脸上闪过一抹不自然，凶巴巴地说：“跟你无关！”

季芊在商场这么多年，察言观色的本领多精啊，一下就捕捉到他的异样。她心下了然，有点感动也有点欣慰，但面上不做表露，随口问他：“今年回家过年吗？”

季让眼神冷下来，垂着的眼角有几分讥诮：“我为什么要去别人家过年？”

“什么别人家？”季芊一下被勾出火来，“那是你家！”

季让转身就走。

季芊简直要被他气死了，喊道：“你怎么说翻脸就翻脸！成绩进步了，性格能不能也进步一点啊？”

季让头都没回，大步走远，很快消失在人群中。

她气结，缓了半天，拿出手机给季伟彦打电话：“喂，二叔，我见到阿让了。”

“怎么样，他同意了吗？”

“没有，我一提回家他就走了。”

那头叹息道：“算了，慢慢来。”

季芊忍不住安慰：“二叔，你别难过了，阿让现在已经开始转变了。他会慢慢长大的，会理解你当年……”

季伟彦笑了声：“芊芊，我去开会了。”

季芊看着暗下来的手机屏幕，叹了叹气。

…………

寒假就这么开始了。

俞濯是临近开学才狂补作业的人，每天都在外边儿疯，吴英华气得天天在家骂：“能不能学学你姐？你姐考了年级第九，还每天都去图书馆学习，你什么时候才有你姐一半懂事？”

俞濯翻白眼，恨不得直接把他姐出卖。

她那是在图书馆学习吗？季让每天都在图书馆等她！

假借学习之名，行约会之事！还拿零花钱封他的嘴！要不是在网吧开黑太费钱了，他才不会这么轻易被收买呢！

大年三十的前一天，从来没写过寒假作业的季让就已经把所有的作业都写完了。

戚映比他早几天写完，这几天他做卷子，她就自己预习高二下学期的内容，聪明得不行。

他好骄傲。

从图书馆出来的时候，又在下雪。

“快过年了，明天就不来图书馆了，在家好好跟他们过年吧。”他低头替她系围巾，一圈一圈围上来，连下巴都包住，露在外面的半张脸又乖又好看。

她点点头。

季让笑起来，摸摸她的脑袋说：“走，回家。”

两人走到街边，刚准备过马路，一辆黑色的林肯在旁边停下来。

季让脸色一沉，车窗缓缓降下，季伟彦坐在车内，笑容温和地跟他打招呼：“阿让。”又看了看他旁边的戚映，“这是你同学吗？”

季让方才面对戚映的温柔全都消失不见，只剩下冷冰冰的漠然：“你来做什么？”

季伟彦丝毫不介意他的冷漠，淡声道：“我刚开完会，经过这里。刚才看到你，还以为看错了。”他看向戚映，“雪下大了，叔叔送你们回家吧？”

季让冷声：“不用。”

戚映好奇地打量着车内的男人。

季让拉过她手腕，几乎粗暴地转身要走。

季伟彦低声说：“阿让，明天就是大年三十了，回家过年吧。”

季让猛地回身，眼里是比冰雪还要冻人的戾气：“回家？我哪还有家？我的家不是被你亲手毁了吗？”

他像全身都长出刺，扎得每一个靠近他的人都疼。

戚映手腕被他捏得好痛。但她没有挣扎，她只是踮起脚，温柔地摸了摸少年的头。

季让愣了一下，从暴躁的情绪中醒过来。

他低头看身边的小姑娘，她抿着唇角朝他笑，手掌又轻轻拍了拍他落满雪花的头发。像在说：别生气呀。

少年眼底的戾气就这么褪了。

他替她把帽子戴好，重新牵住她的手，低声说：“不生气了，走吧。”

没有再看季伟彦一眼。

戚映被他牵着走出几步，回头看了看车内神情难过的男人，乖乖挥了下手。

季伟彦一愣，随之笑了笑，也朝小姑娘挥了挥手。

第十五章

山楂味新年

街上行人比平时要少，许多铺子都关了，但依旧挡不住过年的气氛。

巷口有几个小孩在放擦炮，突如其来扔在戚映脚下。她还没反应过来，季让一脚把擦炮踢远了，双手捂住她的耳朵。

她听到季让凶那几个小朋友："想挨打是不是？再扔一个试试看？"

她觉得好好笑。这个人，怎么跟小孩子也一般见识。

他本来就凶，大人都怕他，那群小孩儿飞快地跑了。

季让把她送到小区外，替她拍了拍帽子上的雪花，笑着说："回去吧。"

戚映抱着书包看他，总觉得少年在故作轻松。刚才遇到的那个男人，面容和他有几分相似，她猜测应该是他爸爸。

她之前一直都不知道，他和家里的矛盾已经到了这么严重的地步。听他爸爸刚才的意思，他好像很久没有回家过年了。

难道他一直都是一个人吗？

戚映打字问他：明天你和谁一起过年呀？

季让笑道："等着和我一起过年的人排了十几米长队呢，别瞎担心。"他在她后脑勺拍了下，"雪下大了，快回去。我也要赶在超市关门前去买点年货。"

天色已经不早了，今天应该是超市最后一天营业，戚映担心他错过时间，点点头，乖乖朝他挥挥手，转身往里走。

走了几步，听到他在身后喊她："映映。"

她回过头来。

少年双手插在衣服口袋里，站姿散漫，笑得很深说："新年快乐！"

她也笑起来。

回到家的时候，吴英华正在和面，准备明天包饺子，俞程在修灯笼，挂了没几天被风吹坏了，俞濯躺在沙发上玩游戏。

家里电视开着，吵吵嚷嚷，热闹又温馨。

吴英华问她："映啊，明天不去图书馆了吧？我们早上要去文华寺祭祖。"

她摇摇头，洗了手去厨房帮忙。

当晚一家人早早就睡了，第二天一早俞程就开车带着他们去文华寺。俞家以前祖辈在文华寺立过牌位，每年祭祖都来这里，现在逐渐成了习惯。

戚映父母过世后，俞程也在寺庙里给他们立了牌位。祭拜完回到家已经是下午了。

然后就开始准备年夜饭。

俞濯皮得要命，买了炮仗在阳台上放，差点把他妈吓死。吴英华拿着擀面杖在家追着他打，俞濯直往戚映身后躲。

俞程买了可乐回来，加了姜熬烫，说是这么喝对身体好。天色刚刚暗下来，丰盛的年夜饭就摆上桌了。

俞程在饭桌上给两个小孩儿发了压岁钱。过年这样的时刻，大家都默契地不提戚映的父母，高高兴兴吃完饭，就准备看春晚。

年轻一辈对现在的春晚越来越不感兴趣，俞程和吴英华看得津津有味，戚映和俞濯都各自抱着手机在玩。

岳梨给她发了个 13.14 元的红包，兴奋地发语音："映映，你猜我抢了多少红包？刚才发给你的全是我抢来的，我加了好多抢红包的群！拉你进来一起啊！"

戚映瞬间被拉进七八个微信群。

有什么“海城一中高二年级群”“海城一中仙子聚集地”，还有个“我抽烟打架但我是好学生”。

“好学生”那个群里正在发红包，她点进去看。

ID 叫屈小可爱的人说：“我要给让哥发个专属红包，以表达对他过年吃泡面的心疼。”

然后他发了个一块一。

刘海洋说：“一块一泡面调料都买不起，看老子的。”他发了个五块二，又问：“让哥，你感受到我的爱意了吗？”

岳梨发了个掀桌的表情：“你们抢了我的手气红包然后拿去发专属？不行！发出来，我要抢！”

季让发了个红包出来。

戚映赶紧戳进去抢，竟然有九十九块！

季让发了五百块，群里面十几个人，就戚映抢得最多。

屈小可爱崩溃地发语音问：“这个 Seven 是谁？抢走了让哥对我的宠爱！”

岳梨的语音也传过来：“哇映映你手气好好啊！”

屈小可爱无奈的声音响起：“好，我认栽。”

戚映又把抢的那九十九块发了出来，群里开始新一轮的抢红包。

季让给她发消息：小傻子，抢到了就是你的，还发出去做什么。

他又单独给她发了个红包。写的是：压岁钱。

她点开一看，一百九十九块！

季让打了一串省略号，然后说：限额两百块。

戚映几乎可以想象他本来打算豪气地发个九百九十九，却发现有限额时的愤怒，忍不住笑起来。

戚映打字问他：屈鹏说，你在吃泡面。

季让回得很快：别听他的，我吃的海参鲍鱼。

戚映：你在家吗？

季让：嗯，看春晚呢，这小品还不错。

戚映：一个人吗？

季让：没，朋友也在。

窗外时不时传来爆竹的声响。

戚映看着群里那个不怎么说话埋头发红包的ID。

她知道他在说谎。他一个人在家，没有朋友，也没有家人。

她心里难受得要命。

手机推送了一条新闻，凌晨十二点，游乐广场要举办跨年烟花秀，各部门已做好准备，严密防止火灾以及踩踏事件。

戚映手指紧了紧。

她打字给舅舅看，说想跟同学一起去跨年，看烟花秀。

俞程一开始不答应。但戚映一再保证她的同学会到小区外来接她，而且临近凌晨，出来跨年的人逐渐多了起来，俞程走到阳台看了看，小区外面灯火通明人来人往，放炮仗放焰火的小孩子到处乱窜，这才安心了些。

架不住外甥女祈求的眼神，点头应了，又喊俞濯："跟你姐一起去看烟花啊！"

俞濯躺在沙发上打游戏："不去，外面好冷啊，我不想动。而且她跟她同学一起，我才不去凑热闹，有代沟。"

俞程在他腿上拍了几巴掌，戚映已经穿好衣服戴好围巾，跑到门口去穿鞋。

俞程只得交代："注意安全啊，早点回来。"

她点点头，拉开门跑了。

第一次说谎话，心跳得好快，一路飞奔下楼，拦了辆出租车，把地址给司机看。

夜晚的街道比白天热闹多了。到处都是出来跨年的年轻人，特别是靠近游乐广场的那一圈，早就挤满了人。

到季让家楼下时，距离午夜十二点还有七八分钟。

这地方临近郊区，倒是比城内安静很多。她提着在半路上买的一大包东西，一路跑了上去。

门铃的叮咚声在安静的走廊中格外清晰。

按了两次，门锁“咔嚓”一声，门缓缓打开了。

季让愣愣地看着气喘吁吁的小姑娘，有那么一瞬间，以为自己在做梦。

他身后的落地窗外，一束火光直冲天空，“砰”的一声炸开。

凌晨十二点，烟花秀开始。

房间里的电视传出春晚主持人喜悦又兴奋的声音：“三，二，一，过年好！”

她笑起来，眼底星光闪烁，无声对他说：“新年快乐。”

季让的心脏仿佛被一只手揪住。不疼，可捏得他全身都在发抖。一股酸意直冲眼眶，他全身紧绷，狠狠咬着牙，疯了一样，一把把门口的少女扯到怀里。

紧紧抱住，像要把她揉进血肉里。

她身上有令他安心的甜香，不像他，整个屋子都是难闻的泡面味。

他忘了自己抱了她多久，他从来没像现在这样，生出近乎镂骨的贪恋。

她也不挣扎，乖得要他的命。

过了好久好久，久到窗外的烟花秀已经停了。

他像自梦中惊醒，猛地把她松开，手掌按住她肩头，看了又看。戳戳她的脸，又摸摸她的头。是真的，她真的站在他面前。

他紧绷到麻木的身体终于缓缓松下来，朝她笑了。掩去那些疯狂的情绪，又变成泰然自若的少年。

他牵着她进屋。

先去把窗户打开，让泡面味散了，又赶紧把茶几上的泡面盒、饮料瓶一股脑全部丢进垃圾桶。

回头的时候，戚映正把她拎过来的那个大袋子放在餐桌上，一样一样往外边儿拿。

有红色的窗花，一副对联，双鱼抱尾的福字，一对收起来的灯笼，一盒可以拿在手里玩的焰火棒，还有一盒热气腾腾的饺子。

戚映朝他招招手。

季让走过去，她把饺子递给他，用口型说：“快吃。”

外卖袋子里还有一小包醋。

饭厅暖黄的灯光洒下来，落在她眉间发上，柔软又漂亮。

季让接过饺子，吃了两个，问她：“你吃了吗？”

她笑着点头。

他也笑，用筷子夹起一个喂她：“尝一尝和你家包的有什么不一样。”

她张开嘴咬了一口，果然认真地尝起来。饺子上咬了一个小小的月牙儿状，他把剩下的一半放进自己嘴里。

吃完饺子，她把红色的窗花交给他，指挥着他贴。

他个子高，不用踩椅子也可以贴上合适的高度，戚映站在后边用手示意他往左往右。他时不时回头逗她：“这边？偏没偏？偏了啊？那这边呢？又偏了啊？小傻子你故意的是不是，要不你来？”

我来就我来！

她气呼呼地从餐厅搬了个椅子过来，光着脚踩上去，拿着窗花认认真真地往上贴。

季让就站在她旁边，手臂微微虚抱着，怕她摔下来。

玻璃映出两个人的身影，是他从未体验过的温暖。

贴完窗花两个人又去挂灯笼。

季让没搞过这些，连合起来的灯笼怎么打开都不知道。戚映两只小手按住首尾，憋着劲儿往中间一合，像伞一样的红灯笼就鼓起来了。

她把灯泡装进去，长长的电线足够到插座，然后和季让一人抱着一个去阳台挂上。

季让刚按开阳台的灯，就看见自己飘在阳台上的内裤。他“唰”的一下把灯给关了，然后一把把戚映给推回客厅。

戚映疑惑地看着他。

季让结结巴巴地说：“我……我吃了饺子有点渴，你去厨房帮我烧点水。”

戚映没有怀疑，乖乖去了。

他赶紧把内裤收下来，做贼似的扔回卧室。

戚映很快就出来了，她很喜欢布置这些年味十足的装饰，让季让把椅子搬到阳台上来，自己踩上去挂。季让在下面拿着电线，等她挂好就插电。

红红的光瞬间溢满阳台，冷清清的家里好像突然就变得温暖起来。风吹过时，灯笼微微地晃，流苏飞扬，好看极了。

对联是红底黑字金边，写的是“一帆风顺吉星到，万事如意福临门”，季让觉得这对联很应景。

她可不就是他的小吉星！

等把她买来的东西全部弄完，家里终于有了些年味儿。春晚已经结束了，外面时不时有人放炮仗。她把焰火棒拿在手上，让他点燃。

季让替她把围巾戴好：“下楼玩吧，顺便买个打火机。”

戚映兴奋地点点头。

楼下的小商店早就关门了，一辆出租车在街边停下来，热情的司机喊他们：“新年好啊，坐车不？”

季让笑道：“新年好，不坐了，我们在这附近找找商店。”

司机说：“没啦，这附近都关了。你们去不去游乐园啊？我刚才拉了好几趟都是去游乐园的，今天晚上那里通宵营业呢，还有节目。”

季让刚想拒绝，衣角被扯了扯。

戚映仰着小脸看他，手里拽着那把焰火棒，眼睛亮晶晶的，写满了“想去”！

他失笑，跟司机说：“行，那去吧。”

两人上了车，一路往游乐园的方向开。人群渐渐地多了起来，到的时候，四周热闹喧嚣亮如白昼，刚下车就看见广场上在舞狮。

戚映无声地“哇”了一声，小嘴张得圆圆的，手紧紧拽着他的衣角。

季让觉得自己心里面好软好软，任由她牵着衣角，先去买了票，陪着她看了会儿舞狮，才进园。

园内更热闹。

各种游玩设施都可以玩，还有游览的花车。一个穿着财神玩偶服的工作人员站在花车上，往两边撒金元宝。

其实都是巧克力。戚映好开心，两只手捧着跟着花车跑，财神见她可爱，不停地往她的方向撒。她接了好多，后来衣服口袋都装得鼓鼓的，又往季让兜里塞。

自从妈妈过世后，他没有再进过游乐园。他已经很久很久，没有过过这么热闹的年了。

他看着身边看什么都觉得惊喜的小姑娘，心里软得一塌糊涂。

她不知道，她的到来对他而言意味着什么。

但没关系，她可以永远什么也不知道。因为他会把他在这世上仅存的温柔与爱，全部都给她。

一直玩到凌晨四点多，游乐园的热闹才渐渐消了。其间戚映拍了张照片发给舅舅，让他不用担心。

从摩天轮下来后，戚映打了好几个哈欠，季让问她："困了？"

她揉着眼睛点头。

他笑起来："那回家吧。"

跟着离开的人群往外走时，在路上遇到卖糖葫芦的。戚映本来已经困得不行了，看见糖葫芦时，眼睛又亮了。

季让笑着摸摸她的头，去买了一根回来。

他举着那串糖葫芦走到她面前，低头笑问："山楂味的，喜不喜欢？"

戚映突然就有些发愣，思绪一下子被扯回梦中。

在梦中的上元灯节，她从来没见过那么多人，扯着将军的衣角亦步亦趋，又害怕又开心。好多她没见过的小玩意儿，好多她没吃过的东西。

那小贩举着插满糖葫芦的稻草棒，边走边吆喝。

梦中的她好像从来没吃过糖葫芦，睁着大大的眼睛一路盯着看。将军发现她的小心思，笑了一下，招呼那小贩买了一串。

递给她的时候，低头笑问："山楂味的，可喜欢？"

喜欢。你和糖葫芦，我都好喜欢。

而现在，季让也拿着一串糖葫芦，问她同样的话。

戚映忽然觉得自己好像可以轻松面对梦境与现实了，之前总是努力地控制自己不再去回忆梦中的画面，只珍惜眼前的真实。可这会儿好像突然就醒悟了一样，不论是梦中还是现在，她想要的都只是季让一人。

戚映用力地点点头，接过糖葫芦吃了一颗。好甜，还跟梦中一样，又甜又粘牙。

季让看她吃得那么认真，眼睛里都是笑，问她："好吃不？"

她开心地点头，想了想，迟疑着把手里的糖葫芦递到他嘴边。季让笑起来，低头咬了一颗。

两人吃着糖葫芦走出游乐园的大门，外面人车拥挤，他打了半天车都没打到，只能先往前走，打算离开这附近的高峰区再叫车。

接近凌晨，天色还是很暗，月亮泛着朦胧的光，走得远了，人声鼎沸都在身后散去，四周又恢复了寂静。

季让拿着手机边走边叫车，戚映一只手牵着他的衣角，一只手握着糖葫芦，小步跟在他身边。

凌晨加之过年，这个时间段确实不太好打车，季让叫了半天车都没影，想着实在不行就给朋友打电话叫他们开车来接。

他转头想跟戚映商量，看要不要先找个地方坐着等一下。

一转头，就看见小姑娘握着那串糖葫芦边走边打瞌睡。

手指还紧紧拽着他的衣角，小步迈着，但小脑袋一点一点的，长睫毛困恹恹地垂下来，点了几下，又惊醒过来，赶紧舔一舔手里的糖葫芦，但隔不了几秒，眼皮又沉下来，小脑袋上上下下地点。

季让又心疼又好笑。

他停下来，微微俯身，手臂环过她细弱的腰和膝盖窝，将她打横抱了起来。

戚映一惊，睁开惺忪的眼睛。

他低头看着怀里的小姑娘，低声说："乖，睡吧。"

戚映实在太困了，他的怀抱好宽好暖，手臂也很结实，抱着她时很稳，还有好闻的味道。她软绵绵地靠在他肩上，安心地睡着了。

凌晨五点的长街，一切都还未醒来。

月色很轻，云层很薄，晨起的白雾刚开始弥漫。

他抱着又轻又小的人儿，每一步都走得很稳。怀里的小姑娘已经睡熟了，呼吸绵长，一呼一吸时，能闻到独属于她的甜甜的清香。

走到那条种满海棠树的林荫道时，天边已经开始泛白，早起的清洁工开始打扫昨夜狂欢过后的街道。

他一点也不觉得累。

他看看怀里的小姑娘，红色的围巾因为微微的摩擦往上翘，挡在她唇边。她睡相好乖，垂下来的睫毛又长又密，随着呼吸像轻颤的蝶翅。

季让心脏跳得好快。

戚映在他怀里醒过来。

睁眼的时候还迷迷糊糊的，小脑袋在他颈窝蹭啊蹭，嘴唇擦过他下巴，软软的润。

季让低声问她："醒了？"

她点点头，揉揉眼睛，季让俯身弯腰把她放下来。戚映站在地上才彻底醒过来，想到什么，摊开自己的手看了看，委委屈屈地把目光投向季让。

我糖葫芦呢？

季让失笑："掉了，下次再买。"他低着头替她把围巾重新系好，"回去吧，好好睡一觉。"

戚映乖乖地点头。

回到家的时候，舅舅他们还在睡着，她轻手轻脚去洗了个澡，然后爬到床上继续睡觉。舅舅知道她凌晨才回来，也没来叫她。她一觉直接睡到了午饭。

吃完饭，一家人要去走亲戚，去的是舅妈那边的亲戚，戚映不认识，俞程也不想她过去了不自在，给她留了两百块钱，让她下午自己约同学去吃好吃的。

俞濯羡慕得不行，他最讨厌走亲戚，特别讨厌那些亲戚问他期末考了多少分。可惜他必须去，蔫蔫儿地跟着他爸妈出门了。

家里只剩下戚映，她先给季让发消息告诉他自己醒了，但没收到回复，大概也还睡着。又给岳梨发，约她下午出来逛街。

岳梨发来一个大哭的表情：我在乡下走亲戚，等我回来再约啊！

看来大年初一大家都在走亲戚，戚映想了想，干脆收拾了书包去图书馆。好在是国家公立图书馆，这个时间段也开着，馆里空荡无比，大概只有她一个人。

戚映做了一下午的高二下学期的化学题，又把下学期英语前几个单元的单词背了，五点多的时候才离开，背着书包站在图书馆门口查了查地图，准备找家好吃的饭店吃点东西。

正在查地图周边，一辆黑色的林肯车在她前边停下来，车窗摇下，扑出一阵带着森林淡香的暖气。

季伟彦笑容温和地跟她打招呼："小姑娘，还认识我吗？"

戚映半张脸裹在围巾下，水灵灵的眼睛有一丝怯意，微微点了点头。

季伟彦看出她有点紧张，打开车门走下来，温声说："我是季让的爸爸，我想请你吃个饭，可以吗？"

戚映手指拽着书包带，不知道该答应还是拒绝。她不喜欢跟不熟悉的人接触，也知道不能随便上别人的车。可这个叔叔是季让的爸爸。

戚映抿了抿唇，在季伟彦耐心和蔼的目光中点了下头。

季伟彦笑了笑，替她拉开车门："上车吧，外面冷。"

戚映坐进车里，把书包取下来抱在怀里，有点拘谨。季伟彦坐在她旁边，先吩咐司机开车，才转头问她："小姑娘，你叫什么名字？"

戚映把手机拿出来，在备忘录上打字：叔叔，我叫戚映。

季伟彦脸上闪过一抹错愕，愣了一下才问："你……不会说话吗？"

戚映点点头。

季伟彦不知内心是什么滋味，无声叹了口气，怜爱地摸了摸她的头："好孩子，没关系。"他语气温柔，"想吃什么呀？"

戚映打字说：我都可以的。

季伟彦想了一下这个年龄的孩子都喜欢吃什么，但发现自己完全不了解，最后吩咐司机去他常去的那家法国餐厅。

那里环境清幽，种了很多花，小姑娘应该会喜欢。

车子驶上街头，季伟彦问了她几句学校里的情况，戚映都认真地打字回答他。得知她期末考试考了年级第九，他笑着问："阿让这学期进步那么大，是你帮助他的吗？"

戚映有点腼腆，打字说：**是他自己聪明又努力**。

两人正聊着，季伟彦的手机响了起来，车内安静，接通之后，戚映听到那头火急火燎的声音："季总，夫人又晕倒了！"

季伟彦脸色一变："陈医生过去没？"

"已经打过电话，在路上了。"

他沉声说："知道了，我这就回来。"

司机也听到了，等他挂完电话就问："季总，转道回家吗？"

季伟彦看了看窗外，车子已经开上了高架，一时半会儿下不去。他稳了稳心神，问戚映："映映，叔叔得马上回家一趟，你愿意到叔叔家里坐一坐吗？"

戚映有点迟疑。

他温和道："你可以去看看阿让长大的地方。"

戚映知道他得赶回家，现在不方便送她，又不能把她丢在高架上，于是点点头。

车子一路风驰电掣开回季家。

季家在郊区著名的富人别墅区棕榈园，三层独栋别墅，车子直接开入私人地库，旁边的电梯直达客厅。

戚映一直抱着自己的书包垂着眸，不乱看。

季伟彦让保姆阿姨给她拿饮料，温声说："映映你先随便看看，阿让的房间在二楼走廊尽头，我一会儿就回来。"

她乖乖点头，季伟彦笑了下，然后就急匆匆上了三楼。

保姆阿姨很快给她拿来了好几种饮料，还切了水果。戚映有点不习惯在陌生环境待着，拿了盒牛奶后就从楼梯爬上二楼，找到了季让的房间。

房门关着，她伸手握住门把手一转就打开了。

打扫得很干净的大房间，生活用品一应俱全，可依旧能看出这房间已经很久没住过人了。

戚映慢慢走过去。

书桌上立了一排初中的辅导书，有装满钢笔的笔筒，堆成厚厚一叠的练字帖。旁边的书柜里摆满了青少年必读的文学名著，还有各类的漫画书，军事杂志。

靠近落地窗的位置有一个很大的玻璃橱柜，里面全是各种枪支坦克的模型。书柜上摆了个奖杯，戚映踮着脚看了看，居然是全国青少年射击比赛的冠军奖杯。

奖杯旁边就是季让获奖的照片。

照片上的少年看上去还很小，只有十二三岁，小脸绷得很紧，严肃又认真，手里拿着一把手枪，身姿站得笔直又端正，凝神瞄准前方。

哪怕模样个头都还没长开，已经难掩帅气。

照片里的季让，丝毫没有现在他身上那种漠然的戾气。那种自信又凛然的气质，像耀眼的太阳一样吸引着所有人的目光。

戚映拿出手机，对着奖杯和相框拍了一张照。刚照完，微信群蹦出 @她的几条消息，戚映点了进去。

是“我打架抽烟但我是好学生”那个群，屈大壮在 @ 季让，叫他一起去六中打篮球。

季让说：不去，手酸。

屈大壮问：咋了？昨晚通宵打铁了？

季让发了一个“滚”的表情包。

屈大壮又 @ 戚映：你要去跟 @Seven 约会就直说！不要用手酸这种借口敷衍我！

季让没再理他，切出来回戚映中午发给他的消息：刚醒，吃饭了没？

戚映在床边坐下来，想了想，还是跟他说实话：还没有，我刚才在图书馆外边碰到你爸爸了。

季让的消息几乎是瞬间回了过来：你在哪儿？

戚映把刚才拍的那张照片发了过去。

那头很久没有回复。

戚映等了一会儿，收起手机，又在房间转了转看了看。十多分钟后才收到季让的回复：待在房间里别乱跑，我来接你。

她乖乖回了一个“好”。

她没有乱动房间里的东西，只是在书桌前坐下来，翻看那一叠已经泛黄的字帖。从歪歪扭扭的笔画到行云流水的字迹，几乎可以想象少年端正坐在这里握笔练字的画面。

原来他的字写得这么漂亮。还会射击，拿过冠军。读过那么多的文学名著。

她就知道，他很厉害很棒的！

没多会儿，身后的房门被敲了敲。戚映回过头，季伟彦站在门口，笑容温和道：“映映，叔叔事情忙完了，走吧。”

她把字帖放好，跟着他下楼。

有个医生模样的人站在客厅里，正在跟一个护工交代：“再观察一晚上生命体征，明早把记录发给我看一下。注意这期间不要让她的情绪受波动，情绪对心悸病的影响很大。”

护工连连点头，看到季伟彦下来，问他：“季总，您要走了吗？”季伟彦点点头，护工说：“夫人还让我问您，今晚在不在家吃饭呢，她难得有胃口，刚才吩咐张姨去买菜了。”

季伟彦笑了笑：“今晚不行，我约了小朋友，让夫人自己吃吧。”

护工好奇地打量站在他身边的戚映，还想问什么，身后的房门突然“砰”的一声被踹开了。

满身戾气的少年眼眸冰冷，步子迈得大而快，所有人都还没反应过来，他已经径直走到戚映身边，拉过她手腕拽着就走。

那护工反应过来，怒声：“你是谁？怎么擅闯民宅！”

季伟彦呵斥她：“住嘴！”他赶紧追上去几步，“阿让！”

这地方季让一秒也不想多待，可他到底是停住了，看了眼身边有些不知所措的少女，回过了身去。

戚映在旁边看着，他尽量让自己语气平静，可依旧掩盖不住眼底的暴怒，盯着季伟彦一字一顿道：“请你今后滚出我的视线，不准再出现在她面前。”

季伟彦被他毫不留情的话气得沉下了脸：“你说的这是什么混账话！”他几步走到季让面前，深吸几口气放平语气，“我只是想请映映吃个饭，她在学习上帮了你很多，我很感谢她。”

季让讥讽地看着他：“我的事和你无关。”

季伟彦不想跟他针锋相对：“好不容易回趟家，留下来吃个饭吧，刚好今天过年，你想吃什么，我让阿姨做。”

少年看他的眼神像看仇人：“在这个地方吃饭，我会恶心得吐出来。”他突然扫了一眼旁边站着的医生和护工，不知想到什么，故意露出恶毒的笑，“那个女人死了啊？”

那一瞬间，季伟彦觉得自己好像从未真正认识过这个唯一的儿子。

他只希望他能好好长大，不求他为谁争光，只要品行端正就好。可他却自甘堕落，之前那些不良少年的举动他都可以当是他叛逆，可现在少年脸上露出蛇吐芯子般的恶毒，让他狠狠心寒了一下。

他抬手，一巴掌打了过去，像要把他打醒一样。

“啪”的一声，重重扇在季让脸上。

满屋子都是季伟彦的怒吼：“你看看你自己现在像什么样子！”

所有人都愣住了。

没想到性格一向温和的季伟彦居然会发这么大的火。

季伟彦还想说什么，一直在旁边乖乖站着的戚映突然冲到季让前面。

她张开双手，把少年护在身后，像头发怒的小豹子，狠狠瞪着对面的男人，好像他如果再动手，她就会扑上去咬他。

她身段又细又弱，纤细的背影还在微微颤抖。可她努力地挺直身子，努力地踮着脚，想把少年全部挡起来。

季让突然想起很多年以前。

同一个地方，同样的场景，季伟彦当着季家所有人的面打了他一巴掌。

那时候，没有一个人站在他这边。

他冷冰冰地看了他们一眼，一句话都没说，转身走出门，从此再也没有回来过。

如今，他为了面前的少女再次踏入这个令他憎恨厌恶的地方，又挨了一巴掌，可他一点也没有上次那样绝望的愤怒。

他垂下眸，伸手牵过少女纤弱的手腕，轻声说：“映映，我们走了。”

戚映回过头来，柔软的眼睛通红。看着少年脸上温柔的笑，乖乖点了下头。

他牵着她走出大门。

屋外有冬日淡薄的阳光。

他听见浅浅的抽泣声，偏头看，小姑娘在哭。好像挨打的是她一样。

季让停住步子，在她面前蹲下，笑着安抚她：“小傻子，哭什么？刚才不是很凶吗？”

她眼泪流了满脸，伸出柔软的手指，小心翼翼地摸了摸他红肿的右脸，好像在问他：疼不疼？

他用脸蹭蹭她温热的指腹：“不疼，别哭了。”

戚映抿着唇憋住眼泪。靠过来，嘴嘛着，轻轻给他呼了呼。

第十六章

奶香护身符

天边只余下最后一抹夕阳，落在她眉眼发间，镀上柔软的光芒。戚映给他呼呼的时候，认真又乖巧。

季让感觉自己心柔得化成了水。

他忍不住逗她："呼呼不行。"

戚映眨眨眼。

他说："要亲亲才有用。"

小姑娘真的被他逗住了。愣了一下，软乎乎的脸颊渐渐爬上绯红，她迟疑地看了看他，好像在思考，亲哪里比较好。

那视线干净清澈又柔软，季让为自己的放浪感到羞愧。

他笑了下，手掌撑着膝盖站起身，揉了下她的头，继续牵着她的手腕往外走："饿不饿啊？我好饿，吃饭去。"

戚映把自己刚才在图书馆附近搜出来的饭店给他看。

季让问："想吃这个？"

她乖乖地点头。

他笑起来："行，那就去吃这个。"

石子路外面就停着他的山地摩托，斜斜摆在那里，都没有上锁。季让把那个粉色的头盔拿出来给她戴上，系好扣子，等她爬上后座才笑吟吟地问："要快一点还是慢一点啊？"

坏蛋，明知道她不会说话。坐在后边连字都不能打。她用手指掐他的腰。

季让痒得直笑，还不忘逗她："你不说话，我就当你默认快一点了。"

引擎轰鸣一声，戚映吓得紧紧搂住他的腰。

但他只是想逗她开心，忘记刚才不愉快的一幕。

车子开得安全又慢，他怎么舍得他的宝贝受惊。

开出别墅区大门的时候，一个老保安正在教训新来的保安："乱嚷嚷什么！那是季家的小少爷！叫你平时多了解一下住户资料，就知道玩手机！还瞎咋呼要抓人，我看该把你抓起来！"

那头，收到消息赶去的巡逻队正站在客厅跟季伟彦道歉："抱歉季先生，我们收到消息有人强闯，是保安那边误会了，他刚入职，没见过小少爷，真的不好意思。"

季伟彦疲惫地挥挥手："没事。"

巡逻队又道了几句歉才离开。屋内气氛尴尬又沉默，楼梯上传来脚步声，面带病色的女人走下来，轻声问他："是阿让回来了？"

季伟彦回头，皱了皱眉："你下来做什么？"

"听到你大吵大叫的，我下来看看。"她责备地看着他，"孩子好不容易回来一次，你又骂他做什么？"

季伟彦心累得不行："你别瞎操心，回去躺着吧。"又转头喊护工，"小容，扶夫人回房去。"

护工赶紧应了，两三步爬上楼，扶住女人孱弱的手臂。她看着丈夫心力交瘁的模样，叹了叹气，转身上楼了。

一直上到三楼，护工才后怕地低声开口："夫人，刚才那个就是你跟我说过的季总的小儿子啊？他看着好凶啊，跟你描述的完全不一样，我都没认出来。"

护工来季家照顾她有两三年了，关系亲密，说话没什么顾忌。

女人轻声问："他们因为什么吵架？"

护工支支吾吾，不敢把少年问她死没死那句话说出来，拣轻的说：“季总带了个小姑娘回家，好像是季小少爷的朋友。”

女人被扶回床上躺着。她有严重的心悸病，常年卧床，说话声都不敢大了。

护工替她把测心跳量血压的仪器重新绑上，才听到她轻轻叹气说：“好不容易找到父子关系缓和的突破口，他这又是在做什么，以后估计恶化得更严重了。”

护工安慰她：“季总就这一个儿子，今后总要回来的。别的不说，家业总要有人继承。”

女人摇了摇头：“那孩子性格倔，当年被误会之后离开家，谁都没能把他劝回来，到现在这么多年了，丝毫没有缓和的迹象，也不知道……”

她顿了顿，终究没再说什么，有些虚弱地闭上眼。

护工看着女人苍白的病容，心里默默想：如果夫人也有个孩子就好了。

可惜命不好，流过两次产，这辈子都不可能再生育了。

…………

戚映在地图上搜的那家饭店有点类似私房菜，味道一般，但环境布置得很雅致，算是个小有名气的网红打卡店。

两个人坐在窗边吃饭的时候，店内有不少打扮精致的女生在拍照。

染着粉色头发的女生自拍的时候不小心把靠窗的少年拍进去，P 图的时候才看到，放大一看，赶紧招呼对桌的小姐妹：“快看这个入镜的小哥哥！好帅啊，就在后边儿靠窗那里！”

小姐妹笑骂她：“你要不要脸，这男孩子看上去明显是高中生，你都可以当人家阿姨了，还小哥哥。”

粉头发女孩儿“呸”了她一声，转过身偷偷打量，看到什么又兴奋地回过头来：“他旁边那个小姑娘好可爱！天啊，我这是遇到了什么神仙爱情，我要过去蹭一蹭爱情的仙气！争取早日脱单！”

季让正在给戚映剥虾。

厨师已经把虾线去了，但虾壳还在，他用筷子按着虾头，戴着手套把虾壳剥下来，再把莹润的虾肉蘸上酱汁，放到戚映面前的小碟子里。

她很喜欢吃虾，他自己一个没吃，全剥给了她。

正在剥最后一个，突然听到旁边有人问："两位小朋友，请问我可以给你们拍张照吗？"

季让最不耐烦这些。

往常都是一个冷冰冰的"滚"字。

脸上刚浮上不耐，戚映扯了下他的衣角，抿着唇朝他摇摇头，好像在示意他不要发火。

季让垂了垂眸，听她的话，没发火，甚至还对着粉色头发的女生笑了下，只是语气不怎么柔和就是了："不好意思，不可以。"

女生有点失望，但也没强求，夸了句彩虹屁来掩饰尴尬："小妹妹你长得好漂亮好可爱呀，一定是喝仙女露水长大的吧。"

戚映乖乖朝她笑。

季让在旁边："拍照是吗？拍吧。"

女生心道：欸？？？

只要你夸我的小仙女可爱，我们就是朋友。

拍完照回去之后，粉头发女生心有余悸地跟小姐妹说："我被皮相欺骗了！那个男孩子好凶啊，刚那个眼神吓死宝宝了。还好他旁边的小姑娘软软的，哎，真是一物降一物。"

一物降一物的两个人已经吃完饭结账离开。

时间还早，但天色已经暗下来。

大年初一的街头，到处都是玩闹的人群。

餐厅对面就是一个商场，门口硕大的LED屏上在循环播放电影预告。过年贺岁片扎堆上映，看电影的人也络绎不绝。

季让低头问她："要不要去看电影？"

都是笑点百出的喜剧片，有利于改善心情。他迫切希望她能彻底忘记今天的不愉快。

戚映还没跟他一起进过电影院，有点兴奋地点了点头。

季让笑了笑，牵着她过马路，刚进电影院，就闻到爆米花浓郁的奶香味。

戚映立刻就被吸引，扯他的袖子。

季让戳她脸："怎么这么馋啊你，才刚吃了饭。"

话是这么说，还是带着她先去把爆米花和奶茶买了，然后再让她一边吃一边挑电影。

季让也不知道哪部好看，只能拣眼熟的喜剧演员挑。比如某沈姓喜剧演员，他就觉得很不错。

正想转头问戚映可不可以，就看见她一脸兴奋地指着放在最边上一个毫不起眼的宣传海报。

阴森森的黑色背景，月黑风高，猩红的标题——起棺赶尸。

季让崩溃……

大过年的，你要老子陪你看恐怖片？

季让觉得这电影的片方也真是个鬼才，选在春节档上线。

一家人其乐融融兴致勃勃来看电影过春节，都是图个开心，谁会看恐怖片啊？先不说吓不吓人，也不吉利啊。

资本的世界，他不懂。

这个电影院也是厉害，喜气洋洋的吉日，还敢把阴森森的宣传海报贴出来，还敢排片。虽然就排了这一场，还这么巧叫他们遇上了。

在戚映兴奋又期待的目光下，季让内心绝望地去买票。

买完之后选位置，一看，正中间的座位居然卖出去了一个。是哪位勇士如此与众不同敢于挑战自己？

季让顿时肃然起敬！

他把座位选在了那人后面一排。

广播里工作人员通知："请八点十五分观看《起棺赶尸》的顾客到3号检票口检票入场。"

季让顶着周围一众人目瞪口呆的表情，面无表情地拉着戚映进去了。

播放厅里黑漆漆的，只亮着几盏昏黄的灯，大屏幕上正在播广告，正中间的那个勇士已经坐好了，戴着一副黑框眼镜，抱着一桶爆米花，正襟危坐。

季让定睛一看，勇士居然是……吴睿。

年级第一到底有什么毛病？？？

他像是也没料到除了自己居然还有人在大年初一看恐怖片，看见熟悉的面孔，脸上顿时涌上兴奋，抱着爆米花“噌”的一下站了起来：“季同学！戚映同学！好巧啊！”

戚映高兴地跟他挥挥手，季让眼角有点抽，走到他后边儿那排坐下，吴睿还处于兴奋中：“你们也喜欢看恐怖片啊？”

季让突然想起来，上一次晚自习屈大壮在教室放电影的时候，他一听是恐怖片，立刻就留下来了，看来是有这爱好。

趁着电影还没开始，吴睿转过来跟他们闲聊，问季让：“你寒假作业写完没啊？”

季让语气中有股淡淡的不经意的自豪：“早就写完了，老师那边高一的补习也结束了，初七开始补高二的。”

吴睿也毫不吝啬自己的夸奖：“很不错啊季同学！我相信你很快就可以赶上学校正常的课程进度了！”

戚映在旁边跟着比大拇指。

季让被两个学霸搞得有点不好意思，好在灯光暗下来，大屏幕上出现熟悉的龙标，电影终于开始了。

两个恐怖片爱好者立刻全心投入电影中。

伴随着闪烁的字幕，诡异阴森的背景音乐在影厅内三百六十度立体环绕，季让一个哆嗦，手里的可乐差点洒了。

不，他不是怕，他只是没有准备好。

他可以的！他无所畏惧！

九十分钟后，观影结束。

前排的吴睿意犹未尽地转过身来，兴致勃勃地问戚映：“你看出来真正的凶手是谁了吗？”

戚映兴奋地点头，两只小手合在一起比了一个开花的动作。

真凶的名字里有个花字。

吴睿激动地说：“不啊，不是她，是她前夫才对啊！”

戚映疑惑地眨眨眼。很显然，两人看了场电影，连真凶是谁都没看出来。争论了半天，两个人齐刷刷看向季让，要求他投出最后一票。

全程闭眼玩家季让已关麦，并向对方扔了一个冷飕飕的眼刀。

离开电影院的时候天色已经很暗了，寒冬腊月，还飘着雨夹雪，刮着刺骨的寒风，冷得人直哆嗦。

吴睿跟他们打了招呼就跑去公交站等车了。

天太冷了，季让把摩托留在停车场，叫了辆车送戚映回家，等车的时候用围巾把她大半个脑袋都围住，又拉开羽绒服挡在她面前，几乎把她整个人都裹紧怀里。

到最后她也没跟吴睿争出个结果来，上车之后就抱着手机搜电影名，上网查结局。

季让真是没想到小姑娘胆子这么大，他有点不服气，伸手戳了下她软乎乎的脸，故意问她："一会儿一个人上楼害不害怕啊？"

戚映弯着眼睛跟他摇头。

他不死心，又问："晚上睡觉会不会做噩梦？"

戚映继续摇头。

大佬心中生出深深的挫败感，连头发丝都蔫儿了。

戚映歪着脑袋看了他一会儿，突然意识到什么。第一反应是好笑，但为了男孩子的尊严，忍住了。她拿手机打字问：你一会儿一个人回家害不害怕呀？

季让绷着脸："我怎么会害怕？我又不是小孩子。"

戚映又问："晚上回家会不会做噩梦呀？"

季让气笑了，戳她脑袋："小傻子跟谁学的这么坏，还会奚落我了？"

小傻子抿着唇笑，想了想，松开围巾，把挂在脖子上的一根红绳扯了出来，红绳上坠了一片玉质的小叶子。

她拿过季让的手，把小叶子放在他掌心。

因为贴着身体放，玉叶还裹着她的体温。

这是刚开学的时候，她和岳梨去逛银象城，在街边一家小摊位买的。

摊主穿着汉服，卖的也都是古风首饰，虽然都是很便宜的小东西，但做工精巧，她一眼就看中了这片玉叶。

她一直当护身符贴身戴着。

季让低头看着那片看上去成色并不算好的玉叶，掌心微微发烫。好半天，抬眸问她：“送给我啊？”

戚映认真地点点头，打字说：护身符，不要怕。

季让说：“护身符给我了，你怎么办？”

她弯着眼睛，有点小骄傲：我胆子大。

他盯着她看了一会儿，半晌，挑唇笑起来，低声说：“嗯，我不怕。”

他把玉叶戴在自己脖子上，妥帖地放进衣服内。

车子开到小区外，戚映没让他下车送，自己背着书包跳下车，笑着朝他挥挥手。车子调转方向，继续往季让住的地方开去。

他坐在车内，手掌按住胸口贴着玉叶的位置，低低笑出来。

…………

寒假就在烟花爆竹中过去了，高中生学业紧，假期根本没几天，海城一中的高三学生初七就开学了，高二也没好到哪里去，只多了三天，初十开学。

俞濯初八才开始赶作业。

还痛哭流涕地求他姐帮忙写数学卷子。

戚映心软，禁不起哀求，最后两天本来答应了要跟季让去图书馆看书，最后只能爽约，陪俞濯在家赶作业。

季让听闻此事后，将俞濯划入本学期必揍名单中。

初十之后，全国各地陆续上演大型灾难片上部《开学！开学！》，大型灾难片下部《补作业！补作业！》。

戚映倒没这个烦恼，她喜欢上学，作业也完成得很好。

刚刚开春的季节，天气还是带着寒意，但街边的树枝已经抽出新芽，枯黄中一点绿，看着人心情都变好了。

到学校之后，各科老师安排课代表收作业。戚映性格好，那些还在赶历史作业的同学请求她多宽限一会儿，她都答应了。

岳梨把她从乡下爷爷奶奶家带回来的特产分给座位周围的同学，戚映很喜欢她给的那袋杏子蜜饯。那是岳梨奶奶自己做的，捂了一个冬天，酸酸甜甜清脆可口，比外面卖的好吃不知多少倍。

她吃了一半，舍不得吃完，把口子封好，卷起来放进自己的校服口袋里。

岳梨过年吃得太好太油腻，额头上冒了好几颗痘痘，她趴在桌子上对着镜子一边挤痘痘一边问戚映："映映，你上学期能听到了，那这学期是不是就能说话啦？我好想听听你的声音啊，肯定很好听！"

戚映晶亮的眸子暗了下来。

寒假期间舅舅带她去了三次心理诊所，一直给她治疗的心理医生给她做的各项测试结果都显示良好，可她还是发不出声音。

从诊室出来她去上厕所，回来的时候在门外听到心理医生声音沉重地对舅舅说，她这样的情况实属少见，可能以后都无法开口说话了。

舅舅没把这些告诉她，还笑吟吟地安慰她很快就会好起来的。他不说，戚映也就假装没听到。

只是回去后，每天晚上睡觉前，她都站在穿衣镜前，一遍遍练习发声，可是毫无作用。她不知道该怎么办。

岳梨见她垂头丧气的样子，赶紧把小镜子收起来，用纸按着额头痘痘冒血的地方，靠过来安慰她："没事的啊映映，这学期说不了就下学期，下学期说不了就下下学期！我相信你毕业前肯定可以恢复的！"

戚映打起精神，朝这个小太阳同桌笑了笑。

上午基本没有课，都在收作业开班会，下午上课的时候刘庆华突然想到什么，站在讲台上宣布："从明天开始学校恢复课间操，都必须去，不去要扣班分的。"

教室里顿时一阵哀号。

上学期入冬的时候学校体贴学生辛苦，不让他们大冷天在操场喝冷风，很人道地取消了课间操。本来以为以后都不会有了，没想到这学期刚开学就恢复了。

刘庆华用黑板刷拍了拍讲桌："安静！学校还不是为了你们的体能素质！天天缩在教室里不运动，考个试都要晕倒，春季容易感冒，必须要加强锻炼！"

班长陈梦洁想到什么，举手问："刘老师，这个学期是不是轮到我们班领舞了？"

领舞是指广播体操期间站在最前面的舞台上，带着全校学生做课间操的学生。一共四个人，高一高二各两个，半学期换一批。

一般都是各班的文体委员，身段模样都标致，动作也标准，比国旗班还要万众瞩目。

刘庆华点点头："对，我们班和 13 班。但是 13 班的文体委员重感冒了，我们出两个人。"她视线扫过下面，点名道："赵都南，戚映，你们俩准备一下，动作都还记得吧？"

赵都南一开始就知道自己肯定会领舞，脸上都是扬扬得意的喜悦。突然听到戚映的名字，笑容一僵，牙齿差点咬碎了。

怎么哪哪都有这个残疾人！

但是她惧怕季让，那次之后不敢再欺负戚映，再生气也只能忍着。

戚映听到自己的名字也很惊讶，不知道自己怎么稀里糊涂就成了领舞了。

刘庆华却没有解释，直接结束了这个话题，把新卷子往下传："书都收起来，开学测验，让我看看你们寒假是不是只顾着耍了。"

下面又是一阵哀号。

刘庆华看了眼乖乖收起书准备考试的戚映，心里默默叹了声气。

昨天俞程给她打了个电话，把戚映的情况跟她简单说了一下。小姑娘虽然看上去已经和常人无异，但始终无法开口说话，可见心理创伤依旧积压在深处。

俞程拜托她能多关照戚映一下，让她能更多地接触人群，早日打开心扉。

刘庆华也是打心眼里喜欢戚映，小姑娘不愿意走出去，那老师就推一把。上台领舞是需要勇气和自信的，这也是戚映目前最缺失的。

但是把这个任务交给她，她一定会像以前一样认真完成。希望这一次次累积起来的勇气，最后都可以成为她开口说话的力量源泉。

岳梨比戚映还激动，一下课就凑过去跟她咬耳朵：“映映！你要好好跳啊！一定要把赵都南比下去，在全校同学面前秒杀她！”

戚映疑惑地眨眨眼，好像在说：有这么夸张吗？

岳梨“嗯嗯啊啊”地点头：“当然啊！你想想，全校三千多名学生呢！三个年级的教学楼独立分开，好多人上学三年彼此都见不到一面！除去升旗仪式，课间操领舞是唯一在全校同学前露脸的机会啦！”

她兴奋地狂摇戚映手臂：“到时候所有人都会看着你跟着你的动作跳啊！以前网络没普及的时候，大家都是在台子上选校花呢！”她坚定地握拳，“放学后我陪你去练习动作！我们必须艳压！全方位艳压！”

戚映似懂非懂，其实也不用懂，她一放学就跑去9班找季让，把存了一下午的杏子蜜饯掏出来递给他。

她忍得好辛苦才没有全部吃完。从兜里掏出来的时候，脸上神情像掏的是一颗夜明珠。

季让接过袋子，拿出一颗放进嘴里，牙齿咬下去的时候，发出清脆的“咔嚓”声。

戚映在旁边眼巴巴地看着，吞了口口水。

季让快被她的馋样萌死了，故意逗她：“都给我啊？”

她满眼的不舍，但还是认真地点了点头。

季让把袋子伸在她面前晃了晃，笑着问：“那要不要再吃最后一颗？”

小姑娘飞快地点点头，点完之后又乖乖伸出一根手指：只要一颗就够了。

季让被她萌得心肝儿颤。

命都能给她，何况一袋蜜饯。

他捂着下腮假装“嘶”了一声：“牙齿疼，吃不了，算了，都给你吧。”

戚映眼睛都亮了，开心地接过袋子，跟在他身边一路“咔嚓咔嚓”地咬，小脸鼓鼓的，像只小仓鼠，吃得无比满足。

原来她这么喜欢吃这个啊。

这么喜欢，却还是剩下一半，拿来给他。季让感觉自己的心柔得快要滴出水了。

两人一起去甜品店写了一小时作业才离开，季让还得接着去老师那里补习，晚上回到家，写完补习老师布置的作业已经是凌晨了，每天都睡不够，全靠每节下课那十分钟续航。

二十分钟的课间操时间简直就像上天赐给他的礼物，可以睡一个美美的好觉。

下课铃一响就趴下了。

班委也不敢去叫他，毕竟9班也没可能拿优秀班级，班分扣不扣都无所谓了，总比被大佬打一顿好。

窗外吵吵闹闹的喇叭声也无法影响大佬入睡。

课间操结束后，学生陆陆续续回到教室，屈大壮一阵风一样冲进来，扑到他身边推他："让哥！让哥！"

不是被上课铃叫醒的季让想杀人。

屈大壮下一句话救了他："你的小仙女上台领舞了！"

季让还没彻底清醒，愣了一下才问："什么领舞？"

屈大壮激动得不行："课间操领舞啊！她站在台子上跳，全校学生都跟着她跳呢！高三那群人刚刚还朝台子吹口哨呢！"

季让瞬间清醒，瞌睡全没了。

脑子里只有一个想法，他的宝贝被别人看到了，以后都藏不住了。

大佬非常暴躁地把搭在头上的衣服扯下来，一上午都闷闷不乐。

中午放学后去接戚映吃饭，刚走到2班教室，就看见戚映和岳梨被四五个男生堵在楼道口。为首那男生手里拿着一封信，笑吟吟地跟戚映说："学妹，要么收下情书，要么跟我一起去吃个饭，你总要选一个吧？不然我多没面子啊。"

周围男生都在起哄。

岳梨猜到戚映会出名，但她没想到会"火"得这么快。这才一上午时间，高三的追求者居然都追到教室门口来了！

这是什么仙女魅力啊！

她虽然有点小激动，但毕竟不是当事人，抿着唇偷偷看戚映的反应。

戚映显然很苦恼。她既不想收下情书，又不想跟他去吃饭。

她朝男生摇头。

男生就欺负她不会说话，逗她："摇头是什么意思？不收情书去吃饭？还是不吃饭收情书？"

她绷着小脸连连摇头：都不！

男生快被她可爱死了："学妹你别把自己摇晕了。"

话音刚落，一个被捏成一团的矿泉水瓶子"砰"的一声砸在了他旁边的墙上。水瓶里残留的水渍溅了他一脸。

男生勃然大怒，猛地回头："谁不长眼？"

身后，神情冷戾的少年站在走廊上，一言不发地盯着他。

戚映看见他，小脸顿时露出笑来，赶紧跑过去躲到他身后，手指拽着他的衣角，探出脑袋朝刚才逗她的那个男生"哼"了一声。

不认识戚映的人很多，不认识季让的没几个。

那几个男生变了脸色，面面相觑。

季让笑了下说："还不走，是想躺在医院参加高考？"

一群人顿时跑了。

岳梨被大佬浑身冷冰冰的气息吓得腿软，自觉自己刚才怂恿戚映好像有点不地道，也不敢过去，跟在几个男生后面一起跑了。

季让这才转头看戚映。

她眼睛亮着光，含着笑，颈子雪白，勾人得不行。

一想到她这个模样在台子上蹦蹦跳跳，被全校的人看，季让就想用衣服把她裹起来，不给任何人看。

他凶巴巴地吼她："不准早恋！听到没有！"

戚映没被他吓到，乖乖点了下头，倒是路过的学生被他那一声吓得够呛，哆哆嗦嗦地跑了。

到下午上课的时候，各班就在盛传：大佬不准人早恋。

以前逼人写作业，后来逼人学习，现在还不准早恋？？？

你到底是校霸还是教导主任？

第二天课间操的时候，9班同学就发现，以前从来不参加广播体操的大佬出现在了队列里。他还站在第一排，个头那么高，把他那一列的同学全挡住了。

他今天特地戴了隐形眼镜，前方视野非常清晰。各班还在排队集合的时候，戚映就从舞台旁边的台阶走上去了。

一共四个女生，她站在最右边的位置，蓝白相间的校服俏生生地穿在她身上，身姿纤弱又柔美，晨起的阳光自云层破出，她身上像笼着一层光，娇俏又乖。

课间操还没开始，她乖乖站在上面，微微低头抠小指甲。

底下果然有人在吹口哨。

季让简直想把这些坏蛋一个个找出来全部就地踩死。

广播里传出体操的前奏音乐，台子上的小姑娘也放下手，端正地站好，跟随着音乐开始在台子上蹦蹦跳跳。

像森林里的小精灵，好乖好乖。

季让根本就不会做广播体操，他一个动作都不知道。可看着台上的小姑娘，她抬手他也抬手，她抬腿他也抬腿，他的视线没有离开过她，像被摄了心魂一样，全程跟着做完了一整套体操。

屈大壮几个在后边儿都快笑死了。

“让哥真的在做体操，他动作根本就跟不上啊哈哈哈哈，怎么一直慢半拍。”

“好像一只笨拙的狗熊。”

“你死了，我要告诉让哥。”

…………

课间操结束，戚映从台子上下来，往教室走。身边总有男生“无意”撞到她，然后等她懵懂地看过来时，笑着说一句“对不起”。

她也不知道这只是青涩少年们和她搭话的手段，乖乖地摇下头，又惹得别人心跳加快。

直到季让从拥挤的人群中追上来，走在她身边，冷冰的暴躁气息瞬间笼罩，终于没人敢过来找死了。

接下来几天，戚映基本每天都能收到一封情书。

薛蔓青当校花那会儿，都没她人气高。

薛蔓青虽然长得漂亮，但是顶着富家千金的光环，为人高傲，跟普通学生之间隔着一层无形的墙，很难让人亲近，大多数人会欣赏她的美丽，却难生出暗恋之心。

戚映就不一样了。她性格软，但总是笑着，有一种近乎天真的单纯，乖巧又呆萌，可爱得让人想欺负。

给她递情书，她都不好意思直接拒绝，要想半天不伤对方自尊的理由，然后认真地打字给对方看。

就算情书没送出去，能跟小仙女相处这么一会儿，也很开心了。

季让看着又一批跑到 2 班教室来看校花的男生，面无表情地问屈大壮："高三的都这么闲吗？"

屈大壮安慰他："人家还有三个月就要高考了，毕业前疯狂一回，忙里偷闲嘛。"他幸灾乐祸地看了季让一眼，"早就让你告白宣示主权，你偏说你不早恋，后悔了吧？"

季・打掉牙往肚子里咽・让说："不！后！悔！早恋死路一条！学习才是正道！"

身后一声厉喝："说得好！"

两个人吓了一跳，转头一看，教导主任一脸欣慰地站在后面，赞扬地看着季让："季让同学，你能有这样的觉悟，老师真是太高兴了！"

季让："……"

屈大壮内心：我要笑死了。

教导主任郑重地拍了拍季让的肩："加油啊，好好学习，把你的这种精神传递给你周围的同学，带领大家一起进步！我听你们班主任说，你成绩进步得很快，下周一的升旗仪式，上台跟大家讲讲你的学习心得怎么样？”

季让说：“……不用了。”

教导主任问：“为什么呢？这是一个很好的正面例子，值得所有人学习啊！”

季让答：“……我，天性害羞。”

教导主任一脸了解，也没强求，又夸了他几句才走了。屈大壮在旁边憋笑憋得肚子疼，等主任一走就笑蹲下了，然后被季让面无表情地踹了一脚。

放学的时候，他去接戚映。他老去 2 班，其实 2 班的同学多多少少都能猜出来他跟戚映关系不一般。不过季让一个眼神扫过去，什么该说什么不该说大家心里就都有数了。

从教室出来的时候，戚映手里拿着一根棒棒糖在舔，她真的好喜欢吃糖，难怪身上总有淡淡的甜香。

看见他时眼睛弯了弯，跟岳梨挥挥手，蹦蹦跳跳地跑过来。

季让接过她书包，眼底有温柔的笑意，但想起今早那一批批朝圣似的男生，又不禁板住脸，淡声问：“今天收到了几封情书？”

戚映还真的认真地想了一下，跟他比出三根手指。

季让差点气笑了：“你记得还挺清楚。”

戚映这才察觉他好像有点不开心，嘬了嘬棒棒糖，拉住他衣角。

季让停下来，偏头问：“做什么？”

她拉开自己的书包，从里面掏出一个粉色的信封来，然后笑眯眯地递给他。

季让眼角狠狠抽了下，不情不愿地接过来，前后看了眼，信封上还有淡淡的香气，连粉色都显得暧昧，他气得太阳穴突突跳：“干吗？要我帮你拆情书？显摆啊？”

戚映眨眨眼，拿出手机打字说：这是我写的。

季让一愣。

她又说：写给你的。

刚才还看上去特别碍眼，甚至想直接撕了的粉色信封，突然就变得可爱起来。他低头看看手中的信，手指有点紧。

现在眼角也不抽了，太阳穴也不跳了，之前无处发泄的闷气也散了，低低的声音显得紧巴巴的：“你……你没事给我写信做什么？”

戚映歪着小脑袋，嘴里还含着棒棒糖，笑得好甜。

她低着头乖乖地打字给他看：**因为岳梨说每个人都会给自己喜欢的人写情书，我没有给你写过呀。**

给喜欢的人……写情书……

他是她喜欢的人，她给他写了情书。

她，跟他告白了。

这么自然，好像喜欢他这件事，已经在她心里生根发芽，住了很多年。

季让手指发抖，撕开了他人生中收下的第一封情书，看见纸上娟秀的字迹：

明月装饰了你的窗子，你装饰了我的梦。

季让以前不是没有收到过情书，但他都没接。不仅不接情书，女生当面跟他告白他也像没听见似的，目不斜视地从人家旁边经过，所以最后才会有他是 gay 的传言。

现在却被小姑娘一封只有一行字的情书搞得手足无措，心慌意乱，大脑宕机。

始作俑者却还若无其事地嘬着棒棒糖，嘴唇又润又红，笑盈盈地望着他。那目光清澈又干净，让喜欢这件事都少了俗世的情欲色彩，只剩下感情最初的纯粹。

他的心怦怦直跳，然后柔成了水。

季让把情书折好，放回信封，一起装进自己的书包里，眼睛里的喜意都要溢出来了，神情却还绷着，故作镇定：“情书我收下了，我会好好考虑的。”

戚映不明白他是要考虑什么。

她不就是给他写了封信，用书面的形式表达了一下喜欢吗？不懂什么叫告白仪式感的少女疑惑地眨了眨眼。

季让已经拎过她的书包继续往下走了。

跟刚才生闷气的样子不一样，步伐都迈得轻快。之后几天，再有男生跑来给戚映递情书，他就淡定很多了。

天气逐渐回暖，随着春天的到来，学生们脱下了臃肿的羽绒服，换上了靓丽的春装，整个校园又焕发出勃勃生机。

找了个阳光普照的晴天，学校社团开展了春日招新活动。

海城一中在拓展学生课外兴趣这块儿做得挺好的，不像有的学校只知道死读书、读死书。学校社团也五花八门，比起有些大学社团都不遑多让。

前天晚上各大社团就在操场和绿道布置好了场地，第二天一早，学生一进校，就看见举办活动的地方彩旗飘扬，气球飞舞，小喇叭放着流行歌，社团的成员已经开始吆喝，比运动会还要热闹。

今天高一高二都只有上午的课，下午的课都取消了，让学生去参加社团活动。

大家都兴奋得不行，岳梨一吃完饭就拉着戚映往活动场地跑。过去的时候人已经很多了，基本每个社团展架前都有学生围观。

2 班也有个社团，是黄博通搞的读书会，从高一到现在成员没超过五人。

黄博通站在堆满课外读物的桌子后跟岳梨招手："支持一下同班同学的工作，看一看吗？"

岳梨拉着戚映飞快路过："不看！我们要去街舞社！"

那边正在跳街舞，人气最旺。

她俩其实也不会加入社团，就是看个稀奇，毕竟都高二下了，社团招新大多还是针对高一的学生。

只不过流水无情落花有意，每到一个社团点，都有成员争着给戚映发申请表，邀请她加入。岳梨切实感受了一把戚映的人气。

但戚映都是笑着摇头拒绝，她不擅长这些，更不喜欢跟陌生人接触，看了一会儿觉得没什么意思，扯扯岳梨的袖子，示意回教室自习了。

岳梨却还没看够，前边的 COS 社好可爱啊！

戚映见她兴致不减，打字说：**那我先回教室了呀。**

岳梨点点头，跟她挥手后自己跑去围观 Coser 了。

戚映转身往回走，经过绿道的时候，一把细细的花剑突然从旁边刺了过来。她吓了一跳，站在了原地，转头一看，一个穿着击剑服的男生站在旁边，身后是击剑社的展牌，好多女生都围在那里。

男生用手中的花剑在她面前挽了个剑花，然后收回来，笑着说：“学妹，吓到你了吗？”

戚映摇摇头。

男生取下头上的面罩，露出一张英俊帅气的面孔，笑着跟她说：“跟你开了个玩笑，希望没有失礼。我是击剑社的社长，我叫方旭。”

戚映点了下头，正要走，方旭又问：“戚映学妹，有没有兴趣加入我们击剑社？”

她摇头。

方旭没有太意外，他绅士地笑了笑，把身后桌子上一把花剑的模型拿过来递给她：“没关系，这是我们社团的纪念品，送给你。”怕她拒绝，又笑着解释一句，“纪念品，每个路过的学生都送的。”

戚映这才收下，朝方旭礼貌地点了下头，抱着盒子走了。

方旭看着少女清丽的背影，笑容渐深。身后的几个男生围上来，兴奋地问：“怎么样方总？成功了吗？”

方旭摇了下头。

几个男生哗然：“连你都搞不定啊？”

“我跟你们说了啊，她到现在一封情书都没收过。看上去挺乖挺温柔的，结果比薛蔓青还难追。”

“这校花是不是不认识方总啊？欸方总，你跟她说了你是高三年级第一，刚保送了 B 大，家里有钱又有矿吗？”

方旭笑着踢了说话那男生一脚说：“我又不是王婆。”

那男生叹气说：“我就说了不行，你们非要让方总试试，现在连方总也翻船了吧！”

周围一片嬉笑，方旭勾着唇角：“翻船倒不至于，这才第一面呢。”

“啥？”几人大惊失色，“方总你这话是什么意思？不会真看上人家小姑娘了吧？”

方旭看了看手中的花剑，回想刚才一剑刺过去时，少女惊慌失措的表情，笑了下说：“是挺乖的。”

社团招新进行了一天，学生们也开开心心地玩了一天，季让趁着下午没课去辅导老师那里补习化学了，戚映在教室做了一下午卷子，放学后自己一个人回家。

正在公交站等车，方旭跟着他那几个同学也过来了，笑吟吟地跟她打招呼：“学妹，好巧。”

戚映心想：学校附近的站台就这一个，巧什么巧。

她礼貌地笑了下。

方旭站在旁边，低头打量她。

之前听班上男生讨论高二那个不会说话的校花，说什么又乖又甜，清纯温柔，笑起来像个小天使，他还觉得不可信。

从小见惯了各个阶层的女生，很多乖巧大都是端着，哪有真正的纯。

直到看到戚映，才知道是自己局限了。小姑娘是真的纯，骨子里透出来的乖巧，让人想抱在怀里呵护。

听说身世还挺惨，爸爸为人民牺牲了，借住在舅舅家，因为意外至今无法说话，学习却很好，是年级前十。

唉，真是很难让人不生出保护欲。

方旭拍了下戚映的肩，等她回头的时候，手掌伸过去，笑着说：“小学妹，我给你变个魔术。”不等戚映反应，方旭的手来回晃了一下，一根棒棒糖就出现在他手中。

他笑得帅气又温柔：“送给你。”

戚映觉得这个人好幼稚。

她拿出手机打字：谢谢，我不喜欢吃糖。

方旭并不见失望，他教养很好，对女孩子也耐心十足，笑着说：“那你喜欢吃什么？下次变给你。”

戚映不理他，刚好车来了，她背着书包跑上了车。

后面那几个男生起哄："方总，你行不行啊？"

方旭看着渐渐驶离的公交车，不在乎地勾了下唇角："急什么啊，这不还有三个月才毕业吗？"

之后几天，戚映就发现这个叫方旭的男生总是"很巧"地出现在她身边。他其实也没做什么，就是跟她说说话，逗逗她，拿各种零食给她变魔术。

每次都得到戚映"谢谢我不喜欢吃"的回答，也不气馁，笑着问："小学妹你这也不吃那也不吃，你是不是喝露水长大的啊？"

戚映不想理他，转头就走。

方旭丝毫不介意她的冷漠，笑吟吟地喊："小学妹，我周五有篮球比赛，来给我加油啊。"

戚映捂着耳朵"嗒嗒嗒"跑走了。

没几天学生们就开始传，高三那个家里有矿长得又帅的年级第一在追戚映。

因为快要临近本学期的第一次月考，季让最近几乎把时间精力都投在了补习上，连去接戚映放学的次数都少了，等骆冰急匆匆传来消息的时候，还蒙了一下："谁？"

"高三那个年级第一！"

季让："……"

怎么又是一个年级第一？他是跟年级第一有仇吗？？？

一放学就拎着书包去2班。

戚映正在跟岳梨吃辣条，小嘴辣得红红的，看见他来了，眼睛都亮了，抱着书包蹦蹦跳跳地跑到他身边。

嘴里还辣得在吸气。

季让之前心里那股烦躁的不安顿刻就散了，用矿泉水把纸巾打湿了，给她擦嘴角："怎么这么馋啊你。"

她微微仰着头，眼睛里都是笑。

他也忍不住笑起来：“最近太忙了，没有来接你，有乖乖听话吗？”

她重重地点头。

季让心里软得一塌糊涂，摸摸她的小脑袋：“周五下午要不要去看我打篮球？”

她开心地点点头。

篮球赛是沈约搞的，他教学以来就一直致力于组建属于海城一中的篮球队，各个年级都选了种子选手。这次比赛其实是校内友谊赛，为了检验他组建校队的成效，分高二和高三两个队。

季让没有参加篮球队，只是因为原队里有个球员崴了脚，沈约才来找他替补一场。

他跟季让打过，知道他的技术。高三学生本来就在身高体能上占优势，拉个球技好的季让进来，刚好平衡一下实力。

周五一放学，以前急着离校的学生们都往球馆跑，女生甚至比男生还多。

基本都是去看季让的。

大佬虽然凶，但是长得帅啊，只可远观不可亵玩，篮球赛这种男性荷尔蒙爆棚的比赛，不看多亏啊！

但去了之后才发现，高三的年级第一方旭也在。

方旭以前也是海城一中的风云人物，毕竟颜值高的人在哪里都是焦点。但他为人比较低调，一直专心学业，渐渐也就淡出大家的视线。

最近他的保送名额下来，接下来三个月不用学习了，没了学业压力可以尽情地玩，又开始在众人面前露脸。

这场比赛简直太值了！

热身的时候，方旭频频往看台张望，引得女生们尖叫连连。

队友知道他在找什么，嘲笑他：“别看了，人家不可能来的，追了这么久都没追到，方总也有失手的一天呀。”

方旭眼神有点沉，把篮球往说话那人怀里一砸。

大家纷纷安抚：“别说了别说了，方总生气了。来来来，热身热身，一会儿好好教训教训高二那群小子。”

正说着，旁边一男生惊叫："嗯？那不是戚映小学妹？"

方旭一愣，往看台看去。

戚映怀里抱着两瓶水和毛巾，正小心翼翼地下台阶，周围的人太多了，她抿着唇，尽量不去碰到别人，乖得要命。

方旭边笑边往看台走。那边的女生疯狂地尖叫起来。

但他走到一半的时候，突然顿住了。

他看到戚映把怀里的水递给穿红色篮球服的少年。

她笑得好温柔，眼睛里都是小星星，乖乖仰着头，等面前的少年喝完水，又把瓶子拿回来，拧好盖子，然后坐回自己座位上。

那少年转过头，抬着手背抹了下唇角的水，脸上还有笑。他没注意到方旭，走回自己队伍那边。

季让的队友在旁边拉伸，低声说："注意他们的 3 号，我以前看过他打球，挺凶的。"

旁边的人羡慕地叹气："成绩好就算了，打球也这么好。"

季让淡声问："成绩有多好？"

那人惊讶他竟然不知道，调高了音调说："年级第一呢！刚保送了 B 大。"

季让一愣，那个传言中在追戚映的年级第一？

3 号，很好，他记住了。

第十七章

篮球赛之声

哨声吹响，比赛正式开始。

双方都死盯对方的实力选手，3 号方旭，9 号季让。本来都想着要大干一场的两个人，因为被对方队友严防死守，反而没有太多发挥的余地。

方旭运球的时候，季让一个转身从他手中夺球，然后迅速传给队友，配合拿了一个两分。方旭站直身子，看着他。季让拍了下手，挑衅地笑了下。

之后两个人就开始针锋相对。

队友也渐渐看出不对，暗自嘀咕：这两个人是在打球还是打架啊？

上半场结束，高二年级队将将领先一分，季让淡淡扫了眼一直盯着他看的方旭，撩起衣服擦了下汗，往看台处走。

那头爆发出激烈的尖叫，他眼里却只有那个乖乖笑着的小姑娘，走近之后，接过她递上来的毛巾，在脸上随意抹了一把。

好香，有她身上的味道。

季让一直都不想别人误会戚映在跟他早恋，他的宝贝那么好，他舍不得她受一丝委屈，每次在人多的地方都会尽量保持距离。

接完戚映的毛巾，又拿眼神示意岳梨。

岳梨秒懂，立刻跑过来把矿泉水递给他，还兴奋地喊：“季让哥哥加油啊！”

戏过了吧小妹妹？

不过这么一喊，周围落在戚映身上的八卦视线还真淡了一些。

季让把喝完的水瓶扔回岳梨怀里，正要折身回去，方旭旁若无人地走到戚映面前，笑吟吟地说：“小学妹，给我拿瓶水。”

第一排前面就摆着几箱矿泉水，有专门负责发水的同学，看到方旭要水，赶紧递过去。他却不接，只是笑着看戚映。

戚映觉得这个人好烦，不理他，假装没听到，转身往回走。

方旭脸上的笑意淡下来，定定地盯着她的背影。

一个打开的矿泉水瓶“砰”的一声砸在他脚下，瞬间就把他的球鞋打湿了。

季让面无表情地站在旁边，手上还拿着瓶盖，见他冷冷看过来，勾唇笑了下：“不是要水吗？”

方旭气笑了，手指点点他：“你给我等着。”

季让冷冰冰地瞥了他一眼，没再说什么，转身走回球场。

下半场开始后，两个人都跟疯了一样。屈大壮在看台看着，问刘海洋：“这两个人是互相杀了对方全家吗？”

刘海洋：“……”

战况愈烈，场馆内的欢呼也一波盖过一波，季让像头发怒的豹子，在场上横冲直撞，没一个人拦得住。

运球灌篮的时候，方旭想去盖帽抢球，被跳起来的季让狠狠撞倒在地，摔得半天没坐起来，裁判吹了暂停的哨。

场上气氛一时过于火爆，高三的球员都去拉方旭，也有看出不对，劝他的说：“方总，你跟这个疯子计较什么，他发起疯来不要命的。”

说起季让，大多都是畏惧的。

方旭冷冷瞟了说话那人一眼，站起身时，季让就抱着篮球站在球架下，一脸阴鸷地看着他，眼底还有冷冷的嘲讽。

最终高三队以四分之差输给了高二队。

谁都怕被季让那个不要命的疯子撞出什么问题，毕竟高考在即，一个校内友谊赛而已，谁愿意拼命啊。

比赛结束双方队员握手拥抱，季让懒得搞这些虚的，转身就要走。沈约拉住他，笑吟吟地说："别啊，友谊第一比赛第二，何况这不是赢了吗？拿出点冠军的风度来。"

他也看出来季让和方旭不对付，想让两个小同学赛后和解一下，别留下什么记恨，以后闹矛盾。

非拉着季让去跟方旭握手。

季让板着一张脸又冷又凶，方旭倒是笑了笑，看似很大度地朝他伸手："学弟，球技不错，有机会再切磋。"

他瞟了那手一眼，嗤笑一声，漫不经心地跟方旭碰了下。

方旭却一把捏住他的手，把他往跟前扯了一下。季让正要发火，听到他低笑着说："以为赢了场比赛，就配得上她了？"

季让气笑了。他觉得这个人挺有意思的，不怕死到这个程度，还是第一次见。

方旭就像没看到他眼底翻涌的戾气一样，松开他的手，身体却又靠近了一些，从远处看，就像两个人在拥抱言和。

方旭语气平静得像在跟他谈心，一字一顿地说："我听说，她爸爸是为人民牺牲的警察，对吗？"

季让身体一僵。

方旭很满意他的反应："她为她爸爸感到骄傲，你呢？你觉得那是耻辱不是吗？你讨厌警察，恶心所谓的牺牲行为。"他在季让急促的呼吸声中顿了一下，低声笑起来，"如果她知道了的话，你猜她会怎么看你？"

季让一把抓住他的领口，狠狠一拳打在他嘴角。

闭嘴！

刚刚还有说有笑的两个人，转眼就扭打在一起。周围人赶紧冲上去拉架，季让跟疯了一样，但无奈被好几个人拖着，冲不过去。

方旭用大拇指摸了下嘴角的伤，冲眼眶血红的季让笑了一下。

看台上还没离开的学生都震惊地看着这一幕，议论纷纷：

“季让怎么又打人啊？他不是赢了比赛吗？”

“真的太过分了，方学长明明还很友好地跟他拥抱。”

“这就是个神经病，仗着家里有钱天天为非作歹，真当没人敢收拾他啊。”

“方学长家里不也挺有钱的吗？看他这次怎么善了！”

…………

戚映和岳梨刚才已经离场了，并不知道场馆内发生了什么。两个人站在出口处等着，戚映手里还拿着要送给季让的小奖品。

她觉得他赢了比赛肯定又会找她要奖励，虽然行为幼稚得跟小朋友一样，可她还是开开心心地提前准备了奖品。

她知道他不会输，他从来都是说到做到。

可一直没见到季让的影子。

最后是沈约和球队的队友们出来了，岳梨拉着戚映跑过去问：“沈老师，季让呢？”

沈约也有点惊讶：“他早就走了，你们没看到他吗？”刚才他忙着检查方旭的伤势，空下来的时候季让已经不见了，见两小姑娘着急的样子，安慰：“没事，可能是人太多没看见，你们打电话试试。天黑了，打完电话早点回家啊。”

岳梨点点头，拿戚映的手机给季让打电话。

对方已关机。

岳梨抓抓脑袋：“要不我们先回去吧？再晚一会儿没公交车了。”

戚映有点气馁，握着手里的巧克力榛果糖，垂着眸点点头。

身后，方旭那一群人也走了出来，都在骂季让不是东西，其中有个男生问：“方总，你都跟他说什么了啊，他发那么大火？我刚才看他那样子，跟要杀人一样，太可怕了。”

方旭看了眼不远处纤弱的背影，勾了下唇：“只是让垃圾看清自己的本质而已，别成天幻想不属于自己的东西。”

他加快步伐追了上去：“小学妹。”

戚映转头看见他，被他脸上的伤惊了一下，岳梨也在旁边小声惊呼：

“方学长怎么好像被打了？我们走的时候都没有啊。”

方旭已经走近，笑吟吟地问：“怎么还没走？在等我吗？”

戚映摇头。

她没看见季让，心里空落落的，有气无力地垂着脑袋，方旭跟在她身边：“不早了，我送你回家吧？”

戚映还是摇头，闷着往前走，似乎连眼神都不想给他。

方旭脸上的伤火辣辣地疼，他看似无所谓，其实当着那么多人的面被季让揍，多少都有些没面子，现在戚映又是这态度，压着的火气没忍住一下冲出来。

他冷笑着问：“在等季让啊？等他送你回家？”

戚映脚步一顿，转头看他。

方旭盯着她：“他早走了，他就是个胆小鬼，被我几句话吓得躲起来了，不敢来见你，这么晚了把你一个女孩子丢在外面，懦夫！”

戚映本来乖巧的神情骤然化作冷冷的愤怒，她伸手狠狠推了一把跟在身边的方旭，然后勒紧书包带，掉头往场馆跑。

岳梨着急喊：“映映你去哪儿啊？”她瞪了神情复杂的方旭一眼，“你这个人怎么说话的？有病啊？”

骂完了赶紧追上去。

戚映跑得好快，她今天在学校写完了作业，书包里没背几本书，很轻。

岳梨倒是装了满满一书包，重得要命，气喘吁吁地跑到场馆门口的时候，戚映早没影了。

场馆内已经空了，走路的时候，脚步声空空荡荡地回荡。

戚映先去了更衣室，没找到人，又沿着指示牌一间一间地推门。走到浴室的时候，听到里面传出哗啦啦的水声。

她看了眼门牌上的“男浴室”，抿着唇，敲了敲门。

水声还响着，没有人回应她。

戚映推开门。

浴室里黑漆漆的，好在走廊外的灯光照了进来，能大概看清。水声从最里面那个隔间传了出来，这样的场景像极了恐怖片，可她竟不觉得怕。

刚才方旭说，季让把她丢在外面。

她才突然反应过来。不会的，他不会丢下她。

他知道她会在外面等他，绝对不会一言不发偷偷离开。她没有等到他，只可能是因为，他还没出来。

她走到那间冲水的浴室门口，门没有锁，半掩着，她轻轻拉开门，看见穿 9 号球衣的少年坐在地上，双手抱着腿，将头埋进膝盖里。花洒的水兜头淋下，将他全身都打湿了。

他缩成一团，藏在角落，孤独得好像全世界只剩下他一个人。

戚映心里面好难受好难受，疼得她呼吸不上来。

她走过去，半跪着在少年面前蹲下，花洒的水冰冷，顷刻打湿她柔软的长发。

她俯身抱住他。

她的怀抱好暖，手臂又细又弱，却努力地，想要把他整个人都抱在怀里。

季让闻到甜甜的清香。

他哑着嗓音喊："映映。"

她摸摸他的头，示意自己在。

他全身又冷又僵，缓缓抬起头，被水打湿的头发湿答答地垂下来，眼眶红得几乎要滴出血，水珠不停地从脸颊滑落，像是他哭不出来的眼泪。

少女全身也都是水。

他抬手把花洒关了。

戚映捏着自己的校服袖子，轻轻给他擦脸上的水。

他一动不动，只眼睫在颤，任由她擦着，嗓音哑得不像话："对不起啊映映，我只是想过来冲一下，可是不小心睡着了，是不是让你等急了？"

她摇摇头。

她袖子也湿了，没办法替他擦干，想到刚才进来的时候看到门口的衣架上挂着干净的浴巾，想过去给他拿过来。

刚要起身，季让拽住她的手腕。

他力气好大，一下把她拉回自己怀里。明明力气那么大，动作那么粗暴，可声音却软得像被抛弃的小孩儿，低声问她："你以后也会走吗？会讨厌我吗？"

她恨自己不能说话，只能拼命地摇头。

"他们都讨厌我。"他牙齿微微打战，埋在她颈窝，声音轻得破碎，"他们都觉得他是对的，都觉得我错了。是我不懂事，不理解他们口中那些光荣牺牲的道德正义。所有人都在赞扬伟大，你呢？你是不是也觉得我错了？你如果知道了……"他抬起头，冷冰冰的一双眼，带着挣扎的绝望，"是不是也会走啊？"

眼前的少女定定看着他。

她神情认真得近乎严肃。

半晌，她小小的手捧住他的脸，柔软的指腹扫过他眼角。

他听见一个轻轻的，软软的，颤抖的声音说："我不走。"

就算全世界站在你的对立面，我也永远站在你这边。

花洒残留的水珠滴落下来，打在冷冰冰的地砖上，滴答滴答。那一句轻软的声音，在这空旷的小空间里像幻听。

季让愣了好一会儿，手指去碰她的唇，快要碰到的时候又顿住了。好半天，不确定地问："映映，你刚才是不是说话了？"

戚映自己也没反应过来。

她只想迫切地告诉他，她不会走。就像他不会丢下自己一样，自己也绝对不会丢下他。她想跟他说不要难过，不管发生了什么，她都会陪在他身边。

那样强烈的意愿，冲破了长久以来困住她的心理障碍。

她点了下头，又抿了抿唇，轻轻"嗯"了一声。

季让眼底几乎失去理智的疯狂渐渐散了，只留下不可置信的狂喜。他坐直一些，手指托住她的脸，哑着声音说："乖，再说一句。"

她有点不好意思，微微垂着眸，打湿的头发贴在额角，小巧的鼻梁悬挂着一滴水珠，睫毛扑扇着，牵动着他的呼吸。

过了一会儿，才听到她小声说："我不走，陪着你。"

声音轻轻软软的，又甜又糯，像羽毛挠过他掌心。

季让笑起来，是那种很开心的笑，他用指腹一寸寸替她拭去脸上的水珠，然后站起身，把她拉起来，牵着她往外走。

走到门口，扯下衣架上的浴巾，把她的头包起来，给她擦头发。

她乖乖站着，任由他擦，等他停下动作，才把另一头干净的递给他，轻声说："你也擦。"

他眼睛里都是笑，接过毛巾随意在头上揉了两把，黑发乱糟糟的，反而更帅，有种不羁的痞意。单薄的球衣贴在身上，腰线明显，能看到结实好看的肌肉线条。

他掌心也开始回暖，包裹着她的小手，越来越烫。

她偷偷打量，耳郭泛红。

然后听见他笑着问："老子是不是很帅？"

上一次看他打球，还是她刚刚能听见的时候。那时候他说，下次再帅给你看。

今天看到了。

就……真的很帅。

她低着头看地板，小声说："是。"

季让呼吸一滞，他停下脚步，转过身，看着耳尖绯红的小姑娘。

戚映感受到头顶灼热的视线，她慢慢抬头，看着少年像燃着火的目光，抿了下唇，认真地说："很帅。"

季让的心跳声在安静的走廊疯狂响起。

他觉得自己的自制力可能需要再一次升级了。之前那套自制系统抵抗不了小姑娘软软甜甜的声音攻势。

季让喉结滑了一下，他说："小傻子，你不准说话了。"

戚映不解地眨眼："为什么？"

他故意凶巴巴的："没有为什么！再说话老子亲你信不信？"

戚映委委屈屈地抿住唇，被他牵着去了男更衣室。他打开自己的柜子，里面有干净的卫衣，黑色的运动裤，运动鞋，还有一件暗红色的冲锋衣外套。

他把东西都拿出来，摆在长椅子上："把湿衣服换了。"

戚映拿起来看了看，小声说："太大了。"

他替她把书包拿下来，好在书包材质防水，里面没怎么湿，用毛巾擦了擦，低着嗓音哄她："只有这些，暂时穿一下。外面冷，穿着湿衣服出去会感冒的。"

戚映问："那你呢？"

他比她湿得更厉害。

季让笑，揉她脑袋："老子是男人，不怕冷。"

话落，他转过身去，闭上眼："快换，我数一百声，要是数完了你还没换好，我也要转过来了。"

小姑娘赶紧脱衣服。

声音窸窸窣窣，撩得人心猿意马。季让在心里骂自己。

过了会儿，听见她乖乖说："换好了。"

他睁眼，转过身去。

小姑娘穿他的衣服，像穿斗篷一样，就差从头到脚罩住了。卫衣和冲锋衣本来就很宽松，她就像偷穿大人衣服的小孩儿，不伦不类，但可爱到不行。

他笑起来，替她把冲锋衣的拉链拉好，又把她换下来的湿衣服卷起来，用浴巾裹住，塞进书包里。

戚映穿不了他的运动鞋。那鞋实在太大了，能塞下她两只脚，穿上后连路都没法走。她把自己湿了的运动鞋拿出来，往脚上套。

季让把鞋从她手上夺过去："别穿湿了的鞋，寒从脚底起知道不？"

她小声说："可是你的太大了。"

他笑了下，把她书包背在前面，然后背对着她蹲下来，说："来，哥哥背你。"

他刚才用吹风机吹过后背了，没有之前那么湿，润润的，隔着她身上防水的冲锋衣，不会冰到她。

他后背结实有力，蹲下的时候，能看见拱起的肌理。

戚映有点脸红。

他回过头来："不想背？那抱？"

她红着脸扑到他背上，纤弱的手臂环住他脖子。

少年稳稳地站起身来，背着她走出场馆。

岳梨正焦灼地等在外面，她不敢进去，也不敢走，看到季让背着戚映走出来，惊呼一声冲上去："映映！你没事吧？"

戚映柔声说："我没事。"

岳梨后怕地拍心口："没事就好没事就好，吓死我了……"她突然意识到什么，眼珠子差点瞪出来，嘴唇激烈地颤抖，好半天，才尖叫着喊出声："映映！你能说话啦？"

戚映笑着点头："是呀。"

岳梨激动得不知道说什么好，原地直跺脚。

三个人走到街边去打车。

等车的时候，岳梨想到什么，小心翼翼地问季让："方旭脸上的伤，是不是你打的啊？"

季让脸色沉了一下，半晌，冷淡地"嗯"了一声。

岳梨握着拳同仇敌忾："打得好！他活该！"

刚才方旭恼羞成怒冲着戚映发脾气，形象早在岳梨心里大打折扣。有什么不满的你有本事去季让面前说啊，冲着小姑娘嚷嚷什么，你才是懦夫呢！

岳梨气呼呼地跟戚映说："映映，你现在能说话了，下次他再来纠缠你，你就骂他！"

戚映有点不好意思，软乎乎地说："我不太会骂人。"

岳梨说："骂人有什么难的？我教你啊！你听着啊！你个傻叉！"

戚映抿抿唇，嗓音软软地重复："我……我去……"

季让快被这又乖又萌的小傻子笑死了。

他绷着脸瞪岳梨："不准教她说脏话！"

岳梨唉声叹气："唉你这不行啊映映，你没有骂脏话的天赋，声音这么软，人家还以为你撒娇呢。"

车很快来了，季让把背上的小姑娘放在后座，让岳梨坐后面，自己坐到副驾驶，先送岳梨回家。

到岳梨家，她跳下车，兴奋地跟他们挥手："明天见啊映映！明天到学校他们知道你能说话了，肯定很惊讶！"

戚映也很开心，跟她挥手："再见呀梨梨，明天见。"

岳梨捂住心口："呜，我被软妹子萌死了。"

季让拉开车门，坐到后排来。

车子往她家的方向开，她抱着书包乖乖坐在他身边，眼睛晶亮地朝他笑。

季让忍不住弯起唇角："笑什么？"

她老实地说："可以说话了，好开心。"她垂下眼眸，想起过年时舅舅总躲在阳台偷偷抽烟叹气，嗓音低下来，"不能再让舅舅为我担心了。"

她为别人着想的样子让他心疼。

"不会的。"他伸手摸摸她的头，低声哄她，"映映会越来越好。"

车子开到小区门外，他送她下车。小区门口有推着婴儿车散步的路人，他站在路灯阴影下，球衣湿润，锁骨分明，赤着的手臂线条坚硬，有股咄咄逼人的痞气。

可面对她时总是温柔的："那边人多，我不送你过去了，回家洗个热水澡，家里有没有感冒冲剂？冲一杯喝，早点睡觉。"

他说什么，她都点头。好乖好乖。

他本来想放她走，可是忍不住了。拽住她手腕，把她带到身后的海棠树阴影里。

戚映被他按在树干上，他俯身下来，浓烈的属于男生荷尔蒙的气味将她笼罩。

旁边就是小公园，四周来来往往散步的都是小区里的住户，她好担心舅舅舅妈也在，小手去推他胸口："你做什么呀？"

他的鼻息喷在她耳畔，她身上的甜香直往他脑子里钻。

戚映听到他哑着声音问："你今晚说的，是真的吗？"

她愣了一下。

意识到他在问什么，心脏又软又疼。

路灯暗淡的光穿过树叶细细密密地透下来，落在他晦暗不明的脸上。她伸出手，软软地搂住他脖子。

季让身子僵了一下。

她凑近一些，认真地说："我会陪着你。不管曾经发生过什么，不管以后会发生什么，只要你不赶我走，我永远陪着你。"

他心跳几乎失控，在胸膛来回地撞。

少女脸红扑扑的，松开手，微微偏着头，小声又不好意思地说："你可以放开我吗？我怕会被舅舅看到。"

季让狠狠咬住自己的舌头克制着冲动，才没有让自己兽性大发。

半晌，他低声笑："不可以。"

戚映觉得他不讲理，声音软软地抱怨："那你要怎么样才放开嘛。"

季让低下头，呼吸很重地说："你喊我一声我就放开。"他喉结滚动，哑着声音笑，"你从说话到现在，一次都没喊过我。老子的名字是叫不出口吗？"

戚映有点羞，小声说："不是呀……"

她只是不知道该叫他什么。在梦中她没有直呼过季让的名字，都是叫将军。那现在，总不能也叫将军。她问："要叫什么呀？"

季让笑道："你说呢？"

她想了想，好半天，软乎乎的声音从唇间溢出来："哥哥。"

他差点把嘴咬出血，疯了……

少女喊完"哥哥"这两个字，自己也觉得羞，两只小手捂住脸，软糯糯的声音从指缝中传出来："现在可以了吗？"

季让觉得自己简直是自作孽不可活。

可他得守信，答应了小姑娘喊一声就放开，得说到做到。他把手放下来，又替她捋了捋头上翘起来的头发，哑声说："回家吧。"

她点点头，两只小手的大拇指勒着书包带，认真跟他交代："你也要早点回家，不要感冒了。"

季让说好。

她开心地冲他挥挥手，转身往小区门口跑去。脚上那双湿了的运动鞋一踩一个水印，在地面留下小而乖巧的脚印，又被春夜的风很快抚平。

到家的时候，舅舅舅妈在看电视，俞濯一如既往倒在沙发上玩游戏。

听见开门声，舅舅边回头边问："映映回来啦？篮球赛好看吗？"待看见她身上不合身的衣服，"噌"的一下站起来，着急道："怎么了这是？"

吴英华也看过来，皱着眉问："这穿的是谁的衣服啊？映映你自己的衣服呢？"她走过去，看见地上那双还在渗水的鞋，"鞋怎么也湿了？"

戚映把书包放下来，抿了抿唇，小声说："不小心掉进游泳池了。"

屋内安静了那么几秒。

三人都一脸震惊地看着她。

还是俞濯年轻，脑子转得快，从沙发上一跃而起："姐你会说话啦？!"

戚映笑着点头，眼睛亮晶晶的："嗯。"

俞程愣愣地坐在沙发上看着她，好半天，眼眶渐渐红了。他慌忙揉了下眼，匆匆起身走到戚映身边，拉过她左右前后看了一圈："没事吧？啊？没事吧？"

戚映轻声说："舅舅，我没事。就是在篮球场馆里不小心踩空了。这是我同学的衣服。"

俞程一把把外甥女搂到怀里。

天知道他这段时间以来过得有多压抑，当心理医生告诉他，映映可能一辈子都无法开口说话的时候，他的心就像沉到了暗无天日的海底，每天连呼吸都费力。

吴英华私下劝了他很多次，说这都是那孩子的命，要往好处想，能在当时那场意外中活下来已经是老天恩赐了，就算不能说话，也不影响她平平安安过一辈子。

他也自我安慰，不能说话就不能说话吧。还偷偷查了很多不用说话也可以读的专业、做的工作，为她高中毕业后的将来开始打算。

没想到峰回路转，老天爷总是会眷顾好孩子。

俞程简直要喜极而泣了。

这样天大的喜事，谁还顾得上她掉进游泳池的事。俞程当即打电话给心理医生说明情况，预约了明天的就诊。吴英华又让她去冲热水澡，把湿衣服湿鞋子拿去洗了。

只有俞濯暗自琢磨，他们学校的篮球场馆里，好像没有游泳池啊？

第二天是周末，俞程激动得一晚上没怎么睡，一大早就去喊戚映起床，站在门口紧张地问："映映，你现在还能说话吗？"

戚映蜷在被窝，只露出一个小脑袋，打了个哈欠，鼻音有点重，软声说："可以呀。"

俞程安心了。

吃完早饭，一家人陪着戚映去心理诊所检查。心理医生听到她能说话，也很震惊。不过到底是医生，耐心地询问她昨天发生了什么事，第一次出声是在什么情况下。

当着俞程的面，戚映只能红着脸撒谎："掉进游泳池的时候……"

最后医生只能归结为是受到惊吓，刺激之下激发了潜能。

不管怎么样，她的情况算是彻底恢复了，戚映终于结束了长达一年的心理诊疗。舅妈做了一大桌子菜来庆祝，家里就像又过了一次年。

刚吃完饭，戚映的手机就响了。

她看了眼来电显示，偷偷跑回房间，关上门，用小小的气音说："喂？"

那头笑："喂什么喂，叫人。"

戚映老实巴交的："哥哥。"

自作自受的大佬差点咬到舌头，好半天才压住颤抖的嗓音，若无其事地问："嗯，吃饭了吗？"

她乖乖说："吃了，在家吃的，舅妈做了好多菜。"

这是她醒过来之后第一次讲电话，也是季让第一次给她打电话。她觉得好开心，软软的尾音都上翘着说："医生说我已经痊愈了。"

他忍不住笑道："嗯。"

她钻进被窝，用被子捂着脑袋，小声说：“舅妈把你的衣服洗好了，我周一带到学校还给你。”

他逗她说：“舅妈没问你衣服是谁的吗？”

她有点不好意思，捂在被窝里的嗓音软绵绵的：“问了，我说是同学的。”

季让说：“舅妈没有问，是哪位同学身材这么好吗？”

戚映：“……”

这个人怎么越来越……放浪形骸！

季让逗完了她，心情大好，隔着电话伸懒腰，戚映问他：“还没起床呀？”

她声音软软糯糯的，有种在他耳边的感觉。

他心跳有一瞬间好快。想她在他身边，清晨醒来，搂着她在怀，亲她软软的嘴唇。

季让觉得自己好下流。

小姑娘都还没成年。

他翻身从床上坐起来说：“这就起了，下周见。”

她乖乖地说：“嗯呀。”

季让挂了电话，冲到卫生间去洗澡。

周一到校，2 班教室里，岳梨已经在了。

她一边啃着面包一边兴奋地把戚映能开口说话的事跟周围同学说了，一群人都翘首以盼。戚映一进教室，就感受到十几道灼热的视线。

岳梨激动地跟她打招呼：“映映，早上好啊！”

她走过来，第一次当着同学的面说话，有点不好意思，顿了顿，声音清甜又软地说：“大家早上好。”

周围顿时一片“哇”声。

“果然萌妹子声音也很萌啊！”

“映映，恭喜你能说话了啊！”

“继能听到之后，映映又能说话了，我们 2 班是什么福泽宝地啊！”

大家开心地闹作一团。

很快，陆陆续续来到教室的同学们就都知道戚映能讲话了，关系好的当即跑过来跟她搭话，关系一般的就趁着她收历史作业的时候问上几句。

赵都南听到前后桌都在讨论戚映声音好甜，脸都气绿了。

她之前说不屑跟残疾人争校花，现在残疾人变成正常人，她更争不过了。

早自习的时候，连刘庆华都知道戚映能讲话了。她笑逐颜开，觉得自己让戚映去课间操领舞的决定简直太英明了，把在背文言文的戚映叫到走廊上来，问了她几句。

见她口齿清晰，声音甜美，心里一块石头总算落了地。

早自习结束是升旗仪式，全校班级都在操场集合，班与班互相认识的人也不少，毕竟都在一起上小班课。

趁着集合的时候交头接耳：

“知道吗，我们班的特殊学生能讲话啦。”

“校花可以说话啦，现在又能听又能说，就跟正常人没有区别了嘛。”

“看你们之前还叫人家残疾人，人家现在一点都不残好不好！”

传来传去，连站在最后班风散漫的 9 班学生都知道了。

屈大壮兴奋地晃了晃正站着打瞌睡的季让说：“让哥！听说了吗？你的小仙女能讲话了！”

季让一脚把他踹开：“老子能不知道？需要你说？”

屈大壮委委屈屈地站回去，跟刘海洋抱怨道：“知道就知道嘛，他得意个什么劲儿。”

升完国旗就是例行讲话和通报，已经许久没有出现过的名字再次出现在通报批评名单里：“高二 9 班，季让，蓄意滋事打架，行为恶劣，影响甚大，处通报批评，记过处分！”

前面的学生都偷偷回过头来看。

季让眉眼冷漠，散漫地站在那里，好像并不把这个处分当回事。

其实这次的打架远不及以前他惹的事严重，毕竟当时老师同学都在场，很快把他拉开了。但谁让方旭是站在学校金字塔尖上的好学生。

屈大壮在旁边狠声骂：“这个混蛋！放学老子不弄死他都对不起这个记过处分！”

季让瞥了他一眼：“别惹事。”

升旗仪式结束，各回各班，季让虽然表面上不在意，但想到小仙女能听到自己被通报批评，心里还是有点烦躁，去小商店买冷饮降火。

去商店的路上栽了一排银杏树，已经开始冒出嫩绿的芽。

走到拐角处时，方旭和一群男生说说笑笑从旁边的办公楼下来了。

季让只扫了一眼就移开目光，他现在懒得跟这个混蛋计较。没想到方旭非要主动找死，往他跟前凑。

他笑吟吟地喊他：“学弟，处分还吃得消吗？”

季让脚步一顿，偏头看过去时目光又野又冷，嘴角却勾起来，有令人发怵的笑：“我不介意再多几次处分，你想不想试试？”

方旭笑不出来了，冷冷看着他。

季让冷笑了一声，抬腿要走。

方旭在后边淡声道：“本来不止处分的，他们还要你跟我当面道歉，是我劝回去的。”他顿了一下，微笑着说，“看在你妈当年跟我妈关系不错，还给我买过玩具的分儿上。”

少年冷漠的背影僵下来。

有那么一瞬间，好像连风都绕道。

他回过头来，眼底是疯狂涌动的戾气。

方旭就等着他发疯，他是故意要激怒季让。

他周末的时候查过了，知道季让已经开始改变，也不怎么出去惹事了，每天好好上课，还参加补习，每次考试成绩都有所提升。

他在为那个小姑娘改变，而小姑娘好像就吃他这一套。

凭什么呢？从始至终的优秀不被接受，浪子回头反而能得到青睐？

他不甘心。他要让所有人看看，垃圾永远都是垃圾。

少年朝他走过来，浑身散发出逼人的煞气。

Best Time

白马时光

Sweet
Candy Fairy

春刀寒 著

草莓糖和小仙女他都要 下

百花洲文艺出版社
BAIHUAZHOU LITERATURE AND ART PRESS

目　录
contents

目　录

contents

第十八章

野营告别夜

方旭看了身后的办公楼一眼，大堂里有不少刚散会的老师。

清风拂过，还挂在枝头坚持了一个冬天的银杏叶子簌簌而落。

飘飞的金黄叶子中，小姑娘飞奔而来，手里还握着一颗棒棒糖，从身后一把抱住少年的腰。

季让闻到熟悉的甜香，他低头看环在自己腰间的手。

又细又白，粉色的棒棒糖嵌在指间。

身后传来小姑娘气喘吁吁又软又轻的声音："不要打架。"

他紧绷的身子松懈下来，回过头摸摸小姑娘因奔跑而有些散乱的头发，喉咙动了动，发出低低一个字："好。"

戚映弯着眼睛笑起来。

她把棒棒糖放到他手里，牵住他没拉拉链散开的衣角，轻声说："走啦，回去上课。"

少年点点头，跟着她往回走。

方旭站在台阶上，手指握成拳，冷笑着奚落："小学妹，你知道他是什么样的人吗，就敢这么维护他？"

戚映气死了。

她转过头，瞪了方旭一眼，气呼呼地说："他什么样我都喜欢，反正不会喜欢你！”

季让半点都不生气了，在旁边“噗”的一声笑出来。

他的女孩儿，真乖。

戚映凶完方旭，又继续拉着他的衣角往教学楼走。她生气的样子奶凶奶凶的，没多大威力，反而更可爱。

季让任由她拉着，还把棒棒糖撕开，放进嘴里。

草莓味儿的，很甜。

上了楼梯，走到教室那一层的走廊，她才气呼呼地停下来，转头一看，季让眯眼笑着，嘴里叼着一根棒棒糖，吃得别提多开心了。

她也笑起来，眼睛弯弯的，轻声问他：“好吃吗？”

季让嘬了两下：“还行吧，没你甜。”

戚映：“……”

季让：“……”

他怎么就管不住他这骚断腿的嘴。

好在小姑娘不跟他计较，抿了抿唇又说：“你以后不要随便打架了好不好？”

她仰着头，声音又细又轻，俏生生的，眼睛里有小小的期望。

季让心跳慢了一拍，他用食指戳她颊边浅浅的酒窝：“怎么，嫌弃老子啊？”

她仰头看他，小声说：“不是呀，打架会受伤的。”

从来没有人跟他说过，不让他打架是因为怕他受伤。她全然信任维护他的样子，让他长久以来筑起的心墙噼里啪啦碎了一地。

又暖又疼。

他不想让小姑娘发现自己内心的狼狈，故意绷着脸：“老子很厉害的知不知道？”

“知道。”她乖乖点头，又轻声反驳他，“可是再厉害也会受伤呀。”

再厉害也会受伤。

就像再英勇神武的将军，也会战死沙场。

她湿漉漉的大眼睛眨啊眨，满眼都是期待。

他舍不得拒绝，也无法拒绝。笑了下，摸摸她的小脑袋说：“好，我答应你。”

她开心地笑了起来。

上课铃响了，她朝他挥挥手，转身往教室跑，柔软的马尾在背后轻轻地晃，光线照进走廊，那明媚娇俏的背影，好像成了他的整个青春。

回到 9 班教室的时候，刘尧正站在讲台上训话：“马上就是月考了，还跟我在这儿浪！高二下了知不知道？还以为自己是刚入学的新生，时间还很多？高考一结束你们就是准高三生，知不知道高三意味着什么？”

刚骂完，就看见季让叼着根棒棒糖慢悠悠地从教室后门晃进来，更气了，一拍黑板刷怒道：“还有某些人！刚有点起色，转头就给我惹事！嫌自己身上的处分太少了？打个校内篮球而已，你以为你争奥运会冠军啊，还打架？知不知道处分太多会影响到大学的录取率？”

季让跟没听见刘尧骂的是自己一样，往座位上一坐，把课本拿出来翻开，撑着头转着笔，脸上难掩笑意。

屈大壮拿眼神示意刘海洋：让哥怎么又魔怔了？

刘海洋回以眼神：多半还是小仙女给造的。

下午放学的时候，吴睿背着书包吭哧吭哧跑到 9 班教室来堵季让，一看到他就板着脸说：“季同学！你怎么又打架了呢？我们不是说好了，要把打架斗殴的时间都放到学习上吗？你还想不想考大学了？”

年级第一自从给他补习开始，已经隐隐以小老师自居了。

看着自己第一个学生如此冲动不懂事，忧愁得中午都少吃了一碗米饭。

季让说：“我现在看见你们年级第一就烦。”

吴睿推了推黑框眼镜：“你这是仇学心理，正常的，一会儿我给你开导开导，学习固然很重要，心理状况也不能忽视。”

然后季让就被吴睿拖到自习室讲了半小时“如何在紧张的学习压力中平衡自己的心态”。

哎，果然，人与人之间的差距还是很大的，他的确不该以偏概全，一棍子打死所有年级第一。

不是每一种牛奶，都叫特 × ×。

不是每一个年级第一，都叫吴睿。

上完心理辅导，吴睿又把自己根据他的学习情况整理的笔记拿出来，指给他看："数学这块儿的基础项你已经完全掌握了，就是这个概率部分还有点弱，我会给你整理有关概率的题型，提升一下。英语的完形填空现在也没问题了，作文部分要再加深下，多背点范文。"

补完课，吴睿问他："下周就要月考了，你的理想名次是多少？我们先立个小目标，冲一冲。"

季让想起方旭看他时嘲讽不屑的眼神。

他握紧笔，冷声说："年级第一。"

我给你补习，你却想顶替我？

吴睿咳嗽两声："那个，季同学啊，不是我看不起你。"他怕大佬打他，往旁边挪了挪，随时准备跑路，然后才目光自豪地说，"要超过我的话，那还是有点困难的。"

季让："……"

本学期的第一次月考就这么伴随着越来越浓的春意到来了。

由于大佬在上学期的期末考试中取得了于他而言非常优异的成绩，考场也靠前了很多，而且很巧，跟岳梨在同一个考场。

非常勤奋好学但无奈天赋智商有限的岳梨小同学，并不觉得跟大佬在同一个考场有什么丢脸的。

而且整个考场其他学生都怕季让，看都不敢往他那边看，毕竟前不久他才又当着老师的面打了高年级的学长。但岳梨不怕他，她凑过去跟季让说话时，感受到周围偷偷打量的视线，还很自豪呢！

你们都怕，就我不怕，这就是当大佬的女人的闺密的好处！

她还给季让比小拳头加油说："争取下一次考试跟映映在同一个考场啊！"

第一个考场吗？总有一天他会去的。

考试进行了两天。有了上一次的教训，季让这次坚决不对答案，有那焦虑紧张的时间，不如拿来刷题。

而且他还在思考，随着高中生涯一天天过去，考试的次数会一次次减少，他今后找戚映要奖状的机会也越来越少了。得趁着现在考试多，多要点。

毕竟要用一辈子。

考完试送她去公交站的时候，他若无其事地问：“这次的奖状有提前准备好吗？”

戚映觉得这个人是不是对奖状有什么执念。

她想了想：“这次换一个东西送你好不好？”

季让凶巴巴的：“不行，就要奖状。”

其他东西哪有奖状好使。

他要什么她就得给什么，简直就是个阿拉丁神映。

戚映有点苦恼，她觉得礼物的特殊性在于唯一，他要一屋子的奖状贴着，那还有什么意义呀。想了一会儿，扯着他衣角软软地说：“可是我想送你其他的东西。”

在小仙女撒娇攻势下毫无原则可言的大佬说：“好。”

没几天月考成绩就出来了，季让不负这么长时间以来熬夜刷题拼命补习的辛劳，终于考进了年级前两百，位列一百七十二名。

而戚映因为进步空间太小，只前进了两名，排在年级第七。

季让看着成绩榜上越来越近的两个名字，强行往缘分上扯：都有七呢。

一放学季让就去找戚映要奖励。

大佬并不觉得自己现在的行为幼稚得跟小朋友一样，看着戚映抱着一个用黑袋子罩着的东西走过来，嘴角止不住地上翘。

他明明眼里已经乐开了花，声音还绷着，淡淡问：“什么东西啊？”

戚映说：“你伸手。”

他伸出手。

戚映把奖励放到他手掌心，然后掀开袋子。

是一个小小的花盆，里面的土壤新鲜又湿润，有一股花肥的气味。

她笑得好乖，软声说："这是我种的花。"

季让问："什么花？"

她眼眸璀璨："山楂花。"怕他没有养过花，又认真地教他，"山楂花耐旱，水不要浇多了，浇水的时候要浇透，不能积水，每个月施肥一次就够啦。等它长大了，就可以把它移到更大的花盆里。"

她纤细的手指在空中虚晃，比出一个大小。

季让静静地听着，他没想到她会送他花。

等车的时候，他拿出手机搜了一下。

山楂花的花语：守护唯一的爱。

公交车来了，小姑娘跟他挥挥手，转身要上车。

他一手端着小小的花盆，一手拉住软软的她，然后把她拉到了怀里，按在自己心口。

周围好多人看着，戚映不好意思，用小手去推他："干什么呀？"

他笑起来，狠狠拥抱之后，松开她，低笑说："等山楂结果了，我做糖葫芦给你吃。"

…………

这一次的月考海城一中整体平均分都有所提升，为了奖励学生，也为了迎接春天释放压力，等讲完各科的卷子，各班班主任就在教室宣布："下周学校组织春游，地点是鹤溪山。"

全年级沸腾。

鹤溪山是海城郊外一座植被生态保护得很好的野山，因山顶有一座鹤溪庙而闻名。一条鹤溪自山顶流向山脚，传闻以前是白鹤的栖息地，只是现在除了鹤溪庙里养着几只白鹤，野外已经不见鹤影了。

有学生兴奋地问："可以野炊吗？"

老师说："可以，半山腰有野炊营地，但是野炊很麻烦，要准备锅碗瓢盆和食物，你们想野炊也行，自己提前准备好。"

也有不想爬山的说：“可不可以就在山脚下玩水啊？”

老师说：“都行，反正到点集合，路线就是从山脚到山顶，时间内容自行规划。”

鹤溪山是政府这两年重点打造的踏青游玩胜地，安全措施做得很好，每一段都有巡山的保安，不用担心安全问题，基本每个学校春游都会选择这里。

虽然不少学生放假期间都跟着父母去过了，但学校组织的嘛，气氛都不一样。

接下来的一周，课余时间基本都在讨论春游。

有些班真的准备起了野炊，也有比赛爬山的，还有说鹤溪庙许愿特别灵，一定要爬到山顶去许愿的。

戚映和岳梨都属于不爱运动的类型，两个人打算随便踏踏青、看看山、玩玩水，外加吃吃零食就好了。

春游前一天放学，她俩相约去超市买了不少熟食，第二天到学校集合时，书包都装得鼓鼓的。

学校安排了大巴，直接把十几个班的学生全部拉到山脚下。

各班点名的时候，又着重交代安全须知，过了免费检票口进山之后，就让学生自由活动了。

检票口守了几个老师，防止不听话的学生乱跑。

戚映刚跟岳梨上了第一段台阶，站在小水潭边看鱼，就收到季让的电话，问她在哪儿。季让问清楚之后，没几分钟就找过来了。

岳梨一看见他就苦下脸。

摆明了大佬要跟小仙女约会，她是多余的。

岳梨自觉地给后座同学打电话：“小禾你们在哪儿啊？等等我！”

戚映一脸抱歉地看着岳梨跑远了。

季让没背包，穿着一身简单的运动服，戴了个黑色的棒球帽，高高帅帅，很有型。

不少女生都在偷看他。

戚映问："你怎么不背包呀？一会儿吃什么？"

他伸手拎过她背上的书包，帽檐下薄唇勾着笑道："吃你的。"

戚映默默掰指头，计算包里的东西够不够吃。

季让快被她的小表情萌死了。

爬山是一件很累的事。起初的兴致勃勃逐渐拜倒在望不到尽头的石阶下，一路走过去都是就地坐下铺开毯子开始吃零食的学生。

屈大壮几个也在，找了个坡度平缓的地方在打扑克。看见他们热情地打招呼："让哥！来打牌啊！"

季让哂笑说："你昨天不是信誓旦旦要爬到山顶去许愿，保佑自己考上大学吗？"

屈大壮无奈道："我想通了，拜神不如求己，明天回去我就开始好好学习。"

周围都哄笑起来，季让偏头看旁边的戚映，低声问她："累不累？"

她摇摇头，软绵绵地问："山上的庙，许愿真的很灵吗？"

季让不信这个，想了想说："心诚则灵吧。"

她牵住他衣角，眼眸亮晶晶地说："我想上去许愿。"

他笑道："好，我们上去。"

于是两人开始爬山。

越往上爬人越少，大多数学生爬到半山腰那个野炊营地就停了。隐在参天大树下的石阶幽静深远，每上一个台阶，山风都更清凉一些。

戚映累得气喘吁吁，但一想到自己是一步步爬上来的，心诚则灵，又鼓起勇气继续往上。

后来就一个人影也看不到了，只有季让陪着她。

他看上去半点都不累，还有力气逗她说话："叫一声让哥哥，背你上去。"

戚映羞恼："不要！"

他们俩中途停下来好几次，喝水吃东西，临近下午，才终于看到那座隐在深山中的古刹。

鹤溪庙其实一点都不大，香火也并不算旺盛。庙门前有一个池塘，水面铺满了莲叶，果然有白鹤在水中嬉戏。

戚映好开心，逗了会儿鹤，又去请香，乖乖地跪在金身佛像前，捧着香默念：佛祖，谢谢你让梦境照进现实，请一定要保佑季让平安健康呀。

季让就在旁边看着，虽然不信这些，但不妨碍他愿意陪她做任何事。

拜完佛，两个人又在庙里逛了逛，这庙不大，十多分钟就逛完了。

下山还需要时间，晚点还要集合，两个人准备离开。

走出院门的时候，有个青衣僧人正在扫地，季让明明避开了他，但僧人手中的扫帚却像长了眼一样直往他脚下蹿。

季让觉得这和尚故意搞他。他对外人哪有什么好脾气，停住步子，压着火气问："想做什么？"

僧人扫地的动作没停，却笑盈盈道："小将军，戾气不要这么重。"

季让觉得这和尚有病，拉着戚映就要走。

戚映却呆呆地站在原地，看着那僧人，小声问："小师父，你叫他什么？"

僧人抬头看过来，眉眼含笑，很是温和："这位小将军上一世英年早逝，身上杀孽过重，这一世才满身戾气不散，小施主可要看好他。"

戚映眼眶一下就红了，这僧人的话对别人来讲可能就只是随耳一听，但对于她来说，仿佛梦中的一切都有了凭据，好像她和季让在很久很久以前真的就在一起一般。

她对着青衣僧人端端地弯腰鞠躬行了一礼："谢谢小师父，我会的。"

行完礼，又扯季让的衣角："给小师父行礼道谢。"

季让嗤之以鼻地说："封建迷信！"

戚映声音又乖又软地说："这是礼貌。"

少年眉眼不羁，可总有软肋。

他弯腰，朝僧人鞠了一躬。

下山比上山要轻松许多。

长长的石阶一路蜿蜒而下，两个人走走停停，上山时没顾得上欣赏的风景，现在倒可以看个够。

只是戚映明显有些心不在焉，从寺院离开后，眉眼一直微微皱着。

季让把她拉到旁边坐下，拧开一瓶酸奶递过去，逗她笑道：“小傻子，你怎么这么迷信啊？政治课到底有没有好好学？”

她低着头嘬酸奶，回想刚才青衣僧人的话，越想越难过。

如果保家卫国的功勋成了杀孽，那他守护的江山和百姓，他献出的生命都不作数了？最后还要他来承担“后果”吗？

小姑娘突然扑进他怀里。

季让没准备，下意识地去抱她，差点被她扑个跟头。

他感受到少女难过的气息，收起平时的吊儿郎当，低声问她：“映映，怎么了？”

她搂着他脖子，将小脑袋埋在他心口，轻轻地抽泣，好半天才带着哭腔说：“你以后……不要打架，不要做危险的事，要长长久久，平平安安地活下去，好不好？”

她是在为他难过。

季让心里又疼又气。

臭和尚，说什么“英年早逝”吓他的宝贝！

他拍她后背，轻声哄她，声音柔得要滴出水来：“好，我答应你，你说什么我都答应。”

她抬起脑袋，眼眶红红的，伸出一根小手指，瓮着声音说：“拉钩。”

他骨节分明的手指钩住她纤弱的小指头，低声说：“嗯，我保证。”

她总算笑起来。

下到山下，席地野炊的学生们已经在收拾垃圾准备离开了，戚映遇到了岳梨他们，她正端着碗泡面在吃，兴高采烈地跟她打招呼：“映映，你们去哪儿了？”

戚映说：“我们爬到山顶，去鹤溪庙许愿了。”

岳梨一脸惊叹：“哇，那好高的，要爬几个小时呢，应该只有你们爬上去了吧？”

戚映自豪地点点头，想了想，又说：“那里许愿真的很灵。”

有高僧在的寺庙，一定很灵。

岳梨眼睛放光：“那我下次放假也来爬！我要许愿考大学！”

不远处带队的老师喊：“都把垃圾收起来啊，爱护生态环境，不要乱扔乱丢，准备下山集合了。”

春游就在这闹闹嚷嚷的声音中结束了。

大巴车先把学生统一拉回学校，然后再让学生们各自回家。

明天还要继续上课，各班班主任都在车上训话：“玩也玩了闹也闹了，接下来就都给我把心收一收，还有三个月不到就是高考了，不要以为跟你们无关，到时候都做一下今年的高考题，看看自己的差距还有多大！”

爬了一天山大家都挺累的，懒洋洋地瘫在座位上，任由老师训话。

车子摇摇晃晃，下午阳光透过车窗，照得人昏昏欲睡。季让虽然体力好，但爬到山顶还是耗费了不少力气，头枕着靠垫睡过去了。

他做了一个梦。

梦里面是漫天的火光，他好像变成了一个将领，骑在黑鬃大马上，下令身后黑压压的一片士兵放箭。

那些箭头都点着火，像天降流星一样齐刷刷地坠入前方的匪寨，四周厮杀吼叫不断，副将在他身边汇报：“将军，匪寨山门已破！”

他勒紧缰绳，手中长枪持于身侧，沉声说：“杀。”

马蹄声响彻山谷，他一马当先冲在最前面，所过之处鲜血飞溅。山匪负隅顽抗，但架不住朝廷铁骑的强攻，很快败退。

不知道什么时候，天上落下雪来。

白茫茫的飞雪中，他一眼就看见蜷缩在墙脚下的小姑娘。

她衣衫不整，惊慌失措，唯有那双眼睛晶亮，像围猎时遇到的小鹿，柔软又可怜。旁边有个山匪拽住她的长发，丧心病狂提刀就要砍去，他握紧手中长枪，猛的往前一掷，山匪被长枪穿了个透心凉，钉在了墙上。

鲜血喷洒了她一脸。

红的血，白的肤，晃了他眼睛。

她吓到失神，可没有哭，也没有叫，呆呆地坐在地上，手指拽着身上要掉不掉的衣裙，捂着胸口，双肩如雪，长发如瀑，直愣愣看着马上的他。

好乖。

他策马走近，她就一点点仰头，湿漉漉的大眼睛一眨不眨。

他打量她一会儿，本来想说：山匪已被诛杀，别怕，安心下山去吧，可不知道怎么话出口就变成了“可有去处”。

她摇摇头，小脸苍白。

他俯身，朝她伸手。

小姑娘有点迟疑，蹭着墙壁慢慢站起来，乖乖走到他跟前。

他弯下身，手臂环过她纤弱的腰，将她捞上了马。

小姑娘这才惊呼了一声，她小声说：“呀……”

他差点笑出来，抿住唇，又策马到墙边，拔出那杆长枪，掉转马头往回走。

副将从远处飞奔而来：“季将军，贼人皆已伏诛！咦……”看向他怀里的小姑娘，“这位是……”

他淡淡扫了副将一眼，取下披风，将怀中的小姑娘全部裹住，淡声说：“烧营，下山。”

雪已越下越密，覆住了山头。

他闻到怀中小姑娘身上清甜的淡香，像身后那漫山白梅。

他低声问她：“你叫什么名字？”

“戚映。”小姑娘微微回头，露出半张乖巧侧脸，“将军，我叫戚映。”

…………

季让一个激灵从梦中醒来。

动作太大，旁边的屈大壮都被惊动了，凑过来问：“咋了让哥？做噩梦啦？”

他急喘几口气，摇摇头，又靠回去。

闭上眼时，仍能看到漫天风雪中，他的宝贝衣衫不整差点被贼人一刀砍死的画面。

都怪那臭和尚。做的什么狗屁鬼梦！

大巴开回学校，下车后学生们纷纷转道回家，季让被刚才那个梦吓得不轻，一下车就给戚映打电话，跑过去找她。

她背着已经空下来只剩下一瓶饮料的书包乖乖等在校门口，穿着嫩黄色的春衫，整个人明媚又乖巧，他看一眼就安心了。

这才对嘛。

他走过去，拎过她书包，笑容清朗："走，让哥哥送你回家。"

小姑娘羞恼地看了他一眼，乖乖跟在他身后走向公交站台。

…………

随着春天到来，戚映送他的那盆山楂花也发芽了。

从来没养过花的大佬生怕把花养死了，一天要看一百遍，还关注了养花吧、养花博主、养花公众号，每天学习如何成为一个合格的花农。

临近四月，海城的天气就开始热了。

晚上吃饭的时候，俞程跟戚映说："映映，明天去学校了记得跟老师请假。"

戚映夹菜的手一顿，突然意识到什么，手指微不可察地抖了一下。

俞程还自顾说着："去燕城飞机来回要七个多小时，你请两天假吧。"

戚映垂着眸，乖乖点头："好。"

第二天到学校，她拿着请假条去找刘庆华签字。刘庆华看了看，问："事假？是有什么事呀需要请两天？现在学习时间很紧，还是尽量能少请假就少请。"

戚映抿了抿唇，轻声说："明天是我爸妈的祭日，我要回燕城。"

刘庆华没想到是这样，立刻说："哦哦，行，去吧，路上注意安全。"

下午放学的时候，戚映去找季让。

9班教室后门总是很闹腾，屈大壮看见她，远远就喊："让哥，你的小仙女来接你放学啦。"

一个空瓶子飞过来。

“你喇叭成精啊！”

基本每天都要上映这一幕，戚映笑了笑，等季让拎着书包走出来，跟屈大壮他们挥手：“再见呀。”

屈大壮捂着心口，悄悄跟刘海洋说：“小仙女好甜，我好像恋爱了。”

刘海洋道：“你怕不是想被让哥生剐活剥了吧？”

走出教学楼，戚映才轻声跟身边的少年说：“我请了假，明后天不来学校了。”

季让皱眉道：“怎么了？生病了吗？”

他抬手摸她额头。

戚映笑着躲开，声音软乎乎地说：“不是啦，我要跟舅舅一起回燕城。明天是我爸爸妈妈的祭日，要回去拜祭。”

季让逗她的手一顿，有点僵硬地放下来，低声说：“知道了。”

两人没再说什么，一直到公交站，车子渐渐驶来，戚映跟他挥挥手，笑着说：“我走啦。”

小姑娘眼里有笑，还有其他什么东西。

他没忍住，伸手拉住她，把她拉到自己面前来。

戚映小声问他：“怎么啦？”

他喉咙发紧，心脏也有点疼，指腹摩擦着她脸颊，好半天才低声说：“有什么事要给我打电话，知道吗？”

她点点头。乖巧得让人心疼。

车门打开，陆续有学生上车。

戚映弯着眼睛朝他笑：“我真的要走啦。”

他也笑了下，松开手。

她挥了挥手，背着书包转身。刚走了两步，又突然被季让拽住。

车门合上，公交车开走了，她僵着身子没动。季让拎着她的书包带，低声说：“映映，转过来。”

她垂着头，不肯动。

他松开手，绕到她身前，手掌捧着她的小脸，强迫她抬头，看到她通红的眼。

他就知道。小姑娘抿着唇憋着眼泪的样子，让他心碎了一地。

季让低下身子，轻声问道："很难过是不是？"

她摇摇头，垂着眸，长睫毛微微地颤。

季让拿出手机，订好明天飞燕城的机票。他轻轻揉了揉她的发，低声哄她："不难过，我陪着你。"

第十九章

挥手梦归无

戚映很久没有这么难受了。

她一直都知道，自己抗拒回忆有关父母的事情，不管是有意还是无意，只要想起父母，心脏都会绞痛。

从昨晚知道要回燕城拜祭爸爸妈妈开始，她心里就一直不舒服。自己尽量不去想，用背单词、背课文、背元素周期表来转移注意力，可一直刺刺的，像有根小针藏在角落偷偷地扎。

她不知道该怎么办。

一整天都强撑着，看到季让的时候，才终于有些绷不住了。

她觉得有点委屈，想躲到他怀里哭，可又不想让他担心。一直强颜欢笑，没想到被他看出来了。

季让把她小手握在掌心，轻声说："我陪你走一走好不好？"

她点点头。

于是他就拉着她，沿着回家的路往前走。经过甜品店，给她买了草莓布丁，经过冷饮店，又给她买冰激凌。他单手拿着手机给朋友发消息，没多会儿就有人开车送了串糖葫芦过来。

听说甜食会让人心情变好，她眼里果然也露出星星点点的笑。

吃完糖葫芦，嘴角都是粉色的糖渣，他用矿泉水打湿纸巾，蹲下来给她擦，问她：“还想吃什么？”

她摇头，软乎乎地说：“不吃了，还要留着肚子回家吃饭。”

他摸摸她的小脑袋，说：“好。”

然后打车送她回家。

她抱着书包看他手机上航班确认的短信，小声问：“你真的要陪我去吗？”

季让笑着说：“机票都订了，还有假？”他把手机放到她手里，“地址写下来。”

戚映抿了抿唇，垂着小脑袋慢慢打字，打了一半，想到什么，又抬头问他：“我怎么跟舅舅解释呀？”

季让说：“不用跟他说，我不会让他发现的。”

她大眼睛眨了眨，似乎觉得这样有点不可思议。

季让笑起来说：“你知道就好了。”他眼神温柔，“我一直在你身边。”

心里面那根刺，好像淡了很多。

她弯起眼睛，乖乖点了点头。

俞程订的飞燕城的航班是早上九点的，到那边都临近中午了。季让的航班要早两小时，他订机票的时候不知道她是什么时候的飞机，直接订了最早的一班。

早上起来，季让给刘尧打电话请假。

他以前都是直接逃课，这次居然还规规矩矩地请假，刘尧简直不可置信，震惊过后欣然同意了。

反正不同意也没用。

他没带什么，今天去明天回而已，包都没背，兜里揣上手机、身份证、充电器，挂着一副耳机就出门了。

到达燕城，天阴，没有海城气温高。

他穿了件黑色的卫衣，把帽子戴在头上，站在出站口等她。

站了两个多小时，才看到戚映和俞程拖着行李箱走出来。

她一眼就看到人群中个头高高戴帽子的少年，还看到旁边有人拿着手机在偷拍，以为是什么明星。

她抿着唇偷偷朝少年笑了下。

他也冲她笑。然后双手插在兜里，若无其事地走过来跟在她旁边。

俞程还在念叨："燕城比海城冷好多啊，还好让你穿了件毛衣。景林山上估计更冷，我们吃了饭再去吧。"

景林公墓就在景林山上。

季让偏头看小姑娘身上的黑色毛衣。

有点宽松，带了点蝙蝠袖的样式，胸口用白色的线绣了一只小兔子，她纤弱的身体藏在宽大的毛衣下，很乖。

他挨着她，走得好近。偶尔肩膀都可以碰到。

戚映好担心舅舅会发现身边的少年，看都不敢往他那边看。但机场人太多了，舅舅压根儿没注意到他。

前面有家肯德基，俞程问她的意见："吃肯德基可以吗？景林山下估计没什么好吃的。"

她点点头。

进去之后，俞程问了她要吃什么，然后去排队点餐。她找了个位置坐下来，看到少年站在门口拿着手机对着 App 扫码点餐，比俞程排队快多了，点完之后走过来，拉开她后面那把椅子，跟她背靠背坐下来。

她有点紧张，觉得这样好像在做贼啊，都不敢回头跟他讲话。

有两个打扮时尚的女生端着餐盘走到季让对面，笑吟吟地问他："你好，我们可以坐在这里吗？"

戚映听见少年冷淡的声音："不可以。"

两女生尴尬得不行，话都没说就走了。

戚映忍不住微微偏头，小声说："你不要这么凶呀，要有礼貌。"

季让心想，老子没有喊她滚已经很有礼貌了。他跷着二郎腿，偏头笑："怎么样才叫有礼貌？"

小姑娘声音软软的："你可以说，不好意思，这里有人了。"

"行。"他笑起来，"老子记住了。"

正说话，看到俞程端着餐盘过来，戚映赶紧回过头，正襟危坐。

吃完饭，俞程带着她去坐出租车。

坐车的地方很多人在排队，等她上车之后，已经看不到少年的身影了。戚映扒着车窗找了一圈，默默坐回车里，手机很快收到他的短信：我在，别怕。

她心里面暖暖的。

到达景林公墓的时候，天色暗了许多，阴云密布，像是要下雨的征兆。俞程在山下卖花的地方买了白菊和黑伞，领着戚映上山。

每上一个台阶，每接近墓地一步，她的呼吸就越来越困难。

心里面那根刺又冒了出来。这次不是一根，是很多，密密麻麻往她心上扎，疼得她发抖。

她难受得快要哭出来了。

可是不行，不能让舅舅发现她的异常，他一直以为她已经痊愈了，不能再次让他陷入没日没夜的担忧中。

她紧紧咬住牙，闭了闭眼，深呼吸，努力压下身体里翻涌撕咬的痛苦。

父母的墓地在半山腰，墓碑周围已经放了很多新鲜的花。应该是爸爸的同事来过了。

她把怀里的白菊放下来，跪在墓碑前磕头，甚至不敢去看墓碑上的照片。她额头抵着冰凉的石碑，纤弱的身体微微发抖，小声地哭。

孤独又可怜。

季让就远远站着，恨不能冲过去，把小姑娘搂在怀里。

俞程也红了眼眶，坐下来跟长眠地底的姐姐姐夫说了很多话。

说映映现在在新学校待得很开心，交了很多新朋友，成绩也一直在进步。她的伤恢复了，不仅可以听到，也可以说话，以后也一定会越来越好，让他们千万不要担心。

说了很久，久到山上下起了小雨。

俞程把小姑娘从地上拉起来，撑开黑伞护在怀里，低声宽慰：“走吧，爸爸妈妈一定不想看见你淋雨生病，快别哭了。”

她很听话，吸吸鼻子，果然不哭了。

两人撑着伞下山。

下台阶的时候，穿黑色卫衣戴帽子的少年怀里抱着一束小雏菊，往山上走去，和他们擦肩而过。

俞程隐隐觉得眼熟，又觉得是错觉。他很少来燕城，怎么会认识谁。

戚映和少年的目光在雨幕中交汇，他温柔地笑了下，收回视线。

直到两个人的身影消失在雨幕中，他才走到刚才戚映跪着哭的地方，把怀里的小雏菊放在了墓碑前。

照片上的男人穿一身警服，正气凛然。戚映五官长得像妈妈，很温柔。

方旭说得没错，他一直以来都很讨厌警察，讨厌他们口中冠冕堂皇的正义和道德。牺牲自己和家人换来的正义道德，有什么值得骄傲？

可看着照片上的男人，他微微含笑，眼神却坚定深邃，好像前方哪怕是万丈深渊，只要警服在身，他仍会一往无前。

季让垂下眸，在墓碑前跪下来。

他低声说："叔叔阿姨，我是映映的……同学。"他抿了抿唇，声音低沉而坚定，"我会好好照顾她，这辈子都不让她受一丁点苦。"

雨越下越密，他朝着墓碑磕了三个头，转身下山。

…………

戚映家在燕城的房子还在，俞程打算等她大学毕业后再由她自己决定这套房子怎么处理。

但因为接近一年没住人，房子肯定落了很多灰，就是住一天也懒得去打扫，俞程在她家附近订了酒店，走之前回家去看看就行了。

戚映昨天就把酒店地址发给了季让，他订了同一家酒店。

季让从山上下来之后全身都淋湿了，回房就去洗了个热水澡，裹着浴巾把衣服晾起来。

天色已经暗下来，俞程带戚映吃了晚饭，今天奔波了一天，又冷又累，回酒店后就让她早点休息。

她乖乖点头，虽然拜祭的时候哭了一会儿，但其他时候看上去都挺正常，俞程也没有多想，自己回房了。

雨越下越大，砸在挡雨棚上，噼里啪啦地响，好像要把房子砸个洞。

戚映洗了澡，换好衣服，站在阳台上往外看。

能看见她曾经的家，她上下学走过的那条石子路，她爱吃的那条小吃街，她曾经骑自行车摔过的红绿灯路口。这些全部笼在倾盆雨幕中，像回不去的过去一样，看不真切。

她捂着心脏蹲下来，一下又一下地抽泣。她不敢哭出声，舅舅住在隔壁，她怕他听到。

“砰砰”两声，房门被敲响。

她小手在脸上胡乱摸了两把，强忍着去开门。

门外是季让，套着还没干透的衣服，拿着手机：“我打你电话没接。”他看着她红透的眼，皱了皱眉，低声喊，“映映……”

小姑娘终于忍不住，一下扑进他怀里，崩溃地哭出来。

季让伸手抱住她，用脚勾上门。

她哭得好厉害，上气不接下气，眼泪比外面的雨还多，哭得他心碎成一块一块的。除了紧紧抱住她，半点办法都没有。

他用手给她擦眼泪，哑着声音问她：“映映乖，哪里不舒服？”

她捂着自己心口，哭腔又软又轻：“心脏好疼。”

他也好疼，碎成块还不够，已经碎成渣了。

他抱她的力气都不敢用大了，低声说：“我带你去看医生好不好？”

她抽泣着摇头：“不好。”小手紧紧拽着他的衣角，眼泪流了满脸，怎么都止不住，抽泣着喃喃问他，“我这样是不是不好？”

他低头看着她沾满泪水的睫毛：“你怎么样都好。”

“我不好。”她闭着眼，纤弱的身子在他怀里发抖，痛苦的哭腔从唇间轻轻溢出来，“我其实一点都不为他感到骄傲。”

我其实……一点都不骄傲啊。

我只想他活着。

想他每天下班，骑着他的电动车来接我放学。

想他每次去外地出差，给我带好吃的特产回来。

想他来给我开家长会时，我骄傲地告诉同学，我爸爸是一名警察。

我骗了所有人，也骗了我自己。

季让看着怀里哭到断气的小姑娘，脸色苍白。

原来，她并不是没有关系。她并没有看上去那么乐观。

原来她跟自己一样，并不因此而骄傲。

他曾经无比担心，当她得知真相，当她知道他所有叛逆行径背后的原因，她就不会再追着自己跑了。就像方旭说的那样，她以此为荣，而他以此为耻。

原来不是啊。

可此刻窥探到她真实的内心，知道她跟自己一样，他却并没有很高兴。

她哭得他快疯了，如果现在有人跟他说，把命献出来，她就不会那么难受，他也一定会毫不犹豫地交出去。

小姑娘额头贴着他下颌，抽抽搭搭，仰头时，眼泪蹭了他一脸。她手指紧紧拽着他的衣角，像拽着什么救命稻草，小声颤抖着问他："我不该怪他对不对？"

她眼里长久以来的信仰，单薄又脆弱。

在这个雨天，将不堪一击地破碎。

可她问出这句话，分明又带着期望。就像希望有个人站出来，重新将她的信仰缝合。

季让知道自己不应该说谎。

怎么可能不怪他?

这怨恨在他心中十几年，生根发芽长出刺，已经成了他一碰就痛的执念。

可他不能让小姑娘成为跟他一样的人。

她爱着这个世界，也该被世界温柔以待。她纯洁柔软，内心无瑕，不能像他一样，坠入怨恨痛苦的深渊。

季让低下头，声音又沉又哑："对，他是英雄。"

他是英雄。

我们可以不为他感到骄傲，但这不妨碍他仍是一位英雄。

季让突然想起那一天，爷爷对着又哭又闹的他厉声说：“他首先是一名军人！其次才是你的父亲！是他妻子的丈夫！军人就该做军人应该做的事！那是他的使命！”

他一直无法理解，怨恨至今。

可想起墓碑上那张穿着警服的遗照，看着怀里因他那句话终于止住眼泪的小姑娘，他突然意识到：

军人抑或警察，本就意味着牺牲。

这世上总需要一些人，不那么自私。

窗外的雨终于停了。

戚映软软地搂着他的脖子，泪痕干了之后，眼睛尤显得红，水汪汪的，看得人心疼。

季让抱着她站起来，然后去卫生间打湿毛巾，过来给她擦脸。她肌肤雪白，又嫩，哪怕力道很轻，擦过之后仍然泛起道道绯红。

她第一次在他面前哭成这样，几分羞恼，垂着眸不敢看他。

季让替她擦完脸，低声问她：“肚子饿不饿？”

毕竟哭也是一件很耗费体力的事。

她摸了摸肚子，有点不好意思，但还是遵从胃的真实想法，默默点了下头。

他笑起来，温柔地说：“雨停了，我们去吃夜宵吧。”

下过暴雨后的城市格外清新。霓虹灯照亮夜色，星星在夜幕中闪烁，刚才被暴雨逼停的商店再次打开了门。

戚映走在街上，这里的一草一木都好熟悉。

她声音瓮瓮的，带着哭过后的鼻音，小手指着前面转角的地方，软乎乎地说：“那里有家牛肉肠粉，特别好吃。”

季让牵着她走过去，肠粉店的老板正在上笼，他说：“一份牛肉肠粉。”

老板喜洋洋地说：“好嘞。”

他速度很快地递了过来，看到门口的戚映时，笑道：“哎呀小妹妹，你好长时间没来了。”

戚映也乖乖地冲他笑。

吃完了肠粉，她舔舔嘴角，又说：“我想吃学校后门那家麻辣烫。”

于是季让打车，带她去了燕城七中。

燕城七中看上去要比海城一中旧很多，是本市的老牌重点高中，建校百年，到现在校园内都还留着当年的教学楼。

校园外的围墙显得古旧，爬满了爬山虎，还有不知名的紫色小花开在墙垣。

季让逗她开心说：“你们学校这墙我可以一次翻两堵。”

戚映张着嘴，惊讶道：“哇，好厉害呀。”

季让：“……”

小姑娘到底是真心夸他还是在损他？

学校外的街道也有些年头了，街边树的根部都翻出地面了，盘根错节，被垒砌的小石砖圈在里面。头顶枝叶郁郁葱葱，墨绿色的叶子隐在路灯下，因刚才那场大雨，时而滴下水来。

后门的麻辣烫还开着，有几个穿燕城七中校服的学生边吃边笑。

老板娘迎上来，笑着问：“两位吗？”

季让点头，带着她在靠门口的位置坐下。戚映熟门熟路，端着盘子去拿菜，软绵绵地问他：“你喜欢吃什么呀？”

他说：“你吃什么我就吃什么。”

她没有贪多，小姑娘总是很容易满足，喜欢吃的菜式一样拿了两三串，交给老板娘后，乖乖坐回他身边。

季让给她拿了瓶豆奶，撬开瓶盖，插上吸管递给她。

她嘬了两口，眼睛里都是笑：“好甜。”她靠过来一些，软声跟他说，“我上初中的时候就喜欢来这里。有一次放学，我和同桌在这里吃了好多串，把身上的钱都吃光了。”

她怪不好意思地垂下小脑袋说：“后来老板娘少收了我两块，我才有钱坐公交车回家的。”

季让快笑死了。

只是听她回忆，就觉得那时候小小的映映好可爱。

他憋着笑摸了摸她是头说："嗯，老板娘人真好。今天要多吃一点，回报她。"

她开心地点头，吃完麻辣烫又去前边的街上买奶茶。哪一家的珍珠最多，哪一家的红豆好吃，哪一家的口感最正宗，说起来都如数家珍。

他们吃了她爱吃的东西，走她曾经走过的路，他陪着她，重温了她的过去。

那过去本来没有他，但今后当她再次回忆，她都会想起在这个雨夜，少年牵着她的衣袖，认真听她说话的样子。

临近半夜十一点季让才把她送回酒店。

她有些困了，一路拽着他的衣角，蹭着他走。季让心里软得发痒，贴着她耳畔低声问她："哥哥抱你回去好不好？"

她摇头，小声说："我可以自己走。"

说完了，揉揉眼睛，把身体挺直一些，打起精神。

季让失笑，知道她害羞，毕竟这时候街上还有人，于是就没有强迫她，一路把她送回酒店房间。

担心被舅舅发现，他没有多待，看着她回房关门就反身下楼了。他住在楼下那层，回房后把湿了的衣服脱下来重新晾好。

躺在床上时，翻来覆去地睡不着。

一闭眼脑子里就浮现出小姑娘那让他心碎的眼神，他觉得自己不是东西，这么久以来竟然从没发现她故作的坚强。

辗转反侧半小时，爬起来给俞濯打电话。

俞濯估计都睡了，接通后语气里都是烦躁："有病啊这么晚打电话！"

季让声音冷静地说："我问你，你姐以前有没有什么异常的地方？"

俞濯烦得不行道："你是不是有病！"

季让没好气道："你是不是想挨打？给老子好好回答！"

那头窸窸窣窣，像是从被窝里爬起来，不情不愿地问："什么异常？她一直都挺正常的啊。唯一的异常就是不知道怎么眼瞎看上了你。"

季让的耐心快要用尽，冷声道："你给老子好好说话。她这次回燕城拜祭哭得很厉害，我担心她心理会出问题。"

俞濯"啊"了一声，这才清醒过来，迟疑着说："不会吧……她，她虽然之前是挺严重的，但是那次醒过来后，就变得很平静了啊，连医生都说她痊愈了啊。"

电话那头呼吸一滞。

好半天，听见季让僵硬的声音："什么醒过来？"

俞濯惊讶："你不知道啊？我姑姑姑父出事后，我姐……总之后来抢救回来了！可能是经历过生死，她就慢慢接受了吧。"

季让舌尖咬出了血，心脏疼得差点让他崩溃。

半晌，他低骂："她接受什么？"

她只是把痛苦都藏起来了，她只是不想让身边的人再担心。

他的宝贝啊……

季让几乎一整夜没睡。

他无法想象，那样柔软的小姑娘，会绝望到什么样的地步，才会想要结束自己的生命。更无法接受，她一直以来的乐观都是假象。

她是怎么从阴影中走出来，是如何独自吞咽了常人难以忍受的痛苦，最后还对这个世界露出温柔的笑。

一想到这些，季让的心都要碎了。

凌晨，天蒙蒙亮时，季让才陷入浅眠。但也没睡多久，戚映是中午十二点的飞机，走之前还要回之前的家里去看一看。他只歇了一多个小时就爬起来，血红着一双眼去洗漱。

退房之后，他坐在大厅的沙发上等她。

没多会儿俞程就带着戚映下来了。

她看上去没什么异常，只是眼眶稍微有点红，俞程跟她说话时，她仰着头乖乖地回应，丝毫看不出心中有伤。

季让快心疼死了。

他戴上帽子，隔着一条马路，走在她身边。

房子离得不远，一条直路，走十多分钟就能到。

春天的街道，两旁的粉樱都开了花，簇簇团团挤在枝头。他高高瘦瘦的身影就穿梭在粉色的复瓣樱花间，像无关的路人，双手插兜，闲庭信步，不管她什么时候偏头，都能看到他。

戚映觉得好安心。

她家住在一个老小区，门口的保安大爷戴着一副老花镜在看报纸。他还认识戚映，看见她有点激动地站起身来说："这不是映映吗？好久没看见你啦。"

她礼貌地跟保安爷爷打招呼。戚家的意外并没有散播，对外也只是说因公殉职，连小区里的人都以为他们是搬走了。

俞程跟大爷闲聊几句，就领着戚映进去了。

她走了几步，回头看看，季让站在街对面的路灯下，抄着手靠在电线杆子上，帽子搭在眼睑，隔太远看不清脸，但她知道，他是在看着自己。

她偷偷朝他挥了下手。

他果然也抬手挥了挥。

她觉得好开心，连回家带来的那种刺痛感都减轻了不少。

家里果然已经落了好多灰，家具上都搭着防尘的白布，俞程被呛得咳嗽，捂着鼻子去开窗通气，她走回自己的卧室看了看。

每个角落都是那么熟悉，她把行李箱打开，将去年匆匆离开时没来得及收拾的一些小东西装进箱子里。

有她用起来最顺手的钢笔，最喜欢的草莓发夹，写满少女心事的日记本，一个陪伴她很多年的小熊玩偶，还有一张全家福。

她蹲在地上，拿着那张全家福看。

是在海洋公园拍的，身后是美人鱼馆，还能看见水里有一条金色的美人鱼。三个人都笑得好开心。

好半天，她小声又迟疑地喊："爸爸……妈妈……"

熟悉感和疼痛感因着昨天在季让面前袒露心声后，好像没有之前剧烈了。

俞程在外面喊："映映，走啦，再迟赶不上飞机了。"

她揉揉眼睛，把照片放进行李箱，乖乖回答："好。"

离开小区的时候，季让还站在同样的位置。俞程打完车等车的时候，随意张望两眼，暗自嘀咕："这人我昨天是不是在墓园见过？不可能吧，这么巧？"

他向来是个心粗的，也没细想，等车一来就上车走了。

季让等他们出发才叫车去机场。

他说会陪着她，就真的一路陪着她，一直等她过了安检，才给她发消息：海城见。

戚映回了一个乖乖的"好"。

他却没有登机。

将行程改签到晚上，然后反身回到了昨晚跟戚映逛过的地方。

他又独自一人，走了她走过的路，吃了她爱吃的店，最后又去了她的学校。燕城七中在上课，保卫科肯定不会让他进，但这难不倒他。

燕城七中这旧墙他可以一下翻两堵，不是在开玩笑。

翻进学校，随意逛了逛，他居然还在学校褪色的公示栏里看到了她的照片。

她被评为高一上学期优秀三好学生，照片下的简介里说，她是以中考全市第四的成绩考入了燕城七中。

照片已经褪色了很多，可不难看出她脸上乖巧的笑。

他拿出手机对着照片拍了一张。

刚拍好，就听到后面有人厉声喊："你哪个班的？不穿校服上课时间在外面乱逛？"

季让正打算跑，站在公示栏后面贴校园报的学生探头出来看，视线相对，彼此都是一愣。

傅南浔以为自己在做梦。

他目瞪口呆地看着前面眉眼淡漠的少年，好半天才震惊地喊："季让？"

身后的保安已经走近，在季让肩头拍了一下："你哪个班的？"

傅南浔从公示栏后边走出来，手里还拿着校园报和胶水，笑着对保安说：“他是我们班的新生，暂时没领到校服，我们在换这一期的校园报。”

保安自然认识这个备受全校师生喜爱的年级第一，不疑有他，点点头走了。

傅南浔收起笑，一言难尽地看着他：“你……你怎么会在这儿？”他看了眼公示栏里戚映的照片，神情顿了一下，不可置信道：“你不会是千里迢迢来偷照片的吧？”

季让：“……”

这些年级第一到底都有什么毛病？

二十分钟后，季让和傅南浔一人拿着一瓶可乐坐在了学校操场的看台上。

海城的气温已经升到可以穿春装的地步，但燕城的风还是带着寒意。操场上有个班在上体育课，跑跑跳跳的，很有活力。

“这么说，你是专程陪她回来拜祭的？那她都走了，你怎么不走？还翻墙到我们学校来？”

傅南浔觉得太不可思议了。

在海城做交换生的那一周，他跟季让的每一次会面可都算不上友好。他是很不喜欢这些打架斗殴的不良少年的，在 2 班的时候也断断续续听说过有关季让不好的传闻，对他是没什么好印象的。

可戚映喜欢他。还喜欢得很明显。

那个小姑娘会喜欢的人，应该不是什么无可救药的坏人。

只是怎么也没想到，有一天他会跟这个不良少年坐在自己学校的看台上喝可乐。

这太魔幻了。

旁边的少年气息很冷，声音也淡漠地说：“想来看看她生活过的地方。”

“你这……”傅南浔组织了一下语言，“还挺浪漫的。”

季让把玩手中的可乐瓶，隔了好半天，才犹疑着问：“她以前，是什么样的？”

“什么什么样？”傅南浔往后一靠，胳膊撑在椅子扶手上，想了想，

“就还是跟现在一样啊。很乖，对谁都是笑着，受了委屈不会告状，偷偷抹眼泪。”

他想起来什么，声音都带着笑说：“刚入学的时候，大家都还不熟，我们班的座位是按照中考成绩排的。我全市第一，她全市第四，因为第二第三以前是一个班的，要求坐在一起，我就和她成了同桌。

“那时候大家都不熟嘛，她性子软，跟谁都笑，长得又很漂亮，来班上没两天就被告白了。她拒绝了那个男生，但那男生一直死缠烂打的，上学放学都会堵她。她就问我，傅南浔，我该怎么办呀？我说，你跟你爸说，让你爸穿着警服接你上下学，他肯定就不敢了。

“你猜她说什么？她说，不行呀，被我爸知道会打死他的。他只是跟我告了个白，被我拒绝已经很难过了，要是再挨一顿打，多惨呀。”

季让没忍住，笑出声来。

傅南浔也笑，叹气说：“那时候我就在想，这世上怎么会有这么可爱的小姑娘。”

有风过，将两个少年的笑吹散。

笑完之后，又是片刻静默。

良久，傅南浔低声说：“我不知道她遭受了那些，她突然消失，招呼都没打一个，我还记恨过一段时间。心想，这算什么事儿啊，虽然不喜欢我，但好歹也同桌一场吧，至于这么绝情吗？”

直到去了海城，才知道她经历了什么。

只是听着别人转述，他都难受得不行，想象着如果这些事发生在自己身上，自己能不能挺过来。

“我肯定不能像她那样，仍然坚强又温柔地面对生活。所以当我看到你的时候，我其实挺感激的。”他拍拍季让的肩，“你的出现，应该带给了她很大的力量。”

季让耸肩把他的手抖掉说：“用不着你感激，与你无关。”

傅南浔：“……”

这人是醋罐子里泡大的吗？

不过年级第一向来度量大，不跟这种不良少年计较，他看了看手表说："我得回去上课了。你什么时候走？放学我请你吃顿饭吧。"

扫了眼季让淡漠的神情，又戗他说："虽然不怎么待见你，但既然你来了燕城，我还是要尽一下地主之谊的。"

季让说："不用了，我不想以后回忆起她的老家时还有跟你一起吃饭的画面。"

现在报保卫科抓他还得及吗？

年级第一差点被气成河豚。

季让从椅子上站起来，拍拍衣角，转身离开，走了两步，朝身后挥了下手说："谢了，你的可乐。下次来海城，请你吃饭。"

傅南浔大喊："不谢！不用！"

谁还没个脾气啊。

季让无声地笑了下，从看台跳下去，重新把帽子戴好，拎着那瓶可乐走远了。

回到海城已经是凌晨。

他本该打车回家，可上车之后，报出口的却是戚映家的地址。

出租车将他拉到了那条海棠街。

海棠花已经开了，整条街上都是淡淡的浅香。路灯映照下，花苞像笼了薄薄一层光晕，香雾空蒙，弥漫了月色。

他也不知道自己来这里做什么。

这个时间，小姑娘肯定已经睡了。

可他就是想来看看她。

哪怕什么也看不到，隔着幢幢楼房，连她的窗户都看不见。可挨得近了，知道她就在百米范围之内，都觉得很安心。

不远处的二十四小时便利店还开着门，他看了两眼，起身走了过去。

出来的时候，手里拿着一包棒棒糖。

偶尔有下夜班回来经过的路人，看到他都绕道躲得远远的。他穿着卫衣戴着帽子，嘴里叼着糖，这样看着，很像意图不轨的坏蛋。

吃完一颗又一颗，地上散落一地的糖纸。

他盯着远处迷蒙的夜色，好半天，掏出手机拨了一个电话过去。

打了两遍才有人接，那头明显是被吵醒的，无奈又含笑道："我的小少爷，这大晚上的，你折磨人啊？"

"大晚上？"季让皱起眉，"你那边现在不是白天吗？"

"我不在纽约。"那头翻身坐起，打了个哈欠，"我回国了。你姐没跟你说？"

"我没跟她联系。"季让蹲得有些累，在台阶上坐下来，"刚好，我有事找你。你在哪个私人医院任职？还是自己开了诊所？我明天放学来找你。"

"都没有，我休假呢，不接单。还有我没听错吧？放学来找我？你什么时候规规矩矩上过课了？"

"没跟你说着玩，正事。"

那头听他语气严肃，也笑起来说："以前绑着你来见我，你不来，来了还跳窗跑，跑不算完，还把我好不容易淘回来的景德牡丹瓷给摔了。现在却要主动往我跟前凑了？"

季让烦得不行说："你话怎么这么多？不见就算了，国内又不止你一个心理医生。"

那头见他动怒，终于不逗他了，讨好道："见见见，小少爷发话哪能不见，我把地址发你，你随时过来。"

季让应了，挂线前又淡声说："别告诉季芊。"

"可以，拿什么贿赂我？"

季让要被他气笑了，带着嘲讽的语气说："陈风致，你知道你就是因为这烦人样才追不到我姐吗？"

那头无奈地叹气说："我装模作样的时候也追不到她啊，习惯就好。"

季让不想再跟他说话，直接挂了电话。

夜已经很深了。

他吃完最后一根棒棒糖，把地上的糖纸捡起来塞进衣服兜里，站起身时，腿有点麻。他看着远处深深夜色，好半天，低声呢喃："映映，别怕。"

别怕，我会一直陪着你。

陪你一起，从不为人知的痛苦中走出来，陪着你赶走那些阴影和悲伤，让你变回曾经那个真正快乐的小姑娘。

我保证。

第二十章

治愈小仓鼠

第二天到学校，屈大壮一脸幽怨地看着季让，看了整整一个早自习。

最后季让实在忍不住了，拿英语书砸他说：“你再这么看着老子，信不信老子把你眼珠子挖出来？”

屈大壮委委屈屈地躲到刘海洋身后斥责他：“你骗人！你欺骗了我的感情，伤害了我的心！”

季让恨不得两脚踹死他，问：“老子怎么伤害你了？”

屈大壮大声说：“你骗我你生病了才请假，害我白白担心了两天！结果呢？你明明是跟小仙女双双请假，陪她去了！”

季让说：“谁让你问东问西，非要问个枝枝叶叶出来？”

他懒得解释那么多，索性直接说病了。

屈大壮不依，非要季让赔偿他精神损失，然后被季让暴揍一顿，遭受了心理和生理双重打击。

说多了都是泪。

下午 9 班有节体育课，季让这两天功课落下不少，没去上，待在教室做卷子。教室里就他一个人，做到一半，后门有人探头探脑，咬着根冰棍儿走进来，问他：“你怎么没去上体育课啊？”

是俞濯。满头大汗的，应该是刚上完体育课，浑身都是汗味。看到他在刷题，震惊地说：“你不去上体育课居然是为了做数学卷子？”

季让瞟了他一眼，在草稿本上算三角函数，不耐烦地说：“怎么，不行？”

俞濯憋了半天，憋出一句：“不符合你的校霸气质。”

季让觉得这成天喊打喊杀以古惑仔为偶像的小屁孩儿没救了。但好歹是他宝贝的弟弟，还是要提点两句的，不能眼睁睁地看着他堕落。

于是停了笔，淡声问他：“学习好是不是很厉害？”

俞濯嘬了嘬冰棍儿，说：“是挺厉害的。”

季让又问：“打架凶是不是也很厉害？”

俞濯想了想：“没错。”

季让勾起嘴角说：“那既学习好又打架凶，是不是最厉害？要做就做最厉害的。”提点完，拿起笔继续算题。

吃着冰棍儿的俞濯感觉自己的人生观在十几秒内受到了巨大的冲击。他突然觉得以前是自己狭隘了，只想着打打杀杀用拳头说话，而真正的大佬，早已站在了巨人的肩膀上！

俞濯嘬着冰棍儿一脸沉重地离开了。

回到自己教室才反应过来，他刚去找季让是干啥来的？

哦，他是想去问，季让这次是不是跟他姐一起去燕城了。

算了，不重要，他还是先重新制定人生目标吧。

…………

下午放学，季让去接戚映。她和岳梨说说笑笑从教室走出来，任谁都察觉不到，这个笑起来眼里都是星光的少女，内心有多深的伤痕。

她怎么可以藏得那么好。

他又气又心疼。

等她开心地跑过来时，又不得不掩去所有复杂情绪，露出若无其事的笑。

她好像把悲伤都留在了燕城，甜甜地问他：“要不要一起去写作业呀？”

季让想起今晚的正事，只能撒谎拒绝说："家里的空调坏了，一会儿维修工人要过来，我要提早回去。"

她也不失望，软声说："那我也回家了。"

季让把她送到公交站，看着她上车走了，才转身折回校门口，骑着自己的山地摩托去找陈风致。

陈家是做珠宝行业的，一门出了好几个国际知名的珠宝设计师，陈家的金禧珠宝在国内被称为三大珠宝巨头之一，可见其实力。

但陈风致作为陈家备受瞩目的大公子，却攻读了和珠宝毫不沾边的心理学，成了一名心理医生，还是业界内享誉盛名的那种。

他比季芊大几岁，是季芊的大学学长。两家关系不错，那时候陈风致还没去纽约深造，季让被绑着来他这儿接受心理治疗，从三楼高的窗户跳窗跑了不说，还打碎了他心心念念的景德牡丹瓷。

后来陈风致开着他那辆风骚的红色法拉利去学校堵季让，季让还以为他跟以前那些心理医生是一路货色。

结果陈风致是来找他赔钱的，赔那个价格不菲的景德瓷。

最终事情以季让把自己取零花钱的卡砸在他头上结束。

这一砸，倒还砸出了些联系来。起码季让不再像之前那么排斥他，愿意回他消息，接他电话。

后来季让才知道，陈风致看似无意的聊天贫嘴，其实一直在对他进行无形的心理诱导。那段最难熬的时间，他引着他蹚了过去。

虽然最终也没让他打开心结，但他也从未对生活失去信念。

得过且过，也算一种活法吧。

季让对陈风致的业务能力还是很认可的。

陈风致现在住在市中心的一套公寓里，六十多层楼高，他住顶楼，说是要闹中取静。

简直有病。

季让坐个电梯都快烦死了。

去按他家门铃的时候，陈风致穿着睡袍端着红酒来开门，看见他还叹气说："可惜不是美人来找我。"

季让懒得跟他废话，进屋直奔主题说："我想问你，有过轻生行为的人，在心理状况没有恢复的情况下，还会再次出现这样的行为吗？"

陈风致坐在沙发上，面前茶几上还摆着一盘国际象棋，自己跟自己下，他抿了口酒，斜走了一颗白子后，头也不抬："谁？"

季让面无表情地说："你再不好好回答我的问题，就去楼下花园找你的棋。"

陈风致无奈地抬起头说："我这休假呢，你非逼我上班。"看到季让越来越冷的眼神，举起双手做投降状，"好好好。你说的这个人，是心理满足型还是心理解脱型？有过几次这种行为？最近一次是什么时候？"

季让迟疑着说："应该只有一次。"

陈风致问："应该？"

季让："……"

他把戚映的情况大致说了一下。

陈风致一边听一边点头，等他说完才沉思道："照你说的这样，那情况很严重啊。我们一般统计，一个有此行为的人，从他产生想法到这个想法彻底消失，中间的治愈恢复期是两年。你说的这个，不到半年就完全恢复了吧？这基本是不可能的。"

他说了好大一堆心理学上的专业诊断，季让听得云里雾里，到最后完全蒙了。

他打断滔滔不绝的陈风致说："你就告诉我，我该怎么做。"

陈风致端起杯子喝了口红酒，慢悠悠地说："简单，让患者重新产生被需要感和被爱感。打个比方啊，养猫养狗，从最细微的责任感一点点开始重塑信念。"

季让若有所思地点头。

事情搞定，他也不想再在这离地六十多层楼的房间里多待，打了声招呼就走。陈风致在身后说："改天有机会，让我见见你说的这个小姑娘呗。"

季让拉开房门说："再说。"

如果不是必要，他其实不想带她看心理医生。

那样就是在明明白白地告诉她，你心理有病。

小姑娘会乖乖听话，也会默默难过。让她难过的事，他不想做。

从公寓楼下来的时候，天已经开始暗了。他长腿一跨，坐上摩托车，拿出手机给戚映发消息：你怕不怕老鼠？

她回得很快：不怕。

他笑了下，把手机揣回兜里。

晚上九点多，还在写作业的戚映收到了他的电话。

他在那头笑吟吟地说："我在你家楼下。"

她小声惊呼："你怎么过来了呀？"

季让说："我有东西给你，你下来。"

她拿着手机跑到窗边往下看，她的窗户刚好对着楼下，看到少年站在单元楼外那排香樟树下，身影被路灯拉得很长，摇摇晃晃地投在地面上。

她小声说："那你等我一下。"

挂了电话，外头吴英华和俞程在看电视，她轻声说："舅舅，我下去买个冰激凌吃。"

两人看剧看得入迷，也没注意她因为撒谎而泛红的脸，挥了下手说："去吧。对了，把门口的垃圾带下去。"

她埋着头应了，穿了鞋匆匆出门，走到楼道口才松了口气。

然后提着垃圾下楼。

先去把垃圾丢了，然后才"嗒嗒嗒"跑到他身边，仰着头看他，眼睛里都是喜意问："你怎么来啦？"

季让也笑，把藏在身后的手伸出来。

手上提着一个粉色的小笼子，里面有一只毛茸茸的雪白的小仓鼠。

她眼睛都瞪大了，低低地"哇"了一声。

季让说："我儿子，给你养。"

戚映吃惊得都结巴了："你……你儿子？"

季让点头道："嗯，对我很重要的，现在把它的抚养权转交给你了。每天三顿，一顿都不能少，要给它喝水，清理小窝，陪它玩，记住了吗？”

她好单纯，软乎乎地问他：“你真的要把你儿子给我吗？你不会舍不得吗？”

季让：“……”

这小傻子，怎么什么都信。

他绷着神情说：“没办法，我每天补习太忙了，照顾不好它。你能帮我照顾它吗？”

她兴奋得眼睛都亮了，认真地点点头，小心翼翼地接过他手上的笼子，又软声问他：“上次去你家怎么没见到它，它叫什么名字呀？”

季让：“……”

上次就当它不在……还要取名字的吗？

戚映一脸期待地看着他。

大脑一时短路的大佬硬着头皮说：“它叫季小让。”

戚映好像并没有觉得这个名字有哪里不对。大概粉丝滤镜太厚，从他口中说出来的都是正确的。

她两只手捧着笼子举到眼前，大眼睛水灵又柔软，看着那只有点害怕，缩在角落的小仓鼠，软声打招呼说：“你好呀，季小让。”

季让：“……”

他好后悔。

可事已至此，没有改口的余地了，大佬只能认命，低声说：“好了，回去吧，我走了。”

戚映乖乖点头，跟他挥手，还保证道：“我会照顾好季小让的。”

季让：“……”

行了，够了，别说了。

回到家，俞程和吴英华还在看电视剧，吴英华长吁短叹地说：“这许陆生也太惨了，聂倾怎么就不能对他好一点啊！看得我好气！”

俞程说：“谁让他坏，还帮杀人犯打官司，人家聂倾是警察好不好，当然要站在正义这一方。唉我说，你看个电视剧能不能别这么入戏，要不你进去代替聂倾算了？”

戚映听他俩斗嘴，偷偷摸摸拎着笼子往房间走，结果还是被俞程发现了：“映映你手上拿的那是什么啊？不是去买冰激凌吗？”

戚映只得抱着笼子转身，小声又迟疑着说：“这是同学送我的小仓鼠，他学习忙，让我帮忙照顾，我可以养吗？”

多大点事儿，又不是猫狗这种费神费力的，吴英华头也不回道：“你养啊，别让它跑出来就行。”

她开心地“嗯”了一声。

回到房间，把季小让放在书桌上，想了想，拿出手机搜了搜仓鼠饲养须知，一边看还一边一条条记在了笔记本上。

搜完了，她两只小手交叠垫着下巴，趴在桌子上跟仓鼠大眼对小眼，软乎乎地说：“季小让，百度说你喜欢大一点的笼子，我明天就去给你买。”

小仓鼠起初有点怕，现在不知道是不是嗅到她身上的甜香，磨磨蹭蹭地靠过来，小眼睛滴溜溜转，萌得不行。

她伸出小手指摸了一下它的头，眼睛都笑弯了，友好地说：“以后我们要一起好好生活呀。”

正陪着季小让玩，俞程在外边儿敲了敲门，推门后问她：“映映，你弟最近在学校有没有受什么刺激啊？”

戚映疑惑道：“没有呀，怎么了？”

俞程说：“他今天一回来就关着门在房间里背书写作业，看起来很用功的样子。”

戚映问：“这样不好吗？”

俞程挠了挠头说：“挺好的，但我怀疑他被人调包了。算了，调就调吧，这样省心不少。”

戚映：“……”

第二天到学校，戚映开心地跟岳梨分享自己养了一只小仓鼠的事，结果岳梨鸡皮疙瘩都起来了：“我最害怕老鼠了！”

话题得以终止。

她本来想着放学让岳梨陪她去买笼子的，现在也不能强人所难，下课后跑去9班找季让，软声问他："你放学可不可以陪我去给季小让买笼子呀？还要买玩具、鼠粮，我还想给它买个滚轮，让它可以自己踩着玩。"

季让："……"

突然有点嫉妒是怎么回事？

不行，他不能跟一只没他手掌大的老鼠争风吃醋，太有失风度了！

下午放学的时候，戚映连购买清单都写好了，边走边读给他听，完了还说："你放心，我一定会把季小让照顾得很好的。"

唉，好后悔，怎么没把自己送过去呢。

他打车陪着小姑娘去了宠物市场，一路挑选了她单子上的东西。大概是觉得他儿子也继承了他的审美，连小水盆都买的是粉红色的。

最后两人提着大包小包站在路边打车。

正叫车，一辆黑色的玛莎拉蒂在旁边停下来。车窗落下，戴墨镜的短发女人探出头来，笑吟吟地问："小帅哥，要不要搭顺风车啊？"

季让："……"

这女人跟陈风致简直天生一对，都有病。

她问完了，又取下墨镜，温柔地朝戚映挥挥手说："嘿，小妹妹，又见面了。"

戚映乖乖朝她笑了下。

季让皱眉问："你们什么时候见过？"

季芊招手不答他："先上车啊，这儿不让久停。下班高峰期呢，车不好打，别让人家小姑娘站久了。"

季让看了眼已经五分钟还没叫到车的界面，略一思索，点了取消，拉着戚映上车了。一上去就语气不善地问季芊："你们到底什么时候见过？"

季芊笑了下说："你这语气，搞得像我欺负了小姑娘一样。"

戚映扯了下他袖子，轻声说："没有，只是碰巧在医院见过。"

季芊惊讶地回过头来问："呀，小妹妹能说话了呀？都痊愈了吗？"

戚映乖乖地点头说："我痊愈了，谢谢姐姐。"

季芊笑得粲然，季让还是沉着脸，不咸不淡地问她：“你怎么在这附近？”

季芊故作惊讶地问：“你不知道吗？我跟了你们一路。”说完又笑眯眯地问戚映，“小妹妹家住哪里呀？我送你回去。”

戚映报了地址，季芊输入导航，等车开上正道才慢悠悠地说：“刚才在学校门口，看到你跟小妹妹聊得那么开心，就没来打扰。”

季让冷声说：“所以你就跟踪我们？你又来学校做什么？”

季芊透过后视镜看了他一眼，故意伤心地说：“姐姐想你了，想来看看你都不行吗？”

戚映觉得这个姐姐的弟弟跟自己的弟弟一样不省心。她扯了扯季让的袖子，小声又认真地跟他说：“不要发脾气呀，对姐姐要有礼貌。”

浑身暴躁气息的大佬果然就蔫儿了。

季芊憋了半天才憋住笑，心里默默想：好小子，总算让我找到你的软肋了。

又想起自己之前误会他跟俞濯之间的乌龙，原来这小子只是从小舅子入手？

季芊一边开车一边问了些戚映在学校的情况，聊了些有的没的，把戚映送到家的时候还拿出手机跟她加了个微信。

笑吟吟地说：“映映，随时找我聊天呀。”

得，称呼都变了。

季让提着东西一路把戚映送到楼下才反身出来，他本来不想再上季芊的车，结果她问他：“你说的那个轻生的人，是怎么回事啊？”

这陈风致，嘴上没把门的吗？

季让一脸暴躁地上了车。

季芊转过身来问：“昨天他跟我说起，我还以为是你出问题了，吓了一大跳。结果他说你是帮别人咨询的，我就想来看看你。”

季让没好气地说：“有什么好看？我缺胳膊还是少腿了？”

季芊瞪他，更没好气道：“关心你行不行啊？我就你这一个弟弟，要真有什么事我跟谁哭去？”她顿了顿，叹了声气，又说：“也想找你陪我吃顿饭。”

季让皱眉问：“你项目又出问题了？”

季芊撇了下嘴。

季让无语地看着她说：“季芊你到底能不能行了？这是今年第几次了？你就不能老老实实做你的酒店吗？瞎搞什么动漫游戏？”

季芊不乐意了，喊道：“什么瞎搞？那是我的梦想！”

季让一言难尽地看着她。

季芊发动车子说：“跟你说了你也不懂，吃饭去。”

她这次找的餐厅是一家白族私房菜，装修很民族风，口味也很重，不过两人都没什么忌口，偶尔吃一次这种重口特色菜，还蛮刺激味觉的。

吃到一半的时候，季芊的手机就开始响个不停。她看了一眼，不接，关了静音，但屏幕一直在闪，那头大有她不接就打爆手机的决心。

季让看着都烦，说：“拿来我帮你接。”

季芊摆了下手，无奈说：“你应付不来董事会这些糟老头子。”她看了眼又闪烁起来的屏幕，拿纸擦擦嘴角，“饶墨的电话，得接。”

开了免提，手上还不忘夹菜，开口问：“什么事儿啊？”

那头年轻的男声着急得不行：“你怎么不接电话啊？董事会的人快把办公室掀了，都在给你爸打电话告状了。”

季芊笑道：“随便他们告，我爸早不插手公司的事了。”

饶墨简直对她无语了：“我的季总啊，你上一次投资才血本无归，这次怎么又这么冲动啊？三百万那是小钱吗？啊？你起码也跟我们商量一下吧！”

季芊说：“什么叫冲动？我老公主演的动漫要上，我能不投钱吗？”

饶墨心如死灰地说：“上一次是以你老公为主角的游戏，上上次是你老公代言的广告，上上上次是你老公主演的网剧。给你老公都花了多少钱了你心里有数吗？”

季芊不以为意地说：“给我老公花钱，天经地义。”

饶墨点头道：“是是是，天经地义，上个月你还在外滩给你老公包了一天一夜的屏祝他生日快乐。但是季总，你老公他就是个纸片人啊，你砸再多钱他也不会活过来跟你结婚啊！”

季芊怒道：“关你屁事！你到底是董事长还是董事长秘书？赶紧把那群老头子给我解决好，跟他们说，我保证这次的动漫肯定会火的，绝对赚！”

话落，不等饶墨反应，季芊飞快地挂了电话。

季让无奈开口：“……你还在追那个白，白什么？”

季芊瞪眼道：“白什么白？那是你姐夫！吃饭！”

季让：“……”

陈风致真可怜，拼死拼活拼不过一个纸片人。

戚映回到家作业都没写，就开始给季小让换新家。

她买了一个比昨天大三倍的笼子，铺好了新窝，把滚轮和玩具放进去，然后才小心翼翼地捧着季小让把它放了进去。

小仓鼠似乎很喜欢自己的新家，在笼子里上蹿下跳，一会儿踩滚轮一会儿推球，玩得不亦乐乎。

戚映趴在桌子上看着它，不自觉地想起梦境中，季让送自己的那匹小马驹——

那会儿嬷嬷还笑话将军，说京中贵人养宠物都是养什么稀奇珍贵的波斯猫，哪有人送宠物送马的。

可梦中的自己好喜欢，亲手在自己庭院里布置了马厩，每天给小马驹喂草刷毛，跟它说话聊天，好像它能听懂一样。

后来小马驹长大了一些，很听话地屈下前蹄让她爬到它背上去。她不敢跑远了，就骑着小马在将军府里转圈，玩得也很开心。

谁说将军不会送礼？比起什么波斯猫好玩多了。

第二天到学校，早自习的时候大家都在讨论下个月五四青年节学校要组织的晚会活动。岳梨把书立起来，兴奋地跟她说：“听说白天还有学生入团仪式，响应国家政策，这次晚会肯定会搞得很隆重。”

果然一下课，班长陈梦洁就拿着名单挨个问："有没有什么特长啊？会不会表演什么乐器啊？"

问到学习委员黄博通的时候，他说："我的特长是学习。"

听得周围同学都想打他。

岳梨除了运动，做什么都是积极分子："班长班长！我我我！我会吹竖笛！"

陈梦洁点头，把她名字写上去："那你都会吹哪些曲子？流行歌会不会？我们可以把会乐器的同学聚在一起，演奏一首流行歌。"

结果岳梨说："我会《一闪一闪亮晶晶》和《新年好》。"

然后陈梦洁刚正不阿地把她名字划掉了，又问戚映："映映，你有什么特长吗？竖笛就算了哈。"

戚映软声说："古琴可以吗？"

陈梦洁一脸惊喜："哇，你会弹古筝啊？不错不错，很特别，我给你写上去！"

戚映纠正她说："不是古筝，是古琴，不一样的。"

戚映六岁开始学习古琴，那时爸爸妈妈会轮流接送她到古琴老师家。

而梦境中的戚映入将军府后，久居深院，将军又常年在外征战，怕她无聊，专程请了京中琴师教她弹琴，她在梦里跟着琴师学了好久。不知道是不是先学了琴才做了梦的原因，梦中的琴就是她原先的那把。现在，那把琴在哪里呢？大概在老房子的仓库里无人问津吧。

陈梦洁不甚在意地挥手说："哎呀反正差不多都是一个意境，你等着啊！你已经被我预定了！"

说完就继续去找其他同学了。

岳梨一脸羡慕地看着她："映映，你还会弹琴啊？古琴很难学吧？你为什么不学钢琴啊？"

各种活动总是比学习更能引起学生们的兴趣，一整天学校的讨论话题都是五四晚会和各班的表演节目。听说这次节目还会排名呢，前三名会加班分。

9 班的文艺委员对教室后排那群不良少年早就不抱希望了，不过季让太帅，有机会还是想去接近一下说两句话。

她拿着报名单过去问："季让同学，请问你有什么特长吗？"

季·面无表情·让说："打架。"

文艺委员哭着跑了。

放学去甜品店写作业的时候，戚映也没绕过这个话题，一边把试卷往外拿一边问他："你会不会参加这次的五四晚会呀？"

季让说："不去凑热闹了，还有好多卷子没写。"

他抬头看了眼对面眉眼乖巧的少女，手指紧了紧，又低头看看面前高二下的化学试卷，好半天，下定决心似的，把卷子朝她那边推了推，沉声说："映映，给我讲道题。"

戚映惊讶地看着他。

这么久以来，季让从来没问过她任何学习上的问题。总觉得只要他不问，他在戚映眼中就不是个成绩一塌糊涂的差生。

他努力维护着自己在她面前的形象，她也从来不戳破。

但是今天，季让突然把偶像包袱扔了。他大方地看着她，把他一直以来藏起来的短处缺点摊开给她看："这些题好难，我都不会。"

戚映眨眨眼，察觉他没开玩笑。

虽然有点不可思议，但还是很开心，接过他的卷子，低头看了看，软声说："嗯，我看一下。我们先从第一道大题讲起好不好？"

季让笑道："好。"

她弯起眼睛，起身走到他身边坐下，拿着那支蓝色的鲸鱼笔在卷子上勾画道："我们先看一下这道题中乙酸的结构简式。"

他闻到她身上淡淡的甜香。

小姑娘耳郭精致，莹润粉嫩，低头的时候，下颌和脖颈曲线优美，视觉和嗅觉的双重诱惑一遍遍撩拨他的神经。

她握着笔在那一栏写下答案说："所以，B 与 C 组成的原子团就是羧基。听懂了吗？"

听懂没？他满脑子都是她。

就知道不能让她给自己讲题，注意力根本就不可能放在学习上！

季让强迫自己把目光投向桌面的试卷，哑声说：“听懂了。”

她开心得笑起来：“嗯，那我们接着讲第二道题。”

是奖赏，也是折磨。

终于讲完一整张卷子，她抬头问他：“还有什么问题吗？”

季让喉结动了动，问题大了。

他低头笑，声音有点低：“没有，映映讲得很好，我都听懂了。”

她眼睛亮晶晶的。

他又说：“你以后每周都给我讲题补习好不好？帮助我考上大学。”

她有点惊讶，不是没察觉少年在她面前的示弱。其实他一直都很霸道，在她面前样样都好强，突然露出这一面，让她觉得自己有种被他极度需要的感觉。

可少年的神情好认真。她看了他一会儿，甜甜地笑起来说：“好。”

然后吴睿就失业了。

季让还跟他解释：“马上就高三了，你自己的功课也很重要，不要因为我浪费时间耽误学习。”

吴睿摇了摇头说：“你不用解释，我都懂，我只是你们爱情的牺牲品。”

年级第一最近又看了什么偶像剧？

戚映之前周末都是在家写作业看书，现在要给季让补习，两个人干脆就约在咖啡馆一起写作业。毕竟小三门他们都在一个班，老师布置的作业也都一样。

季让无比庆幸自己的基础已经打好了，不会问出以前吴睿给他补习时那种显得他很弱智的问题。

以前让他无比头疼的数学现在居然成了他的拉分科目，反倒是属于文科类的地理成了新的折磨他的魔鬼。

戚映不偏科，她成绩真的很好，给他讲题时耐心又认真，不像吴睿类似老师的严肃，每当他说没听懂时，她都会歪着小脑袋自我反省说：“是我讲的这个解法太复杂了吗？那我们换一个简单的吧，让我想一想。”

季让快被她萌死了。

正盯着小姑娘乖巧的侧脸走神呢，对面沙发上有个人一屁股坐了下来，言笑晏晏地说："哟，两个小朋友，写作业呢？"

季让一愣，立刻警惕地问："你怎么在这儿？"

陈风致端着咖啡喝了一口才说："刚见了个朋友，很巧啊，你们居然在这儿写作业？这么用功吗？"他朝戚映伸手，"小妹妹你好呀，我是季让的姐夫，陈风致。"

你要不要脸？

戚映腼腆地碰了下他的指腹，小声说："你好，我叫戚映。"

季让对他没什么好脸色，冷声说："有事说事，没事就滚，别打扰我们写作业。"

陈风致一眼看穿他道："小妹妹是在写作业，你心思在哪儿需要我点明吗？"

季让想揍人，阴森森地瞪着他，警告他别乱说话。

陈风致举手做投降状，没再继续这个话题，也没走。他是心理医生，本来就很健谈，又知道怎么引导人聊天，普通人跟他说话只会觉得很舒适，不会察觉其实他是有技巧的引导。

东拉西扯地聊了大半个小时，戚映起身去上厕所。

季让不耐烦地问他："你到底是来做什么的？季芊叫你来的？"

他笑笑说："真是碰巧。"

碰巧看到他经手过的心理防线最重、浑身是刺的少年，对着身边的小姑娘露出温柔耐心的笑。

陈风致端着咖啡杯转了转，突然问："你说的那个人，就是她吧？"

季让身子一僵，没说话。

他往后靠了靠，沉声说："刚才跟她聊天的这段时间，我有好好观察她。这个小姑娘无论是神情还是语气，甚至细微的动作和小表情，完全看不出来是一个经受过严重心理创伤甚至有过轻生行为的人。"

季让动了动嘴唇，低声问："什么意思？"

陈风致叹了声气："两种情况。一种情况是她确实已经痊愈了。"

季让想起那天戚映哭到崩溃的样子，烦躁地打断他：“不可能！”

“那就只剩下一种情况，她比我们想象的都要严重，严重到连我都看不出来。”在季让越来越沉的神情中，陈风致摊了下手，“没有吓你，这样严重极端的情况，会引发很多连续心理问题，比如记忆混乱，比如人格分裂，甚至失忆。”

一时间谁都没说话。

不远处，戚映上完厕所，已经在往回走。

季让喉咙发紧，低声问：“该怎么办？”

陈风致笑了下：“你应该知道。找到心结所在，面对它，并解决它。”他端着咖啡杯站起来，意有所指，“你想要帮她，得先让自己走出来。”

连你都无法理解牺牲，如何去让她感同身受。

救人，得先救己。

第二十一章

战利品加持

戚映走回来时，察觉到季让身上低沉的气息，转头看了陈风致一眼。

他笑吟吟的，端着咖啡杯跟她挥手说："我还有点事，得走了。小妹妹，认识你很高兴，下次见。"

戚映也跟他挥了下手，然后在季让身边坐下来，小声问他："你怎么啦？"

他垂了下眸，掩去眼底的情绪，抬头时脸上已经是一贯若无其事的笑，轻声说："在想刚才那道题，好像还有点没懂。"他把卷子扯过来，"再讲一遍。"

戚映知道他在说谎。

她生气地想：是不是刚才那个人趁自己不在说了什么难听的话？他们季家的人怎么总这样！太过分了！

可季让不想让她知道，她也不会追问，只小脸气鼓鼓的，接过卷子又把那道题讲了一遍。

临近傍晚的时候，季让送她回家。

戚映偷偷瞄了他好几眼，虽然他看上去毫无异样，可她总觉得他心里藏着什么事。等公交车的时候，想到什么，跟他说："你等我一下呀。"

不等季让回答，背着书包转身往后跑去。

没多会儿就回来了，手里拿了两个冰激凌，一个草莓味的，一个牛奶味的，她笑眯眯地把两只手都伸到他面前，甜甜地说："我请你吃冰激凌，你喜欢什么味道呀？"

季让看见那蛋卷上还有某高端冰激凌牌子的logo。小姑娘明明零花钱也不多，这算是大手笔了。

季让故意逗她说："为什么突然请我吃冰激凌？是你自己想吃了吧？"

她大眼睛水灵灵的，软声反驳他说："才不是，吃冰激凌可以让人心情变好，你不要不开心好不好？"

季让神情顿了一下。他压下心脏紧缩的痛感，笑着说："我才没有心情不好，明明就是你自己想吃，还拿我做借口。"

小姑娘无奈地叹了声气，不跟他计较似的说："好吧好吧，我承认，就是我自己想吃了。你要哪一个？快化啦。"

季让笑道："我要你选剩下的。"

戚映左右看了一下，收回左手，把最爱的草莓味递给他说："我要牛奶的，那草莓的给你啦。"

他心里面又软又暖。

两个人吃着冰激凌等车。他是咬，她是舔，粉嫩的小舌头只露出半个舌尖，像小猫喝水，一会儿就把旋转的棱角舔圆润了。

季让盯着她看，突然有些食不知味。不远处公交车渐渐驶来，他突然说："给我尝一下你的。"

戚映一惊，看了眼三百六十度都已经裹满自己口水的冰激凌，结结巴巴地拒绝说："不……不行，我舔过了。"

公交车在旁边停下来。

她挥挥手就要走，季让一把拽住她的手腕，略一弯腰，低头咬了一口冰激凌，然后漫不经心地说："车要开了。"

戚映都来不及反应，提了下书包带，急急忙忙上车了。等找到位置坐下，再看手中的冰激凌。

呜，他咬了好大一口，刚才舔出来的圆顶直接给咬没了。

早知道就把牛奶味的让给他了啊！

车外，少年身影笔直，唇角微微翘起，低着头看自己手中草莓味的冰激凌。果然嘛，还是牛奶味的更甜。

…………

第二天到学校，趁着早自习还没开始，2 班的班长陈梦洁在讲台上宣布：“这次五四晚会我们班的表演节目定下来了，经过班委和刘老师一致决定，我们决定表演舞台剧《梁祝新编》！”

下面说好的、唱衰的、捣乱的都有：

“舞台剧好啊！全班都可以参与进来！”

“没搞错吧？《梁祝》这么老的剧情，一点新意都没有！”

“人家 1 班全是书呆子，都要跳防弹团的新舞，我们的节目居然这么老气！”

“我申请演蝴蝶！班长看我！”

…………

陈梦洁拍了拍黑板刷说：“都安静！下面我公布一下主要参演同学的角色名单。首先是三个主角，黄博通演梁山伯，赵都南演祝英台，龙海演马文才。”

教室里又是一片闹：

“那祝英台看得上梁山伯才有鬼了！”

“学习委员你不好好搞你的学习，瞎凑什么热闹。”

“马文才这个选角很好，确实是爱而不得哈哈哈。”

赵都南也很无语，虽然女主角非她莫属，她能出演祝英台也很得意，但！谁能想到班主任居然让黄博通演梁山伯啊！简直气死人了！

哎，怪只怪帅哥都在别的班。

接着陈梦洁又宣布了十几个配角名单，然后是幕后。

岳梨虽然没有什么特长，但以看过最多的电视剧、追过最多的小说在一众人选中脱颖而出，成为本次舞台剧的导演兼编剧。

戚映被安排了个很重要但存在感很弱的职位：后期音乐。

简而言之，她到时候会在舞台边上弹奏古琴现场配乐。梁山伯和祝英台相遇时弹个轻快的，产生感情时弹个暧昧的，最后化蝶时弹个悲愤的。

这种现场乐器演奏很能为表演加分，陈梦洁信心十足，这场舞台剧排出来，绝对能进前三，拿到班分！

分配完职位，基本全班都参与进来了。大家虽然口中说着嫌弃，但想到可以一起排练一出舞台剧，都还蛮激动的，幕后的同学还装模作样搞了个服化组和道具组，接下来就是等岳梨先出剧本台词了。

身兼重职的岳梨小同学连体育课都不去上了，全身心投入到剧本创作中。

下午快放学的时候，戚映去历史老师办公室拿今天的作业卷子，历史老师是个老教授，对中国古代历史文化很有研究，兴致很高地问她："映映，听说你会弹古琴？"

戚映有点不好意思地点头说："学过两年。"

老教授又问："会弹哪些曲子啊？"

戚映回想了一下之前老师教她的那些："我会弹《长门怨》《潇湘水云》《渔舟唱晚》，还有一些不成曲的小调。"

她报出这些名字，老教授就知道她不是门外汉，眼睛都亮了。现在这个社会，家长多是让小孩儿学西洋乐器，而中国传统乐器反倒式微，小姑娘居然会弹这么多古琴名曲，简直让他意外。

老教授本就很喜欢这个历史课代表，也不藏私，直接跟她说："你这次表演需要用到古琴吧？我家里就有一把，虽然不是什么名琴，但音质很正宗，明天我给你带来。"

戚映下午才刚跟道具组申请了租古琴呢，没想到历史老师居然这么大方。

好的古琴和一般的古琴音质差别很大，她本来还担心租的琴演奏不出她想要的效果，这下倒是解决了一个大难题，也不扭捏，开心地点头说："嗯！谢谢罗老师，我一定会好好保管的！"

一师一生正聊得开心，就听见旁边办公桌传出不和谐的吵架声。

"刘老师，你平时偏心也就算了，这次怎么可以也把他的名字报上去？这种劣迹斑斑的学生怎么能入团？还要在五四入团仪式上露脸？这不是损害我校名誉吗！”

“他从上学期开始就很少犯事了，成绩也一直在进步，改过自新就应该给予相应的奖励，何况入团又不是入党，高中生有几个没入团的？”

“得了吧，这个季让前不久才在篮球赛中打了我校保送 B 大的优秀学生，江山易改本性难移，这样的人绝对不能让他入团！我把他的申请表撤下来了，你不用再跟我争了。”

团委老师一脸坚决地离开了。

刘尧看着被她退回来的那张申请单，叹了声气。

旁边有老师问他：“老刘，你又在为你们班那个问题学生操心啊？”

刘尧瞪他说：“什么问题学生！那是我班上以后要考 Q 大 B 大的好苗子！”

办公室一顿笑。

有老师说：“别 Q 大 B 大了，先把他的处分消了才是正事。劣迹斑斑的档案，以后没几个大学敢要。”

刘尧头疼地捂住脸。

戚映收回目光，历史老师收拾好教案，见她还站着，温和道：“没什么事了，去班上把作业发下去吧。”

戚映点了点头，想了想，又小声问：“罗老师，要怎么样才能消处分啊？”

罗老师以为她听了刚才的交谈好奇，沉思着说：“多参加一些活动，做做公益啊，竞赛拿奖啊，都可以。”

戚映若有所思地点点头，抱着作业离开了办公室。

回到教室发完作业就放学了，岳梨还坐在座位上全神贯注地搞创作，赵都南在旁边阴阳怪气地说：“导演记得公平公正啊，别因为私人恩怨就故意篡改主角戏份。”

岳梨知道她什么意思，板着脸“哼”了一声：“公报私仇是小人才会做的事，我才不像某些人。”

赵都南气得想打人，警惕地喊：“你说谁？”

岳梨抬头往门口一看，惊喜道："哇，大佬，你又来接映映放学啦？"

赵都南顿时就蔫儿了。

岳·得意扬扬·梨道："谁对号入座我就说的谁咯。"

有个与大佬关系密切的闺密真是太棒了！

戚映在旁边憋着笑，软声跟她打招呼说："梨梨，我先走啦，你也早点回家。"

岳梨点点头，看着她跑向季让的背影，心里默默地叹气，自己什么时候才能拥有甜甜的恋爱呀。

这个剧本，一定要搞好！不然都对不起她今天舍弃一节体育课，少看了沈约四十五分钟的代价！

年级之间消息传得很快，一出教室季让就问戚映："你们班要演舞台剧？"

戚映兴奋地点点头。

季让有点不开心，酸溜溜地问："你演什么角色啊？祝英台？"

他的小宝贝每天在课间操上露脸就算了，现在还要在舞台上露脸，跟别的野男人演爱情剧，他恨自己不在2班，抢不到梁山伯这个角色！

结果戚映说："不是，我当背景。"

2班的人到底长没长眼睛？放着这么好看的小姑娘不选女主角？

他更气了。

戚映还沉浸在自己的小心事中，没察觉身边少年的情绪转换，软乎乎地问他："你们班表演什么节目呀？"

季让一想到这个就无语道："他们要走秀。"

还是环保主题的秀，用日用品进行变装，说是主题要呼应今年国家的环保政策。

戚映听他这么说倒是一副很感兴趣的样子问："那你参加吗？"

他复杂地看了她一眼说："你想看……我走秀？"

戚映眼睛发亮道："想！"

刚正不阿的大佬厉声道："想都别想！"

他愿意为她做任何事，除了披着报纸穿着塑料袋在舞台上走秀！！！

戚映想起历史老师说的，要多参加活动才能消除处分的话。

五四晚会这种导向性很正的学校活动，是很容易加学分的。如果 9 班的节目能拿奖，那么维护季让的刘尧一定会想办法利用这次机会帮他消处分。

戚映眼巴巴地望着身边的少年，发动全部柔软攻势央求道：“可是我想看。”

季让面无表情地回：“没商量。”

小姑娘见他一脸坚决，绷着的侧脸都显得坚硬，知道这事儿是真没商量，委委屈屈地垂下脑袋，闷声说：“那好吧。”

戚映要是有耳朵和尾巴的话，现在肯定蔫答答地垂下来了。

看得人怪心疼的。

不行！季让暗自咬紧牙，千万不能心软！万一她哪天心血来潮又想看比基尼走秀，那他怎么办？？？

好在小姑娘只失望了一小会儿就恢复过来了，在公交站等车的时候伸出手机给他看，软声问：“你周六能不能陪我去参加这个活动呀？”

季让扫了两眼，手机屏幕上显示的是一张敬老院的照片，标题是“走进孤独老人的内心”公益活动。

他哪是耐烦做公益活动的人，还是这种絮絮叨叨慢慢腾腾能把人烦死的老年人。

可刚刚才拒绝了小姑娘走秀的要求，现在要是再拒绝，他怕她哭。

只能应了：“好。”

戚映开心地笑起来，跟他交代：“要提前给爷爷奶奶们准备一点小礼物哦。”

季让耐着性子说：“知道了。”

公交车到站，她笑得特别乖，一边朝车门走一边说：“我走啦，明天见。”

看着她欢快的笑容和背影，季让突然觉得，如果他做这些事能让她真正开心的话，原则或许也没那么重要。

第二天到校，历史老师果然把古琴给戚映拿来了。

光看琴身的木质和上面的雕刻，以及琴弦的亮度，就知道这琴价值不菲。

2 班学生大多都没见过古琴，都好奇地跑来围观，非让戚映给他们表演一段。架不住这么多人请求，戚映红着小脸把琴放在她和岳梨的课桌之间，抚了一段小调。

古琴和古筝的音色不一样，古筝多显得清亮活泼，也适合演奏朗朗上口的流行乐。但古琴音色就较为浑厚，风格古朴，更适合演奏意境高雅的古曲。

现在人大多听到的都是古筝，古琴音一出，那种厚重源远的感觉一下就出来了。

戚映抚的曲是梦中琴师自己写的一段小调。

琴师背井离乡来到京城，本想在朝中大施抱负，可入朝后却发现官情纸薄，尔虞我诈，他一怒之下辞官，先是在青楼给风尘女子抚了一段时间的琴，后又住到寺庙中去，每日聆听佛音，常伴青灯。

将军去庙中请琴师入府做客，顺便教她抚琴时，就恰好遇到这首小曲作成。

琴师敬佩将军仁义，没有拒绝他的要求，也不羞于教一个没什么背景身份的小姑娘抚琴。教会戚映指法、琴谱后，第一首传授她的曲子就是这首。

戚映不禁笑了，连对琴师这一段记忆都如此深刻，真不知道自己究竟做了多久的梦。

抚琴的时候，2 班安静得掉根针都能听见。

所有人都屏气凝神，生怕打破了这一幕美好的画面。

直到戚映一曲抚完，不好意思地说：“好久没弹了，有两个音弹错了。”

岳梨激动得跺脚，大声道：“没关系！反正我们也没听出来！”

2 班同学们醒过神来，不知道是谁懵懵懂懂说了句：“就听了段音乐，怎么感觉我立地成佛了啊。”

大家笑作一团，只有赵都南站在自己座位上，藏在袖中的手紧捏成拳，指甲都差点掐断了。

明明她才是女主角！为什么大家的注意力却在一个当背景的人身上？

上课铃响了，大家各回座位，戚映把古琴装起来，小心翼翼地靠墙放好。岳梨激动得满脸通红，一直在本子上写写画画，下课的时候才凑过来，压低嗓音说："映映！我给你设计了一个非常惊艳的出场！我们申请一个威亚，让你从空中飞下来怎么样？到时候你穿一身白色的纱裙在空中飞，肯定比小龙女还仙！"

戚映笑着摇头说："不要啦，威亚不安全，学校肯定不会同意的。而且梁山伯和祝英台才是主角，我们不能喧宾夺主。"

岳梨想了想也是，把威亚划掉，又说："什么主不主角的，你在台上，祝英台就是台词再多大家肯定也都看着你，大家又不瞎。"

岳梨以总导演的身份给服化组下达了命令：威亚不行，但白色的纱裙一定要有！就按照小龙女那个造型来！

周五的时候，岳梨的剧本就彻底搞定了。给每个需要参加演出的同学都打印了一份，赵都南起先还半信半疑，直到看了剧本才确定，岳梨确实没有公报私仇，祝英台的戏份和台词是最多的。

可是这台词是怎么回事？

"梁兄，我不能和你在一起。与性别无关，与家世无关，只因为，你不是共青团员！"

赵都南气势汹汹去找岳梨问："你什么意思？故意搞我是吗？"

岳梨懒洋洋地瞥了她一眼说："五四晚会，当然要点题。你以为真让你上去演爱情剧啊？当然是要打破传统，宣扬积极上进思想，当一只有中国梦的蝴蝶啦！"

陈梦洁看着剧本连连点头道："很不错很不错，对得起你看的那几百部小说。这剧情和台词我给满分！"

"这么巧妙的台词，晚会当天肯定是我们的主场了！"

"而且真的很有正能量啊！哈哈哈哈，听说5班的《白雪公主》被刷下来了，我们这个肯定能过！"

赵都南快气死了。

演个屁的祝英台！分明就是个丑角！还不如 3 班的诗歌朗诵！搞得她都想罢演了。陈梦洁看出她的不满，好说歹说劝了一天，才让她不情不愿地接受了。

周六就要开始第一次排练。

戚映跟总导演请假说："我明天要去敬老院做公益，不能来参加了。"

岳梨大手一挥说："没关系，你不用参加排练也没事，等我们排好了你再看着剧情加背景音乐就行。"

第二天戚映开开心心地跟着季让前往敬老院。

她提前几天就在网上报了名，转了几趟公交车到达敬老院门口时，大门上已经拉了"关爱孤独老人"的横幅，门口正在做志愿者登记。

季让还没到，她站在台阶上乖乖等着。

今天气温二十多摄氏度，阳光晴朗，她穿了条背带牛仔裤，上半身的白 T 恤简单宽松，露出半只兔耳朵。

长发扎在脑后，胸前挂了架小小的索尼相机，背着白色的双肩包，看上去清纯乖巧，像枝头含苞待放的海棠。

登记的志愿者们早就注意到她了，有个穿着一身名牌，戴着名表的年轻男人登完自己的名字，走到她身边，笑容温和问："小妹妹，你也是志愿者吗？"

戚映闻到他身上某种浓郁的男士香水味道，不露痕迹地往旁边站了站，礼貌地"嗯"了一声。

男人笑了笑，朝她伸出戴着几百万名表的手说："我也是。我们认识一下吧，我听说一会儿要分组照顾老人，我们可以一组。我叫冯萧，你叫什么名字？"

身后那几个跟着他来的年轻人都在偷笑着嘀咕："假模假样来做慈善就算了，居然还泡起了妹。"

"那小姑娘看上去还没成年吧！禽兽啊。"

"这妹子太纯了。"

一群人猥琐地笑起来。

戚映没去握那只手，她双手拉着书包带，礼貌地拒绝："我有组队的朋友，他很快就来了。"

"都八点半了。"冯萧看了下手表，"你这位朋友迟到了。"

戚映不喜欢他语气里的讥讽，加重语气说："他马上就到了！"

话刚落，一阵刺耳的轰鸣声由远及近，带起一路灰尘落叶，然后一个急刹停在了路边。

穿黑 T 恤牛仔裤的少年从山地摩托车上跳下来，取下头盔，晃了晃脑袋，黑发乱糟糟的，但难掩满身不羁的帅气。

他从后箱里拿出两个袋子，然后大步朝戚映走来。看见她身边的冯萧，皱了下眉，但只是漠然地扫了一眼，就把目光放在戚映身上。

小宝贝今天可真乖。

季让单手拎着袋子，一只手帮她把被风吹起来的一缕碎发捋下去说："走吧。"

小姑娘仰着小脸看他，眼眸晶亮，乖乖"嗯"了一声。

完全被忽视的冯萧脸色漆黑。

戚映和季让拿出身份证做了登记就进去了，冯萧跟他那群朋友走在后面，沉着脸盯着前面那对人影。

他旁边有个精瘦的男人用手肘撞了下他，低声说："别乱来啊，那男生不是什么善茬。"

冯萧听出他语气里的警告问："你认识？"

精瘦男努了下嘴说："季家的小少爷，听说过没？"

冯萧脸色一变说："是他？"

他那几个朋友缓和气氛地安慰道："算了算了，你喜欢这类型的小姑娘还不好找啊，下次哥们儿给你介绍。"

冯萧笑笑，但季家小少爷这几个字多少是把他刚才的龌龊心思吓散了，总算收回了目光。

园内布置得非常喜庆。

挂着红灯笼，还有彩带和横幅，像过年一样。

季让果然准备了小礼物。

某高级品牌的糕点，一块小蛋糕上百块那种。

但老人们哪认识这些品牌，都乐呵呵地说，好久没吃面包了，多谢小伙子。季让也不解释，面色淡淡把糕点分发给老人。

戚映站在旁边，端着相机给他照相，还说："笑一下呀。"

季让就配合着冲着镜头笑。

老人们一边吃着季让带来的糕点一边跟他们聊天，季让烦死这些家长里短了，但是戚映好有耐心，哪怕是问到她的父母，她也只是笑一下，用一句"过世了"轻轻揭过。

她怎么那么乖。

季让也就耐着性子坐下来了。

老人问到他时，也会象征性地回答几句。

聊完天又去陪着老人们出去散步。园内栽了很多杏树，有个老爷爷嘴馋想吃酸杏子，让戚映去找找看有没有扫帚之类的，拿来捅果子。

季让一脸不耐烦地说："哪那么麻烦。"

他两三下爬上树，摘了一堆杏子，撩起 T 恤下摆用衣服兜着。

老大爷中气十足地夸他："这小伙子身手不错！像猴儿！"

戚映笑得不行，拿着相机拍他爬树的画面。中午在园内陪老人们一起吃了午饭，下午还有园内组织的活动，比如蒙着眼睛摸福，还有背着老人抢气球。

其实敬老院的老人，身上多多少少会有些味道。

戚映觉得让季让来敬老院已经不容易了，那些会和老人有身体接触的活动，他应该不会参加。

她没打算强迫他，但轮到他们这组时，季让面无表情地往老爷爷面前一蹲，淡声说："上来。"

然后背着老人满场跑，差点把老爷爷的腰闪了。

倒是冯萧他们那边，远远站着看，生怕染上味儿。

最后果然是戚映这组得了第一，还拿到了奖励：一口蒸锅和一套餐具。

活动结束的时候，院长专门让季让和戚映站到前面来牵横幅。少年眉眼又野又冷，初见都觉得怕，现在却都喜欢他。

季让和戚映一左一右，站在最前排，牵着那条写着“祝贺‘走进孤独老人的内心’公益活动圆满结束”的横幅。

摄影师在前边半蹲着喊：“三二一，笑一个！”

戚映弯着眼睛笑起来，总是淡着脸的少年也配合地勾起了嘴角。

活动结束，老人们和院长一直把他们送到了门口，还热情地说：“下次再来呀！”

戚映抱着那口蒸锅，礼貌又开心地点头：“院长再见，爷爷奶奶再见。”

锅比她脑袋还大。

季让嫌麻烦，开口问：“你抱着这口锅怎么坐我后座？送给那些阿姨得了。”

戚映紧紧抱着锅，噘着嘴反驳说：“不行，不能送给别人！”

季让无奈道：“不就一口锅吗？改天送你一个。”

她摇头，大眼睛柔软又亮，软声说：“不一样，这个是你赢来的。”

他一愣，心都化了。

虽然赢了一口锅并不是什么值得骄傲的事，但看戚映把那口锅当宝贝一样，季让看锅的眼神也终于变温柔了。

行吧，拿着就拿着吧。

但抱着那口锅实在没办法坐他后座，然后季让就目瞪口呆看着小姑娘慢腾腾地举起双手，把锅顶在了头上。

那锅好大，把她整个脑袋都罩进去了，像个无头怪。她一只手抓着锅把手，防止它掉下来，一只手拽他的衣角，防止自己掉下来，软声从锅里面闷闷地传出来问：“这样可以了吗？”

季让差点笑疯了。

他用手敲了一下锅底说：“你当这是头盔啊？给老子拿下来！”

然后拿着锅去拜托院方帮忙邮寄到家。

小姑娘听到不是要送人，才安心地笑了。

季让拿出粉色的头盔帮她扣好带子，看了眼她挂在胸前的相机，问："拍那么多照片做什么？"

她今天一直拿着相机在拍，像个小摄影师。

戚映含糊其词地说："有用。"

季让在给自己戴头盔，也就是顺口一问，没注意。

他骑车送她回家。

每次戚映坐他后座，他就会把山地摩托车当成自行车来骑，连拂过的风都显得温柔。

有几辆轿跑从身后轰鸣而过，冯萧看着街边慢悠悠骑车的少年，再看看乖乖坐在他身后搂着他的少女，眼底还是溢出些不甘心的怨恨来。

听说季家的小少爷暴戾凶狠还有病，一言不合就打架，还把人打进过ICU，抽烟、喝酒、斗殴，跟社会上的垃圾败类也没什么区别，这种人，怎么还能得小姑娘的青睐？

不就仗着季家家大业大，背后有强大势力，才敢这样作威作福吗？

身边朋友拍了下他的肩："别看了兄弟，跟高中生有什么好计较的，改天哥们儿带你玩点爽的。"

几辆轿跑飞驰而过，扬起漫空的灰尘落叶。但好在季让和戚映都戴了头盔，不碍事。不过轿跑引擎的噪声还是引得季让不耐烦，心想：要不是后面坐着他的宝贝，这山地摩托飙起来，就凭那几辆轿跑能追得上？

季让陪戚映在闹市吃了晚饭才回家，等菜的时候她一直捧着相机在筛选照片，把拍糊的都删了，只留下他容貌清晰笑意温柔的画面。

季让突然问："有我们的合照吗？"

今天一天她都挂着这个相机，哪来的合照。

趁着戚映愣神，他往她身边一坐，一只手拿过她手里的相机，一只手从她身后环过，将她小脑袋往自己肩上一按。

然后伸长胳膊，镜头对准两人说："笑一个。"

话落，"咔嚓"一声，定格了小姑娘靠在他肩膀还蒙神的一幕。

除去今天下午牵横幅的那张照片不算，这是他们第一次合照。

餐厅暖黄的灯光落满两个人的眉眼，镜头里他在笑，她在发蒙，但很乖，姿势亲昵，像一对温暖的情侣。

季让莫名耳根发烫，他把相机还给她，坐回去，不看她眼睛，若无其事地说："照片洗出来，给我一张。"

她乖乖点头应了。

第二天那口锅就送到家里来了。家里的蒸锅刚好用了很久，吴英华高兴得不行，抱着锅夸戚映说："我们映映参加个公益活动也能赢口锅回来，真棒！"又转头骂在沙发上躺尸的俞濯，"而你！连个屁都要在外面放！"

他从沙发上坐起来，认真地问他妈："你真的想听我在家里放屁吗？"

吴英华："……"

她这不就是个含了点夸张手法的比喻句吗？这孩子是怎么回事！

周一到学校，整个 2 班都比以往更加热闹。

他们周末排练了两天，连作业都是在一起写的。一群人一起做一件事最能升温感情，连赵都南看上去都没那么傲慢了，居然还跟岳梨在心平气和地交流："第三幕的台词你改得怎么样了？"

岳梨那个笔记本用红笔圈满了，排练了两天后发现不少问题，又删改了一些剧情，尽可能地去完善完美。

戚映也被这气氛感染，问了岳梨下次排练的时间，要和他们一起去。

升旗仪式结束，放在各大教学楼门口展架里的海城一中校园报就换新了。有学生顺手拿了一份边走边看，待看到"本周标杆"那一栏时，震惊得眼珠子都瞪大了说："我是不是瞎了？我看到了什么？本周标杆季让？"

《本周标杆》是校园报的主打栏目，每一周会评选一名学生标杆，刊登他的照片和事迹。有的是学习标杆，有的是体育标杆，也有艺术标杆，这一周是公益标杆。

你在逗我？？？

季让？？？校霸？？？标杆？？？

消息迅速传遍全校，往常无人问津的校园报一扫而空。

等大家以为出了什么乌龙，或许是重名，细看校园报时，才确定那上面的照片真的是校霸大佬。

照片不止一张。有他笑着给老人分发小糕点的，爬上树帮老人摘果子的，还有背着老人的，最后那张是他站在全院老人面前，牵着那条庆祝关爱孤独老人公益活动圆满结束的横幅。

合照太大，报刊上又是复印照，根本看不清人脸，只能看见横幅上的字。

但因为之前那几张照片很清晰，这一张合照里少年的衣服身形都一样，能确定是同一个人。照片旁边的文字报道了本校学生季让利用周末参加公益活动关爱老人的事迹，呼吁全校同学向他学习。

全校都沸腾了。

校霸周末不放荡，居然偷偷跑去做公益？

这还是我们熟悉的那个校霸吗？？？

逼我们写作业、搞学习、不准早恋后，校霸以后不会还要逼我们做公益吧？

这个人到底是怎么回事啊！校霸人设完全崩了啊！

9 班班主任刘尧笑得脸上都开花了，一下课就把季让叫到办公室去，指着报刊上的照片问他："这是你？"

这不废话吗？那笑起来都不算柔和的脸，还能是谁。

季让眼角狠狠抽了一下。

刘尧一巴掌拍在他肩上："不错啊小伙子！改邪归正的方法用得很上道啊！"他把报纸一卷，兴奋地说，"你等着，老师这就帮你消处分去。"

季让："……"

刘尧留下一句"再接再厉"就走了。

季让气得太阳穴突突跳。这小傻子搞什么名堂！

大佬气势汹汹去 2 班找戚映，门口那学生见大佬一脸不好惹的神情走过来，吓得赶紧钻进教室，还不忘喊："映映！大佬找！"

戚映嘬着牛奶走出去，看到季让眼睛一弯，先发制人地问他："校园报看见了吗？”

季让说：“……看见了。”

她声音仿佛带着牛奶味，又甜又软地问：“开不开心呀？”

季让说：“……开心。”

然后气势汹汹的大佬就这么莫名其妙地转头回去了。

刘尧去找教务处给季让消处分，顺便把他的入团申请再次递上去时，那些老师都不信那照片是真的。

“P 的吧？”

刘尧就烦这些思想古板冥顽不化的老顽固，指着照片上敬老院的名字：“不信的话打电话核实一下啊！”

团委老师果然搜了敬老院的电话打过去。

那院长听闻来意，把季让夸得那叫一个天花乱坠，就差带着老人们亲自来学校给季让做证了。

团委老师终于信了，神情复杂地看了半天那报纸上的照片，最终接受了刘尧递交上来的入团申请，季让劣迹斑斑的档案上也消掉一笔处分。

戚映完成了一次壮举，一整天都特别开心，上体育课的时候觉得精力无比充沛，连仰卧起坐都多做了二十个。

岳梨坐在她腿上，被她打鸡血的样子搞得有点紧张，不禁问道：“映映你是打算练马甲线吗？不要啊！好姐妹一起胖！不准做了！”

沈约在旁边监督另一组学生，听到她这话，笑着转身在她头上敲了一下说：“自己不努力，还拉好朋友下水？你今天给我做满三十个仰卧起坐，不做完不准走。”

岳梨：“……”

嘤嘤嘤，被他敲头了呢！

于是岳梨也打了鸡血，吭哧吭哧做了三十个。

沈约简直被这俩每次最多只能做十五个仰卧起坐的小同学惊呆了，拍着手说：“合着你俩以前都是在隐藏实力偷懒啊？”

上半节上课，下半节自由活动，戚映本来要回教室做卷子的，经过篮球架的时候正听到沈约在跟体育委员龙海讨论六月跟外校打比赛的事。

她站住步子听了一会儿，原来沈约的篮球训练很有成效，之前一直是在校内打，现在海城一中跟其他几所学校搞了个篮球联谊赛，要在本学期期末考试结束后进行。龙海加入了篮球队，沈约在跟他商量训练的事。

沈约说了一会儿，余光瞟到旁边的小姑娘正一脸认真地偷听，忍不住笑问："戚映同学，你也想参加吗？"

她怪不好意思地笑了下，想了想，走近问："沈老师，参加这个比赛可以消处分吗？"

"消处分？"沈约皱了下眉，笑，"这个我不清楚。不过如果赢了比赛，为校争光，按理说是可以的。"

她若有所思地点点头，沈约问："谁要消处分啊？你吗？"

戚映笑了下，没回答："谢谢沈老师，我先回教室啦。"

沈约笑着摇了下头，收回目光。倒是旁边的龙海一脸复杂，心想：她这不会是帮季让问的吧？不要啊！他不想跟大魔王在一个球队打比赛啊！

下午放学，以消除季让处分为己任的小姑娘就假装若无其事地开口问："你知道六月我们学校篮球队要跟其他学校比赛吗？"

季让一心扑在学习上，哪关心这些回道："不知道，怎么？"

戚映抿了下唇，扯了下他衣角，期待又乖巧地问："你去参加好不好？"

季让脚步一顿。

他觉得他的小宝贝最近有点奇怪。

她以前从来不会要求他去做什么，软乎乎地跟在他身后跑，像小尾巴。

但最近又是要看走秀又是做公益，现在还要他去打篮球。

什么情况？难道是嫌弃他太过乏味不够有趣？？？

季让眸色沉了一下，低声问："为什么要去参加？"

小东西不给出个让人满意的答案，他绝对不放过她。

戚映仰着小脸，在眼前少年越来越冷厉的目光下，软乎乎地说："因为你打篮球很帅。"

很……很帅吗……

好像是挺帅的？

大佬忍不住嘴角上翘，内心乐得都找不到方向了，但神情还绷着，假模假样地考虑了一下，才淡声说："行吧。"

他眉眼飞扬地说："老子拿第一给你看。"

成绩拿不到第一，篮球还拿不到吗？

谁还没个擅长的领域啊。

第二十二章

C位背景板

季让第二天就去找沈约报名。

沈约之前不是没有联系过他，但季让以学习为重拒绝了。现在又主动找上门来，沈约还挺意外的，问："怎么突然想通了？"

季让面色淡淡地答："我不来，怕你们拿不到第一。"

球队其他成员："……"

这么狂的吗?

但回想上一次校内赛大佬不要命地横冲直撞，嗯，该他狂。

比赛的事就这么确定下来了，好在季让现在在学习上已经跟了上来，课堂上老师讲的最新知识点他都能听懂，不用再花多余的时间去打基础，每天抽出一个多小时来练球还是没问题的。

屈大壮几个人没有加入篮球队，反倒对班上的环保走秀节目产生了极大的兴趣，每天跟着班委们研究，如何将生活废品改造成可以穿上身又不失设计感的衣服。

各个班都在紧锣密鼓地排练五四晚会的节目。

2班的舞台剧说起来容易，但真的表演起来，各种道具、场景、服装都特别麻烦。岳梨每天一手拿着本子，一手拿着小喇叭，在现场指挥控场，还真挺有总导演的风范。

戚映暂时没有把历史老师那把琴背来学校，排练的时候用的是学校音乐教室的一把旧古筝。

岳梨给她安排的位置在舞台的左后方，正式演出的时候会把她那个位置拔高，身后布置一树梅花，她就坐在树下穿一身白裙抚琴，想想就很有意境。

很快，各班同学就迎来了五四晚会前一天的正式彩排。

这么隆重的晚会，到时候是还要录像转播，还请了市教育局的领导莅临，容不得一点差错。彩排也走得很正式，基本就跟明晚的正式演出一样，只是没有观众而已。

节目的出场顺序由抽签决定，2 班排在第十九位，大概在中间位置。

大家都换上了参演的古装，服化组组长谨记岳梨的交代，果然给戚映租了一套飘然似仙的白裙回来。

梁祝的故事场景基本在书院，所以包括主角在内的服装都很简单，就是一身青布衣，只是最后祝英台变回女装后，有一套粉色的纱裙。

等戚映换好白裙抱着古琴从试衣间出来时，整个后台都安静了几秒。

仙是真的仙，美也是真的美。

真的像下凡的小仙女，比现在电视上有些演古装剧的明星还好看。

见大家都盯着自己看，戚映有点不好意思，小声问："很奇怪吗？"

她已经很久没有穿过长裙了，照镜子时，有几分恍惚。

岳梨尖叫着冲到她身边，给了她一个熊抱喊道："映映你超美！你就是全场最靓的仔！"

2 班的男生们眼睛都看直了。

平时戚映穿着很简单也很低调，总是扎着一成不变的马尾，虽然长得好看，但看久了也就那么回事，跳不出一个清纯乖巧的形象。

但今晚当她换上轻纱长裙，眉眼清丽，长发柔软，简直就跟岳梨之前想要的小龙女感觉一模一样，当真是清雅绝俗，秀丽无比。

满室惊叹中，只有赵都南气得要哭了。

这还演什么？演个屁的女主角啊！就戚映这副扮相往台上一坐，还弹琴，谁还看自己啊？谁还关心女主角啊？

当初她挤下戚映拿到女主角的资格，还暗自得意了很久，现在才知道，坑在这儿等着她呢！

岳梨绝对是故意的！

前面负责报幕的学生站在门口喊："十八号表演马上结束，十九号准备上台了。"

大家都忙起来。

岳梨像个小花童似的一路牵着戚映的裙摆把她送到台上。

一个很大的圆形木台子被道具组装饰成了花台，花台上布置了琴架和椅子，古琴已经摆上，该有的梅树花瓣一样不差，往那儿一坐就是一幅画。

彩排开始，下面几个老师果然不约而同地注意到后面弹琴的白衣小姑娘。赵都南气息不稳，好几次差点念错台词，不过都有惊无险地过了，岳梨在台下急得直瞪她。

表演一结束就冲到后台去骂她："你能不能专注自己的表演？你老往后看什么？明天就正式演出了，台词都还没记住吗？"

赵都南怨愤地瞪了她一眼，觉得她就是故意的，换了衣服招呼都没打就走了。

大家面面相觑，陈梦洁赶紧安抚说："没事没事，我去劝劝她，肯定不会耽误明天的表演的。"

岳梨气呼呼的，等戚映换下裙子一起回家的时候才吐槽道："她就是嫉妒你的美貌！她这种人在电视剧里活不过第一集！"

第二天，海城一中就迎来了隆重的五四青年节。

先是升旗仪式，然后是领导讲话，紧接着就是无比正式的青少年入团仪式。

基本都是高一的学生，学校安排了高一学生代表上台，接过了团徽，宣读了入团誓言，最后又由校长宣布了入团学生名单。

季让的名字也在里面。

高二9班季让这名字一出，下面果然掀起小片哗然。不过想到大佬最近又是做公益又是搞学习的，也就释然了。

入团仪式足足搞了三个多小时，学生们顶着太阳都快站废了，结束之后校领导还要带着市领导参观学校，学生们都跑去吃饭休息了。

文艺汇演是下午两点开始。

学校能容纳三千人的礼堂密密麻麻坐满了人，岳梨只在幕布后面看了一眼就紧张得不行，想着就自己这心理素质，果然还是适合做幕后。

趁着前面班级在表演，她又挨个检查了道具服装，跟各个角色确定台词位置。

后台就这么大，容纳不了太多的学生，每次大概能进三个班。他们只能在外边儿蹲着，一直等到演出顺序到了第十四个，老师才来通知他们进入后台开始化妆换衣服准备。

戚映先把自己的琴放好，然后才提着袋子去换衣服。

进入试衣间的时候，闻到袋子里传来一股墨水的味道。

她皱了下眉，打开袋子一看，白纱裙上全是黑墨水。应该是一整瓶都倒下去了，顺着折叠的裙子往下浸湿，拎出来的时候，整条裙子简直没法看。

外头岳梨还在指挥班上会化妆的女生先给祝英台化，等戚映换好裙子再给戚映化。

结果就看见戚映拎着黑不溜秋的裙子走出来，生气地问："这是谁干的？"

所有人都盯着那条裙子愣住了。

岳梨最先反应过来，尖叫一声转头就扑过去拽还在化妆的赵都南："是不是你干的？肯定是你！"

赵都南一巴掌打开她的手，冷笑道："有证据吗锅就往我身上扣？谁知道她得罪了什么人？自己的衣服自己不看好，出了问题怪我？"

岳梨简直要被气疯了。

可上台表演迫在眉睫，陈梦洁赶紧问服化组的学生："还有书院服吗？"

那学生从箱子里拿出一条跟大家一样的青布衫：“还有。”

陈梦洁接过来交给戚映说：“穿这个吧。”

事已至此，岳梨再气也只能怪自己没看好服装。刚才戚映去上厕所，把装衣服的袋子交给她保管，刚好前边老师叫她过去，问一会儿提前搬道具上台的事，她就把袋子跟道具组的箱子放在了一起。

估计就是那时候被人泼的墨水。

不怪她大意，谁能想到区区文艺汇演，人心居然能恶劣到这个程度啊！

镜子里透出赵都南得意的神情。

岳梨越看越气，觉得就这么让她如愿，自己真的会少活二十年。

她叫住要进去换青布衫的戚映：“映映，你先化妆，不着急换衣服。小禾，你那边好了吗？给映映化下妆，她绑头发的那根白丝带在盒子里，给她绑个小龙女同款蝴蝶结！”

于禾跟她同仇敌忾道：“行！马上！”

岳梨瞪了赵都南一眼，拿着那件染满墨水的白纱裙出去了。

赵都南心想：难不成这么短的时间内你还能洗干净？就算这时候去租裙子也根本来不及了。她安心地坐在座位上玩手机，就等上台。

时间逐渐过去，十八号已经上场了，接下来就是他们。

陈梦洁着急得不行说：“梨子怎么还没回来啊！映映你要不先去把青布衫换上吧！”

戚映化好了淡妆，头发也绑好了，看着手中那件青布衫，点了下头，就要往试衣间走。

外面传来岳梨大吼大叫的声音：“让一让！都让一让！”

她抱着一个红色的盒子冲了进来，直接冲到戚映面前，一把塞到她怀里说：“去换！”

戚映疑惑地看着怀里包装精致高端的礼盒，岳梨推了她一把说：“别愣着啊！快去！”

她点点头，抱着盒子进入了试衣间。

外头，大家都围过来好奇地问：“你又重新找了件衣服啊？”

岳梨得意地看了一眼脸色不好看的赵都南，要是有尾巴，现在肯定翘上了天，音调都高了几分，说：“是啊，比之前那件还漂亮！你们就等着看吧！”

没多会儿，戚映就换好裙子出来了。

是一条改良版的古装轻纱红裙，比之前那件租来的白纱裙高档了不知道多少个档次。

白的肤，红的衣，黑的发，明艳动人，惊艳了在场的所有人。

怎么会有人这么适合穿红色，像魅人不自知的妖精。

报幕的老师在前边喊：“十九号，高二 2 班准备上台了！”

岳梨大喊：“2 班，加油啊！”

被惊艳住的同学们回过神来，赶紧投入到接下来的表演中。

岳梨走到死死咬着牙的赵都南身边，眉开眼笑地拍了拍她的肩说：“一会儿好好表演哦，要是在你身上出了什么岔子，全班同学都不会放过你的。”

道具一样样搬上了台。

主持人开始报幕：“下面请欣赏，高二 2 班带来的舞台剧，《梁祝新编》！”

下面响起噼里啪啦的掌声。

季芊猫着腰跟在季让后面，走到 9 班的空位置坐下，压低声音兴奋地问：“映映是不是演祝英台？”

季让小声回道：“不是，她演背景。”

季芊拧着眉头说：“对得起我闯了三个红灯送过来的春季高定裙吗？”

舞台上的灯光暗下来。

紧接着又打起一束追光，落在舞台后方一身红裙的小姑娘身上。她垂着眸，指尖拂过琴弦，铮铮两声，像击中人的心脏。

下面不约而同发出惊叹。

她坐在梅花树下，惊艳了这群少年的青春时光。

而季让……

他快后悔死了。这么美的小仙女凭什么给这么多人看！

早知道就该给她送条麻布裙来！

舞台剧开始后，落在戚映身上的视线渐渐少了。这个新编的《梁祝》剧情实在是太逗了，台词也是出人意料的搞笑。

当祝英台一脸悲痛地说出“我无法与你在一起，与性别无关，与家世无关，只因为你不是共青团员”时，全场爆笑，连前排的老师领导都忍俊不禁。

最后两人化蝶，饰演蝴蝶的同学背着两个紫色的大翅膀，像两只幺蛾子从假山石头后面蹦出来，一边挥翅膀一边唱团歌，所有参演学生就在团歌的歌声中谢幕了。

戚映从侧后方走过来，就站在最边上，嘴角弯弯的，几缕发丝垂在雪白的颈子上，眼眸光华盈动，跟着同学们一起鞠躬谢幕。

下面掌声不断。

舞台剧完美结束，岳梨在后边激动得手掌都拍红了，进来一个人她就给个拥抱，轮到赵都南的时候，两看生厌，彼此哼了一声。

等戚映一进来，岳梨赶紧把她的琴接过去放回盒子里，又拿出手机，兴奋地说：“先别换衣服，我给你拍几张照！”

戚映就乖乖站在原地，冲着镜头笑。

长得好看的人，怎么照都好看，根本不用摆姿势。

正照着，旁边有个同学拿着手机震惊道：“映映这条裙子是EVA春季高定啊！我就说怎么这么眼熟，前两天刚在杂志上看到过！”

大多数学生对所谓的奢侈品高定都不了解，说话那个学生的梦想是当服装设计师，所以对时尚圈比较关注，一句话就解释了：“定价七十二万！映映，这在我老家，你等于穿了套房在身上！”

后台一阵惊呼。

陈梦洁都结巴着说：“梨……梨梨，你上哪儿找的这条裙子？”

岳梨也不知道这裙子这么贵，她刚才就是出去给大佬打了个电话说明情况，让大佬想办法搞条裙子过来，谁知道大佬一出手，居然搞了条七十多万的裙子？？？

妈妈呀，她这辈子都没见过这么多钱。

这下学生连妆都不卸了，全部跑到戚映身边去围观那条裙子。

岳梨打他们手说："别碰！别摸！看就行了！"

赵都南冷笑一声说："得了吧，还春季高定，不知道哪里找来的仿制品，把假货穿在身上还扬扬得意呢。"

岳梨之前顾忌着要表演，不想闹大了以免她耍脾气罢演，现在表演结束就没那么多顾虑了，冲过去指着她鼻子骂："你别在这阴阳怪气！是假货还是真品都跟你无关，反正你没资格穿！"

赵都南不甘示弱地吼道："谁稀罕穿假货！"

岳梨把之前那条被墨水打湿的白裙子拿出来砸她怀里说："这条裙子是租来的，你搞成这个样子，你赔！不要狡辩！走廊外边有监控，是不是你干的，我们一会儿去查监控！"

赵都南不知道是气的还是吓的，脸色发白，正吵着，门口传来笑吟吟的声音："这就是后台啊？怎么好像在吵架？"

学生们回头一看，只见一个打扮精致的短发女生走进来，怀里还拿着一束风信子，她气场很强，踩着高跟鞋，吸引了整个后台的目光。

看见戚映的时候，笑意更甚，拿着花走到她面前说："映映，刚才的表演特别棒，花送给你。"

戚映有点惊讶，眉眼弯弯地说："季芊姐姐，你怎么来啦？"

季芊上下打量她身上的裙子，满意地点头说："给你送裙子过来呀。很漂亮，值得我连闯三个红灯了。"

戚映有点不好意思，小声说："谢谢姐姐，你等我一下，我去换下来。"

季芊说："别啊，穿着吧，多好看。"

戚映摇头说："太贵了。"

季芊笑："多大点事。裙子做出来就是要给人穿的，哎你别动，来来来，我拍一张发给 EVA，她看到自己的作品被人诠释得这么好看，肯定也很高兴。"

正拿着手机拍呢，后边儿的门被踢了一脚，季让不耐烦地倚在门口，吼她："你有完没完？"

季芊撇了下嘴，收起手机，摸了下戚映的头说："姐姐下次再来看你啊。裙子送给你了，当祝贺你演出成功的小礼物。"

说完不等戚映反驳，转身就走，经过季让身边的时候还瞪了他一眼。

戚映小小"欸"了一声，还想追过去，跑到门口的时候，季让用一根手指戳住她额头，迫使她停下来。

这样近了，闻到她身上的甜香，裹挟这明艳的色彩，晃得他眼底起火。

他别过视线，低声说："算了，收着吧，我一会儿把钱转给她就行了。"

戚映：欸？？？

怎么好像哪里不对？

他笑了下说："结束了给我打电话。"

戚映稀里糊涂地点了下头。

她抱着风信子走回去时，岳梨双眼兴奋地问她："映映，那个女生是季让的姐姐吗？"

戚映点头。

岳梨想起来了："我见过她啊！上次在街边跟季让吵架的就是她！"

当时还以为是情侣，结果居然是姐弟，岳梨怪不好意思的。后边有人问："她是不是总上名人杂志的那个森海酒店的女总裁啊？"

2班有好几个富二代，跟薛蔓青那一群人也走得近，哪能不认识季芊。

戚映不喜欢被围观的感觉，赶紧抱着花进去换衣服了。

岳梨在外边扬扬得意地看了赵都南一眼，非常厉害地噎她："假货？你再说啊。"

赵都南："……"

2班表演结束，后边还有十几个班要表演，毕竟这次活动除了高三外，高一高二各班都参与进来了。

季芊往外走的时候，来来往往都是等待演出的学生。

真是朝气蓬勃啊，在这群学生中走了一圈，感觉自己都年轻了几岁呢。

下台阶的时候，有个班正站在台阶上排练，女生穿着白色连衣裙，男生穿着西装，在唱《我和我的祖国》。

因为个子太高站在最后一排的俞濯懒洋洋地动着嘴，根本没唱出来，跟蚊子哼哼似的，左看右看小动作不断。

然后就看见季芊。

一惊，嗓子眼卡住了，刚好唱到“一刻也不能分割”，那个“割”字跟打鸣一样从他喉咙里蹦出来。

旁边同学没忍住笑作一团，排练顿时乱了，指挥老师在前边气急败坏地骂他：“俞濯！又是你！你能不能专心一点！”

季芊这才看见他。

笑着跟他打招呼：“小孩儿，排练呢？你们这节目挺不错的啊。”

俞濯刚出了糗，脸色通红，不敢看她的眼睛，小声说：“嗯……你怎么在这儿？”

季芊说：“我来看你姐表演。早说你也有表演啊，我就不着急走了。”

俞濯：“？”

你什么时候跟我姐这么熟了？

季芊拍拍他的肩说：“加油啊，西装不错。”

俞濯别扭地抖了下肩。

季芊笑笑，跟他挥挥手，下台阶走了。

汇演一直进行到太阳落山，2 班的舞台剧不负众望拿了第二名，9 班的环保走秀也很意外地拿了第三。看来紧跟国家政策果然是明智的。

趁着下午其他班表演的时候，岳梨说到做到，果然跑去调监控。他们当时休息的那个走廊拐角刚好有一台监控，把赵都南往袋子里倒墨水的画面都拍了下来。

这下容不得她不认了。

刘庆华也没想到平时看上去礼貌活泼的文艺委员居然会做这种事，对她进行了严厉的批评教育，以及要求她赔偿那条裙子的全部损失。

赵都南哭哭啼啼从办公室出来的时候，那些跟过来围观的同学看她的眼神都带着鄙夷。

连龙海都说：“你不应该那么做。”

岳梨本来一开始还趾高气扬的，看她哭成那个可怜样，又觉得做人不该落井下石，招呼围观的同学说：“走了走了，回教室了。”

离开学校的时候，她挽着戚映边走边偷偷说：“其实她也不坏，就是攀比心和嫉妒心太重了，唉，还是父母教育的问题啊。”

戚映刚要回应这个话题，转头就看到岳梨眼睛发光，捏着戚映的手兴奋地说：“映映，我以前一直不知道自己以后该做什么，但是经过这次晚会，我终于找到我人生的目标了！”

戚映问：“什么目标？”

岳梨简单地说：“我要当导演！”

戚映弯着眼睛笑说：“那你要加油呀，传媒学校的编导系录取分数都挺高的。”

岳梨重重点了点头，又说：“到时候我请你来演我的女主角啊！人家都是星女郎谋女郎，以后你就是梨女郎！”

身边响起阴恻恻的声音：“什么梨女郎？”

回头一看，季让目光阴森地盯着她，好像要直接把她给手撕了。岳梨尖叫一声，吓得往戚映身后躲，求生欲非常强地说：“大大大大佬！我说着玩的！嘿呀就我这德行，哪有资格当导演啊！”

戚映笑得不行，用手推季让说：“你不要吓她呀。”

季让冷哼了一声，收回目光，看了看戚映，眸色有点深，低声问：“你以后想做什么？”

他真怕她嘴里蹦出一个“当明星”。

戚映弯着眼睛笑，声音软软地说：“我要当医生。”

季让一愣，下意识问：“为什么？”

她眼里都是柔软的光，认真地说：“医生可以救很多人。”

梦中的你负责保家卫国，那现实中的我就努力救死扶伤！

五四晚会结束，五一的假期也就结束了。

高三学生还有一个月就要高考，进入了紧张严肃的最后冲刺阶段。高一高二在收假之后来了个摸底考试，把学生们之前花在文艺汇演上的心都给收了回来。

季让在这次考试中名次提升到了全年级一百二十七名，吴睿预言，在六月底的期末考试中，他一定可以冲入百名大关！

而突击学习了一段时间誓要当最厉害的大佬的俞濯，在这次的摸底考试中也取得了不错的成绩。

俞程拿着成绩单高兴又忧愁。

高兴的是儿子终于醒神了，知道努力学习了。

忧愁的是，这个儿子可能真的被人调包了。

俞濯并不知道自己在他爸心中已经是个假货了，他这次考得不错，在家里底气都足了很多，找他妈要了一笔零花钱，鼓捣了一堆东西回来。

周末一大早就霸占厕所，在里面待了快半小时。

戚映出来了两次，最后实在憋不住了，去敲门问：“你好了没有？”

俞濯拉开门，顶着一张狐狸面具出现在她眼前。

戚映吓了一跳，问：“你干吗呀？”

面具下传出俞濯兴奋的声音：“我一会儿要去逛漫展，姐你猜我 COS 的谁？”

戚映不怎么看动漫，上上下下打量了他几眼。除了脸上的面具，俞濯的穿着其实很普通，白衬衣，黑裤子，黑发打理得有点碎，身形瘦高，少年气息浓郁。

戚映沉思着说：“狐妖？”

俞濯气得跺了下脚，也不跟她说话，跑回自己房间。戚映赶紧进厕所了，出来的时候，俞濯又搞了个东西在身上。

他在他肩上放了只毛茸茸圆滚滚的猫玩偶，兴奋地问：“现在看出来了吗？”

戚映说：“猫妖？”

他不理她了，转头往吴英华的卧室跑：“妈，你帮我把这个猫缝在我肩领上。”

儿子这次考得这么好，吴英华有求必应，虽然依旧骂了他几句不干正事，但还是拿出针线盒帮他把那只玩偶猫缝在了白衬衫的肩领上。

俞濯就顶着那只猫跑去厨房找戚映说："姐，你跟我一起去逛漫展吧，我买糖葫芦给你吃！"

戚映正在切西红柿回道："不去了，我中午有事。"

俞濯凑过来看了几眼，发现她好像在做便当。眉头一皱，觉得事情并不简单问："这是给季让做的？"

一般来说，听到这种带有质问和谴责的语气，都是要否认的。

结果戚映弯眼一笑，非常大方地说："是呀，他今天跟球队在场馆内练球，我答应要给他送午饭过去。"

这句话出来，直接把俞濯气跑了。他不理戚映，戴好面具，斜挂着一个动漫主角同款书包，顶着那只猫出门了。

等公交车的时候就有人认出来，在旁边惊呼："哇，是夏目！"

看嘛！这么明显大家一看都知道，就他姐不知道！他姐眼里只有季让！气死他了！

一路转公交到达漫展现场，刚走到门口，就引起了不小的骚动，《夏目友人帐》的人气毕竟很高。

俞濯身形又跟主人公夏目贵志很像，都高高瘦瘦的，他还特地把头发吹得蓬松散漫，一身白衬衣，肩上顶着一只猫老师，面具挡住真实容貌，刚好给人无限的遐想。

风拂过他头发和衣角，简直就像夏目从漫画里走出来了一样。

一路走过来不少人都在给他拍照，冲上来合照的也不少。他其实面子薄，以往都只是逛逛看看，这是第一次自己上阵COS，就引来这么多关注，还挺不好意思的。

好在有面具挡住了脸，随便他怎么别扭尴尬也没人看见，慢慢也就适应了。

逛了一圈，有点累了，正打算找个地方休息一下喝点饮料，后边儿又是一阵骚动。他听到有人激动地讨论："刚走了一个夏目贵志，又来一个夏目玲子！啊！今天是夏目粉的福音日吗！而且都神还原！绝了绝了！"

哈？夏目玲子？

主人公夏目贵志的外祖母，夏目玲子，一直以回忆的方式出现在动漫中。是一个外表暴力冷漠但内心非常柔软善良的能看见妖怪的女生。

居然有人跟自己 COS 了同一部作品呀！俞濯饮料也不喝了，跟着人群跑去凑热闹。

很快就看见在跟人合照的夏目玲子。

穿着一身玲子的招牌校服裙，金色的长发，手里拎着玲子每次教训妖怪的棒球棍，脸上居然戴着跟他同款的狐狸面具！

这个 COS 玲子的女生身形也很纤瘦，肩窄腰细，裙子下一双长腿笔直纤细，光是身材就很吸睛了。

两个夏目往中间一站，简直是漫画场景神还原。

周围噼里啪啦都是快门声。

有人喊："夏目大人，玲子，站一起合照一张啊！祖孙世纪会面，动漫里没实现的，你们帮忙实现一下啊！"

那头，合照完的玲子这才发现对面人群中站了个 COS 夏目贵志的少年，戴着面具看不清脸，但想象中她应该是惊喜地笑了，朝俞濯招了招手。

周围都是欢呼声，俞濯略微紧张，绷着身子走了过去。

玲子拎着棒球棍，大大咧咧的，手臂往他肩上一搭。俞濯个头太高，她还踮起了脚，笑着说："看镜头。"

俞濯觉得不对。

这声音怎么这么耳熟啊？再看玲子的金色长发，好像是假发？

他盯着面具下那双眼睛看。

玲子也发现旁边的少年在看她，拍完照笑吟吟转头，非常和蔼慈祥地说："走，外祖母请你喝饮料。"

是季芊。

他为什么想不通要 COS 夏目？？？莫名其妙就降了两个辈分！成了她外孙子？？？

不对，她不是大名鼎鼎的季氏女总裁吗？女总裁跑来漫展玩 COS？？？

戴着面具玩 COS 的女总裁还不知道自己已经被人看穿了身份。她今天就是无聊，在家里把她老公主演的动漫最新番翻来覆去看了好几遍，拿出手机刷了刷，发现这里有个漫展，闲着也是闲着，就随便 COS 了一个不用化妆不用穿花里胡哨的衣服的角色。

谁知道那么巧，遇到了角色帅气的小外孙。

在动漫里，玲子已经死了很多年了。夏目贵志每次看到外祖母，都是从妖怪的记忆中。

两人没有见过，也不可能相见。

没想到今天！在这里！他们居然打破了次元壁！

次元一线牵，珍惜这段缘。

季芊说什么都要带着她帅气的外孙去喝饮料聊人生，结果发现这个外孙跟个哑巴似的，一言不发。

季芊买了两杯饮料，问他："只有可乐和橙汁，你要哪个？"

俞濯指了下可乐。

他把吸管从面具嘴里塞进去，埋着头喝，季芊好奇地打量了他几眼，也没多想，只觉得可能这个 Coser 比较内向吧，买完饮料就跟他挥挥手说："我走啦，拜拜。"

俞濯下意识地回："拜拜。"

季芊立住了。

俞濯身子一僵，果然看见她回过身来，惊讶道："小孩儿？"

俞濯不说话。

季芊笑起来说："别藏了，我知道是你。"她伸手把面具取下来。

俞濯无可奈何，只能闷头"嗯"了一声。

季芊笑得前俯后仰地说："快叫声外祖母来听听。"

他就知道。随之一脸愤怒地把面具摘下来了。

季芊上下打量了他几眼说："你 COS 得挺像啊，猫老师不错。"

俞濯小声说："……谢谢，你也不错。"

季芊邀请道："今天天气不错，我们祖孙俩一起逛逛？"

俞濯头也不回地说："告辞！"

季芊快笑死了，重新戴上面具说："好了好了，不逗你了，走吧，逛逛吧。你姐呢？”

俞濯垂头丧气跟在她身边说：“去给你弟送爱心便当了。”

季芊感叹道：“我弟真是好福气。”

两个人走在一起，往哪儿走都是焦点，还不停有拍照的人喊：“嘿，祖孙俩，看这边。”

俞濯内心真是郁闷透了。

逛了一上午，季芊去厕所把假发和面具摘了，又从车子后备箱拿出衣服换上，冲俞濯打了个响指说：“走，外祖母请你吃午饭。”

快被“外祖母”三个字气成河豚的俞濯小同学说：“老子不吃！”

季芊莫名道：“嗯？”

俞濯吞吞吐吐地说：“我……我不吃！我要回家了！”

季芊觉得这小孩儿奓毛的样子还挺可爱的，笑道：“行吧，那姐姐送你回家。”

她总算不自称外祖母了，俞濯这才闷着头爬上她那辆红色的轿跑。

季芊现在已经认定戚映是她弟媳了，那弟媳的弟弟自然也是一家人了，看俞濯都带着一种长辈慈爱的目光，说：“什么时候期末考呀？成绩怎么样？学习压力大吗？”

俞濯：“……”

问到一半，手机响了，季芊在开车，直接蓝牙连了车载音频，接通之后，车里顿时响起一个浪得不行的男声：“宝贝儿，哪儿呢？”

“开车，干啥？”

“来陪我吃午饭呗，我叫了私厨来家里做。”

季芊说：“我送人呢，没空，你自己吃。”

那头居然还哼哼：“不行，你不陪我，我一个人吃不下。”

俞濯：“……”

季芊：“……好好说话，车上还有小朋友在。”

“那你来不来嘛？不来我不吃。”

季芊恶狠狠地说：“饿死你得了！”

“我再过几天就回纽约了，你忍心让我一个人孤独地度过最后的假期吗？”

季芊扶额说：“行行行，你先做着，我送完人就来。”

那头高兴极了，还对着电话“啵”了一声。

俞濯：“……”

他想静静。

上次送过戚映，导航里有记录，季芊开得畅通无阻，俞濯看着窗外飞驰的街景，快到家的时候突然转头问她：“刚才那个是你男朋友啊？”

季芊挑了下眉说：“小孩子不要总想着打听大人的隐私。”

俞濯又闷着头不说话了。

到了海棠道，他抱着自己的面具和中途就从肩上掉下来的猫老师玩偶下车，季芊手臂撑着车窗跟他挥手说：“小孩儿，慢走啊，好好学习，向你姐看齐。”

俞濯闷闷不乐地回到家。

戚映还没回来，他虚脱似的往床上一躺，躺了一会儿，不知道想到什么，又爬起来去客厅拿卷尺量身高。

一米八一，一学期过去，他又长了一厘米。

量完身高又去称体重，六十五公斤。

俞濯又砸回床上躺尸，用枕头捂住脑袋，好半天才闷声说：“我不小了。”

第二十三章

隐秘的告白

周末练球，到了中午一般都是订外卖。

季让不挑，沈约订什么他吃什么，只是不太跟队友说话，也不跟他们坐一起。除了打球时场上的交流，场外他就是个冷冰冰的大魔王，也没人敢靠近他。

今天午休时，沈约正拿着手机往场边走，准备去订饭，季让投入一个三分球，淡声喊他："我不要，别订我的。"

沈约回头看了他一眼："那你吃什么？"

季让面色浅淡："有人送。"

沈约了解，以为是这位大少爷口味挑，不想再跟着他们吃外卖，也没多想。

不一会儿，门口有个穿背带裙的小姑娘提着一个袋子，探头探脑地进来了。

沈约一看，嘿，这不是自己的学生吗？

练球还没结束，小姑娘乖乖走到看台前几排坐下，把袋子搁在旁边的椅子上，双手撑着下巴，看他们打球。

季让余光瞟到戚映，偏头看了一眼，总是淡漠的脸上露出一丁点笑意，但又绷住，很快掩去。

等外卖员把午饭送到的时候，沈约才吹了哨子。

大家一边擦汗一边说说笑笑往看台走，看到戚映都愣了一下。咦，校花怎么来了？

哇，校花来看我们打球吗？

然后就看见大佬面无表情地走过去，在校花身边坐下，接过了她手上的矿泉水。

季让凭什么？！

戚映看了看身边的少年，他黑发被汗水打湿，手臂和脖颈上也有汗珠滚落，有种令人心跳加速的冷硬气质。

她小脸有点红，软声说："累不累呀？"

季让拿毛巾在头上擦了两把说："不累。外面热吗？"

她摇摇头，把旁边袋子里的食盒拿出来，放到他腿上说："快吃，别凉了。"

季让笑，打开便当盒，问她："你吃了没？"

她乖乖点头说："吃啦，我边做边吃的。"

他想象了一下她一边做饭一边偷吃的画面，觉得好萌。

沈约端着自己的外卖走过来，站在下边调笑说："喂，你们两个，在我这个老师眼皮子底下干什么呢？"

季让咬了口爱心煎蛋说："同学之间送个饭不可以？"

他一副煞有其事的模样，沈约竟然觉得他说得有点道理。

旁边吃外卖的队友简直酸了一地。

我们怎么没有这样的同学呢？

戚映做的便当比较清淡。自从到了舅舅家，她只是偶尔去帮舅妈洗洗菜，但她聪明，看了几次就记住了步骤，只是没自己尝试过。这次给季让做便当，一次都没失败，直接出锅装盘。

她尝了味道，不算特别好吃，但也不难吃，比起外卖应该会干净新鲜很多。

戚映偏着头看他吃得那么香，眼睛里都是笑，小声说："我下次再给你做呀。"

她怎么这么甜。

季让笑着说好。

不过这一次之后，他没再让她送饭。

夏日来势汹汹，外边儿实在太热了。差不多连续热了大半个月，直到高考前夕，才终于迎来了第一场降温雨。

似乎每年高考那两天，上天都会给这些含辛茹苦的学子几分薄面，落下一场雨下来，让他们有一个清凉舒服的考试环境。

高考那两天高一高二都放了假，高一的还有闲心休假，高二的却已经开始严阵以待了。毕竟高考一结束，进入高三魔鬼时期的人就是他们了。

月底就是期末考。

考完之后会补课，一直补到八月中旬，暑假只放半个月，九月就要进入正式的高三生涯。

时间虽然安排得很紧，学习压力也挺大，但该放松还是要放松，德智体全面发展才是正确的教育路线。

所以在紧张的期末考试前夕，规模还算较大的高校篮球联赛就开始了第一场预选赛。

一共十所学校，两两抽签对决，沈约运气好，抽到了一个实力偏弱的学校，第一场预选赛毫无悬念地赢了。

这次联赛是在市体育馆打，场馆可以容纳两万人，基本每个学校都有人来看。于是又高又帅、球技好、看上去冷冷酷酷的季让就出名了。

颜值高的人在哪里都是焦点。

他又铁了心要拿第一，场场 MVP，想不出风头都难。

起先其他学校的女生还都是给自己学校的球队加油，后来直接变成了喊“季让加油”。

每次来看球赛的一中学生都会收到各个学校女生的搭讪：“欸，你们学校那个季让，有没有女朋友啊？”

一中学生：“……”

你们都没听过校霸大佬的名声吗？不知道他打起球来不要命，打起人来也不要命吗？而且他还不准我们早恋你们知道吗？

她们当然不知道。

只有各个学校经常打架的不良少年和富二代那个圈子才听说过季让。

谁家的好学生没事干每天打听别校的校霸是谁啊。

正所谓不知者无畏，大佬又开始收到花式表白和情书。

刚打完一场比赛在中场休息，季让坐在椅子上擦了擦汗，啦啦队领舞的女生就拿着水走到他面前，柔声说："季让同学，给你水。"

季让瞟了眼，没接。

跟他打了一段时间球勇气渐长的队员们起哄："哟……"

季让一个眼刀甩过去："哟什么呢？给老子闭嘴！"

队员："……"

大佬好凶。

啦啦队的女生们都小声嘀咕："哇他好帅！"

就这么试了很多次，大家发现，那个冷酷帅气的季让，他眼里完全看不见任何漂亮女生。没有谁送出去过水，更没有谁送出去过信。

他看男生的时候都比看女生多。

于是就有女生问："你们学校那个季让，那个……喜欢女生吗？"

不敢说不敢说，怕被大佬打死。

期末考试的前一周，打完了预选赛的最后一场。

一中在季让的带领下，成功晋升半决赛，等期末考结束后再决胜负。

这一下怕是有大半个月见不到季让打球了，不少女生都跑到体育馆外边的安全出口等着，有的还想再试最后一次，有的就只是想再看看那张帅脸。

球员们打了招呼四下散了。

季让已经换了件黑 T 恤，神情淡漠，拎着瓶水往外走。

他总是冷着脸，看上去很凶，被他拒绝多了，大家都很少往他跟前凑，怕被他坏脾气地骂上几句，那可太丢脸了。

通道门口站着个小姑娘，百无聊赖地等在那里。

围观的女生问："那是谁？又是递情书的？哇姐妹勇气可嘉！期末考前的最后一搏！"

"季让今天好像心情不好啊，在场上的时候被六中左右夹击。这女生看不见兆头吗，还敢这时候往前凑。"

正聊着，季让已经走出来。

夕阳把他的影子拉得好长。

他走到女生面前，蹲下身，矿泉水往旁边一搁，然后帮她系鞋带。

她们什么时候见过季让笑得这么温柔过。还是对着一个女生。

从一中学生口中打听到的季让，暴戾、凶狠、阴险！他一言不合就动手，脾气暴躁，最擅长用拳头解决问题！又野又冷，对谁都没好脸色，超凶！

这段时间以来大家也不约而同地体会到了他的冷淡，但长得帅嘛，那些血腥暴力的过去她们又没看见，还只会增加他的魅力。

反正他对谁都一个样，没有关系！大家的心理非常平衡！都是得不到大佬的女人！

可是现在，大佬蹲在一个小姑娘面前，给她系鞋带。

系完鞋带，抬头一笑，眼底的温柔笑意比今天的大太阳还要刺眼。

周围噼里啪啦心碎了一地。

季让跟不知道旁边有人一样，拎着水瓶站起身，低声问："热不热？"

戚映摇摇头，说："但还是想吃冰激凌。"

他笑着说："嗯，去买。"

他走在前边一点点，替她微微挡住倾斜的日光，步子迈得很慢，迁就着她的步伐。

周围传来呜呜哇哇的声音。

戚映看了看，偏头跟季让说："有好多人在看你。"

"是吗？"大佬面不改色，"我没注意，没看到。"

戚映偷偷笑。

她其实一点都没觉得不开心。岳梨这几天老是跑来跟她说谁谁谁又跟季让递情书告白了，比她还气愤的样子。

可她并不觉得生气。

梦中在将军府的时候，总有人上门说亲，说的还都是正妻。这个王爷的女儿，那个相爷的千金，最后还有皇帝最宠爱的公主，可他都拒绝了。连用的理由都一样：天下未平，无心儿女情长。

嬷嬷却偷偷跟她说，将军这是在用他的方式保护她。

季让发现她偷笑，也绷不住笑起来，伸手在她脑袋上胡乱揉了两把说：“笑什么啊，小傻子，我被人围观你很开心吗？”

她眼睛都弯成月牙答：“嗯呀。”

季让觉得这小姑娘怎么不按常理出牌，莫名道：“为什么？”

“有那么多人喜欢你，我很开心。”

有那么多人喜欢你，会不会至少让你觉得，在这世上不那么孤单呢？

季让看着她眼底柔软的光，不知道是不是看出了她心中所想。他没再说话，一直到在街边等红灯过马路的时候，戚映才听到他低声说：“不用那么多。”

不用那么多，有你一个人就够了。

…………

联赛预选结束，高一高二的学生结束完最后一周的复习，终于在炎热的盛夏迎来了本学期的期末考试。

各班老师都在交代，这次的试卷出题老师融汇了高考真题，一定要认真审题，好好检查，考出最真实的水平，当成高考来面对。

季让为此紧张了很久，生怕冲不进百名大关。

直到考试结束，成绩单出来才松了一口气。九十九名，很险，也很对得起他没日没夜的付出。

刘尧快高兴死了。9 班本来就是成绩吊车尾的班级，年级前一百都是重点大学的苗子，季让挤进年级前一百，在班上都名列第五了。

刘尧拿着成绩单在讲台上厉声高呼：“都要向季让学习！以他为榜样！”

9 班学生：“……”

没想到居然有一天我们要以校霸为榜样，太魔幻了。

期末考试结束，这群高二学生就算正式升入高三了，成绩单出来后，高二各班就要召开家长会，进行备战高三的家长动员。

季让从来没叫谁来参加过家长会。这次也不打算叫。

家长会那天他跟球队在操场练球，毕竟考试结束，下一周就要进行半决赛了。对手不弱，他说了要拿第一给戚映看，不能松懈。

家长会是早上八点开始，俞程专门请了假来给戚映开家长会。

她这次考了全年级第五，班上第三，刘庆华一见到俞程就把她夸得跟花儿一样，什么乖巧听话啦，认真努力啦，只要在接下来的这一年中保持现状，Q 大 B 大绝对没问题。

俞程乐得嘴都合不拢了。

家长会开到十点，开完之后学生还要回来上课，毕竟是准高三生了，利用暑假补课，讲完最后的课本，九月一开学就要开始一轮复习了。

球队练完球，季让看看时间，家长会已经结束了，擦了擦汗，抱着篮球往教室走。

他走到 9 班门口的时候，看到了季伟彦。

教室里的家长已经走完了，只剩下季伟彦还站在讲台下面，刘尧神色高兴地在跟他聊什么。季伟彦神色温和，含笑点头。

余光瞟到门口有人，转头看过来，看见季让时，笑容越发柔和道："阿让。"

刘尧也看到他，高兴地说："练完球了？我正跟你爸说你的成绩呢，这次真的是考得很不错，只要高三这一年保持稳定进步，重本肯定没问题的！"

季让身上的那股散漫已经没了，只剩下冷冰冰的抗拒，眼神里一丝感情都无，面无表情地问他："你来做什么？"

刘尧说："你这孩子，怎么跟你爸说话的？"

季伟彦并不介意他的态度，还是温和笑着说："刘老师给我打电话，说要开家长会，我就过来了。"

季让面露讥诮，说话像带刺："谁承认你是我家长了？"

刘尧一直知道父子俩关系不好，可没想到居然到了这种见面如仇敌的地步。他还想说什么，季伟彦朝他笑了笑，温声说："刘老师，我想跟阿让单独说会儿话，麻烦你了。"

刘尧叹了声气，从后门离开了。

偌大的教室里只剩下他们两个人。

季让眼神冰冷，语气不耐烦道："我跟你没什么话说，我的事也不用你管。"

季伟彦走近两步，无奈地看着他说："我不想跟你吵架，只是听说你成绩进步了，我很高兴，想来看看你。"

季让冷笑道："和你无关。"

季伟彦点头说："是，和我无关，我知道你是因为映映。可即便是这样，我也很高兴。"他目光复杂，带着一丝感慨地看着他，"只要你能好好长大，我和你妈妈就都安心了。"

不提他妈妈还好，一提季让眼中戾气更甚，把怀里的篮球狠狠往他面前一砸。篮球受力弹起，砸在旁边的书桌上。

堆在桌面的课本噼里啪啦摔了一地，夹着他的怒吼声："你没资格提我妈！"

这个话题永远是他们之间的禁忌。

季伟彦沉默不语，看着眼前少年迅速血红的眼，好半天，苦笑了一声说："是，我没资格。你可以怨恨我，但我只是想告诉你，不要用这种怨恨去伤害你自己。我们所有人都希望你好。"

季让像听到什么天大的笑话，指着自己说："希望我好？"他神情狰狞，声音几乎是从齿缝中挤出来，"你们谁希望我好过？不都是为了季家的名声，为了你们所谓的军人名誉？被我败坏名声的这些年，很不好过吧？"他低低笑了一声，"可是我很好过。你们不好过，我就好过。"

他们越是在意所谓的名声，他就越是要无恶不作地去败坏它。

他们越是想他长大成材，长成他们希望的模样，他就越是要反其道而行之，做一切不良少年会做的事，长成他们厌恶的样子。

他心里的执念如此之深，像毒刺，像恶龙，荼毒着自己，也吞噬着别人。

走廊外传来一群学生的嬉闹声。他像是从失控中找回了一丝意志，把怨毒的目光从季伟彦身上离开，投向窗外灼烈的光线中。

“我今后会如何，和你无关，更和你们季家无关。我不想再看见你。”

他俯身，捡起地上的篮球，走向教室后排那个靠窗的座位。

季伟彦身形僵硬地站在原地，半晌，无声叹了口气，抬步走了出去。

教室门外，有个小姑娘贴墙而站，嘴唇绷得很紧。

季伟彦一愣，僵硬的脸上挤出一个笑来：“映映。”

戚映看着他不说话。

季伟彦恢复了温和嗓音说：“叔叔请你吃冰激凌好不好？”

她摇头。

他笑了下说：“有关阿让的事，你不好奇吗？我可以告诉你。”

她还是摇头，顿了顿，小声说：“他想说的话，会自己告诉我。”

季伟彦惊讶于她能开口说话，脸上的笑意总算温柔了很多说：“能说话了呀。”他垂眸叹了声气，“好孩子，去吧。”

话落，转身走了。

戚映盯着他的背影看，那个总是笔挺的身影，带着几分疲惫的佝偻。半晌，她收回目光，走到门口看向教室后排的那个少年。

他趴在课桌上，笼在日光中，明明窗外阳光灿烂，可他却像独自一人待在雪天，浑身都是寒气。

戚映抿了下唇，跑回2班教室，再回来的时候，掌心捏着一颗草莓糖。

她走过去，在他身边蹲下来，小声说：“吃糖吗？”

季让身子动了一下，可还是没抬头，好半天，低低的哑声传出来：“映映，我有点难受。”

她半跪着，小脑袋枕在他腿上，轻声说：“我陪着你就不难过了。”

那是他对她说过的话。

他笑了一下，脸埋在臂弯中，声音显得低而闷："小傻子，刚才是不是偷听墙脚了？"

她脑袋轻轻蹭着他的腿："我不是故意的，你生气了吗？"

他身子往后靠了靠，还是趴着，但脸朝下，能看见蹲在身边的小姑娘。她朝上偏着，他朝下偏着，在小而低的空间里对视，良久他说："不生气，我不会生你的气。"

她轻轻笑起来，也不说话，就这么半跪着，枕着他的腿，乖乖地看着他。

季让心里面又疼又软，抽出一只手，指腹蹭了蹭她的脸，低声说："我告诉你我的秘密好不好？"

她"嗯"了一声。

他指腹摩擦着她的脸，轻声说："以前，有一个小男孩儿，他有一个很幸福的家庭。爸爸是武警，妈妈是画家，小男孩儿从小就很想当警察，很小的时候就拿了全国射击冠军，他想成为像他爸爸一样厉害的人。

"可是后来，发生了一场暴乱。那场暴乱中，小男孩儿的妈妈被劫持了。武警爸爸奉命去救人，到现场的时候，发现还有一个孕妇也被劫持了。"

说到这里，他手指控制不住地发抖，怕弄疼她，就离开了她脸颊。

戚映感觉到少年粗重又压抑的呼吸。她伸出手，握住少年冰凉的手指。

她的手软软的，不论什么时候都很暖和，从他指尖开始，一点点温暖他冰凉的身体。

他继续说："情况很紧急，匪徒很快就要枪杀人质。那个时候，只来得及救一个人。那个武警爸爸，没有选择救自己的妻子，反而救了那个孕妇。"

本来以为他这辈子都不会再回忆这样的过去。

可当着小姑娘的面说出来，却好像并没有想象中那么难受。

戚映枕着他膝盖，往里蹭了蹭，伸手环住他的腰，小声问："那小男孩儿呢？"

"小男孩儿很难过，也无法接受。可那些人都告诉他，武警爸爸做的选择是正确的，他这是大义的牺牲，是作为军人的责任。好像他妈妈……”他顿了顿，低低笑了一下，“该死一样。”

可是凭什么呢？凭什么用她的牺牲，去换取属于他们的荣誉？

那个孕妇活了下来，可她肚子里的孩子最终还是死了。

他憎恨这些人道貌岸然的正义，他憎恶他们所谓的奉献牺牲，他甚至觉得恶心。他扔了他曾经赢来的所有奖杯，踩碎了曾经要当警察的梦。

他过得浑浑噩噩，直到有一天，看到那个被救的女人出现在他家。

季伟彦不光救了她，还娶了她。

9 班学生陆陆续续回到教室。

季让坐直身子，把眼眶有些红的小姑娘扶起来。他似乎什么事也没有，还笑了一下，问她：“腿麻了吗？”

戚映吸吸鼻子，小声说：“有一点点。”

他把她拉近一些，弯腰在她小腿上轻轻捶了捶。戚映有点痒，笑着躲开说：“痒。”

回教室的学生偷偷瞄他们。

季让松开手，笑道：“好了，回去吧。”

她点点头，转身往外走，走了两步，顿了顿，突然转身跑回去。

季让愣了下，低声问：“怎么了？”

她站在他面前，仰头望着他，声音小而闷：“不要难过，是他们坏。”

他心脏蜷缩着颤抖，摸摸她的头，低声说：“嗯，我不难过。”

遇到你之后，我的世界已经晴朗了很多。

戚映反身回到自己班上，上课铃已经响了。这节是刘庆华的课，她加快步子小跑了几步，到楼道口的时候，看见季伟彦站在那里。

他没走。看到她，喊她：“映映。”

她停下来，静静看着他。

季伟彦说：“我想了一下，有些话，想跟你说一说。”

她轻轻咬了下自己的后槽牙，声音很浅：“我要上课了。”

季伟彦无奈地看着她说：“十分钟。”

戚映沉默了一小会儿，走了过去。季伟彦笑了笑，温声问她："我看到楼下有奶茶店，叔叔请你喝奶茶吧？"

这里有老师来往，不是方便说话的地方。戚映明白他的意思，没说话，沉默地跟着他下楼。季伟彦买了很大一杯奶茶回来，他不会买，奶茶里面把能加的辅料都加了。

戚映捧着奶茶，并不喝，问他："您要跟我说什么？"

季伟彦察觉她态度的变化，并不介意，微微一笑，低声说："我知道阿让的改变都是因为你，很谢谢你。"他不想说多余的话让小姑娘不耐烦，"老师说接下来的一年很重要，我们的话他不会听，反而会引起反感，所以想拜托你，多多帮助他。"

他顿了一下说："曾经那些行为他以为是在报复我们，其实伤害的只是他自己。我不希望他陷入怨恨中，毁了他自己。你对他很重要，不管怎么样，我们一家人都很感激你，如果有什么需要帮忙的地方，你尽管找我。"

他从来都不知道该怎么跟孩子相处，此刻有些紧巴巴的承诺和道谢，让戚映有点发笑。

她低头旋转着奶茶杯，好半天，突然问："您后悔过吗？"

季伟彦一愣，问："什么？"

"不救他妈妈，救了别人，您后悔过吗？"

季伟彦愣愣地看着她，半晌，低叹："你知道了。"

戚映盯着他。

季伟彦垂眸苦笑着说："容不得我后悔。那时候……"他顿了好一会儿，才哑声说："如果选择救他妈妈，生还率太低了，两个人都有可能死。我只能救生还率最大的那个。我有我的责任，我不能赌。"

他似乎想抽烟，摸了下口袋，但想到戚映在旁边，又收回去。

"当年，我们给阿让看过监控视频，告诉他那是必要情况下的正确选择，可是他太小了，不听，不信，固执地觉得是我放弃了他妈妈。"

媒体铺天盖地的报道，朋友亲戚不间断的议论，为了堆造一个大公无私光辉正义的形象，夸大歪曲了他的选择。

季让闹得很厉害，他把自己锁在房间里谁都不见。

而季伟彦因为这件事，无法再继续面对自己的特警身份，他不顾季爷爷反对，执意退役，放弃了作为军人的前程。

季爷爷也是一名军人，季家一门往上数，好几代都是军人。

季老爷子满身功勋，刚正不阿，从来以此为荣，几十年来都坚持着属于军人的正直和固执。

他养了两个儿子，大儿子坚决果断，死不参军，自己跑出去搞事业，在商场混得如鱼得水。

于是他只能把军人的传承放在二儿子身上。二儿子优柔寡断，无所作为，父亲的话就是命令。他按照着规定好的人生，一步也未踏错。

直到那次意外发生。

季伟彦第一次忤逆了父亲，坚决退役，从此不再碰那身警服。

季老爷子太固执了，固执到近乎偏执的地步，他当着季让的面拿皮带抽季伟彦，骂他为了一个女人放弃属于军人的责任，是个懦夫。

那是季伟彦第一次在季让眼底看见了怨恨。

季爷爷从小以军人的标准来培养季让，现在两个儿子都没指望了，他唯一的希望都在这个孙子身上。

可他孙子自此恨透了他们，也恨透了他们所谓的军人责任。

季让开始跟家里对着干，什么不能做他偏要做，每天都在外边打架厮混，好几次被抓到警察局，成了一个彻头彻尾的不良少年。

季老爷子被气得犯了高血压，昏迷住院。

季伟彦尝试与儿子沟通，但换来的永远只有怨恨的眼神。他本就沉默寡言，推一下动一下的性子，从不擅长和人沟通，于是只能侥幸地想，等他长大了，就好了。

他跟着大哥一起做生意，开了公司，把公司百分之四十九的股份划在季让名下，他希望金钱至少能有那么一丝弥补的可能。

再次遇到苏蓉，是三年后。

她遇人不淑，怀着两个月的孩子，在街上被男朋友打。

季伟彦当年救她的时候，她的丈夫刚刚去世，可惜救下来后，那个孩子还是掉了。季伟彦又救了她，送她去医院。

苏蓉跟男朋友分了手，说要打掉那个孩子。可是医生告诉她，她已经意外流产过一次，身体很差，又有严重的心悸病，再度流产会导致终生不育。

苏蓉还想当妈妈，于是就把那个孩子留了下来。

她是个孤儿，没有人照顾。她这条命是他好不容易救下来的，她得好好活着，才值得他付出的代价。

季伟彦照顾了她一段时间，苏蓉当他是恩人，很感激也很感动。她见季伟彦每日因为儿子的事烦心，想帮他去开导季让。

她以为，她同样以人质的身份去见季让，会引起他的同理心。她不知道，她的出现对季让来说只会是更大的刺激。

季让说了些难听的话，苏蓉情绪激动，导致心悸病犯，从楼梯摔了下去。

她看到少年想伸手来拉她，可惜没拉住。

那一下摔得很厉害，不仅摔掉了孩子，她也差点没了性命，在重症监护室昏迷了一周才醒过来。

没人为季让解释。他之前的行为都太过叛逆了，大家都下意识觉得是他推的。

少年固执又极端，硬是一个字都不解释，甚至口出恶言，雪上加霜，当着刚从医院回来的季老爷子的面，骂那个女人该死，她欠她妈妈一条命，他就是要杀了她偿命。

季伟彦一巴掌打过去，让他住嘴。

季老爷子血压飙高，厉声骂他："季家没有杀人犯孙子！你给我滚！"

于是他走了，再也没有回来过。

等苏蓉醒来解释清楚，他们再想去找回季让，已经再无挽回的可能了。

苏蓉因那场意外，身体的损伤几乎无法恢复，且心悸病复发。医生说，她活不长了。今后的日子里，每发一次心悸病陷入昏迷，都可能永远醒不过来。

季伟彦照顾了她两年，将她接回了家。

他不能让他儿子间接背上人命，他得去还。苏蓉爱慕他，他知道，他只是想在她死前，让彼此都安心一些。

头顶的太阳越来越烈，可戚映还是觉得有点冷。

她突然明白，为什么少年就算站在阳光中，身上依旧有挥之不去的寒气。

身边的季伟彦在叹气，满身的无可奈何。

戚映笑了一下。

季伟彦转头看她。

从来柔软的小姑娘，连眼神都变得冷冽，冷静地问他："所以呢？他就活该承受这些吗？"

季伟彦愣了一下说："什么？"

戚映看着他说："他就活该失去妈妈，被所有人指责不懂事，被你们质疑为杀人犯，最后还要承受你们过不去的良心谴责吗？"

她看着眼前发愣的男人，觉得好可笑，说："你们凭什么，用一个成年人的想法去要求一个孩子啊？"

他那时候还那么小，那么小，怎么熬过来的啊？她想想就心疼得要命。

她问季伟彦："你们每个人都觉得自己无奈又不得已，可从始至终，他做错了什么吗？"

季伟彦动了动嘴唇："我……"

戚映冷冷盯着他："他什么也没做错，从始至终，他一点错都没有。可他承受了所有的伤害和代价。"

季伟彦全身僵硬，甚至发不出声音。

"你们把自己的想法套到他身上，他一旦不接受，就成了你们口中所谓的叛逆。你不觉得很自私吗？"

季伟彦说不出话来。

少女把手中一口都没喝的奶茶扔进垃圾桶，她背对着他，良久，轻声说了一句："这不公平。"

她迈开步子，朝教学楼走去。

阳光把她纤弱的身影拉得更细，摇摇晃晃地投在地面上。

季伟彦抬起双手，慢慢捂住了脸。

第二十四章

成人礼派对

期末考试结束后，各科老师先是迅速把卷子讲了，然后就开始上课。毕竟时间很紧，最后的课本知识讲完之后，九月一开学就要进入一轮复习。

天气越来越热，七月中旬的时候不知道是不是校领导发了善心，开始给各间教室安空调。

这可把学生们高兴坏了，连上课都精神了很多。

戚映十七岁生日那天，刚好是季让打决赛的日子。

一中和六中争夺最后的联赛冠军。

现在学习时间这么紧，学校也不放他们去看比赛了，准高三生们照常上课，倒是暂时还未升入高二的高一学生们都跑去加油了。

球队一早就开始训练，预备下午正式开打。

上课前，戚映收到季让发来的消息：等着我拿第一，送你当生日礼物。

俞濯也给她发消息：姐，要不要我给你直播啊？下周零花钱分我一半我就给你直播。

戚映：“……”

她把手机关机，专心上课。

等下午的课上完，开机一看，季让的消息已经发来了。他问她：我拿了第一，有什么奖励吗？

她开心得不行，回消息：你想要什么？

季让在聊天框输入“当然是你”，又觉得这样太骚了，删掉！

比赛结束还要颁奖，等程序走完戚映那边晚自习都结束了。

他一离场就给她打电话，戚映声音软软的：“我在公交车上，已经快到家了。”

他抹了把额头的汗说：“在海棠树那里等我。”

他骑着摩托车先去蛋糕店，拿了自己提前订好的冰激凌小蛋糕，然后再往她家的方向赶。

到海棠道的时候，远远就看见小姑娘背着书包，乖乖站在海棠树下，用脚尖轻轻地踢着台阶。

听到摩托引擎声，她惊喜地抬头，车子一阵风似的刹在她身边，连球服都还没换的少年从车上跳下来。

他浑身都是汗味。

头发也被头盔搞得乱糟糟的，看上去很是不修边幅。可动作却很轻，小心翼翼地把冰激凌蛋糕从后面拿出来交给她说：“看看坏了没有。”

没有坏，看上去精致又好吃。

他笑起来，从兜里拿出三根蜡烛插在蛋糕上。

头顶海棠花开得正艳。

他拿火柴把那三根蜡烛点燃，暖橘色的光映着少女水灵柔软的眼睛。

他说：“许三个愿望，我帮你实现。”

戚映眨了下眼，惊喜又带点不可思议：“真的吗？什么愿望都可以吗？”

季让点头说：“嗯，什么愿望都可以。”

少女弯着眼睛笑道：“好。”

她低头看着手中捧着的蛋糕，模样柔软又虔诚，认真地说：“第一个愿望，我希望季让平安健康，长命百岁。”

少年愣了一下。

她继续说：“第二个愿望，我希望季让开心快乐，一生无伤。”

他的心微微颤抖起来。

“第三个愿望……”少女顿了一下，慢慢闭上眼，好半天，她轻声说，“我想嫁给季让。”

少年的心狠狠震了两下。

夜风拂过，吹落一地海棠花。

她睁开眼，吹熄了蜡烛。

白烟袅袅而起，她害羞又温柔地望着他。

季让喉结动了动，半晌，伸手摸摸她的头，哑声说：“好，这三个愿望，等你长大了，我都帮你实现。”

夏夜的气温依旧很高，冰激凌蛋糕开始融化了。戚映舔舔嘴唇，软声问：“我可以吃了吗？”

季让都还没感动完，被她一句话问得哭笑不得：“吃吧，回家去吃。”

戚映摇头，左右看了一圈，拉着他走到旁边的台阶坐下：“一起吃。”

她把小蛋糕放在膝盖上，从袋子里拿出两个勺子，递给他一个，然后小小挖了一勺放进嘴里，满足地眯起眼睛说：“好甜呀。”

他看着她鼓起的小脸，低声说：“嗯，是很甜。”

两个人坐在街边的台阶上吃完了整个生日蛋糕。

夏夜的风很热，他的心很烫，从遇到她开始，那颗被冻在万丈寒冰之下的心脏，就渐渐解冻融化了。

暑假的补课因为教室安了空调而舒适了很多。

这次的高校篮球联赛海城一中拿了第一，季让有生之年上了学校公示栏，捧着奖杯的照片被贴在了优秀之星那一栏。

旁边就是三个年级第一。

看吧，他说了，谁还拿不到个第一啊。

比赛结束他就没管了，心思收回来投到学习上，但刘尧可激动坏了。这种市级的比赛，冠军的含金量还是很高的，每天往教务处跑，争取能一次性把他的处分档案全部消掉。

最终教导处的老师在期末成绩单和比赛拿奖的双重考虑下，答应刘尧，如果季让从现在到毕业不再惹事，高考前就把他的所有处分一笔勾销。

刘尧这头信誓旦旦做了担保，那头回去就跟季让耳提面命，还把屈大壮那群人全部拎出来教训了一遍，警告他们不准惹事，牵连季让。

曾经让老师头疼的头号问题学生，转眼就成了重点保护对象，小弟们表示，心理上有点接受不了。

不过看着季让学习越来越好，排名越来越靠前，作为兄弟，哪能不希望他好，都高兴地跟刘尧保证，我们不仅不会牵连他，还会监督他考Q大！

补课进行了一个半月，终于在八月中旬结束。这群准高三生也迎来了他们高中生涯的最后一个暑假。

虽然只有十五天！虽然在十五天内还要做成堆的卷子作业！但这依旧无法阻挡他们对暑假的热情和期待。

屈大壮那群人身体还在教室里，心却早就不知道飞到哪里去了，还是在季让的暴力威胁下才把各科作业装进书包，并被按头承诺开学前一定写完暑假作业。

屈大壮搭着书包兴奋地问他：“让哥，你生日快到了吧？咋过啊？十八岁呢！可不能像去年那样啊！”

去年生日，薛蔓青在海边别墅给他开了个生日 party，全年级认识季让的基本都去了，季让没去。他在网吧打了一个通宵的游戏，然后回家睡到了第二天。

季让很多年没过过生日了，往年生日那一天于他而言跟其他时候也没什么区别，该吃吃该喝喝该睡睡，没什么值得庆祝的。

但今年不一样，他早早就开始期待他的小宝贝会给他准备什么礼物了。

她和他的生日一前一后，一个七月一个八月，他刚好大她一岁。

十八岁呢，成人礼，一般般的礼物可不能随便打发他。

送他十八张可以满足心愿的奖状还差不多。

大佬暗戳戳地期待着。

就这么一直等啊等啊，等到生日的前一天，他的小宝贝还是毫无动静。

等等，她不会不知道明天就是他生日吧？？？他是不是没跟她说过？？？

这，还需要他说吗？她没跟他说过生日是什么时候，他还不是自己想办法知道了？

季让一直等到晚上，再过几小时就是他十八岁的生日了！可是戚映连一条消息都没有发给他！！！

大佬默默安慰自己，再给她几小时的时间。她一定是在等十二点准点发祝福！没错！

季让开着电视抱着抱枕，坐在沙发上盯着墙上的挂钟，等到了十二点。

手机果然响了起来。

他心头一松，冷冰冰的脸上终于露出笑意，拿起来一看：屈大壮来电。

挂掉！不然会占线！

然后电话就再也没响过了。

季让脸上的神情越来越冷，越来越冷，临近一点的时候，实在忍不住了，给戚映打了个电话过去。

好半天才有人接，她声音迷迷糊糊的，明显是刚从梦中被吵醒，又软又蒙："喂？"

季让："……"

怒而挂断！

半梦半醒的戚映脑袋一歪，又睡着了。

被气成河豚的大佬愤愤盯着电视上某档恐怖综艺看到了凌晨，天蒙蒙亮的时候才窝在沙发上睡了过去。

没有睡多久，楼下传来车子出行的鸣笛声时，门铃就被按响了。

他拿抱枕捂着头，不搭理，那门铃就不停地响，叮咚叮咚响得他想打人。

季让猛地翻身跳下地，恶狠狠地，不管门外是谁，老子现在就要打开门把他揍一顿！

开门一看，戚映站在外面，穿着一身白色的连衣裙，长发散下来，头上戴了一条水绿色的丝带，乖巧又妩媚。

气了一整夜差点变成怨妇的大佬只看了一眼就被安抚了。

她用美人计，犯规！

戚映笑得好甜，把怀里系着红丝带的玻璃瓶递到他面前说："生日快乐！"

他接过那个玻璃瓶，看到里面装满了五颜六色的小星星，有点想笑，又有点感动。都什么年代了，还折小星星送人。

他闷着声音故意问："你折的啊？"

戚映开心地点头，软软的声音带着小骄傲说："一共有九百九十九颗哦。"

还九九九，更俗。

不过心里好开心是怎么回事。季让抓了下鸡窝头，把她拉进来，忍住声音里的雀跃问："吃早饭没？"

她摇摇头，长发上的那条丝带也跟着晃，莫名地娇俏："还没有，我坐第一趟公交车过来的。"

季让从冰箱里拿了盒牛奶出去，去厨房热了让她喝。

她一边嘬牛奶一边催促他："你快去洗脸换衣服呀，我们要出门了。"

季让还沉浸在九百九十九颗小星星的喜悦中，莫名道："去哪儿？"

她眼睛弯弯地说："去给你过生日呀。"

大佬现在已经彻底不生气了。

他决定原谅他的小宝贝没有第一时间给他打电话，毕竟不是每个人都有他这种莫名其妙的仪式感。

他洗漱完又回卧室换衣服，往日都是从衣柜里随便拎一件套上，今天居然还认真地选了选，想起小仙女穿的白色裙子，暗戳戳选了件白衬衣，凑了个情侣装。

他身材好，标准的衣架子，穿白衬衣更衬得肩宽腰窄，像漫画里走出来的精致少年。只是气质还是冷冷的，不笑的时候显得有点不近人情。

明明在里面照了好一会儿镜子，出来的时候却装作一副漫不经心的样子：“去哪儿啊？”

戚映拉着他出门说：“去了你就知道啦！”

大佬心想，大概是游乐园电影院这些地方吧？小姑娘居然偷偷做了约会计划。他们好像还没有正式约过会呢。

他忍不住嘴角上翘。

直到上车之后，车子左弯又拐，拐进了一栋居民楼外。

这地儿咋有点眼熟？？？好像是岳梨家？

然后季让就眼睁睁地被戚映拉着爬了六层楼，爬到了楼顶的露台。

一推开门，就听见闹闹嚷嚷的声音。

屈大壮、刘海洋、骆冰一群人拿着水枪跟个智障似的在互相对射，俞濯踩着凳子在绑气球和彩带，岳梨在整理烧烤架，吴睿在研究怎么把烧烤要用的炭点燃。

露台的栏杆上拉着一条彩色的横幅：季让的十八岁成人礼。

屈大壮拿着把彩色的水枪跟个智障儿童一样冲到他面前说：“让哥！生日快乐啊！对了，你昨晚咋挂我电话啊？”

季让：“……”

屈大壮说：“算了算了不重要！来来来，看看这个成人礼现场，开不开心！”

季让：“……”

开心个屁！

还他梦想中的双人约会！

约会是不可能约会了，二人世界不用想了。一大早在楼顶搞烧烤Party，也不怕被居民楼的住户打。

岳梨兴高采烈地跟季让打了个招呼，然后吼屈大壮他们说：“你们几个能不能干点正事？过来帮我串签签！”

屈大壮说：“你懂什么，我是在活跃气氛！Party最不能缺的就是我这种人！”

岳梨哼道：“那一会儿我们吃的时候你也别过来，就在旁边活跃气氛就够了。”

屈大壮乖乖跑去串签签了。

虽是盛夏，但这个时间还早，太阳隐在清晨的薄云后，天空湛蓝，风过清凉。露台上不知是谁家养了很多花，被晨风搅得花香涌动。

一切都好鲜活。

戚映把他拉到布置好的餐桌边坐下。那桌子是岳梨家的长条木桌，现在铺了层红白相间的格子布在上面，看上去还挺高级。

桌子上堆满了大家给他准备的礼物。

戚映说：“你什么都不用做，拆礼物就行啦。”

于是大佬体会了一把双十一后拆快递的满足感。

露台上吵吵闹闹的。岳梨有强迫症，切菜非要每一个切成一样大小，切了半小时一个土豆都没切完，屈大壮说她：“等你这样切下去，我们要到明天中午才能吃上饭。”

岳梨举着菜刀吼：“切那么快有什么用！年级第一的火已经生了一小时了到现在连个火苗都没看见！”

突然被 cue，吴睿推了下自己的黑框眼镜，有点不好意思道：“我还在研究这个炭的成分，看用什么方式最容易达到燃烧点。”

年级第一想到什么，认真地问：“大家还记得碳元素的化学符号是什么吗？同位素一共有多少种？以及它在氧气中燃烧时的方程式是什么？”

众人：“……”

吴睿语重心长地说：“就是玩乐的时候也不能忘记学习啊。”

然后给大家复习了一遍碳元素会在考试中出现的相关知识。

季让实在看不下去了，把礼物塞回去，开始帮吴睿生炭。屈大壮也接过了岳梨手中的菜刀，让这个强迫症患者别祸害明明买了五个切出来却好像只有一个量的土豆。

太阳从云层中冒出尖儿的时候，烧烤总算摆上了架。没多会儿蛋糕也送来了，屈大壮去拿的时候还买了啤酒回来。

烧烤的香味顺着晨起的凉风飘散开，大家都没吃早饭，闻着味道馋得直吞口水。先烤了一大盘肉，还没端上桌就被几个男生在架子边分了吃了。

岳梨一声怒吼："谁再伸手连他一起烤！"

于是又烤了一轮，放在盘里，撒上葱花，端上桌。

满满当当，有肉也有菜，还有提前准备的熟食，摆满了整张桌子。戚映把蛋糕拆开，插上 1、8 两个数字的蜡烛。

一圈人围在桌边，屈大壮兴奋地拿出手机说："等我找一下伴奏！我们来唱生日歌！"

季让吼道："不准唱！不想听！"

太尴尬了，还伴奏。

屈大壮"嘤"了一声。

他在家练了好久的好不好。可怜哀求的小眼神往戚映那头瞄，戚映接收到他的信号，扯着季让的衣角软声说："生日要唱生日歌的呀。"

季让无奈道："……行吧，唱吧。"

屈大壮高兴坏了，迅速打开手机，调至最大音量说："来了来了，准备啊！"

然后大家就听到振聋发聩的一声"Hello，酷狗。"

刘海洋抬脚就踢他说："酷什么啊！"

众人笑作一团。

最后生日歌还是唱了，一群人跟着伴奏唱得磕磕绊绊，抢拍拖拍的都有，还不如清唱呢。

大佬仪式感很足，小弟也不遑多让，屈大壮严格要求按照生日的正常程序来主持 Party："好了！下面就是许愿！让哥你不用告诉我们，许完了吹蜡烛就好！"

季让淡淡地开口："许好了。"

作势就要去吹蜡烛。

屈大壮一把拦住他说："不行啊！你要把手合在一起抵住下巴，闭上眼睛，虔诚一点才会灵！"

要这样才灵吗？好吧，那再来一次。

大佬照做，闭上眼，在心里慢慢地，认真地，一个字一个字地说：希望能和映映长长久久，岁岁平安。

他睁开眼，俯身吹灭了蜡烛。

屈大壮带头鼓起了掌，接下来就是切蛋糕分蛋糕。既然有蛋糕了，怎么能不来一场奶油大战？屈大壮蠢蠢欲动。

季让及时发现他的意图，冷声道："你敢往我脸上敷奶油你就死定了。"

屈大壮："……"

嘤。

季让话刚落，脸上"啪"的一声，清凉腻腻的奶油顺着他的脸颊滑落到衣领。转头一看，戚映端着小蛋糕站在后边，歪着脑袋冲他笑。

季让面无表情地朝屈大壮伸手说："拿来。"

屈大壮恭恭敬敬把自己准备好的奶油炮弹递上去。

然后就看见大佬端着奶油盘满场追着戚映跑。

好幼稚。

最后在种满花草的墙角堵到她，戚映半蹲着身子往后躲，拿手挡住脸，软乎乎地撒娇说："我错了，放过我好不好？"

季让立刻说："好。"

她不疑有他，把手放下来。

季让抬手就把奶油盘扣在她脸颊上。

被糊了一脸奶油的戚映委屈道："……你骗人！"

季让挑着唇角笑，把她按墙上，手指左一道右一道在她脸上划，划成了小花猫，不怀好意地笑着说："对，我骗人，怎么样？咬我啊。"

戚映好气，气呼呼地偏头，一口咬住他还在自己脸上划的指头。

好甜，奶油好香。

她下意识嘬了一下。

季让像全身触电，猛地把手指头拿出来。

戚映一张脸被奶油糊得看不出原样，只有眼睛又大又亮，水灵灵地看着他，还无辜地眨了眨。

季让气都不顺，身体绷得好紧，瞪了她半天，咬牙切齿地凑过去说："老子成年了你知不知道？"

她笑："知道呀。"

凑得太近，闻到她身上的淡香，混杂着奶油的甜味，简直让他发疯，开口时声音都哑了："成年人自制力不好，你给老子小心点。"

他气息好烫，说话时，全部喷在她脖颈上。

戚映意识到什么，瞬间脸红了。

用手推他，结结巴巴地说："知……知道了。"

现在知道了？？？早干吗去了？？？把他撩成这个样子现在还想推开他?

那头奶油战已经打起来了。

岳梨刚刚偷袭了俞濯，现在被俞濯扣着后脑勺往盘子里按。岳梨简直要绝望了，死死抵抗着大喊："弟弟你怎么回事?你怎么能这样对女生!你这个样子是找不到女朋友的！"

直男俞濯不为所动。

岳梨大喊："快看！大佬在壁咚你姐！"

他果然松手了，岳梨趁机逃命，听到他气势汹汹地吼："你们在干吗！"

季让抬手抹了下嘴上的奶油，站直身子若无其事地走回来，对俞濯愤怒的眼神视若无睹。

俞濯喊："姐！"

戚映像是没听见一样说："梨梨我想再吃一块蛋糕！"

俞濯："……"

盛夏的清凉时光只有早上那么一会儿，接近十一点的时候，烈阳已经高悬正空，大家把东西收一收，搬回岳梨家，成人礼正式结束。

我已经做好了玩一天的准备，结果你们还不到十二点就结束了?

屈大壮打了个哈欠说："啊，太阳这么大，最适合开着空调缩在被窝里睡觉了。大家再见，我回家睡觉了。"

吴睿背着自己的书包说："我要去图书馆写作业了，大家再见。"

骆冰也开口道："刘海洋，网吧走起。"

季让：“……”

于是就这么散了。季让看看身边在收拾双肩包的戚映，问：“那你……”

戚映收拾好背包，把太阳伞递到他手上，弯着眼睛说：“走吧，下面开始我们今天第二个活动。”

咦？还有第二个？

然后季让被戚映带到了动物园。

季让：“……”

太阳好大，空气好热，他好蒙。

他也不知道为什么十八岁生日这天要顶着大太阳在这里看一群猴子抢花生。

不过虽然热，但因为是暑假，带着孩子来逛动物园的父母还是挺多的，每种动物的场馆外边儿都围着好多人。

特别是熊猫馆，前边儿全是密密麻麻的人群，挤都挤不进去。

不过季让个子高，站后边儿也能轻而易举地看见，戚映站在他旁边，扯着他袖子，努力地踮脚，还是什么都看不到。

季让的衬衣领子都让她扯歪了。

他觉得小宝贝一蹦一跳的样子怪可爱的，默默欣赏了半天，等她实在跳不动了，才突然俯身，双手环过她的膝盖窝，把她侧举了起来。

戚映小声惊呼，下意识搂住他脖子。季让已经站直身子，手臂稳稳抱住她的双腿。戚映的视线骤然清晰，越过拥挤的人群，将熊猫馆尽收眼底。

她好开心，一会儿哇一声一会儿嗷一声，旁边同样看不到的人都快嫉妒死了。

她看了半天，想起什么来，埋下头小声问：“你累不累呀？”

闻着她身上的甜香，身体与她贴得这么近，怎么会累。

季让觉得自己还可以再举五百年。

他沉声说：“不累，你想看多久都可以。”

她软软地搂着他的脖子，甜甜地说：“我看够了，我们去看小老虎吧。”

季让自从小学跟着学校春游活动来过一次之后，就再也没逛过动物园了。这次来才知道动物园翻新了很多场馆，也增加了很多种类的动物，比起小时候热闹精彩了很多。

戚映好喜欢动物。

她什么都不怕，看蟒蛇的时候都好兴奋，两只小手扒着玻璃，贴得很近。蟒蛇挪动着巨大的身体在里面游走吐芯，季让起了一身鸡皮疙瘩，她还越看越激动。

他家的小宝贝到底是怎么回事？

不怕鬼屋不怕恐怖片就算了，连蛇都不怕？？？

两人逛了两个多小时的动物园，戚映终于有点累了，季让带她去美食区坐着吃了些小吃，本以为这就结束了，结果戚映说："逛完动物园啦，下面开始今天的第三个活动！"

于是两人来到了电影院。

戚映连票都买好了，进电影院的时候，门口刚好放着几个恐怖片的宣传海报，写着什么"酷热假期，让你感受凉意"。

季让："……"

不，他不想。

戚映取票的时候他一脸绝望地站在旁边，等机器把票吐出来，看到上面的片名才终于松了口气。

是个喜剧片。

季让陪她去买了爆米花和可乐，看她开开心心的样子，忍不住问："不是喜欢看恐怖片吗？怎么没买？"

戚映嚼着爆米花，脸颊鼓鼓地说："你害怕嘛。"

大佬死要面子，凶巴巴地瞪他："谁跟你说我害怕？老子会害怕看恐怖片？"

戚映歪着小脑袋问："真的吗？"

季让说："真的！"

她笑眯眯地说："那我们重新买吧，刚好有一场。"

季让低声道："……不了吧。"又补充说，"浪费钱。"

戚映不知道是信了还是没信，乖乖地点头应下：“好呀。”

刚好售票处通知开始检票进场，季让生怕她变卦，赶紧拉着她进场了。

看完电影出来已经是傍晚了，空气还是燥热，但天边云霞连绵重叠，很有几分赏心悦目的美感。

季让问她：“还有第四个活动吗？”

戚映掏出两张游乐园的夜场票。

季让看看票，又看看她，心里面突然有点酸。像吃糖葫芦，虽然有点酸，可更多的还是甜。

原来她真的有认真准备生日约会，从早上到晚上，一场接一场，安排得很好。

夜晚的游乐园灯光璀璨，还在车上就看见远处夜空中闪烁的巨大摩天轮。之前过年的时候他们来过一次，但那时候以喜庆为主，园内活动也都是过年的主题。

今晚游乐园就恢复了往日的童话主题，花车玩偶，童真童趣，还有夏日水上项目，一路过来看得人眼花缭乱。

戚映什么都想尝试一下，连过山车也不怕。好在大佬不恐高，陪着她玩遍了所有高空项目。坐海盗船的时候，她的发带突然松了，水绿色的丝带随着风飘向空中，弯绕飞扬，特别好看。

下来的时候戚映的头发被风吹得不成样子，乱糟糟打了好多结。季让憋着笑，用手给她一缕一缕地理顺。

她就乖乖站在他面前，晶亮的眼睛东看西看，看到后边那一排的玩乐摊位，突然指着他身后的射击摊说：“我想要那个。”

季让回头看了一眼，眼眸沉了沉。

他很多年没碰过枪了，哪怕是玩具枪。

那样的手感、姿势、动作，都会让他想起曾经的梦想。一旦回忆，心中翻腾的都是怨恨与暴躁。

他低头看看戚映，她眼睛很亮，满眼期待地盯着摊位上那朵毛茸茸的太阳花抱枕。

很想要的样子。

季让替她理顺头发，在她脑袋上轻轻摸了下说：“好，我给你赢回来。”

他拉着她的手腕走过去，说：“老板，一发子弹。”

老板瞟了他两眼：“小伙子，一发子弹不可能打中的，起码都要十发，我这明码标价，来十发试试？”

季让淡声说：“不用，一发就够了。”

老板嗤笑了一声，也不多说，把特制的子弹安好，然后把枪交给他。

季让伸手接过，觉得手腕有点沉。他手指紧了紧，深呼吸一下，把那些不好的情绪都压下去，然后端枪瞄准。

瞄了半天，又放下来，老板嬉笑着问：“小伙子，行不行啊？”

季让没说话，低着头调瞄准器，边调边瞄。

老板一看他这架势就知道遇到行家了，正想说什么，季让已经调好枪，“砰”的一声，正中靶心。

他抬了抬下巴，示意老板把太阳花拿过来。

老板欲哭无泪，心里直号着“完了完了，亏了亏了”，不过规则如此，只能把太阳花取下来交给戚映。

她抱着花眼睛都笑弯了，看她笑得那么开心，季让心底那些撕扯的情绪竟然也消散了很多。他低声问：“还想要哪个？”

戚映抬头看了看对面架子上的娃娃，伸手指道：“我还要那个，那个，那个。”

点了十个。

季让说：“老板，再来十发子弹。”

老板差点扑通一声跪下了。

可客人要玩，你总不能不给他玩，老板抱着说不定他就是运气好接下来就会脱靶的侥幸，又装了十发子弹给他。

然后就看到少年一枪一弹，每枪都正中红心。

开到第五枪的时候，老板终于受不住了，痛哭流涕地喊：“这位小哥，求你给条活路吧！我不要你的钱了，太阳花就当送你了行不？”

季让淡淡瞟了他两眼说：“你刚刚不是说我不行吗？”

老板点头如捣蒜道：“行行行！你可真是太行了！简直就是百步穿杨百发百中的神枪手！”

戚映“噗”的一声笑出来了，她抱着太阳花扯扯季让的衣角：“我不要了，就这个吧。”

季让这才放下枪，把之前那一发子弹的钱付了，拉着她转身离开。手指有点僵，可比他想象中要好很多。

起码手感还在。

虽然心里还是有点难受，可是看着身边小姑娘开心的样子，他觉得很值。

季让还沉浸在自己的情绪中，就听见戚映软绵绵地问：“我们去玩那个好不好？”

玩玩玩，小宝贝玩什么都可以。

他抬眼看过去——鬼屋。

……看来是他太纵容她了。

戚映察言观色，抿了抿唇，叹着气说：“好吧，你害怕的话不玩也没关系。”

小姑娘，不要以为我没听出来你是在激我。

季让又好气又好笑，揉揉她的小脑袋说：“还真以为老子怕啊，走！”

他领着她进去了。

他面无表情地走在前面，那些扮鬼的工作人员跳出来的时候，他绷着唇连眼神都不屑给一个。越怕越镇定，越镇定脸色越冷，不笑的时候本来就显得有点凶，现在更是满身煞气。

“鬼”都不敢去吓他了。想吓他后边的小姑娘吧，小姑娘居然还挥着小手跟“鬼”打招呼。

“鬼”觉得好没成就感。

直到走出通道，全身绷得僵硬的大佬才不露痕迹地松了一口气。

戚映倒是很开心，软乎乎地说：“好好玩呀。”

季让瞟了她两眼，内心好沉重。

是啊，你是觉得挺好玩的，人家穿白衣服的那个女鬼伸出手是想吓你，你跑去跟人家击了个掌。

从鬼屋出来后，天色已经很暗了。

戚映拉着季让去买了一朵棉花糖，然后指着不远处缓缓旋转的摩天轮说：“今天的行程用它来收尾好不好呀？”

季让当然是说好。

这个时间点已经没有人排队了，工作人员领着他们进去，锁好了门。两个人面对面坐，戚映扒着窗户往外看，摩天轮渐渐升离地面，夜景一览无余。

升高之后，摩天轮有点晃，她不敢乱动，乖乖坐回来，看了看对面的季让，软声问：“今天玩得开不开心呀？”

季让点头。

她笑得特别甜，一直注意着窗外，等摩天轮升至最高点的时候，眼睛一亮，转过头来看着他，认真地说：“以后每年我都陪你过生日。”

有个传说，在摩天轮离天空最近的时候，许下的承诺一定会实现。

她原来在等这个。

季让心里又软又甜。

他十八岁这一年，上天送了一个小仙女到他身边来拯救他。她不惧怕他的名声，不厌恶他的行为，不管他一开始怎么凶她，她始终追在他身后跑。

现在再回想过去那些年的生活，突然觉得好像一场荒唐的噩梦。

是她闯进了他的梦，带着一身温暖与光芒，驱散了梦中的阴霾，让他得以窥见阳光。

而如今，他也想从那个梦中走出来了。

因为，他的姑娘，活在真实的世界中啊。

他得走出来，才能陪着她一起，长长久久地走下去。

从摩天轮下来，今天的约会就正式结束了。季让先把戚映送回家，跟她约了一起去图书馆写作业，然后才打车回自己住的地方。

到家的时候，看到门口放着一堆礼品盒。

每年都有，往年他都是只把季芊和陈风致的挑出来，剩余的两脚踢开，等第二天保洁工收走。这一次看着那些包装精美的盒子，眸色深了深，全部抱了进去。

但他没拆，一股脑扔在客房堆了很多杂物的床上，锁上了门。

第二十五章

冲呀！考试君

半个月的暑假一晃而过，好多学生连假期作业都没写完，就要面临开学了。而这次还不同以往，高三，人生中最重要的阶段之一，从今天起就正式踏进去了。

早上各科老师来收了作业，又发了新的卷子下来，无缝衔接，就像他们根本没放假，昨天还在正常上课一样。

下午学校安排了“高三动员大会”，所有的高三学生都要去礼堂参加。

学生代表、各科老师、学校领导纷纷上台讲话，给这群高三学子打鸡血灌鸡汤，激励他们的学习斗志。

屈大壮几个在后边儿哈欠连天地说：“好像搞传销啊，这能行吗？”

刘海洋说：“怎么不行？你看看。”

他往 2 班的方向指，屈大壮定睛一看，岳梨穿着校服捏着拳头，满脸都是激动后的潮红，双眼发光，跟着教导主任大喊：“我可以！我能行！”

屈大壮：“……”

高三就这么轰轰烈烈地开始了。

各班的黑板上都挂上了高考倒计时，贴上了励志横幅，2 班很有内涵，贴的是“十年磨剑为一搏，六月试锋现真我”。

9 班就很符合他们班狂野的班风了，贴的是“提高一分，干掉千人”。

刘尧很感慨地站在讲台上，看看标语，摸摸倒计时的日历，最后中气十足地吼：“同学们！最后一年了，加油啊！”

屈大壮本来在偷偷玩手机，看刘尧那样，突然有点感动道：“老刘这几年也不容易，用全部的劲，带最差的班，我觉得有点对不起他。”

刘海洋骂他：“那你还不把手机收起来好好看书？”

屈大壮：“……”

他突发奇想说：“教师节是不是快到了？这是高中最后一个教师节了吧，我们要不要给老刘准备点什么礼物啊？”

以前也有班级用班费在教师节给老师送花送钢笔什么的，都是小心意，但 9 班好像从来没搞过这些。

倒数第一的班级，连学习都不搞，怎么可能搞这些。

季让本来在旁边做卷子，听到屈大壮的话，突然抬头问：“教师节是几号？”

屈大壮感叹道：“哇，让哥你连这都不知道啊，九月十号啊！就下周二。”

季让若有所思，看了眼还站在讲台上一脸感慨的刘尧，低声说：“是该送点什么。”

屈大壮学习不来劲，对这种事倒是很热衷，两眼放光道：“行啊！一会儿我们去找班长问问班费还有多少，给老刘整个大的！”

季让一脚踹在他椅子上说：“整个屁！把手机给老子收起来！好好看书！今天放学不写完刚才发的那张数学卷子你就死定了！”

“还有你们！”大佬恶狠狠地扫过后排一群不务正业吊儿郎当的坏学生，“都给老子好好学！”

众人：“……”

你不当学习委员真的屈才了。

上课铃响了，在大佬冷冰冰的视线扫射下，后排安静如鸡，手机不敢玩，瞌睡不敢打，只能专心听课。

下课的时候，英语老师交代课代表把昨天发的卷子收起来，又发了新的试卷下来。

英语课代表是个挺安静的女生，也是班上的前三名，戴着厚厚的眼镜，额头上因压力过大长了不少青春痘，平凡又普通。

收到靠墙那一排的时候，同样是吊车尾的几个男生嬉皮笑脸地说：“拿张卷子过来给我们抄抄呗，没写啊。”

英语课代表才不理他们：“没写也要交，拿来。”

一位男生吊儿郎当的，两腿一伸说：“老子偏不交，你能把老子怎么样？去告状啊，丑八怪。”

课代表差点气哭了，掉头就走。

刚转身，看见季让走过来，手里拎着卷成筒的英语书，目光冷淡，脸上没什么表情，下手却重，抡着英语书就往那男生头上砸。

那男生被打得惨叫，转头一看是他，顿时不敢叫了，抱着脑袋连连求饶说：“让哥让哥！我错了！别打了，有话好好说！”

季让好久没发过飙了，整个9班都噤若寒蝉，看着大佬教训人。

他捶够了，声音淡又冷：“英语卷子，找出来，现在写。”

男生忙不迭从课桌里找卷子，拿着笔做题的时候手腕都在抖。

季让转身，扫了一眼全班同学，还是那副若无其事的表情，好像刚才暴力揍人的不是他，非常淡定地开口：“月底的月考，希望你们各自的总分都有所提升，分数提升最少的那个人……”他顿了下，薄唇勾起一个凉凉的笑，“我会来找你的。”

有毒啊！！！

9班就这样在大佬的威胁下，进入了前所未有的紧张学习状态。刘尧每次偷偷在后门盯梢的时候，都一脸感动加满意。

高三动员大会果然很有用！

转眼就到了教师节，学校给高一高二的老师放了半天假，但高三不行，老师得上课。一大早，办公室好多老师的桌上都摆了花。

刘尧的桌上空空如也。

他有点酸，但也习惯了，毕竟班上那群浑小子不给他惹事就算好了，而且最近大家都专心学习，他已经很满足了。

刘尧决定去班上晃一晃，用同学们奋发向上的学习精神安慰安慰自己微微受伤的内心。

过去的时候，看见屈大壮几个人躲在教室后门围成一团，在商量什么。

屈大壮说："放学去看看，先不跟让哥说……"刚说到一半，机灵地发现外边偷听的刘尧，立刻义正词严道："放学哪儿都不准去！跟让哥一起去图书馆搞学习！"

刘尧从门后转出来，背着手问："又商量什么坏事呢？"

屈大壮一脸谄媚地笑道："没有没有，我们说学习的事呢。"

刘尧刚才确实也没听清，不过还是严肃道："高三了！别再给我像以前一样惹事！看到标语没？提高一分干掉千人！你们浪费的每一分钟都给了别人冲刺的机会！"

几个人态度良好，连连称是。

等刘尧走了，屈大壮才抹了把汗，压低声音说："让哥现在就是老刘的宝，要真把他牵连进来，老刘肯定会杀了我们的。就按我说的办，放学我们先去看一看，多大点事，还搞不定高一的小鸡崽子吗？"

骆冰说："听俞濯说那人浑得很，家里又有钱，以前在初中连老师都打，现在嚷着要做海城一中校霸，嚣张得要命，还放言要跟让哥单挑，不去就是孙子！让哥要真不露面，不是给了他炫耀的把柄吗？"

屈大壮嗤之以鼻道："他算什么东西，大佬是他想见就能见的？叫上兄弟们，放学老子教他做人！"

放风的小弟一溜烟跑过来说："让哥回来了！"

屈大壮赶忙道："散了散了！"

季让从后门走进教室的时候，后排已经恢复原样，大家都拿着书装模作样地看。他也没在意，手上拿了个粉色的水杯，慢悠悠地走回自己的座位。

屈大壮看了几眼，默默叹气。

怪不得高一那小子那么猖狂呢，让哥捧着粉色水杯规规矩矩穿校服的样子，真像乖学生啊！

刚一放学，屈大壮一群人就以打球为借口麻溜地跑了，季让也没在意，他还要去 2 班接戚映吃晚饭。

2 班最后一节是刘庆华的课，她拖了会儿堂才出来，看了眼靠在走廊上的季让，有点好奇 9 班的学生怎么会在这里，但也没多想，拿着教案匆匆走了。还得回办公室改卷子呢。

学生陆陆续续走出教室，商量着晚饭吃什么，看见季让都是一脸的心照不宣。其实学生之间的传言和话题很少会让老师知道，何况他们畏惧大佬，也不敢乱说，只敢私下讨论。

就觉得吧，不良少年为了乖学生浪子回头努力学习的剧情实在是太偶像剧了。

一时之间都不知道该羡慕谁。

戚映很快就出来了。她这几天有点感冒，眼眶和鼻头都泛红，瓮声瓮气地问他："我们去吃什么呀？"

季让把手里接了热水的粉色保温杯交给她说："去私房小厨，我让厨师给你熬了姜汤。"

她乖乖"哦"了一声，捧着水杯喝了两口。水杯里加了姜糖，甜甜的，可以去湿除寒。

最近她生病了，不准季让靠自己太近，说怕传染给他，走路都隔着可供一个人穿行的距离。季让为了早日消除"距离感"，除了让她按时吃药，每天都在搜索偏方。

姜糖和姜汤都是网上点赞最多的回答！他坚信他很快就可以重新站在戚映身边。

两人一前一后地往外走，走到校门口的时候，看到骆冰背着一个大书包急急忙忙往外跑。那神情慌慌张张的，季让直觉有事，皱眉喊他："站住。"

骆冰转头一看到他，更慌了，想把书包往背后藏。

季让扫了两眼："包里装的什么？"

骆冰说："书！我跟大壮他们约了去图书馆学习！"

季让点头道："打开看看。"

骆冰顿时苦下脸来说："别了吧，让哥……"他看向戚映，"你的小仙女还等着你呢！"

季让二话不说伸手把怀里的书包拽过来，打开一看，里面全是打架斗殴的工具。

季让掀着眼皮冷冷看着他说："图书馆？学习？"

骆冰欲哭无泪。

他们跟高一那群嚣张的学生约了架，打算给他们一个教训。走到一半才听说那边打算认真干一场，都拿了刀砖棍棒，他们什么工具都没带，吩咐骆冰赶紧回来把他们藏在天台的工具送过去。

季让把书包砸回他怀里问："说说吧，几个意思？背着我打架？"

大佬发威，骆冰立刻蔫儿了，一五一十把事情交代了，又赶紧说："我们没想打，就是去会会他！不然那小子到处骂你孬，这谁能忍？"

季让面色淡淡的，看不出生没生气，只吐了两个字："带路。"

骆冰快哭了，摆手道："别啊让哥！你现在是国宝，可不能参与到这些事情里面来！兄弟们会帮你解决的！"

季让在他头上拍了一巴掌说："别废话！带路！"

骆冰委委屈屈地捂住脑袋，挣扎着说："你的小仙女还跟着呢。"

季让转头看了眼乖乖跟在身边的戚映，语气温和道："我就是去看看，不打架。"

戚映抱着杯子软声说："我也去。"

季让想了想，也没多大点事儿，点头说："行，走吧。"

骆冰："……"

三个人不紧不慢地来到了群殴现场。

屈大壮带着人已经跟高一那群学生对峙上了，不过都还没动手，在互相嘴炮。

"季让呢？不敢露面吗？"

“教训你们这群小崽子还用不着让哥露面。”

“别是尿了吧？喂，你们现在不是高三吗？高三学习为重啊，客客气气把校霸的名号让出来，对谁都好。”

“有让哥在一天，你小子别想往上爬！”

刚过来听到这一句话的季让：“……”

这群人把“校霸”当成荣誉称号来争的样子是认真的吗？

骆冰抱着书包挤到前面去，屈大壮一看他赶紧地问：“带来了吗？”

骆冰垂着脑袋：“带来了，我不仅把工具带来了，还把让哥也带来了。”

然后就看见季让双手插着口袋散漫地走到前面来，看样子没生气。戚映跟在他身边，好奇地打量四周。

屈大壮急得跺脚说：“让哥你来做什么？你还把小仙女也带过来！我们这儿打架呢！”

季让瞟了他一眼问：“今天的英语卷子写完了吗就打架？”

屈大壮：“……”

对面领头的看到季让来了，顿时一阵躁动，但是……他身边那个又乖又安静的女生是怎么回事？你们校霸打架，还带家属参观的吗？

领头的顿时怒道：“季让你打架还带家眷，看不起老子是不是？”

大佬这才把目光投过去，还是那副懒散的模样，似乎丝毫没把对方放在眼里，嘴角还勾着，漫不经心地说：“没啊，就是想让我的小仙女看看我是怎么除暴安良的。”

话落，又转头问戚映：“我就稍微活动一下，可以吗？”

屈大壮他们都等着戚映开口阻止冲动的大佬。

结果就听见戚映软乎乎地说：“那快一点吧，一会儿赶不上晚自习了。”

季让把手从口袋里抽出来，活动了一下手腕，往前走了两步说：“谁要单挑？速度。”

太猖狂了！

领头那小子怒喝一声，提着棍子就冲上来了。

然后被大佬两三拳教做人，捂着小腹“呜嘤”一声跪在了地上。

俞濯站在一旁看着，觉得这一幕好眼熟。

这不就是当初年少无知的自己吗？？？

高一的小鸡崽捂着肚子跪在地上呜嘤了半天，没爬起来。季让看了几眼，回头跟俞濯说："还不如你扛揍。"

季让摇了下头，在被打的学生面前蹲下来，手指拎住他领口，把他拽了起来，不咸不淡地问："叫什么名字啊？"

被打的学生现在终于领教到校霸的实力，想曾经他在初中为非作歹，以为自己就是王者巅峰，现在才明白何为山外青山楼外楼，强中自有强中手。

不过这些中二少年一向看重原则和道义，单挑输了就得认，抽着气说："程诺。"

季让觉得这名字还挺特别的，笑了下问："你想当海城一中校霸？"

程诺咬着唇不说话，认为大佬在讽刺他。季让松开他领子，替他拍了拍说："想当就当吧，让给你了。"

众人还没反应过来这是个什么走向，俞濯已经脱口而出："不行！"季让回头瞟了他一眼，俞濯愤怒地说："我这儿还排着队呢！"

季让觉得这瓜娃子没救了。

他站起身掸掸手，懒得再跟这群中二少年搅和，简直拉低自己的智商，转头说："那你俩商量吧，看是一决胜负还是一年一年轮着当。"

这还能轮着来当的？？？

季让才不管他们，低声跟戚映说："走吧，去吃饭。"

戚映点点头，走之前还嘱咐俞濯说："不要打架哦，我会告诉舅舅的。"

为什么受伤的总是他？

事情最后是怎么解决的季让不大关心。就像他以前也没想过要当校霸，只不过随便打了打架，揍了揍人，后来莫名其妙就成了人人惧怕的海城一中校霸。

这又不是什么好名声，真搞不懂有什么好争的。

他还挺想在毕业前摘掉这个标签的。

过了几天屈大壮才想起来这事，跑来跟他说，那几个中二少年商量了半天，觉得有他在一日，他们这个校霸之名就名不正言不顺，决定先等他毕业再说。

只能委屈大佬先霸着了。

程诺初中就挺浑的，家里又有钱，从高一入学开始就天天搞事，出名出得比季让当年还快。结果不到一个月就安静如鸡，大家都说是被季让收拾了，这下连高一的新生都知道学校有个大魔王了。

季让身上的传说太多了，哪怕他现在一心向学不搞事，说起他大家还是一副心有余悸的样子。新生们听多了传言，自动脑补五大三粗凶神恶煞的恶霸形象，被学姐们指路公示栏有大佬的照片，都偷偷去膜拜。

结果发现，大佬真帅啊！这个颜值和身材是真实存在的吗？？？

又会打架，学习又好，长得又帅，家里又有钱，这哪是什么大魔王，分明就是梦中情郎啊！！！

于是季让又在不知不觉中收获了一大批小迷妹。

上完课靠在椅子上休息玩魔方的时候，听到门外走廊一阵阵压制的尖叫，偏头瞟了两眼，问屈大壮："为什么最近教室外面多了那么多人？"

屈大壮摇头道："……你真是对自己的人气一无所知。"

屈大壮想到什么，凑过来跟他八卦说："你知道高一那小子之前为什么会来找你挑战吗？"

季让专注还原魔方，有一下没一下地搭话："不是想当校霸吗？"

"对啊！"屈大壮对于八卦的热衷让季让觉得他以后的职业肯定是狗仔，"那你知道他为什么想当校霸吗？"

"你再不一口气说完信不信老子揍你？"

屈大壮赶忙说："因为一个女生！高一的级花，女神级别的人物！我去看过了，真好看！当然没你的小仙女好看哈。"求生欲使屈大壮活了下来，"听说程诺从初中开始就在追那女生了，也是因为那个女生来的海城一中，结果人家女生放话说，只跟校霸谈恋爱，所以那小子不就颠颠儿来挑战你了吗。"

听完一长串八卦的大佬："哦。"

屈大壮问："你就没什么想说的？"

季让答："没有。"

屈大壮急了，喊道："那级花摆明了在利用你摆脱那小子啊！"

季让点头道："哦。"他终于把魔方还原，在手掌颠了一下，扔给屈大壮，"送你了。"

屈大壮："……"

大佬对八卦这么轻视，大概也不想知道现在年级都在盛传他为了高一级花收拾程诺的事了吧。屈大壮觉得不用告诉他了，反正他也不在意。

结果没两天，季让就开始收到匿名的手工定制小蛋糕。

没有名字，没有落款，用粉色的小盒子装着，每次的口味和样式都不同，每天早上都会准时出现在他的课桌上。

季让前两天还以为有人放错了，随手扔在教室后面的失物招领架上。后面几天连续出现，他才知道是送他的，然后就往垃圾桶扔了。

屈大壮看得简直心疼，揪着衣领道："让哥！你不吃给我啊！我还没吃早饭。"

季让无奈道："那你去垃圾桶里捡吧。"

哼！捡就捡！反正用盒子装着！

屈大壮屁颠屁颠跑去把粉盒子捡起来，好在早上垃圾筐是空的，扔的也都是些书本草稿纸，他打开盒子尝了尝，一副没吃过好东西的表情说："好吃啊！比山海的好吃！"

山海甜品店就是季让和戚映经常去的那个店。

季让半信半疑地问："真的？"

屈大壮殷勤地挖了一勺说："你尝尝！"

季让一脸嫌弃地说："老子不喜欢吃甜的。"

屈大壮一脸幸福地吃完了小蛋糕，拍着胸脯保证说："让哥！以后每天早上的甜品兄弟帮你解决了！"

季让看了他一眼，若有所思。

第二天早上到教室，小蛋糕果然又在了。屈大壮兴奋地就要去拿，季让一巴掌把他的手挥开，拿起蛋糕就往外走。

2 班教室内，戚映正在一边喝牛奶一边背单词，咬着吸管摇头晃脑的，萌死个人。

前排的女生喊她："映映，大佬找。"

她抬头看见站在门口的季让，眼睛都笑弯了，捧着牛奶跑出来，软乎乎地问他："怎么啦？"

季让把小蛋糕给她说："屈大壮说很好吃，你尝尝。"

她超爱甜食，看见盒子里精致的小蛋糕，果然很开心，接过来吃了一口，眼眸亮晶晶地说："哇，真的好好吃。"

季让笑起来说："那以后每天给你带。"

于是戚映小同学拥有了每天早上吃手工定制小蛋糕的快乐时光。

时间一晃到了月底。

虽然高三三天一小考五天一大考，但月考的重要性仅次于年底的一模考试，对学生现阶段的学习情况和接下来的学期进度都有一个整体的反映，所以全年级都挺重视的。

而其中以高三 9 班最为重视。

战战兢兢学了一个月，就要在现在得到检验了！不知道是哪个"幸运鹅"，最终会被大佬请到天台去喝茶呢，让我们拭目以待吧！

月考进行了两天，考完之后继续上课，丝毫没有给高三学子喘口气的时间。而老师也忙，不仅要上课，还要加班加点批改试卷出成绩。

9 班就在这胆战心惊的等待中，迎来了月考成绩。

刘尧走进教室的时候，脸上都要笑出花了，拿着成绩单往讲台一站，兴奋道："同学们！这次大家的进步都非常大！百名榜内我们班一共进了十名！比之前多了一倍！班上的平均分也提高了快两个点！大家这段时间以来的努力我都看在眼里，同学们，付出一定会有收获，要继续加油啊！"

说完之后，他带头鼓掌，却发现座位上的大家兴致缺缺。

怎么了这是？

上课铃响起来，下节不是他的课，刘尧又夸奖了大家几句，才飘飘然走出了教室。他刚一走，下面立刻开始交头接耳。

“统计出来了吗？谁提升的分数最少？”

“不知道，学委还在算！”

“成绩好的好吃亏啊！进步空间太小了！”

“呜呜呜呜这种凌迟的感觉好可怕啊，快点出结果啊！”

9班教室一片愁云惨淡，刘尧还不知道，他高兴得脚步都有点飘，走回办公室时，好几个老师都在恭喜他。

刘尧笑得满脸褶子，在自己办公桌前坐下的时候，突然发现桌上有一张系着丝带的贺卡。

拿起来一看，贺卡里夹的是这次9班的成绩单。

刘尧有点疑惑，先看了看成绩单，才看见贺卡里有字：

迟来的教师节礼物，谢谢您的教导与付出，我们会继续努力，不负您的期望。

高三9班全体学生，敬上

刘尧的手僵住了。

反应过来后，已然热泪盈眶。

…………

因为9班学生这份迟来的教师节礼物，本来打算占体育课讲卷子的刘尧大手一挥，放他们去上体育课了。

升入高三后，体育课基本没有生存的概率，听说按时上课，大家都一窝蜂似的冲向了操场。

难得有忙里偷闲的时候，体育老师也没为难他们，集了个合，绕场跑了两圈就宣布解散，自由活动了。

沈约刚好在给高一的班上课，好久没跟季让打球了，解散之后招呼季让打球。本来在操场自由活动的女生们迅速围到了篮球场边，尤其以高一的学生为多。

季让每一次投篮得分都会引起尖叫欢呼。

沈约忍不住打趣说：“你小子，人气很旺啊。”

他撩起校服擦了擦汗，把球扔回去说：“我回教室了，下次打。”

见球赛结束，季让要走，围观的人群中几个女生赶紧把一个身材高挑样貌出众的女生往前推说：“快点去啊依依！他要走了！”

谢依依手上拿着水和毛巾，一脸羞涩，踟蹰着不敢上前，回头问：“不好吧？他都不认识我。”

“怎么不认识？你都连续送了大半个月的小蛋糕了！他没扔就代表接受你了啊！快点去啊！”

被众人怂恿着，谢依依终于鼓起勇气，往前小跑几步，挡在了往回走的季让面前，把水和毛巾递了过去说：“季学长，给你。”

季让正埋着头，撩起校服下摆擦汗，压根儿就没注意到她。

然后谢依依就眼睁睁地看着季学长擦身而过，脚步都没停一下。

谢依依愣了，她完全没料到这一幕，下意识又喊了一句：“季让学长！”

季让这才停下来，回头看了她一眼。那眼神淡漠，因她迟迟不说话，渐渐露出一丝不耐，转身就要走。

谢依依赶紧说：“你不认识我吗？”

季让一脸漠然说：“我应该认识你吗？”

谢依依觉得自己匿名送了那么久的蛋糕，简直太不划算了，赶紧表明身份说：“我每天都给你送小蛋糕，那是我亲手做的。”

季让这才挑了下眉，了然道：“那是你送的啊。”

谢依依松了口气，害羞地笑了一下说：“嗯。”

季让说：“我还正想找你。”他把手机掏出来，谢依依心跳加快，害羞地往前走了两步，心说：这是要联系方式吧？

就听见季让说：“蛋糕钱我转你。”

谢依依一愣：“不……”

季让继续说：“下半年的钱我一起付了，但是收货地址要改一下，以后直接送到高三 2 班吧。”

What？？？

高一级花哭着跑了。

第二天开始，季让的课桌上就没有小蛋糕了。

早自习刚结束，戚映就跑来9班教室，扒着门框伸着小脑袋往里面看。

屈大壮喊："让哥，小仙女找。"

季让从单词书里抬头，看见门口双眼充满期待的小宝贝，心里直觉不妙。

他走出去，小宝贝仰着小脸眼巴巴地望着他，软乎乎地问："今天的小蛋糕呢？"

季让："……"

大佬不禁开始沉思，小蛋糕买不到，他如果去买配方的话，对方会不会卖呢？

下午放学，季让去书店逛了一圈，买了一堆甜品糕点烹饪食谱。

求人不如求己，反正也是要做一辈子的，不如早点掌握这个技能，搞出一个"仅此一家绝无分店"的口味来，比买别人的靠谱多了。

大佬志在必得。

月考过后就是国庆。

高一高二当然是要照常放假的，但海城一中惯例是高三除了有那么一丢丢的寒暑假，其他法定假日都要补课。

高三学生们也没抱期望，没想到放假前一天各班班主任就通知，为了响应国家政策和号召，十月一日学校组织大家去参观烈士纪念馆，早上八点在学校集合。

这下可把高三学生们激动坏了，简直像捡了个大便宜，虽然不如直接放假来得轻松自由，但总比补课好，大家纷纷把这次活动当作秋游。

第二天一早，高三学生就到学校门口集合，统一坐大巴车前往烈士纪念馆。在车上的时候，各班班主任给每个学生都发了一朵白菊，届时要在烈士碑前献花。

海城的烈士纪念馆就建在烈士陵园下面。入目就是一个特别大的广场，广场上竖着巨大的烈士碑，刻满了烈士的名字，每年都有新增。

到达广场后，学生们挨个去碑前鞠躬献花。

季让从昨天开始就一直很担心戚映，怕她睹物思人，又受到刺激。但从昨天放学到现在，倒也没发觉她有异样。刚下车，季让就离开了 9 班的队伍，挤到前边去找戚映。

她手里拿了朵白菊，站在岳梨身边，神色有些黯然，眼睛里像蒙了一层雾气，看不出是不是悲伤。

刘庆华就站在队伍旁边，季让不好再过去，只在旁边默默看着她。

等轮到戚映的时候，她跟其他几个学生一组，一起走上前，小心翼翼地把花放在台阶上，然后三鞠躬，从旁边退到后排来。

看见季让时，颓丧散了一些，眼睛里露出星星点点的笑意，偷偷往前看了看，刘庆华没注意这边，两三步蹭到季让身边去，小声问他："你怎么到这里来啦？"

他从兜里掏出一颗草莓糖，笑着递过去问："要不要？"

她有点开心，接过草莓糖却没吃，放进校服口袋里，软声说："一会儿吃。"

队伍往前移动，老师们都在维持秩序，季让不好再继续待在这儿，看着她含笑的眼睛，低声交代："一会儿在纪念馆门口等我。"

她点点头。

等所有学生献完花，已经是一小时之后了。纪念馆由学生自由参观，老师不用再组织，只交代他们不要乱跑，禁止大声喧哗，要尊重英雄长眠之地。

季让过去的时候，戚映乖乖站在入口处等他。

两人一起进去，馆内安静又肃穆，只有脚步声和学生们压低的小小气音。

场馆里陈列了辛亥革命时期到改革开放以及现代化建设等六大不同时期烈士先驱的事迹，分别用浮雕、文字、图片以及视频来记录他们的生平。

他们每个人都为心中的信仰献出了生命，而后流芳百世。

很多人在历史书上出现过，很多人的生卒年离现在很近，每个时代都需要这样的英雄，而每个时代都有人前仆后继。

戚映看得很认真。

其实很多学生都耐不住这样枯燥无聊的参观，只把这当成一次回顾历史铭记前辈的活动，一扫而过，很快就走到前面去了。

只有她，每行字都好认真地看，落在了人群最后。

季让一直陪着她。

场馆里还有其他的参观者，有一对父母带着一个小孩儿站在一列展柜前，从旁边经过时，戚映听到那小孩儿奶声奶气地说："叔叔，我又来看你了，你最近好吗？"

她愣了一下，反应过来的时候，眼泪已经流出来了。

季让心疼得要命，把她的手拉过去焐在掌心，低声哄她："映映乖，不哭，难过的话我们不看了。"

她抬起头，茫然地看了他一会儿，好半天，摇了下头，她说："我不难过。"她用手背把眼泪抹了，嗓音又轻又细，"我就是想到，爸爸也这样被人牵挂着吧。"也会有人去探望他，献上心意与鲜花。

纪念馆的工作人员说，这里每天都有人来拜祭，烈士碑和陵园墓碑前总有源源不断的鲜花，他们长眠地底，可他们从未孤单。

…………

参观完纪念馆，学校很人性化地给学生们放了半天假，第二天才恢复正常上课。

这是他们寒假前的最后一个假期了。

黑板前的倒计时日历每天都会撕下一张，随着时间的递减，学习压力也越来越重，每个人都绷着一根弦，在高考前，这根弦只能越绷越紧，不能断。

不过现在的年轻人都会忙里偷闲给自己减压，随着圣诞节的来临，各班不知道怎么掀起了织围巾的风潮。

大概是有人说，这是高中生涯的最后一个圣诞节，再不给你仰慕的对象织条围巾，以后就再也没有机会了。

小卖部的毛线团被一扫而光，连学校附近的书店都嗅到商机开始进货毛线团卖。

手笨脚笨的岳梨也不甘示弱搞了一个，每天下课就在那里跟毛线作斗争。但她是真学不会，每天到处取经还是不会。

戚映也不会，见她每天为难成那样，就去跟后排的于禾学了学，然后回来手把手教她。

岳梨简直惊呆了，不解地问：“为什么！为什么你只花了十分钟就学会了？老天造人这么不公平的吗？”

戚映笑着说：“我会一些刺绣，所以学起来容易点。”

岳梨哭唧唧道：“为什么你什么都会！而我一无是处！”

不过有了戚映手把手教，她终于摸透了规律，偶尔勾错针，戚映在旁边还能帮她纠正回来，围巾总算渐渐成型了。

岳梨特高兴，她一高兴就希望小姐妹也高兴，对戚映道：“你也给大佬织一个吧！我听说有高一的小学妹打算织了围巾送给他，你不能落后啊！”

戚映不知道为什么有点害羞，小声说：“我绣了别的东西给他。”

岳梨好奇极了，赶忙问：“什么啊？手套？袜子？还是毛衣？”

戚映没告诉她。

她没带到学校来，只每天偷偷地在自己的房间里绣。

戚映其实并不会刺绣，但在梦中跟着照顾她的嬷嬷学过，并且只做过一个粗糙的香囊，可那香囊送给将军的时候，他一点也不嫌弃，就那么挂在腰间，从不遮掩。

可现实中她就没动过针线，头脑中的技艺根本没法应用，就这么磕磕绊绊的，赶在圣诞节来临的时候，绣了一个跟之前一样拙劣的香囊出来。

戚映真是好懊恼，都不想送了。

圣诞节那天，季让等着收围巾。

开玩笑，听说全年级的女生都在织围巾，他的小宝贝怎么可能例外呢。

为此，他这天专门穿了一件低领毛衣，露出修长的脖颈，看上去就很冷，十分需要围巾的呵护。

一大早，各班教室就贺卡礼物满天飞，收到围巾的男生们免不了扬扬得意，而送出心意的女生们也暗自欢喜。

季让等了一个上午，觉得脖子有点凉。

中午放学，他去 2 班找戚映。刚过去，就看见她挽着岳梨往下走，岳梨怀里抱着一个粉色的礼品袋，偷偷摸摸跟做贼似的。

看见他时，戚映只跟他招了下手，小声说："我陪梨梨去送礼物，你自己去吃饭哈。"

季让："……"

岳梨的围巾是织给沈约的。

趁着中午大家都去吃饭，体育办公室没人，两个人悄悄地摸进去，岳梨把装好围巾的礼品袋放在沈约的办公桌上，感觉心脏都快跳出来了。

放完之后拉着戚映掉头就跑，生怕被人撞见。

等跑远了，才气喘吁吁地问："映映，你说他会戴吗？"

戚映也拿不准，但不想好朋友伤心，安慰她说："天气这么冷，他肯定会的。"

岳梨有点紧张，又有点小激动，开始暗戳戳地期待自己亲手织的围巾会出现在沈约的身上。下午放学的时候，还专门跑去体育教室那边晃了一圈。

沈约站在门口跟一个老师说话，脖子上空空如也。

岳梨难过得快哭了，跑回教室恹恹坐着，晚饭都不想吃了。

晚自习的时候，天上突然飘下小雪来。

只听见靠窗的学生兴奋地喊了一句"下雪了"，整个教室就都骚动起来，全部凑到窗边去看雪。

今年的初雪。

戚映也很开心，一下课就跟着同学跑下去。

今年的第一场雪比去年下得要早一些，刚好又是在圣诞节，大家都挺高兴。

正在雪地里双手捧着接雪花，手腕突然被拽住，戚映还没反应过来，已经被气势汹汹的少年拽到了花坛后的墙边，一把按在了墙上。

大佬目露凶光，像要杀人：“老子的围巾呢！”

戚映：“……”

难怪他今天看上去怪怪的不对劲，原来是因为这个啊。

戚映突然觉得有点想笑，这个人怎么像个小孩子似的。

她抿了下唇，小声说：“我没有织。”

尽管早已猜到这个结果，大佬还是觉得心好痛。他手指在她小脑袋上戳了戳，气得说不出话，半天只憋出一个字：“你……”

然后就看见小姑娘低下头，从校服里面的羽绒服口袋里掏出一个东西来，有点不好意思地递过来说：“绣了这个给你。”

季让一愣，看着她手中那个……好像是香囊？

正所谓“山重水复疑无路，柳暗花明又一村”，大佬被这个巨大的转折搞得有点发蒙。

没记错的话，香囊在以前，是定情信物的意思吧？

那香囊小巧可爱，在暗夜飞雪中，传出浅浅清香。他喉咙发紧，好半天才低声问：“这是你绣的？”

戚映有点不好意思地说：“嗯……不太好看，你不要嫌弃呀。”

季让一把抓过来说：“不嫌弃。”

怎么会嫌弃！别人织围巾，她绣香囊，他的小宝贝简直与众不同到极度可爱！

他捧着香囊左看看右闻闻，明明平时沉稳又冷静，此刻眉梢都掩不住笑意，像是收到了什么绝世珍宝。

戚映觉得心里面甜甜的。

上完最后一节晚自习，雪已经下大了。

季让一般都会送她去公交站，今晚却拉着她走到他停摩托车的地方，从车箱里拿了一个刺绣袋子出来。

这个位置光线较暗，公交不走这边，学生基本也不来这边。季让把袋子递给她，笑着说："打开看看。"

戚映眨了眨眼，小声问："送给我的吗？"

他挑眉："不然呢？"

她有点高兴，虽然知道是圣诞节礼物，可今天下雪了，那也算是初雪礼物呀。

原来不止在梦中才能收到初雪礼物呀。

袋子里像是一件衣服。戚映好奇地把里面的衣服拿出来，红色在她眼前铺开。

是一件大红色的斗篷，跟她梦中穿的那件很像很像。

那个时候，她穿着那件红色的斗篷等将军回府过年，却等来了他的灵柩。她到现在都不知道，他会不会喜欢她穿红斗篷的模样。

眼前的少年笑得好温柔。

戚映有点想哭，她垂下眸，轻声问："为什么送这个给我呀？"

季让伸手拿过斗篷，披在她身上。"不知道。"他说，"看到这个，就觉得应该是你的。"

他把镶嵌了白绒毛的帽子戴在她头上，偏着头欣赏了一下，笑起来："真好看。"

第二十六章

挥手道别离

圣诞节那场初雪过后，海城本来就低的气温迅速下降，正式进入寒冬。高三学子们每天起得比鸡早睡得比狗晚，被这鬼天气折磨得要死要活。

屈大壮抱着热水袋发出痛苦的质问："不是说全球气温变暖吗？为什么一年更比一年冷？"

老天爷用行动告诉他，我还可以更冷。

屈大壮生无可恋，每天唯一的盼头就是他让哥给他带的蛋糕。

他觉得可能是自己努力学习的精神头感动了让哥吧，让哥居然每天早上坚持不懈地给他带手工小蛋糕。

虽然味道一言难尽，时好时坏，还有两次吃过之后拉了一整天肚子，但这都不是事儿，他从这小小的蛋糕中感受到了让哥无穷的爱意。

季让还每天都问他："好吃吗？比上次垃圾桶里捡的那个怎么样？"

说实话屈大壮已经想不起来上次从垃圾桶捡的那个小蛋糕是什么味道了，但季让老问他，问了这么几次后，他就说："比垃圾桶里那个好吃多了！"

然后第二天开始他就再也没有收到过小蛋糕了。

季让兴致勃勃地把获得认可的小蛋糕送到了 2 班教室。

戚映发现自己又有手工定制小蛋糕吃了，好开心，尝了一口，季让问她："之前的好吃还是这次的好吃？"

戚映咂巴咂巴嘴说："还是之前的要好吃一点。"

自学两个月觉得自己可以拿蛋糕烘焙师资格的大佬："……"

戚映问他："为什么不买之前那家店的了？"

大佬面无表情："倒闭了。"

戚映惊讶道："那么好吃为什么会倒闭呀？"

季让苦着脸说："老板混蛋，跟小姨子跑了。"

大佬伸手去拿她手上的小蛋糕，听语气还怪委屈的："不好吃就扔了。"

戚映躲开他，不知道是不是想到了什么，眼睛弯弯地跟他说："这个也好吃，这家店的老板应该是好人，不会跑掉，以后就吃这家店的啦。"

大佬绷着脸，但眼里有了点笑意。

元旦过后，海城的天气就没好过，连续下着小雨，空气又湿又寒，简直是穿羽绒服都抵御不了的魔法攻击。

学校开过几天空调，但空调制热容易导致闷气，开窗制热无效，关窗又不通风，不少学生都因为这样来来回回的折腾感冒了，而且还容易发晕打瞌睡，学校无可无奈，最后又把空调给关了。

天冷心累，学习又疲惫，下课都不想出教室，上厕所也是能憋就憋。教室里还有点暖烘烘的温度，一出去简直被冻成狗，暖手的热水袋只能维持一节课就温了。

全靠抖腿取暖。

但季让每节课下课都要出去。

去 2 班找戚映拿她的热水袋和水杯，再去开水房帮她把水换了，然后送回 2 班教室。所以戚映总是暖和的，热水袋从来没凉过，水杯里也总有热水。

2 班的女生们每天眼巴巴地看着，简直要嫉妒死了。为什么对外人那么冷淡的大佬，可以对她那么温柔啊？

后来大家想了个办法，他们把开水瓶提到教室里来，每天早自习之前接一瓶开水放着，可以用一早上。

其他班级有样学样，于是那段时间每个教室的地上都湿漉漉的，全是灌开水洒的水。

直到某天有个班上课的时候开水瓶突然爆了，好在是放在门后，没有伤到人，学校就禁止再把开水瓶带到教室，每天都安排老师检查。

大家又恢复冻成狗的日子，只有戚映一如既往地暖和着。

三年级 2 班的学生们彻头彻尾地体验了一把什么叫冷冷的狗粮在脸上胡乱地拍。

非常绝望。

就在这严寒肆虐中，他们迎来了本学期的期末考试。

在高三不间断的大小考试围攻下，其实大家对考试已经免疫了，期末也没觉得有多重要，还比不上之前的全市一模。

而且考完之后还要继续上课，这期末考就相当于周考。

唯一值得人期待的就是寒假了。

虽然只有短短十天，但是对于已经好几个月没放过假的高三学子来说，简直就是在黑暗中窥见了一丝曙光。

各科老师都发了五套卷子当寒假作业。

屈大壮简直崩溃了，大喊："一共才十天假，三十套卷子，还让不让人活了？"

刘海洋嘲讽道："说得好像你会写一样。"

屈大壮怒回："我怎么不写？我现在好歹也是全年级三百多名！不写作业我能考这么好吗？"

两人闹了半天，最后还是绕回季让身上，屈大壮感叹道："厉害还是让哥厉害，年级前二十，怎么考的啊？"

刘海洋叹气道："仙女的力量，你不懂。"

屈大壮摇了摇头说："酸了。"

海城一中初七开学，放假的时候距离过年其实只有三天了。

季让先给家里做了一个大扫除。以前他都是叫保洁，但这次莫名其妙充满了干劲，很想自己劳动。

打扫完卫生，又把去年戚映买过来的灯笼重新找出来，挂在阳台上，插上电之后，照得家里暖烘烘的。

窗花对联那些得重新买，他冒着寒风去了趟商场。东挑挑西选选，第一次买年货，什么都觉得新鲜，买了两大袋子提回家，把家里布置得喜气洋洋的。

总是空着的冰箱也塞满了蔬菜食物，他想，等小宝贝过来陪他过年的时候，就不用点外卖了。他可以做好吃的给她。

但其实他也拿不准今年的大年三十戚映还会不会过来找他，毕竟这种团圆时刻都是要和家人在一起的。

正在家里坐立难安，想打个电话求证一下的时候，门铃响了。

小宝贝穿得像个小粽子，围着红色的围巾，露在外面的半张小脸雪白俏丽，让人忍不住想啃一口。

她笑得眼睛弯弯的，声音又软又甜："Happy New Year！去我家过年吧！"

季让以为自己听错了，问道："去你家？"

她推他进屋说："快去换衣服，等你一起吃年夜饭。"

季让被她搞糊涂了，往卧室走了几步才反应过来，回头问她："去你舅舅家？"

她开心地点头说："对呀，我已经跟舅舅舅妈说好了，他们做了好多你喜欢的菜。"

这就说好了？？？见家长？

大佬顿时紧张起来。

戚映继续说："我让俞濯去说的，说你是他的好朋友，想叫上你一起过年，舅舅和舅妈听说你是一个人，一下就同意啦。"

季让："……"他眼角有点抽，"俞濯会这么轻易帮你撒谎？"

她眯着眼睛笑，软声催他说："快去换啦，穿厚一点，外面可冷啦。"

当然没那么轻易。

她答应把今年收到的压岁钱全部给俞濯他才答应的。

季让很快换好衣服出来。知道要去俞家，穿得还挺三好学生，简单的毛衣配外套，牛仔裤搭运动鞋，干干净净的，又高又帅。

下楼之后，小区外有家水果店，他不好空手上门，但也不能送太贵重的东西引起怀疑，于是去买了两箱水果提着，跟戚映坐上车。

到小区的时候，俞濯已经收到消息下来接他。

他别扭地看了季让一眼，闷声说："我跟爸妈说我们是一个篮球队的，你平时经常辅导我功课，别说漏嘴了啊。"

季让："……"

戚映住在九楼，上电梯之后，看着数字越来越接近，天不怕地不怕的大佬，居然有一丝怯场。

戚映在后边偷偷拉了下他的衣袖，小声说："他们人很好的，不要怕。"

季让笑着点了下头。

俞濯走在前边，拿钥匙打开门，刚一推开门，俞程和吴英华已经走到玄关了，非常热情地招呼季让道："濯儿的朋友来啦？快快快，快进来。"

季让礼貌地笑了笑说："叔叔阿姨好。"

吴英华看到他手上的水果箱，"哎哟"一声："就过来吃顿家常饭，小孩子家家的还买什么东西啊。"

她把水果箱接过去，上上下下打量季让一眼，由衷地夸赞："小伙儿长得真帅。"

俞程看了几眼，觉得这小伙儿有点眼熟。

一时半会儿想不起来，干脆不想了。

厨房的菜已经做上了，吴英华招呼了他几句就又回厨房忙去了，还不忘喊："老俞，你给小季倒杯热可乐，瓜子和糖在茶几下面，拿出来让小季吃。"

可乐熬姜是俞家的传统饮料，俞程给季让倒了一大杯让他喝，介绍道："消寒去湿，暖身子的，你刚进屋，多喝几杯！"

家里暖烘烘的，虽然没他住的地方大，可是热闹又温馨。

俞程拉着他问了几句学习的事，一听说他期末考试考了年级第二十名，看季让的眼神越发喜爱了。

成绩嘛，向来是大人评判小孩儿的标准。

俞濯在旁边看得心里酸酸的。

爹啊，你要是知道眼前这个人就是你之前说的那个应该被开除的不良少年，他还拐跑了你的心肝外甥女，看你还笑不笑得出来。

俞程笑得满脸都是褶子，亲切地拍了拍季让的手说："来了就把这儿当自己家，跟濯儿和映映他们好好玩。映映你认识吧？跟你一样是高三的，但是她在 2 班。你们可以多多交流一下学习经验嘛。"

季让笑道："认识。"

俞程乐呵呵地站起来说："你们三个小朋友去玩吧，要去楼下记得戴帽子和围巾，大过年的别冻感冒了。我去厨房帮帮手，免得你阿姨一会儿又吵我。"

客厅只剩下他们三个人。

俞濯撇了下嘴，往沙发上一倒开始玩游戏，戚映笑眯眯，小声问："要不要去看看季小让？"

季让都快忘记他儿子的存在了。

跟着戚映去了她卧室。

她房间不大，简单又整洁，空气里有少女身上淡淡的甜香。季小让的笼子就放在书桌边上，季让进去的时候，看见那只白色的小仓鼠正在吭哧吭哧踩滚轮，玩得很起劲。

戚映把它照顾得很好，比当初他去买的时候，长肥了一大圈。

她软乎乎地跟仓鼠说："季小让，你爸爸来看你啦。"

季让："……"

现在就是后悔，非常后悔。

戚映还问："你要不要抱抱它？"

季让说："……不用了，让它玩吧。"

毕竟也不真是他亲生的，谁知道这仓鼠咬不咬人。而且比起季小让，他对她的卧室更感兴趣。

她的房间只有他卧室的一半大，放了必要的生活家具后就挤满了。书桌前的窗户上用钉子挂了一串紫色的小风铃，书柜里的书全是复习资料。

占地最大的就是那张床，床单是天蓝色，被子上映着笑脸云朵，看上去很软很乖。枕边放着一本高考英语作文范文，书上面还有一颗草莓糖。

屋里除了她书桌前的那张椅子，只有床可以坐。

季让站着参观完小宝贝的卧室，非常自觉地在床上坐下来。床垫软软的弹了两下，几乎可以想象躺上去时被甜香包裹的柔软与温暖。

小姑娘还未察觉他的心猿意马，也在他身边坐下来，双手撑着床，侧身问他："吃完饭，等天黑了我们去楼下放烟花好不好？"

挨得好近，屋里的那股甜香就更浓郁了。

季让偏头看她，觉得脸上有点发热。

戚映见他不说话，歪着脑袋好奇地凑到他面前问："你怎么啦？"

季让"噌"的一下从床上站起来说："放烟花是吗？"他一脸正气，"走，现在就去！"

戚映："……"

客厅里，看着穿戴好准备下楼的两个人，俞濯小同学表示："你们是不是有病？大白天放什么烟花？"

但收了钱，服务就要到位。

他姐说要去放烟花，他再不情愿，也只能跟着下楼去放烟花。

海城有烟花爆竹管制，随便放炮要罚款，放不了那种往天上飞的，于是三个人买了一堆什么地陀螺、小旋风、土地公，点燃之后往地上一扔，一边旋转一边噼里啪啦燃起五颜六色的火花，有的还一边转一边唱歌。

寒风瑟瑟，冷如刀割，三个人蹲在地上看土地公旋转跳跃，内心毫无波动。

最后季让面无表情地站起来说："回去吧。"

戚映点头道："嗯。"

俞濯："……"

我看你俩真的有病。

回到家终于暖和了一些，季让倒了好几杯俞家的传统饮料喝，俞濯看怪物一样看他问："你不觉得很难喝吗？"

季让回："挺好喝的。"

这可是他最讨厌的黑暗料理之一，这个人的味觉到底怎么长的？怎么跟他爸妈一样奇怪？他懒得管他，往沙发一倒继续玩游戏。

戚映陪着季让坐在沙发上看电视，他们在看一档解密类的恐怖综艺，戚映看得津津有味，季让时不时剥颗糖喂给她，温馨得要命，搞得俞濯觉得自己好像才是来做客的外人。

他怪不情愿看见他姐跟大佬那么亲昵，故意喊：“爸，你在厨房干吗啊？出来看电视啊，有你最喜欢的那个女明星。”

俞程手上还拿着蒜，从厨房探出头来，瞅了两眼：“这期我看过了。你咋又躺着了，坐没坐相！你看看人家小季，给我坐好！”

俞濯：“……”

好气哦！

他气势汹汹往大佬那头瞪了一眼，季让刚好回头，冷冰冰的视线不怒自威，俞濯顿时㞞了，委委屈屈地玩自己的游戏了。

不一会儿，听见他姐说：“我不要糖了，要瓜子，五香味的。”

大佬声音温柔得能拧出水来，点头道：“好。”

俞濯内心：压岁钱不想要了，现在就想在他爸面前揭穿这个人的真面目。

临近傍晚，丰盛的年夜饭终于上桌了。戚映提前让俞濯跟吴英华说了季让的喜好，桌子上好几道都是季让爱吃的菜。

俞程和吴英华性格爽朗，半点都不会让人觉得不自在。季让坐在戚映和俞濯中间，一家人都不停地给他夹菜倒饮料，让他不要客气，把这里当自己家，多吃点。

有那么几个瞬间，让他觉得恍惚。

他已经很多年没跟人一起吃过年夜饭了。他打小性子硬，连报复的手段都硬，用惩罚自己的方式去惩罚别人，恨不得同归于尽才好。

折腾了自己这么多年，连过年是什么滋味都忘了。

他以为他喜欢一个人，现在才发现，他其实只是习惯了一个人。

吴英华把最大的那块糖醋排骨夹到他碗里说：“小季，别愣着，快吃啊，这个要趁热才好吃。阿姨手艺绝对好，你快尝尝。”

季让收回心思，点头笑道：“好，谢谢阿姨。”

俞家的传统是在年夜饭桌上发压岁钱，俞程从衣服内袋里掏出三个红包，先给戚映和俞濯发了，然后才笑着递给季让说：“小季，新的一年，要好好学习，争取来年考个好大学啊！”

季让愣了一下，俞濯在旁边说：“不要啊？不要给我。”

俞程虚打了他一下说：“臭小子，吃你的饭！什么时候你也能考小季这样的成绩，我就给你发双份压岁钱。”

戚映说得没错，他们真的很好。

季让接过红包，低声说：“谢谢叔叔，我会的。”

俞程笑得合不拢嘴。

他礼貌又温和，一顿饭下来，坐实了在两夫妻心中的三好学生身份。

吃完饭，季让还想帮着收拾碗筷，被吴英华赶回去了，让他们三个孩子自己去玩。要看春晚还是要出去跨年都随他们便，注意安全就好。

海城去年搞了个跨年烟花秀，今年搞了个倒计时的钟，是真的大铜钟，足有三层楼高，早早就立在市中心的广场上。

市内好几大商家竞拍敲钟资格，倒计时的时候由竞拍者撞钟，听说来年会有一整年的好运。

撞钟的资格毕竟只有一个，新年福气当然是多多益善，后来大家就又说，听到第一声钟声的人来年会有好运。于是好多人都跑到中心广场看撞钟，等待跨年。

季让也带着戚映去了。

出门前，她跑回卧室换了件衣服。

把外套脱下来，穿上了那件红色的斗篷。

出来的时候，连吴英华和俞程都看呆了说：“映映，你穿的这是什么？披风？别说还挺好看的。”

她很适合穿红色。

皮肤白，五官精致，穿红色尤显得娇艳。

季让眼眸沉了沉，没说话，一直到三个人出了门，俞濯跑去找他同学了，季让站在昏黄的路灯下，终于忍不住把小姑娘扯到跟前来。

他手指摩擦着她的脸颊，像看不够似的，低声问她：“穿这么好看做什么？”

她笑得好漂亮，又乖又软地回答：“过年要穿新衣服呀。”

季让手指发紧，很想把她拥在怀里。

远处传来小孩儿放擦炮的声音，风过，带来一阵阵硝烟味。

季让看了戚映好半天，终于开口道：“去跨年吧。”

戚映抿着唇乖乖地笑着点头。

中心广场彩灯璀璨，亮如白昼，人山人海热闹无比，远远就能看见被栅栏圈在中间的那口铜钟。还有不少趁着这个机会出来赚钱的，四周到处都是小吃摊和玩具摊。

戚映是最喜欢这种热闹的，什么都想看一看，什么都想尝一尝。

季让都依着她。

只要看着她笑，他就觉得天塌下来也没什么大不了的。

临近凌晨十二点时，分散游乐的人群渐渐向铜钟靠拢，竞标成功的商家代表也已经在里面就位。

两个人都不想去挤，安心地站在外圈等着，反正都能听到钟声。季让让她站在圆形的石台子上，从身后虚抱着她，让她能看清敲钟的场面。

很快，人群里开始倒计时，从十开始，戚映反应过来，开心地跟着一起喊。

“五，四，三，二，一！”

浑厚的钟声重重响起，像水纹波，一圈一圈在广场上荡开，所有人一起兴奋地大喊：“新年快乐！”

季让手臂搂过她的腰，低头贴在她耳畔，像低沉的呢喃：“宝贝，快点长大吧。”

…………

跨年结束，两个人又在广场玩了一会儿，不想俞家夫妇担心，季让把戚映送回家去。

她纤细的身子藏在红色斗篷下，像从夜色中偷偷溜到人间的精灵，牵着他衣角问他：“明天我们去看熊猫好不好？”

大年初一，看什么熊猫。

季让笑着摸她毛茸茸的帽檐说：“好。”

走到小区楼下，清白的月光从海棠枯枝间洒下来，细细碎碎落在她身上，她跟他挥挥手，眉眼像天边的月牙儿，甜甜地说：“我走啦，明天见。”

她总是可以让他对明天充满期待。

回家路上翻了翻手机，收到不少祝贺短信以及红包，屈大壮在群里@了他好多条：

——让哥，听说你去见家长了？

——怎么样？岳父岳母还满意你吗？

——俞濯那小子没给你下绊子吧？

——小舅子最难搞定啊！

被岳梨拉进群的俞濯回复道：@屈小可爱，垃圾。

@屈小可爱：白莲花是谁？？？凭什么骂我垃圾？？？有种出来单挑！

@白莲花：中指。

群里闹闹嚷嚷，季让翻了下，摇头笑骂了两句。回到家洗漱一下就直接睡了，毕竟明天还要陪小宝贝去看熊猫。

手机是凌晨四点多响的。

季让迷迷糊糊醒来，还以为在做梦，前两遍都直接关掉了。

第三遍响了半天才意识到是来电铃声，被搅了清梦好不耐烦，半眯着眼划开屏幕，没好气道：“喂？”

听筒里传来季芊颤抖的哭腔说：“阿让，爷爷快不行了。”

季让一下清醒过来，翻身从床上坐起。电话里季芊还在哭，跟他说了医院的地址。

天还没亮，万物沉寂，他匆匆套上衣服，飞奔出门。

医院亮如白昼。

病房外的走廊上，季家的人都在，还有很多穿军装的战友和部下。

季芊红着眼睛等在电梯口，见他一出来，立刻冲上去，季让喉头有些发紧，低声问："还在吗？"

她点头，声音低哑道："老人家好像……还有什么心事未了，一直吊着一口气。"

季让没看走廊上的那些人，径直走进病房。

里面只有医生护士在，季老爷子把人全部赶出去了。

病房内有浓郁的消毒水味道，心电监护仪上的曲线已经很微弱，病床上的老人半眯着眼，听到脚步声，缓缓睁开。

季让在床边站定。

老人眼神浑浊，他曾经引以为傲的军人体魄现在消瘦得几乎可以看见骨头，生机已经从他身上缓缓流失了，仅有一口气吊着，看着床边已经长大的少年。他颤巍巍伸出干枯的手指，努力地去拉少年泛白的指骨。

他记得，小时候，他的宝贝孙子最喜欢这样拉着他的手。

季让动了一下，慢慢握住他的手。

他努力地睁开眼，想看清少年现在的模样，可他已经看不清了，眼前只有模模糊糊的光，那个少年在光中渐行渐远，已经走了很多年。

少年掌心的温度通过他枯瘦的手指传到他心里。

还好，少年的手还是这么暖。

他张了张嘴，沙哑又微弱的声音像是从嗓子眼里挤出来的一样，他说："阿让……"光影开始在眼前涣散，老人连睁眼的力气都没有了，可他还是固执地看着光影中那个模糊的身影，想要最后一次看清。

脑子里走马观花，是他这一生。

极尽荣誉的一生，又悔恨郁郁的一生。

他嘴角溢出苦笑，人之将死，才幡然醒悟曾经种种，可再也没有机会弥补了。

那个少年，早已走远。

老人缓缓闭上了眼，用最后的力气说道："阿让……是爷爷错了……"一滴浑浊的眼泪从眼角滑落，季让握在掌心的那双手，无力地垂落下来。

心跳监护仪发出尖锐的“哔”声，门外的人都冲了进来。

季让就那么直直地站在原地，看着床上的老人断了最后一口气。

凌晨的医院又开始忙碌起来。

季让不想跟任何人说话，也听不见任何人说话。

他独自走出病房，沿着走廊走了好久，走出医院大楼，在楼下的花坛边上坐下来。

天还没亮，清晨的寒风很冷。

他手肘撑着膝盖，双手缓缓捂住脸。

没有哭，只是有些难受。

“季家的家训是什么？背出来，爷爷给你买玩具枪。”

“忠诚勇敢！崇德向善！我以我身奉祖国，我以我血荐轩辕！”

“阿让真聪明，走，爷爷给你买枪去。有枪在手，你就是一个小军人，要保护好你的国家和家人，记住了吗？”

“记住了！爷爷，我想要最威风的那把枪。”

“哈哈哈好，阿让要什么爷爷买什么！”

那把威风的玩具枪陪了他很多年，后来被他踩碎了。

手机振动起来，是戚映打来的。

季让收回思绪，干咳了两声，让自己的嗓音听上去没那么哑：“怎么这么早就醒了？”

小姑娘声音朦胧，又轻又软地说：“我做噩梦了，有一点怕。”

他低声笑道：“不怕，我陪着你，再睡一会儿吧，不挂电话。”

她乖乖地“嗯”了一声，像是换了个姿势，传来窸窸窣窣的小声。

她说：“那我睡了哦。”

“嗯，睡吧。”

听筒里渐渐传出浅浅的呼吸，一下一下，透过电话，拂过他心尖。

好像没那么难受了。

冬日的冷阳刺破厚重的云层，天边溢出一丝薄光。

天蒙蒙亮的时候，季老爷子的遗体已经被运走了。接下来就是丧礼，老人家早就下了病危通知书，灵堂那边季家也早就在着手准备了。

季让独自一人在花坛边坐了两个小时，直到戚映再次醒来。

他听见电话那头传出窸窸窣窣翻身的声音，小姑娘大概是在找手机，好半天听筒里才传出她软绵绵的声音："我醒啦。"

他低低"嗯"了一声，因全身冻得僵硬，嗓音也哑，缓缓说："映映，今天不能陪你去看熊猫了，过几天好不好？"

她打了个小哈欠，乖乖回应："好呀。"

她很乖，从来不过问他的私事。

季让也没打算告诉她，不想让小姑娘为他难过。

挂了电话，他站起来活动了一下僵硬的身体，季芊发了信息给他，把丧礼的流程大概跟他说了下。

季让回家换了身衣服，然后打车去了灵堂。

老爷子的遗体已经处理好了，换上了正式的军装，陆续有人前来悼念。

季让没跟任何人打招呼，磕了头烧了纸，沉默地站到一边。丧礼上需要处理的事情太多了，忙进忙出，都没时间容他们悲痛。

没多会儿有个穿黑西装的人拿着公文包过来找季让，把一份遗嘱文件递给他说："季老先生把名下所有遗产都留给了你。"

少年神情沉默，没有接那份文件，淡声说："捐出去吧。"

律师愣了一下问："什么？"

少年将目光投向遗照，低声说："以爷爷的名义，捐了吧。"

他不想再说话，垂下眼眸，一副拒人千里的模样。

门口，帮着季芊接待客人的陈风致瞅了两眼，低声说："你爷爷是不是重男轻女啊？居然一点都没给你留。"

季芊无语地看了他一眼说："不懂就闭嘴。"

陈风致耸肩道："我懂，弥补嘛，可看阿让的神情，好像并不接受。"

两人正聊着，季伟彦从外边走进来，他刚才去外边接季老爷子生前的挚友，也是忙得无暇分身。季芊喊住他："二叔。"

季伟彦转过来问："怎么了？"

季芊皱着眉说："苏蓉没来吧？"

季伟彦顿了一下，低声说："没有，我让她回去了。"

季芊眼神闪过一抹厌恶，但面上不做表露道："这样最好，身体又不好，来了也是添乱。这两天阿让都在，你别让她过来。"

季伟彦沉默着应了。

等他一走，陈风致才开口："你跟你二叔说话也太不客气了。"

季芊不以为意道："在有关这个问题上，我已经很客气了。"她看了眼站在灵堂里的季让，"当年要不是我在国外上学，我真的……"

到底是隔了一层关系，只是站在侄女的立场，有些话也说不得。

刚好她爸在外边叫她："芊芊，去接一下你陈叔叔。"

季芊适时打住，跟陈风致挥挥手，赶紧往外走，走了两步又想到什么，回头跟陈风致说："阿让应该没吃饭，你带他去吃点东西。"

陈风致点点头，很有季家女婿的自觉，走到季让身边站着，还跟来悼念的亲朋点头致意。

季让转头看了他一眼问："你怎么又回来了？"

陈风致淡然道："祖国是我家，我得常回家看看。肚子饿吗？走，去吃点东西。"

季让不想理他说："不饿，不吃。"

陈风致叹气道："得守到明早呢，去吃点吧。"

季让不理他了，盯着地面看，连眼神都不给他一个。陈风致等了半天，无奈地给季芊发消息：没能完成任务，请主上降罪。

季芊回了一串省略号给他。

凌晨发出去世的消息，傍晚时分前来悼念的人才多了起来，都是从全国各地赶过来的。

季让就在那儿站了一天。偶尔走神，会想起小时候犯了错，在部队大院被爷爷体罚，顶着大太阳站军姿，一站就是几小时。

有几次还晒晕过去了，那时候奶奶还在，跺着脚骂爷爷老顽固，然后做消暑的绿豆汤给他喝。

哭声扯回了他的思绪，现在跪在灵堂前痛哭的也不知道是哪个亲戚，季让只扫了一眼就把视线移开了，随意扫向门口时，看到穿着黑衣服的小姑娘，手里拿着一朵白菊，站在等待悼念的人群末尾。

像座石像似的站了一天的少年终于迈开步子，大步走了过去。

戚映也看见他过来了，抿着唇浅浅笑了一下。

季让走到她身边，低声问："你……"嗓子哑得发疼，他咳了两声，才重新找回声音，"你怎么来了？"

她小声说："季芊姐姐说你一天都不吃饭。"她仰着小脸看他，眼神柔软，"等我悼念完，我们去吃饭好不好？"

季让摸了摸她的头，脸上总算有点笑意说："嗯。"

等小姑娘磕完头献完花，季让无视周围好奇的视线，拉着戚映离开了。

走出灵堂，她拉着他往休息厅走，变魔术一样从储物柜里提出一个食盒来说："舅妈熬的鸡肉粥，还有茄饼。"

她担心他一整天没吃饭胃不舒服，还专门从家里带了饭过来。

季让在沙发上坐下，把食盒一个个拿出来放好，埋头开吃。

她就乖乖坐在旁边陪着他，等他吃完了，把食盒收好放回袋子里，问他："要不要出去走一走消消食呀？"

季让点头。

天色已经暗了，但花园里的路灯很亮，光线中有飞扬的尘埃。

季让问她："冷不冷？"

她摇摇头说："不冷，我穿得很厚。"

他想了想，把她的手抓过来，焐在掌心。四周很安静，他不想沉默，忍不住跟她说话："今天出去玩了吗？"

她声音软乎乎的："没有，在家写作业。"想到什么，又说，"你是不是没时间写作业了？还有几天就开学了，我把作业给你抄。"

季让笑起来说："要不你直接帮我写了吧。"

她歪着脑袋想了想道："也行。"

花园中有一条长椅，季让站了一天有点累，牵着她坐下来。周围种了很多树，挡住了夜风，倒也没觉得很冷，憋了一整天，现在呼吸着新鲜空气，心里面畅快了不少。

戚映挨着他坐，小声说："我明天跟舅舅舅妈回冬城，外公外婆住在冬城乡下，要初五才回来。"

季让把身子靠过来，头枕在她纤弱的肩上说："嗯，玩得开心点，帮我给外公外婆问好。"

她侧着头看他疲惫的神情，像在哄小孩儿一样说："我外公外婆那里盛产桑葚，到时候我带桑葚果子给你吃呀。"

他闭着眼笑着说："好，多带点。"

她乖乖地"嗯"了一声，又问他："你是不是很累呀？我给你按摩一下吧。"

季让挑眉问："你还会按摩？"

她有点不好意思地说："我跟洗发店的哥哥学的。"她微微侧转身子，两只手按在他太阳穴上。她的指腹好柔软，带着暖暖的温度，力度轻柔地按了按。

还学洗头发那些人的语气问他："力度合适吗？"

季让"噗"地笑出来说："嗯，合适。"

她也甜甜地笑，回忆着洗发小哥的技巧，眼睛睁得大大的，努力找他头上的穴位。

季让逗她："小师傅手艺不错，收费贵不贵啊？"

她声音软乎乎地答："你长得好看，免费。"

季让笑得整个人都在抖，反手在她小脑袋上揉了一把，坐直身子。

她小脸雪白，只是鼻尖有点红，大概是冻得，季让把她的手抓过来焐在掌心搓了搓，又捧到嘴边哈气，心疼地说："天冷，回去吧，明天不是还要坐飞机吗？"

她眼睛湿漉漉的，像蒙着雾，看了他半天，才说："那你好好吃饭，不要难过好不好？"

他认真地点头说："好，不骗你。"

她弯着眼睛笑起来。

季让给陈风致打电话，让他开车送戚映回家。

挂线之后，扯着她往外走。

他其实舍不得她离开，贪恋她陪在身边时的温柔，脚步都走得很慢。他知道若是他开口，小姑娘一定会留下来，可他舍不得她太累。

一直把她送到门口，看着她上了陈风致的车。小姑娘扒着车窗认真地交代说："要好好吃饭呀。"

他笑着点点头。

直到车子开没了影，他才压抑地叹出一口气。

等季老爷子的丧礼彻底结束，已经是五天后了。

明天就要开学，果然跟戚映说的一样，他的作业基本没写，也没精力写，回到家往床上一倒就不想动了。

结果下午的时候门铃就响了，打开门一看，戚映带着岳梨和屈大壮站在外面，一脸郑重地说："我们来帮你赶作业！"

屈大壮握紧拳头说："让哥你放心！我们绝对不让你挨骂！"

岳梨也点头道："我只需要一个手工小蛋糕的报酬！"

季让："……"

也不知道老师到时候看到一份作业三种笔迹做何感想。

不过好歹是在开学前把卷子写完了，季让心无挂念，好好睡了一觉，第二天到学校居然有种生活回到正轨的感觉。

倒计时日历只剩下一百多天了，最后一学期，进入最后的冲刺阶段。

大多数人都痛苦地挣扎着坚持着，燃烧高三最后的时间，但有的人就很好命，刚一开学就得知获得了保送资格，提前解脱了。

没错，这个人就是吴睿小朋友。

他被保送去 B 大，也是他一直想去的学校。

这种好事当然要庆祝，一向以节约著称的年级第一，大方地请大家去学校后门吃麻辣烫。

屈大壮简直要羡慕死了，酸溜溜地说："接下来这几个月，你就可以不来学校上课了吧？打算去哪里旅游啊？"

吴睿推了推黑框眼镜，一脸严肃地说："我会继续上完剩下的课，只要心还在跳，就要继续学习。学无止境，任何时候都不能松懈。”

屈大壮：“……”

肃然起敬！

要不人家怎么能保送，就这觉悟，不保送都说不过去！

吴睿开了一罐啤酒，跟这群本以为会毫无交集却最终成为好朋友的不良少年碰杯，壮志豪情道：“我在 B 大等你们！”

众人：“……”

二模结束后，倒计时上的数字就只剩下一百天了。

海城一中是个很注重仪式感的学校，光动员大会还不够，又搞了一个百日誓师大会。

高三学子们累成狗，光学习还不够，还要听教导主任唾沫飞溅的训导，一脸疲惫加绝望。

金轮法王站在台上看到学生们哈欠连天，重重地拍了拍礼堂的讲台，歇斯底里地喊：“同学们！打起精神来！睡不好没关系，对于你们这个年纪来说，闭着眼睛就算是休息了！”

老子信了你金轮法王的邪。

第二十七章

危险在身边

学校可能是觉得每隔一段时间把高三学子搞到礼堂动员太麻烦，干脆换成教室广播的形式，时间也从每半个月一次变成隔三岔五来一次。

势必要把鸡血注射到底。

金轮法王振聋发聩的魔音成了学生们百日冲刺时最深刻的记忆。

高三说是时间紧迫，要全力扑在学习上，但其实杂七杂八的事也多，要登记考生信息，要检查档案，还要体测体检。

对于学生来说，只要不在教室上课，就算是忙里偷闲的轻松一刻了。

三月的时候，学校安排了在市医院进行体检，好久没放过假，突然有种关久了被拉出来放风的感觉。

到了市医院，各班错开项目去进行体检，以便能不排队不等候，尽快搞完回去上课。

9 班是先检查眼科，班上有几个视力好到逆天的学生，测出来的结果是双眼 5.2，连医生都有点不相信，把学生叫过去掰开眼皮检查是不是戴了隐形眼镜。

屈大壮在后边儿指点江山："看到没？这就是不爱学习的人，视力才会这么好，要是天天熬夜看书做题，怎么可能保持这么好的视力！"

他一脸崇拜地看着季让说："像我们让哥，双眼五百度，简直就是近视届的泰山，学习上的榜样。”

结果季让视力测出来双眼都在一百五十度以下，非常优秀，屈大壮反倒测了个三百度。

他不敢相信地问：“为什么？为什么我近视这么严重学习却很一般？”

刘海洋踢了他一脚说：“你那是打游戏打出来的近视，学习不背锅。”

这么一说好像是。

季让自从不打游戏后，这两年加上视力矫正，度数居然还下降了一点。

惹人羡慕。

从眼科检查室出来，走廊上到处都是拿着体检表的学生。季让接下来要去内科，走过拐角的时候，看到戚映按着手臂坐在椅子上休息。

应该是刚抽过血，指头按着臂窝上的棉签，脸色有点苍白。

季让走过去在她面前蹲下，低声问：“很痛吗？”

戚映这才看见他，眼睛弯着笑说：“不痛。”又抿了下嘴，小声说，“就是有点晕。”

抽血要空腹，她估计是低血糖犯了。

季让把手从校服口袋里拿出来，捏成拳伸在她面前问：“猜我手里有什么？”

她一下变得好开心：“草莓糖！”

季让笑起来说：“猜对了，获得草莓糖一颗。”他把粉色的糖纸剥下来，“张嘴。”

她乖乖张开嘴。

季让把糖塞到她嘴里，摸摸她的头说：“吃糖吧，吃了就不晕了。”

她咂着嘴，草莓的甜味丝丝缕缕地飘出来，嘴唇都粉嫩得泛着光。

季让正心猿意马，屈大壮拿着体检表从走廊那头横冲直撞地跑过来，像发现了什么新大陆似的，一脸激动地说：“让哥！一会儿要裸检！连内裤都要脱光！你昨晚洗澡换内裤了吗？”

吃糖的小姑娘脸颊飞过可疑的红晕，垂眸移开视线。

季让站起来，面无表情地转身说：“你过来。”

屈大壮傻白甜一样凑近问：“怎么啦？”

然后被季让按在墙角暴揍了一顿，差点在走廊上裸奔。

去到外科检查室的时候，在外面等候检查的男生都是一脸的神秘笑意，时不时传出一阵猥琐的笑声。

结果让他们失望了。

检查的时候根本不用脱内裤。

季让松了口气，再看屈大壮，他好像还有点遗憾？？？

抽完血出来，大家都嚷着又晕又饿，赶紧去吃早饭。季让一出来就看见拎着食品袋乖乖站在外面等着的戚映。

她已经跟岳梨去吃过早饭了，还给他打包了一份说："给你买了两个肉包子和一杯豆浆，够不够呀？"

9 班学生在旁边闻着香味羡慕得直吸气。

屈大壮说："快了，就快毕业了，很快就不用再吃这碗狗粮了。"

走廊这头，站在楼道口看着学生们的刘庆华扫过这一幕，皱着眉问身边的刘尧："那是你班上的学生和我们班的戚映吧？这两人看上去怎么好像有点不对劲？"

刘尧眼观鼻鼻观心说："哪不对劲？挺正常啊，同学之间互相帮助嘛。"他一脸正气，"我们当老师的，要心胸宽广一点，不要老是疑神疑鬼，以免给学生压力。"

刘庆华若有所思地点头。

刘尧转过身，一脸自家的猪拱了别人家小白菜的暗喜和感叹。

这世上没有无缘无故的改变和努力。有一个值得自己变好的人，是多么美好的青春啊。

随着夏季的来临，倒计时上的数字变成了两位数，最后终于变成了个位数。

高考放假前，学校组织了最后一次集体活动——拍毕业照。

但大家兴致缺缺。

毕竟穿着校服扎着头发以教学楼为背景还不让比 V 的毕业照，实在没有什么值得期待的。

他拍还不给修图！

对于不上镜的人来说简直就是灾难！

临到最后关头，各班班主任反倒不像之前那么紧张了，镇定地交代各班学生：“放松心态，拿出正常水平就好。这一年来，我们经历了大大小小的考试，这一次也跟以前一样，没什么不同。”

但是也有激进派的，比如刘尧，隔着老远就能听到他的喊声：“同学们！成败在此一举！真正检验你们的时候到了！拿出全部的实力，向所有人证明你是最棒的！”

他怅然地看着台下熟悉的面孔，想到这三年来的陪伴和最后这一年大家的努力，忍不住热泪盈眶道：“同学们，在我心中，你们每一个人都很优秀，我相信，今后你们也会继续优秀下去！到了这个时候，我再也不能帮到你们什么了，只能祝愿你们做的全会，蒙的全对，去吧，征服高考吧！”

六月六日，考生们前往各大考点看考场。

要不怎么说是上天注定的缘分呢，季让和戚映在同一个考场。

当然，如果这段缘分中，能扫除屈大壮这颗老鼠屎，就完美了。

屈大壮简直要激动哭了，大声说：“天啦！我居然跟你们在同一个考场！让学霸之光笼罩我吧！我这次肯定可以去 B 大找吴睿了！”

季让无奈道：“滚吧，我的学霸之光一点也不想笼罩你。”

季让和戚映在同一列，戚映在最前面第一个位置，季让在最后面一个位置。

在座位上坐下时，抬头就能看见她纤秀的背影。

她真的是他的小福星，哪怕是在这种时候，依旧能出现在他的视线中，给他希望与光。

等所有看考场的考生都落座后，屈大壮发现他前面坐的那个考生穿了一件全身印满单身狗头的 T 恤。就是那个嘴角挑着邪魅的笑，瞪谁谁倒霉的狗头。

屈大壮跟那学生后背的狗头大眼瞪小眼。

两名监考老师走进教室，自我介绍后开始跟大家宣讲明天考试的注意事项：能带什么，不能带什么，最早几点来，最迟几点进，都一一跟大家说清楚。

讲到最后，监考老师问："同学们还有什么问题吗？"

坐在中间的屈大壮一脸严肃地举起了手。

老师看向他说："这位同学，你有什么问题吗？"

屈大壮站起来，指着他前面的那个考生，一脸愤慨地说："老师！我要投诉我前面这位同学，他衣服上的狗头瞪着我，给我造成了严重的精神污染！"

季让和戚映："……"

不，我们不认识这个同学。

在屈大壮愤慨的神情中，最终监考老师妥协了，他对那个穿狗头T恤的考生说："同学，你明天考试不要穿这件衣服了。"

狗头考生："……"

高考两天，天公作美，天气分外凉爽。

最后一场考试的结束铃声响起来时，整栋教学楼都传出了欢呼声。监考老师一收完卷，屈大壮就从座位上弹起来，冲到教室最后一排给了季让一个熊抱。

季让一脸嫌弃地往外推，屈大壮死死搂着他的脖子不撒手，居然还带了点哭腔，情绪激烈地说："让哥，这三年，谢谢你！"

谢谢你一开始把我们当兄弟，也谢谢你后来逼着我们走回正道。

季让咬牙切齿地说："敢哭老子弄死你。"

屈大壮这才放手，不好意思地揉了下眼睛。

第一排，戚映把考试工具装回透明的文具袋，有些感慨地环顾了教室一圈，轻轻叹出一声气。

就这样结束了。

她回头去看站在教室后排的少年，他此刻是一脸不耐烦又带着暴躁的样子，但眼里分明有光，再不似曾经那双被阴霾笼罩着的眼睛，整个人都明亮起来。

察觉她回望的目光，季让抬眸看过来，神情顷刻温柔。

他走到她跟前，低头替她理了理有些歪的领子，然后自然地牵过她的手说："走吧。"

终于可以明目张胆地牵手，整颗心都快飞起来了。

季让脑子里只有一个念头：毕业了，恋爱可以搞起来了，这个小姑娘即将完完整整地属于他了。

嗯，让他好好策划一下，找一个最好的时机，把欠她的告白全部补上!

考生陆续走出校门，门外全是翘首以盼的家长，有人欢喜有人愁，但大多都是兴奋和释然的笑声。

俞程这两天简直比戚映还紧张，考试前还专门去文华寺烧了香，请俞家的列祖列宗保佑映映能正常发挥。今天下午是最后一门，他早早就在校门外等着。

戚映抱着文具袋跑过去，俞程一脸激动地问："出来啦？考得怎么样啊？"

她笑着点头说："正常发挥。"

俞程笑得脸上都要开出花了，看到她身后的季让，热情地打招呼："小季，你也在啊？考得怎么样？"

季让一副三好学生的模样道："还不错。"

俞程连连点头，他要带戚映去订好的酒店吃饭，跟季让打完招呼就要走。季让说完叔叔再见，非常熟稔地摸了摸戚映的头，语气温柔地说："明天见。"

小伙子，你手摸哪儿？？？

戚映小脸红扑扑的，完全不敢去看舅舅，软软"嗯"了一声。

俞程："……"

一直到上车，俞程一口气都没上来，最后还是忍不住，转过身沉痛地问："映映，你跟那个小季……关系很好吗？"

他问得算是比较委婉了，结果戚映回答得非常直白："我喜欢他。"

俞程："……"

女儿大了不由爹，外甥女大了不由舅。

俞程酸溜溜地说："映映啊，虽然你毕业了，但是你还没成年……"

戚映急忙道："下个月我就成年啦。"

俞程："……"

都怪俞濯！！！不是因为他，映映和那个叫季让的也不会认识！！看他回去不打死那个兔崽子！！！

戚映看着舅舅神色几经变换，忍不住捂嘴偷笑，偷偷发信息给季让：你把舅舅气到了。

他消息回得很快：我故意的。

他故意的，迫不及待要向所有人，宣示他的主权。

大佬心情前所未有地好，建了个群把手下小弟全部拉进来，然后在群里@全员："老子要告白，帮老子想个前所未有独一无二的告白方式来。"

众人："……"

为什么都毕业了还要吃狗粮？

…………

考试结束，各班都开启了毕业聚会。有的班是八日考完的当晚就聚起来了，2班安排在九日的中午，吃完午饭再去唱K。

高考结束这两天，全城KTV生意爆满，班委搜遍全城，才抢到娱乐城一家KTV的大包，将将能坐下2班几十号人。

中午大家吃火锅，坐满了店家整个大堂，男生们搬了几大箱啤酒，撒着欢地喝，连女生们也忍不住加入其中，闹闹嚷嚷，差点把人家的房顶给掀了。

刘庆华真是好笑又无奈，但也没阻止，倒了一杯酒后，站起来朗声道："同学们，老师敬你们。敬你们过去三年的付出，敬你们今后未知的旅途，不管你们身在何处，老师永远祝福你们前程无忧，岁月大好！”

不少学生都红了眼眶，纷纷举杯，齐声喊：“谢谢刘老师！”

高中啊，让他们又爱又恨的时光，就这么一去不复返了。

吃完午饭，大家转道娱乐城，那一条街都是酒吧和 KTV，有些跑得快的浑小子早就抢占了话筒，开始了魔音杀人现场。

戚映以前没喝过酒，喝了两杯啤酒就有点晕乎乎的，跟岳梨一人买了一根冰棍儿蹲在门口吃，不想进去被魔音摧残。

里面不知道是哪个杀千刀的男同学在唱《死了都要爱》，一嗓子吼得两个人冰棍儿差点没拿稳。

戚映快笑死了，掏出手机录了一段小视频发给季让。

9 班今天也在聚会，订的 KTV 也在这条街上，大概隔了两百米的距离，收到视频后回了戚映一串省略号，回道：我这边情况也差不多。

不过这是高中最后的班级活动，再难听也得忍着，戚映和岳梨啃完冰棍儿就进去了。最后还是陈梦洁出面，拿出班长余威，把那几个麦霸揪下来，按照学号一人一首地唱。

总算消停了。

戚映因为是转学生，学号排在最后一个，轮到她估计天都黑了。不过她也不喜欢唱歌，吃点水果喝点奶茶，跟岳梨凑在一起聊天，也挺开心的。

整个酒吧街因为有了这群高三学生，整个白天都显得异常热闹。

灯光朦胧的走廊上，一群人喝得脚步踉跄，嬉皮笑脸地簇拥着一个满身名牌的男人说：“萧哥，这边，往这边走。”

冯萧眼神已经飘了，听着四周震耳的音乐，不满道：“怎么这么吵？这什么破地方，这么不隔音。”

穿花衬衫的男人说：“这不是高考结束嘛，都被高三那些小崽子包场了。不过……”他挤眉弄眼地凑近一些，“这更好啊！有高三的学生打掩护，条子也不会往这儿盯。最近他们盯高档会所盯得太紧了，就是这些小地方才好呢，鱼龙混杂，就算有什么事，一跑出去到处都是人和巷子，警察哪抓得到。”

冯萧一听是这个理，也嘿嘿地笑，指着尽头的洗手间："我去个厕所，你们在包厢等我。"

花衬衫男人把口袋打开，露出一个白色的袋子："搞快点，萧哥，这批货比你刚才尝的那个还要霸道。"

冯萧刚才已经吸过一轮了，神志也不清明，嗯嗯啊啊地应了，往洗手间走。

到门口的时候，跟一个正拿着纸擦手的小姑娘擦肩而过。

他闻到一阵属于少女的独特甜香。

一下想起来，是那一次在敬老院做公益活动时，遇到的那个纯得要命的少女。

那时候少女态度冷淡，转头就对别的男生笑，他又气又不甘心，可又忌惮那个少年，只能忍了。

现在认出人来，再加上刚才已经吸大了，在那股体香的刺激下，顿时恶向胆边生，从后面一把拽住少女的手腕，手掌捂上她的嘴，连拖带抱把她弄进了尽头边的包厢。

包厢内只开着昏暗的一盏灯，一群人正把一个个白色小袋子摊在桌面上，见冯萧绑了个女生进来，都大惊失色道："萧哥，你这是玩的哪出？"

冯萧早就吸高了，把剧烈挣扎的少女按在沙发上，一脸恶毒地笑道："你们玩你们的，我玩我的。"

包间内开着原唱的音乐震耳欲聋，掩盖了少女激烈的尖叫。

她挣扎得太厉害，又咬又踢又抓，冯萧本来就精神恍惚，没注意被她用指甲在脸上抓出一道口子。

痛感激怒了他，他抬手给了少女一巴掌，拽着她的马尾迫使她抬头，往茶几上撞。

足足撞了三下，少女终于不挣扎了。

殷红的血从她额头上流下来，流了满脸。

血腥味更加刺激了他。冯萧站起来，开始解皮带。

这时，包间房门突然被推开。

一个侍者模样的中年人端着水果盘走进来，礼貌地问："是你们点的水果拼盘吗？”

一屋子人顿时手忙脚乱地把茶几上的东西盖起来，吼那个侍者：“谁让你进来的？滚出去！”

戚映睁开眼，她拼命往前爬，朝那侍者伸手求救。

没爬多远，被冯萧拽住脚腕，一把拖了回来。

侍者手指紧了紧，端着水果盘往前走，低声说：“你们的水果盘，放在这里可以吗？”

那群人早就不耐烦了，有人站起来推他说：“让你滚听到没！”

手掌推到侍者肩膀时，被侍者一个反手擒拿扣住了。那人大惊，猛地抬头一看，失声大喊：“这人不对！他不是服务员！”

包厢里顿时一阵混乱。

震耳音乐声中，响起尖锐的警报声，空气里传来浓烟味，随即听到外面走廊混乱嘈杂的叫声：“着火了！快跑！”

包厢里的人慌乱地往外跑，侍者却往里面冲，把躺在地上的戚映抱起来。

已经失去神志的冯萧吼住那群往外跑的人：“不能放他们出去！他都看见了，救出那个小贱人会一起指证我们！”

一群人在门口顿住，反应了一会儿纷纷转过身，拎起包间里能拿的工具，朝那个侍者打过去。

那侍者身手不错，可难敌众拳，还要护着身下的戚映，很快被打倒在地。

守在门口的花衬衫大喊：“别打了！咳咳咳，快点走！火烧大了！”

一群人轰然而逃。

浓烟大作的包厢内，侍者挣扎着爬起来，去抱地上的小姑娘。

戚映满脸都是血，意识渐无，察觉到有人碰自己，下意识地挣扎。

那侍者轻拍她的头，安抚道：“小姑娘别怕，我是警察，警察叔叔救你出去。”

她闭着眼，听着那低哑温和的声音，眼泪滚滚而出。

是和爸爸一样的人啊。

…………

电线短路引起的大火，烧红了傍晚的半边天。

低端的酒吧 KTV，消防设施根本不过关，大火烧起来时毫无办法，只能任由它顺着风势渐大。

一整条街的人都跑了出来，消防车救护车警车挤满了街头。

季让听说附近着火了还愣了一下，待看见是 2 班所在的那家 KTV，拔腿冲了过去。

吓傻了的 2 班同学们站在街边，心有余悸地看着已经被大火笼罩的房子，陈梦洁还在点人，焦急地问道："2 班的都出来了吗？都在吗？"

岳梨找了一圈没看见戚映，脸都白了，赶忙跑过来说："班长，映映不在，我没看见映映。"她想到什么，一下哭出来，"她刚才去上厕所了，一直没回来！"

跑到跟前的季让正好听到她这句话。

少年脚步一顿，飞快转身，毫不犹豫就往火场里冲。

陈梦洁在后面尖叫："拉住他！快拉住他！"

可他们追不上季让。

少年已经冲到门口处，被赶过来的消防人员拖住。

那消防员吼他："你不要命了是不是！"

少年疯了一样，双眼红得几乎滴出血来，拼命挣扎，两个消防员差点没拖住，死死抱住他。

那火烧得好大好大，映着他绝望的眼睛，像烧毁了他的五脏六腑。

他满脸眼泪，撕心裂肺地喊："映映！"

可哪里会有人回答呢。

消防员已经开始灭火了。

季让挣扎到最后，几乎是被两名消防员扛了回去，交到了奔过来的警察手里说："这小孩儿不要命了，看紧他！"

又一脸严肃地对季让说："相信我们，只要有一线生机，我们都会把里面的人救出来。”

少年已经没有挣扎了。

他眼睛里一丝神光都无，像坠入无尽深渊，浑身都是绝望过后的死气，万念俱灰也莫过如此了。

两名警察一左一右扶着他往警车那头走。

街上来了很多辆警车，按理说一个火灾不应该出这么多警的。经过一辆商务型警车时，两个便衣警察正把一个浑身是血戴着手铐的男人往车里塞。

其中一个拿着对讲机说：“陈队，最后一个人也抓住了。”

警车里已经扣了一群模样狼狈的人，戴着手铐的男人神志不清，还在做垂死挣扎，大声喊道：“你们凭什么抓我！我要打电话，我要叫律师！”

后面那警察狠狠瞪了他一眼说：“给我老实点！绑架小姑娘还想灭口，律师来了也救不了你！”

季让突然顿住了脚步。

两个看着他的警察还以为他又要发疯，都一脸紧张地拽住他，却见少年看向那个被手铐铐住的男人，哑声问：“我是不是见过你？”

冯萧眼神涣散，看了季让半天，突然咯咯笑起来说：“是你啊，季家的小少爷……嘿嘿，你女朋友，滋味真好，可惜烧死了啊。”

季让双眼瞬间充血，像一只野兽扑了过去。

几名警察都没防备，冯萧整个人被突然发疯的季让按在警车后备箱里，少年双手掐住他脖子，几乎要把他脖颈掐断。

冯萧被掐得直翻白眼，脸色迅速青黑。

几名警察又拖又拽又吼，抱住他四肢，硬生生把他从冯萧身上扒了下来。

可少年已经失去理智了。

脑子里只有一个想法——杀了他。

几个人按不住他，只能用对付罪犯的方式把他按在地上，双手反扣到背后，一名警察朝旁边大吼：“去叫医生过来注射镇静剂！”

与此同时，便衣的对讲机里传出激动的声音：“找到韩队了！”

两个便衣对视一眼，一个留下来看着季让，一个拿着对讲机迅速赶了过去。

被火烧成废墟的巷子口，狼狈的中年男子抱着一个浑身是血的小姑娘踉踉跄跄地走了出来。

便衣警察们迅速冲上去，接过他怀里的少女说："韩队！你没事吧韩队？你放心，人都抓住了！"

医生抬着担架往这边跑。

怀里的小姑娘闭着眼，奄奄一息。可像是突然听到了什么声音，挣扎着睁开眼，朝闪烁的警灯处看去。

便衣警察感觉衣服被扯了扯，他低下头，听见小姑娘声音虚弱地说："我要过去。"

他安抚道："别怕，医生马上就来了。"

少女固执又坚决地说："我要过去，我要去那里。"明明意识已经模糊了，可却清晰地明白，她必须过去，去到那个绝望挣扎的少年身边。

便衣看了眼不远处，意识到什么，他抱着小姑娘大步走了过去，把她轻轻放了下来。

戚映半跪下身子，伸手摸了摸少年的头。

季让突地顿住了，他艰难地抬起头来。

看到眼前满脸是血的小姑娘正乖乖对她笑。

"我没事。"她轻声说，"不要难过呀。"

少年眼泪夺眶而出。

挣扎着爬起来去抱她，可手臂要碰到她时，又怕她痛，慌张地收了回来，只手指轻轻抚着她脸颊，哑声问："是不是很痛？"

她软软地笑："不痛，不要哭。"

医生已经抬着担架冲到跟前来，戚映强撑的意识也终于支撑不住，眼前一黑，整个人向前栽了下去。

季让眼神惊恐，一把抱住她，医生把担架放在地上，几个人迅速把昏迷的戚映抬上去，冲向救护车。

…………

海城市新闻台连续三天都在播报娱乐街一家KTV因电线短路引发火灾，后又因消防设施不到位造成大火蔓延的新闻。

所幸这场大火没有造成死亡，只是有一名缉毒警察在卧底追查线索时被聚众吸毒的罪犯打伤，好在最后也逃了出来，还救出了一名被困厕所的高中生。

为了保护受害者的隐私，戚映的情况没有泄露给媒体。

没有外人知道，她当时在包厢里经历了什么。

卧底的缉毒警察叫韩阳，追查冯萧这批富家子弟聚众吸毒已经有一段时间了，这群人窝点太多，像泥鳅一样滑得不行。而且背后有一个巨大成熟的供毒链，韩阳盯了这个案子很久。

这一次收到线人的情报，立刻下达了任务，禁毒大队的同事其实早就在KTV外面围着了。他扮作侍者，戴上监听仪进去查探情况，就准备把这群人一网打尽。

结果看到了戚映。

小姑娘受伤太重，他根本等不到同事进来接应，只能先出手救人。

好在同事通过监听仪传出来的对话声音还原了现场情况，当即出动去抓人，把那群想趁着火灾杀人灭口的罪犯全部抓了起来。

人证物证俱在，除去聚众吸毒这一项外，还要再加上强奸未遂以及杀人未遂，等冯萧彻底清醒过来的时候，等待他的已经是毫不留情的法律审判了。

韩阳伤好之后，去医院看过戚映好几次。

可小姑娘一直没醒。

脑震荡造成的昏迷，连医生都说不准她什么时候能醒来。

韩阳听来探望她的海城一中同学说，这个小姑娘刚刚参加完高考，成绩很好，是B大Q大的苗子，迎接她的，本该是美好璀璨的大学生活。

他还看见日日夜夜守在病房外的高瘦少年。

同事说起这个叫季让的少年都忍不住咋舌说："真的是疯了一样，连命都不要了。但是那个小姑娘一出现，他立刻就恢复了理智，唉，真的看得我都心酸。"

少年眼眶青黑，胡子拉碴，整个人憔悴又无神，用行尸走肉来形容也不过如此了。

韩阳想了想，在他身边坐下，低声安慰道："孩子，别这样折腾自己，别等她醒了，你却倒下了。回家休息一下吧，睡一觉，吃点东西，说不定等你休息好再回来啊，她就醒了呢？"

季让这段时间谁都不理，像把自己的五官都关闭起来，听不见任何声音，也没有任何感知。

他唯一的慰藉就是病床旁的心电监护仪还波动着。

他的小姑娘还活着，活着就好。

如果她能醒来，他愿意付出一切。如果她不能醒来，那也没关系，他就这样守着她，守一辈子。

可韩阳的话他却听见了。

他慢慢抬头，看向身边满眼担忧的警察，好半天，干裂的嗓子才发出几个沙哑的音节："谢谢你救了她。"

韩阳笑了笑，和蔼地摸了摸他乱糟糟的头发道："这是我们应该做的。别难过，孩子，我们会尽全力把这个社会上的坏人都抓起来，给你们一个安全美好的成长环境。相信叔叔，小姑娘一定会醒的，她还要和你一起去上大学呢。回家休息一下，洗个澡睡个觉，换身衣服，等她醒来，让她看到一个干净帅气的小伙子，行不？"

季让看着身边的韩阳，突然想起了戚爸爸墓碑上那张穿着警服目光坚定的黑白遗照。

这世上的邪与恶永远不会消失殆尽，可总会有一群人，冲在最前面，拼命把黑暗挡在身后，只留给他们光芒与温暖。

季让点了下头，说："行。"

他打车回了家。

家里好长一段时间没开窗，有股潮湿的霉味。他去把窗户全部打开，让光透进来，然后去洗澡，剃胡子，听韩阳的话，把自己收拾干净。

可他还是睡不着，也吃不下东西。

他担心小姑娘突然醒过来，第一眼看不到他，会害怕。

他得回医院，马上回去。

他扯了个书包出来，随便往里面塞了两套换洗的衣服，往肩上一甩就要走。

书包扫过床头柜时，把放在上面装满小星星的玻璃瓶撞落在地。“砰”的一声，玻璃瓶摔得四分五裂，九百九十九颗小星星滚落一地。

季让又气又急，他像做错事的小孩儿，跪在地上去捡小星星。

碎玻璃割破了他手掌，血滴下来他也不在意。

有几颗小星星被他踩扁了，捡起来用手指捏着想要复原时，他突然发现折星星的小纸条上好像有字。

季让愣了愣。

他跪在地上，迟疑着，把那颗小星星拆开。

小纸条上真的有字，熟悉的字迹，工整又娟秀：

——拆开这颗小星星的季让要吃一块巧克力小蛋糕。

他手指发抖，发疯一样，又去拆另外的：

——拆开这颗小星星的季让要美美睡上一觉。

——拆开这颗小星星的季让要喝一杯牛奶。

——拆开这颗小星星的季让要多笑一笑。

——拆开这颗小星星的季让要亲一亲映映的眼睛。

——拆开这颗小星星的季让要送给映映一颗草莓糖。

…………

他舍不得拆了。

捧着这几张小字条，捂着脸埋下头，无声哭出来。

原来他的宝贝，送了九百九十九个愿望给他。

他得听她的话。

季让站起来，去卫生间洗干净手，抹上药贴上创可贴，然后往床上一躺。

他要听她的话，美美睡上一觉。

他实在太累了，躺上床后，呼吸很快就平静下来，一直睡到临近傍晚才醒来。

窗外是连绵翻腾的夕阳云霞。

他从床上爬起来，去厨房热了一杯牛奶喝，然后拎着书包下楼去医院。到医院的时候，是俞程守在床边。

看见他进来，疲惫地笑了下说："来啦？护士说你回家休息了，怎么不多休息一下。"

季让摇摇头，沉默走近。

俞程站起身拿过水杯说："我去接点热水，顺便给你买点晚饭上来，你想吃什么？"

季让说："巧克力蛋糕。"

俞程愣了一下，点头说好。

病房里安静又清凉，床上的小姑娘呼吸平稳，看上去就像睡着了一样。

季让俯下身，从口袋里掏出一颗草莓糖，放到她手心。

他低声说："映映，给你糖啊。"

第二十八章

唤你千万遍

季让每天都会拆一颗小星星，那成了他坚持下去的全部动力。

他甚至舍不得拆多了，怕哪一天小星星全部拆完了，可她还是没醒，那该怎么办才好。

他买了两个玻璃瓶，把拆过的小星星又折起来，放到另一个玻璃瓶里，看着它与日增多，可是戚映依旧没有醒来的迹象。

月底的时候，高考成绩出来了。

戚映的分数上 B 大 Q 大也毫无悬念，季让比她差一些，但国内重点大学基本可以任由他挑。

大家都考得很好，岳梨的分数足够她报考想要去的传媒学院导演系，连屈大壮都将将摸到了二本的分数线。

他们这个时候，本该在一起庆祝。

他本该，给她一个独一无二，前所未有的告白。

可没人高兴得起来。2 班的同学送了好多贺卡和水果过来探望，岳梨那一次听戚映说鹤溪寺许愿很灵，不爱运动的她爬了几小时的山，爬到鹤溪寺去许愿，希望好朋友能早日醒来。

转眼就到了填志愿的日子，屈大壮抱着电脑跑到医院，问他：“让哥，你去哪个学校？我帮你报。”

季让看都没看他一眼，他低头折着小星星，嗓音淡漠道："不去。"

屈大壮急了，吼他："不能这样啊，你那么努力才考来的分数，那么努力想要考大学，不能就这么放弃啊！"

季让手指一顿，半晌，低声说："我那么努力，从来都不是为了考大学。"

而是为了她。

我不是想上大学，只是想和她一起上大学罢了。

…………

戚映开始有意识的时候，发现自己站在一个老旧的小区院内。

梧桐絮飘得漫天都是，前方有一群小朋友你追我赶地仰着头，在吹梧桐絮玩。

游戏规定，谁的梧桐絮最先掉下来，谁就输了。

所有小朋友都玩得很开心，只有一个扎着双马尾戴着口罩的小女孩儿怯生生地站在梧桐树下，羡慕地看着他们。

有个胖胖的小男孩儿憋了一大口气把梧桐絮吹得老高，趁着飘飞的空隙，转身朝小姑娘喊："映映，来一起玩啊！赢了的人有草莓糖吃！"

戚映愣了一下，茫然地看向那个小小的自己，不知道这是梦还是什么。

小小的自己在摇头，声音又轻又软："我生病了，妈妈说不能让梧桐絮钻进我的鼻子里，不然会更严重的。"

另一个调皮的小男孩儿冲她做了个鬼脸说："真娇气！我们以后不带你玩了。"

她听到这话，顿时为难起来，担心以后大家都不跟她玩了。

迟疑了半天，还是取下口罩，加入了他们。

可没玩多久，那些梧桐絮就钻进她鼻腔嘴里，她弯下小身子，又咳嗽又打喷嚏，呛得满脸都是泪。

小朋友都慌了，游戏也不玩了，围在她身边不知道该怎么办。

小区门外传来一阵喇叭声，穿警服的男人骑着电动车下班回来了。小朋友们一看见他都很紧张，小胖墩说：“戚叔叔回来了！他要是看到映映哭了，会把我们都抓起来的！”

小女孩儿用手背揉揉眼睛和鼻子，软乎乎地反驳他说：“才不会，我爸爸只抓坏人。”

电动车骑到小女孩儿旁边停下，穿警服的男人看见小姑娘因咳嗽而泛红的水灵灵的眼眶，故作威严道：“你们这群臭小子，是不是又欺负我家映映了？”

一群小朋友背着手排排站，紧张地摇头。

小女孩儿拿出一张小手绢擦了擦眼睛，跑到电动车跟前，软声说：“爸爸，他们没有欺负我，是梧桐絮钻到我的鼻子里了，像小虫虫。”说着，打了一个喷嚏。

男人伸手替她拂去头发上的梧桐絮，大笑着在她额头上亲了一口：“等爸爸明天就把这些梧桐树全砍了。走，跟爸爸回家吃饭去。”

小女孩儿应了一声，爬到电动车前边站好，跟小伙伴乖乖挥了挥手。

戚映追了两步，想喊什么，可是发不出声音。

她意识到，自己确实在做梦。

梦到了过去，那个平凡又温馨的三口之家。

那些曾经稍一回忆就会心脏刺痛的画面，像幻灯片一样，一幕一幕在她眼前重现。

她看到小女孩儿一点点长大，拥有爸爸妈妈全部的爱，柔软又善良，从未经历人世间的伤痛。

她看到那个警察爸爸破获一起又一起毒品案件，被他拯救的家庭每年过年都会上门拜访，感念他的恩情。

她看到妈妈用心地照顾这个家，把里里外外大大小小的事情都处理得妥帖，爸爸只需要安心工作，她只需要安心上学。

直到那场意外出现。

戚映眼睁睁地看着爆炸发生，她就像个旁观者，痛彻心扉却又毫无办法。

后来……后来她想要离开这个世界。

别人眼中总是温柔笑着的小姑娘，眼里一丝生机也无，像被凭空捏碎了灵魂，成了一具空壳木偶。

她看着那个自己，眼泪止也止不住，突然，眼前一黑，整个世界陷入黑暗，静谧无声，像真空的宇宙。

她听到身后悲伤的抽泣声，转过身去，和她一模一样的小姑娘蹲在地上哭。

戚映朝她走过去，在她面前蹲下来。

两个人抬头，在彼此的眼睛里看见了对方。

“你是谁？”

“我是戚映。”

“我也是戚映。”

“你为什么哭？”

“我失去了爸爸妈妈，在这个世界上我什么都没有了，我好害怕。”

无边无际的黑暗中，一丝白光渐渐从远处蔓延过来。小姑娘眼里流露出恐惧和悲痛，慌忙朝黑暗里躲，喊着说：“我不要出去，那里什么都没有，我好怕。”她像抓到什么救命稻草，哀求地看着她，“你也是戚映，你代替我出去好不好？”

那样绝望痛苦的眼神，任谁看了都会心疼。

戚映听见自己说：“好。”

白光将一切都覆盖。

她下意识闭上眼，等眼睛适应的时候，才发现自己像站在虚空之中，什么也没有，无边无际，任由她四下奔跑也找不到出路。

她有点懊恼，不知道自己能去哪儿，也不知道要去哪儿。待久了，甚至开始感到无聊。

她在虚无之中躺下来，开始靠回忆过去打发时间。眼前闪过很多鲜活明亮的画面。

她遇到了像小太阳一样的同桌，遇到了那群每天自娱自乐没心没肺的同学，遇到了像爸爸一样伟大的警察叔叔，还有那个，视她如生命的少年。

只要想到他，哪怕是在这里，也不觉得怕了。

周围渐渐起了雾，白茫茫的雾气中，有个小小的身影渐行渐远。

戚映赶紧追上去，从背后一把拽住了她的手。

小姑娘回过头来，和她一模一样的眉眼，弯着眼睛对她笑着说："是你呀，你怎么回来啦？"

戚映握住她冰凉的手说："我回来找你。映映，我们一起出去吧。"

她摇头，身子发抖说："不要，那里什么都没有，我怕。"

"不要怕，有人会保护我们的。"

"是谁呀？"

"他叫季让，是天底下最好最好的人，我们一起出去见他好不好？"

身后白雾散去，渐渐有温暖的光漫过来。

她俯下身，温柔地抱住一模一样的自己，轻声说："他像爸爸妈妈一样爱着你，会每天给你送草莓糖，偷偷学做小蛋糕。他很聪明，答应了和你一起考大学，果然说到做到。他也很厉害，会把所有想要伤害你的人挡在外面，他把他全部的爱都给了你一个人。所以，不要再怕了。"

"真的吗？"

"真的。"

那个少年，爱她如生命。

她知道，只有她好好活着，他才能好好活着。所以要赶快醒来才行，不能让他担心。

她牵着她的手，一步一步，走向那片温暖的光芒。

一滴眼泪从眼角滑落，戚映慢慢睁开了眼。

总是空空泛疼的心脏，终于像补上了空缺。

她想起来了。

她是戚映，也是戚映。

是梦中曾经那个失去将军悬梁自尽的戚映，也是现在那个因失去父母想要了结生命的戚映。

她无法接受惨痛的现实，逃避着这一切，于是她封闭了自我，推了梦中的记忆出来接管身体意识，自我催眠她不是她。

她想，只要她不是她，就不会那么痛苦吧。

这是她的心魔，如今终于了结。

她愿意为了那个少年，重新热爱这个世界。

空气中有淡淡的消毒水味，混杂着草莓糖的甜香。

她慢慢从床上坐起来，看见枕边大把的草莓糖。房间里放满了鲜花和水果，床头柜有一大堆祝福她的贺卡。

窗户半开，夜风和月光轻轻地透进来。

半掩的门口，少年背对她而站。

外面，屈大壮抱着电脑最后一次苦口婆心地说：“让哥，最后一小时了，过了十二点，就真的没有机会报志愿了。”

季让神情冷漠地说：“要我说几遍？滚回去。”

屈大壮满眼无奈和难过，缓缓合上电脑。

季让正要转身回去，突然感觉身后的衣角被轻轻扯了下。

他身子一僵，整个人都颤抖起来，却不敢回头，生怕是错觉。

直到身后传来小姑娘软软的声音：“你要读什么专业呀？”

他像关节生锈的木偶，一点一点转过身去。小姑娘病容苍白，可眼睛好亮，笑得好甜。

他伸出手，轻轻碰了下她脸颊，又猛地缩回来，生怕是做梦，一碰她就消失了。

戚映抓住他的手，放在自己脸上。温热的触感透过掌心传到他心脏。

那颗萎缩干涸的心脏，终于又活了过来。

季让有点想哭，可不想让小姑娘看见他的眼泪，闭了下眼，把眼泪憋回去，挤出一个笑说：“你终于醒了。”

小姑娘弯着眼睛笑道：“我们约好了要一起上大学。”她说，“我不能食言呀。”

季让俯下身，避开她头上的伤，轻轻抱了抱她，嗓音低又暖：“嗯，宝贝最守承诺了。”

屈大壮在外面激动得直接哭出来了。

哭着大喊："快！快点填志愿啊你们！填完再亲亲抱抱啊！"

戚映早有心仪的学校和专业，报了B大医学院。

季让盯着报考页面，迟迟没有动作。

戚映也不催他，乖乖地看着他。

半晌，季让转头问她："我也去B市好不好？"

她笑道："当然好呀。"

季让看向电脑，缓缓打下学校名称。

"妈妈！妈妈！今天我们写了作文《长大后的我们》！"

"阿让真棒，那阿让长大了以后想做什么呀？"

"警察！"

"为什么呢？"

"我要把所有的坏人都抓起来！"

"嗯，阿让真棒，妈妈为你骄傲。"

他曾经亲手放弃了他的梦想，而今，要为了她再度拾起。

戚映醒来后，又做了一个全面检查，基本确认无碍，但还必须住院观察一段时间。其间2班同学一拨接一拨地前来探望，病房里每天都很热闹。

但待不了多久，校霸大佬就冷着脸赶人。

虽然毕业了，但大佬余威仍在，大家还是怕他，一看他变脸就不敢再多待，纷纷跑了。

戚映好笑地责备他："你故意吓他们做什么呀。"

季让把病床摇下来，让她躺好，又掖好被角："你刚醒，要多休息，他们会吵到你。"他摸摸她还没拆纱布的头，"闭眼睛，睡觉。"

她听话地闭上眼，软声问他："我生日前可以出院吗？我不想在医院过十八岁生日。"

"要听医生的话，医生说可以就可以。"

等主治医生来巡房的时候，戚映果然一脸期待地问起自己的出院时间，没想到医生回复她的时间刚好就是她生日那天。

不过因为脑部受伤需要警惕后遗症，医生专门交代："半年内都不可以去游乐园玩那些高空项目，电影院音效振动太大，暂时不要去。最近外面气温太高，最好也不要出门，保持平稳和安静。”

小姑娘眼眸都暗了，委屈巴巴地“哦”了一声。

傍晚的时候，韩阳提着一盒牛奶糖过来了。他听季让说戚映喜欢吃糖，下班后专门去了一趟商场。

工作太忙，这还是戚映苏醒后他第一次过来，看见小姑娘灿烂的笑容，感觉工作的疲惫都散了很多。

他们拼命守护的，不就是这样的笑容吗？

戚映看到他眼眶就红了，乖乖喊了声“韩叔叔”。

韩阳感慨万千。

季让去给他倒了杯热水过来，韩阳跟戚映聊了会儿天，想起什么，转头问他：“听说你报考了警校？”

季让点头。

韩阳满脸赞许和感动道：“好孩子，叔叔相信你一定会成为最出色的警察。”

三个人正聊着，俞程提着晚饭过来了。吴英华最近天天研究十全大补食谱，每天换着花样给戚映做，季让跟着吃，也吃胖了一些。

一看到韩阳也在，又激动又高兴，连连问他吃饭没，又给吴英华打电话让她再送点饭菜过来，恩人在这儿，还没吃饭！

韩阳了解家属的心情，他们感激的心意总是纯粹又真挚，哪怕是吃上一口他们送的饭菜水果，都会令他们无比慰藉。

他没拒绝，笑着点了头。俞程果然很高兴，先把给戚映和季让的饭盒拿出来让他们吃，然后一脸神秘地把韩阳拉到走廊上。

那神情模样，韩阳还以为他要给自己塞红包。

结果俞程说：“韩队长，你有孩子没有？”

韩阳今年四十有二，一心扑在工作上，未婚。

他摇了摇头，俞程一把握住他的手说：“那让我们家映映认你做干爸成不？”

韩阳：“……”

这个走向简直太让人措手不及。

俞程生怕他拒绝，又是叹气又是抹泪道："我们家映映，命不好。你应该已经知道了，她爸爸跟你一样是缉毒警察，在两年前牺牲了，妈妈也受到牵连不在了。我只希望这孩子今后能一生顺遂，可谁知道又发生这种事。是韩队长你救了她啊！你是她的恩人！我前两天啊，去文华寺给她算了一卦，高僧说她命中缺贵人，我琢磨着，你可不就是她命中的贵人吗？"

韩阳简直哭笑不得。

俞程说着说着眼眶又红了，低声道："我们家映映啊，特别听话，特别乖，你认她当干女儿，她绝对不会给你添麻烦的。你看成吗？"

韩阳满眼感慨，半晌，点头道："成。我跟这孩子有缘，孤家寡人漂泊半生，多了个女儿，是我的福气。"

俞程喜极而泣，当即拉着韩阳回到病房里，冲着还在吃饭的戚映兴奋道："映映，快叫爸！"

季让："……"

戚映也是莫名道："欸？"

认干爸当然不能这么草率。俞程和韩阳一商量，决定等戚映出院那天，又刚好是她十八岁生日，在家里办桌酒席，给她过生日的同时，正式认亲。

时间一晃而过，很快就到了出院的前一晚。

因为戚映不能熬夜，季让也没有坚持他一向的仪式感，早早就哄她睡觉了。

他却睡不着，等到凌晨十二点的时候，偷偷从陪床爬起来，轻手轻脚地走到床边，俯身亲了亲她的眼睛，低声说："宝贝，生日快乐。"

小姑娘已经陷入熟睡，连呼吸都是清香。

他终于心满意足地上床睡觉了。

第二天一早，俞程就过来办理出院手续。戚映把病号服换了，穿上季芊前几天来探望她时送的红色小裙子。

季让在收拾行李，住了将近两个月，病房都快成为他的第二个家了。还有很多探病的礼物，塞满了整整两个箱子。

俞程办好出院手续就回来了，跟季让一人拎着一个箱子往外走。

戚映穿着红色的小裙子，乖乖跟在后面。

走到走廊上的时候，隔壁病房住院的小男孩儿拿着一朵玫瑰花跑出来，奶声奶气地说：“映映姐姐，生日快乐。”

戚映好惊喜，接过玫瑰花摸了摸小男孩儿的头，跟他说谢谢。

走到护士站的时候，一直照顾她的护士捧着包装精美的礼品盒走出来，笑着递给她说：“映映，生日快乐呀。”

一路走到电梯，足足收到了七八份礼物。

俞程乐不可支地说：“我们映映人气很旺啊。”

她捧着礼物笑得好开心。

走出医院大门，俞程和季让把行李往车上搬，戚映就站在台阶上等着，随意抬眼，看见街对面正对着的那栋商贸楼的巨大LED屏上，有用粉色草莓糖组成的“生日快乐”四个字。

她盯着看了好半天，觉得好巧呀。

上车之后，车子缓缓开离医院，经过医院旁边的公交站台，站台玻璃橱窗里的广告居然也是“生日快乐”。

车子一路开过去，目光所及之处，几乎都能看到写着“生日快乐”的地方。

直到等红灯的时候，一辆公交车在旁边停下来，戚映看见公交车身外，也贴着“生日快乐”的巨大横幅。

她终于忍不住了，转头小声问季让：“他们是在跟我说生日快乐吗？”

季让笑道：“现在才知道啊？”

她眼睛晶亮，“哇”了一声，飞快转过去，小手扒着车窗，到处看。

真的很多，回家这一路，凡是能做广告的地方，全部都是对她的生日祝福。

车子开进小区时，小区两旁的香樟树上绑满了五颜六色的气球，每一个气球上都印着“生日快乐”的字样，在风中轻盈飘荡。

戚映跳下车，眼眶红红的，认真地看了一会儿，然后转身扑进少年怀里。搂着他的脖子软声问：“是你送给我的吗？”

季让笑着抱住她，低下头，亲亲她柔软的发丝道：“欢迎长大，宝贝。”

吴英华一大早就出去买菜，张罗了一桌子丰盛的饭菜。

俞濯按照他姐的喜好，在家里布置了粉色的彩带气球什么的，蛋糕早就订好了，是戚映爱吃的巧克力味。

快到中午的时候，下班的韩阳也赶了过来。

一家人其乐融融，先给戚映过生日，许愿切蛋糕，然后让戚映给韩阳敬茶，正式认了干亲。

吃完饭，大人们都要回去忙自己的工作，剩下的时间就都留给他们自己。

戚映本来以为自己哪儿都不能去，结果没多会儿季让就带着她下楼，上了一辆黑色的奥迪车。

她有点惊喜，小声问：“我们去哪儿呀？”

季让俯身替她扣好安全带：“去给你过生日。”

车子把他们带到了海边别墅。

在房价飞涨的现在，临海的别墅几乎是天价。但这栋别墅购置很早，是当年季让妈妈的产业，现在在他名下。

以前他不愿意到这来，逃避着和过去有关的一切，别墅一直紧锁着，落满了灰。前段时间他找人来打扫，家具也换了新，别墅门前的小院里种上了生机勃勃的鲜花，整栋房子都焕然一新。

远远就听见里面传出震耳欲聋的音乐，像在搞 party 似的。

季让眼角抽了抽，让她先在小院中看看花，然后径直去开门，冲着里面吼：“屈大壮！把音响给老子关了！

这才静下来。

岳梨戴着个生日帽，拿着还在燃烧的焰火棒从门口冲出来说：“映映生日快乐！”

戚映惊喜地“哇”了一声。

别墅里简直就是 party 现场，甜品糕点零食饮料一应俱全，戚映进门的时候，骆冰和刘海洋还抱了个花篮，里面装满了玫瑰花瓣，使劲往戚映头上撒。

把季让给气的，一人踹了一脚。

她的好朋友们都在，居然还有傅南浔。

季让知道她喜欢热闹，在谨遵医嘱的情况下，给了她一个热闹的成人礼。

高中之后各奔东西，或许再也没有机会这样聚在一起了。

没有音乐的生日 party 一直进行到傍晚，外边的气温渐渐降下来，夕阳在海面投下绚丽的色彩。

季让拉着戚映爬到楼顶的天台去看海。

这里和大海就隔着一条马路和一片沙滩的距离，这样远眺，蔚蓝的海平面尽收眼底，还有落日沉在海面时细碎的金光。

戚映觉得好美，拿出手机靠在阳台边拍照。

腰间搂上来一双手，是季让从身后抱住她。

他很高大，怀抱也很宽阔，这样抱着她，好像可以替她挡去一切厄运灾难。

他弓着腰，下巴轻轻抵在她肩膀上，微微侧头时，唇就贴着她耳畔，呼吸时有点痒。

戚映软软地笑，用手去推他说：“你干吗呀，好痒。”

季让笑了一声，一只手抚住她脑袋，偏头在她脸上重重亲了一口道：“你说我干吗？”

“啵”的一声，戚映脸都红了。

少年手臂收紧，像想把她揉进血肉般，唇挨着她耳畔，低声喊：“映映。”

耳郭太敏感了，她身子战栗，声音都酥酥地问：“嗯？”

他说：“我本来想送你一个盛大别致的告白仪式。”他亲亲她耳朵，终于不再折磨她，抬头看向远处海面，“可现在我觉得，只要你好好在我身边就够了。”

经历过大悲大喜之后，平淡就是唯一的向往。

他松开手臂，把她身子掰回来，手掌托着她的脸，大拇指轻轻摩擦她脸颊，然后低下头，和她鼻尖相触说：“和我在一起好不好？”

小姑娘眼睛睁得很大，眨眼时，睫毛扫过他肌肤。

她抿了下唇，手指拽住他衣角，微微一踮脚，吻上他的唇。

她有点害羞，一触即放，埋下头去，嗓音又甜又软：“好。”

季让笑起来：“这怎么够。”

他只手托着她的脸，低头吻下去。

第一次接吻。

所有禁锢在这一刻全部松开，他终于可以毫无顾忌地吻她。

戚映被他吻得脑袋发晕，双腿软得站不住。少年搂着她往后退，直到身子抵上阳台，他掐着她的腰，更加放肆。

夕阳渐渐沉入海平线，余晖若隐若现，光在四周褪去，而他眼眸如星。

他离开她的唇，与她额头相抵，低声喊她：“宝贝。”

她双眼起了雾，小嘴半张，被他吻得还没回过神来，软乎乎地回应：“嗯……”

他浑身像被火烧，埋下头，亲她锁骨，一路往上，从脖颈亲到她耳朵。亲得小姑娘双腿发软瘫在他怀里，听到他沙哑的嗓音：“我爱你。”

至死不渝。

…………

戚映生日之后，季让就忙了起来。

报考警校不同于一般的学校，需要调档政审，还要参加专门的体能测试和体检以及面试。季让各方面都合格，亲属档案更是光荣的一笔，只是视力差了点，刚刚够到及格线的边缘。

刘尧真是万分庆幸这小子的处分档案已经消了。

谁会料到，当初为非作歹令人头疼不已的校霸，最终居然成了一名警校生呢。

海城一中听说此消息的同学都感到魔幻。

八月的时候，录取通知书就陆续寄到了。

警校的开学时间要早一些，提前了一周，季让只能先去学校报到。临行那天，戚映去机场送他。

经过一个暑假，季让突然发现他的小宝贝抽条了。

她以前的小脸其实有点肉肉的，显得乖巧甜美，只要不刻意打扮，也不会太过吸引别人的目光。但经过一个暑假，小姑娘长高了一些，也瘦了一些。

五官长开之后，脸形更加精致，如果说以前像一朵含苞待放的蔷薇，那现在就是蔷薇完全绽放开来，一颦一笑都惹人心动。

季让开始慌了。

走到安检口，他不进去了，转过身把小姑娘按在怀里，恶狠狠地凶她："老子不在的时候，你不准笑，听到没？"

戚映无辜地眨眼睛。

他心里面酸酸的，低下头狠狠亲了一口她红润的唇。

旁边人都看着，戚映怪不好意思，把小脑袋埋在他胸口，软乎乎地撒娇："你干吗呀。"

少年手掌按着她脑袋，声音都显得闷："你这个样子，老子怎么敢放你一个人去上大学。"

戚映笑得发抖，小手在衣服口袋里摸啊摸，摸出一个口罩来说："那我以后都戴着口罩，不给别人看。"

季让也觉得不好。怎么样都不好，他快烦死了。就这么闷闷抱着小宝贝，不撒手。

时间一分一秒过去，戚映好笑地推他说："快点进去呀，要赶不上飞机了。"

他深吸一口气，这才不情不愿地松开了，闷声说："我先过去，等你开学的时候来接你。"

戚映乖乖点头说："嗯，等我呀。"

他忍不住，又捧着她的脸亲了一口，才终于毅然决然地转身，拖着行李箱进入安检通道。

戚映一直站在原地跟他挥手，直到他的身影完全消失不见，才怅然地叹了口气，转身离开。

旁边足足吃了半个多小时狗粮的工作人员：“……”

现在的小朋友，还给不给他们这些大龄单身狗一点活路了？？？

从机场离开上车的时候，戚映接到岳梨的电话。

她已经收到了 H 大编导系的录取通知书，整个暑假都放飞自我，还出去旅游了好几趟，昨天才刚回来。眼见就要去大学报到了，走之前约戚映出去玩。

两个人好久没去过银象城，约在那里的奶茶店见面。

岳梨给她带了旅行礼物，叽叽喳喳跟她说着旅途中的趣事。两人正逛得开心，戚映突然看见街对面，沈约跟一个长头发的女孩子手挽着手边走边笑。

戚映心里一个咯噔，一把把岳梨的脑袋掰向自己。

岳梨莫名道：“……你干吗？”

戚映急忙说：“……你看我裙子好看吗？”

岳梨眨了眨眼说：“好看是好看，可你这不是裤子吗？”

戚映：“……”

她偷偷往背后看，沈约已经走远了，刚默默松了口气，就听见岳梨若无其事地说：“你是不是看见沈约和他女朋友了？”

戚映小心打量了一下好朋友的神情，迟疑地问：“你早就知道了？”

岳梨点点头。

上次回学校拿毕业证的时候，她就看见了。

戚映安慰地抱抱她说：“不要难过呀，等去了大学，你一定会遇到互相喜欢的人。”

岳梨笑着摸她的头说：“哎呀，我不难过。”

“真的？”

“真的，暗恋不就是这样吗？”她喝了口奶茶，嚼着珍珠感叹，“就像他说过，体育竞技不是一定要赢才是胜利。暗恋也一样，不是一定要有结果才是 happy ending。”

她其实很想对沈约说：谢谢你送我一场盛大灿烂的暗恋，让我在青春这条路上没有遗憾。谢谢你，让我变成了更好的自己。

戚映似懂非懂地看着她，岳梨挥了下手，非常潇洒地说：“过去的都过去了，不重要！”

她一脸兴奋地掏出手机，打开相册，把一张照片拿给她看。

那是一张舞台照，穿红色纱衣的男明星戴着麦克风在跳舞，又撩又帅气。

岳梨小同学义薄云天地说：“恋爱没意思！我要追星！看看我们隽意哥哥吧！”

第二十九章

新生初相遇

八月底，戚映即将坐上去 B 市的飞机。

而那头，还在军事基地进行魔鬼军训的季让连给她打电话的机会都没有。

入营的第一天手机就被收了。有些偷偷藏手机的学生被发现，罚站军姿三小时加三千米负重跑，教官又给了他们一次上交手机的机会，说只要这次主动认错，可免罚。如果被他们搜出来，惩罚加倍。

于是最后一批藏起来的手机也交出去了。

季让只能在交出手机前，飞快地给戚映和吴睿发了条消息，之后就基本处于失联状态了。

联系都联系不上，更别说去接机。

他给吴睿发的那条消息非常简洁：映映到校，替我照顾。

吴睿早先被保送到 B 大，早早就去看过学校了，季让思来想去，觉得他是唯一靠谱的人。

俞程工作太忙，戚映没让他送，她成年了，不能总像小孩子一样被照顾。大家把她送到机场，又是万分嘱咐，然后才目送她离开。

吴睿到机场去接她。

吴睿报了 B 大的航天工程专业，还是那副戴着黑框眼镜呆呆的模样，看到戚映特别高兴，跑过来跟她握手，然后接过她的行李箱说：“戚映同学，以后我们要继续当校友，互帮互助啊！”

开学日的校园格外热闹。

吴睿陪着戚映找到医学系的新生接待处就去忙自己的事了。接待新生的学长学姐们看见来了个超级漂亮的学妹，简直乐翻天，争着带她去宿舍。

一路过去的时候，不少人都在看她。

领路的学姐简直要喜极而泣了，今年医学系的颜值，够打了！终于够参加校花竞选的门槛了！一雪前耻啊！

颜狗学姐非常热情地加了戚映的微信，把作为过来人的经验毫不藏私地告诉她，并拍着胸脯保证，有什么事都可以来找学姐帮忙！

戚映又乖巧又礼貌，丝毫没有那种恃美行凶的骄纵，学姐对她的好感简直 biu biu biu 地往上涨。

戚映的宿舍在 207，四人间，她进去的时候，有两个室友已经在铺床了。她们都选了上铺，看见有人进来，分别从两边探出两个脑袋来，打量着站在门口的女生，不约而同“哇”了一声。

看脸时代，颜狗遍地跑。

高中就是校友的夏晓和欧阳碧从上床爬下来，非常友好地把戚映拉进宿舍。

她有点不好意思，软声说：“你们好，我叫戚映。”

夏晓自来熟加人来疯，一把握住她的手：“你好你好，我叫夏晓，夏天的夏，春晓的晓。你可以叫我晓晓，我可以叫你映映吗？”

戚映弯着眼睛笑道：“可以呀。”

夏晓捂住心口说：“呜，我的心被萌化了。”

欧阳碧帮戚映把行李拉进来说：“我叫欧阳碧，你可以叫我欧阳。你怕热还是怕冷？怕热的话可以选左边，这边冷风比较多。”

大家都很热情，戚映之前心里的小紧张也就散了。

三个人铺完了床，还约着一起去吃了午饭，回宿舍的时候最后一个室友才来，一副工科女的打扮，黑包黑 T 恤，抱了个硕大的电脑，一进来东西放好床都没铺，就开始打游戏。

听见开门声，她回头看了一眼，估计连人长相都没看清就回过头去，声线有点冷，礼貌地说："你们好，我是高年。"

之后就只剩下啪啪啪的键盘声，响彻宿舍。

一边打游戏一边上 B 大的传说，总算让她们见到真人了。

夏晓偷偷凑在戚映耳边说："她好酷哦。"

直到晚上高年才开完荒，其间其他三个人说了什么话做了什么事她基本不知道。夏晓和欧阳碧出去买东西了，只有戚映在宿舍。

她的书桌和高年挨着，高年一转头就看见旁边的小姑娘趴在书桌上，在偷看她玩游戏。

看到她看过来，有点害羞，坐直身子，又把旁边的饭盒往她那儿推了推，软乎乎地说："给你带的晚饭。"

高年说："谢谢。"她打开饭盒，"你叫什么？"

"戚映。"

"哦，你很漂亮。"

戚映被这么直白的夸奖惹得脸红了，小声说："你也是。"

高年说："你会玩游戏吗？"

戚映摇摇头。

一直酷酷的女生这一整天终于露出一个笑来，和气地说："改天我教你。"

戚映开心地点头。

她跑回床上趴着，拿手机给季让发消息。

虽然他手机上交不能回她，但她还是会每天给他分享自己遇到的事情，自言自语也乐在其中。

室友们都特别友好，还有个很酷的女生说要教我打游戏。那以后我就可以跟你一起打游戏啦。

晓晓说学校附近有一条很热闹的小吃街，我先去熟悉一下情况，等你军训结束了就带你去呀。

但季让的军训时间是一个月。

B大是半个月。

戚映因为脑震荡的原因，医生那边开了医嘱，学校免除了她的军训要求。每天训练的时候，她就抱着室友的水杯和防晒霜，乖乖坐在树下看。

这成了不少男生在训练时的精神支柱。

看她两眼可以活命！

军训结束，医学系评选系花，戚映不出意外成了得票率最高的那个。

医学系的男生私下都互相打气，肥水不流外人田，喜欢的赶紧去追！这颜值，一旦被外系的发现，肯定会被追走的！

过了段时间，采用迂回战术去接触戚映室友的男生垂头丧气地带回系花已经有男朋友的消息。

据系花的室友说，系花男朋友不是他们学校的，是警校生。

不少男生一颗芳心碎成了片片。

大家纷纷不忿！

系花不属于本系就算了，居然连本校都不属于！便宜了外校的男生！

简直太气人了！

警校生有什么好的！到现在还不知道在哪个军事基地军训，肯定晒得跟黑泥鳅一样，又丑又凶！警校平时管理严格，说不定谈个恋爱都要偷偷摸摸的，隔那么远，都不能帮系花打水买饭取快递！娇滴滴的系花，到底图个啥！

夏晓也想问："映映你真的有男朋友吗？为什么开学都这么久了，都没见他给你打过电话啊？"

戚映说："他还在军训，要到月底才结束。等他回来了，我让他请你们吃饭啊。"

于是大家都特别期待能见到这位传说中的警校男朋友。

男朋友没见到，先见到了据说是男朋友的好朋友。

戴着黑框眼镜的吴睿同学。

他谨记季让发给他的照顾映映的叮嘱，一有空就往医学系这边跑，看戚映有没有什么需要帮忙的，还经常跟戚映在外边吃饭。

后来不知道是谁拍了他们吃饭的照片上传到学校的论坛，说：你们逗我？这就是系花的警校男朋友？这身高根本不够资格报警校吧？

下面跟帖都是一串的感叹号加问号。

后来才有人出来辟谣：胡说什么，这是我们学校航空系的学霸！

A君：系花这是脚踏两只船啊？

B君：就算脚踏两只船，系花这眼光也太差了吧？

C君：系花看我！我又帅又有钱愿意被你踏！

…………

夏晓和欧阳碧快被这帖子气疯了，纷纷在下面回复：系花跟航天系的学霸只是高中校友，学霸是她男朋友的好朋友，同在一个学校互相关照而已。

但不知道是哪些人在里面搅和，又说物以类聚人以群分，警校生的好朋友长得这么朴素，估计警校生也长得差不多吧。

反正医学系系花眼光不行的传言就这么传开了。

夏晓和欧阳碧两个人，实在撕不赢一整个帖子，快气死了。终于从游戏中抬头的高年淡淡瞥了她们一眼说："费那事儿。"

然后关了游戏打开贴吧，欻欻两下，帖子被黑了。

原来她们寝室里还隐藏着一个黑客？？？

有了高年这个伪黑客在，网上一有帖子就被黑，终于渐渐消停了。

但线下还是闹腾。

大家私下都说，高中生谈恋爱不就谈个感觉，现在上了大学，遇到更多优秀的人，眼界都不一样了，要不了多久肯定会分手啦。

夏晓气愤地把这些传言转述给戚映的时候，她倒是不怎么生气。

经历过生死的人，这些无关痛痒的传言实在引不起她的关注。

何况医学系作业又多，专业课又难，她大多数时间都花在学习上，哪有精力去跟这些人生气。

月底的某个晚自习，戚映终于收到了季让的来电。

晚自习很安静，只有翻书的声音。她看到来电显示，心脏"怦怦"两声，差点跳出喉咙，赶紧捂着手机跑出去接电话。

夏夜风过，他声音有点疲惫的哑，但却能听出来，他此刻含着笑，熟悉又温柔地说："想我没？"

小姑娘躲在走廊外的阳台上，声音软得要命说："想了，每天都想。"

他收到她的信息了，一百多条，挤满了他的信箱。

他都来不及看，拿到手机的第一时间就给她打电话。

听到她的声音，这段时间压抑的思念像找到了倾泻口，连呼吸都重了一些道："我明天回来，忙完学校的事就过来找你。"

她又乖又甜地说："好呀。"

季让说："亲一下。"

她有点不好意思，左右看了一眼，没人在，隔着电话小小"mua"了一下。

他在那头笑得好大声，回了她一个吻，低声说："乖乖等我。"

第二天，戚映照常上课，只是时不时偷偷拿出手机看一下。

季让军训结束要先回学校，警校管理严格，饶是他也得按照规矩来。下午第二节课戚映才收到他的消息：我现在过来。

她回他：我还在上课。

季让说：我到教室外面等你。

戚映把教室号发给了他。

放学铃响起的时候，一向做什么都不急不缓的戚映把书本胡乱塞进书包，拔腿就往外面跑。

夏晓在后边一脸蒙地问："映映是不是拉肚子了？"

三个人急匆匆地跟出去。

走廊里，各班教室的学生陆陆续续走出来，热闹又拥挤。

有个穿黑 T 恤运动裤的男生靠在教室门旁的墙壁上，抄着手，微微低头，浑身生人勿近的凛冽气息。

他气场太强，往那一站，所有人都不自觉地看他。

男生抬头，侧脸坚硬，眉眼冷又帅气，一双黑眸像刀锋，看人时闪过冷冰冰的光。

又冷又野，锐气逼人，身材还很好！肩宽腰窄大长腿，T 恤袖子下的手臂肌肉线条匀称，简直养眼！

这是哪里来的大帅哥？

正花痴着，就看见医学系的系花从旁边的教室门飞奔出来，一头扎进了男生怀里。

像座冰峰的男生顷刻融化，笑从薄唇溢至眼角，掩不住的温柔，手臂搂住她的腰，把她往上一提，抱到自己面前，在她额头亲了一下。

周围学生当场石化。

谁说系花眼光差的？滚出来挖眼！！！

跟在身后的三个室友目瞪口呆。

好半天，夏晓小声问旁边的欧阳碧：“那个挂在帅哥脖子上的女生，是我们家天性害羞的映映吗？”

季让晒黑了一些，眉眼更锋利，整个人有种野性的帅气。不笑的时候浑身都是不近人情的冷漠，一看就是脾气不好没有耐心还不好惹的类型。

所以刚才虽然有那么多人围观，却没一个敢上前搭讪。

直到少年笑起来，把怀里的小姑娘举到面前，亲了一口。

听，是什么噼里啪啦碎了一地？啊！是我们围观群众的心啊！

搂着季让脖子的戚映感受到周围的灼灼视线，不好意思地把小手收回来，埋下头，软乎乎地说：“快放我下来。”

结果感觉到腰间的手臂更紧了，季让笑道：“不行，你还没亲回去。”

她羞得说话都结巴了说：“换……换个地方再亲。”

季让差点被她萌死，笑着低头蹭了下她鼻尖，终于把她放下来，然后牵过她的手，握在掌心。

他抬头，看见戚映身后那三个表情失控的女生，结合她之前发的信息猜出她们各自的身份，礼貌地笑了笑：“你们好。”

戚映这才转身，小脸通红地介绍：“这是我男朋友，他叫季让。”

“帅哥你好！我是欧阳碧，久仰大名。”

“你好，高年。”

“警校小哥哥身材都这么好的吗！求介绍求脱单！啊对了我是夏晓！”

之前戚映说了等男朋友军训结束就请室友吃饭，几个人一合计，结合一下各自的口味，去了学校附近的一家中餐厅。

终于见到这位传说中的男朋友，室友们激动的心情跟戚映不相上下，夏晓凑到她耳边偷偷说：“一雪前耻了映映！叫那些人再说你眼光差！你男朋友太争气了！”

她还记着之前的传言呢，戚映好笑得不行。

吃饭的时候，季让打了个电话，没多会儿就有个穿西装的人提了三个礼品袋上来，上面某奢侈品的logo简直闪瞎夏晓的眼。

季让把礼物给她们说：“谢谢你们这段时间帮我照顾映映，希望你们以后能继续相处愉快。”

三位室友：“！！！”

不，羡慕嫉妒恨已经不足以形容她们此刻的心情了。

直接佛了。

这是在谈恋爱吗？这是在养女儿吧！

吃完饭，三个室友就拎着礼物回宿舍了。拿人手短吃人嘴软，必须把接下来的时间留给这对分别多日的小情侣！

夏晓满腔豪情地说：“映映你尽管去！今晚不回来也没关系，查寝我们会帮你掩护的！”

她那边儿是可以掩护，但关键季让掩护不了。

警校管理严格，每天查寝都要全寝室出列签到。

他从这边回学校大概一小时的车距，已近傍晚，也逛不了其他地方，戚映带他去参观学校。

她牵着他的手，什么都想指给他看。她平时上课的地方，吃饭的地方，复习的地方，她想把自己的生活全部分享给他。

季让没怎么听进去。

他在想，如果现在带小姑娘去酒店，按在床上亲半小时，再赶回学校，还来不来得及。

戚映问了他一句什么，见他没反应，停下来转身好奇地看着他问：

“你在想什么呀？”

季让脱口而出：“想亲你。”

傍晚的校园，好多人在散步，旁边的草坪上还有人坐着在读英语课文。

小姑娘被他一句话搞蒙了，半天才愣愣地问：“在这里吗？”

季让快被她的反应笑死了，故意把她往跟前扯了扯，圈在怀里说：“对，就在这里。我想在哪儿亲我女朋友就在哪儿亲，不行啊？”

戚映用手推他胸口说：“这里不行啊，好多人看着。”

少女一脸娇羞，眼睛湿漉漉的，樱唇水润，满身都是香味，这谁顶得住？

反正季让顶不住，他说：“我偏亲。”

然后低下头，左亲一下她脸颊，右亲一下她脸颊，上亲一下她额头，下亲一下她鼻尖。戚映躲又躲不开，跺着脚往他怀里埋，两只手拽着他胸前的衣服，死活不肯抬头了。

季让笑得发抖说：“小傻子什么时候变得脸皮这么薄了啊？”

戚映气得想咬他，愤愤地说：“那边有好多我们班的同学！”

季让说：“那我们过去打个招呼。”

这个人，一个月不见，怎么变得这么坏了啊！

小姑娘气呼呼的，决定咬他一口以示自己真的生气了！

她埋在他胸口，张嘴就咬。

其实也舍不得真用力，咬住之后上下齿还轻轻磨了一下。

然后就感觉面前的少年身子瞬间僵硬，绷得像块石头，咬牙切齿地问她：“你咬哪儿？”

呜呜呜她不是故意的啊……谁知道刚好就埋在那个位置啊！

她就说，怎么那么容易就咬住了。

啊啊啊光天化日朗朗乾坤，简直太羞耻了！！！

戚映小心翼翼地抬起头，余光瞟见少年搂着她的手臂上青筋都暴起了，都不敢看他的脸，一把推开他，掉头就跑。

季让吼她：“站住！”

戚映跑得更快，头都不敢回。当下之急最宜缓兵之计！她吭哧吭哧跑上台阶："我要去教学楼上厕所！你在这里等我！"

把季让都给气笑了。

他腿长，体力也比她好，几步跨上台阶，在教学楼走廊口就把她追上了。

戚映也没料到他会追上来，还靠在墙壁那儿喘气呢，身侧突然投下一道阴影，还没反应过来，就被按在墙上了。

季让把她箍在怀里，恶狠狠地说："你再跑啊。"

戚映开始撒娇，小手拽着他衣角晃啊晃，软乎乎地说："我不是故意的。"

季让说："哦。"

然后手掌掐着她的腰，迫使她挺胸，低头亲了下去。

带了一个月不见疯狂思念的力度，整个身体都压下来，几乎压得她不能呼吸。

虽然已经放学了，但教学楼还是会有好学生在教室里复习，戚映被他亲得大脑缺氧，却还担心着有人会突然出现，嘴被他堵着，只能小声哼哼，用手推他。

她越哼他越来劲，贴着她的身体隔着薄薄一层布料，传出他滚烫的体温。

旁边的楼梯突然传来脚步声。

有人在下楼。

戚映顿时急了，拼命去推他。

季让抓住她两只手腕，往上一抬，按在墙上。

非常羞耻的姿势。

脚步声越来越近，戚映脸红得快要滴出血来，急得去踩他的脚。身上终于一轻，他松开手，离开她身体，恶作剧似的笑了一下，然后拉着她转身藏进旁边的教室。

老天保佑教室门还开着。

大概是在里面复习的学生暂时出去了。

戚映满脸通红，眼睛起了雾，湿漉漉一片，喘气时胸口微微起伏，上半身衣服被他蹭得上翘，皱巴巴缩成一团，隐约可见纤细的腰肢。

季让觉得自己整个人都不好了。这哪是在惩罚她，分明是在惩罚自己。

小姑娘还用那双要命的眼睛瞪着他。

季让身体滚烫，心脏都快破胸而出，他扯了下裤子，尽量不让她发现自己的异样，凶她："再瞪继续亲！"

她一下就㞞了，委屈巴巴地收回目光，垂着眸"哼"了一声。

他又好气又好笑，伸出手说："过来。"

戚映脑袋一偏，不理他。

季让说："不是要带我去看图书馆的夜景吗？再不去就没时间了。"

对哦，他还要赶回学校。

戚映顾不上生气了，她走过来把小手放到他掌心，又说："不可以再在人多的地方亲哦。"

亲自己女朋友还这么多条件。突然有点理解灭霸是怎么回事了。

季让把她扯到跟前，低头在她红润的唇上啄了一下说："好。"

小姑娘这才放心了，趁他不注意，偷偷把自己的内衣往下扯了扯。

他刚才故意用身体蹭她，不要以为她不知道！

夜晚的B大亮起了灯，分外好看。季让牵着她绕着图书馆走了一圈，就得赶回学校了。

好在再过两天就是国庆，大学是要按时放假的，七天长假，想想就令人心情激荡。季让忍住不舍把她送回宿舍楼下说："回去吧，后天我来接你。"

她仰着小脸问："去哪儿呀？"

"不是说想去看故宫和长城吗？"

她刚入学的时候，听夏晓说她提前几天来，和爸爸妈妈去逛了故宫，有点羡慕，晚上给季让发消息时随口说起这件事。

都一个月了，他还记得。

她眼睛晶亮，重重点了点头说："好！"

周围来来往往，好多女生都在看他们。

季让遵守承诺，不在人多的地方亲她，摸摸她的头说："回去吧。"

小姑娘抿了下唇，软声说："你低头。"

他愣了愣，依言低下头来。

戚映踮脚，飞快在他嘴上亲了一下，然后笑着挥挥手，转身跑回宿舍了。

季让站在原地，摇着头无声笑了下。

回到寝室，高年在打游戏，夏晓和欧阳碧坐在她身边跟左右两护法似的，看的人比打的人还激动。

"啊啊啊年年你要死了快跑！你只剩半管血了！"

"左边左边左边，左边那个人过来了！快快快往你队友那儿跑！"

高年快被这两人烦死了，一脸的生无可恋。

听见开门声，三个人都回头，夏晓惊讶道："映映你怎么这么早就回来啦？"

戚映关好门换鞋说："他们学校查寝很严。"

戚映一回来，高年总算可以安安静静地打游戏了，夏晓和欧阳碧都跑去缠着戚映八卦她和季让的恋爱史。

夏晓说："映映，我听人说，你男朋友以前是高中的校霸啊？打架斗殴逃课那种？"

戚映好惊讶地问："你听谁说的？"

夏晓怪不好意思的，说："我琢磨着你男朋友长得那么帅，以前应该也是名人，就去你们高中的贴吧搜了一下他的名字。结果真的有很多和他有关的帖子呀！"

基本全是大佬光荣的战斗史。

什么在食堂打掉扛把子两颗门牙、把高三的学长打进 ICU、拿刀逼别校的校霸交保护费，聚众斗殴、打架逃课……看得夏晓和欧阳碧一愣一愣的。

她们还翻到一张照片，是季让在台球室拿着一个碎掉的玻璃瓶架在别人头上。台球室光线不好，但少年脸上的阴鸷狠毒清晰可见。

跟今天见到的那个礼貌温和的少年完全就是两个人嘛！

简直好奇死她们了。

戚映解释说："他以前是不怎么听话，后来就好了。"

夏晓嗅到了八卦的气息问："是因为遇到了你吗？"

戚映想了想说："算是吧。"

夏晓捂心晕倒说："我的妈啊！这是什么惊天绝世的神仙爱情！我还在网上粉什么 CP 啊，从今天开始我就粉你们了！"

连高年都不打游戏了，跑过来听戚映讲她和季让的过去。

戚映其实不喜欢秀恩爱，但她想要周围的人都知道，那个少年有多好。

欧阳碧躺在上铺边听边逛论坛，点进学校论坛时，才发现论坛又因为戚映炸了。

不知道是谁偷拍了她和季让的照片，传上了论坛。

照片上的少年站在图书馆前，搂着小姑娘的腰，身姿颀长，微微低着头，在笑。

帖子说：这是医学系系花和她男朋友吗？这身材这颜值是真实存在的吗？？？

A 君：我酸了！！！

B 君：这两人颜值绝配！

C 君：不愧是警校生啊啊啊看看这身材看看这手臂！我几乎可以想象他的八块腹肌！

D 君：他笑得好宠溺好温柔，呜呜呜我疯狂吃柠檬。

E 君：谁说系花眼光差？滚出来挨打！

F 君：之前咒人家分手的呢？就这颜值，分手了也轮不到你啊。

G 君：我宣布，医学系系花完胜。

H 君：我今天看见系花的三个室友都提着 ××× 的礼品袋，听到她们聊天说是系花男朋友送的。呜呜呜这样的男朋友我是不贪心了，我只想跟系花当室友。

I 君：当室友加 1！

…………

夏晓翻完帖子，简直扬眉吐气，非常欠揍地回复：尔等凡人，别痴心妄想了！本宫一日不毕业，你们休想入住 207！

高年开口道："……我本来不想黑这个帖子的。"她面无表情，"但你这条回复拉低了我们整个寝室的智商。"

然后高年就把这个帖子黑了。

上完最后两天课，就是入学后第一个小长假。

夏晓和欧阳碧要回家，高年要在寝室打一周的游戏，戚映早早就起床收拾好，等季让来接她去逛故宫。

收到季让已经到宿舍楼下的信息，戚映跟大家挥挥手，又问："年年，你晚上想吃什么？我给你带回来。"

高年专注游戏道："随便。"

戚映点点头，一脸兴奋地跑下楼。

季让就站在宿舍楼外的那棵树下，晨起的太阳有点晃眼，他穿了身白 T 恤牛仔裤，简单又清爽，懒洋洋地靠在树上玩手机，吸引了来往路人的目光。

前面的台阶处有两个女生在窃窃私语，看似在自拍，其实是在拍他。

季让抬眸扫了一眼，脚掌往后一蹬，站直身子，朝她们走过去。

两女生正激动呢，就听见男生冷声说："删了。"

他不笑的时候看上去本来就有点凶，故意冷下脸来就越发凛冽，两女生又怕又尴尬，总感觉男生下一刻就要打人了。在心里暗骂两句，只能把照片删掉。

刚删完，就看见有个小姑娘一蹦一跳地跑过来，站在他身后扯他衣角说："我来啦。"又问，"你在干吗？"

季让脸上的冷意顷刻消散，回头温柔地摸了摸小姑娘的头说："没事，她们找我扫码。你吃早饭没？"

戚映摇摇头，弯着眼睛笑得好甜道："留着肚子跟你一起吃。"

季让牵过她的手说："走吧，想吃什么？"

后边两女生：……扫什么码啊？

走远了，戚映才转头小声问身边的人："你刚才是不是又凶别人啦？"

季让面不改色道："没有。"

小姑娘晃他的手说："拒绝人也要有礼貌呀。"

季让被她撒娇的动作搞得心猿意马，她现在就是要天上的星星他估计也会想办法去给她摘，低声哄她："好，以后我会记得说谢谢的。"

她满意了，踮脚拍拍他打薄的头发，像个小大人似的说："这才乖。"

两人去吃了地道的炸酱面，然后才转道故宫。

到门口的时候，发现排队的人群一眼望不到头。

旁边游客说这两天刚好是 ×× 大召开，全城戒严不说，各处安检也很严。季让看了眼人山人海的排队人群，觉得这队不排个三五小时是进不去了。

大过节的，逛什么故宫，看人吗？

他问戚映："还去吗？"

戚映迟疑着说："来都来了……"

行吧，中国人四大准则，来都来了、人都死了、大过年的、孩子还小。

于是两人开始排队。

太阳渐渐冒头，气温渐渐升高，人群挤在一起本来就热，被大太阳烤着，空气里都是黏糊的汗味。

排了快两小时，眼见胜利就在眼前的时候，戚映中暑了。

季让："……"

小姑娘脸色惨白，全身不停冒冷汗，四肢无力，软乎乎地趴在他怀里，哭唧唧地说："我想吐。"

季让真是又好笑又心疼，刮了下她鼻梁："来都来了？"

戚映难受地哼哼。

他弯下腰，手臂穿过她膝盖窝，把人打横抱起，从排队的人群中挤了出来，去街边打车。

小姑娘搂着他脖子，埋在他颈窝小声问："我们去哪儿啊？"

季让亲亲她额头说："回去休息。"

戚映本来以为他会带自己去酒店，还在心里暗自羞了一下。结果上车之后，季让报的是一条胡同的名字。

车子弯弯绕绕，一小时后到达地点。

眼前的胡同巷子灰墙灰瓦，纵横交错。

季让下车想抱她，戚映摇摇头说："我可以自己走了。"

于是他牵着她，从一条胡同拐到另一条胡同，拐来拐去，其间还在一家药店买了解暑药，终于在一座小小的四合院前停了下来。

他掏出钥匙开门。

小院里杂草丛生，院中一棵老树长得很是野性，很明显是常年无人居住。但院子却很干净，没有什么蛛网灰尘，像是有人来打扫过。

戚映好奇地张望，连中暑感都没那么强烈了，问道："这是什么地方呀？"

季让拉着她进屋说："我小时候住过的地方。"

房间虽然透着一股冷清，没什么生活气息，但很整洁。

季让从衣柜里拿出棉絮被套铺好床，让她去床上躺着休息。

外面明明是大太阳，这小院里却凉飕飕的，戚映脱了鞋钻进被窝，乖乖盖好。

B 市天气干燥，不像海城，家里要是不住人就会又霉又潮。这里的被褥很干净，透着一股被阳光晒过后的温暖味道。

季让很快烧了开水，倒了一杯端进来。他把木窗推开，水杯就搁在窗台上，阳光透过树叶罅隙斑斑点点洒在床边，戚映觉得这一切都好美妙。

季让看她东张西望眼睛晶亮，笑着问："喜不喜欢这里？"

她点头说："喜欢。"

他在床头倒下来，手臂枕着头说："那以后放假就过来小住。"

他把被子压在身下，戚映扯不动，干脆从被窝里爬出来，爬到他身边，跪坐在床上，小手扒着窗台往外看。

有风，有花，有树，有阳光。特别舒服。

小脚开心地晃，一下一下蹭过他的腰。

季让睁开眼，抽出手臂往旁边一伸，把小姑娘拦腰抱住，按到自己胸口来。

她没坐稳，整个人几乎都趴在他身上。她的两只手撑着他肩膀想坐起来，结果季让不放手，两只手臂都伸出来箍住她，把她死死按在自己身上。

戚映脸都羞红了，骂人也软乎乎的："你干吗啊？"

她身体还贴着他的。

凹凸柔软，严丝合缝。

季让眼眸都深了，反问她："你说我干吗？"

她像只树袋熊扒着他，努力抬起小脑袋说："我不知道，你放我下来。"

"嗯。"他说。

然后翻了个身，戚映果然被他放下来了，然后变成了她在下他在上的姿势。

少年手还垫着她的腰，稍微弓着身子，不压到她。但身体还贴着，不知道是不是故意的，一下一下蹭过她胸口。

他一脸不怀好意的笑，故意问："这样？"

戚映快羞死了。

季让一点点凑近，她心跳如雷，绯红从耳畔一路延至脖颈，衣领边隐隐若现的锁骨都变得粉红。

他呼吸停在她颈窝。

一下一下，滚烫又重。

好半天，她听见少年暗骂了一句。

然后锁骨被他咬了一口，身上一轻，是他翻身爬起来跳下床，扔下一句"把药吃了"，鞋都没穿，光着脚夺门而出。

没多会儿隔壁就传出洗澡的水声。

戚映满脸通红地从床上爬起来，乖乖把药吃了，想了想，穿好鞋，走到门外去。

季让洗完澡出来的时候，看见小姑娘蹲在树下玩蚂蚁窝。

他走过去在她身边蹲下，戚映手上拿了个小木枝，转头看了他一眼，脸上闪过一抹羞红，赶紧转移话题说："你小时候为什么会住在这里？"

季让在地上捡了根小树枝，跟她一起掏那蚂蚁窝。

"我爷爷当年在这里任职，我在这里上的小学。"

他在这里住了六年，算他半个家。

后来爷爷过世，他让律师把遗产都捐出去了。只有这座院子，因为是当年国家分配，如果要捐出去，手续很麻烦，还要往上递交申请，他懒得搞，就让律师留了下来。

去学校前，他来这里看了看。

离开许多年，很多记忆都模糊了。他对这里没有太多的思念情怀，推开院门的第一个想法就是他的小宝贝可能会喜欢这里。

于是把里外都打扫了一遍，等着她来。

她果然很喜欢，最后那些不愉快、意难平的回忆，也随风散在了她的笑容里。

她喜欢就好。

第三十章

寻你越千山

B 市最近昼夜温差很大，快到傍晚的时候，就没有白天那种炙烤感了，风过还有点凉飕飕的感觉。

季让对附近很熟悉，等戚映身体完全恢复后，带她出门去逛胡同。

她喜欢吃糖葫芦，而这里刚好有最正宗的冰糖葫芦。山楂粒又大又饱满，糖霜又纯又香甜，还可以按照喜好撒上芝麻或者花生碎，戚映从来没吃过这么好吃的冰糖葫芦，站在人家店门跟前吃得都不想走了。

季让突然觉得他的小宝贝太好骗了。估计坏人举一把糖葫芦就能把她骗走。

他好忧心。

小姑娘把各种口味的都尝了一遍，最后又打包了两串，季让说："不吃了啊？"

她提着小袋子怪不好意思的，说："牙齿嚼痛了。"

哦，你还知道牙齿痛。

季让好笑地揉了一把她的脑袋，又带她沿着胡同往前走，找吃晚饭的店："烤鸭吃不吃？卤煮呢？要不然涮羊肉？"

小姑娘不知道什么时候又把打包的糖葫芦拿出来啃，小脸胀得鼓鼓的，声音含糊地说："都可以呀。我不饿，看你想吃什么。"

季让："……"

于是他带她去吃烤鸭。

刚才还说自己不饿的小姑娘看着片片金黄的烤鸭开始吞口水，季让不让她动手，把薄皮摊在盘子里，一个一个卷好了喂给她吃。

戚映有点不好意思，小声嘟囔："我又不是小孩子，我自己来。"

季让把烤鸭卷塞进她嘴里说："没有哪个大人会吃那么多糖葫芦。"

突然觉得带她去看牙医迫在眉睫，吃这么多糖，还不知道长了多少蛀牙。

兼的是男朋友的职，操的是老父亲的心。

吃完饭又去看电影，国庆档上线的片子还挺多的，季让让她去挑电影，自己去柜台买爆米花和奶茶。

正接过店员递来的爆米花，旁边突然有道甜美的声音传来："咦？季让，真是你呀。"打扮精致的女生一脸惊喜，"你也一个人来看电影吗？好巧呀。"

季让偏头看了她几眼问道："你哪位？"

女生："……"她足足愣了几秒才恢复表情管理，"我是你同系的同学，我叫郑翎，军训的时候我们一起领队的，你不记得了吗？"

季让淡漠地扫了她一眼，按照他一贯脾气，出口就该是我应该记得吗？

但想起今早小姑娘才教育了他，要有礼貌。于是把那句话收回去，换成了："不好意思，不太记得了。"

警花郑翎大概是习惯他的冷漠了，也不在意，甜甜一笑说："好巧遇到了，你看哪部电影呀？我们可以一起呀。"

季让皱了下眉说："我约人了。"

约人？是跟他寝室的室友吗？

虽然才开学一个月，但他们这一届新生谁不知道季让。各项测试全系第一，性格冷漠，不近女色。女生私底下都叫他禁欲校草。

郑翎压根儿就没想到他会跟女生来看电影，非常热情地说："没关系啊，都是同学，一起嘛。"她扬了扬手中的食品袋，"我买了很多零食，正好一起吃。”

话音刚落，就看见一个漂亮女生拿着电影票跑了过来。看见她时歪了下头，又看看季让，像是拿不准她是谁，该怎么打招呼。

郑翎脸上的笑顿时有点僵，迟疑着问：“她也是我们学校的同学吗？”

长得这么好看，她不至于不认识啊？

季让懒得跟没关系的人解释，戚映倒是很有礼貌地回答：“不是，我是B大的，我叫戚映，你好呀。”

郑翎：“……你，你好，我叫郑翎。”她视线在两人身上扫了一圈，“你们一起来看电影啊？”

“对呀。”戚映好开心地把电影票递给季让，“我选了这个！”

季让接过票根一看，很好，他的小宝贝不负众望又挑了一部恐怖片。

冷静，我可以，大佬无所畏惧。

他把爆米花递给戚映，然后牵过她的手，温声说：“走吧。”

戚映点点头，走之前还朝郑翎挥了下手。

郑翎盯着两人牵在一起的手，恨不得盯出朵花儿来。不近女色的禁欲校草居然有女朋友？？？

她突然没有看电影的心情了，拿出手机在小姐妹群里发了条消息：我看见季让和他女朋友了。

群里顿时一片刷屏。

甲：校草还真有女朋友啊？我还以为他们开玩笑呢。

乙：你知道什么内幕？居然不分享！

甲：就是上次跟他室友一起上课，听到他室友说了几句，季让有个在B大上学的土土的女朋友。

丙：……土土的是什么意思？

甲：听说那个女生折小星星送给他，季让还带到寝室去了。什么年代了啊还折小星星，真的太土了。又是个学霸，估计是那种厚刘海儿黑眼镜的女生吧。季让从来不给他们看照片，所以他们觉得季让的女朋友肯定又丑又土。

群里的人问：翎翎，你看到了吗？他女朋友长什么样啊？真的又丑又土吗？

郑翎手指顿了顿，慢慢打字：我觉得还好吧……

群里都是一圈我们都懂的表情。

没想到没过多久，他们就在警校看见了季让那个“又土又丑”的女朋友。

戚映平时专业课虽然忙，但时间很自由，反倒是季让，因为警校的严格管理和随时突袭的集合，不能随心所欲地离校。

特别是最近，在训练新生的服从度，季让根本就没机会出校，两人差不多有半个月没见了。

戚映周五下午没课，拾掇拾掇，查了去警校的路线，抱着一罐草莓糖，一个人坐上了地铁。

她想去给他一个惊喜。

到警校门口的时候，落日正倾斜，她到值班室出示了身份证和学生证做了登记，说明来意，门卫就放她进去了。

季让早上给她发过消息，说今天要外出训练，不能带手机，晚上六点才回宿舍。

现在已经五点半了，她按照路示牌一路找到男生宿舍楼下，然后站在路灯下乖乖等着。警校里的学生周内上课都必须穿警服，她一路过来不知道吸引了多少目光。

时近秋末，天气泛凉，她穿了件白色的毛衣配不过膝小裙子，双腿长又笔直，长发柔软地散在胸前，抱着一个粉色的糖罐，浑身都笼着落日余晖，干净又温暖，像不谙世事的小仙女借着这束光来到了凡尘。

本来之前二号宿舍楼这边没多少人。

后来学校的各个群里就开始传，男生二号宿舍楼下来了个小仙女！美得不要不要的！

于是大家都跑来二号宿舍楼看。

这条本来有些冷清的路突然就人来人往了。

戚映还盯着石缝中的那朵野雏菊在看，根本没注意这些突然多起来的人都是来看她的。她打了个小哈欠，揉揉眼睛，歪着脑袋朝路上张望，差点把围观人群的心给萌化了。

“这是外校的吧？我们学校怎么可能有这么萌的小仙女！”

“我恋爱了！我一见钟情了！你们不要拉我，我要去告白！”

“她是在等谁啊？让萌妹子在这儿等这么久，简直不是人！”

“不会是等男朋友吧？这里是男生宿舍啊！我才刚恋爱！我不要失恋！”

正窃窃私语，那头在外训练一天的班级下课回来了。

他们也是一身警服，但是在训练基地里摸爬滚打了一天，浑身都是泥和灰，迫不及待地跑回宿舍想洗澡。

季让卷着袖子走在旁边，双手插在裤兜里，垂着眸，面色浅淡。

然后周围的警校生们就看见小仙女眼睛一亮，突然朝那群浑身汗臭的男生跑了过去。

季让只感觉一股熟悉的甜香顺着夜风钻进鼻子，还没反应过来，小姑娘已经一头扎进他怀里，在他胸口蹭来蹭去。

他身子僵了一下，低头看怀里的小宝贝，心脏“怦怦”两声，好半天才哑声喊：“映映。”

她从他怀里抬头，小脸在他身上蹭得脏兮兮的，但却一点也不嫌脏，眼睛晶亮，软声问他：“看见我开不开心呀？”

季让心都化了。

低头亲她额头说：“开心死了。”

她笑得眼睛弯成了一道月牙，把怀里的糖罐拿出来，软乎乎地说：“我给你带了糖。”

他把她往外推了推说：“我身上脏。”他把糖罐拿过来，摸摸她的头，低声说，“我先进去换身衣服，你等我一会儿好不好？”

她乖乖点头：“好。”

季让笑了下，又低头亲了她眼睛，拎着糖罐转身朝寝室飞奔。

围观人群：“……”

为什么有的人，成绩好、体能好、长得帅就算了，女朋友也这么漂亮？？？

真是人比人气死人！

各个群里迅速更新消息：原来二号宿舍楼外的小仙女是季让的女朋友！

有些没来围观的人不相信：

A君：别逗了，之前有人见过季让的女朋友，不是又丑又土吗？

B君：这么多双眼睛看着还能有假？真的漂亮，比郑翎还好看。

C君：我记得好像就是郑翎说的她看到过季让和他女朋友？

…………

讨论还在继续，季让已经迅速在寝室冲了一个冷水澡换了一身干净的衣服出来了。

小姑娘还乖乖站在那儿，一步都没挪动。

他心柔得都快滴出水来了，大步走过去把她抱在怀里狠狠亲了一口说："怎么不说一声就跑来了？"

她不好意思地抬头，小声说："想你了呀。"

他笑得好大声，一整日训练的疲惫都散了，拉过她的手，十指相扣，说："上次你带我参观你的学校，这次我带你参观我的学校好不好？"

她又乖又甜地说："好。"

警校比起B大，多了一丝严肃和庄重。

如果是在周内，季让是没办法这么闲情逸致地带着女朋友逛校园的，学校要求多规矩多，稍不注意就会违纪。

好在今天是周五，现在是放假时间，结束了一周课程的警校生们总算可以放松身心了。

不过季让也不敢造次，比如像在B大那样，不分场合按着小姑娘亲。他受点惩罚倒是没什么，万一戚映就此被禁入，吃亏的还不是自己。

傍晚云霞漫天，他老老实实牵着她的手，分享他的大学生活给她看。

丝毫不在意来往人群打量的视线。

戚映还没吃饭，季让先带她去买奶茶暖暖身子。虽然现在的天气不至于冷，但她穿了条小裙子，大半截腿都露着。

等奶茶的时候季让从老板那里要了湿巾纸，弯着身子帮她擦脸。

她刚才自己已经擦过了，但没擦干净，有点像小花猫。现在乖乖仰着小脸让他擦，大眼睛一眨不眨，又萌又甜。

他动作都舍不得重了，她皮肤嫩，稍微用力就是一道红印子。

周围认识他的人看着这一幕，瞪得眼珠子都要掉出来了。

季让脾气多坏啊，年级公认的暴躁大魔王，对谁都没耐心，又冷又凶，不主动往他跟前凑还好，他顶多就是无视你。要是主动去他跟前找事，那绝对没有好下场。

比如他的前室友罗鸣，男生寝室其实很少会发生摩擦，但罗鸣不知道跟季让之间起了什么冲突，军训结束之后就脸上带伤调换了寝室。

有关季让女朋友的事就是罗鸣传出来的，大家起初都当八卦听，毕竟季让看上去可不像能找到女朋友的人。

哪个女生这么想不开跟暴力狂谈恋爱？天天不被气死才怪！

直到后来年级警花郑翎说在电影院看见季让和他女朋友，大家才信了。

心说，季让这人不按常理出牌，找女朋友也不按常理出牌。虽然脾气坏了点，但颜值身材绝对没的说，放到娱乐圈去都能吊打的存在，居然找了个又土又丑的女朋友，真是令人好生遗憾。

现在才知道之前的谣言有多不靠谱！

土你妹啊！丑你妹啊！这都叫又土又丑，还让不让我们这些凡人活了？？？

有几个在奶茶店的女生给郑翎发消息，没说什么事，让她快点来一趟。郑翎刚下课，也没看群，收到消息很快就过来了。

季让已经带着戚映去水吧坐了，看样子是在等人。

发消息的女生把郑翎拉到过道上，指给她看说："你上次在电影院看见的，是这个女生吗？"

她们还在想会不会是季让换女朋友了。

郑翎一看见他们，脸上顿时红一阵白一阵，正嗫嚅着不知道该怎么开口，晃着小脚脚喝奶茶的戚映东看西看，突然看到不远处的郑翎。

骤然看到认识的人，她还有点小惊喜，抬手朝郑翎礼貌地挥了挥，乖乖笑了一下。

旁边的女生说：“她是在跟你打招呼吗？她认识你？”

郑翎：“……”这下是瞒不过去了，只能说，“对，上次在电影院见过。”

周围人一脸无语地说：“那你还说长得丑……”

郑翎急道：“我没那么说啊，我说的还行啊，是你们自己不相信。”

众人：“……”

水吧那边还不知道这头发生了什么。

季让的室友刚刚给他打电话，听筒里闹得乌烟瘴气，吵着闹着说要过来见嫂子。大家都看见嫂子长什么样了，他的好室友们却因为晚下课那么几分钟居然错过了，简直太悲伤了！

季让笑着骂了两句，说了水吧的位置，让他们赶紧过来。

没多会儿三个男生就撒着欢儿地跑过来了。

都是又高又结实的类型，像有用不完的精力似的。

三个人齐刷刷地在对面坐下，笑得眼睛发亮，看着对面眼神蒙蒙的小姑娘，齐声说：“嫂子好！”

戚映：“……”她真的被吓得一抖，求助似的看了季让一眼，发现季让正单手撑着头笑而不语看着她，明显是让她自己面对这场面。

于是小姑娘只能转头看着对面三个眼神灼灼的男生，抿了下唇，软声说：“你们好，我……我叫戚映。”

“嫂子好漂亮！”

“嫂子好可爱！”

“嫂子好……”最后一个男生卡壳了，顿了顿，抓了下头发，“嫂子成年了吗？看上去好小啊。”

季让在桌子底下踢了他一脚说：“老子会对未成年下手吗？”

“是是是，老大这么正直，肯定只对成年的下手！”

戚映：“……”

季让：“……”

说话的男生剃着平头，浓眉大眼，五官长得很立体，看上去特别有精神，叫宋经年，被季让踢了一脚后就老实了，兴致勃勃地看着戚映说：“嫂子想吃什么？我们用室费请客！”

戚映说：“我都可以。”

宋经年回：“嫂子真好养活！”

戚映：“……”

这群人是逮到个机会就要夸她吗？

几个人在水吧商量来商量去，他们平时皮糙肉厚，吃东西只讲味道不讲质量，但现在带着戚映就不能随随便便解决了，找了半天，定了校外一家中高档的自助餐厅。

大家训练了一天都饿得不行，确定之后当即就往外走。

季让这三个室友简直跟猴儿一样，在学校的时候还走得中规中矩，一出校门简直放飞自我。

大概有三个屈大壮那么皮吧。

季让牵着她走在后面，一脸无语道：“他们就是很吵。”

“不吵。”戚映笑得很甜，“有他们在，你也会很开心。”

这倒是。面对三个活宝，想不开心都难。

在人行道旁边等车的时候，对面有个男生提着个袋子走过来。

身边闹腾的三个男生突然没了声音，宋经年还重重地冷哼了一声。那男生看见他们也是一愣，视线落在戚映身上时，脸色更难看了。

他没再走过来，直接斜插过去，匆匆走了。

戚映好奇地打量了他几眼，宋经年在身后说：“老大，看到那小子的脸色没？嫂子这么好看，气死他！”

季让淡淡扫了他一眼说：“幼稚。”

戚映听到事情还跟自己有关，转头软声问了句：“怎么了？”

宋经年立刻愤慨道：“嫂子你不知道，这个人！简直了！警校败类！”

后边两人同仇敌忾道：“对！警校败类！”

季让：“……”

宋经年把事情经过讲了出来："他当时跟我们一个寝室的，本来相处都好好的，结果他手贱，非要去碰老大的小星星！老大虽然脾气不好，但是头两次都很客气地跟他说了这东西是你送的，不能碰。结果呢！有一天我们下课回来，他居然拆了好几颗小星星，看见上面有字，还说你居然送这么土的礼物，这谁能忍？然后他就被老大揍了一顿扔出寝室了！"

罗鸣调换了寝室，之后跟他们就没有往来了。不过也是从那时候起，学校开始谣传季让找了个又土又丑的女朋友，想想也知道是谁说出去的。

"罗鸣就是嫉妒老大各项测试年级第一，被老师夸赞说是未来的警界之光！"

宋经年气得好几次想去教训他，都被季让拦住了。

警校是严禁打架的，他已经受过处分了，不能再让室友为了他的事受处分。

戚映不知道他在学校居然还发生了这些事，季让从来没跟她讲过，他告诉她的都是开心的有趣的事。

他会把所有不好的事情都挡在身后，不让她看见。这是他的承诺。

她偏头看了看身边若无其事的少年，握紧了他的手。

季让感受到小姑娘的安慰，笑着揉了下她的头说："没多大点事儿，走吧，车来了。"

一行人直奔自助餐厅。

三个大小伙子就像狼入了羊群，敞开肚皮吃。

季让先照顾戚映吃饭，剥虾剥蟹，给鱼挑刺，给她倒牛奶卷烤肉，等她吃好了，才去拿自己要吃的东西。

宋经年一边啃肉一边艳羡地跟身边的兄弟说："我从来没见老大这么温柔这么有耐心过。"

"谁说不是呢……难怪老大能脱单呢……"

警校传言，越凶的人越找不到老婆，那个季让最凶了，肯定打一辈子光棍。

唉，大家还是太年轻了。

这一顿饭直接吃了两小时，吃得几个人都躺在座位上摸肚子。宋经年看了下时间，一本正经道："老大，都这个点了，嫂子回学校宿舍肯定都关了，你带她去外边住吧。查寝我们帮你兜着！"

周五虽然也要查寝，但没有周内严，混一混还是能混过去的。

季让没表态，等出了餐厅才低声问戚映："去酒店还是回小院？"

戚映也知道寝室回不去了，想了想说："小院吧。"

他点点头，用手机叫了车，宋经年几个人在旁边挤眉弄眼，等他上车的时候还握拳打气："老大，加油啊！"

被季让冷冷瞪了一眼。

回到胡同小院天已经黑透了，下车后两人先去附近的商场买生活用品。

牙刷，牙膏，毛巾，水杯，睡衣……季让还给她买了洗面奶和护肤品，也不知道什么牌子好，都拣贵的挑。

她还没跟他在外面一起过过夜，国庆那几天季让一到晚上就会把她送回学校。

他自制力不好，把小姑娘留下来过夜，他会控制不住做点什么，所以只能从源头断绝了。

有一个月没来小院了，屋内又落了一层灰。

季让把洗漱用品拿出来，调好水温，让她先去洗澡。自己拿着拖把抹布把房间打扫了一遍，然后开始铺床。

四四方方的院子，只有这间屋子亮着灯。

戚映从浴室出来，踢着拖鞋啪嗒啪嗒跑进屋子里来。

少年正在换衣服。

手臂往上，露出结实有力的后背。

听见声音，他回过头，看见被水汽笼罩的小姑娘，喉结动了动，又把 T 恤放下去，拿起搭在椅子上的毛巾，把她拉到床边坐下，给她擦头发。

整个屋子都是她身上的香味。

那件睡衣是他随便拿的，米白色的纯棉睡裙，她穿着有点宽松，胸前空荡荡的，稍微一动，轮廓就若隐若现。

她发丝也好柔软，滑过他指间时，有细密酥痒的触感。季让给她吹个头发差点把自己吹疯了。

吹到一半就受不了了，关了吹风机放到她手里，绷着身子说："我去洗澡，你自己吹。"

然后就头也不回地走出了屋子。

等他洗完澡回来的时候，小姑娘已经钻进被窝躺好了，枕着枕头在玩手机。

她没大注意他，还在寝室群里跟大家聊天，直到十分钟后，季让掀开旁边的被子，躺上床来。

小姑娘手机差点吓飞了。

愣愣看着他，好半天才组织出语言："你……你也……睡这儿？"

季让手臂枕着头，皂角的淡香混着男性的荷尔蒙气味，带着体温的热度将她笼罩。他一派淡然："不然呢？其他房间十几年没住人了，我只收拾了这一间屋子出来。"

话说得这么轻松，鬼知道他身体都绷成石块了。

戚映湿漉漉的眼睛眨了眨，像在给自己做思想工作，好半天才小声说："那好吧。"她把手机放好，捻着被角往下缩了缩，只露出一个小脑袋，时不时偏头看他一眼。

季让在翻手机，但其实根本什么都没看进去。

不知道戚映第几次看过来的时候，他终于受不了了，翻身压过去，在她唇上胡乱亲了几下："你不睡觉乱看什么！是不是勾引老子？"

小姑娘委屈得不行说："我没有……"

他才不听她的说："你有，你故意勾引我。"

他已经被撩得起火，手脚都不安分，又亲又摸又蹭，戚映一点心理准备都没有，快吓哭了，用手推他说："你压疼我了……"

季让快疯了。他埋下头，在她胸前狠狠咬了一口。

小姑娘"呜嘤"了一声。

季让眼眶都憋红了。好半天，到底是从她身上下来了。

他跳下床，赤脚走到衣柜旁边，从里面拿出一叠棉絮被套。

戚映看了他半天，忍不住小声问："你做什么呀？"

季让把被子扔地上，咬牙切齿道："老子打地铺！睡觉！"

他打好地铺，把灯关了，重重往地上一躺，说睡就睡。戚映气都还没喘匀，房间就已经暗下来。

她愣了愣，真是快被这个人笑死了。

缓了一会儿，把卷到胸口的睡裙往下扯了扯，然后一点一点蹭到床边去，偷偷往下看。

窗外的光朦朦胧胧地透进来，眼睛适应黑暗后，看见躺在地上的少年紧闭着眼，一只胳膊枕在头底下，每一次呼吸胸膛都重重起伏，可见情绪有多激烈。

戚映歪着脑袋偷看了好几眼，突然听到他问："你喝过旺仔牛奶吗？"

戚映愣了下，不知道怎么会转到这个话题，还是老老实实地回答："喝过。"

"知道它的广告词是什么吗？"

"……"

少年在黑暗中倏地睁开眼，恶狠狠地说："再看就把你吃掉！"

戚映"唰"的一下缩回去了。

在他看不见的地方，捂着嘴笑得发抖。

床上还有他的体温和气味。她把被子往上扯了扯，盖到鼻尖的位置，闻到属于少年躁动热烈的气息。眨了眨眼，轻轻开始深呼吸。

也不知道过了多久，季让感觉自己好不容易冷静下来一点，就听到小姑娘又小又软的声音："我做好心理准备了。"

他快要气死了："你做个屁的心理准备，给老子闭嘴，睡觉！"

床上窸窸窣窣的，他感觉有只小手伸下来，轻轻扯他被子："真的不要吗？"

季让："……"

血气方刚的少年差点一口血喷出来，青筋都暴起了。

好半天，闷闷的声音简直是从牙齿缝里挤出来："……没买那个，你乖一点，别说话了，别折磨老子了好不好？"

他今晚本来就没那个打算，去商场的时候压根儿也没往那方面想。

他总觉得他的小宝贝太小了，怕她会痛，怕她害怕。他舍不得碰，想等她长大一点，再长大一点。

长大个屁，他现在肠子都悔青了。

小姑娘“哦”了一声，躺回去，乖乖说：“那我睡了哦，晚安。”

没多会儿，床上就传出浅浅的呼吸声。

季让：“……”

他不想吵醒她，硬撑着没出去洗澡，强行闭上眼开始在脑子里回顾这一周的军事训练，转移注意力。

什么时候睡着的他自己都不知道。

警校每天早上六点就要起床集合跑操，他生物钟习惯了，六点左右自动就醒了。

但人还迷糊着，眯眼看了看窗外蒙蒙亮的天，听到床上浅浅的呼吸声，把身上的被子踢了，手脚并用爬上床去，两三下把被窝里的小姑娘扒到自己怀里来，抱紧，继续睡。

这一觉就睡到九点多。

睁眼的时候，发现怀里的小姑娘好像早就醒了，仰着小脸看他，好像在数他的睫毛。

看他醒了，嘴角弯出甜甜的笑，往他怀里蹭了蹭，埋在他胸口，软乎乎地说：“我肚子饿了。”

他低头亲了她一下：“想吃什么？”

戚映说：“冰糖葫芦。”

季让用手指弹了下她的额头：“不行。忘记上次牙医怎么说的？是不是想长满蛀牙以后什么都吃不了？”

她噘了下嘴，撒娇，蹭进他颈窝说：“就吃一颗好不好？买一串，我就吃一颗，剩下的都给你。”

季让被她蹭得全身起火，想推开又舍不得，紧绷着唇，快憋死了。

戚映不知道是不是碰到了什么。

一下不动了。

半天，小心翼翼地从他怀里爬出来，像怕惊动了什么似的，小声说：“好吧，我不吃了。”

季让觉得再这么下去自己迟早要坏。

他去浴室冲了个冷水澡，等戚映洗漱完，两人一起把房间收拾了。不知道下次过来是什么时候，被褥都装进衣柜里，然后锁好门去吃饭。

上次没看成故宫，现在人不多了，总算可以去了。

他提前在网上买了票，取票也方便很多。秋末的天有些阴沉，故宫看上去也格外清冷肃穆，他没什么兴趣，戚映倒是提前做了攻略，拉着他挨个参观。

她见季让恹恹的，兴致缺缺，晃他的手逗他开心说：“说不定你以前也在皇宫生活过呢，看！有没有一种熟悉感？”

季让掀起眼皮瞟了两眼，小宝贝说是什么就是什么，他点头道：“有，我上辈子肯定是个暴君，天天不上朝，独宠你一人。”

戚映快被他笑死了，小声嘀咕：“才不是暴君呢。”

季让听见了，揉她脑袋问：“那是什么？”

她抿了下唇，若无其事地说：“肯定是大将军，特别厉害的那种。”

季让说：“哦，我是将军，那你是什么？”

小姑娘不说话。

他帮她安排了个人设道：“你肯定是个小公主，等我打完胜仗，回来就娶你的那种。”

这下子戚映也不想逛了……

季让不知道小宝贝怎么突然变蔫儿了，还以为她累了，没再接着逛下去，牵着她从出口离开，查了附近的美食街，带她去吃饭。

快到傍晚的时候，才把她送回学校。

那日之后，B 市就逐渐入冬了。

北方的冬天，雪下得猝不及防，一夜时间就铺满了整座城市。

校园里，那些站在大雪中兴奋得跟打了鸡血一样的学生，不用问，铁定是南方来的。

夏晓和欧阳碧也特别激动，拖着戚映去堆雪人，正堆到一半，戚映电话响了。今天正好是周末，季让过来带她去吃饭。

他发现了一家海城特色的小菜馆，夫妻俩都是海城人，在海城生活了大半辈子，为了陪来B市读大学的女儿，干脆来B市开了家馆子。

季让去吃过，味道很正宗。

那馆子开在一条小巷子里，地段虽然不好，但胜在房租便宜，而且这儿来的都是回头客，生意还不错。

老板娘听说他们也是海城人，特别热情，把他们带到最宽敞的靠窗的位置说："边看雪边吃饭，刚刚好。"

戚映乖巧地跟老板娘说谢谢，点完了菜，正撑着下巴看窗外纷飞的雪，季让从衣服兜里拿出一个蓝色的盒子说："试试合不合适。"

戚映愣了一下，问道："什么？"

季让看她蒙蒙的，摇头笑了下，把盒子打开，从里面拿出一只玉镯。

那玉通体莹白，成色很好，他拉过她手腕，径直套上去。

大小刚刚好。

他拉着她的手满意地看了一圈说："刚戴可能有点冰，用体温养一养就暖和了。"

戚映愣了好一会儿才问："为什么送我礼物？"

季让还在独自欣赏镯子呢，若无其事地说："送你礼物还需要什么理由。"

她垂了下眸，低声说："今天是初雪日呢。"

"嗯？"她声音太小，季让没听清，刚好老板娘上菜来了，他抓着她的手亲了一下，把她袖口卷下来，摸摸她的头说："吃饭吧。"

戚映感受着玉镯渐渐变暖的温度，手腕有些轻颤。

她偏头看了一眼在给她夹菜的少年，凑过去在他脸上亲了一下。

季让挑眉，侧过另一边脸说："小傻子这么容易感动啊，来，这边，再亲一下。"

她抿着唇笑，又乖乖亲了一下。

B 市接连下了好几场大雪。

戚映比季让先放寒假，她想跟他一起回海城，于是又在寝室里等了几天。高年反正回去了也是打游戏，也在寝室多住了几天陪她。

一周后季让才放假，拖着行李箱来 B 大接她。

戚映跟高年告了别，和季让一起坐上回海城的飞机。

在飞机上的时候，季让想起什么，偏头跟她说："季芊要订婚了。"

戚映"哇"了一声，问："跟谁啊？"

季让笑着说："还能是谁，那个疯子呗。"

陈风致追了快十年，总算把人追到手了，季芊一点头，他就立刻安排订婚，季让朋友圈都快被他刷爆了。

季让说："她应该会给你发订婚宴的邀请函，到时候我来接你。"

戚映兴奋地点点头。

飞机落地后，俞程已经开车等在外面了。自从火灾那件事后，俞程已经彻彻底底接纳季让了，看见他笑得比看见自己儿子还开心。

他先把季让送回去，交代他随时来家里玩，才又转道回家。

快有半年没见到外甥女，一家人都特别想她，吴英华又做了一大桌子菜给她接风洗尘。

只是俞濯现在高三，要上晚自习，晚上很晚才回来。

看见客厅里的戚映，俞濯有些疲惫的眉眼倒是亮了一些说："姐，你回来啦？"

俞濯只开心了一会儿就颓了，洗完澡回自己房间，趴在书桌上看书。

吴英华叹气道："最近不知道是不是太累了，总是没精打采的，饭也吃得少，这高三真是折磨孩子啊。"

戚映把带给他的礼物拿到他房间，少年半张脸压在草稿纸上，正无精打采地算一道数学题。

戚映看了他一会儿，小声问："你怎么啦？"

俞濯撇了下嘴，好半天，闷闷道："我失恋了。"

脑子里除了打架就是想当大佬的弟弟，居然也会有失恋的一天吗？

戚映知道自己不该笑，但实在忍不住，她捂着嘴，尽量不让俞濯看见。

结果俞濯还是看见了，快气死了，朝她吼道："你还笑！能不能有点同情心！"

戚映把笑憋回去，摸他刺刺的头发安抚道："别难过啦，过两天有个宴会，我带你去散散心呀。"

俞濯问："什么宴会？"

戚映说："季芊姐姐的订婚宴。"

俞濯："……"

他气愤地站起身，把这个在他伤口撒盐的姐姐往外推说："出去！你给我出去！不准跟我说话了！"

一无所知的戚映："……"

半年不见，这个刺头弟弟的脾气怎么越来越暴躁了？

俞濯说到做到，那天过后果然就不跟她说话了。不过他也忙，早出晚归，天天在学校忙成狗，见到戚映的时间也不多。

戚映也不闲着，要跟季让约会，要去拜访韩阳，要跟岳梨他们出去玩，整个寒假都特别放飞。

在季芊的订婚宴上，戚映再一次见到了季伟彦。

他还是那副模样，见谁都是温和地笑，看见季让的时候，温声跟他打招呼："阿让来了。"

戚映有点紧张地去看身边的少年，却见他眼底再也没有当年尖锐的戾气。

从怨恨中走出来后，曾经的一切好像都变得无关紧要。他的人生该是向前看的。前头有光，有他的小姑娘，从此以后，他无须回头。

少年淡漠扫了季伟彦一眼，微微点头，算作招呼，然后拉着戚映走到旁边的餐桌坐下。

桌上摆了一些小点心和糖，季让专门选了草莓味的小蛋糕，用手拿着往她嘴里喂。

周围都是季家的亲戚，多少视线落在他们身上，戚映羞得不行，紧抿着唇不张嘴，一边摇头一边含含糊糊地说："我不吃，我不吃，我不吃。"

季让快笑死了。

她不吃，他就塞自己嘴里，一边嚼一边挑眉说：“味道真好，比以前那个跟小姨子跑了的蛋糕店老板做的还要好吃。”

戚映一听他这么说，顿时吞口水，大眼睛眨啊眨，小声问：“真的吗？”她觉得开席前就自己开吃是不礼貌的行为，就算再想吃，还是忍住了：“那……那你给我留点，我一会儿再吃。”

季让偏不：“不行，我饿了，我要全部吃完。”

然后戚映就眼巴巴地看着他一块接着一块往嘴里塞。

她快被这个幼稚的人气哭了。

第三十一章

日日是好日

季芊的订婚宴一直进行到下午，酒宴结束之后他们还有其他的玩乐项目，季让没什么兴趣，也不想跟这些人待在一起嗨，牵着戚映径直离开了。

他带她回到了学校。

海城一中的高二高三还在补课，隔着围墙都能听到参差不齐的读书声。明明毕业也才半年多，可现在再回想高中的起早贪黑，却恍如隔世。

季让拉着戚映先在学校周围逛圈圈，等学校放学了，又拉着她进校，在学校里逛来逛去。

直到遇到以前的老师，看到他们牵在一起的手一脸震惊地说“你们在一起了啊”，戚映才察觉到他的意图。

这个人是来显摆的。以前没有秀过的恩爱，现在全部秀回来。

跟屈大壮、刘海洋他们聚会的时候，季让还按头逼他们喊戚映嫂子。

他们毕竟是跟戚映同级的同学，一直拿她当小妹妹看的，屈大壮脖子都憋红了也憋不出口：“不行，小仙女没有大嫂的气场，我不喊！”

然后他就迎来了熟悉的暴揍。

他以前一直盼着两人确定恋爱关系，让哥就会比较好搞了。没想到真的谈了，不仅没有好搞，他还被强迫叫大嫂。

哭都哭不出来。

岳梨上大学之后瘦了下来，脸上的婴儿肥没了，但笑起来梨涡还在，又甜又好看。屈大壮夸她：“你比前好看多了，是不是谈恋爱了啊？”

岳梨微笑着说：“谢谢，没有，不过你没机会的，我整颗心整个人都是我们家隽意哥哥的，恋爱耽误我追星。”

屈大壮无奈道：“我就是随口夸你一句，你还上天了？”

岳梨不理她，开心地扑到戚映身边摇她肩膀说：“映映我跟你说，四月的时候我要去 B 市看隽意哥哥的演出，到时候我去找你，我买两张票，你陪我一起去呀！”

戚映也挺开心能在 B 市跟她一起玩，点点头说：“好呀，等你来了我带你参观学校，去吃好吃的。”

假期一晃而过，季让不知道在忙些什么，年后那段时间整天见不到人影，等他忙完之后，已经是快要开学的日子了。

他这次总算不用在安检口抱着人不撒手腻歪半小时，开学时间和戚映一样，两个人一起坐上了回 B 市的飞机。

B 市铺天盖地的雪已经不见踪迹，开学后，校园里的树木抽出新芽，是春天渐渐到来的迹象。

季让周内基本出不了警校，偶尔遇到什么政策活动，周内能放半天假，他就来 B 校陪戚映上课。

医学系的学生现在都认识系花那个帅裂天际的男朋友，知道她男朋友宠她跟宠小公主一样，就是脾气不咋好，除了对系花和系花室友，对谁都一副冷冰冰不耐烦的样子。

别问，问就是柠檬成精。

季让觉得自己运气不太好，好不容易有机会来陪他的小宝贝上一次课，结果就遇到他们上解剖课。

那老教授不知道怎么就看到了他，讲了半天专业知识后把工具交到他手上，问：“同学，那么接下来的第一步，我们应该做什么？”

季让看着台子上那具尸体，憋了半天，说：“保护犯罪现场。”

然后他就在医学系的老师中出名了。

戚映成绩好又刻苦，本来就是受老师们关注的宠儿，除了医学系的学生，现在连医学系的老师都知道她有个警校生男朋友了。

之前那些还打算把自己孩子介绍给戚映的老师忧伤地死了心。

四月时，大地复苏，在H大上大学的岳梨不远千里奔赴B市来看她家隽意哥哥的演出。这次演出有好几个流量同台，票不好抢，岳梨拿出母胎单身的手速，居然抢到了两张。

戚映去机场接她，两个人一碰面就抱在一起转圈圈。

演出是在明天，正好是周末，戚映先带她回学校附近的酒店放了行李，然后再带她去美食街吃饭，逛校园，一整天都玩得特别开心。

两个人有种回到高中时候的感觉，特别是晚上躺在酒店的大床上，缩在被窝聊天时，岳梨突然想起什么，问她："映映，你还记得我们半夜偷溜出门去洗头的事吗？"

一提这事两个人就笑成一团，岳梨说："我以前考大学的动力就是早点离开家可以实现洗头自由！"

现在再回想曾经种种，恍然惊觉时间过得好快。

两人一直聊到深夜，第二天她们睡了个懒觉，十一点多才起床吃午饭。演出是晚上开始，岳梨说要早点去领周边，吃完饭戚映就按照查好的路线带她去演出现场。

刚走出酒店，季让的电话就打过来了，听说她们要去看演出，沉默了一小会儿，淡声说："我也去。"

只有周末才能见上一面，今天不见那岂不是又要等下周？？？

大佬不干。

岳梨在旁边吼："我们只有两张票。"

季让快被这个霸占自己女朋友的人气死了："我不进去！在外面等你们。"

岳梨在旁边撇了下嘴，小声嘀咕："怎么有这么黏人的男朋友。"

戚映哭笑不得，把地址发给季让，两小时后，三个人就在五棵松外面会合了。

广场四周来来往往的全是穿着各色应援服的粉丝，这次请了不少明星，各家都有粉丝来现场应援，岳梨也穿了件红色的应援服，还把自己准备好的红色发夹夹在戚映头发上，让她充当人数。

季让冷着一张脸，一副看岳梨不顺眼的表情。

岳梨小同学现在胆子见涨，一点都不怕大佬了，还笑嘻嘻地问："你要不要也戴一个红色手环充当一下我们的男粉啊？"

被大佬一个眼刀杀回去了。

三个人坐在奶茶店等进场时间。周围不少追星女孩儿都在看季让。

他今天戴了个黑色的棒球帽，又把卫衣的帽子盖在棒球帽上面。他的长相本来就出众，低着头抄着手坐在那里不说话时，总让人误会是哪个明星。

居然还真的有小姑娘过来找他要签名。

岳梨在旁边差点笑死了。

季让觉得自己忍不住要揍人了。岳梨感受到危机，赶紧咳嗽两声，正襟危坐，拉着戚映转移话题："映映，你看到对面那桌，穿金色衣服的女生没？"

戚映咬着吸管看了几眼，点头："看见了。"

岳梨低声说："那是我们的对家！金红势不两立！记住了吗？"

懵懵懂懂的戚映说："记住了……"

季让："……"头疼。

天色渐暗，演出是晚上开始，大家逐渐进场。季让把她们送到入口，低头替戚映理头发道："我就站在这儿等你。"

言外之意，别让我等久了。

戚映乖乖地点头，岳梨说："哎呀不会很久的，我们看完隽意哥哥就出来，很快的！"

话落就拖着戚映进去了。

季让看着她消失在入口处，把帽檐往下一压，抄手靠在扶栏上，浑身又是一股生人勿近的冰冷气息。

那天晚上他不知道被多少人拍了照，各个粉圈都在传，入口处有个比明星还帅的小哥哥！大家都在猜他到底是哪家的男粉。

岳梨说很快其实也不快，她的隽意哥哥是顶流，倒数第二个压轴出场，最后一个出场的是她口中的对家。等她带着戚映出来的时候，两小时都过去了。

戚映一出来就扑到少年怀里，她知道他肯定生气了，搂着他脖子蹭来蹭去地撒娇说：“站了这么久是不是很累呀？”

季让被她磨得半点气性都没了：“不累，没有站军姿累。”他搂着她的腰，低头亲了她一下，“演出好看吗？”

戚映说：“不好看。”

季让莫名道：“嗯？”

戚映软软地说：“没有你好看。”

暗戳戳想把小姐妹发展成“薏仁”的岳梨彻底死了心。

算了，这个人眼里只有她家大魔王，而且粉丝滤镜从高中开始就很厚，收个保护费都能说成是劫富济贫，她看透了，就让自己独自拥有隽意哥哥的爱吧！

第二天是周一，岳梨虽然请了假坐飞机，但季让和戚映都要上课，没空去送她。吃完夜宵之后三个人就告别了，约了暑假海城再见。

岳梨还兴奋地说：“映映，暑假早点回来，我们给你过十九岁生日呀。”

她乖乖地点头。

B 市逐渐回温，戚映专业课也忙，没空再去警校找季让，就连周末两个人也见得少。他好像也在忙什么事，每周六抽一早上的时间过来陪陪她，吃完午饭就借口学校有事，又匆忙走了。

这个状态一直持续到这学期结束，都快放暑假了，季让比之前更忙。

考完最后一场试从教室出来时，夏晓欲言又止，最后还是忍不住，偷偷摸摸趴在她耳边说：“你家大帅哥最近是不是有什么问题啊？你要不要查查岗？”

戚映一向软绵绵的，难得板着脸瞪她：“不要胡说，他才不是那种人。”

夏晓吐了下舌头，摇她手臂道歉：“对不起啦映映，不要生气啊，我就是好久没看到他了，有点担心嘛。像他那么优质的男生，真的很有市场啊，肯定很多人觊觎着，映映你要看好他啊。”

戚映认真地看着她说：“他不会的，我不用看着他。”

她态度这么坚决，夏晓也不好再说什么，只是私底下跟欧阳碧吐槽，映映这个小天真，真是不知道世道险恶。他是不会，可架不住幺蛾子会主动往他身上扑啊。

医学系考完了试的第三天就正式放暑假了。

戚映给季让打电话，问他什么时候放假，好一起回海城。

她知道他白天训练上课都用不了手机，打电话都是在晚上，何况今天还是周五，他应该放假了才对。

但手机一直没人接。

她想了想，给宋经年发消息：你们还在上课吗？

宋经年消息回得很快：上啥课，我们前天就考完试放假了，老大今早就拖着行李走了啊。

戚映皱了皱眉，忍不住担心。

她又打了两次电话，还是没人接，心里七上八下的，快到熄灯的时候，电话才终于响了。

她飞快地接起来，季让的声音微微有些喘：“对不起啊宝贝，手机掉在屋子里忘了拿。”

她松了口气，软声问：“你在小院吗？”

他低笑道：“嗯，你考完试了？”

她乖乖“嗯”了一声，又问：“我们什么时候回海城呀？”

季让沉默了一下，顿了顿才说：“我这边还有点事情没处理完，你能不能再在寝室待几天？等我忙完了就来接你。”

她想了想，同意了，又说：“那我可以来找你吗？”

他低声说：“乖一点，在学校等我。”

他这么说，戚映也就不强求了，跟室友说了自己还要再住几天，高年打了个响指：“没事，我再陪你几天就是。”

戚映扑过去抱她说：“年年真好。”

高年叹气道："省得回家打游戏还要被我妈骂。"

夏晓和欧阳碧第二天一早就拖着行李回家了，校园渐渐冷清下来，不过暑假到了，每天还是有很多以此为向往的人前来参观。

戚映有高年陪着也不觉得无聊，高年还教她打游戏，一个大神带着一个小菜鸡，开开心心浪了好几天。

戚映生日的前一天，岳梨吱哇乱叫给她打电话："映映你为什么还没回来？全国大学都放假了，只有你们 B 大与众不同吗！"

戚映笑着安抚她："生日过不过都没关系啦，回来了我第一时间告诉你呀。"

岳梨"哼"了一声，又委屈巴巴地说："那我把生日蛋糕退了哦。"

挂了电话，一旁的高年摘下耳机说："你男朋友搞什么呢，让你等这么久。"

戚映抿了抿唇，眼睛弯弯地说："应该是在给我准备一个大惊喜。"

中午吃完饭，戚映还操作着双马尾的小萝莉角色跟在高年身后捡装备，季让的电话终于打过来了："我马上过来接你。"

她好开心地说："你忙完啦？"

他低声道："嗯，让宝贝等久了。"

她乖乖地笑说："不久。"

等她挂了电话，高年一脸不舍地说："带萌妹子玩游戏的美好时光就这么结束了，唉，我也该收拾东西回家了。"

戚映收拾好行李，跟她告了别，收到季让消息就拖着行李箱下楼去了。

少年还站在同样的位置，等小姑娘走近，一把拉过来抱在怀里亲了好几口问："想我没？"

他胡楂没剃干净，戚映被他蹭得咯咯直笑，用小手去挡他下巴。他趁势亲亲她手指，然后握在掌心。

他看上去很兴奋，神采奕奕。

戚映忍不住问："什么事这么开心呀？"

季让不告诉她，只绷着唇笑，一路拉着她走到停车场，走到一辆黑色的越野车跟前。戚映还在喝他买给她的奶茶，被突然响起的车锁吓了一跳。

“你买车了？”

少年挑眉，从口袋里掏出一个黑皮小本本说：“我还考了驾照。”

难怪这么高兴呢。

戚映不懂车，但眼前黑色的大车模样霸道，线条感凌厉，一看就知道是好车。季让其实还自己做了改装，不过她也看不出来就是了。

他拉开副驾驶的门等她坐好，又俯身给她系安全带，然后才兴致勃勃上车启动。

戚映乖乖地喝奶茶，一边喝一边左看看右摸摸，车前面放了她喜欢的太阳花摆件，副驾驶座位上还有粉色的抱枕。

虽然跟这辆车的气势完全不搭，但她好喜欢。

她喜欢他就开心。

季让上高中的时候就是业余赛车手，对这些机械方面的东西天生上道。一直到开上环线，戚映才后知后觉地发现，这好像不是回胡同小院的路。

她震惊道：“我们不会要开着这个车回海城吧？”

季让快笑死了，宠溺地说：“想什么呢，我们去商场买点东西。”

他说的商场，居然是家居商场。

一直到下车，戚映还愣愣的，牵着他的手问：“我们到这里买什么啊？”

家居商场能买什么，当然是买家具。

季让来的是一家高端私定家居城，提前就预约过，两人一到门口就有专业顾问迎上来，确定预约后就带着他们去参观。

一直到顾问开始给他们讲解风格材质价格，戚映还没反应过来，她把季让拉到一边去，踮脚趴在他耳边小声问：“我们为什么要买家具呀？”

季让快被他的小宝贝萌死了。

本来想等她亲眼去看看，见她这么好奇，终于还是忍不住告诉她：“我把小院重新装修了一遍，什么都搞好了，现在就差家具。你喜欢什么风格样式，自己选。”

戚映惊讶得眼睛都瞪大了。

原来他这段时间是在忙这个。

可是，装修房子买家具什么的，不是快要结婚的准夫妻才会做的事吗……

她小脸红扑扑的，有点高兴，也有点害羞，抿着唇乖乖点了下头。

两人一直在家居店待到傍晚，戚映终于知道为什么结婚前夫妻俩都会一起去挑家具了，这种一起规划未来的感觉真的好幸福呀。

虽然对她来说，这个幸福好像早了点……

一直到天色暗下来，整套房子需要的所有家具才全部确定。大概女生天性喜欢装饰房间，整个过程戚映都开心得不得了。

挑好的家具等定制好之后就会送到家来安装，挑完家具季让拉着她下楼，开车带她去吃饭。

这边距离胡同小院还挺远的，等他们吃完饭开车往回走的时候，已经接近十一点了。

戚映有点困，靠在背垫上软声问他："我们什么时候回海城呀？"

季让开着车，伸出一只手摸摸她的头说："明天。困了吗？困了先睡一会儿。"

她乖乖闭上眼，没多会儿就迷迷糊糊睡过去了。直到车子停好，季让下车走到副驾驶，把她从车上抱下来。

她揉揉眼睛，打了个哈欠，软乎乎地说："我自己走。"

他用脚蹬上车门，低头亲她说："我抱你。"

胡同两边老旧的路灯洒下昏黄的光，他就抱着她走在这光中，每一步都走得很稳。直到走到院门口，戚映闻到夜风中淡淡的花香。

季让说："钥匙在左边口袋，拿出来开门。"

她把手从他脖子上拿下来，去摸他口袋，拿到钥匙之后，季让弯了弯腰，让她能够到门锁。

"啪嗒"一声轻响，在夜里格外清亮。

季让抱着她走进去，用脚勾上门。

小院的门檐上亮着纱灯，照亮了这座四四方方的小天地。

之前杂草丛生的院子种满了花，她看见蔷薇爬满了院墙，墙下立着一架秋千，被夜风吹得轻轻摇晃。之前掏蚂蚁的那棵树下起了一圈石桌石椅，桌面落了几片夏季绿叶。

砖墙、青瓦、房门、窗棂都被翻新过，之前没人打扫锁起来的房间都打开了，有的被装成了卧室，有的被装成了书房，还有客厅，茶室。

整座小院焕然一新，淡雅清幽，很像很像，她梦中在将军府住的那所庭院。

她觉得好不可思议。

季让低头蹭蹭她，低声问："喜欢这里吗？"

她有点想哭，轻轻"嗯"了一声。

季让看了下时间，他说："十二点了。"

话落，抱着怀里的小姑娘走向院子里唯一一间锁着门的屋子。

那是他们之前睡过的那间房，窗帘后隐隐有光芒闪过，季让在门口站定，低声说："闭上眼睛。"

她乖乖把眼睛闭上。

听到门开的声音，又听到门关上的声音，然后季让把她放了下来。

他像是在笑着说："睁眼吧。"

戚映莫名有点紧张，一点点睁开眼。

看见满室飞舞的萤火虫，闪烁着绿色的光，像漫天的小星星落满凡间。

她从来没见过这么美的景象，愣愣地看呆了。

直到季让从身后抱住她，她听到他说："宝贝，生日快乐。"

她傻乎乎的，愣了半天才问："你从哪里捉来这么多萤火虫？"

季让笑道："不告诉你。"

他松开她，拉着她的手转过身来，然后一点点，摸上她的无名指。戚映意识到什么，心脏"扑通扑通"地跳。

他笑了下，变魔术一样变出一枚戒指，问道："知道我要做什么吗？"

她大眼睛微微扑闪，不说话。

他垂眸，认真地将钻戒套进她的无名指，然后低下头，温柔地亲了一下，他说："我来实现你的生日愿望。"

她十七岁的生日愿望：长大后，嫁给季让。

她微微仰头看着眼前的少年，眼泪无声掉下来。

他好像叹气了，把她拉到怀里来，低头亲亲她的眼睛说："小傻子，哭什么，我求婚了你应该笑才对。"

她好乖，抬起手背擦擦眼泪，果然不哭了。

萤火虫在眼前掠过道道浅绿色的光。

少年捧着她的脸，声音温柔又低沉："你十八岁的时候，我跟你告白。你十九岁的时候，我向你求婚。等你到了二十岁，我们就去结婚好不好？"

他从来没有跟她说过，他第一眼看到她的时候，就心动得不得了。

这个突然冒出来替他挡棍子的小姑娘，让他早已沉寂的心脏，第一次有了真实跳动的感觉。

可他抗拒这个世界太久了。他满身都是刺，不敢让她靠近。

可她呀，好像一点也不怕疼，一点一点，粉碎了他所有壁垒。

这个一直追在他身后跑的小姑娘并不知道，其实他也一直在追着她啊。

他曾无比怨恨上天给了他那样的人生，可上天终究善待他，让他拥有了这世上最好的小姑娘。

小姑娘扑到他怀里，给了他此生全部的爱与希望。

她说："好。"

番外一

结婚

八月暑假，海城热得像个大蒸笼，出门五分钟就能被蒸熟那种。这种天气，约会除了在空调室内，去哪儿都是折磨。

季让年前就把以前住的那套房子卖了，用以翻新 B 市的四合院，现在他住在海边别墅。别墅的钥匙和门禁都给了戚映一套。

有俞程在，他就算想天天跟戚映腻歪也没机会，每次去楼下接她约会，俞程都会特地招呼："早点送映映回来啊。"

虽然他接纳了这个小伙子，但并不代表他愿意这么早就把外甥女交到他手上。

看季让那眼神，像防贼似的。

在越来越热的天气中，很快迎来了季让二十岁的生日。

屈大壮早早就打电话过来，兴奋地问他要不要大肆操办一场 party 什么的，季让毫不留情地拒绝了他。

天热成狗，只想躺着。

他只想抱着他的小宝贝躺在沙发上看看电视打打游戏，静静享受二十岁的时光。

生日的前一晚，他出门夜跑，打算跑完回家之后好好睡一觉，明天一早就去接他的小宝贝过来陪他过生日。

警校对体能要求很高，他能科科拿第一，得益于他的严于律己，夜跑晨跑都是日常，现在住在海边，沿着沙滩跑步，也挺享受的。

等他跑完回到家，已经是半夜十一点多了。

打开门的时候，发现厨房亮着一盏灯，传出窸窸窣窣的声音。

他还以为进了贼，刚警惕地走到门口，就看见戚映戴着个围裙站在水槽前洗菜洗碗。

听见声响，她回过头来，眼睛笼着厨房明黄的灯光，温柔又亮，柔声说：“你回来啦。”

季让还穿着运动服，满身的汗，于是就拿下搭在脖子上的毛巾擦了擦头上的汗，走过去抱着她问：“你怎么跑过来了？”

她低头嗅嗅，嫌弃地推他说：“你臭死啦，快去洗澡。”

季让抱着不撒手，咬她鼻尖说：“还敢嫌我臭，长本事了。”

她被蹭得咯咯笑道：“快去啦，马上就到十二点了，我要准备下面了。”

季让看了一眼锅里问：“什么面？”

戚映说：“长寿面。”

原来她是过来给他过生日的。

向来看重仪式感的大佬一脸满足，终于松开她，刚往外走了几步又想起什么，转身问：“你舅舅怎么放你这么晚到我这儿来？”

戚映有点不好意思，小声说：“我骗他说要去梨梨家睡。”

季让挑眉道：“那你今晚要在我这儿睡？”

她软乎乎地瞪他道：“快去洗澡！”

季让心尖有点发痒。

等他洗完澡换好衣服出来，戚映正把买来的小蛋糕放在茶几上插蜡烛，她找店员要了个 20 的数字，插好之后又把寿星帽拿出来，对站在楼梯上的季让招手说：“来试试看大小合不合适。”

季让说：“我才不戴那么幼稚的玩意儿。”

戚映先把粉色的尖帽子戴在自己头上，小手合在一起托着下巴摇头晃脑地说：“这么可爱，真的不戴吗？”

她一卖萌他就没办法。走过去弯下腰，让她把寿星帽给他戴上。

戚映满意极了，看了看时间说："还有五分钟就到十二点啦，你坐在这里等我！"

季让点点头，坐在沙发上看着小姑娘欢快地跑进厨房，时针指向十二点时，她端着一碗热气腾腾的长寿面跑了出来。

"许愿，吹蜡烛，吃面！"

小姑娘给他安排得明明白白。

季让用火柴把蜡烛点燃，在她的灼灼目光下先许了愿，然后一口气吹灭。

她还在旁边"啪啪"地鼓掌，等他转头看过来时，扑上来搂着他亲了一下他的嘴角说："生日快乐！"

季让顺手接住她，搂着她的腰把她往上一提，让她跪坐在自己腿上，问："礼物呢？"

她不知道为什么耳根有点红，不敢看他的眼睛，小声说："先吃面呀。"

季让不干，追问道："先把礼物交出来。"

小姑娘有点急道："你这个人怎么这样！"

季让伸手去摸她衣服口袋，继续说："我这个人就是这样。礼物呢？藏哪儿了？"

她被挠得笑个不停，整个人都趴在他怀里，小手拽着他衣角，等他停手了，才微微喘着气小声说："我。"

季让一愣，莫名道："什么？"

她抿了下唇，抬起头，眼眸染着湿气，耳尖有点红，语气却很认真："礼物是我。"

他喉结动了一下。

她说完之后小脸通红，手掌撑着他肩膀想从他腿上下来。刚动了一下，季让一把抱起她，抱着就往楼上走。

她惊呼一声，小腿乱踢道："先吃面！"

还吃个屁的面。

季让跟没听见似的，三步并作两步上了楼梯，进屋之后直接把怀里的小东西扔在了床上。

戚映真是快被这个人气死了。

手脚并用爬起来说："等……等一下……我……"

面前的少年双手往上一把脱掉 T 恤，整个人狠狠压下来，胡乱咬她的唇。

他喘着气，声音粗哑："等不了了。"

再忍他就不是人。

她被吻得说不出话，直到他的唇离开往下，才终于找到机会开口，呜呜咽咽的："那个……那个……"

呜嘤了半天，他才抽空回她一句："买了。"

吃一堑长一智，相同的错误绝对不能再犯！他抬头看了看双眼迷蒙水雾萦绕的小姑娘，最后一眼记住她在他身下娇羞的模样，然后抬手关了灯。

黑暗降临。

戚映脑子已经不能思考。

只是其间，好像听到他埋在她耳边低笑着问了句："要快一点还是慢一点啊？"

她气得想咬他。

他亲她耳朵说："你不说话，我就当你要快一点了。"

夜才刚刚开始。

…………

戚映直到第二天早上浑身酸疼着在他臂弯醒来，才突然想起那句话她在哪里听过。

当年她还不会说话的时候，他骑摩托车送她回家，也曾这样笑着问她相同的话。

这个人真是……

她气呼呼转地过身，在他肩膀上咬了一口。

听到少年沙哑的轻笑。

手臂收紧，他将她圈入怀中。

他终于全部拥有了她。

…………

戚映满二十岁那天，季让上门提亲。

俞程目瞪口呆地看着少年一脸严肃地摆出房产证、车产证、存款证明，再看看自己外甥女满眼期待的神情，那句“映映还小”就说不出口了。

相比于俞程的迟疑和不舍，吴英华就显得很激动了，问季让：“婚礼什么时候办啊？”

季让正襟危坐道：“领证之后立刻办或者毕业之后补办，都可以。”

吴英华兴高采烈地说：“早点办好！我们家好久没有喜事了！”

俞程气得直瞪她道：“怎么没有喜事？去年儿子考上了J大不是喜事吗！”

吴英华白了他一眼说：“老顽固。”

俞程：“……”

毫无家庭地位的俞程眼睁睁地看着季让从吴英华手里接过户口本，拉着戚映出门了。

总觉得哪里不对。

他问吴英华：“那小子今年多大了？”

吴英华说：“……应该有二十二了吧？”

俞程突然开心了。

对此毫不知情的季让已经带着他的小宝贝兴高采烈地来到了民政局。

大概是很少见到这么小就来结婚的女孩子，工作人员拿着她的身份证看了看，随口说了句：“才二十岁啊？”

季让今天专门穿了白衬衣剪了头发，收拾得利索干净，听工作人员这么一说，顿时冷着脸问：“怎么？二十岁不能结婚？”

他一板着脸就显得凶。

工作人员不敢再多话：“能，你的证件出示一下。”

季让把自己的证件递过去。

工作人员一看，愣了一下，脸上顿时涌上幸灾乐祸的笑：“小伙子，你年龄不够啊，才二十一。我国男性法定结婚年龄是二十二岁哦。”

为什么？？？

戚映也没关注过这方面，惊讶了一下：“啊，是吗？那不好意思呀。”

她收回自己和季让的证件，拉着他往外走。

高高兴兴地进来，黑着脸出去，季让气得肝疼，走到门口的时候居然开始耍赖道：“我不管，我今天就要结婚！”

戚映快被这个人笑死了，轻声道：“可是法律规定不可以呀。”

季让怒吼：“哪里来的破规定，老子怎么没听说过！”

他真的要气疯了，饭都吃不下。

戚映哄着他吃了几口，离开饭店后，打车去鹤溪山。季让还在独自生闷气，听到她跟司机报的地址，忍不住问：“去那儿做什么？”

她轻轻笑了下说：“去了你就知道啦。”

到了鹤溪山下，她拉着他开始爬山。

上一次他们爬鹤溪山还是高二秋游的时候，季让记得那时候他们爬到了山顶，去了鹤溪庙，还遇到了一个奇奇怪怪说疯话的和尚。

好多年没来，鹤溪山的绿化做得更好，山头郁郁葱葱，云雾缭绕，古刹幽深。

鹤溪庙还是那个模样，安静地矗立在深山中。莲花池里多了几只小白鹤，门前有个僧人在扫地，仔细去看时，却不是那位高僧了。

季让把背上的小姑娘放下来，陪着她逗了逗鹤，然后被她拉着进了大殿。

殿前的香炉在静静燃烧，空气里都是令人心情沉静的檀香味。

戚映在金身佛像前跪下来。

季让以前就不信这些，更别说现在还是预备警役，笔直站在那儿，端的是一身正气。戚映扯了下他的衣角，水灵灵的眼睛乖乖望着他。

季让：“……”

他在她旁边的蒲团跪下来。

小姑娘甜甜笑了下，双手合一，目光虔诚，然后一字一句轻声道：“佛祖在上，天地为鉴，日月以证，我，戚映，愿与季让结为夫妻，生生世世，永不背离。”

她转过头来，眼睛弯弯的，软声说：“该你啦。”

身边的少年一动不动地盯着她看，后背挺得笔直。

半晌，他低声说：“我，季让，愿与戚映结为夫妻，生生世世，非她不娶。”

小姑娘笑着把手放到他掌心说：“现在我们就正式结婚啦，开心了吗？”

他扣着她手指，心脏跳得好激烈，好半天，亲亲她手指说：“开心。”

没有一纸婚约也没关系。

这个世界都可以为我们作证。

天地为媒，岁月为聘，往后余生，全都是你。

…………

话是这么说，结婚证还是要领的。

第二年，终于满二十二岁的季让，拉着他的小宝贝，扬眉吐气地把证件扔给民政局的工作人员：“我们来结婚！”

工作人员：“……”

不是，你来结个婚，语气怎么搞得跟打劫似的？？？

季让才不管那么多，要是有尾巴的话，估计已经翘上天了。登记完资料，工作人员带他们去照相。连照相师都感叹两个人的颜值，是他拍过的新婚夫妻中最高的一对。

直到红本本到手，季让才终于有了一种真实感。

彻彻底底拥有她的真实感。

万年不发朋友圈的大佬，手捧红本本，拍照，发朋友圈，虽然一字没写，只甩了一张结婚证的照片，但所有人都能从中感受到大佬的嘚瑟与炫耀。

虽还是暑假期间，但学校的论坛瞬间就爆了。

爆帖：《校草和他 B 大女友领证了！ wdm 这是什么神仙爱情！慕了》

帖子里放了他朋友圈的截图，还有季让第一次去 B 大被拍的那张抱着戚映广为流传的神仙情侣照片。

——没记错的话，校草今年刚满二十二吧？这是掐着岁数领证？

——英年早婚啊！！！

——我好酸，一时之间竟不知该羡慕谁，他女朋友长得真好看。

——什么女朋友，现在是老婆了。

——大家都是大学生，为什么差距这么大？

——我们不一样，不一样，不一样……

——我失恋了呜呜呜，暗恋对象转眼就成了别人的老公，不活了。

…………

大学生领证并不常见，这件事在校园论坛中引发了超高的讨论度以及关注度，不知道是谁把这个帖子转发到了B大的论坛，于是帖子标题又变成了《医学系系花和她警校男友领证了！从校服到婚纱，这是什么神仙爱情！》

——夺妻之仇不共戴天！

——夺妻之仇不共戴天+10086！

——你们打得过警校生吗还敢不共戴天？

——柠檬树上柠檬果，柠檬树下你和我，啊，这爱情的酸味。

——系花为什么这么想不开，她才二十一岁啊，为什么要这么早走入婚姻的坟墓！

——楼上酸过头了吧，谁不知道系花男朋友有多宠她，别人的坟墓，她的天堂好吗？

…………

论坛上讨论得热火朝天，季让和戚映的手机也都被消息挤爆了，季让扫了两眼懒得回，直接关机，戚映倒是一条条地回复，等她回完消息抬头的时候，车子已经开到了机场。

她有点愣，问旁边捧着结婚证边看边偷乐的季让说："我们去机场做什么呀？"

季让敛了敛神情，把红本本妥帖地放进兜里说："回燕城，去看爸妈。"

戚映被他口中的"爸妈"给愣了一下。

反应过来后又感动又好笑。这人改口也改得太快了吧。

两人都没带行李，值机之后拿着证件登上了回燕城的飞机。季让几年前陪她来过一次，隔了这么久，地方倒是还记得。下飞机之后打车直接去了景林公墓，在山下买好了拜祭品，然后拉着戚映上山。

不管什么时候来，父母的墓前总有鲜花。

戚映有点开心，把墓上的落叶灰尘拂了，轻声说："爸爸妈妈，我结婚啦。"她看了看蹲在旁边清理花束的季让，眼眶酸酸的，可声音又软又甜，"他对我很好很好，我很爱他。"

季让摆好鲜花，端正在墓前跪下，语气严肃："爸，妈。正式介绍一下，我叫季让，将来是一名警察。我会照顾映映一辈子，请你们放心。"

话落，耿直地磕了三个响头。

天气晴朗。

阳光透过云层照在墓碑照片上，好像连笑容都有了温度。

下山的时候天已经快黑了，戚映收到俞程打来的电话："映映，你什么时候回来啊？领证怎么领了这么久？"

戚映这才想起忘了跟舅舅汇报行程，赶紧解释道："我们回燕城来拜祭爸妈了，要在这边住一晚，明天回去。"

俞程在那头沉默半天说："行吧，那你们……住哪里？"

戚映说："酒店。"

俞程问："两间房？"

旁边吴英华听不下去了，拧他耳朵说："你说的这是什么话？人家现在是小两口了！"她把电话抢过去，"映映啊，不着急回来，去了就多玩几天，就当蜜月旅行嘛，别听你舅舅的！"

戚映羞道："好。"

燕城不算旅游城市，没什么好逛的，何况马上也要开学了，蜜月只有等季让毕业之后办了婚礼再说。

酒店订在戚映学校附近，晚上陪她逛了逛夜市，把她喜欢的小吃都吃了一遍，回到酒店时夜已经很深了。

季让把小姑娘按在浴室折腾，逼她改口。

“哥哥。”

“不对。”

“季让。”

“不对。”

他咬她下巴，问：“到底该喊什么？”

小姑娘面色绯红，眼一闭心一横说：“老公。”

他这才满意了，手掌掐着她的腰说：“宝贝乖，再喊一声。”

戚映气得踩他脚。

…………

九月开学，走在朝气蓬勃的大学校园，凡是认识戚映或者季让的同学，都会神情丰富地说一句“恭喜”，戚映回到宿舍的时候，三个室友已经在了。

夏晓一看到她就扑上来按着她肩膀狂摇道：“映映啊！一个暑假不见你就成人妻了啊！为什么为什么为什么！你还这么小啊！我不服！我要找大佬单挑！”

欧阳碧从上床探下脑袋说：“映映，喜糖呢？”

高年摘下耳机道：“我要巧克力的。”

戚映笑着把夏晓推开说：“等他明年毕业了办婚礼，到时候给你们发呀。”

医学系专业要读五年，夏晓掰着指头算了算说：“他明年毕业，你毕不了啊。而且你不是还要读研吗？大佬这是要早日成家养你的节奏啊。”

戚映想了想，好像是哦。

医学生的成长期实在太长了。

等周末回小院的时候，戚映把夏晓的话转述给季让。

少年正在帮她稳固院中的秋千，头也没抬道：“养你不是应该的吗？”他扯了扯绳子，确认没问题，让戚映坐上去试了试。

“还歪吗？”

她踢着脚荡了荡说：“不歪了。”

季让站在旁边推她说：“明年办了婚礼就搬过来住吧。”

戚映一顿，脚尖撑着地转过身来问：“搬过来？”

季让戳她额头说：“不然呢？让我新婚宴尔独守空房？”

她有点不好意思地说：“这么快就同居会不会太早了呀？我还没毕业呢。”

季让差点被她气死，怒道：“你当我们结婚证白领了吗！我们现在是合法夫妻！刚结婚你就想给我搞分居？”

于是晚上戚映就为她的话付出了代价。

…………

第二年，季让以各项考核全校第一的成绩从警校毕业，成为警界备受瞩目的新星。结果这颗新星因为性格坏脾气暴、没耐心被丢到了基层去磨炼。

上面的指令，少年心性，还得磨，磨出来，将来才能展翅扶摇。

于是季让现在每天需要处理的都是你家狗咬了我家猫，大爷大妈钥匙掉了进不了屋，还有因为几块钱造成的口角纠纷。

季让觉得自己当的不是警察，而是居委会大妈。他快烦死了。

每天都往上提交申请书，申请调到刑侦部门。

完全没人鸟他。

以前在学校比他差的都去了各自擅长的领域，只有他还在基层日复一日地处理邻里纠纷。唯一值得欣慰的就是婚礼过后，戚映从宿舍搬了出来，两人正式开始了同居生活。

戚映反倒要比他忙一些。

要参与实习项目，要准备考研，季·居委会大妈·让每天按时下班，开着他那辆改装过的模样霸道的越野车去市场买菜，然后回家给戚映煮饭。

戚映不管多晚回来都能吃到温热的饭菜，吃完了饭季让还不准她洗碗，家里大大小小的事情他都包了，戚映想干个家务都没机会。

同居了一段时间，小姑娘不干了，非拉着他写婚后生活计划书。

说什么既然结婚了，家里的家务活就该有她一半。

她还专门给舅妈打电话，虚心请教婚后生活经验，又征询了广大同学好友的意见，去其糟粕取其精华，制订了一份非常完美的婚后生活计划书。

季让：“……”

然后他就眼睁睁地看着戚映把所有的家务活列了下来，然后一笔一画：“这个归你，这个归我。这个归你，这个归我……”

不知道的还以为他们在分家产。

写完了，白纸黑字，还让他签名按手印。

小姑娘把签字画押的计划书贴在客厅非常醒目的位置，语气严肃道：“以后要严格按照计划书来执行，不准再抢我的活儿！”

季让：“……”

戚映看了计划书半天，又想到什么，踮脚取下来，拿着笔蹭到季让面前说：“再加一条可以吗？”

季让一脸无奈的宠溺地说：“加加加，你想怎么安排都可以。”

小姑娘支支吾吾，半天才不好意思地小声说：“那个……每天最多一次行不行？”

同居这段时间，她对自己的体力有了非常深刻的认知。

这下轮到他不干了。

“不行。”

戚映迟疑着提意见道：“那要不……做五休二？”小姑娘察言观色，眼一闭心一横，“做六休一总行了吧？”

季让咆哮：“想都别想！闭嘴！”

戚映：嘤。

番外二

婚后

1

戚映读研的时候，结束在学校的理论学习后，就被安排到市医院进行实习。

一进医院，自然就忙起来了。作为在读研究生，医院的一切都需要学习，而且她在校时又是各大导师的宠儿，天资聪颖勤奋努力的人在哪里都讨喜，医院带她的老师也就格外上心，什么案例都愿意带着她观摩学习。

人又漂亮乖巧，对谁都笑吟吟的，有些患者家属来办公室跟医生吵闹，只要她出面总是很容易把患者家属安抚下来。

大家私底下都说她是真白衣天使。

这一届实习生来了十几个，分布在不同的科室，戚映得到的关注最多。单身男生们都互相撺掇去追求小天使，一闲下来就在她面前刷存在感。

连主任都很喜欢她，想撮合她和自己刚从国外回来的侄子，结束一台小手术后就把戚映叫到办公室，问了几句手术中的问题，又笑呵呵地问："映映，你有男朋友吗？"

戚映说："没有。"

主任更开心了说："那我给你介绍个男孩子，人特好，刚从华尔街回来，搞金融的，你看你什么时候有时间，我安排你们见个面。”

戚映眨眨眼说：“主任，我结婚了。”

主任震惊道：“你不是说你没有男朋友吗？”

戚映笑着说：“是没有男朋友，可我有老公呀。”

主任：“……”随之心痛地挥挥手，让她下去了。

去食堂吃饭的时候，同事乐呵呵地问：“主任，你不是打算把你侄子介绍给映映吗？你跟她说没啊？我可听说，普外科那几个小子都打算出手了。”

主任冷声道：“出什么手，人映映都结婚了！”

白衣小天使已经结婚了的消息就这么传开了。

听闻此消息的众单身男子集体失恋。

到底是谁？情敌！拔刀吧！

可大家没想到，很快就见到了这个情敌。

当时，狱警带了两个在监狱里打得头破血流不省人事的犯人来医院抢救，其中一个犯人装作重伤，手术途中挣脱了手铐，抢了手术刀，挟持了主刀医生。

手术室外顿时一片混乱，很快有人报了警。

这件事刚好发生在戚映所在的科室，那罪犯凶穷极恶，叫嚷着给他准备车和现金，手术刀都割破了医生的皮肤。

现场情况十分危急，警察还没到，在场的狱警只能照他的话去做，暂时安抚。

场面正胶着，站在犯人对面的众人愣住了，只见犯人身后的窗台上有个人影从天而降，双手抓着上方石台，身子从窗外荡进来，然后以迅雷不及掩耳之势，把还叫嚣着的犯人一脚踹翻了。

整个过程行云流水一气呵成，几乎不到两秒，罪犯就被来人双手反绑按在地上，半天都挣扎不了。

警察很快冲进来把人拷走。

制伏罪犯的年轻警察又高又帅，浑身散发出冷峻的气息，简直就是警界行走的颜值担当。他刚才从楼上荡下来时手掌被蹭破了皮，左右看了一圈，打算自己处理一下，刚走到洗手台旁边准备冲洗，就听见有个声音喊：“别用水冲！”

季让一顿，转过头去。

穿着白大褂的少女从人群中挤出来，一脸焦急地跑到他身边，抓起他的手检查了一下说：“要用生理盐水，你坐在这儿别乱动啊，我马上回来。”

话落不等他回答，转身就跑了。

方才围观的医生们都赶紧走上来道：“谢谢警察同志！刚才多亏了你！真的太谢谢了！”

季让笑了下道：“职责所在，应该的。”

主任朝后看说：“映映回来没？让她快点，快给警察同志包扎一下！”

小姑娘很快端着医用放置盘跑了回来，在季让面前蹲下，小心翼翼地握住他的手，开始清洗伤口进行消毒。

围观的众医生正看得目不转睛，就听见小姑娘语含心疼地问：“疼不疼啊？”

这问的不是废话吗？掌心都破皮了！能不疼吗！

没想到坐在椅子上高冷的警察同志非常温柔地对他们的小天使笑了笑说：“呼呼就不疼了。”

众人皆无语。

然后大家就看见小天使捧着警察同志的手，低下头，小心翼翼给他呼了两下。

众人无语加震惊……

季让笑着摸了下她蔫蔫的脑袋说：“好了，逗你的。不疼，包起来吧，我还得赶回局里。”

她乖乖点头，上好药之后拿着纱布一圈圈缠起来。

包扎完毕，季让站起身，跟周围医生点头示意，正抬步要离开，想到什么，又回头对戚映说：“今天估计要加班，别等我了，早点睡。”

戚映点点头，声音软绵绵的，说：“好。”

直到季让离开，围观的医生们才反应过来，主任结结巴巴地问："映映……他是你……"

小天使腼腆地笑道："是我老公。"

拔什么刀？？？就冲情敌刚才制伏罪犯那动作，那身手，不敢拔不敢拔，㞞了㞞了。

警车还停在医院楼下，季让拉开车门上车。

搭档看到他缠着纱布的手，惊了一下说："受伤了啊？"

季让说："小伤。"

搭档啧啧摇头说："让你先等等你不听，非要当超人，看你回去了怎么跟嫂子交代。"

季让伸手在他面前一晃，笑得非常嘚瑟地说："这就是你嫂子包的。"

搭档震惊道："嫂子在这儿上班？你不是说她还在上学吗？"

季让往后一靠说："在这儿实习呢。"

搭档心有余悸说："难怪你今天接到任务的时候脸色都变了。"

季让眯了眯眼。

的确，听说市医院有罪犯用刀挟持医生，他第一反应就是他的小宝贝。所以根本等不及大部队，横冲直撞赶了过来，单枪匹马就上了。

在基层磨了一年，他自认为已经尖都磨圆了，但一遇到和戚映相关的事情，还是会失控。

搭档拍拍他的肩说："一会儿回局里队长肯定又要教训你，自求多福吧。"

教训惩罚什么的，他已经习惯了。

局里对他简直又爱又恨。

医院这个案子是他解决的，后续处理也由他经手，一直忙到半夜十一点多才回家。

房间里的灯已经熄了，只有院子里给他留了盏灯，照亮四四方方的小院。季让轻手轻脚去洗澡，刚洗漱完走进卧室，戚映已经按开床头灯，揉着眼睛爬了起来。

他头发还湿着，正拿毛巾在擦，在床边坐下亲亲她的额头说："吵醒你了？"

她摇摇头，拉过他的手摸了摸说："纱布湿了，要换药。"

季让按着她说："不用，继续睡吧。"

小姑娘很坚决道："不行，会感染的。"

话落，手脚并用爬起来，跑出去抱了医药箱回来，重新给他上药包扎。

埋着头缠纱布时，闷闷地说："你答应过我不会受伤。"

季让自知理亏，搂着她的腰诚恳道歉说："我错了，保证不会有下次了。"

她把在自己胸前蹭来蹭去的脑袋推开说："你上次也是这么说的！"

季让现在越发没脸没皮，笑着啃她的手指。

戚映指尖被啃得发痒，又好笑又好气，两三下给他包扎好了，把医药箱放回去，又拿出吹风机来给他吹头发，气呼呼地教训他道："说过多少次了，头发再短也要吹干才能睡觉，不然以后会犯头痛病。"

小手从他头上拂过，又柔又软。

季让又开始不安分。

吹风机声音一停就把小姑娘反身按在了床上，低笑着问她："不困了对不对？"

戚映小脚乱蹬，生气都显得软软地说："你手都这样了怎么还这样！"

季让把灯关了说："手这样怎么了？我又不用手。"

戚映："……"

简直没羞没臊！！！

2

季让结束基层磨炼刚被调到市局的时候，老局长特意从外地赶回来，想亲眼见见这位传闻中的警界明日之星，拿着季让的资料，看着婚姻状况那一栏，惊讶地问旁边的刑警队长："已婚？"

"对，这小子刚满二十二岁就结婚了，那时候还在警校没毕业呢。"

老局长一时不知做何感想，半天笑着评价了一句：“有出息。”

警察作为高危职业，又工作繁忙，在解决个人问题上，总是比较困难的。许多老刑警拖到三四十岁都没结婚，警局里打光棍的前辈一个赛一个，这下来了个毛头小子，倒是走在了他们前面。

毕竟是在警校时就备受各界关注的新星，季让人还没报到，他已婚的消息就风一样席卷刑警大队，成了“众矢之的”，惹来各种羡慕嫉妒恨。

等到季让来队里报到那天，大家一看，酸了。

难怪人家这么早就能娶到老婆呢，这模样可太俊了。

但干警察这行，帅不帅不重要，反倒是颜值太高，一眼让人注意到样貌，反而会质疑他的能力。这一点在哪一行都同理。

之前有关季让的传言太多，难免引起同届新人的一些不满，私底下议论他应该去娱乐圈当明星，而不是在警界争什么明日之星。

再加上季让的性格本来就不算好，虽说磨了一年，但天生的锐气是入了骨的，抹不掉，察觉同届新人的敌意，对他们就更没什么好脸色了。

其间闹了些小矛盾，季让还写了好几次检讨，带他的老刑警见惯了这些年轻人的冒进，也是真心喜欢季让这个徒弟，耳提面命地告诫他，与其在言语气势上争个输赢，不如拿实力说话。

于是季让就起飞了。

一头扎在案子上，连续参与好几起大案，其间表现出色，个人能力出众，期期考核拿第一，那些之前看不惯他的人果然就闭嘴了。

至今，季让已经成为刑警大队中的骨干力量，虽然还是经常犯错误写检讨就是了，但只要不是原则上的错误，局里骂他两句也就算了。

年底的时候，局里破获了一起关注度极高的连环抢劫案，搞了个聚餐。为了这个案子队里足足加了半个月的班，大家都敞开了肚子吃吃喝喝，季让酒量不行，喝了两杯白的就晕了。

戚映给他打电话的时候，是他搭档接的。

一看来电显示“小宝贝”，顿时乐了，“嘘”了一阵让大家安静下来，醉醺醺接通电话，大大咧咧地喊：“嫂子。”

听筒里声音软软绵绵的说："你好，我找一下季让。"

"阿让喝醉了，刚好，你来接下他吧，我们在海庭呢。"

那头应了下来，挂线之后，搭档兴高采烈地大喊："我们可以见到阿让的老婆了！"

季让平日里护妻跟护宝一样，大家共事一年多，硬是没见过戚映，全都好奇死了。

到底是什么样的姑娘，才配得上警界的颜值担当呢？

戚映很快就开车过来了。

按照房号走进雅间时，先是被烟酒味熏了个够，然后在无数道灼热视线中，露出了一个浅浅的笑说："你们好，我来接季让。"

笑也甜，声音也甜，扎着乖乖的马尾，穿了件白色的T恤配背带裤，一身明媚，满眼甜美，简直就像草莓糖变成的小仙女。

包间里的警察同志们忙不迭把手中的烟掐了。

乌烟瘴气的，简直是对小姑娘的荼毒！

季让的搭档赶紧站起来，笑呵呵地问："你是阿让的家属？"

小姑娘点点头。

搭档领着她往沙发走说："那儿呢，躺着呢，酒量太不行了。"

戚映走过去，包间里的视线就跟着移过去。看见小姑娘在沙发跟前蹲下，从包里拿出一张湿巾撕开，替季让擦了擦脸。

季让眯了眯眼，含糊地喊："宝贝？"

戚映摸摸他额头："嗯。还能起来吗？我们回家。"

他长手一伸，耍赖似的把小姑娘按在胸口："有点晕，你陪我躺会儿。"

一屋子人看着他耍流氓。

戚映快羞死了，小声说："我们回家再躺，快起来。"

白酒在体内灼烧，他有些不舒服，翻了个身，脸朝着小姑娘，眼睛还闭着，耍赖倒是轻车熟路道："亲一下我就起来。"

满屋子嘘声。

没想到平时又冷又凶又酷的大帅哥，居然还有这么不要脸的一面。搭档在旁边都看不下去了。

没想到小姑娘真的低下头，在他嘴角啄了一下。她软软地说："好啦，说话要算话，快起来啦。"

已经醉到不省人事的季让还真的就坐起来了。

戚映扶着他手臂站起身，朝包间里神情各异的众人挥挥手说："我带他回去啦，下次见。"

"嫂子再见！"

"好的好的，下次见。"

"弟妹路上小心点啊，有什么事打电话。"

一直到两人走出包间。

终于有人憋不住问："阿让他老婆，成年了吗？"

季让搭档白了他一眼说："你说的什么屁话，没成年国家能让他们结婚吗？"

不过看上去真的好小啊！季让这个禽兽！

第二天，宿醉一晚头痛欲裂的季让吃了戚映给他准备的解酒药，晕乎乎地去上班。

一进门，众人都挑眉笑。

搭档乐呵呵地笑着说："让哥，艳福不浅啊，嫂子长得真漂亮。"

他完全不记得昨晚发生了什么，还以为搭档送他回去的。搭档察言观色，尾音老长地"哦"了一声："你忘了？"

季让不说话。

搭档继续道："那你肯定也忘了跟嫂子当众索吻的事了。"

众同事异口同声道："啧啧啧，没眼看。"

大队队长捧着保温杯从屋外走进来，看到季让时，拍了拍他的肩，语重心长地说："阿让，年轻人，还是要注意场合啊。"

季让："……"

没脸活了。

3

市局刑警队。

紧闭的办公室内传出“砰”的一声巨响，不知道是椅子被踹翻了还是桌子被踹倒了，夹着一阵怒骂，围在门外偷听的一群人不约而同打了个寒战，纷纷后退。

房门很快打开，穿警服的小年轻一副被教训后的垂头丧气，蔫蔫道：“小关，季队叫你进去。”

被点名的警察顿时苦下脸来，周围同事投给他一个自求多福的眼神。小关深吸两口气，做了半天心理准备，一脸慷慨赴死的坚毅，手刚摸上门把手，走廊那头有人飞快跑过来，压低声音兴奋地喊：“嫂子来了！！！”

在场众人同时露出死里逃生的庆幸。

提着饭盒的小姑娘很快出现在大家激动的视线中。小关立刻迎上去说：“嫂子，季队正在里面发火呢。”

戚映好笑地摇摇头，扫了一圈说：“你们又挨骂啦？”

周围全是一副霜打了茄子样的神情。

她正想安慰两句，旁边房门“砰”的一下被拉开，季让黑着脸站在门口，神情冰得要冻死人，声音里都是狂风暴雨般的怒意：“关青人呢？给老子滚进来！”

关青下意识一个立正，身段站得笔直，但看神情，几乎快哭出来了。

戚映忍俊不禁，从人群旁边走上去。

季让这才看见她。

当场给属下们表演了一个变脸。

“你怎么来了？”

那如沐春风般的笑容，温柔得能滴出水来的声音，哪像刚才那个仿佛要吃人的活阎王。

戚映摇摇手中的饭盒说：“给你送饭呀，我今天下午休假，做了好多好吃的。”她拉过他的手，轻轻撒娇，“我也还没吃呢，好饿。”

季让立即把这群惹他生气的小崽子抛到脑后了。

接过饭盒，牵着她就往办公室走。

走了几步想到什么，又回过头来，面无表情地看着身后那群瑟瑟发抖的属下说：“负重跑十圈，不跑完不准吃饭，互相监督，谁敢包庇，加十倍。”

体罚算什么！比起被季队当面教训，一切体罚都是福利！

一群人二话不说，转身就朝楼下操场飞奔。

嫂子又救了他们一命！

呜呜呜真的是天使啊！

等一群人气喘吁吁跑完十圈，横七竖八躺在操场边上，关青看着被夕阳染红的云霞，问旁边的搭档：“你说，季队是不是把他这辈子所有的温柔和耐心都给嫂子一个人了啊？”

搭档回道：“……好像是的。”

呜，在大魔王手下做事，真是太可怕了。

而那头，大魔王正牵着小姑娘在给她洗手。

挤了洗手液在掌心，搓出泡泡来，然后把小手包裹在自己掌心，搓一搓揉一揉，手丫丫也不放过。

戚映觉得自己像个连洗手都不会的小朋友，偏偏季让还很有理由道：“两个人一起洗，节约用水。”

戚映想起上次洗澡的时候他也这么说，结果他根本就是……

特别坏！

她“哼”了一声，季让似乎也猜到她在想什么，笑得不怀好意道：“小傻子，在想什么呢？脸都红了。”

戚映知道他是故意逗她，偏不上当，一本正经地说：“在想你今天骂人特别凶，一点都不讨人喜欢！”

季让挑眉说：“讨人喜欢就能把案子破了？”

他用干毛巾把手上的水擦干净，牵着她回去吃饭。

把饭盒往外拿的时候，跟她说了几句案情：“本来不应该出现这样的失误，如果不是他们冒进，现在那个人贩子就该关在审讯室，而不是不知去向。”

戚映也知道他最近在查贩卖儿童的案件，吃了几口米饭，见他眉头还皱着，伸手去抚道："你这么厉害，很快就可以抓到他的。多吃一点呀，吃饱了才有力气查案。"

那指头柔软又温暖，拂过他眉心时，好像把所有烦恼都拂走了。

季让端起饭碗吃了几口，挑眉道："你是不是又背着我在家做饭练习厨艺了？"他像是想到了什么，又说，"今天这顿饭，不是该我做吗？计划书上写得明明白白，你怎么违规呢？"

戚映舔舔嘴角，放下筷子，从兜里掏出一张纸，乖乖递给他说："我写了做饭申请书，你看。"

还写申请书？季让简直要被他的小宝贝笑死了。

吃完饭他还要加班，戚映收拾了饭盒离开，走到楼下的时候，关青一群人都跑过来跟她道谢。

关青说："嫂子，季队最近火气特别大，一点就着，你要是有空，多给他炖点清火降热的汤哈。"

戚映笑着点头。

等季让晚上下班回来，桌子上果然摆了碗汤，他当作夜宵喝了，回房的时候把在窗边看书的戚映扛到床上去。

"你还真听他们的话给我煲汤降火啊？"

戚映深深觉得，关青他们中间应该出了个叛徒。

她无辜地眨眼说："不好喝吗？"

季让边脱衣服边说："好喝，但是怎么才能真正降我的火，你不知道吗？"

戚映："……"

为人民献身！她可以！

她难得主动一回，季让简直狂喜。

夜风扫过窗棂，听见她埋在他耳畔软绵绵的低语："季队……好厉害呀。"

他差点没绷住。

第二天，关青他们就发现，季队果然没那么暴躁了。

一众人热泪盈眶。

感谢嫂子的汤！！！

4

众所周知，季让是一个很有仪式感的人。

主要表现在：酷爱过节。

上至过年生日，下至牵手初吻，就是警队破了个大案，他都要在破案第二年的同一日买点蛋糕夜宵，在警员毫不知情以为是老大心情好请客的情况下默默庆祝一番。

为了杜绝他一年庆祝两次结婚纪念日，戚映当年非常明智地把举行婚礼的时间安排在了领证的同一天，这样一来，每年季让生日一过，第二天就要庆祝结婚纪念日了。

往年他都要想些别出心裁的法子，今年警队案子多，分不出心来，只能订个餐厅，吃个浪漫的烛光晚餐简单庆祝一下。

结果没想到出来吃个饭都能遇到当街抢包的罪犯。

他刚停好车，拉着戚映往餐厅的方向走，就听见对面的绿化道有个女生尖叫："救命啊！抢包啊！来人啊！有没有人啊！"

脑子反应过来之前，身体已经先一步做出动作。

戚映只看见旁边的人影一闪，季让一个纵步从花坛跃过去，朝着抢包贼追了上去。

这地段靠近郊区，多是高档消费的清雅场所，本来就清静，没几个人，抢包贼也是盯准了这一点，才会下手。

怎么也没想到会遇见警察。

那女生见有人追上去，也一边叫一边跑，等戚映和女生跑到跟前的时候，季让已经把人按地上了。

女生染了一头粉色的头发，手里拿着自拍杆，杆子上绑了个手机，一边喘气一边对着手机摄像头说："抓到了抓到了！大家不用担心！有好心人帮我抓到了！"

戚映走近一看，她居然在直播。

女生把镜头调成后置，对着季让说："看！就是这位英雄帮我抓到的！真的是太谢谢了，太感谢了。"

季让正从腰间摸出一副手铐给抢包贼铐上，看她把手机对准自己，顿时冷冰冰道："关了！不准拍！"

直播间的弹幕一瞬间就刷疯了。

——这个小哥哥好帅！快快快，森森再把手机拿近点！

——这是什么神仙颜值！随随便便遇到个路人都是这种颜值？

——这不会是主播设计好的剧情吧？刚好被抢包，刚好又遇到这么帅的小哥哥，接下来就是英雄救美以身相许的俗套剧情了？

——他怎么会有手铐？

——我的天警察叔叔？

——我的老天真的是警察？森森运气也太好了吧？

——运气好就不会遇到抢包贼了，只能说上天还是眷顾我们森森的，附近刚好有个警察。

——不会真是警察吧？哪有这么巧？合理怀疑是演戏。

弹幕刷得飞快，戚映已经跑到季让身边去了，担心地问："没事吧？"

季让摇摇头，一巴掌拍在还想挣扎的抢包贼头上："老实点！"又抬头跟戚映说，"报警。"

戚映赶紧拿出手机拨了110。

弹幕又开始疯刷：

——这个入镜的小姐姐是谁？也太好看了吧！

——剧本无疑了。主播请的这两个群演还挺好看的。

——这个颜值！我赌五毛钱，将来必火！森森快把小哥哥小姐姐的微博名交出来！

——不是，我看那小哥哥的神情态度，不像演戏啊，好像真的是警察啊。

——你懂什么！这叫演技！

季让收拾完抢包贼，看女生还拿着手机，神情更加不耐，又冷又凶地吼：“我让你不要拍了听不懂吗？”

直播间的观众和淼淼都被他吓了一跳。

淼淼赶紧把手机调回前置，对准自己，然后才小心翼翼地赔笑说：“对不起啊对不起啊，我不是故意的。谢谢你们，真的太感谢了。”

季让冷冷扫了她一眼，不答话，戚映礼貌地朝淼淼笑：“没关系。你还好吗？有没有受伤？”

淼淼盯着他们看，皱了皱眉，答非所问：“我怎么觉得你们有点眼熟？”她扭了扭手腕，“哎哟”了一声，“好像扯到了。”

戚映走过来说：“我帮你看看。”她怕淼淼不安心，解释说，“我是医生。”

淼淼把右手交给她检查，左手拿着手机，这才看见弹幕，顿时哭笑不得，朝着镜头说：“什么群演啊，你们戏太多了，真的是突发事件。”

观众纷纷表示不信。

淼淼转头问捏着她手腕的戚映：“欸，你男朋友是警察吗？”

戚映点点头说：“对呀。你的手腕没有大问题，回家冰敷一下就可以了，这几天不要提重物。”

淼淼感激地点点头，又回头冲镜头说：“听到没，人家真的是警察！这位小妹妹是医生。我天，我是遇到了什么神仙情侣。”

她顿了顿，又看了眼戚映说：“我总觉得你们很眼熟。”

戚映眨眨眼，甜甜一笑说：“是吗？”

淼淼抓抓头发，努力回想，一直到警车开过来，她才猛的一惊，失声道：“你们是不是海城的人？”

戚映正陪在季让身边，有点意外地转头说：“是呀，你也是？”

淼淼激动得跺脚道：“我们见过啊！几年前！在那个森林公主网红餐厅！我当时还给你们拍照了呢！”她兴奋地看着季让，“你一开始不让我拍，后来我夸了小妹妹一句，你就同意了，想起来了吗？我这儿还有你们当年的照片呢！”

她一说完，立刻拿起手机翻相册，还真把当年那张照片翻出来了。

那时候，他们还在上高二，是大年初一。

戚映被季伟彦带回了季家，季让赶过去时和他发生冲突，挨了一巴掌。从季家出来的时候，两人去了那家网红餐厅吃饭。

季让记得，吃完之后，戚映还拖着他去看了部恐怖片。

缘，妙不可言。

淼淼兴奋得不知道说什么才好，看着戚映食指上的钻戒："你们结婚了啊！天啊，从校服到婚纱，我又相信爱情了！"

直播间的观众直呼不可思议。

急忙赶到的民警很快过来了。

淼淼还拿着手机在直播，观众都看到镜头里的警察对着刚才帅气的小哥哥喊"季队"，这才真的相信不是在演戏。

这么一耽搁，预订好的烛光餐厅直接被取消了座位。

最后季让带着戚映去街边吃了麻辣烫。

季让有些闷闷不乐，小姑娘总是知道该怎么安抚他，凑过去轻轻说："季队，你抓犯人的样子好帅呀。"

季让果不其然舒坦了。

两人还开心地吃着麻辣烫，还处于兴奋状态的淼淼回到酒店，把当年那张照片配上今晚偷拍的两个人牵手离开的背影照发到了自己微博上，文字记录不可思议的今晚。

往常不超过一千转发的微博，一小时之内被转了上万条。

——这不是我们学校当年的医学系系花和她的警校男朋友?

——这不是我们学校当年的校草和他B大的女朋友?

——这不是我们高中当年的校霸和校花?

——这不是我们季队和嫂子？？？

【淼淼殿下】收到微博私信——

【B市刑警大队第二支队】：你已涉嫌侵犯公民肖像权及隐私权，请迅速删除微博！

洗完澡出来看见私信的网红小姐姐差点吓哭了。

5

季让一开始不打算要小宝宝的。

一来是不想戚映受生孩子的那份罪，二来是不想有人打扰他跟戚映的二人世界，自己的孩子也不行！

但戚映想要。她喜欢小孩儿，每次在路上遇到，都会忍不住多看几眼。

而且她也希望有一个和他的孩子，也想给他一个更加完整温暖的家。

听说当了爸爸之后男人会变得很温柔很有耐心，最适合季让这种大魔王。

他的宝贝就是要天上的星星他都会去摘，更别说小孩儿单发了。

戚映一开口，季让一思忖，就决定，生个小孩儿给他的宝贝玩儿。

于是，戚映在年初怀孕了，预产期是十月。

按照戚映的想法，她还可以继续在医院上班，上到九月再休假也来得及，但季让不让。一听说她怀孕，当天就赶去医院让她申请了停薪留职，把人领回了家。

以前他觉得小宝贝是水做的，又软又绵。现在他觉得小宝贝是瓷做的，碰一下都怕坏。

毫无经验的季让开车去了图书馆，毅然决然走进孕妇专区，顶着周围打量的各色目光，借了一堆书回家看，恶补怀孕相关的知识。

戚映简直哭笑不得，安慰季让道：“哪有那么严重呀，我是医生，我自己知道的。”

季让才不理她，仔仔细细看完了孕妇必看书籍，照着孕妇餐食上的指导，每天煲汤做营养餐给她吃。那份婚后计划书也被扯了下来，别说家务，要是可以，戚映觉得连上厕所他都想代替了。

但他警队的事情多，总不能天天在家陪她，他想请个保姆，被戚映阻止了，没几天吴英华就赶来了 B 市。

有舅妈照顾，两个人都宽心了些。

季让虽然还是提心吊胆的，毕竟生育伴随着风险，但他在戚映面前从来不表露，每天尽量早点处理完案子下班回家，陪她看书散步听音乐，晚上睡觉前，还会贴着她肚皮，给肚子里面的小东西讲睡前故事。

小东西能不能听见他不知道，但戚映爱听，每次都在他读童话书的低沉嗓音中乖乖睡着。

然后季让就会放好书，盯着她逐渐鼓起的腹部，凶巴巴地威胁说："给老子老实点！敢折腾你妈，出来打死你！"

还没出生的小东西："……"

不知道是不是大佬每天晚上偷偷摸摸的威胁起了作用，戚映怀孕期间没受多少苦，孩子很听话，连生产都很顺利。

金秋十月，季小七出生了，是个男孩儿。

穿着无菌服进来的季让一眼看见医生手里浑身通红皱巴巴缩成一团的儿子，又看了眼被这团丑巴巴的小东西折腾到虚弱的戚映，顿时没好气地说了句："丑死了！"

然后季小七"哇"的一声就号起来了。

戚映躺在手术台上哭笑不得，软软地教训他："你做什么呀，孩子会听到的。"

季让才不管他，心疼地蹲在床边，摸摸小姑娘的头，又亲亲她苍白的脸颊问："疼不疼？还难受吗？"

小姑娘眼睛里都是开心的光道："不疼，让我看看孩子。"

季让不应："看他做什么！看我。"

刚出生就不被待见的季小七号得更厉害了："呜哇呜哇呜哇呜哇……"

满屋子医生："……"

满屋子护士："……"

除了刚来到这世界上时被他爹骂哭号了几嗓子外，季小七就没怎么闹腾过了，乖巧不吵闹，又继承了父母良好的基因，是所有新生婴儿里最萌的一个，特别招人喜欢。

在医院住了半个月，各项检查结束，季让就把妻儿接回了家。

虽然孕期中戚映已经准备好了一间婴儿房，但季小七现在还太小，暂时还是要跟着她睡。

季让睡姿不好，睡着后总喜欢两三下把戚映捞到怀里来抱着，她怕季让打到孩子，赶他去睡客房。

季让快气死了，偏不，拖了两床被子，在旁边打地铺。

月子期间比孕期更麻烦，戚映几乎把所有精力和时间都花在孩子身上。

季小七越长越萌，戚映越看越喜欢，天天都抱着他亲亲手指，亲亲脚脚，亲亲圆滚滚的小肚子。

被忽略的季让：……十分想揍人。

于是警队的同事就发现，当了爸爸的季队，不仅没有变温柔，反而越来越暴力了！！！

戚映是见识过这个人的幼稚的。幼稚到跟自己的儿子争宠，真是好气又好笑。

等他洗完澡回到房间，拖出被子准备打地铺的时候，戚映把睡着了的季小七抱起来，递到他面前，软声说："你抱抱他呀。"

季让顿时肌肉紧张。

他身体结实，手又糙，力气又大，那小东西看上去他两根手指就能捏碎了，而且他不会抱孩子，生怕没个轻重把孩子捏坏了。

戚映知道他的想法，笑着把还在睡梦中咂嘴的小团子放到他胸口说："没关系的，他睡着了。"

季让闻到浓郁的奶香味。

他就穿了件黑色的背心，小团子贴着他心口，他心脏狂跳。

在戚映眼神的鼓励下，终于伸出手把小团子抱了过来。

软绵绵的，又轻又小，甜糯糯的。

季让忍不住低下头，在季小七肉嘟嘟的脸颊上亲了一下。这口感！也太好了吧！

戚映双眼亮晶晶地说："我们的儿子是不是超级可爱？"

季让绷着的神情微动，心神开始震荡。

这就是当爸爸的感觉吗？这小东西，闻起来还真香，摸起来也软，跟他妈妈身上的味道一模一样。

季让看季小七的眼神越来越温柔。

突然，他腹部一热，闻到一股尿味。

熟睡中的季小七睁开眼，打了个软软的小哈欠，朝他露出一个天真无邪的笑，然后继续尿尿。

带着温度的液体从小腹蔓延到了他裤腰。

季让一把把小东西塞回戚映怀里，暴躁跳脚道："他可爱个屁！"

6

季小七是个很聪明的孩子，三岁的时候就会玩魔方了。

小奶娃拿着复原的魔方从床上爬下来，"嗒嗒嗒"跑到爸爸妈妈的卧室敲门，奶声奶气地喊："妈妈，妈妈，我这次只花了三分二十八秒就把魔方复原了哦。妈妈，你开门呀，我给你看我的魔方。"

过了会儿，房门"噌"的一下被拉开，他爹没好气地站在门口，一把拿过他手里的魔方，"唰唰"两下打乱了，然后当场给小奶娃表演了一个十秒复原。

季小七愣了一下就开始哭："……呜呜呜呜呜呜呜呜。"

戚映："……"

才刚开始前戏的夜晚就这么中断了。

戚映赶紧跑过来把小奶娃抱上床，又是亲又是哄："宝宝不哭，今晚跟妈妈睡好不好？"

季小七边哭边打嗝说："好……呜呜呜，不跟爸爸睡，爸爸去沙发睡，爸爸坏！"

戚映被这两父子搞得哭笑不得，她软绵绵地骂季让："你幼不幼稚呀，还跟儿子争。"

季小七呼出一个鼻涕泡道："就是！幼稚鬼！"

天知道他加了半个月的班，半个月都没碰过他的小宝贝了，今晚好不容易有时间，刚把衣服脱了，小崽子就在外面敲门。

还是为了那么幼稚的理由！搁谁谁不生气？

季让咬牙切齿地走过去，被子一掀，往上一躺说："我偏要在这儿睡，怎么样？"

小奶娃扒着戚映的脖子，转过头来朝他做鬼脸。

季让伸手把他从戚映身上拽下来，按在自己胸口，凶巴巴地吼他："九九乘法表背得怎么样了？背不出来今晚不准睡觉！"

季小七得意地一扬眉，那嘚瑟的样子跟他爹一模一样道："那么简单，小孩子才不会呢。我都已经在背倍数了。"

季小七当场给他表演了一段，背完了还问："爸爸我厉害吧？"

戚映悄悄掐他腰，警告他不准再打击儿子的自信心，季让面无表情道："……厉害。"

能得到大魔王爸爸的一句夸奖，季小七的小尾巴简直翘上了天，高兴地趴下小身子，捧着季让的脸"吧唧"亲了一口，蹭他颈窝撒娇道："那爸爸奖励我一个睡前故事好不好？上次你给我讲的那个火车谋杀案还没讲完呢，凶手到底是谁呀？"

她使劲在季让腰间掐了一把说："说过多少次了不准给儿子讲那些！！！"

季让疼得一个哆嗦，怀疑这小子是故意的。

戚映气呼呼地把季小七抱到自己怀里，拿起旁边的《格林童话》说："宝贝乖，妈妈给你讲青蛙王子。"

季小七委屈巴巴地说："我不要听那么幼稚的故事……"

见戚映垂眸看他，小手顿时抱住她说："不过只要是妈妈讲的，什么故事小七都喜欢！"

季让自知理亏，捻着被子躺下去，干咳两声说："青蛙王子，不错，我也想听，讲吧。"

戚映简直对这两个大小魔王无奈了。

窗外偶有蝉鸣。

伴着柔软的浅声："从前有一位国王，他有好几个女儿，个个都长得非常美丽，特别是他的小女儿……"

季小七最先睡着，小手拽着戚映的领口"呼哧呼哧"地喘气。

季让也被她轻柔的声音催眠，昏昏欲睡间，戚映合上书本，给大小魔王一人一个晚安吻，轻轻关了灯。

暑假的时候，季让和戚映带季小七去参加少儿魔方大赛。

季小七是参赛儿童中年龄最小的一个，他长得好看，萌萌的，一双眼睛又大又黑，脸上还有白白嫩嫩的婴儿肥，谁见了都想亲一口。

本来以为这么小的孩子只是来卖萌的，没想到小奶娃居然战胜了好多哥哥姐姐，拿了个第三名。

少儿节目的记者都跑来参访他。在家里作威作福的小奶娃这时候倒还知道害羞了，躲在季让身后，拽着他裤子，探出半个小脑袋，奶声奶气地说："你们问我爸爸，我爸爸比我厉害，我的魔方都是我爸爸教的。"

记者善意地笑了笑，果然把话筒对准季让问："请问这位家长，是什么原因促使你教孩子玩魔方呢？"

什么原因？

当然是因为魔方对于一个三岁的孩子来说太难了。

而当小奶娃专心致志研究魔方，就没空来打扰他和小宝贝的二人世界了。

对自己儿子耍心机的季让，一本正经地看着记者说："为了早日锻炼孩子的智力。"

7

季小七四岁的时候，妈妈给他生了一个妹妹。

戚映这一胎不像怀季小七那么轻松，孕吐很严重，身体也浮肿得厉害。季让日夜担惊受怕，等戚映进入预产期，连俞程和吴英华都赶过来了。

生产那一天，全家人守在手术室外面，俞濯带着从幼儿园放学的季小七直接赶来了医院，季小七抱着自己的小书包，紧张兮兮地坐在椅子上。

好在生产过程顺利，听护士出来说生了个女儿，俞程和吴英华两个人都激动地对季让说："儿女双全啊！圆满了！"

几个人都进去看望戚映了，让小舅舅俞濯在外面照管季小七。

有几个戚映的同事也来探望，看见季小七就忍不住逗他，蹲在他面前说："季小七，你妈妈又生了一个小宝宝，以后爸爸妈妈就不会爱你了哟。"

在一旁翻手机的俞濯皱了下眉，正要骂人，玩魔方的季小七抬起头，奶声奶气地问："阿姨，你有弟弟妹妹吗？"

那同事被他一反问，还愣了一下，下意识回答："有一个弟弟。"

季小七眨巴眨巴大眼睛，婴儿肥的小脸上一派天真笑意道："那你真可怜，你的爸爸妈妈都不爱你呢。还有呀，阿姨，你以后千万不要给你的孩子生弟弟妹妹哦，不然你的孩子也会像你一样可怜的。"

同事："……"

正说着，产房的门打开，戚映躺在病床上被推出来，季让站在旁边握着她的手，往病房走。

季小七抱着小书包"欻"的一下站起来，奶声奶声喊着"妈妈"，一路"嗒嗒嗒"地跑了过去。他个头还不足病床高，季让把他抱起来，俯身下去让他亲了亲戚映的脸颊。

季小七问："妈妈，妹妹呢？"

戚映还有些虚弱，轻声道："医生在给她检查身体，一会儿你就可以见到她啦。"

季小七若有所思地点点头，又转过头指着走廊边上那个刚才逗他的大人，一脸严肃地告状道："妈妈，那个阿姨可坏了！她竟然妄图挑拨我们母子之间的关系，说你生了妹妹就不爱我了！"

同事赶忙解释道："……呵呵，呵呵，这小孩儿，怎么乱说话呢……呵呵。"说完一脸尴尬地溜了。

季小七"哼"了一声，一脸赶走坏人获得胜利的得意。

女儿小名叫季小映，是个爱哭鬼。

她特别黏戚映，大多数时候都要在她怀里才会安静乖巧。有时候季让不想宝贝那么累，从她怀里接过女儿打算照顾照顾，季小映就扯着嗓子哭，在他怀里小脚乱蹬，明明还是个婴儿，却知道朝着戚映的方向伸手要抱抱。

季让突然觉得季小七看上去顺眼很多了。

季小映不要别人抱，只能由戚映来照顾，难免就会疲累。季小七看妈妈累得脸都瘦了，觉得这样下去不行，决定好好跟妹妹讲讲道理。

于是某个午后，趁着季小映吃完了奶正乖乖在婴儿床里睡午觉的时候，季小七脱掉他的小鞋子，手脚并用爬进婴儿床，在妹妹面前趴下来，戳她的脸。

季小映被戳醒了。

眼睛一睁就要哭。

季小七一只手的手指竖在自己嘴上，一只手的手指竖在妹妹嘴上，一脸严肃地："嘘！嘘！嘘！"

爱哭鬼季小映眨巴眨巴眼睛，还真的没哭。

大眼睛湿漉漉的，像极了妈妈，一眨不眨地看着身边这个奇怪的人。

季小七见她不哭，满意地点了下头，收回手指，握住她的小手，捏在掌心握了握说："我叫季小七，是你哥哥，我们现在就正式认识了。"

季小映开口："咿呜咿呀……"

季小七继续道："我是来找你谈判的！妹妹，妈妈照顾我们已经很累了，如果你还这样不懂事，非要她抱抱，那她就会累出病来。你知道生病是一件很可怕的事吗？每次我生病了，医生都会拿这么大这么长的一根针扎我！"

他两只小手在空中比画，光是回想就忍不住缩着脖子打了个寒战。

季小映继续发出声音回应："啊咿呜哇……"

季小七接着说："如果妈妈生病了，那她就一点点也不能抱你了！那你每天都只能被爸爸抱！你知道被爸爸抱的感觉吧？他一点都不温柔！胳膊又很硬！抱着一点也不舒服！"

季小映依旧说："呜呀嘤……"

季小七点头道："所以为了长远考虑，你应该让妈妈得到足够的休息，当一个乖宝宝，这样妈妈就能每天抱你一点点！这其实就跟杀鸡取卵是一个道理，虽然杀了那只鸡可以一下子吃到很多肉，但满足只是片刻的，没有了鸡，你就再也吃不上蛋了。你说哥哥说得对不对？”

季小七说完，舔了舔嘴巴，他有点想吃鸡腿了。

季小映小手在空中乱抓，嘴里咿咿呀呀。

季小七低下头，开心地在她脸上啵了一下说：“妹妹，我知道你听懂了。只要你以后听哥哥的话，等你长大了，哥哥带你去放风筝，教你玩魔方，给你买糖葫芦吃！好不好？”

季小映咯咯地笑，小手乱挥，抓住了他的小手指。

季小七看了两眼，恍然大悟道：“哦！你要跟我拉钩是吧，可以！我们拉钩，男子汉说话算话！”他小手指钩住季小映还不能伸直的小手指，一拉一晃，“拉钩，上吊，一百年，不许变！”

午后阳光温暖，从玻璃窗透进来，笼着两个小小的身影。

戚映从门口走进来，看见儿子居然爬进了女儿的婴儿床，生怕他把季小映吵醒，到时候又是一番哭闹，赶紧走过去，压低声音喊：“小七，不要去吵妹妹睡觉，快出来。”

走近了一看，季小映坐在床上，茶色的眼睛睁得大大的，正盯着在还原魔方的季小七看。小男孩儿一脸严肃，嘴巴绷得紧紧的，手指动得飞快，很快就将魔方还原。

他一脸得意地把魔方递给季小映说：“哥哥厉害吧？”

季小映去摸那个魔方，笑得口水流了一身。

从那之后，季小映就不怎么哭闹了。季让抱她的时候，她还是会不舒服地哼哼，扭来扭去，但再也不会哭着不要他抱了。

季小七觉得这都是他的功劳，去找季让邀功，要爸爸给他买钢铁侠全套盔甲。

季让抱着女儿亲亲举高高道：“是你妹妹自己听话，喜欢她爹我，跟你臭小子有什么关系。”

季小七生气了，愤怒地一跺脚说：“妹妹！哭！”

季小映瞬间出声：“呜哇哇哇哇……”

季让：“……”

戚映闻声而来问："怎么又哭了？"

季小七害羞着说："嘻嘻。"

季小映开心地说："嘿嘿。"

季让再一次深刻意识到自己在家里的地位。现在把这俩臭小孩儿塞回去还来得及吗？

有季小七之后，季让就没怎么跟戚映过过二人世界了，现在多了个季小映，更是想都不要想。

季让很生气，后果很严重。

戚映被他折腾到后半夜，搂着他的腰求饶说："后天是七夕，我定了一家餐厅，你晚上别加班，早点回来，我们去过七夕。"

季让问："不带俩小孩儿？"

戚映说："我让俞濯下班了过来。"

季让这才满意了。

等到七夕那一天，一早起床就收到戚映提前准备好的礼物，一只情侣款的手表。季让当即戴上，在局里炫耀了一整天。

下班回家后，戚映已经把孩子们的晚饭都安排好了，正在跟倒在沙发上的俞濯交代几点给季小七洗澡，几点给季小映喂奶。

全部安排好了，才跟季让出门。

季小七抱着钢铁侠模型一路追出来问："妈妈，爸爸，你们去哪儿？我也要去，我不想跟小舅舅待在一起，他只会玩手机，都不陪我。"

季让一声吼："俞濯！把你外甥领回去！陪他玩游戏，不准玩手机！"

俞濯："……"

然后季小七就被小舅舅扛回去了。

夏日的天黑得慢。

季小七感觉自己已经待了好久好久了，头上都快长出蘑菇了，爸爸妈妈还是没有回来。小舅舅照常在沙发上玩手机，偶尔丢个球过来，美其名曰陪他玩。

季小七怒了，你以为你在逗狗吗！

他扒着婴儿床，对里面玩魔方的季小映说："妹妹，你想不想去找妈妈？”

季小映刚满一岁，咿呀学语中，奶声奶气含含糊糊地说：“找麻麻……要麻麻！”

季小七回头看了眼专心打游戏的小舅舅，跑到卧室把婴儿车推出来，然后把季小映抱进去，推着婴儿车就出门了。

等俞濯听到给季小映喂奶的闹钟起身准备去喂奶时，人呢？

当场吓出一身汗。

俞濯飞奔出门去找人。

好在俩小孩儿还没走远，季小七推着妹妹，一边走一边碎碎念，被俞濯追上时，还一本正经地说：“我五岁了！是大孩子了！怎么不能上街了？”

俞濯从来都不喜欢小孩儿，面对自己的外甥、外甥女已经足够耐心了。

一手抱起季小七，一手接过婴儿车，就要回去。

季小七说：“舅舅，你带我和妹妹去找爸爸妈妈好不好？”

俞濯冷冰冰地说：“不好。”

季小七威胁道：“你如果不去，我现在就要开始哭了。救命啊拐卖小孩儿啦，谁来救救我和我妹妹啊！”

于是正准备进行烛光晚餐享受二人世界的季让，就看见他的小舅子，领着他的俩孩子，一脸愤怒地走进了餐厅。

戚映惊讶道：“呀，你们怎么来了？”

季小七大喊：“妈妈，我和妹妹都好想你啊，所以我们就来找你啦。”

季小映奶声奶气地说：“麻麻……抱抱……”

俞濯无奈地摇了摇头说：“……姐夫，不要这么看我，我是被逼的。”

啊啊啊啊啊啊这日子没法过啦！！！

番外三

百年校庆

海城一中百年校庆的时候，季让收到了学校的邀请函。

海城一中作为重点高中，这些年走出来的杰出人士数不胜数，比季让成就大的多了去了。

就是吴睿和戚映，一个为国内的航天事业做出了杰出贡献，一个年纪轻轻已经在 SCI 上发表过十多篇医学论文，都是将来会在各自领域登顶的天才人物。

当然也不是说季让的成就不杰出，作为屡破大案的刑侦警察，犯罪界是闻季丧胆，有他坐镇的区域，犯罪率都直线下降。

但海城一中却独独邀请了季让，为什么呢?

当然是因为一个曾经打架斗殴不学无术的学渣，后来弃恶从善考上重本，最后成了一名光荣的人民警察的事迹实在太有警醒作用了!

季让收到邀请函后，面上一副多大点事儿这有什么了不起的冷漠，其实心里乐翻了天，还装模作样拍了张邀请函的照片发在群里，若无其事问：大家都收到了吧?

——屈小可爱：？？？

——看海洋不如看我：？？？

——隽意哥哥的小可爱：？？？ @Seven，@吴睿要学到老，你们收到了吗？

——Seven：没有呀。

——吴睿要学到老：没有。

——俞白莲：那我就不服了，他凭什么？

——季让：凭老子可以一拳头把你捶死。

——俞白莲：……

——屈小可爱：让哥海城一中之光实锤！！！校庆大家都有时间吧？走啊走啊！沾沾让哥的光一起回去啊！我刚好有年假！

——隽意哥哥的小可爱：@Seven，映映你要回去吗？你回去我就请个假，我们好久没见了。

——Seven：要呀，和他一起回去。

——看海洋不如看我：火锅烧烤KTV约起来！

…………

回到海城的时候，天气已经回暖了，街边的粉樱开了骨朵，团团簇簇地挤在枝头，漂亮又可爱。

毕业之后，大家能相聚的机会实在太少，戚映和季让已经有两年没回过海城，屈大壮他们过年还能聚一聚，但搁在人民警察和白衣天使身上，就只剩下加班值班。

趁着这次校庆，大家终于能再聚，屈大壮兴奋得不行，他毕业之后跟着他爸做虫草买卖，现在俨然是个小商人，早早就把以前上高中时他们爱去的满江庭包了下来，还拍着胸脯说要把让哥和小仙女这趟校庆之行的费用全包了。

刘海洋表示：“让哥缺你那点钱？”

屈大壮回应：“嗐，他缺不缺是一回事，我的心意是一回事。上高中的时候都是让哥出钱，现在终于轮到我展现自己的实力了！”

飞机落地后，俞程开车来接，吴英华在家做饭。

戚映、季让和俞濯三个人从机场出口出来的时候，吸引了接机路人的全部目光。

季让身上那股逼人的凛冽气息在当了多年刑警之后更进化了，眼光随意扫过去，整个人都感觉被他看透了一样，下意识就想躲。

但不再让人觉得可怕，像眉眼里藏了正气，再怎么冰冷，也觉得心安。而且颜值高，长得好看的人，第一眼就能博得好感。

而被他牵着手的漂亮女生纤细柔软，一直偏着头跟旁边帅气清瘦的少年说说笑笑。

季让大长腿步子迈得大，此时却迁就着她的步伐，偶尔低头看她时，桀骜的眉眼都化作了温柔和耐心。

三个人颜值都高，有人好奇地问："是哪个明星吗？"

恰好在旁边听到的俞程兴奋地挥手："是我儿子和我外甥女和我外甥女婿！俞濯，映映，阿让！舅舅在这儿！"

戚映朝着他的方向跑过来，笑得特别甜："舅舅！"

季让也跟着她一起加快步伐，开口道："舅。"

俞濯瞄了一眼，拖着行李慢悠悠地跟在后面，刚一走近就被他爸拍了一巴掌："背打直！你看看你这要死不活的样子，有你姐夫一半精神气吗？"

俞濯一脸莫名："？"

日常怀疑自己不是亲生的。

回到家，吴英华已经张罗了一大桌子菜，没多会儿韩阳也来了，还提了三瓶白酒和一罐进口糖果，白酒是要跟季让不醉不休，糖果是给自己干女儿的。

季让这些年在警界名气大增，在一次跨市追捕行动中还跟韩阳合作过，公开场合两人互相韩队、季队地喊，但私下一个喊阿让一个喊干爸，羡煞旁人。

韩阳至今未婚，认了戚映当干女儿后觉得人生也圆满了，现在干女婿又这么能干，简直就是人生赢家。

一家人其乐融融吃了饭，酒一直喝到下午，季让的酒量比之前好了不少，起码不是两杯倒了。但也架不住韩阳这个老酒坛，一瓶白酒见底直接就趴下了。

俞濯也喝晕了，看季让趴在桌子上，嘻嘻嘻地嘲笑道："垃圾！"

被戚映拍了下后脑勺，也晕乎乎趴下去了。

吴英华在旁边吼："老俞，快把阿让扶回房间休息去，还能站起来不？映映你帮把手，这儿交给我。我一会儿煮点醒酒汤来。明天不是还要去学校，别搞得没精神。"

戚映看了看也有些醉意的舅舅，笑着说："不用，我来吧。"她伸手摸摸季让蔫答答的脑袋，声音很软："我们回房间去呀。"

季让扭了下脖子，露出一只眼睛半睁半闭地瞄她说："那你亲我一下。"

韩阳："……"

俞程："……"

吴英华无奈："啧……"

戚映习以为常，低头在他鼻尖啄了一下，季让果然就高兴了，乐呵呵地站起来，也不要人扶，自己摇摇晃晃走回了卧室。

房间还是戚映上高中时睡的房间，那个他第一次来时被柔软小床单搞得气血翻涌的地方。戚映刚关上门就被醉醺醺的人按在了床上。

他身上有酒味，却并不难闻，亲她的时候还记着自己喝过酒，不能亲小宝贝的嘴，只从她耳根一路亲到颈窝，最后在她锁骨处种下小草莓。

戚映被他亲得全身发软，小手推他头发刺刺的脑袋说："痒。"

季让抬起头，脸色染着醉酒后的红，总是凛厉的眼睛柔得不像话，迷蒙一片，用鼻尖蹭她鼻尖说："宝贝，我爱你。"

戚映搂着他的脖子说："我也爱你。"

季让继续道："我想要你。"

戚映不假思索道："不可以。"

季·委屈巴巴·让道："哦。"

戚映憋着笑说："钻进被窝睡一会儿好不好？"

他低头看了她一会儿，不甘心似的在她颈窝啃了几口，最后老老实实从她身上下来，脱掉鞋子和外套，钻进了被窝。戚映替他掖了掖被角，起身要走，手腕被他拽住。

季让撒娇似的说："不准走，看着我睡。"

戚映软声哄他："不走，去给你端醒酒汤。"

季让喝醉了完全不讲道理，嘴硬道："不喝，醒酒汤没用。"

戚映眨眨眼问："那什么有用？"

他拽着她手腕往下一拉，戚映顺势倒下去，被他勾住腰，听见他用低哑的嗓音耍流氓道："宝贝帮我最有用。"

这话刚落，房门"啪嗒"被推开，传来吴英华的声音："映映，这有解酒药，你先给阿让吃两颗。"

季让跟老鼠见了猫一样，"欻"的一下收回手，缩回被子里，闭上眼装睡，假装刚才耍流氓的不是他一样。戚映笑得不行，坐起来戳戳他脸颊说："起来吃药。"

季让闭着眼睛说："我睡着了。"

戚映耐心道："那现在是谁在跟我说话呀？"

季让答："是梦话！"

吴英华在旁边听着乐得直不起腰道："这孩子，平时看上去威风凛凛的，其实还跟小孩儿一样。行了，我把药放这儿了，厨房还熬着醒酒汤呢，映映你看着点他啊，垃圾桶在这儿，俞濯刚刚吐了一身，臭小子脏死了。"

等吴英华出去，季让才偷偷睁开半只眼睛，戚映拉他起来吃了药，又给他哼了会儿歌，才终于把醉醺醺的人哄睡着。

半夜的时候酒劲过去，季让醒了一回。

床边的窗户漏进来半缕月光，戚映搂着他的腰埋在他胸口，睡得正熟。屋子里散了酒气后，就只剩下柔软的少女香。他手臂有点麻，却一动不动，轻轻低头亲了亲她的头顶，才又心满意足地睡过去。

第二天就是校庆。

一大早，屈大壮就开着他那辆红色的越野宝马来楼下接人了。远远看见季让和戚映走出来，兴奋得像个两百斤的胖子，又跳又叫地跑过来，看样子是想给季让一个熊抱，却被无情地阻止了。

季让一挥手说："就站那儿说话！"

屈大壮委屈道："让哥，我想死你了！小仙女越来越好看了！"

三人正聊着，懒洋洋的俞濯绕过他们走到车头前，中肯地评价了一句："真贱。"然后面无表情地坐上了副驾驶。

屈大壮喊道："嫌我贱你别坐！给我下来！"

车子还可以再坐一个人，大家在群里商量了一下，决定去接吴睿，岳梨和刘海洋他们自己打车过来。

以前住筒子楼的贫困生吴睿小同学现在已经凭自己的实力给妈妈换了新房子，过去接他的时候他妈妈也在小区外陪他一起等着，手里还提着一个食品袋，里面都是妈妈自己蒸的包子。

"怕你们没吃早饭，拿着路上吃，睿睿包里还有酸奶，睿睿你上车拿给你朋友啊。"

吴睿连连点头。

他没怎么变，背着书包戴着黑框眼镜的样子跟高中一模一样，见到他们特别高兴，一上车就把包子分给大家吃。

车里顿时满是包子味，屈大壮心疼死了说："我新买的高级车载香水啊！"

到学校的时候，岳梨正等在校门口。她现在已经是圈内小有名气的小导演，还在朝拿奖和登上大银幕的目标努力着，终极梦想就是邀请她的隽意哥哥拍她自己导的戏。

见到戚映下车，冲上来就是一个熊抱原地转圈圈，一群人好久没见，有说不完的话，海城一中在他们毕业之后翻修过，但大体没变，四处张灯结彩，百年校庆的横幅拉得到处都是。

穿着熟悉校服的学弟学妹们青春洋溢，朝气蓬勃，像极了当年的他们。

再回到当年的高中，所有有关青春的记忆都涌上来。季让望向四周，西塔巷，校门口，小吃街，教学楼，每一处都有他和戚映的印记。

他认认真真地牵着她的手，一步一步走进他们爱情开始的地方。

季让今天还有演讲，当年9班的班主任刘尧早早就等着他了，一见到这个曾经让自己头疼不已又爱又恨的学生，已经爬上皱纹的脸顿时笑开了花，抬手重重拍了拍季让的肩说："你小子！"

屈大壮在旁边喊道："刘老师！你老了好多啊！"

刘尧还没感慨完就被他气得不行说："还不是被你们这些刺头气的！带一届毕业生我要少活十岁！"

屈大壮委屈道："谁是刺头啊？老刘你别胡说啊！让哥的优秀学生照片现在还贴在海报栏呢，可多小学妹在那儿偷偷合影，多励志啊！"随之被季让踹了一脚，闭嘴了。

刘庆华也来了，看见戚映感慨连连，看看她，又看看牵着她手的季让，最后无奈又好笑地对刘尧说："我就说他们当年有问题，你还非说没有。"

刘尧摸着脑袋笑，看破不说破。

海城一中的百年校庆举办得很盛大，电视台的记者也来了。在礼堂集合之后，先是校长讲话，叙述海城一中的百年历史和成就，然后是几个从海城一中毕业的政治人物露脸祝贺，轮到季让的时候，下面的掌声和欢呼尤为大。

就像屈大壮说的，他的照片现在还挂在宣传栏。

当年海城一中校霸的名声太大，以至于在季让毕业之后，一直想要争校霸名号的俞濯都没敢接过这个"尊称"。最后大家商量了一下，决定永久保留让哥的校霸名号，以后的上位者统一用老大来称呼。

于是季让一直想要摘掉的校霸名头，到现在都还在他身上。

每一个入学海城一中的学生都会在听闻校霸的传言后去宣传栏膜拜，校霸虽然已经毕业，但海城一中永远有校霸的传说。季让就这样成了海城一中传说中的大佬人物，也成为海城一中老师每次训诫学生时都要拿出来的活例子。

现在真人露脸，大家岂止是期待。

季让今天穿了一身正装西服，帅且不说，身上那股凛然正气不容忽视，但眉峰又野又冷，两种气质混在一起，咄咄逼人，酷到让人窒息。

岳梨和戚映坐在第三排，一边鼓掌一边凑过去偷偷说："你老公太帅了，我慕了。"

戚映笑眯眯的，眼睛依旧盯着问："有你隽意哥哥帅吗？"

岳梨叹气道："哎，虽然很不想承认，但是不相上下吧，类型不一样，我隽意哥哥除了跳舞之外，其他时候都太傻气了，很难有这种帅得没边的气质。"

季让不笑的时候就显得凶，学弟学妹们想起有关他的传言，内心瑟瑟发抖。

直到季让的目光扫过前排他的小宝贝，看见小宝贝正甜甜地对他笑，还比了个小拳头给他加油，严肃的神情才柔软了，露出一个温柔的笑来。

他扶了扶话筒，嗓音很沉，开口道："大家好，我是季让，我是一名人民警察。"

学校早就跟他对接过演讲稿，现在背起稿子来毫无压力。他的事迹和经历无疑是振奋人心的，台下的学弟学妹们目光灼热，听得十分认真。

等他脱稿演讲结束，台下迫不及待地举手提问。

季让谨记学校的指示，要给学弟学妹们灌输正能量，都非常正直地一一作答。

轮到的最后一个学生，是一个高个子男生，他不无兴奋地问他："季学长，我听说你当年会改过自新是因为一个女生是吗？"

他问出了大家最想问的问题，台下顿时一片哄然。

季让看到教导主任在着急地朝他打手势，意思是让他不要乱讲话带坏小朋友！

他笑了下，看向台下的戚映，总是冷沉的声音显得很温柔，说："是，她现在是我的妻子。如果没有她，我这一生可能都会待在黑暗里自暴自弃。我很爱她，我也很感谢她。"

台下欢呼不止，教导主任气得跺脚。

季让继续道："但你们就别想了，这种小仙女世界上只有一个，已经属于我了，你们是遇不到的。还是好好学习吧，不要早恋，没有前途。"

高个子男生笑道："你自己都早恋了。"

季让阴恻恻地看了他一眼说："谁说我早恋了？我是毕业之后才告白的，没有一个好的高考成绩你们有什么脸跟喜欢的人告白？知道我当年高考考了多少分吗？"

台下齐刷刷道："知道！"

季让会心一笑说："高考分数就代表了告白的成功率，分数越高，成功率越高，祝你们成功。"

说完就下台了。

教导主任："？"

虽然走向不太对，但怎么感觉大堂里突然燃起了熊熊的学习斗志？？？

海城一中学子们血脉偾张，演讲环节之后的文艺表演都不想看了，只想赶快回教室搞学习！啊，不愧是传说中独一无二的校霸，果然与众不同，令人尊敬！

季让顶着满场目光坐回戚映身边，趴在她耳边低声问："我演讲得好不好？"

戚映说："超级棒！"

季让又问："那今晚要不要帮我？"

戚映无奈道："……在这儿说这种事不太好吧？"

季让笑着摸了下她的脑袋说："我说的是帮我洗一下袜子，你在想什么？"

臭流氓！

学弟学妹们围观全程却并不知道他们在说什么，只看到戚映红了脸，小声议论道：啊！好甜啊！快！我要学习！学习使我拥有甜甜的恋爱！！！

番外四

梦中的故事

自镇国将军季让南征凯旋，回京已半月有余。

季让甚少会在京城待这么久，往年打了胜仗归来，汇报战况领完赏赐，就会率亲卫离京，常年驻守边关。是以将军府只有三五老仆打理，简陋又冷清。

这一次一待就是半月，据说是因为陛下有意将三公主许配给季让，赐婚的圣旨都已经拟好，只待择吉日颁旨。

季家世代忠良，季让自小随父亲在边关长大，十五岁便上阵杀敌。自九年前山海关一役，季父战死，十八岁的季让独挑大梁，亲率三千骑兵夜袭敌营，斩敌军首级，为父报仇。

这九年来季让南征北战，所过之处从无败绩，周围列国“闻季丧胆”，他成了百姓心中的不败战神，也成了守护大晋的镇国将军。

如今季让二十有七，仍未娶妻，前几年还有人上门提亲，其中不乏丞相千金，但季让都以“常年驻扎边镇，风雪肆虐环境艰寒，不愿唐突佳人”为由拒绝。

季家一门向来独善其身，从不参与朝堂风云，再则鲜少回京，许多人连这位大将军的面都难得见上一次，更别说结交，那些想以结亲为手段拉拢镇国将军的官员算盘落空，只得罢了。

圣上赐婚的消息一传出，京城不知多少仰慕季大将军的少女碎了芳心，而此时正在宫中面圣的季让却向皇帝递上了请辞的奏折。

“昨日收到军中急报，近日来西夏连连骚扰边陲小镇，恐有异动，还请陛下准臣离京。”

半倚在软榻上的君王挥手笑了笑说：“区区西夏，不足挂齿。”他在内侍的搀扶下坐起来一些，看着堂下一身玄衣气度不凡的男子，笑吟吟道，“爱卿，孤之前的提议，你可考虑好了？”

季让垂了垂眸道：“如今战乱未平，天下尚未大统，臣无心为家，还请陛下为三公主另择良配。”

君王收了笑意，嗓音沉厚道：“是孤的三公主配不上你吗？”

龙涎香无声蔓延，室内气氛一时凝重。

季让却仍是那副处惊不变的神情，起身下跪，不卑不亢道：“臣不敢，是臣配不上三公主。战场无情，刀剑无眼，臣不敢耽搁公主，还请陛下三思。”

君王打量他半晌，终是叹了口气道：“罢了，你既不愿，孤也不强求。不过临近年关，你许久未在京中过年，这次既回来了，便多留些时日吧。”

季让低头行礼道：“臣遵旨。”

解决了心中大患，走出殿门时，季让看着这冰冷宫墙都觉得顺眼了不少。

墙内白梅开得正艳，团团簇簇挤在枝头，空气中冷香缭绕，他心情不错，还摘了两枝带出宫去。

一回到将军府，自老将军在时就在府中打点的老管家张伯立刻迎了上来，看季让拿着梅花笑盈盈的样子，一脸激动道：“可是成了？”

季让慢悠悠地看了他一眼问：“何事成了？”

张伯急道：“陛下的赐婚啊！你可是领旨了？何时成亲？”

季让把梅花交给他道：“找个瓶子插起来，放在我房间。对了，来年开春了，在我院子里也种些白梅，这花，还挺香的。”

张伯一跺脚，知道这事儿又黄了。

这也不喜欢，那也不愿意，现在连陛下的公主都敢拒绝，他不由得开始担心，自家将军，莫不是喜欢男的吧？

然而这个担心并没有持续多久，月末季让不过是率亲卫去剿匪，返京的时候却带了个小姑娘回来。

候在府门口的张伯看见自家将军抱着一名女子走进来，惊得老腰差点闪了。

他怀中的小姑娘被玄色披风裹得严严实实，张伯连人长什么样都没看清，只听见季让吩咐道："收拾个院子出来。"

张伯忙不迭应了，安排下去后终于寻得空当去问季让的副将："将军方才抱回来的是哪家的姑娘？"

副将说："是将军从山匪手里救下的女子，其余的也不清楚。"

山匪手里救下的？还带回府了？

张伯回想方才将军的神态举止，自己是看着他长大的，哪能看不出这么多年不近女色的将军对待怀中少女的不同之处。

可这若是哪家的清白小姐便也罢了，这还不知道什么来历……

算了算了，至少是个姑娘，总比男的好。

瞬间看开的张伯欢欢喜喜地安排手下人道："选两个会服侍听话的丫鬟送到西院去，再去置办些姑娘家的衣物首饰来。对了对了，花圃里的文心兰前些天开了，也移栽一些到西院。我记得厢房里好像放着将军用过的刀剑？赶紧去搬出来，别吓着夫人了。"

下人疑惑道："夫人？"

张伯乐呵呵地捋胡须说："是啊，我们有将军夫人了。"

…………

西院暂时还没收拾好，季让把人抱到了自己的房间。

镇国将军两袖清风，赏赐多分给手下将士，从无私库，房间便也显得简洁素净，只窗前摆了只半人高的白釉瓷瓶，插着几枝梅花。

花渐枯萎，但香气犹存，半分朦胧半分清冷，一直缩在他怀里的小姑娘慢慢抬起头，小心翼翼地张望。

季让把她放在外间的软榻上。

她看上去又瘦又小，满脸血污，裹着他的披风缩成一团，不敢抬眸看他。

季让掩上门窗，掩去了冷风飞雪，又把塌边的青铜暖炉点燃，屋内总算腾起了一些热气，他在塌边坐下来，怕吓到她，尽量把嗓音放轻道：“还冷吗？”

小姑娘低着头，墨发散在两侧，看不清脸，只微微摇了摇头。

季让想了想，又问：“饿不饿？”

她还是摇头。

杀伐果断的大将军，头一次感到束手无策。

他自小在军中长大，身边都是一群糙汉子，这些年南征北战，性子磨得越发坚硬。他知道该如何掌管二十万大军，却不知该如何跟一个仿佛自己两根手指就能折断她手腕的小姑娘相处。

好在亲卫很快来敲门，打破了他的尴尬：“将军，热水已备好。”

季让沉声道：“知道了，下去吧。”待屋外人影离开，他才起身，垂眸看眼前的小姑娘，“我带你去沐浴可好？”

她终于没再摇头，抬头看他时，眼眸又清又软，小声问：“将军要把我留在府中吗？”

季让笑了笑道：“你想留下来吗？”

她抿了下唇，半晌，轻轻点了点头。

他俯身，伸手把她抱起来，转身朝外走道：“那就留下吧。”

小姑娘在房内沐浴的时候，季让就守在门外。没多会儿张伯就捧了套干净的衣裙过来道：“府中少有女子衣物，已经派人去采办了，这是夫人当年留下来的，将军看……”

季让接过来道：“无碍。”

张伯兴高采烈，搓了搓手指，又问：“将军带回来的这位姑娘，姓甚名谁，年方几何，可有婚配，父母尚在？”

季让略微思忖道：“她叫戚映。”

张伯问：“没了？”

季让答：“没了。”

张伯："……"

季让笑吟吟地拍了拍张伯的肩道："等她休息好，你自己问她便是。尽快把西院收拾出来，对了，屋内多放点暖炉，她怕冷。"

居然知道疼人了。张伯顿时满脸欣慰，领命下去。

过了会儿，屋内的水声渐渐小了，季让一介武将耳力过人，他敲了敲门，水声瞬间消失，几乎可以想象小姑娘僵在水中的模样。

他无声哂笑，清了清嗓子道："我找了干净的衣服，给你拿进来可好？我不过去，就搭在屏风上，你自己取。"

小姑娘软绵绵的声音伴着水汽传出来："好。"

他推开门，屋内热气萦绕，门口一架六扇开合的山水翠屏，上绘池月修竹。他说到做到，将衣裙搭在屏风上便转身掩门。

门后窸窸窣窣，很快，小姑娘就穿好衣裙出来了。

褪去一身血污，少女白衣绿裙，眉眼映着飞雪冷月，比宫墙内团簇的白梅还要清丽。

天色已经暗下来。

季让领着她绕过回廊，回房时厨娘已经把饭菜端了上来。季让对下人向来和善，没有主仆之分，厨娘眼见跟在他后面的漂亮小姑娘，眼睛都笑弯了道："府中难得有女眷，姑娘先吃着，有哪里不合胃口的或者想吃的，尽管跟我讲。"

戚映羞怯地点头，待看见桌上饭菜，暗自吞了下口水。她从来没见过这么多好吃的。

这些年随着流民东奔西逃，闹饥荒的时候连树皮都嚼过，将军府饶是再清简，也强胜于她曾经的日子。

这个人不仅救了她，还送她衣服，给她食物。戚映感念地看了身前的男子一眼，乖乖在他身边坐下。

她有些拘谨，将军不动筷，她也不动。将军没有夹过的菜，她亦不会去碰。

吃到一半的时候，季让突然喊她："映映。"

戚映筷子差点没拿稳，绯红从脖颈一路攀至耳后，像三月暮春嫣然而盛的桃花。

他眉梢微挑道："不介意我这么叫你吧？"

她垂着眸，浓密的眼睫轻轻颤抖，音若蚊蚋道："不介意。"

季让执筷夹起自己没有碰过的那碟芸豆糕，夹到她碗里，温声道："我不喜甜食，这是厨娘专程给你做的，尝尝看合不合你口味。"

她有点惊讶"专程"这个词，像是头一次被人这样珍重对待，湿漉漉的眼眸里满是感动。

听话地咬了一口后，唇角挽起一个甜甜的笑道："好吃。"

季让也笑了笑，又给她夹了一个道："既要留下来，今后就把这里当作自己的家，不必拘束。"

芸豆糕的甜香味顺着舌尖蔓延，她从未吃过这么好吃的糕点，简直甜到了心底。

还在用饭，张伯提着灯盏过来了，一进屋，见到模样俏丽的小姑娘，乐呵呵地行礼道："老奴见过夫人。"

戚映正嚼芸豆糕，被张伯一声"夫人"呛得半天没缓过神来。

季让又是端水又是拍背，好笑地看了眼神色尴尬的张伯，转移话题道："可是西院打整好了？"

张伯立即道："是，请夫……请映姑娘过去看一看，若是还缺什么，尽管吩咐老奴便是。"

季让颔首，问呛得满面通红的戚映："吃饱了吗？"

她连连点头。

季让起身走到里屋，取了件玄色大氅披在她肩上道："那过去看看吧。"

雪还下着，院中一株美人蕉被积雪压得低垂，在檐下灯盏映照下，透出根心的点点墨绿来。张伯提灯走在前面，本还在兴致勃勃地询问戚映的身世，当得知她是流落的孤儿时，叹了声气，便知不用再多问了。

那些年战乱四起，他曾随老将军前往北疆，所经之处流民遍地，满目疮痍。后来小将军临危受命接过帅印，才渐渐平了这乱世烽烟。

少女看上去如此孱弱，这些年大抵受了不少苦。

张伯又问："不知映姑娘年方几何？"

戚映小声答道："过完年便十五了。"

张伯还没答话，走在最后的季让笑着道了句："还是个小姑娘。"

戚映莫名地耳尖发烫。

到西院的时候，院门檐下垂了两盏花灯，被夜风吹得轻晃，门口候着两个丫鬟，见人过来，恭敬地行礼。

府中原没有婢女，季让不喜外人近身服侍，这两个丫鬟都是今天新添的，张伯道："这位是映姑娘，今后你们要好生伺候。"

戚映躲在季让身后，羞赧地朝她们笑。

两名丫鬟之前还忧心主子不好服侍，见戚映这模样，也都宽心地笑了。

西院幽静素雅，饶是冬日花草也茂盛，清月铺满遍地的文心兰，院墙上攀爬的蔷薇藤被雪掩映了枯叶。

按照季让的吩咐，戚映的房间四角都摆了暖炉，屋子里暖烘烘的。丫鬟和张伯掩了门离开，屋内便只剩下他两人。她四下看了看，小声问："这是我的房间吗？"

季让点头道："喜不喜欢？"

她有些雀跃道："喜欢。"

一见她笑，他便欢喜，也笑道："今日你受了惊，也该乏了，早点歇息吧。有什么需要的，明日再同我说。"

他作势要离开，戚映愣了一下，下意识喊："将军。"

季让回过身来，眉眼温柔："嗯？"

少女眉眼低垂，藏在衣袖中的手指捏成了拳，好半天才轻声开口道："你不用我服侍吗？"

她不是小姑娘了，这些年辗转漂泊，很多事早已明白。

他将她带回府，给她新的生活，总不能是在行善。

但她并不厌恶。这个人是天下敬仰的英雄，他闯入她视线的那一刻，也闯进了她心里。

何况他救了她，她该是要报恩的。

问出这句话，室内一时静寂，只听见火星在暖炉内跳起的轻响。她心跳得好快，耳根绯红，完全不敢看他。

季让打量她好半天，忍不住笑了。

戚映不明所以地抬眸，撞上他深邃的目光，听见他说：“你还是个小姑娘。”

自记事起，戚映就没睡过这么好的觉，半夜惊醒，都恍觉这一切像做梦。

暖炉里的燃香在夜里像薄薄的轻纱将她笼罩，床前悬挂的流苏缠着窗外一缕清月，她摸摸身下的锦被绸缎，轻轻翻了个身。

翌日，戚映醒得很早。

翻身坐起的时候，司夏和莺歌已经在旁边候着了。她有些不好意思，小声说：“我自己来。”

两名丫鬟也不勉强，只看她需要帮忙的时候上前搭把手。司夏拿了新的冬装过来，说都是昨夜张伯遣人送来的，颜色样式很多，让她挑选。

戚映只挑了些浅淡的颜色，这些颜色别人穿会显得寡淡，但她模样清丽，穿浅色便尤为脱俗。

莺歌问她：“姑娘，可要去东阁和将军一道用饭？”

她想了想，轻轻点头。

两人便陪着她过去，这么早，季让却不在房间。寒风拂过院内的枯蕉，下了一整夜的雪总算停了。

大概是武将体能好，季让没有用暖炉，屋子里冷冰冰的，她搓了搓手，让丫鬟先回去，自己在房间等着。

她不乱看也不乱碰，起先乖乖地坐在椅子上，坐久了有些冷，便起身走到窗前那只落地瓷瓶前，低头去嗅白梅香。

残存的暗香夹着花叶枯萎的味道，她觉得好闻，又多闻了几下。

身后传来季让笑吟吟的声音：“喜欢那花吗？”

她吓了一跳，飞快转过身。季让就站在她身后，一身黑色劲装，墨发高束，他什么时候回来的她都不知道，在他含笑目光的打量下，小声问：“将军去哪里了呀？”

季让松了松手腕的黑色护腕道："去练功了。"他伸出两根手指，指背在她脸上抚了一下，"冷吗？都冻冰了。"

她又脸红了，垂着眸摇头。

季让转身走向案桌，给自己倒了杯水，然后说："以后早上不要过来了。"

戚映一顿，绯红迅速褪下，只余下局促的苍白。

季让喝完了水才继续说："我练完功会去西院。这里没有暖炉，你会冻坏的。"

回头时捕捉到小姑娘眼中还未散去的不安，愣了一下，不知道自己哪里又做错了。他在心底无奈地叹气，和小姑娘的相处之道，还得好好学啊。

他放下水杯，想了想，走过去朝她伸手道："走吧，回去用早饭。"

戚映低着头把手放进他掌心。

他手掌好暖，大约是常年握枪，指腹有厚厚的茧，握着她的手时力道很轻，像怕把她捏疼了似的，温热源源不断地透过掌心传到她指尖，让她冰凉的身体总算回暖了一些。

天际一抹冷清的白，笼着半寸晨光，积雪不化，踩上去时有轻微的轻响。

她垂眸跟在他身边，突然听到他问："你喜欢雪吗？"

她原是不喜欢的。下雪太冷了，那些没有庇护的日子，下雪就意味着挨冻。

可她大约也明白，高门贵胄中人，总是爱好风雅之事，飞雪亦在其内。

于是轻轻"嗯"了一声。

季让不知道是不是看出了她的小心思，笑了一声，隔了半晌才说："我以前也不喜欢。"

戚映没忍住，好奇地问："那现在为什么喜欢了？"

季让笑了下，把她的小手更紧地拢了拢，没有说话。

西院里，司夏和莺歌已经把早饭备好了。一进屋，戚映的头发睫毛都凝了层水汽，季让俯身替她拂了，指腹触到她的肌肤时，冰凉凉的，想了想，伸出两只手掌捧着她的小脸，轻轻焐了焐。

她脸一下就红了。

季让心想，小姑娘害羞的样子可真乖。

用完早饭，他让丫鬟取了斗篷，把戚映整个人都裹起来，才牵着她出门。他带她逛了逛将军府，这府邸虽比不上京中高官的富丽堂皇，但仍是当年御赐的府邸，又大又宽敞，十几个院落依次坐落，只是因为人少，显得极为冷清。

府中下人不多，季让带她认了个遍，大约是得了张伯的指示，没再称呼她夫人，只喊“映姑娘”。季让想让她把整座府邸的路认熟，他认为熟悉感会让人安心，反正也没什么事，于是不厌其烦地牵着她一遍又一遍地走。

他大概是跟军中茹毛饮血的将士待久了，完全忘记了小姑娘的体力比不了男子，何况她前些时日在匪寨受了些折磨，身体还虚着。

可她也不说，默默跟着他，直到后面季让自己发现不对劲，试探着问：“映映，你是不是累了？”

戚映道：“……有一点。”

季让想打死自己。

他本来还想带她去看最北边的莲池，那池子在冬日水面上结了层薄冰，冰下能看见戏游的红鲤，自有一番景致。现在也不想去了。

他松开她的手，在她面前蹲下来说：“来，我背你回去。”

戚映清澈的瞳孔张了一下，站在原地没有动。

他回头朝她笑道：“不怕，来。”

她迟疑着走过去，慢慢趴在他宽阔的背上。

他手臂很结实，只到她膝弯，背着她起身时又稳又沉，一点也没让她不适。她小手轻轻搂着他脖子，下巴搁在他肩头，闻到独属于他的味道。

季让背着她往西院走，低声喊：“映映。”

她偏头，看着他侧脸，乖乖地应声：“嗯。”

他叹了声气道：“以后累了，不舒服了，难受了，要跟我说，不要忍着。”

她抿了抿唇说：“好。”

季让步子顿了一下，温声道："我说过，既留下来，就把这里当作自己的家。"

家这个字，于她而言太遥远了。

骤然拥有，终归不适。

季让没再说什么，把她送回西院，让丫鬟服侍她午休，等她睡下才悄然离去，回房换了身衣服，然后进宫。

常侍例行检查了腰牌，随口笑问："今日不必上朝，大冷天的，将军进宫所为何事？"

季让摸了下鼻尖道："此次伏龙山剿匪，有些细节需要禀告陛下。"

话是这么说，进宫之后却直奔白梅林，在林中细细挑选了半天，摘了几枝花盏繁盛的白梅，就准备出宫了。

刚行至园外，就看见君王身边的内侍，一见他便迎上来道："陛下听闻将军进宫，特命奴才来寻。"

季让敛了神色，一派端然去了内殿。

一进去，就听君王笑道："爱卿好兴致，冬日冒风进宫，就为摘这白梅。"

季让波澜不惊道："宫中梅花得陛下龙威庇佑，开得极为繁茂，臣常居边关难得一见，心中很是喜欢。"

君王笑吟吟地挥手道："既喜欢，改日孤命人移栽几株到你府中。"他话锋一转，"孤听闻，爱卿这几日剿匪，带了一名女子回来？"

季让手指轻轻颤了一下，不动声色地应道："是臣从山匪手中所救的孤女，她孤身一人暂无去处，臣便将她带回了府。"

君王慢悠悠笑道："爱卿倒是心善。只不过这山野孤女，如何配得上孤的镇国将军？"

季让抬头看向高位，神情严肃道："天下一日未统，臣一日不娶，区区无名女眷，不足陛下忧心。"

君王慢慢挑了挑塌边的香炉，半晌，若无其事地笑了笑道："你年轻气盛，血气方刚，身边也该有个女眷。前些时日番邦进贡了不少舞姬，你随孤一道，挑几个带回府去。"

季让登时下跪行礼，无奈道："女子误事，臣不是贪色好欲之人，陛下可别再为难臣了。"

君王大笑了几声道："罢了，你是什么人孤自然了解，夜里冷，早些回去吧。"

季让拿起一旁的白梅，告退离开。

回到府中时，戚映已经起来了，季让在门口就看见她坐在窗前发呆。他退出去，绕到窗后，身子贴着墙，把白梅往窗前晃了晃。

就听见小姑娘轻轻"呀"了一声，探出半个身子来。一看到他，眼眸晶亮，软声喊："将军，你回来啦。"

他笑着走过去，隔着一扇窗把白梅递给她道："新摘的，喜欢吗？"

戚映低头去嗅，抬头道："好香呀。"

他忍不住摸了摸她的小脑袋说："我让张伯在西院种一些，等明年冬天到了，就会开花了。"

她乖乖地点头，想到什么，又说："将军，就快过年了，司夏说要做一些花灯换上，你喜欢什么样式的？"

季让问："你也做吗？"

她有点不好意思道："我不太会，但我会帮着她一起。"

季让笑了笑道："只要是你做的，我都喜欢。"

小姑娘果然又脸红了。

临近年关，上京越发热闹，戚映第一次像模像样地过年，心底万分期待，可没想，年三十的前一天，季让收到边疆急报，之前骚扰边陲的西夏军队联合旁边的小国，近来频繁洗劫边镇，隐有联手攻城之势。

季让收到急报，当夜请辞，圣上准奏，季让率亲卫连夜离京。

戚映只跟到府门口，他就不让她送了。

府外整装的亲卫军黑压压站了一片。他挥手让副将先行，回身时，看到小姑娘湿漉漉的眼睛，心里头一次生出不舍。

他低头，重新替她系好斗篷。

听见她小声问："将军，你什么时候回来呀？"

那声音小心翼翼的，像是怕触怒他，可又实在不舍，忍不住问出口。

他手指发紧，丝带几次都没系好，低声说：“等边关稳定就回来。我不在，你要听张伯的话，平日无事不要出府，上京盘根错节，并不安全，需要什么尽管跟他们讲，别忍着。”

她点头。

季让终于系好丝带，唇角挑起笑，手指抚了抚她脸颊道：“乖乖等我回来。”

她软声应着：“好。”

府外传来副将的声音：“将军，已整装完毕。”

是该走了。

月光落在他的铠甲上，冰冷一片，映着她的眼睛，像泛着光。他松开手，转身欲走。

走了两步又顿住，终是没忍住，回身一把把她捞进怀里，大拇指揩着她下颌，强迫她抬头，然后吻住她温软的唇。

小姑娘有点愣，眼睛都没闭，瞪得大大的，一眨不眨地看着他。

他不敢贪多，很快离开。

手掌托着她的后脑勺，低头亲了下她额头，哑声说：“等我回来。”

她乖乖“嗯”了一声。

铠甲声响，他转过身，大步朝外走去。那背影高大坚定，就是这样的背影，撑起了整个天下。

…………

季让回京的时候，已经是第二年冬了。

戚映在府中度过了一整年的日子。她谨记他的话，基本没有出过府，活动范围都在府内。府中下人待她极好，特别是张伯，就算她不开口，隔几日也会送东西过来。

好在有司夏和莺歌陪着，张伯又给她请了一个嬷嬷教她绣花女红，日子倒不无聊。就是每次闲下来，她都很想将军，也很担心。

仅有的两次出府，都是去山上的寺庙为他祈福。

季让回京那一天，落下了今年的第一场雪。

她早几天就听闻他归京的消息，日日期待着紧张着，可当她推开门看见站在院内的男子时，之前的激烈情绪都烟消云散，只剩下暖暖的安心。

她乖乖地笑了下，他也朝她笑，张开双臂，低声说："来。"

小姑娘裹着甜香扑进他怀里。

他搂着她，闻着她身上的味道，几乎揉进血肉。

他不会说情话，这一年军务繁忙，甚至没有给她写过信。可上天知道，他有多想她。

小姑娘从他怀里下来，看着他身后的那棵树苗，好奇地问："那是什么？"

季让说："给你的礼物。"他拉着她走过去，"种在你院子里好不好？等它长高了开花了，会很漂亮。"

她弯着眼睛笑道："好呀。"

一直到两人合力把树苗栽好，戚映才想起来问："将军，这是什么树呀？"

季让低头看她，眼眸很深道："合欢树。"他走近两步，手臂揽过她的腰，把她按在怀里，哑声问："映映，你知道合欢树的意思吗？"

她眨眨眼，摇头。

他低低笑起来，埋在她耳边，低声说："映映，你长大了。"

去年季让离京后，张伯移栽了许多白梅到西院，这个冬天全都开花了，满树白梅像簇簇雪花堆积在枝头，风过时卷落一地的白雪落花。

西院就在这飞雪银光中挂上了大红的绸缎。

司夏和莺歌一左一右扶着凤冠霞帔的戚映走出来时，季让穿着喜服等在外面。他甚少穿这样艳的颜色，往日冷峻威严的将军被红色一衬，生出几分风流倜傥的翩翩公子样。

司夏笑道："姑娘，别踩门槛，跨过去。"

戚映听话地抬高脚，跨门槛的时候环佩叮咚。

季让失笑，从丫鬟手中把人接过来，握住她柔软的手掌，牵着她从西院走到了季家祠堂。张伯兴奋地站在一旁唱礼："一拜天地。"

"二拜高堂。"

"夫妻对拜。"

"礼成。"

最后一句礼成，嗓音都颤抖了，激动得抹了把老泪。

行完礼，季让一俯身，把新娘子抱了起来。她微微挣扎了一下，喜帕下的小脸应该又红了，软声说："我可以自己走。"

季让心情大好地笑了两声，抱着她走出祖祠。

屋外白雪皑皑，清冷寂静。没有宴请宾客，没有大肆操办，除了西院，整个将军府看不出半点成亲的喜庆。

可他们行过大礼，拜过天地，她已是他明媒正娶的妻子。

回到西院，红绸在雪中飞扬，季让抱着她进屋，将她放在床边。

桌上燃着两对喜烛，季让掩上门，拿起搁在玉盘里的喜秤掂了掂，走到戚映面前，笑道："我要挑喜帕了。"

她垂着头坐在那儿，乖乖地说："好。"

喜秤伸到喜帕下时，顿了顿，戚映听到他问："映映，我不能给你名分，你会怪我吗？"

她抬起头来，虽隔着喜帕看不见脸，却仍可想象她弯眼笑的样子，她说："不会。那不重要。"

屋外天寒地冻，可这小小屋子里，却有他想守护一生的温暖。

季让挑开喜帕，看见明艳动人的一张脸。他笑道："映映，你穿红色很好看。"

她害羞地笑。

他手指朝后一招，已臻化境的内力犹如破风斩灭了那对喜烛，光芒暗下去时，床前的轻纱银帐也应声垂落，掩去了这一室春光。

成亲之后，府中的下人都改了口，不再叫映姑娘，而是喊夫人。

京城中人都知道镇国将军收了一房小妾，恍然将军并非不近女色，如今正妻之位空悬，之前那些沉寂的小心思又开始活跃了。

渐渐又有人来将军府说亲。

结果连季大将军的影子都没见到，老管事就全部打发了。后来京中高官又另寻他法，打算从女眷下手，京中贵妇常有府宴，宴请戚映的帖子开始往将军府递。

大家都想见见这个唯一陪在镇国将军身边的女子。虽说是妾，这些贵妇都看不上眼，但谁叫他们没别的办法接近大将军呢。

结果邀帖也被退回来了，还是季让亲自出面退的。

理由也用得很冠冕堂皇："山野孤女难登大雅之堂，不扫各位兴致，今后邀帖一概不接。"

戚映都不知道这些。

她还在跟着嬷嬷努力学绣工，虽然已经学了大半年，但总是对自己没信心。眼见快要过年了，要赶在年前给将军绣一个香囊，终于鼓起勇气下针。

结果绣出来的东西连司夏和莺歌都忍俊不禁。

她趴在软榻上捧着香囊左看右看，忍不住泄气道："真的这么难看吗？"

一只手从头顶伸下来，拿走了香囊说："不难看，绣给我的？"

司夏她们不知道什么时候退下去了，季让笑吟吟地站在身后，趁她愣神期间，把香囊挂在了腰间。

他今日穿了身湖蓝色的长衣，衬得人俊美不凡，那香囊挂上去简直不伦不类。戚映手脚并用地爬起来，伸手去抢他腰间的香囊。

季让微微一侧身就避过了，抓住她不安分的手，戚映急得小脸通红道："还给我！"

他眼里满是笑意，理直气壮地说："送给我了，便是我的，岂有收回之理。"

她羞恼道："绣得不好，你还给我，我重新再绣一个好看的。"

季让挑眉说："不要，就要这个。"

小姑娘半跪在床上，双手还被他束缚着，因羞恼眼角有些泛红，这姿势实在令人浮想联翩。他眼眸深了深，看了眼窗外的朗朗晴日，遗憾地叹了声气，松手将她放开。

戚映"哼"了一声，别过头去不理他。

以前她在他面前总是有些小心翼翼，如今却开始耍小脾气，这令季让心情大好。

他笑着逗她说："生气了？那后日的花盈节，我便一人去了。"

小姑娘果然不禁逗，顿时转过头来眼巴巴地望着他。

京中风云暗涌，盯着将军府的人又岂止君王一人，季让为了保护她，甚少带她出府，有时候难免孤清。

一听说能去三年一度的花盈节，都顾不上生气了。

季让忍着笑意道："想去啊？"

她眼巴巴地点头，乖得撩人心窝。

他拿起香囊晃了晃道："那这个还想要回去吗？"

小姑娘委屈得不行说："不要了。"

他终于忍不住，俯身压下去亲她。戚映有点羞，小手推他心口说："门还开着呢。"

然后就看见他随手一招，厉劲如风拂过房门，"砰"的一声关上了。

天光仍亮。

她羞得不敢出声，呜嘤着低低喊将军。

"说过多少次了。"他咬她耳朵，像是惩罚，"叫夫君。"

她绷直脚背，求饶似的断断续续地说："夫君……"

英雄难过美人关。

季让曾为这句话不齿，如今方知美人娇软。

曾经他打了胜仗回京复命，总是恨不得第二天就离开。父亲曾说，武将最忌攀交，上京盘根错节，一步踏错便会引来君王猜疑。季家这些年独善其身，方能自保，他亦对此地避之不及。

可如今却一次胜过一次想要留下来，留在他的小姑娘身边。

北境仍然时有战乱，他心中有她，更有天下，每年待在京中的时间并不长。有时候也想过要不然干脆把小姑娘带在身边，可转瞬就否定了。

一来，边关严寒，他不愿她受苦。

二来，他越是表现在意，戚映的处境就越危险，各方势力虎视眈眈，他不敢冒险。

但小姑娘一点也不抱怨。

他在时，她就全心全意地陪着他；他不在时，她一个人亦能在府中过得开开心心，不让他担忧。

有时候，他甚至觉得这是上天感念他保家卫国的功勋，赐给他的礼物。

这两年来西夏总是在他眼皮子底下搞小动作，想要收复上一代君王在位时西夏划给大晋的边陲四镇。

他于伏月离京，已近半年。

小规模的交战时有发生，但西夏人狡猾，总是一触即走，边境便一直胶着。

冬月时，他收到小姑娘寄来的书信。

她的字是自己手把手教的，她力气小，写不出遒劲笔锋，学他的字又有些四不像，不过却透着乖，她的认真跃然于纸上。

小姑娘告诉他，院中的合欢树开花了，早日回来赏花吧。

季让几乎能想象她坐在窗前，一边看花一边执笔的画面。

季让眼里忍不住露出笑意，帐篷突地被掀开，副将脚步匆匆地走进来："将军，陈商又有异动。"

他面色一凝，将信收于盒内。

木盒内有一朵干枯的雪莲花，是他亲自在雪山上摘的，准备带回家，送给小姑娘做今年的初雪礼物。

木盒合上的时候，他在心底轻声说：等我回来。

可不承想，这一次，他没能再回来。

他虽打了胜仗，军中却出了叛徒，将粮草路线透露给西夏，粮草被劫，季让带兵去拦，却不料陈商早已与西夏勾结，暗自埋兵在此。

饶是不败战神，也敌不过从山口涌进来的大火。

长箭从两边石壁如雨落下，将大晋的将士掩埋。失去最后一抹意识前，已经不能感觉到身体上的疼痛。

他只是在想，他的小姑娘该怎么办啊。

再次有意识的时候，他坐在一架马车上。而旁边，放着他的棺木。

季让下意识伸手去摸，手指从那具布满血污的尸体上穿行而过。

他已经死了。

可他还残留着一丝魂魄在这世上。

他想，那大概是一抹执念。死前，还想再见一次他的小姑娘的执念。

这抹执念孤零零地盘旋在天地间，无人可见，无人可知，只为一个人而存在。

而不日之后，他终于见到了那个小姑娘。

她穿了件大红色的斗篷，像皑皑白雪中开出的一朵嫣然桃花，眉眼又丽又艳。他早知道，她穿红色很好看。

她穿得这样漂亮，站在门口迎接她的将军，却只等来了一副棺木，一具尸身。

那一瞬间，小姑娘柔软的明眸，像镜面摔落在地，摔得粉碎，摔进永无出路的黑暗深渊。

他就站在她面前，低声喊她的名字："映映。"

可她再不能听见。

她扑在那副棺木上，哭到晕厥。

将军府喜庆的花灯窗纸都扯了下来，他们本在开开心心等他回来过年。

白绸漫天。

小姑娘跪在他的灵堂前，跪了一天一夜。白日里还有官员来拜祭，圣上也来了，到了夜晚逐渐冷清下来，老仆们还要准备丧事，灵堂里便只剩下她一人。

像个没有灵魂的瓷娃娃，一碰就要碎了。

季让在她身边蹲下来，心疼得要命，他好想抱抱她，告诉她不要难过，往后看，日子总还是要过的。他相信张伯会把她的将来安排得很好。

可他什么也做不了，他只是一抹孤魂，轻轻伸手时，都无法为她拂去眼泪。

季让低下头，虚无地吻她的额头。

一阵夜风拂过。

她似乎意有所感，猛地抬起头来，颤声喊：“将军？”

季让伸手摸她的头，声音苦涩道：“我在，映映乖，别难过了好不好？”

可她听不到。

她只是愣愣看着虚空，良久，绝望地笑了一下。

翌日傍晚，守灵结束。

她手掌撑着地面，慢慢站起了起来。跪了太久，起身时一个踉跄，季让想去扶她，手臂只抓到虚无。

所幸她没有摔倒，深深地看了一眼堂前的棺木，然后转身走了出去。来拜祭的人太多，府中人来人往，谁也没注意到她。

季让看了看自己逐渐暗淡的身躯，不知何时便会彻底消失。他心里生出浓浓的不安，跟着戚映回了西院。

看到小姑娘拿出了一条白绫。

那一刻，早已失去痛觉的魂魄，几欲被撕碎。

“映映！”

季让大吼一声扑过去，想抱她下来。

可是没用，怎么样都没用啊。

任凭他喉咙吼出血腥味来，她也听不见他的声音。任凭他怎么一遍遍努力，他只能像一阵风从她体内穿过。

他只能眼睁睁地看着，他心爱的姑娘，在这温暖的黄昏光影里，了结了自己的性命。他已哭不出来，好像整个灵魂都碎成了灰。

窗外，那棵合欢树随风摇晃，绒球似的花开得艳丽，和她信中形容得一样，特别好看。

我看见了啊。那样漂亮的花，这样漂亮的你。

匍跪在地上的身影，终在这浅淡光芒中渐渐透明。

他无声呜咽着，一滴血泪从眼角滑落。

意识逐渐模糊，执着于这世间的最后一抹孤魂，也该消失了。

西斜的光从窗外漫进来，他微微抬头，看向那金色的光晕。上天若真的怜悯众生，便也将这怜悯，分与我一丝吧。

若有来世，我愿用我此生功勋荣誉，换和我的姑娘长相厮守。

哪怕身陷地狱，脚踩修罗。

永世，在所不惜。

戚映从梦中醒来。身边季让睡得正熟，只是眉头不知为何皱成一团。她轻轻靠过去，支起身子亲了亲他的眉眼。还好，那只是梦。